——致敬王鼎钧先生论艺说人永不衰竭的活力

——致敬卞毓方先生笔下宏阔的视野与激情

——致敬朱以撒"薄如蝉翼"的沉重

——致敬凌仕江由"杂志铺"唤醒的悲凉

——致敬阿微木依萝于平凡与庸常中捕捉到了一种人生的神气

评审委员会对入选的 50 篇作品及其作者，
致以衷心的祝贺！

年度散文50篇（2022）

评审委员会

主　任	陈建功
副主任	古　耜　何向阳
提名小组成员	古　耜　王子君
评　委	陈建功　冯秋子　古　耜
	何向阳　王子君　（按姓氏首字母排序）

陈建功　作家，中国作协原副主席，中国文字著作权协会会长。

冯秋子　作家，编审，中国作协散文委员会委员，多届鲁迅文学奖评委。

古　耜　编辑家，评论家，中国作协散文委员会委员，辽宁省作协顾问。

何向阳　诗人，评论家，中国作协创研部主任，鲁迅文学奖得主。

王子君　作家，中国文字著作权协会文学总监，中国散文学会理事。

Fifty Essays of 2022

编者按
─────────────

为梳理和展示中国散文创作年度成果，2022年7月，中国文字著作权协会与北京时代华文书局决定，共同发起主办"年度散文50篇"文学遴选、出版项目。项目采用推举、评选的方式进行，旨在探索优秀选本的遴选之路，打造一个具有独特性、权威性和可持续的散文出版品牌。目前，首届（2022）"年度散文50篇"遴选工作圆满结束。那么，这次遴选工作有何独特之处？具体的"推举、评选"程序是怎样的？这种文学遴选方法是否可持续？带着诸多疑问，记者采访了年选评审委员会主任陈建功先生。

主编陈建功就
"年度散文 50 篇"
答记者问（节选）

披沙沥金
别辟蹊径

记　者：建功先生您好！据知您自中国作协副主席任上退下后，除了自己的写作，目前正在主持"年度散文 50 篇"项目（以下简称"项目"）。据说，您提出要以散文年度奖评选的思路来操作。我觉得就年选作品来说，这显示了更为严谨乃至严苛的一种遴选方式。您是否可以介绍一下有关想法？

陈建功：这是中国文字著作权协会（以下简称"文著协"）与北京时代华文书局（以下简称"时代书局"）为梳理和展示中国散文创作年度成果，共同发起主办的一项文学遴选、出版项目。项目以推举、评选的方式评选出年度优秀散文 50 篇，结集出版，旨在探索优秀文本的遴选之路，打造一个具有独特性、权威性和可持续的散文出版品牌。我目前仍是文著协会长，义不容辞。

记　者：目前我们可读到的散文年选选本很多，大都是一位或两位主编来选定作品。你们采取"推举、评选"的方式来做，确实感觉不一样。

陈建功：是的，这就是我们追求的独特性。我认为我们的遴选固然不是评奖，但我们设定的，是近乎评奖性质的遴选办法，比较严苛。我们设定了推举范围和推举评选标准。

记　者：推举范围和推举评选标准具体是什么？

陈建功：具体来说，有以下几点：

1. 项目评选，自 2022 年起每年举行一次，首届拟出版作品集 1 卷。此后的卷数可根据项目的发展或衍生予以调整。什么叫"衍生"？就是我们可以衍生出"大学生散文年选""中学生散文年选"等等。

2. 首届推举评选 2022 年有影响力的散文 50 篇。

3. 推举作品范围，以当年度1至12月，也就是完整的自然年，正式出版的国家级文学刊物及具有影响力的地方文学刊物、刊发散文的报纸副刊为主，港澳台以及国外中文文学期刊和报纸副刊发表的散文，亦在关注之列。

4. 入选作品力求题材多样，亦尽可能兼及散文各体裁的样式。凡情感真切，表达独特，艺术新颖，特别是具有某种经典价值的作品，读者反应强烈的、可读耐读的作品在首选之列。我们希望更多的入选作品经得住岁月的淘洗，多少年后再读仍不失其魅力。

5. 编选入集的作品一般单篇字数限制在8000上下，最长不超过1万字。超过1万字的作品，以节选方式收入。有一些篇目，我们也会根据实际情况节选部分章节。全书以不超过30万字为宜。以后各年选字数，或可根据当年作品情况以及出版发行情况予以调整。

记　　者：这样看来，这是非常严肃、严谨、严格的年度作品评选，非一二人能完成。你们有一个评选机构吗？

陈建功：是的，我们设置了推举评选机构。由文著协组织设立年选评审委员会。评审委员会由文学界知名作家、评论家、编辑家组成。评审委员会系项目终评机构。由于评审委员会成员也都会有散文作品发表，年选评审委员会特别规定，凡评审委员会成员的作品，不在入选之列。

记　　者：这个太重要了，是应有的回避。您刚才说采用的是近乎一种评奖性质的遴选作品办法，具体的遴选程序是怎样的？

陈建功：遴选程序具体分两个步骤。

1. 项目的初选工作采用提名方式进行。由评审委员会指定两位评委组成提名小组，负责作品的初步筛选工作。提名小组成员以广泛阅读和报刊推荐相结合的办法进行初选工作。经过反复筛选，最后遴选出符合评选要求的散文作品90篇提交评审委员会。此外，评审委员会若有三名评委附议，可于初选篇目之外另行补充提名新的篇目。每人补充提名篇目以不超过2篇、共10篇为宜。这样初选篇目共100篇。

2. 评审委员会依照选拔标准对初选篇目予以审议。在充分讨论的基础上，选出入选篇目；若有某些篇目难以取舍，则投票决定。在这个过程中，任何评委都可以提出新的篇目，经大家讨论决定是否对原有篇目进行调整。在本年度文本的遴选过程中，五位评委会成员都分别阅读了初选入围的作品。在坦诚和谐的氛围中，大家不仅发表了对各篇文章的审读意见,而且还对本年度散文创作的特点与艺术倾向交换了意见,达成了遴选原则的共识。最终评选出本年度散文50篇。入选篇目的先后排名以作品发表时间先后为序。我认为,正因为各位评审委员是在深入阅读的基础上,有了对散文趋势的充分沟通和认同,因此在篇目的选取上几乎没有重大的分歧。曾经预设的、某些篇目以投票决定取舍的方式,基本上没有用到。至于下一年度遴选过程会不会采用,则以讨论的情况决定。

记　者：我注意到,这一年间,散文创作活跃,不仅有很多著名作家有好的散文发表,也有不少散文新人涌现。请问你们如何处理名家的作品和新人作品的关系呢?

陈建功：借用一句老诗,叫"不薄今人爱古人",杜甫所说,是兼收并蓄的美学原则,但作为选家,以作品质量以及对本年度散文创作的贡献为取舍,也是要"不薄今人爱古人"的。名家有"宝刀不老"的佳作,也会有"急就章";新人有稚嫩文字,也会有"雏凤清于老凤声"的妙笔。以作品质量为遴选标准,我相信或会有遗珠之憾,但鱼目混珠的现象,应是可以避免的。

记　者：这样一种选本,真是令人期待。请问是不是也有相应的推广措施?

陈建功：首先,借你的采访之机,我在此宣布2022年"年度散文50篇"项目评审工作圆满结束。同时,我们将推出由评审委员会和出版方共同制作的"年度散文50篇"公众号,以便同读者、报刊和作家及时沟通交流与选本相关的各种问题,并以此公众号为平台开展多种活动,请广大作家和读者关注。我们期待散文的年选活动成为广大散文爱好者的话题,无论对于本年度的入选篇目还是未选篇目,以及对以后各年度的遴选篇目和推荐理由,都可以发表读后感受。这应是对散文写作和阅读的巨大推动,也将是对评审委员会工作的巨大帮助。其次,有关入选篇目版权的相关工作,由文著协按照国家法规进行。

记　者：如此独特、严谨的年选,一定会引起广大作家的关注,应该会有不少作者希望自己的作品入选。那么如何避免人情关系作品的出现?

陈建功：评审委员会制定了推举评选纪律,以确保项目的权威性与公正性。

1. 主办方与评审委员会应保留评选过程的相关资料,如提名者的提名、评委投票的选票等,均应由提名小组成员和评审委员会成员签名,由评审委员会办公室密封存档,以备查验。

2. 杜绝不正当行为和人情请托之风。项目相关人不得事前透露推举信息,不得接受任何形式的请托。一经发现将取消相关人员的资格。

3. 实行回避制度。若与被推举者有亲属关系,应及时声明予以回避。

事实上,我们这个项目于7月倡议,8月成立评审委员会,初选工作9月正式启动。我们没有在项目启动之时发布消息,而是选择在今天宣布评审工作结束,也是意在"保密",以确保评审工作不受干扰。

记　者:以类似评奖的方式来进行年选,肯定比一般的年选图书出版的成本要高,投入要大。那么活动资金从哪里来?

陈建功:项目推举、评选的经费由主办方筹集。举凡热心文学事业、赞成与支持这一项目的实业家、机构和个人愿以襄助,无任欢迎。推举机构将借推举评选活动的所有相关平台,予以鸣谢。

记　者:这种年选的方法是否会成为未来年选的新模式?

陈建功:这个办法只是我们这个项目的办法,是否会成为新模式不好说。本项目所列示的推举评选方式,旨在探索文学选本的程序创新,增强推举评选工作的权威性与公正性,试图最大可能汇集年度散文的精粹,把最好的选本奉献给读者。这种探索亦必将在推举评选实践中不断完善,每年编选前对《条例》有所修订之处,亦应向社会公开。

记　者:请问评审委员会成员都有哪些人?提名小组成员是谁?

陈建功:这个现在无可奉告。但书出版后,你会在书里看到。

记　者:祝愿这一项目圆满成功!

陈建功:谢谢!

年度散文 50篇

陈建功 主编

王鼎钧
韩少功
李敬泽 等著

Fifty Essays of 2022

北京时代华文书局

刘醒龙

不负江豚不负铜——81

王鼎钧

近代散文的七位宗师——87

李敬泽

自吕梁而下——97

冯杰

十二匹老虎在耳语——108

朱以撒

薄如蝉翼——124

淡巴菰

哑巴蝈蝈儿——133

肖复兴

时间说话——149

目录

卞毓方 瀑布声里,有命运在大笑 —— 1

玄武 那些凝视我的野兽 —— 8

苏沧桑 向荒野 —— 17

安宁 河流 —— 33

钱红莉 有所爱 —— 39

胡竹峰 惜字亭下 —— 55

王洒 稻田的心 —— 69

王开岭 静止的春天——219

汪漫 白马湖记——235

南帆 溯源而上——254

夏坚勇 魏晋风度及避祸与贵人及虱子之关系——267

江少宾 墙上的祖先——282

任芙康 腊肉——294

云德 补袜记——299

沈念 化作水相逢——156

王剑冰 云南笔记——162

荆歌 四季相伴——171

徐迅 陪母亲——179

祝勇 彩陶表里——185

陈蔚文 回瞻与远行——196

张瑞田 苏轼是如何渡海的——212

韩少功 中国人的浪漫 —— 366

羌人六 秘密生涯 —— 372

李约热（壮族）朗月在天 —— 390

潘向黎 她们都不爱贾宝玉 —— 399

穆涛 旧文献里的种子，以及优质土壤 —— 413

李青松 秦岭抱南北 —— 423

王晓莉 细毛与茶 —— 433

周家望 女儿笔下的文坛硬汉萧军 —— 304

蓝燕飞 生理期 —— 311

程鳌眉 每个人的傍晚都住着故乡的晚霞 —— 325

王跃文 书生戒 —— 330

江子 七棵树 —— 336

凌仕江 杂志铺 —— 343

梁衡 寻找缝补地球的「金钉子」—— 357

菡萏 少年游——439

谢冕 一曲康桥便成永远——452

黄风 野水的季节——456

阿微木依萝（彝族） 月亮咬住了狗尾巴——467

刘亮程 大白鹅的冬天——473

蒋子龙 昙花绽放——484

田鑫 河流的几种形式——488

彭程 有所思——500

卞毓方

瀑布声里,
有命运在大笑

卞毓方

先后毕业于北京大学日语专业、中国社科院研究生院国际新闻专业,中年皈依文学,有《长歌当啸》、"季羡林三部曲"、《千山独行》《寻找大师》《日本人的"真面目"》《天马行地》等作品问世。

一

水往低处流，这是水的天性。

伊瓜苏河正是得其所哉！它滥觞于巴西东南部的高原，迢迢1300公里的西征，由海拔900米下流到海拔100米，犹如从迪拜塔尖顶下滑到一层大厅，如此悬殊的落差，端的像"黄河之水天上来"。当然有障碍，有曲折，但是阻不住它夺路嚣嚣、争流㴐㴐。人说速度就是金钱，对于伊瓜苏河来说，速度就是凛凛威风，就是万有引力，它沿途招降了大大小小三十条河流，劫掠了如恒河沙数的赤土，凭高俯瞰，水赭红如血，在四野绿如地毯、秾似碧云的亚热带密林烘托下，红得剽悍！红得莽烈！

更近乎壮烈！到了下游，伊瓜苏河口这一带，河床毫无征兆地突然塌陷，凹下去，不是两丈三丈，而是一落就是几十丈。扔进一座十多二十层的大楼，恐怕也填它不平。那水千山万壑奔涌而来，正自摧枯拉朽，不可一世，忽临如削之壁、莫测之渊，进无可进，退无可退，但见它张发裂眦，奋爪朝未知扑去——在绝壁上扯出悬河注壑的水幕，学名瀑布。

我坐在直升机左侧的舷窗边，俯窥地面的河与瀑。恍若一条巨大的赤龙在向深壑喷水，搅得浑洪赑怒，鼓若山腾。那壑呈倒U状，又被称为马蹄形。我的天，除了天马，谁的脚印有这么大？

雄踞于"马蹄"顶端的，也是块量最大、气势最雄的那挂飞帘，是当之无愧的"瀑王"，当地人却把它叫作"魔鬼的咽喉"。

称谓这么吓人，想必烙印着某种可怕的记忆。

初次惊艳伊瓜苏瀑布，是在王家卫导演的《春光乍泄》；继而，是在迈克尔·曼导演的《迈阿密风云》。曾经到过牙买加、墨西哥的我，潜意识里总认为它是遥不可及的存在。直到此刻，才确认伊瓜苏瀑布就在脚下。

"瀑布，是水的舍生取义。"弟弟说。他靠着右窗，把头转向我。

"莫如说脱胎换骨。"我讲。

"我大学学的是海洋地质，赞同余光中先生的观点，瀑布的一生是一场慢性的自杀。"弟弟事先做过功课。

"余先生是就生命的本质而言，在这个意义上，天下生命莫不是慢性的自杀。而就伊瓜苏河而言，经此一番粉身碎骨的洗礼，焕然一新，汇入前方巴拉那河，与之携手共赴大西洋——我觉得更像是一场浪漫的婚礼。"

"哈哈，科学和文学，是住在两个房间里的。"弟弟忙着揿动相机的按钮。

直升机降低，再降低，低到群瀑的轰鸣声声入耳。

"你听，瀑布在怒吼。"前排有人用英文说。

不，是欢呼——瀑布声里，有命运在大笑。

二

伊瓜苏瀑布一手挽着三国国境——站在"马蹄"的顶端看，左岸，巴西；右岸，阿根廷；前方，巴拉圭。一挂瀑布旺发了三国的风水。

我们下榻巴西的国家公园，首游"天上"，次览"人间"。举目远眺，伊瓜苏三分之二的瀑布集中在对岸阿根廷，观瀑的最佳平台却在巴西这边。

"你们同济大学有风景园林专业，"小詹转向弟弟，"借用园林设计的术语，这就叫借景。"他是从里约同机而来的旅伴，温州人，在巴西经商。

"你们注意看瀑布，"弟弟招呼，"眼睛盯一会儿，再回头看身后的景物，你会觉得一切都在向上飞升，有一种梦幻的感觉，这就叫'瀑布效应'。"

"瀑布效应"常见于股市分析，高深莫测，向来隔膜得很。这当口，我寻了对岸那挂最高的瀑布，使劲盯着瞧，然后转身，瞄向不远处的一片丛林，那些树呀花呀草呀果然就像平步登仙，扶摇直上。这是一种错觉，涉及视神经的复杂反应。

"地质学是怎么描述瀑布的？"我问。

"就两个字，'跌水'。"弟弟答。

"跌水？太俗！应该叫跌河，起码也是跌溪。瀑布是直立的川流不息。"

"水包括了河与溪，科学不是文学，讲的是根本属性。"

"昨晚听了半夜瀑布的轰鸣，"我转移话题，"它一定是在与天地对话。然而，芸芸过客，有几人听得懂它的真言呢？我想把它录下来，带回去仔细辨听。"

"用不着录，"小詹摆手，"我店里有现成的产品，世界三大瀑布伊瓜苏、尼亚加拉、维多利亚的天籁之音都有。"

"太好了！我只要伊瓜苏的。"

"伊瓜苏是当地印第安语，意为'伟大的水'。"弟弟解释。

"当地有个传说，"小詹接过话头，"古时候，有位神仙看上村里一位美丽的少女，要娶她为妻。但少女已经有了心上人，她毅然和情郎乘独木舟逃跑。神仙大怒,将伊瓜苏河拦腰截断,企图让这对恋人陷入灭顶之灾。"

"这传说和牛郎织女如出一辙,"弟弟归纳,"中国是王母娘娘棒打鸳鸯,拔簪一划,在牛郎和织女之间隔出一条银河。"

"中国的牛郎织女亏得喜鹊搭桥,年年七夕相会,伊瓜苏的这对情人呢?"我问。

"好像没有下文,传说只强调这河是怎么断的。"小詹答。

"伊瓜苏既然是'伟大的水',"我说,"那对恋人必然也像这伊瓜苏河的水,飞舟如箭,穿越滚滚劫波,拥抱海阔天高的未来。"

巴方的观景台依水而建,水面恰好有一条大鱼凌空跃起,仿佛是对我观点的呼应。

"可能是上游冲下来的,鱼喜欢逆流而上,也许它想重返故乡。"小詹迎着彩虹,眯起了眼睛。

那虹斜挂在瀑布的上方,居然有弯弯的两弧,这是阳光和水汽的联袂表演。今日天晴,却有人打伞,瀑布惊涛蒸腾起漫空的水雾,不是细雨,胜似细雨。

"可惜李白没有来过,否则,他会写出比《望庐山瀑布》更美的诗句。"弟弟感慨。

不一定的哦,我想。庐山瀑布和伊瓜苏瀑布相比,绝对是小巫见大巫,但庐山有幸,它把李白的才华激发到极致,到顶了,再也没有了。想象李白即使来到了伊瓜苏,除了"飞流直下三千尺,疑是银河落九天",还能写出什么更高级别的比喻呢?

三

午后,过境到阿根廷。巴西方面,栈道是修在水边的,观瀑,从下向上看。

阿根廷方面,栈桥是修在崖顶,观瀑,从上往下看。

在巴方纵目,瀑布赫然分作上下两挂,大水自绝壁倾泻而下,半道撞上突兀的崖棚,摔个虎啸龙吼,电闪雷鸣,旋即触石反弹,来不及整顿盔甲,就势扑向深渊。

在阿方四望,伊瓜苏河水面辽阔,宽约4公里,因为在断崖前,遭遇无数危岩丛莽的阻挡,所以它倾扑之际,水波自然分途,泻出的瀑布,一眼看不到头,多达275挂。

站在栈桥上欣赏瀑布,恍若欣赏百米高台跳水。上游,是澎澎湃湃、浩浩汤汤的波涛,临近嵯岩峭壁,流速加快,愈来愈快,算是助跑吧。到了崖顶也是跳台的尽头,它没有高高跃起——水不像人,腾跳不起来——而是决绝地、义无反顾地扑向前方,百分之百的自由落体。也非完全自由,前面有先锋部队牵着拽着,后面有大队人马推着挤着,当是之时,跳也得跳,不跳也得跳。如此说来,可看作水的集体跌落。啊不,还是说跳来得确切。跌,呈现被动;跳,包含主动。瀑之为瀑,源自水的集体跳崖,那一纵,是破釜沉舟,那一落,是绝处逢生;生命的豪赌就是从绝望里赢得希望。水之为水,亦源自瀑的形象代言,天下之至柔,驰骋天下之至坚,举凡前进路上的任何阻碍,终将为其夷平。

远远地,从下游驶来一艘大型橡皮艇,游客人人穿着雨衣,但见船夫在礁石、漩涡间作大幅回旋,过足了游客冲浪的瘾。然后,拨正船头,驶近上游阿方的瀑布群,停止不动,它是要干啥?是供游客拍照吗?说时迟,那时快,橡皮艇一个发动,猛地冲进了瀑布。正惊骇间,它已退了出来,眨眼,又冲了进去,如此反反复复,搅得腾波触天,高浪溅日,游客锐声大叫。

这项目惊险而又刺激,游客的叫声未尝不是一种发自丹田的音瀑,半为惶恐,半为喜悦。

禁不住跃跃欲试,千里万里飞来,这挑战不容错过——

对我来说,登上冲瀑的小艇,就是登上伊瓜苏的制高点。

可叹的是:转眼白了少年头;可喜的是:少年青丝并未云散,仍在心头猎猎如旌。

阿方在崖顶之外,另辟了一条贴近谷底的游览路线。弟弟和小詹沿坡道而下,前去探索那些飞练垂帛后的隐秘洞穴。我听弟弟说过,黄果树瀑布就掩藏着天然的大溶洞,长达四五十丈,86版《西游记》的水帘洞就是在那儿取的景。

伫立桥头,虽然跟瀑布保持一定的社交距离,犹能感受到它喷珠溅玉的热情洋溢。心弦一颤,禁不住想起了我的大老乡、别号射阳山人的吴承恩。此公祖籍淮安,一辈子围着东部沿海转悠,撰写《西游记》的大神,足履竟未曾敲叩西土,不愧是大天才,但也是大遗憾。倘若他曾先我而来,先我而探赜索隐于伊瓜苏之瀑,其笔下的花果山水帘洞,气象定然更加峥嵘——兴许这个星球上最炫最酷的瀑布符号,就此落户中土!

不恨大神吾不见,恨大神未见吾脚下的伊瓜苏。

见闻绝对有助于拓开心瀑。

心瀑才是灵感的源泉,自有"飞流直下三千尺"。

选自《解放日报》2022年1月6日

玄武

那些凝视我的野兽

玄武

晋人。1989年开始写作。作品见于《十月》《花城》《今天》《人民文学》《诗刊》等刊物。著作有《物书》《种花去》《更多事物沉默》等十余种。

> 鸟类的语言非常古老，而且，就像其他古老的说话方式一样，也非常隐晦。言辞不多，却意味深长。
>
> ——吉尔伯特·怀特

> 一个人能观察落叶、羞花，从细微处欣赏一切，生活就不能把他怎么样。
>
> ——毛姆

壹

一只喜鹊，飞来偷吃院里晾晒的核桃。出门正好看见它叼着一只核桃，斜斜地飞走了。它去找空旷有石头的地方，从空中抛下去，啄食摔开的核桃。

不到十分钟，又来一只，眼睁睁看它飞落叼起一只核桃就飞走。它在地面几乎没有停顿，看上去是蓄谋已久，等待多时，瞅准机会，落地、起飞，叼哪一只核桃，向哪一个方向飞，行云流水，一气呵成，流畅之极。

这才想起，窗台上放着的砸开的核桃有七八个，没来得及吃，全都不见了。

计明说，你赶紧收了，装袋里，要不一会儿工夫，喜鹊就叼得不剩几个了。

把晾晒的核桃装袋收到房间。听见一只喜鹊嘎嘎地叫。透过门帘看到，一只喜鹊落在原本晾晒核桃的墙头上。它大概在纳闷，发牢骚，刚才好多好吃的啊，怎么一下子啥都没了？

我就说一编织袋核桃，早晨一看怎么就少了那么多。这些个厮，至少叼走了七八十只核桃。

贰

獾子糟害过的玉米地，一片狼藉。晚上刚八点多，一个农民不放心，扛着铁锹去自家地边看，听到獾子掰倒玉米的咔嚓咔嚓声响，冲进去把它赶跑了。

但不管用。我们过去时，分明看到一只獾子在玉米地里钻。很肥的一只，比中型犬大，腿短，几乎贴着地，贴着玉米根钻来钻去。有一阵子它还停住，挑衅一般朝我们的方向看。距离不过二十米左右。

这地就在坡下，几乎算是在村里面。獾子已经不怎么惧人了。

有个老汉，每天晚上搬铺盖住在地边路上，看守他的玉米，不让獾子作践。那晚刮大风，又有要下雨的意思，我看见了劝老汉，说天凉，你这把老骨头可受不住啊。老汉听劝，回去了。第二天听村里人议论，他们听老汉说是我劝他回去，他听了，结果当晚獾子进了地，一番折腾，毁了不少玉米。哎哎，我很是有负罪感。我又不能帮他抓住獾子那东西啊。据说是一大家子，四五只或者七八只、十来只，大的有三十斤，其中一只是三条腿。

老头岁数大了，他指望这点玉米过活呢。只要不下雨，晚上就搬来铺盖躺玉米地边路上，地里还拉着太阳能灯吓獾子，又在地里拴了狗。为收这点玉米，耕作不说，光晚上看玉米就快一个月了。但是没用啊，打个盹獾子就进去了。

獾子是这里的祸害。农民苦于其害，却是无法。太多了。一只獾子，每晚能糟害一百棵玉米。一般来就是两只，那么二百棵玉米一夜就没有了。还经常带家小，三只，四只……

有农民在地里不时地放炮来吓走獾子。但你不能一整晚放炮吧。玉米还是没有了。

村主任家的玉米，年年被獾子作践得长不成。他说，今年那块地没种玉米。"我不种了还不行了？让它吃！"他气狠狠地说。

这个季节，玉米还没有成熟，这几天却正是獾子大量出现的时候。它们就喜欢吃这种一咬一泡水的嫩玉米。站起来，咔嚓一下掰倒，上去啃两口，扔掉，再一棵。它们边吃边玩，或者是挑剔，从中挑合口味的、好吃的。如果放任不管，一两亩玉米，三四个晚上基本就全部完蛋了。

玉米长得也不行。即便獾子不祸害也收不了多少。旱地，结穗时天旱无雨，有雨也只是过路雨湿个地皮，误了农时，之后再下雨也是于事无补了。今年这个村，玉米、谷子、黍子，大抵都是这个状况。有些地我看是基本没有收成，玉米至今仍是小柴火般，谷穗是扁的。白白浪费了种子化肥。

这地方说獾子有三种，狗獾、猪獾和人獾。最后一种听起来瘆人。又说狗獾若死了，狗是不吃的。不知是何道理。

叁

遇石鸡。

石鸡，与野鸡品种不同，同属于雉科。体重450至580克，雌雄区别不大。叫声嘎嘎，有方言称作嘎嘎鸡。百姓谚语："石鸡石鸡十两肉。"

幼时捉过小石鸡，在山沟里追上，扑住，双手合拢捧回去，开心自己有了一只鸟。养着，总是长不大。后来下学慌张，一脚跳进门槛踩死了。自己气得要爆炸。也时常奔跑时踩死院里老母鸡带的小鸡仔，也觉得可惜，但从来不生气。生气是大人的事。

死了小石鸡,体会到大人的生气。我觉得当时大人们好像挺满意。他们大概想:瞅瞅,让你不小心,这下你自己感受到了吧。

一直以为,小时捉过养过的是野鸡,原来一直错了。是石鸡。老家方言"野鸡娃"。

雉科动物,算是本领大的,能飞,短距离飞行爆发力强,飞得迅疾。石鸡是飞一下就歇。常见是山坡上向对面坡下方飞。石鸡应该稍远距离飞行不及野鸡。遇到过一种叫红腹锦鸡的雄野鸡,在头顶的山谷之上翩跹飞过,目测距离有五六十米高。阳光照得它的华羽闪闪发光,它傲娇得像个小神仙。

雉科动物善于奔跑藏匿,奔跑起来,速度和灵活性不亚于野兔,比野兔强的一点是它上下坡都不减速,野兔下坡不行,翻跟斗。

雉科动物知道很多好吃的,冬虫夏草、灵芝之类。野兔大概也知道,但是野兔能抵达的范畴远不及雉科动物广阔。雉科动物能干掉许多毒虫,蝎子、蜈蚣之类,于它是美食,是辣条。

雉科动物只是没有进化出游泳的能力。野兔是可以游的,游得很好,几乎是在深水里奔跑,是陆地奔跑的速度。登岸,速度不减,一跃一伏不见了。

肆

查了几个月,才弄清楚,中国现存所有品种的野兔都是旷兔,都不会打洞,也不钻洞藏匿。

人类从未驯化过任一品种的旷兔。旷兔人工养殖,会患佝偻病,也无法繁殖。旷兔与家兔是两个不同物种,染色体差两对,不能繁殖。

人类驯养的家兔只有穴兔，打洞。全世界的家兔，都由野生穴兔驯化而来。野生穴兔原产于葡萄牙和西班牙，现为摩洛哥国兽，已是濒危物种。

野生穴兔群居，野外打架很凶，时常有打死一个的情况。野生穴兔的首领具有无上交配权，妻妾成群，基本是看上哪个算哪个。其他地位低的兔子实施一夫一妻制。有个老外研究兔子，写了一册书叫《野兔的私生活》。

中土既然古无穴兔，但《战国策》里为何有"狡兔三窟"的提法？或许是穴兔曾有，后来因某种原因灭绝？

几千年历史乃至目前，中国没有野生穴兔。中国和亚洲各地，没有穴兔的化石。可证中国古代没有野生穴兔。现存九种野兔，都不打洞。

穴兔自古丝绸之路而来。中国古代也没有原生白兔，野生雪兔（也是旷兔）只有冬天变白，为保护色，但眼睛不是红色。

中国驯化兔子也晚。以前仅限于宫廷笼养穴兔。民间养殖穴兔，要到元明才普及。

国内的野兔，在隐秘的草窠里生小兔崽子。它的生育能力和豆角差不多，不同的是比豆角时间长。从一月份到九月份，它一窝一窝生个不停。和家兔不同，野兔生下来就长着毛，就能跑能跳。古人说处暑后腐草化萤，腐烂的草变成萤火虫，我则相信野兔是土坷垃变成的。扔出一块土坷垃，它一边滚动一边变成蹦蹦跳跳的兔子。只要有草，有土，甚至有坟，就会有野兔。有时候也有老玄。

兔子和月亮弄到一起，是风马牛不相及之事。以讹传讹的事太多了，历史时常都是以讹传讹的结果，各历史时期的避讳，致使文字所载远远背离真实，甚或走向反面。奥维尔说："过去的被抹掉，抹掉的又被遗忘，于是，谎言变成了事实。"由此来看，真正的文学作品的意义和价值、真实性，大于历史。我逐渐认可小说是民族秘史的说法。当然要是好小说，统称小说的文体不能担负这般荣耀。文学有文学的弊端，比如白俄罗斯作家阿列克谢耶维奇写核事故，她没有办法取得太多真实的资料，只能是故事，是细节。打动人心的由来是故事，是心理真实，不是数字，不是表面客观准确。

月亮里的白兔，原型与老虎有关。我就此写过一则长文《月亮里的老虎》。屈原提到过菟："厥利维何，而顾菟在腹？"那么多专家一代代考证，坐在精心装置的书房里皓首穷经论文一篇一篇地发，升博士、博士后，弄不清顾菟是何物。还有的把顾和菟解作是两种动物。他们这些人，恐怕连一只真实的野兔也没近距离看到过，更别提野兔的习性。几千年了，人们至今还认为野兔打洞呢。

这是事实，现状和历史的事实。没有穷究事物本性的精神，甚至没有精神。没有实地调查，甚至没有调查。没有真实，一切浮在虚妄和以讹传讹中。即便有实地经验的农民，也不知野兔是不打洞的。偶有个别知道的，也不能传载，其他人且不说，他的子孙也认为野兔打洞。他们会说："弄清野兔打洞不打洞有个球用？"

是的，没个球用。

农民熟知动物现象，却不细究根源，也缺乏细究的动力和知识来源。比如农民告诉我，獾子在八月份、九月份疯狂出洞，因为爱吃嫩玉米，玉米老了它就不吃了。八月份、九月份是獾子猖獗的季节，的确如此，我今年就遇到过多次，它们几乎不怕人类了。原因却非这样。嫩玉茭子能有那么大诱惑力，让獾子魂不守舍舍生忘死去吃？恐怕不是。能让所有动物舍生忘死大脑一片糨糊的，古今也唯有一件事。

查了许久,果然所料不错。八月九月,是獾子寻偶交配的季节。

月亮里的兔子,原本可能是老虎。上古方言尤其楚方言里,於菟是老虎的意思。《左传·宣公四年》:"楚人谓乳谷,谓虎於菟。"兔子和月亮联系到一起,从实际情景考虑,大概有兔子习性的缘故。兔子是典型的夜行动物,昼伏夜出,月出而出,月隐而隐,从暮晚到凌晨五点钟左右。

伍

夜行山间,雨细密,渐大渐疾,草木上沙沙声变成粗暴的击打声。山谷里数月干涸的河道,此时水流甚急,头灯晃去,浑浊而湍急,那速度、冰凉,有一种近于冷酷的东西。水流像刀一样嗜杀。

有动物的惨叫声,似远又近,风把声音吹得忽焉,疑心是因为它们栖身的巢穴垮塌。我脚下的路面,踩上去还是坚实的,觉不出有凹陷迹象,但终是不踏实。

友人电话我快些回来,说雨大,谷里不安全。也就是电话的当儿,身后嗵的一声响。浑身汗毛直竖起来,回看却无野兽,若有,那么大动静,必是大兽,体重不会低于百斤。

上山寻车,走几步便前后左右看。无物现身。车下山过路面,轮胎碾着被冲落的沙石直打滑,发出咬牙切齿般的响动。再向下,峰回路转,刚才有大响动处,原来是路边的崖,耐不住雨水多日浸泡,站立不住,刹那间崩解。

好在车还过得去。又想快又想慢,小心翼翼通过。涉河道,比来时水深急了几许,水花飞溅到前窗。看到二十米左右有一只兔子,伏在高草中不动。只要不下车,它能一直装作不存在。车门一开,它必撒腿就跑。

车歇了一会儿,不熄火,就这样突突地抽了一支烟。它一直在那里,间或再伏下去一点。这么多天的雨,它就在山野间流离,至今存命,殊为不易啊。它可能也在严密注视我的方向,但看到的只是人类的灯火,未必望得见车上的人。它认为灯火于它无害,直立的兽则是危险。

在这大雨多日不歇之夜,邂逅也算是缘分。就这样注视一阵,离开吧。

出山离代,是10月9日的事。晋地从北到南,大雨无休止。

选自《文学报》2022年1月16日

苏沧桑

向
荒野

苏沧桑
────────────

散文名家。在《新华文摘》《人民文学》《十月》等报刊发表文学作品四百余万字，出版散文集《纸上》《遇见树》等多部。获十月文学奖、冰心散文奖、丰子恺散文奖、琦君散文奖、中国故事奖等文学奖项。

要彻底觉察活着的每一天，深刻感受自己所在的这个世界以及身处其中的自己。

——巡山员蓝迪日志

流　沙

那粒沙的位置是：宇宙—拉尼亚凯亚超星系团—室女座超星系团—本星系群—银河系—猎户座旋臂—古尔德带—本地泡—本星际云—奥尔特云—太阳系—地球—北半球—亚欧大陆—亚洲—中国—内蒙古阿拉善—巴丹吉林沙漠——座无名沙丘。

我的位置是：宇宙—拉尼亚凯亚超星系团—室女座超星系团—本星系群—银河系—猎户座旋臂—古尔德带—本地泡—本星际云—奥尔特云—太阳系—地球—北半球—亚欧大陆—亚洲—中国—内蒙古阿拉善—巴丹吉林沙漠——座无名沙丘。

穹庐般的苍天，罩着无垠的沙漠，它和我被包裹其中，它是一粒沙，我是俯瞰着它的另一粒"沙"。

风将它带到我眼前，一粒沙一定不知道自己是"浩瀚"这个词的组成部分，这一秒，它落在我眼前，下一秒，它会被风扬起，也许会落在另一座沙丘的最顶端，最接近苍穹的位置，再下一秒，它又会落到何处？这些问题对于它没有意义，就像它的存在对于宇宙没有任何意义。除非它有灵魂，它有灵魂吗？如果一粒沙有灵魂，它无比漫长的一生不会只取决于风的方向。

这是我和它的区别。此时，我不听从风，我在与风对抗。

他们在沙丘顶端喊我爬上去，只有我一个人落在最后。沙丘很高很陡，他们说沙丘后面是更浩大的荒野，有更壮丽的景色。巴丹吉林沙漠和中国其他沙漠地貌不同，沙丘格外陡峭险峻，连骆驼都会畏惧，它们汗津津地、气喘吁吁地在之字形的"路"上攀爬，没有路标，只有风干了的发白的驼粪，还有卧倒后再也站不起来的一堆堆白骨。我猫着腰努力攀爬，但爬一步退一步，一站起来就被劲风刮倒，跌坐在沙丘的腰部。我盯着那粒随风逐流的沙，纠结了大概十秒钟，听见风刮过来我苏氏老本家的那句话"此间有甚么歇不得处"，于是我干脆将身子歪倒，甩脱鞋子，将脚埋进沙里。吸饱了正午阳光的沙们以干燥的温暖迅速裹住我酸疼的脚踝，我感受到一股来自宇宙深处的能量直抵心窝。

风在我耳边发出雷鸣般连绵不断的巨响，广袤的天地只有蓝和黄两种颜色，极其单调，极其干净，极其宁静，可我知道，这看似静默的世界并非我想象的那样毫无生机。

沙丘下有一汪和蓝天一样蓝的湖水，风推动着一轮一轮波浪，循环往复，时针一样轮回。

一群骆驼如一群蚂蚁在地平线上蜿蜒，几个牧民像更小的蚂蚁跟随其后。

诗人恩克哈达曾看见，沙窝里有兔子或是什么动物的粪蛋，一只小黑虫正匍匐着爬向驼队灰色的帐篷，身后留下一道细纹。小海子里有鱼儿在游戏，蜃霭中的芦苇头在水声中凝固，几颗野果在孤独生长，沉默无语。

阳光为每一粒沙裹上金色，风为每一粒沙制造辉煌的眩晕。沙漠，每时每刻向苍天供奉着巨幅流沙画，千千万万条世间最流畅最美的 S 形金色线条，比流水更美，比流云更美。亿万粒渺小的、没有生命的个体组成的博大和灵动，却向天地展现了一种生命哲学：摊开手脚，目空一切，无忧无惧，任意东西。假如有永恒的物质，沙尘算一种吧？它已粉身碎骨，死无可死，它们不与风对抗，不与世间一切抵抗，不与命运对抗，它们在天地间呈现出来的姿态，像一种死心塌地的、极致的爱情。

在遥远的地方，一些沙会成为摩天大楼的一部分，直抵天空，受着人们的仰望；一些沙会成为沙尘暴，受着人们的嫌恶，怨恨它占据了土地，导致了饥饿和贫穷；有一些雪白的沙或黑色的沙，会成为沙滩的一部分，接受着人们脚底的亲吻；而我眼前的沙，守着永恒的博大和安宁。人类的爱与恨，与它何干？一粒沙，不会告诉你它去过多少地方，藏着多少秘密。一粒沙，不会告诉你它有一千岁还是一万岁。一粒沙看着我时，像一位亘古老人看着一个婴幼儿，一个会转瞬即逝的生命，因此，它的眼神里充满悲悯和慈爱。

我躺下来，看见了天上有一只巨大的"眼睛"——一朵巨大的白云中间，露出了一只蓝色的温柔的眼睛，俯瞰着远处身披阳光的骆驼群正在晚归，照拂着茫茫荒漠上所有的呼吸和心跳。

他在万里之外的荒野深处说："我怎么能自认为比高山野花还重要，比这里所生长的一切，甚至比终将成为沃土孕育万物的岩石还重要？是因为人有灵魂吗？然而谁能告诉我，灵魂不会寄居在植物和动物体内，甚至溪水和山峰里？"

胡　杨

低调的橄榄色，是内蒙古高原最西端、额济纳胡杨林九月底的底色，极致的翠绿和金黄之间的过渡色，令人想起休憩、停顿，戏曲唱段之间的过门。

一大片倒伏在沙地上的枯胡杨，在青灰色的天色里，像古希腊残缺的人体雕塑群。一棵巨大的枯胡杨横陈在我脚边，让我想起一尊深藏在欧洲某个教堂幽暗地下室的垂死者雕塑，他被从头到脚覆盖着薄纱，薄纱亦是雕塑家用玉石雕琢而成，与胴体的质感一样，无与伦比的真实，那层薄纱仿佛随着垂死者的呼吸一起一伏。

手不由自主向它摸上去。被千年风沙捶打过的树皮，和它身下的沙尘一样洁白，和戈壁滩一样粗粝。这个千年不死、千年不倒、千年不朽的神奇树种，关于它的传说总是与凤凰与鲜血紧密相连，它将树身掏空，将根极力扎进沙漠深处，在最干旱的季节用身体里储存的水活命。生物的多样性和神奇总是令人匪夷所思，对于胡杨树而言，这只是一种本能，它拼尽全力活着，站着，在大地上留下自己和后代，不管有没有所谓的意义，也并不知道，弱水河畔的几十万亩胡杨林，阻止着巴丹吉林沙漠向北扩散。

我在死去的胡杨林间穿行，像在一座城郭之中穿行，生者和死者的幻影在我身旁呼啸而过，还有薄纱下倔强生命最后的喘息声。

一位内蒙古小说家在小说里写道："是啊，老奶奶把那棵树奉封成了神树了嘛，怎么能随便砍倒呢……我的儿子，你将来应该把所有的树木全部奉封成神树呀！"

在我视线不远的地方，一片橄榄色的、风华正茂的胡杨树静静立在一湖碧水前，它们身后是正在逼近、像要吞没它们的沙丘。树们看起来像是一群母亲，张开双臂护着一湖碧水不被沙丘吞没，像奋力护着身后的孩子一样。

另一个九月，在印度洋的马尔代夫，当地人驾船带我们去一个很远很远的孤岛浮潜。孤岛像一个遗世独立的存在，只有网球场那么大，圆形的白色沙滩像一口小碗悬浮在万顷碧海之中，"碗"外是深蓝色的海水，"碗"里却是淡绿色的海水，游弋着一些鱼虾。沙滩上空无一物——不，突然，我看见一根一尺来长的白色枯树枝静静搁在沙滩上，与阳光将它在沙滩上投下的阴影相伴。是胡杨的枯枝吗？它在大海上漂了多少年来到这里？在此搁了多少年？还会继续搁多少年？

地球之上，苍穹之下，"高级"的我们总有一天会离开，"低级"的它们永远在。

他在万里之外的荒野深处说："就算我人在山里，只要心情不好或心有旁骛，就听不见山的声音，感觉不到山的存在和力量。"

魔　域

是什么魔力让两个女人突然放声歌唱？

我抬头寻找鹰的身影时，一座欲倾之城，像崩塌的山体，像海啸的浪墙，向我俯身压来。

断壁，残垣，佛塔，蓝天，阳光，它们从黑水古城废墟的四面八方灌满我们的视线，沙灌满鞋子，风灌满我的红裙和披肩，关于黑城的千年传奇灌满耳朵。

鹰从黑城上空掠过，看见千百年前无数人从阿拉善的历史画轴里穿过，从阿拉善高原曼德拉山岩画的画廊里穿过，他们分属羌、月氏、匈奴、鲜卑、回纥、党项、蒙古等各民族，他们在此狩猎、放牧、战斗、舞蹈、竞技、游乐。如果鹰真能活千年，它会想念一千年前和它一样年轻的西夏城郭黑水城,这条丝绸之路干线上南北交通的交接点,熙熙攘攘穿行着驻军、商人、百姓,它目睹人们用马鞭、弓箭、猎枪、马头琴和长调将繁华喧嚣和波澜壮阔反复书写,也目睹黑水城在权力更替烽火狼烟中灰飞烟灭,成为一座孤城,一片废墟,灌满隔世的荒凉。

鹰见过这片古战场上无数场战争、无数次死亡。沙丘下突然冒出的枯骨,是谁的枕边人?谁的儿子?鹰用利爪掠杀猎物,却不懂人类的自相残杀生灵涂炭到底为了什么。

歌声突然响起。

穿着绿袍的斯日古冷摇晃着头,放声歌唱,她将合十的双手一下一下用力地挤向心窝,像在用力地倾诉、祈祷。风撕扯着她的绿裙和长发,撕扯着她有点沙哑低沉的歌声,歌声犹如脱缰的马,在我们头顶上空驰骋。

我问穿着蓝袍的苏布道歌词大意是什么,她回过头脸红红地笑着说,意思是想念他。

斯日古冷呵呵笑说:"对,梦里老是醒来。"

穿红长裙的我唱起"十五的月亮升上了天空,为什么旁边没有云彩……"时,耳边响起了另一句歌词"苦海泛起波浪,在世间难逃避命运……"

我回头见穿粉色衣服的居延女子海霞在我们身后正随着歌声自顾手舞足蹈。刚才她跟我说,她有一个喜欢写作的好朋友,现在一个人在胡杨林里牧羊,她很想去看看她。我看着她真挚的眼神说,我也很想去看看她,我还想和她一起放羊。

沙漠上,烈日下,四个女人踩着沙子,走在黑水古城峡谷般的古土墩之间,旁若无人地唱着歌跳着舞,是因为黑城太过死寂,鲜活的人们忍不住想打破它吗?江南女子和蒙古女子原生态的音色反差很大,也许并不美妙,也许各有所妙。鹰从天上看,看到茫茫荒漠中四个艳丽的点,它觉得自己更喜欢大地上动人的生命乐章。

他在万里之外的荒野深处说:"山上没有风,阳光映着白雪射在我们身上,很热很暖。茱蒂脱下毛衣和衬衫,裸体滑雪。好美的裸体。我本来也应该卸下衣物沉浸在晨光里,却选择爬上湖穴丘,让茱蒂一个人在滑雪道上晒太阳。"

野骆驼

我觉得,它的姿态带着点挑衅的味道。

小雨将荒漠唯一一条窄小的公路打湿后,公路在傍晚时分云层间泻下的斜线天光里,像一个闪闪发亮的走秀T台。

三只双峰野骆驼从路基下慢慢悠悠地走上公路。它是最健壮的一只,它走到我们车头前,侧身停下,转头亮相,嘴角上扬,然后,像舞蹈演员转身留头一样,优雅地侧转臀部,转过身,点点头,才将脸转了回去,慢慢走下路基,向着荒漠走去。

它带着嘲讽的微笑告诉我说,这个天地是它们的,自始至终是它们的。漫漫丝绸之路上,人类已经用飞机、汽车和火车取代它们,它们依然没有获得自由,所谓的野骆驼都是放养的,它们也依然认为,这个天地是它们的。它告诉我:因此,我们此番走秀并非示好,而是示威。

我跳下车去追它,我想闻一闻它冲着天空的鼻孔里喷出的高傲气息,摸一摸它结着团的已被小雨淋湿的驼峰上狼狈的毛。它不逃跑,躲闪着,抬起一条前腿,似乎想去掩住鼻子,它说,它讨厌陌生人类的气息,不属于这片土地的气息。

那么,它喜欢它主人的气息吗?它回到牧民家里,会用湿漉漉的嘴唇碰碰主人吗?并告诉他(她)它们仨今天去了哪里,遇见了哪些牛羊马兔鹰虫,哦,还有野兽般凶猛的汽车难听的喇叭声,远不如它们的驼铃声动听。

我想起另一个九月,在青海可可西里的公路上,我遇见一只一惊一乍的小藏羚羊。它四肢纤细得像一个影子,离我约五十米,突然狂奔,突然停下,又突然狂奔,放眼四野并没有一个可供它归宿的群体。大概两百米外,一群野驴,有五六只,正在战战兢兢地穿越马路,它们已然看到了汽车,闻到了异类的气味,感受到了某种冒犯。

我站在原地,看到云层伸手可触,不由自主跳起来去够,听见有人喊:不要跳,不要跑,高反!我才想起,可可西里的长途跋涉中,我完全忘了对高反的担忧。心跳加剧时,血流加快时,我感觉离高原上蓬勃的生命更近,那些羊,那些马,那些驴,那些草,还有那些脸上有两团高原红的人们,他们的背影总是微微有点驼,因为沉重的肉身,也因为谦逊的灵魂。

无家可归的小藏羚羊又出现了,我慢慢靠近它,我希望从世界上最纯真的眼眸里,看到最静谧的落日。至今,它依然流浪在我的记忆里。

画家兴安曾送我一幅画,三匹马依偎在月下,从容安详,是我想象中动物们最幸福的模样。那幅画让我相信蓝色星球上仍有另一个世界,一切都敞开着大门,苍穹、荒野、湖泊、河流,如果宇宙有一颗心,也一定不会关门。

他在万里之外的荒野深处说:"给自己一次机会,什么都不要做,别在一定时间抵达某个地方,别朝着某一个特定的方向。在这里,你可以随心所欲。这是你的机会,可以迷路、掉进溪里或发现一个美丽的地方。"

鸥

我清晰地看见了一只飞鸟的眼神。它黑色的眼珠如一粒海洋黑珍珠填满整个眼眶,上眼睑是双眼皮,下眼睑有卧蚕,上下都画了半根眼线,像一位化妆得特别精致的少女。它全身雪白滚圆,除了脖颈和翅膀尖是时尚的雾霾灰,喙和脚爪是鲜艳的橘红色,这些色彩的搭配,使它看上去像一个在雪地里玩雪的少女,阳光洒满她的笑脸,眸子时时刻刻透着惊喜。

至今不知它的种类,海鸥,或是鸽子。它栖在居延海岸边的一根木桩上,和它众多的同类一起,它们看起来长得一模一样,就像这里所有的沙子长得一模一样,所有的芦苇长得一模一样。在苍天般的阿拉善,天地都简化成简洁的线条、单纯的色彩,构成最朴素却最摄人心魄的意境。

当我异类的气味逼近它的嗅觉,它腾空而起,巨大的白色翅膀掠过我的右额,扬起我的头发,我们彼此的眼睛离得如此之近,我看见它的眼神里没有丝毫恐惧。

也许人类的喂养,已成功诱导它们在这片水域停留得更久,甚至将这里当成了永久的家,将人类当成了家人。我想,有一些动物其实是通人性的,就像我养的斗鱼,它把自己藏进水草,每天早晨当我靠近鱼缸,它会兴奋地从水草里钻出来,摆动着粉红色的透明的圆形鱼尾,迅速往水面游,拍动着鱼鳍鱼尾,我打开鱼食袋子翘首以待,舀出十来粒鱼食,我无法理解隔着水和一尺远的距离，它是如何知道来的是我，我是来喂食的，而不是偶尔路过它的笑眯眯的阿姨，或来觊觎它的什么，比如猫小野和猫银河。

鸟们拍动着翅膀腾空而起，落到芦苇丛上，也落到水汽弥漫的居延海水面上，它们落的时候并不轻盈，重重的，沉沉的，仿佛水下有巨大的引力。它们浮在湖面上时，看起来圆圆的，笨笨的，萌萌的，像我老家玉环岛漩门湾滩涂上珍贵的遗鸥，如果它们都不怕人，多好。

匈奴语中"幽隐之地"的居延，茫茫戈壁、草原和沙漠延绵不尽。祁连山雪水孕育了众多河流，其中的弱水（额济纳河）自南向北而至居延，形成了居延海等众多湖泊，水草丰美，碧波万顷，也孕育了两千多年璀璨的居延文明。这里曾经响起过的金戈铁马之声，响起过的"大漠孤烟直，长河落日圆"的吟诵，早已被漫漫风沙和声声鸟鸣淹没。遗鸥、野鸭、黑鹳、疣鼻天鹅、白琵鹭、凤头麦鸡、黑鸢、鹗、蓑羽鹤、卷羽鹈鹕、乌雕等等，在此栖息繁衍，除了气候和天敌，再没有什么能伤害到它们，比如战火，比如捕杀，它们活成了大漠戈壁无数动物甚至人类向往的样子。

很多年前一个日落时分，我在澳大利亚南端的菲利普岛看企鹅晚归。夕阳下，雪白的浪花丛里不知什么时候突然冒出了几十个黑白相间、亮晶晶的小东西，就像雪地里忽然绽放的"黑玫瑰"，弱不禁风地随着波浪摇曳着。紧接着，另一处浪花丛里又浮出了一堆"黑玫瑰"。随着人群一阵一阵的惊叫声，雪白的浪花里不断绽放开一丛一丛"黑玫瑰"，慢慢涌向沙滩。一个浪头打过来，它们中的大部分又被海浪卷了回去，过了一会儿，它们又聚集起来，奋力游向沙滩。这些"黑玫瑰"，就是世界上最小的、已濒临绝种的袖珍企鹅。

从沙滩到它们的洞穴大约几百米，经过它们长年累月的跋涉，已经形成了固定的几条小路。对于我们仅几十步之遥，对于它们如千山万水。几十只企鹅纵队摇摆着向着家园挺进，足足花了三个多小时。回到停车场，见告示牌上有一行英文："车子发动前，请看看车子底下，有没有企鹅，防止轧着它。"我看见，准备上车的几乎每一个游客，都弯下腰，往车子底下张望一圈儿后才上了车。

人类很友好。人类友好吗？在离它们很远的地方，人类复杂的生活形态，已经使得冰山加速融化，海平面加速上升，气候极度反常，濒临绝种的袖珍企鹅们并不知道，死亡已悄悄逼近。

他在万里之外的荒野深处说："在这里，日常生活非常简单。在荒野漫游，感觉自然而真实，另一个世界反而犹如小说，与我所了解的真实完全无关。"

天籁

金达来微微闭上眼睛，将屏住呼吸聆听的我们和人间烟火隔绝在低垂的眼睑之外，独自进入了他的世界。

低沉的马头琴声是一匹老马，他随之而起的呼麦声，是另一匹老马，将我带出了蒙古包，走向旷野，进入了一个神奇的、神秘的世界。

  金色阳光从云层间瀑布般倾泻。
  亿万棵草一起仰起了脸。
  雪水在融化。
  瀑布从高崖奔涌而下。

羊羔子的唇终于够着了母羊的乳房。

布谷鸟在鸣叫。

牛群循声而来。

黑走熊在攀树。

四岁的海骝马在奔跑。

草原狼在月光下长嗥。

风撕扯芨芨草和炊烟。

胡杨林落叶纷纷。

一个蒙古族女人背着羊奶桶,走进草原深处。

马奶酒的芳香里流传着英雄的传说。

大地凝神聆听着草原上久远往事里的柔肠百转。

呼麦,这古老而神秘的声音引领着我的心,与生灵说话,与风聊天,与月光对饮。源于匈奴时期的久远回音,是草原上的人狩猎和游牧中虔诚模仿大自然的奇妙和声,靠口腔和舌头的变化,一个人能同时唱出两个以上声部的旋律,高如登苍穹之巅,低如下瀚海之底。

他在唱什么,我一个字都听不懂,我跟着这个声音去了很多地方,那些地方人与万物和谐共生,灵魂与灵魂窃窃低语,不分种类。他半眯着眼睛,不像是唱给我们听,而像是唱给自然里的神听,唱给沙漠,唱给草原,他一定也听到了他们的回应。

呼麦声和马头琴声一起,像苍老的骏马驮着我,晃晃悠悠,我的身体、我的心完全交付于这摇篮般的节奏。人类是否天生喜欢这种晃晃悠悠的感觉?否则,婴儿为什么喜欢摇篮?孩子为什么喜欢荡秋千?人们为什么喜欢骑马、喜欢喝酒?是因为生命之初源于大海吗?

达日玛悠远而又高亢的长调,将我带回了蒙古包里的热闹。狂欢的人群,烤着羊排,喝着奶酒,眼神里溢满天真和好奇,我的手里还抓着啃了一半的牛骨。

我想起另一个九月,青海一个蒙古包里,主人们载歌载舞为我们敬酒,我席地靠坐在一只画着艳丽彩画的柜子前,听到苍凉的歌声响起——

"鸿雁,天空上,对对排成行,江水长,秋草黄,草原上琴声忧伤……"

那一刻,我按在毡毯上的右手在和地面做着一种力量对抗——主人的下意识叫它用力将她的身体撑起来,站起来,跳起来,她会跳《鸿雁》这支舞蹈,可下意识里羞涩的力量又在阻止它用力,最后,它端起一盏奶酒,一饮而尽。

我终究没好意思站起来和他们一起跳舞,这个遗憾让我做了一个梦:我追不上他们的脚步,听不懂他们的语言,我猜测着他们嘴里吐出的每一个字的意思,很累很累。然后,他们中一个耄耋之年很邋遢却很美的女子,突然跑到舞台上,做了一些舞蹈动作,最后亮相的时候,脸上是带泪的笑,她扭曲腿部,脚底朝天,这对于年迈的她,似乎是不可能完成的动作。在梦里,我觉得她很丑。在梦里,我突然发现,她就是我,那个被自己拘禁、从未真正洒脱如奔马的自己。

诗人蒙古月来到杭州,钱塘江边我们第一次见面。他对我说,从你的长相、你眼珠的颜色看,你一定有塞外血统。

他在万里之外的荒野深处说:"某种伟大没有边际的东西,将我吸纳进去,包围着我,我只能微微感觉到它,却无法理解它是什么。"

鲸 落

蓝迪·摩根森（Randy Morgenson）是美国巨杉和国王峡谷国家公园的传奇巡山员，他在山谷中出生长大，做过二十八年夏季山野巡山员、十多年冬季越野巡山员，救助过身陷困境的登山者，指引过游客领略山野之美，他是一个热爱山野到骨子里的人，是"行走在园区步道上最和善的灵魂"。蓝迪带新婚妻子茱蒂旅行时，夜里就在路旁的干涸沙漠扎营，只靠一桶冷水洗澡，因为他不想夺走沙漠生物无比需要的养分，连枯木也不拿来生火。

1996年7月21日，54岁的蓝迪在巡逻途中失踪，园方出动一百名人力、五架直升机、八组搜救犬，展开前所未有的地毯式搜救，结果一无所获。五年之后，有人在国家公园的偏僻角落发现了一只残留着脚骨的登山鞋……

致敬蓝迪的悼词是这样的：

> 蓝迪最后的旅程结束在一道狭窄的山沟，在一处偏远的高山盆地。久远的小溪流经山沟，虽然总是仰望天际，却始终深藏在严寒的晨光中。峭壁上传来岩鹨质问似的叫声，远方则是隐士夜鸫缥缈的呼喊，一面注视着缓缓穿越峡谷的暗影。天黑了，潺潺的溪水流经岩石，水花飞溅直奔遥远的星辰，再落入静谧的高山湖泊，不停往下流、往下流，和国王河的轰隆声响合而为一，接着迅速汇入汹涌的急流，经过一千七百米高的悬崖和依傍在陡坡的沉睡树木，梦想温暖春日里有熊搔抓树干的时光。
>
> 最后，他悄悄流进中央山谷大平原，群星和深邃的夜空将他接

去。从第一滴融雪直到无边的寂静，欢愉的内华达高山之歌不曾停歇。蓝迪的声音也在歌里，只要我们安静倾听，永远都能听见。

2021年小雪时节，当我一边回望一年多前的阿拉善之行，一边捧读美国埃里克·布雷姆的《山中最后一季》——和我同龄的，且将生命、灵魂与激情融入山野的山野之子蓝迪的人生传奇时，有两股巨大的、相似的力量裹挟着我在不同的时空穿越，让我常含泪水。

2021年小雪时节，四名中国地质科考人员在哀牢山失联，山把他们吞了进去，多日后又把他们吐了出来。山说，不要打扰我，不要打扰我，不要打扰我。山不知道，有些人是来打扰它的，有些人是来考察它保护它的，比如帮它清理垃圾，警示游人不要在野地生火，营救失联者或者搬出他们的遗体。

1966年，24岁的蓝迪写道："为什么花草树木、万事万物要存在？因为少了这一切，宇宙就不再完整。"

也许，这句话已经道尽一切。

鲸鱼死去的时候，会慢慢沉入海底，人们为它取了一个美丽的名字——鲸落。我看过一个视频，鲸鱼母亲被人类射中，正在慢慢坠向海底，鲸鱼宝宝在母鲸身旁惊慌而又徒劳地游动着，甚至游到母鲸身下试图把它托起来。那是一段真实的、令人心碎的视频。

我们只是隔着屏幕的观众吗？是大自然的主宰吗？不，如果长梦不醒，总有一天，我们就是那头幼鲸。

选自《草原》2022年第1期

安宁

河流

安宁

发表作品四百余万字,出版作品30部,代表作:《迁徙记》《寂静人间》《草原十年》。荣获华语青年作家奖、冰心散文奖、丁玲文学奖、三毛散文奖等十多种奖项。现任教于内蒙古大学,内蒙古作家协会副主席。

你若去过巴彦淖尔，走过阴山脚下，一定不会忘记一粒小麦的芳香。那是几十万年以来，奔腾不息的黄河浇灌滋养出的河套平原的芳香。

所以我在巴彦淖尔，只想看一眼黄河。这条奔腾不息的河流，裹挟着孕育了我生命的一粒沙子，流经九省，浩浩荡荡，最后在我的故乡——齐鲁大地注入渤海。当我想起它，我的心便会生疼。这被一粒沙子硌出的疼痛，时刻提醒着我的来处——我出生成长的华北平原，也时刻提醒着我的归处——最终将会把我埋葬的蒙古高原。

夜色缓缓下沉，仿佛一滴饱满的墨汁坠入黄昏。就在天地温柔交融的瞬间，我透过飞机的窗户，瞥见广袤无边的库布齐沙漠，在幽静的月光下，犹如巨大的魔毯，铺展在大地上。被长年累月的大风吹出的每一道褶皱，似乎都在向着夜空呐喊：荒凉啊荒凉！卧龙般蜿蜒向前的黄河，随即出现在面前。它横亘在洒满月光的蒙古高原上，静寂无声，似乎早已陷入混沌的睡梦之中。广阔无边的河套平原与绵延起伏的库布齐沙漠，被闪电般的黄河倏然劈开。漆黑的阴山山脉化作一头猛兽，在乌拉特草原与河套平原的夹缝中匍匐向前。微弱又恒久的星光，正穿越距离地球几万光年的神秘宇宙，抵达裹挟着泥沙滚滚东流的黄河。

这月光下恍若梦境的高原，让人心醉。一切正在下落的声响，都轰然消失。只有陷入黑夜的大地，在暗涌中闪烁着隐秘的光泽。

多年前的夏日，在从内蒙古开往故乡的火车上，我以同样惊鸿一瞥的方式，途经黄河。携带着几千公里的泥沙，浩浩荡荡奔赴生命最后一程的黄河，在烈日炙烤的平原上，蒸腾着雄浑磅礴的力。水汽裹挟着热浪，以一览无余的荒蛮推进的方式，扫荡着一切阻挡一条巨龙般的长河成为汪洋大海的障碍。夏日的风黏稠，窒息，浑浊，干燥，带着一种巷口枯坐的百无聊赖。人在缠搅上升的热气中，仿佛因缺氧而探出水面大口喘气的鱼。只有站在黄河岸边的人,能够在干热中沐浴清凉潮湿的风。这源自青藏高原又洗去一路尘埃的风,这行经我迁徙并定居的北疆大地的风,这遥远的带着远古祖先梦中呓语的风,飞过巴颜喀拉山,穿过秦岭,越过阴山,行经黄土高原,掠过华北平原,最后在渤海上空缓缓停驻。当火车穿越黄河大桥,我看到生命中血液一样奔涌的河流,它因行经阴山脚下肥沃的土地,而在华北平原越发沉郁、舒缓;仿佛它正与我一起,抵达人生的中年,不再愤怒,远离嗔怨,祛除锋利,剪去欲望。被盛夏烘烤着的黄河,在没有波澜也无起伏的大地上,抛去万千的沙尘,只让最洁净的魂魄融入大海。

　　这是我第一次与黄河相遇,并看到它以悬浮大地的轻盈姿态,汇入深蓝的海域,义无反顾地终结自己作为一条长河的命运。它依然以河流的名字,在大地上日夜不息地歌唱,仿佛北方的流浪歌者。但它又神秘地消失于波澜壮阔的汪洋之中,杳无踪迹。它的"消失",又是某种意义上的新生。生命以更为开阔的方式,存在于宇宙中的一个星球。它不再记得青海的花儿、黄土高原上苍凉的呼喊,也不记得阴山脚下烈烈大风中的苏勒德、华北平原上翻滚的金黄麦浪。当它忘却生命的形态,以一滴眼泪的咸,离开大地,汇入深海,它便凤凰涅槃,获得永生。记忆与忘却,咆哮与寂静,存在与死亡,就这样消除了对立,化为浩瀚无边的宇宙。

　　几年后,我站在内蒙古河阴古城附近的黄河浮桥上,仿佛看到两千多年前,与我同样迁徙到这片北疆大地的王昭君,在渡过浮桥前,内心涌动的对于命运的敬畏与不安。北地大风凛冽,卷起漫漫黄沙,沙蓬草裹挟着尘埃在大地上流浪奔走,天地化作呼号的野兽,发出震动山林的吼叫。这塞外的苦寒,让一个女子对遥远的故土生出无限的眷恋与哀愁。

命运在酷寒中张开巨大的手掌，一段渡桥，化为命运之手的两端。走过去，一切历史都将改变，而那草原上不停迁徙的命运，也将自此相伴一生。命运站在河流的对面，露出钢铁般的冷硬与威严。最终，一个南方的女子，选择了顺从命运的召唤。

而我，站在浮桥的一侧，注视这古老又生机勃发的黄河，在风中发出的激越声响，仿佛听到跌落平沙的大雁跨越千年的动人的歌唱。青冢上的草黄了又绿，绿了又黄。树木在秋天从容地死去，又在春天安静地苏醒。河边的芦苇，在蒙古高原无尽的长空下，自由地起舞。这空灵不羁的舞蹈，与奔涌不息的河流，追逐着飞沙走石、日月星辰，在大地上永不疲倦地歌唱：长乐未央，长乐未央……

塞外大风日夜不息地吹过黄河，仿佛一头永不被驯服的猛兽，它带走了无数昌盛或者衰败的王朝，却将一个西汉女子的哀思，刻进大漠平沙，并跟随一条漫长的河流，抵达她的生命从未抵达的远方。长夜叩响着门窗，河流撞击着两岸，出塞的女子在哀怨的琵琶声中慢慢沉入梦乡。这北方河流掀起的浪涛，与南方江水激荡的回响，缠绕相生，不弃不离。它们从西部遥遥相望的两座山脉一起出发，行经万里江山，共同谱写出荡气回肠的民族生存史。这历史的瞬间，沉入一个弱小女子的梦中。她在击穿黑夜的浪涛声中醒来，知道迁徙的命运早已融入血液，纵使她百般不舍，终将走过浮桥，化为历史悲壮又闪烁的某个部分。

在阴山岩石上刻下人类崇拜的先人，他们雕刻出的犹如面临末日审判般惊惧的双眸，一定也曾注视过荒凉的大风席卷起这条翻滚的长河。在严苛的自然面前，他们无能为力，只能祈求上天。于是他们刻下山川，刻下河流，刻下飞马，刻下日月，也刻下生死。他们仰望星辰，也俯视大地。洪荒宇宙中盛满先人的敬畏，荒蛮的大地上江河游龙一样咆哮。

无字天书烙刻在红色的砂石上，仿佛巨人朝着远古在仰天长啸。古老的黄河日夜冲刷着阴山脚下的大地，带走无数的王朝，也留下肥沃的泥沙。逐水草而居的人们，犹如被大风吹散的蒲公英，在黄河滋养出的河套平原上野蛮生长。月亮高悬在阴山上，将一半微寒的光，洒在乌拉特草原，又分另一半温暖的光，给万物蓬勃的河套平原。它也不曾忘记乌兰布和沙漠，一千多年前，这里曾是人类繁华的家园，城池遍地，牛羊满坡，而今，只有大风吹出的流沙下埋葬的坟墓与朽骨，在清冷的月光下，讲述着白云苍狗，沧桑变幻。

这浮天载地的长河，曾因凌汛决堤，带来遍地阴森的死亡，也因缓慢深情的"几"字改道，冲击出水草丰美的万里沃野。就在这里，我吃下一口面食，整个被黄河浸润的瓜果飘香的秋天，便都回荡在我的齿间。夏天里千万亩葵花追随着太阳，在河水中投下绚烂的笑脸。秋天里它们与无数的庄稼一起谦卑地低下头颅，身体自由地舒展在大地上，以深情的目光，最后一次注视风起云涌的天空。野草抚过它们枯萎的身体，发出窸窸窣窣的温暖声响。一粒饱满的种子在阳光下炸裂，跌入草丛；一队出巡的蚂蚁迅速捕获住上天的恩赐，在涌动的黄河浪涛声中，浩浩荡荡拖回岸边的巢穴。秋风从遥远的某个地方吹起，带来一缕若有若无的花香。就在这个时刻，桂花迷人的甜香飘满长江沿岸的大街小巷。人们走到落满银桂的树下，抬头看看澄澈明净的天空；人们又走到洒满金桂的树下，低头看看落叶纷飞的大地。就在落花的私语声中，一条蜿蜒北方的大河，与一条横亘南方的大江，听到彼此的召唤，朝着浩瀚的太平洋奔涌而去。

刻下阴山岩画的先人，用惊骇的眼神，向万年后的世人呈示着远古时代，人类对于宇宙星空、生命万物、咆哮江河的惊惧与好奇。生命从何处来，又将去往何处？河流隐匿在哪儿，又消失在何方？肉体与灵魂，哪个更接近真实？死亡与新生，谁是开始，谁又是终结？天空与大地，会不会在人类永远无法抵达的边界处相接？落入河流与葬入泥土的生命，谁会腐朽，谁又会永生？一只从恐龙时代飞来的蜻蜓，如何穿过几亿年的沧海桑田，抵达苍茫的蒙古高原？

在巴彦淖尔，阴山下的先人没有告知我们答案，只有一条人类永远无法驯服的河流，穿越今古，生生不息。

节选自安宁《行走在苍茫的大地上》，《十月》2022 年第 1 期

钱红莉

有
所爱

钱红莉
———————————————

又名钱红丽，70后，安徽枞阳人，出版有散文随笔《华丽一杯凉》《低眉》《风吹浮世》《诗经别意》《当我老了》《读画记》《一人食一粟米》等二十余部，曾获第18届百花文学奖，安徽文学院签约作家，现居合肥。

不过是挚爱

《三联生活周刊》前主编朱伟先生在咸鱼低价出售古典音乐CD。他的书房贴墙两排书柜，高及屋顶，存放的全是他收藏的CD，目测有几十万张之众。其中，可能还有珍贵的黑胶。

他是按照作曲家姓名字母顺序归纳收藏的，售卖亦如是。非常冷僻的作曲家阿贝尔的八张CD，第一天挂上网，便被抢了，并预告翌日再挂出中世纪法国神学家、哲学家、作曲家阿伯拉尔……

国内大约有一群古典音乐爱好者，人数颇为庞大。

刚来合肥落脚，曾与一同事有过不愉快……多年以后，当听说她专门飞去北京，听管风琴专场音乐会，自此对她刮目相看。一个热爱古典音乐的人，能有多讨厌，是不是？

某日，忽然意动，欲完成一部古典音乐随笔书稿。未及三分之一，不满意起来，从此搁笔，继续储备。一次，一朋友鼓励我给《爱乐》撰稿。因为敬畏，不便造次——古典音乐不过正在抚慰单薄的我。不比年轻时，不知天高地厚，任何专栏随便接，甚至半夜爬起看泰森的拳击比赛，就为了完成翌日的体育专栏。

无所畏惧的年纪，终于过去了，纵然值得怀念。

或许，一个人过度的自省，有时也是一种羁绊。

生命里不仅需要文学，也要有古典音乐，日月晨夕，鸟飞虫鸣，仿佛拓宽着精神世界的广度。

古典音乐，并非用来谛听，而是将自我整个融进去，汤汤洄洄，一颗心在音符中低沉、苍老，不问甜苦喜悲。

夜来，音箱里流淌着贝多芬的《三重协奏曲》，平凡的家仿佛一齐沐浴于光辉中了；当去到乡下，大片晚稻田飞金滴翠，声动如马勒的《大地之歌》……有时，听一首四十余分钟的交响曲，当最后一粒音符爬升至一定高度戛然而止，忽然热泪盈眶。我对德国指挥家阿巴多，怀着一份难言的宗教般的感情，但凡由他指挥的柴可夫斯基、拉赫玛尼诺夫，始终是最好的。当他去世，柏林爱乐乐团演奏《安魂曲》纪念他，许多未买到票的德国人茫然地站在剧院广场，眼神空虚，像极一群无依无靠的孩子，当真叫人难忘……

热爱古典音乐的人，仿佛比别人多活一辈子。

朱伟先生说："心爱物，身外物，散为聚，聚为散。"

读着，颇为悲凉。

一次，碰见一位同行，客气寒暄，不知怎么扯到书上。他说，谁谁去世后，藏书全被子女当废纸卖了，并说自己早把部分藏书捐去了乡村书屋。本来与他不熟，不想几句话，一下拉近彼此距离。末了，他感叹，你说到底有什么意思啊……

书卷多情似故人，晨昏忧乐每相亲。大家不过是挚爱。

芮乃伟、江铸久夫妇，一直未要孩子。他们应是上海最安静的家庭，彼此日日打谱、长考，唯有清脆的落子声。芮乃伟曾说，早年出去打比赛，每次输棋后非常痛苦，当一个人留在房间，一点点地复盘，痛苦便会被化解……复盘过程中，一点点洞悉自己，知道到底输在哪儿，当然不那么锥心了。

如此痛苦，何以要共负一轭地坚持？也不过是挚爱。

天鹅湖南岸工地正在建造几幢大楼。我好奇，某日绕道跑去一探究竟，竟是市图书馆。独自高兴了很久很久，仿佛找到了晚年的依靠。这里距离我家仅仅三站车程——晚年的我，背一书包，一只放大镜、干粮若干、水杯一只,日日来泡这图书馆。

特意告知同事,彼此抚然。

可能是出于敬惜字纸的潜意识,这些年各方馈赠的文学杂志,早已将单位分到的一只铁皮柜堆满,总是不忍处理。

孩子大约也不太喜爱文学。近年,正储意提前清理些书籍。到临了,总不舍。现在,除非万不得已,尽量减少买书频率。家里三间卧室一个客厅,均有书架盘踞。这些书的命运,往后可能也会被挂到咸鱼,低价散给有缘人。

就是特别悲凉。

曾经,微博上有人贴出旧货市场买到的手写信,墨绿方格纸,纯蓝墨水字迹,工整雅致,略读些内容,揣测大抵写于20世纪五六十年代,是两地分居的一对夫妇,细细叙述对于彼此的思念以及生活日常。这么好的信,后人当废纸卖。这不被珍视的有着体温的书信。联想到书柜底层那一摞手写信。等我不在,孩子想必一股脑儿烧掉,当风扬起灰。

这些书,这些信,这些古典音乐CD,纵然珍视,到末了,也一样都带不走,散便散了吧。

心爱物,也是身外物。

鲁迅先生说:"此后如竟没有炬火,我便是唯一的光。"所有热爱文学、音乐、书信的人,也曾闪闪发光过。

谁遣花枝照古人

距家两三公里处,有一片菜地。

以往,每隔几日,我总喜欢逛逛,回来时仿佛沾了一身的灵气。久之，养成一种癖好。

一日，再去，菜地竟被碾平，变成千篇一律的草圃，失落得很。

郊区的菜地，作为一爿农业文明的微缩景观，似乎保全了几欲失传的二十四节气，一年年地，两者彼此呼应着，一日日加深着人与自然的关系。"春初新韭，秋末晚菘"，这八个字里，不仅有美味，还有农时，以及四季的流转。

那片菜地，十余年来，日渐变成了我生活的根基，我的思绪唯有依靠它，才能开出一点点花来。土地，森林，花朵，飞鸟，山岚，河流……正是滋养人们灵气的源泉。

从事书写这门手艺，几同于挖井，徒手开掘，缓慢笨拙，非工业化的，一点一点深耕，累了，自然想起来这片菜地，修正自己，放空自己。

对于一个逐渐失根的人，它更是一种寄托。

一直喜欢按照农历生活，不时看看日历，对每月的两个节气给予关切。日子过到"立春"，纵然置身苦寒，但在精神意义上，也仿佛有了新生。今年的夏天，忽然被持续不断的高温拉长，直接覆盖掉立秋、处暑、白露、秋分，从37度的酷夏一夜过渡至深秋，迎来寒露、霜降。

辛丑年秋天，总归不像个秋天，没有了往年那种身着长袖衬衫的舒缓漫长，令一个农业文明里生长的躯体颇为不适。

近日，一切又都回来，平凡的日子被寒露、霜降稳稳接住了。这样熟悉的持续感，让印刻于中国人骨子里的东西又一次重回秋寒，总归错不了，这长久地赋予人精神上的季节性安稳，让人的内心踏实，始终有一种恒定的东西在。

霜降前后的农历九月，应是起山芋、点油菜的时节。

最早厘清人与天地关系的，并非哲学家，而是农民。应时而种，应节而收，才是践行哲学的思想来源。

早前，我家附近这片菜地，同样精准地遵循着农时。往年这时日，山芋禾子被锄头扒拉到地角，扭了一只几米长的麻花，在秋风里滚着滚着，渐黄，渐枯……

夜读白谦慎《傅山的世界》。傅山一直主张"支离""丑拙"的美学观。他有一张册页：一根枯树，被拦腰折断，伤口处支棱着仿佛有痛，旁枝竟然有花，并非病梅，而是一株瘦桃。我曾在一座古寺见过一株半枯半新老桃树，一根树桩，分开两枝，一枝彻底枯了，另一枝上，新叶渐生、粉花华发，热闹与枯寂同在，望之，滋味殊异，唯独不见苦相。伫立良久，心里有波澜惊动，但总说不出来，那种视觉上的强烈刺激，早已超过了我以往审美的经验，就也说不出什么好来，一直难忘。直至夜观傅山册页。

秋风中的山芋禾子，亦如是，丑拙枯老，却又与人亲，与人近。

傅山在另一册页上题诗：古花如见古遗民，谁遣花枝照古人。

他所表达的，何以不是一份精神寄托？苏轼月夜找张怀民散步，也是寄托，好在他有伴，心意相通，孤独减少几分。

深秋后的土地，被装饰一新，窄窄一垄，一垄，又一垄，横七竖八，朴朴素素的，天地未开的原始性，有的被泼上水，撒了菜籽，盖上枯草。过几日，你记得去看，蹲下，轻轻把草拂开，凭空钻出无数乳白的芽，仿佛弱不禁风。这些芽，分别是青菜、芫荽、菠菜、茼蒿、萝卜……

再过几日，枯草被彻底揭去。每一黄昏去，它们就都变了模样——青菜秧蹿得最快，大约一周，泼上几瓢水，它们就都一齐在秋风中笑呵呵的了。确乎如此，每年深秋，我都听见青菜苗的笑声，婴儿般那么可爱，仿佛有着乳香的。

久蹲地头，风过一排排白杨树，哗啦哗啦，并非无边落木萧萧下的苍凉，我还是会想起成都诗人柏桦那首《望气》。这里的"气"，并非气息，而是"地气"。

忽想起露台空出的若干花盆。初春养的一株葫芦，开出许多花，只结成一只小葫芦。两株茄子、一株辣椒就都一齐枯了。

一齐拔了，松土，黝黑的肥沃的土，不如秧点蒜瓣吧。

我还养了一株马齿苋，枝枝蔓蔓的，匍匐于地，偏偏迟迟不开花，一日冷似一日，怕是再也收集不到它的种子就被提前冻死了。

一株黄种月季真顽强，趁着霜降来临前，又开出一朵花来。

我坐在小凳上，将所有土坷垃捏得细碎，蒜瓣剥去外衣，掰开，一瓣一瓣插进去，复轻拂一点浮土，将蒜瓣尖盖上，隔一日浇点水濡湿，不出三五日，便会抽出芽来。做完这些琐屑事，顺便将老梅树旁的拉秧草拔去，叶丛中早已花苞点点。年年如此，世间，还有什么比植物更守信的？再无。无端地让人心安，仿佛有了恒久依靠。

隔壁小区遍植鹅掌楸，一年年高大粗壮起来了，树冠下层的叶片渐黄，这种黄，并非失水的枯黄，而是富于生命力的黄，黄得蓬勃。城市绿化带转角处，总有雁来红，群群簇簇，相拥相依，何以有如此强壮的生命力？风一日日寒了，它们红得如此不羁热烈，用整个生命在红。还有葱兰，绿叶丛中点点的白，白得不被人辜负。年轻时，认为鸡冠花是最不好看的花，甚至粗拙老丑，如今透过中年的眼，反觉此花最具品质，倔强、顽强，凌寒不惧，纵然被嫌弃，照样有底气开花，多日不绝，犹如高山坠石的气魄，挺好，不容易。

人心的孤独，一年年被这些植物安慰着，久而久之，变得混沌，更加剧了精神上的依赖。唯独今年桂花，比往年迟了许多时，但，迟有迟的好,往年花香过于浓郁,熏得脑壳疼。今年因为天寒,香气淡淡浅浅,是"不来常思君"的迂回曲折。

近日,均是毛毛月,夜来散步,整个小区都笼在了似有若无的花香里,人在其中,仿佛飘浮于天上,有残山剩水的珍惜,甚为难得。这无所不在漫无边际的香气,宽窄疏密有度,禁不住攀折一枝,金桂已萎,是银桂。

把叶子剪了,放入插瓶,注满清水,一周不谢。深夜,香气渐拢,是暖香了,颇似凌寒中划一支火柴的暖。

孤寒与温静

用过晚餐,照常去小区木椅上坐一会儿,观观天象,听听秋声……我就是这样沉淀自己的。

大约6点,天已擦黑。前几日,大约农历十五吧,一轮明月悬于楼缝间,大而圆,仿佛初来世间的橘黄色,除了惊奇,也说不出什么,我就望着它,一直望着它。被自然之美击中后的涟漪,于心间起伏微漾。深秋的月色,亮而静,有亘古的意味。

咫尺处,一株无患子,整个树冠日渐黄下去,月色下仿佛燃烧起来了。也印证了一句古诗:窗里人将老,门前树欲秋。

昨夜,天上无月,唯余大朵白云。天穹幽蓝,衬得云格外白亮,望之良久。

秋天一日日深下去,像被神投入幽潭,不再忧心焦虑,人生的远景、近景,似一夜消失,唯余一颗心。白天,坐在阳台晒太阳,被褥、枕头抱出晒晒。黄昏后,被阳光洗礼后的棉絮,像极北方老面发的馒头,松软而暄香。

四季里,唯秋冬两季的太阳饱含香气。

林间有风,天空澄澈透明,迎着光骑车,秋光让人睁不开眼。

买一布兜菜,经过一段步道,不得不徜徉一番。法国梧桐叶青黄相间,黄叶忽剌忽剌往下旋落,蝶一样轻盈。沟渠内大片芦苇,白絮茫茫。香蒲结了深咖色蒲棒。一年年里,红蓼繁了密了。芒草一齐黄了,又一齐枯了。夏枯草坚持在秋风里开紫色小花。水杉锈黄,垂柳浅黄……眼前一切,纵然萧瑟荒凉,但,却那么美——原来,自然的荒芜更见穿透力。深秋的萧瑟与盛夏的葳蕤,自是别样,皱纹皓首比之明眸皓齿,更见生命的力度与内涵。

深秋真是蕴藏深厚的一个时节,银杏、乌桕在秋光下,如若两个永恒的发光星体,衬着钴蓝的天,黄如赤子,红如赤子。

每年这个时候,特别向往回到乡下:那里最好有一条江,或者一条河,夹岸大片稻田。不远处的丘陵山冈上,荞麦地蜿蜒不竭。僻野的深秋更有气质,更见风骨——零落的草甸,荒凉的山冈,清澈的河流……一齐平铺于地上,风的走向不羁而无所牵绊。秋霜一日浓过一日了。清晨,伫立门前望远,田畈一派泠泠然。

忽然没什么事了。坐客厅阳光里,翻牧溪画册,到《六柿图》,忽然感动起来……是这样的墨色,一瓣瓣,浅淡深浓。旧气,隔了千年递过来的旧气,尚有余温,是清灰里捂过的,底层的,日常的,谦卑的……

是牧溪的平凡打动了我。除了《六柿图》,还有《白菜图》。

每日都会买一两斤白菜。入秋,菜有霜气,异常可口。

百菜不如白菜。牧溪笔下的白菜,正是"客来一味",何以令人心悸?

"春初新韭，秋末晚菘"，这八个汉字里，埋伏着时序节令、人间烟火，以及一颗始终跳动着的温热的心。

牧溪感知到的，又是什么呢？

白菜晚菘图中那些墨色，已然旧了。旧的东西，总是珍贵的，厚重，凝练，内敛，欲言又止，留下一派清气，以及与生活隔了一层的凛冽之气。这所有的一切，皆源于秋气，荒凉之气。

我无法在盛夏的溽热里读懂牧溪，唯有深秋，一种无所不在的冽与寒，正是牧溪的精髓所系。他的《寒鸦图》那么孤独，甚至凄凉，何尝不在表达一颗心呢？屏蔽一切伧俗热闹，走向内心的明月深山。如此，孤独凄凉何以不是一份大自在？牧溪的燕子，犹如风中少年，一人独自飞，画幅上端稍微垂下几条树枝，是红柳吧，一样被墨色浸透了，纵是春草蔓生的三月，也是叫你守住了一份清寒。

每临深秋，我走在菜地，走在风里，走在湖边，不免想起牧溪《墨雁图》里一句题诗：西风吹水浪成堆。那份不请自来的寒凉，让人真切感知到，人与自然之间的那份两两相照，以及秋天老了芦花一夜白头的无可挽回。

我的望月，何尝不是那种物我之间的两两相照呢？

牧溪的僧人身份，注定了他的抽离感。到了20世纪初叶，另一画坛异数常玉，简直走向了牧溪的反面。

孤寒的反面，不正是温静吗？

常玉的温静无所不在。他的粉色系列，犹如婴儿安睡于夏帐之中，轻轻掀开一角，乳香铺天盖地。这是属于我个人的视觉上的通感了。

常玉大片未知的留白，构成了他艺术的夏帐，无数线条流畅比例失衡的马、骆驼、鹿、象、人，犹如亘古即在的婴儿。整个画面，像极西方圣婴们的受洗图卷,温柔,祥和,宁静。

一幅"嬉蝶"图,简直神品——背景一向是常玉派系的"粉"。白猫自粉色云堆间跃出,轻轻把一只灰蝶捉住了……那一刻,叫人仿佛知道了流水惘惘的意思,视觉上无限的冲击力,永远那么动人心魄,过后,又默默消弭于荒芜的时间中。

常玉的人体系列、动物系列,抑或瓶花系列,所表达的主题,无非时间的流逝,是将人抛荒于广漠的时间里而无能为力的消逝,流水一样的,一刻也不曾停止的消逝。

牧溪的抽离,常玉的浅淡,一遍遍体现于孤寒温静之中,像极这眼前的秋。

起 舞

孩子每周去跳一次舞。

鉴于他内省的性格,给他选择了街舞。一开始,他非常抵触,每去上课,简直像上刑。久之,慢慢克服。他胳膊长腿长,跳起舞来,非常有律动感。每次我接到他,都夸:"你是班里跳得最好的!"他不屑:"每个妈妈都认为自家孩子棒。"

他的性格随我,总是紧张而局促,我期望他在音乐中尽情释放自己,慢慢克服羞怯的毛病。秋游回来,一向内敛的他抨击某些同学欠缺教养,集体午餐时,一旦看见自己喜欢的菜,立即搬到自己面前,抢得菜撒了一桌……我则担心,他过分的教养束缚住自己,连肚子也填不饱。作为妈妈,我不忘提醒:"你也不要过分斯文,该吃还是要吃。"他则白我一眼。

舞校离家十余分钟路程，可以步行来去。但，每周，我坚持去接。实则，我只是喜欢看着那些孩子跳舞。我家孩子性格古怪，他可以在家跳给我们看，但，在学校，但凡瞥见我站在门外隔着玻璃看，他便放不开，迅速冲过来，示意我离开。

每次去，我只偷窥他一眼，便去观摩别的班级了。

最喜欢拉丁舞种。三四个班，有的班跳伦巴，有的班则是恰恰。

一次，低年级班或许要考级，气氛非常紧张。女孩们皆化了妆，头发扎成揪揪竖在头顶；一个个饱满的额，闪闪发亮，统一穿着浅粉色系芭蕾舞鞋，走起路来如一片云。

可能是教室不够，有一批孩子在走廊练舞：一二三，二二三，三哒哒，四哒哒——停！老师忽然抬高声调，那些孩子像突然被施了定型大法，双脚交叉，右手高高定格于头顶……一个高难度的动作。有些孩子重心不稳，风摆柳枝一样地摇晃。老师大声呵斥着，我看见孩子脸上扑的闪光粉簌簌往下落，乌溜溜的大眼睛扑闪扑闪，终于定住了，好惊险。

我是在走廊边缘看她们的，心里替孩子们捏把汗。大约两分钟之久，老师又开始调换别的动作练起来，转而再是一个高八度，又一个高难动作被定格于静止的时间中，与我近在咫尺的一对孩子，特别专注，每一个动作都那么协调，小手指，兰花一样翘过头顶，始终面带微笑。

开始放音乐，老师一声"起"，她们瞬间进入角色，露出八颗牙齿，将自己融入一段段旋律中，起舞，旋转，花一样绽开，融入，融入，再融入，慢慢把头低下，双脚收拢，昙花一样收敛身体，腾出右手，护在胸前，弯腰谢幕。真的好美。一群六七岁的孩子自律而自如。

末了，两位评委被校长请来，在走廊上看她们集体起舞录一段视频，接着还要去教室一个一个地跳。当日，大约所有科目的孩子都到了，不停地尖叫，匆忙的脚步，沸反盈天。可是，这一群孩子如此静定，留在走廊继续练习，不停地被定格于一个高难度动作之中……末了，老师提醒时间到，可以去教室准备了，别的孩子一下放松下来，小鹿一样蹿向自己的教室，唯有两个女孩一直沉浸在自己的动作中而浑然不觉。老师跑过来分别在她们稚嫩的肩上拍一下，才恍然有悟。这两位女孩的定力深深将我打动，她们可能是班级里最刻苦的孩子，小小年纪，于喧嚣中已然达到忘我之境，真是个好苗子。

常常，我不自觉伫立拉丁舞教室门前。不过纯粹喜欢看那一班女孩的身姿——当音乐响起，她们的腰部瞬间有了律动感，两个一组边跳边旋转向前，一直跳到大镜子前，再匆匆跑回，接着跳，汗湿衣襟。那些漂亮的舞衣，连体的，上身布满豹纹，露出右肩，下身连体裤，纯黑，至脚踝处，开成一朵朵喇叭花，一个个小腰，盈盈一握。有的女孩，一根黑辫子拖至腰部，一齐随着音乐起舞……无比惊艳。一个动作重复无数次，大家不曾偷懒，半小时浑然不觉过去了。偶尔，个别女孩动作不到位，老师无情地点名批评，只见她双手将脸捂住，不让别人看见自己的尴尬，维护着小小的自尊。学校校长亲自上阵示范动作，见孩子们不甚到位，然后，让她们集体停下，静静观摩老师的动作，随着节律，老师不停地旋转，自教室这头到那头，再从那头到这头……校长说，看见了吧，这才是最标准的动作，你们就练吧。

另一间教室，一群大一些的女孩，她们在跳伦巴。一个个十二三岁，小荷才露尖尖角的年纪，舞蹈间隙，出来喝水、上洗手间，她们的背影，袅娜而美，如若一片云，也是一泓溪流，随时可与周边的人区别开来，她们不会含胸驼背，永远春风拂面的模样。跳舞的女孩，注定卓尔不群，有一种不羁的自由美、自信美。

孩子每周需要复习上周的舞蹈动作，传视频给老师。有时，没有音乐，他也可以跳出来，行云流水一样的身姿左右腾挪，真的好美。一个人自小学会与自己的身体相处，并很好地调动它的灵性，如此快乐地与音乐融合在一起，何其有幸。

腾讯连续录播了四五届街舞大赛。孩子每个暑期皆看得津津有味。我偶尔瞄几眼，大开眼界。近期有张艺兴——此人同样性格内敛，话不多，录《向往的生活》时还紧张，一味低头做饭。一旦上了舞台，整个人完成了蜕变，偏偏选择奔放的"狂派"，简直将身体燃烧起来了，与平素判若两人。

每周，我几乎都提前去观赏孩子们跳拉丁。如果我的孩子是一名女孩，也许五六岁便送去学了拉丁，让她通过跳舞，自小懂得自律的重要，懂得若要拥有什么，一定得千万倍地付出苦辛。跳舞的孩子都是非常自律的，不仅仅表现在饮食这一点上。这所学校所有的舞蹈老师，一个个燕子一样轻盈，没有一丝赘肉，胸骨都看得见。

舞蹈真的可以重塑一个人的气质，举手投足，一颦一笑，皆不同，不庸俗，僵硬的身体被唤醒，一个精灵永远复活着，随时提醒你，挺胸，收腹，亮出天鹅般优雅的脖颈，展现着自信又美妙的身体。

舞蹈的孩子身体内还有一种倔强和自律因子。舞蹈出身的章子怡，她刚出道时，塑造《藏龙卧虎》中玉娇龙一角，面对周润发时桀骜不驯的眼神，及至负面新闻缠身时，再出演《一代宗师》中宫二一角，面对杀父师兄时眼神里的狠劲儿，同样得益于多年舞蹈的刻苦自律。

一个舞台上风光的人，她曾于人后付出多少汗水艰辛？

楼上邻居家的独生女，也是舞蹈出身。早年，每当黄昏，女孩背一只巨大的包离开家，身后是她母亲抱于怀的哭得撕心裂肺的孩子。她这是去上午夜场的班吧。非常有气质的女子,黑发束起,随意挽一个髻,她耳后毛茸茸的碎发,迎着夕阳微风,宛如晃动的水晶珠链。我与她父亲,属同一系统,并非同一单位,故,我从未与她对过话,但,每次相遇,我都对她挤出笑意。慢慢地,她孩子上幼儿园了。偶尔,楼梯口或者小区遇见,我会与她母亲交谈几句,慢慢了解到:女孩嫁的是一个香港商人,一直两地分居着。后来,孩子到了入学年龄,他们全家四口搬去了深圳,为的是孩子读小学方便。每年腊月,这位男邻居都回合肥一趟。做什么呢?不过是贪恋合肥这边的香肠。说是,深圳香肠甜口,吃不惯。千里迢迢回老家,就为了灌几十斤香肠带去深圳。

去年疫情期间,男邻居忽然一个人回来长居,也不便问。他留下老伴帮女儿照顾外孙,自己独自回合肥过起逍遥日子。邻居也是个热情的人,楼梯口每见着我的孩子,都要彬彬有礼地招呼一声。大半年来,每到黄昏时分,我总见他收拾得整整齐齐外出,相互点个头,不便多问。也就特别好奇:他是做什么去呢?纵是酷夏,他也一身绅士打扮,黑皮鞋、黑裤子、黑T恤,且带一只巨大保温杯。

一直好奇了大半年。终于,在盛夏带孩子吃必胜客时,揭开谜底。

夜色下,距家不远的必胜客门前,一个广阔的广场,各色人群,各自为阵,一圈儿广场舞,一圈儿街舞,另一圈儿则是交谊舞了。我与孩子几乎同时发现了我们的男邻居——他比较搞怪地戴着口罩,正与一位女士跳着恰恰……别的男伴着装非常随意,还有穿大裤衩的,唯有他一身正装打扮,特别有仪式感。让人好生感慨,他可真会享受晚年生活啊。只是,他总戴着口罩,不憋闷吗?

我的邻居是老年人群中极少的热爱舞蹈者,许多像他如此年纪的人,大多热衷于坐在麻将桌上,或者被迫含饴弄孙,唯有他自深圳的外孙那儿挣脱回来，一夜一夜跳舞。

而少数民族，仿佛天生擅长舞蹈，比起汉族来，他们天性快乐得多。壮族有一种芦笙舞，大人们在宽敞的露天稻场集体而舞，连刚刚学步的幼童，也加入进来，他们天生会模仿。快乐时跳，悲伤时也跳。广西大山深处，资源匮乏，可是壮族人特别快乐。当年，我站在群山间，深感人类处境的荒凉，可是他们如此热爱生活，血液里自带乐天基因吧。

爵士发源于美国黑人族群——黑人身体的律动感，优于白人，同样基于对生命的热爱吧。南美民族的桑巴，一样感染人，只要跳起来了，有何悲伤可言？生命只在当下。何有永恒？永恒就在舞蹈中。

远古时代，汉族人杀牛宰羊，祭天祭地，悲者歌之，乐者舞之。到了唐，民族融合，华丽的羽裳舞，大约源于胡人传统。渐渐地，又含蓄起来了。至北宋，开始惨绝人寰地实施缠足，借以禁锢女性躯体。女性的血泪史一直延续至民国，方才结束。

当一双天足被浅粉缎面的舞鞋所包裹，两根带子交叉着绑于脚踝处，音乐响起，身体的律动被唤醒，人类舒展起自己的身体，又是多么快乐，犹如敦煌壁画的"飞天"，让身体达到无限自由。

每周，我按时伫立于舞蹈教室前，欣赏着女孩们那些富于韵味的身体，名画一样次第展开，绢质的，永不褪色，流动的，而又静止的，让灵魂有了洗礼，从而也变得轻盈起来了。原来，我们的身体是如此的美，宛如诗歌、散文，有内在的节奏，也有独特的语感，在音符中高开低走，一气呵成，眼前的一切似都变得圆满。

选自《湖南文学》2022 年第 1 期

胡竹峰

惜字
亭下

胡竹峰
―――――――――――――
1984年生，安徽省作家协会副主席。出版有《胡竹峰作品（五卷本）》《南游记》等作品三十余种。曾获孙犁散文奖双年奖、丁玲文学奖、刘勰散文奖、丰子恺散文奖、林语堂散文奖、三毛散文奖等奖项。部分作品被译介为多种文字。

祖父说旧时有人背篾筐，上书"敬惜字纸"四字，走乡串户，收集字纸，送往镇上惜字亭内烧掉。先辈建惜字亭，旨在教化子孙勤学苦读、珍惜文字。

惜字亭是砖石结构，形如塔，高三丈三尺有余，五方皆为假门，底层有一方辟有拱形空心正门，专供焚烧字纸之用，以育人文风气。二至三层实心结构，飞檐斗拱，有各式花纹图案。亭子建造于清朝光绪年间，小时候手头有几枚光绪通宝，铜钞面文为楷书，背铸飞龙。乡下人家里多存有铜币，康熙、乾隆两朝最多，大小不一。旧人一双双手摩挲过的缘故，钱币锃亮，触鼻有阴凉清冷的铜锈气，让人精神一振。

穿过长长的老街，出口即惜字亭，如老松一般，那是平凡乡村雍容的儒风与清逸的仙容。亭头烟雨散了又聚，亭外青山黄了又青，亭尖自生野草，雀恋鸠飞。旷达和清穆不倒。一百多年光阴点点滴滴渗透砖壁，斑驳坑洼，古意充盈，愈久弥坚。亭边有人家终年在门檐下挂两个红灯笼，风吹雨打日晒，灯笼有些陈旧了，衬着粉饼般色调的外墙。

惜字亭下人家，虽世代耕农，对字纸也有敬惜之心。家里有读书人的，必备字纸篓。字纸保持清洁，不受污秽，得空放入炉中焚化，将灰烬深埋或送入河里。一些乡民识不了多少文字，却深得人间仪礼。路口瓜果，孩童们偷偷摘走吃了，主人也不恼。秋天瓜果成熟了，总会送亲邻尝新。

乡人惜字更惜物，村戏里上法场的人唱词一句句都是惜物之情："舍不得老布袜子有帮无底，舍不得鸡窝上一顶斗笠，舍不得床底下三升糯米，舍不得刚抱的一窝小鸡。"

地底潮湿，房子屋基用青石方块，青砖砌半人高，刷上石灰。青砖是珍物，舍不得多用，平常人家造房子，一律砌土砖上顶。砖缝抹平了，沿缝压出一条沟纹。夏天敞开窗子，冬天才贴上薄薄的白纸，窗上微微发出米糊与白纸的气味。屋檐下堆满松针，引火烧饭。劈开的木柴码放整齐，这种情调为山乡独有。

亭下常生野草，紫苏、苍耳、麻叶、稗子，还有我不认识的青藤。亭下河水流了不知多少年，石板桥却是晚清旧物。街上老房子，大多已湮没在历史尘埃中，那桥那亭在日出日落中演绎着清凉与温暖的感叹。

水一天天鲜活流着，因在古桥下，多了一层淡淡的古意。夕阳斜铺在河里，水面映照得如稻草般淡淡的黄。我乡极多石板桥，逢到夏天，桥洞是我们的乐园。摘几片芭蕉叶，铺地做床，无所事事过一个上午或者中午、下午。有月亮的夜晚，桥影、月影、人影、树影连同水的光影，是极美的景致。有桥处往往是交通要地，总有几家店铺。和母亲去购物，怯生生尾随其身后，紧拽衣摆，看一眼又看一眼那些花花绿绿的东西。老家乡俗管怯人叫"黑耳朵"。

惜字亭是灰扑扑的。阴雨天气，亭子也阴郁着，草尖低垂，树叶低垂，亭上细藤也垂须朝下。亭边瓦房人家灰扑扑的，墙角斑驳着裸露出藏青色大砖，砖上稀落落生有苔藓。老式木板门，窗户也是木制的，窗格烟熏火燎漆黑黑一节一节。苍老与陈旧里，凝结着一份幽古的清寒与贫乏。只有河水透亮，不知疲倦地流淌，寂寞无依，义无反顾。今时想起，都已怅然，都已寂灭。

惜字亭下山深树茂，一年四季花色烂漫，东风西风轮转方成四季。乡野绿植遍野，无有风沙，窗明几净。少年时每日在窗下读两册书，喝一壶茶，间或一二乡友来闲坐，上下千年。远离闹市，得了清静也得了热闹。

那些人家房屋邻近，鸡犬相闻。老屋错综复杂，多则百十间房子，少则几十间。一个族下几十户人家住在一起。人丁兴旺的开始搬移祖宅，鳞次栉比的瓦房仄仄斜斜横戳在一行行树中，也不规矩，靠东向西，坐北朝南，建得自然。路都是沙子路，两边种了些花草，被参差不齐的树、新旧不一的楼包围着。

民居多依山而建，峰峦环抱做靠背，有上好的风水。门前多有水塘，半月形居多。房子常常是几十年旧宅，五进三厢四合院，两端外带抱厦，青砖黛瓦马头墙。还有人住百年老屋，几十户人家围聚一起，乡人称为万家楼，因为住户多，民居原为万姓人家所建，遂得此称谓。

万家楼后来归了吴家，友人住在那里。他母亲做的萝卜干真好吃，二十几年，忘不了那样的情味。冬天借宿，夜雾中影影绰绰的鱼鳞瓦老房子，几盏未灭的灯火，点缀其间。早晨起霜了，一头走出去，迎面沁凉，瓜果蔬菜萧然意远。

古人说，欢喜一个人，他家屋顶的乌鸦也欢喜。不喜欢那个人，连带厌恶他家的墙壁篱笆。友人母亲为人和善，待我等如亲儿，每日烧好热水灯下候着。洗漱泡脚，屋梁上近尺长的老鼠探头缩脑，好像通了人情，并不可厌。几个少年嬉皮笑脸，世间最好的事，是人的相遇，像梅花沾有霜雪，草叶凝结露珠。

开春后，惜字亭下村落山野的各色花都开了，小路上常见挑夫折一枝野花放在扁担头，蕴含三分春色，又吉庆又和煦。日子贫苦，生在马槽牛栏，也在槽里栏里开有绿叶鲜花。

柳梢风味最好，<u>丝丝绦绦长长短短</u>，与茅草间杂一起。桃花谢了，焕然一树新绿。山中映山红红艳艳躲躲闪闪，小孩一捧捧折来当作玩物。厚厚的棉衣可以脱去了，草木向荣，人面欣欣。小女子穿上春衫，布袖飘摇如风行水上,韶华胜极,是一枝枝桃花。不独人物鲜活如此,屋前弯弯绕绕几条田埂,也若游蛇一般。水口关上,田里浅浅一洼水,远看如镜子,映得云白,映得山绿,映得树翠。田边有山,不甚高大,却青葱莫名,从山冈绿到岭脚。布谷鸟开始叫了,一只一只在田野咕咕相和,从清晨至傍晚。微风徐徐,正是放风筝的时节,终日有纸鸢在天上飞着,高高低低。

光阴流转,四季时序轮番。谷雨、清明时候,遍地庄稼,一片翠绿,一片祥和。乡农造屋早已不用土窑砖瓦,省却许多柴火,几年养得山林茂盛繁密。乡下常见大树,一人抱不过来,清凌凌有喜气。乡俗说山上多柴,家里有财,这就是太平盛世了。

乡野无邪,花草无邪,童年心性无邪。诗中"路上行人欲断魂"一句,我并不喜欢,觉得阴郁低沉。因为不喝酒,对"借问酒家何处有,牧童遥指杏花村"也无动于衷。后主词里感慨"才过清明,渐觉伤春暮",也未免丧气。白居易倒是说得好,"好风胧月清明夜,碧砌红轩刺史家",王谢堂前的燕子与碧砌红轩,都入了寻常百姓家。程颢也作过清明诗,"况是清明好天气,不妨游衍莫忘归",比他《易传》《经说》《遗书》之类著作容易亲近。

清明时节雨纷纷,南方总有大片连阴雨,蒙蒙细丝十天半月不止,天气应了诗句,年年如此。墙角苔痕又高了几寸,人在雨中,望着烟笼远树,景致更妙。雨飘在庭院,飘在池塘,飘在田垄,飘在坡地,也飘在人的头面,细碎冰凉。河水涨了一些,乱流山沟,水中圆石无数,大者如菜盆,小者似鹅卵,更小的像弹丸,一颗颗润洁可喜。

地气旺盛,天清目明。晴日得气,有田园气、山林气。天地日月人世安定清明,春阳流水与畈上新绿有远意,水声经久不息,引得人向上向善向远。春天凝在花红叶绿里,溪涧池塘涨满水,积蓄自然之力。野草越长越高,蒲公英绒球随风乱飘,荠菜老得开了花。

春欣佳景,牛都是喜悦的,不再嚼棚里的干稻禾,每日早晨饱食大把鲜草,鼓腹昂首阔蹄从村前禾垛旁走过,潇洒陶然,好似仙家之物。午后,有牧童牵它上山,山林茅草遮身,那牲畜如入宝地,又一次肚皮浑圆。山地阴凉,草浅处可卧可眠可立可坐,或捧一书闲翻,不知不觉,日影西斜。

老屋旁有水塘,虽不见烟波浩渺的万千气象。每每午后,垂钓于树荫,或在草丛中酣眠,清风醉人,几忘烦心俗事。屋旁也有老井,甘甜悠长,可饮可涤。院墙外的空地上种些丝瓜、青椒、茄子、白菜,晚上在瓜架豆棚下乘凉。

星光灿烂,夜色如水,菜叶上露珠粼粼。常有青萤飞入窗口,屋内萤光闪烁,更有月色照得纱窗一片皎然,几缕寒光泻进室内,映着半床诗书。

春日,香椿发芽,采些归家,以香油拌之,养胃怡神。村口槐树开花,摘了回来,放鸡蛋清炒,饭量大增。每年可以吃到三五条黄鳝,是祖父犁田遇到了捉回来烧汤,用茶碗装着,一段段入嘴清香。黄鳝并不稀罕,却是春夏时令之物。一次生病,家人不知道从哪里谋一偏方,说油桐树虫有效,逼我吃下三条。那东西藏身油桐树干,形状像蚕,倒无异味。只是虫子黑得油亮,蠕蠕而动,总不免发慌作呕。

适逢节令,自有平日所无的章程。立夏称重,端午包粽子、吃绿豆糕,中元烧香纸,重阳打糍粑,中秋食月饼,过年祭祖,清明上坟。一岁尤重三节,端午、中秋、过年。过年的热闹不必说。端午、中秋亦有喜悦处。

过端午,吃粽子习俗由来已久。古人包粽子多用黍米,籽粒淡黄色,也叫黄米,煮熟后有黏性。粽子一般四个角,三个角的也有,还有五个角的,像戏台上的帽子。

小时候过端午,家里会包些粽子,裹上一颗红枣,有甜蜜的寓意,再蒸几枚咸鸭蛋,一分为二或者一分为四切开,四仰八叉躺在白瓷盘中。说来也怪,咸鸭蛋非要那样才流光溢彩,囫囵剥壳而食,不仅少了情意,滋味似乎也差一些。我不喜欢吃粽子,唯好其香,那种香缥缈肆意又含蓄温柔。老家人包粽子多用芦苇的叶子,提前摘下一叶叶洗净叠好,与古人不同。

古人多以菰叶包裹粽子。用菰叶包黍米成牛角状,称角黍;用竹筒装米密封蒸熟,称筒粽。筒粽方便快捷,近年巷口常见老翁老妇贩卖。粽子剥开以长竹签擎来吃,滋味清香,有翠竹气也有糯米的清香,还有惜字亭下人家的旧时气息。

每回吃粽子,总会想起祖母。祖母包的粽子,说不出的家常朴素,后来我再也没有吃到过了。

端午节旧俗,照例要挂把艾草在门头,我家年年只是随意放一捆在那里。有人将艾草剪做宝剑形状,民间各色禁忌皆有仙鬼依附其上,这是俗世的庄严肃穆。

端午如此,中秋也如此。如果是大晴天,月亮地里,漫天星火下摆张桌子,一家人团团围住水壶的袅袅热气,月饼切成扇形,就着点心,喝茶聊天,是一件愉悦的事情。

吃月饼每年只一次,金黄的面皮,细碎的芝麻,嚼出沙沙的声音,都是美好的。更美好的是红色纸盒凸印嫦娥飞天的画面,衣袂飘飘,上空一轮金黄的圆月,让人生出许多联想,还有飘飘欲仙的快意。小心翼翼剪下嫦娥,贴在镜子旁。梳头洗脸,顾影自盼之余与嫦娥眉目传情,牵连瓜田岁月的美意。

纸上嫦娥不老,有年回家在老屋里相逢,二十几年时光,我已非我,她还是当初模样。二十几年,没吃过那种月饼,仿佛消失了一般,市面未见。我不惦记那种味道,但我怀念过往的日子,怀念那在漆红桌子上切月饼的时光。

老屋旁有梅、柑、梨,有芭蕉,还有石榴。石榴从来没有挂果,是风景树也是风水树。最贪恋桂树,巨大的一团,远远就可以看见。爬上去,枝杈繁乱,零散几个鸟巢,别有洞天。有大树,少则上百年,更有千年古柳,虬根盘旋,枝叶参天交错,春天发了新枝,立夏后像一层浓重的绿云,遮挡好大一片天。又有芳草萋萋,青藤数枝绕树蜿蜒上行,越发绿意葱茏。

庭院海棠花开了,招蜂引蝶,也引来了几只蜻蜓。蜘蛛在天井结丝,两只飞虫自投罗网。山脚路口过来一村童,衔一秆麦管,呜呜吹响黄昏。天色茫茫,又下雨了,蒙蒙细丝落在衣袂间,亦见清风明月的气韵。青梅尚小,在枝头立着,隐有花的余香,白绒绒一身亮。炊烟在老屋的鱼鳞瓦头袅起。

屋前屋后皆是菜畦,一脉新生,豌豆灌荚了,长满一地绿月,摘回来烹食,风味大佳。韭菜尤好,有种稚嫩的香甜。一经立夏,韭菜浊气重了,吃起来便无春时新嫩。古人说蔬食以春韭秋菘滋味最胜,这是知味之言,也是经验。韭菜清炒或煎鸡蛋,有春鲜美味。用来炒河虾亦好,咸香且微甜,一时比翼。小时候河虾珍贵,不易吃得到。

望肉馋叹的日子,母亲自制网兜,兜口缝几枚铜钱,入水可紧贴水底,趁手一提,多有所得,无非小鱼小虾,也足以让人欢喜。夏日傍晚,母亲带我兄弟二人自溪头至水尾捞获,觅食若干。水中河虾,触须对碰,弹跳自在。鱼虾大者如蚕豆,小的粒米而已,焙干后,放辣椒炒食,咂舌之美,通达心底。放下碗筷,觉得未来远大,一室吉祥欢腾。

门前溪河清亮,阳光照下来,沙石闪动,竹影树影也闪动。河潭是浣洗场所,乡妇槌起槌落,清晨捣衣声不绝。溪边三五桃树,花开时节,花影人影相映。有落红飘至溪中,水流花谢,人一时无语。夏天,几个小童避开上人眼线,卷起裤腿在河中捞寻鱼虾,养在玻璃罐里。

小河水流平缓处芹菜丛生,葳蕤一片,掐回家洗净,以腊肉之油炒食,入口生气颇盛,与畦园菜蔬滋味不同。以前有贫人吃了芹菜,觉得美味,献给贵人分享。贵人觉得辣辣的,蜇于口,惨于腹。幼年听到这个故事,不觉得寒碜,感慨贫人的浩荡烂漫与仁厚朴素。这风气从先秦至今,跨越两千年,没有中断。

在徽州游玩,一族人家老祠堂大厅抱柱上高高挂有旧联,说是清人所作,内容大好,说出了心头话:

惜衣惜食缘非惜财而惜德,求名求利只需求己莫求人。

这联语让我感动,仿佛看见了惜字惜物的祖父青灰色的身影,也仿佛看见了一代代乡村老人的面容,更让我想起乡居的母亲,每回饭熟了,她总用钳子夹取灶台下正热的火炭丢入陶瓮中,用木板封口,火炭须臾而灭,经月可得数斗,冬天用来烧小炉。

做孩子的时候,凡穿衣或饮食,上人总让我们爱惜,一粒米也不能糟掉，衣裤鞋袜更要当心，不可随意损坏污染。祖父说一个人不爱惜衣食，必损坏福报，甚至折了命格。民间凡夫也得了些汉儒之风。

家里来了新客，邻人说话含笑，举止多礼。母亲在厨下，煎炒油炸之声响彻四壁。菜里会添一勺油，油汪汪的，动人心魄，仿佛照得见人影。虽无山珍海味，村落人家现世的安稳也是华丽富贵。给客人盛饭，小辈倘或单手接递，上人总要嗔怪，提醒用双手。来客盛饭要满，碗头有菜，几乎直抵鼻尖。乡村趣味处处讲究一个满，圆满丰满，水满缸，粮满仓，被满床，年画里的鱼和婴儿，也以肥美为上。

少时生活俭约，少喧哗，吃饭不得多话，不准挑三拣四，从自己面前慢慢吃。左手端住饭碗，不要吃着自己碗头又盯着盘子，夹菜不能把手伸到长辈面前。睡觉不许翻来覆去，坐要端正，晃腿会折了福分。人世久了，觉得少比多好。人生一世，忧患实多，欢喜是有的，忧愁的时候也不会少，轻轻浅浅享一份清福就好。君子知命，随分守时而已。不是君子，更要懂得随分守时顺应天命自然。

乡民饭场多设在厨房外，屋里一张八仙桌、四条凳子。桌子很旧，油漆脱落了，好在还牢固安稳。有人家水缸裂开了缝，用铁绳捆住。天长日久，锈迹斑斑，水迹濡湿锈迹，像桑叶，像地图。水缸面上浮着葫芦瓢，或敞口或覆身，泛出青铜色。从缸里舀半瓢水，仰头喝了，水线入喉清凉爽快，是清冽的山泉。

农人生来出力为务，上山砍柴、下田种稻，春天要播种，秋天要收割。地里依岁序种有玉米、蔬菜、小麦、红薯，年头忙到年尾，吃事舍不得花大块时间。

乡间日常，饮食仿佛余事。妇人从田间劳作归来，身上沾满尘土草叶。喂过家畜，洗净衣物，才有空闲进厨房。一日三餐不见山珍海味，素日不过米饭、各色蔬菜及家禽之类。粗瓷盘子或者海碗年年所盛都是笋、葱、白菜、豌豆、茄子、黄瓜、萝卜、冬瓜、粉条、扁豆。春节才有鱼，切成块，或者一整条，头尾饱满。年年有余，年年有鱼，鲢鱼、鲤鱼、鲫鱼或者草鱼。餐餐有腊肉，锅底米饭也会煮得满些，饭边是各色菜蔬，炖得发黄，不贪形色美丑。

日落日息，耕种挥汗，一年没有几天空闲。家里或者邻人做了年糕、米饼、芽粑、粽子、月饼、豆粉之类，虽平常物事，母亲却吩咐用盘子或者用藤编的箩筐装好与人分食。

月色中，星光下，漆黑里，捧着喷香的吃食轻扣柴扉。挨家挨户送过，人开门，惊喜盈盈，一边说多礼多礼、过情过情，呼小儿从厨下换碗接过。挟空碗回来，一路步履飞快，星月晚风草木虫鸣仿佛亦含笑。予人之乐如山涧流水，回味甘甜。

族谱记载，胡氏一祖任丈量官，宋朝时候来到惜字亭下，见风水宜室，定居下来。一世祖坟茔犹在，多少代人零落山丘，如草灰入地。当年祖父手植的几棵树或老死或挪作他用。只有一棵桂花立在屋边，被风吹过，摇响一垄秋声也吹开一枝冷香。

多少年，一次次从远方归来，老屋木门后，熟悉的人不在了，后来老屋也不在了。宋元明清到民国至今，一朝朝一代代，胡氏族人世世山野为民，务工出力，春种秋收。

从惜字亭入口，穿过老街，是一条稻田小路，路上有心窃窃想遇到的少女。她迎面而过，彼此无话。午后的风，静静的，轻轻悄悄吹动树叶发出沙沙声响。有时候也并肩而行，说是并肩，我终会慢半步。悄悄看着她侧脸，轮廓玲珑俊俏，颇似巧手精心打磨的玉人，蹙着的双眉下，一对乌黑清亮的眼盈盈如不见底的一泓水，蕴藏着淡淡阴霾。她瘦而单薄的身躯像只小猫。风从耳际拂过，新耕的田地散发出的清馨的泥土气息包裹着我，一些草的味道飘到鼻息间也瞬间包裹着我。初时的心事不敢点破，一抹私念悠悠漫漫，又如同飘扬的风筝，最后断了线，消失在天边。

少年的矜持与羞怯，是高山上稀薄的云朵，是花叶之间微妙的芳香。坐在浅绿的草皮上，以手枕头，书散在一边。天湛蓝深邃，云片白蒙蒙像棉花糖，风吹即散，少年走神了。指缝滑落的比留在掌心的多。过去就过去了，只有记忆，当年岁月丢了，不能回来。少时旧友，为人夫妇为人父母，各自艰苦，各自欢愉，彼此相忘于江湖。

晨雾迷漫，只有青山、河流、老屋、古亭的影迹。春光浩荡，亭尖野草又绿了，野花高举。大雨过后，忽而云开，阳光照过亭尖画戟，斜斜切下一抹幽凉。惜字亭默默看着。小村人家生老病死，井然有序。有些人走了，有些人来了。惜字亭至今康泰，亭尖野草萎了又绿，青了又枯，反反复复。亭下一户户人家在光阴里老去，一年年，山改了模样，河改了模样。

窗外起了风，茶褐色的松针落满后山，枯叶萧萧，心绪也萧萧。枯叶寂寥，心绪也寂寥，内心有秋声赋。秋风刮过瓦片，飒飒的声音，不是秋声赋，是物之哀了。戏词说："你记得跨清溪半里桥，旧红板没一条。秋水长天人过少，冷清清的落照，剩一树柳弯腰。"落日冷清清照在西山，那些树那些草，被擦亮了一般。无数次静静地坐在门前塘埂上看夕阳之光，染得山影红彤彤的灿烂。

西山如笔架。民国时有风水先生路过，说门对笔架山，此地当出一个文士。我勤勉读书，以为自己会应了那话，将来做一文士。而实在生了逃离之心，出门是山，过了那山还是山，一座座山挡住了一切。孔子说他是丧家之犬，而那时我不过是丧家的微尘虫豸。

后来到处见到像笔架的山，江山多胜迹，才明白此说无稽，风水先生讨一个彩头而已。人生业障太多太重，实在不必太多穿凿、太多执念。

走在惜字亭边，喧嚣只在远处。近旁荒藤绿树老宅古桥，高且大的树栖居了飞鸟，废园长满了野草。暮鸦归来，秋燕南去，风过塔顶，雨落天井，草动虫鸣……四季悄然更迭。白昼日光，夜阑月色，将惜字亭下的日子照得晴朗光明。

前人走过的路，年年山风，春草复生，一寸一尺一米一丈吞噬往日旧痕。下雪了，荒野堆银砌玉，亭子白了头。人间踪迹被一片白隐住了，倏忽回到了过去。山依旧，水依旧，树枝上三五只麻雀跳跃，几百几千几万几万万年前大概也如此。

小村陋室里第一次读柳宗元《江雪》，唐时景象让人沉迷。山无鸟影，路无人迹。孤舟上戴蓑笠的老翁，独自在寒冷的江面上垂钓。斯时想来，又写实又虚空，如人生诀。

戏台上演鲁智深事。花和尚醉闹山门，打坏寺院和僧人，被师父遣往别处，辞别之际唱曲，说自己赤条条来去无牵挂。人性空无，富贵人家与贩夫走卒无二，生来无物，死后带不走一粒尘埃，赤条条来去，在得失中参透看破，在拿起与放下之间解脱，最怕牵挂太多、羁绊太多。古人说，几亩小园，一座破旧的小屋，能避风遮霜。蜗牛角与蚊虫的睫毛，都足以容身。先民心性如此豁达。

空而无心，空且有我，无所谓有，无所谓无。人生至此，所得不过得，所失不过失。吃饭、喝茶、饮酒、读书、写字、作文、行乐、受苦、沉浮。沉沉浮浮，是河东河西岁月码头变换的风景。中国文章有人间天国，那是陶渊明幻构的桃花源，是《红楼梦》中的大观园。住到文章里，像走进了日月星辰。我欣喜写一点文章，潜入文字世界。

那些冷僻荒村，自甘平淡。村人不知外乡外埠繁华风光，知道也不羡慕，守着惜字亭下不大一块天、一方地自生自灭。何止百年孤独，追忆逝水年华找不到引子。

人生在世，命途不同，足迹有别。有人轰轰烈烈做大事，有人终身平凡寂寞，激不起半点浪花。无有是非不论成败，各自福祸吉凶，都不过在世间谋一口热饭滚汤、一张暖炕。有人谋得酒酣耳热笙歌夜夜，有人粗茶淡饭偏居一隅，最终都是走向空无，要的不过此身安妥。

惜字亭下人家撒豆播种，以田地为业。那是他们的桃花源、大观园。一茬茬农人无求无喜，酸甜苦辣尝遍，一切有度，自可过着生活。顺应天道，施肥灌溉，收成好了便好了，收成不好由它不好，来年春日再来耕种。人无妄念无着相，无有梦便不会醒，无牢骚心无矜夸心，处处有佛性有道性。乡农如此，乡景也如此。

秋夜过惜字亭边石桥，河里一轮圆月，明润在天，不知它照着溪水，溪水不知有月照着，不管不顾地流着。石桥、溪水、明月不知有我经过。

选自《当代》2022年第1期，有删节

稻田的
心

王洒

男，汉族，1978年9月出生，贵州仁怀人，中国作家协会会员，贵州省仁怀市作协主席。发表作品三百余万字，有散文集《泥土上，屋檐下》、纪实作品集《扶贫日记》等出版。

没有谁对父亲最好，唯有稻田。

没有谁让父亲最骄傲，唯有稻田。

在黔北仁怀大山里种了一辈子地的父亲认为，稻田有颗金子般的心，是它无私的奉献，才让父亲在艰难困苦的岁月里不至于有忍饥挨饿的卑微，才让父亲执掌的家庭在寂寂山村里活出了该有的光明。

稻田，是父亲的命根子。

壹

20世纪80年代初，父亲分到了像宝石般镶嵌在大山深处的稻田。稻田有的在山膀膀上，有的在山弯弯里，有的在山窝窝中，有的在山脚脚处，是根据远近、大小、肥瘦搭配后，在生产队的组织下抓阄分配的。

紧紧握住纸阄上的稻田，父亲哼起小曲儿，即刻回家向奶奶、母亲禀报。

百年木屋里，灶前的奶奶正往灶膛里送柴火，灶台后，母亲正往锅里烙干粑。等待分田的心情里，火光、炊烟，都成了眼前的欢腾。

"分了，分了，分了……"父亲闯进门，"龙井、肚肚儿、窝窝儿、莲莲儿、沟扁扁、水井湾、杉儿树、反背、新田、麻汤田。不多不少，整整十丘。"父亲像点孩子的名字，将分到的田一口气点给奶奶和母亲。

每丘田，都有自己的名字，都有来历或故事，跟人一样，是有身世的，要善待。嚼着干粑，父亲嚼出每丘稻田的前世今生和一家人的未来。

贰

除夕夜开始，父亲就满是稻田的心事。

神龛前，父亲祭完祖先，就取祭祀用的少许饭食装进碗里封闭，随后放在神龛台上，等到元宵节时才取下来。这碗里，不知父亲装的是什么心愿。

我记事时就问父亲，父亲只一句："今年庄稼哪样好，正月十五碗里找。"

难不成，神龛上的神秘碗，能长出庄稼？我不明白。

左等右等，元宵节来临。打开碗，父亲瞅了瞅，欣慰地抬眼朝向身旁的母亲："今年，谷子最好，苞谷、麦子、高粱要次点儿。"母亲回笑："好啊，老天爷在照顾我们嘞。"

十五天，神龛上碗里的饭食都霉变了，出现白、黄、红、绿等颜色。母亲解释，白色代表大米，黄色代表苞谷、麦子，红色代表高粱，绿色代表菜蔬……

我明白了。这是多么神奇的祈祷啊！

只要下雨，父亲总要侧耳倾听第一个春雷什么时候滚来——正月打雷坟堆堆，二月打雷谷堆堆，三月打雷谷壳飞。

好在，第一个春雷，总在农历的二月来临。二月春雷，像是父亲下田耕作仪式上的演奏。

观望天象、遵从时令耕作，是父亲作为一个农民最基本的素养。

清明前十天，父亲将年前买来的稻种，用温水浸泡一天一夜后，撒在提前准备好的温棚里。父亲一丝不苟，像呵护刚出生的孩子，不仅要用肥泥为它们垫"窝"，还要盖一层有机质高的灰土"被子"。

约一周，芽出土。天热时，父亲要开棚散热、浇水，生怕它们"中暑"；天冷时，父亲要封棚保暖，生怕它们"受凉"。

漫山遍野，绿意渐浓。温棚里，秧苗长得急。扛上犁耙，牵了水牛，父亲正式下田整治秧苗田。

父亲的秧苗田，年年定在肚肚儿。肚肚儿在一座山膀上，形状像一个壮汉的肚子，所以叫肚肚儿。秋收后，父亲一般不会将水放干，而是将它整治成冬水田，以便来年承担起培育秧苗的责任。

犁两遍并耙平后，父亲割来半人高的油麦、蚕豆、豌豆等青苗踩在泥里，为移栽来的秧苗提供营养。父亲形象地称，稻苗好比幼崽，只能喝奶。青苗快速腐烂后的肥力，就跟奶一样，稻苗才容易吸收。

秧苗田里，一厢一厢，平整的苗床全露出水面。厢与厢之间，是装满水的厢沟，作用是确保苗床和秧苗有充足的水。这是父亲多天工夫打造的。

秧苗田整治好后，秧苗已长到食指那么高，正是从温室移栽到野外的时候了。

起苗前，父亲要将温棚膜扯掉，让秧苗在阳光或风雨中独立成长三两天，然后才为它挪窝。经受过磨炼的苗子，到温室外才能抵御侵袭。

在几名农人帮助下，秧苗移栽开始。弯起腰，脸朝苗床，屁股朝天，左肘靠在左膝盖上，右手指从左手取过幼小秧苗，一株一株，小苗被小心翼翼栽进苗床。此刻开始至秋天，父亲与农人们，千万次，要反复向稻田作揖；千万次，要反复与稻田商量；千万次，明白稻田从不亏待他们。

"布谷，布谷，收麦种谷……"山坡坡树丛里，布谷鸟催忙的口号声传来，父亲抬头就嚷："催啥子鬼，腰都忙断了还催？我们休息下，别理它。"

听了父亲的俏皮话，大伙儿乐了。坐在田坎上，吸起烟，父亲与农人们"打量"到的，是一片绿意盎然的稻田；感受到的，是唯有向稻田弯腰，而不曾向谁弯过腰的尊严。

叁

移栽完秧苗，父亲开始整治稻田。

抢收完头年轮作的油菜、小麦或蚕豆后，将近一个月时间里，父亲都在盼雨的日子中度过。

谷雨时分，春雨渐增。

夜雨中，父亲始终睡不实，不时探听屋外雨声。天亮了，雨还未停歇，父亲就迫不及待。"这雨，够整田了。"

戴上斗笠，披上蓑衣，扛上犁耙，牵上水牛，行于山路。父亲躬耕的身影，是山村春天特有的音符。

一夜春雨，稻田浸饱了水。山沟沟里，春水满怀热情朝稻田奔去。

田里，父亲枷起水牛。

耕牛在前，犁头在中，父亲在后。父亲一手扶住犁尾，一手高举撵牛棍，在他一声声"上、下、走、转、缩"的吆喝中，懂事的耕牛甩起尾巴朝前奔。犁铧过处，泥土翻滚，春水搅和，虫子呛出……有虫子，八哥、喜鹊、乌鸦也前来捧场，树丛中的布谷声和父亲的撵牛声，成了对唱的山歌。抢水整田，是黔北山区最具韵味儿的节奏。

遇上雨水偏少的年份，父亲与母亲还要半夜打起马灯迎雨整田。天亮时等我们醒来，一丘田已整治完毕。"雨足高田白，披蓑半夜耕；人牛力俱尽，东方殊未明。"抢水整田，是祖先留下来的时令记忆。

父亲是整田高手，一丘田，要反复犁十来次，每一次，都要走不同的犁径，尽可能保证泥底都犁过，那样泥底才结实，才稳水。每丘田的肥瘦不同，有机质土壤厚度不一，犁的深浅程度、泥水混合搅拌的次数也就不一样。稻田田坎，要用专门锤田坎的棒棒锤牢固，再用耙子扯田里的稠泥糊上。稻田四周,也要打理得干干净净,不让杂草烦了稻禾。父亲常言,这是出大米的地方,必须干净整洁。父亲打理的每一丘田都不漏水,母亲形容,水像装在碗里不漏一滴,除了天上的太阳,没有谁能奈何它。

祖传的整田技艺,总是要传下来的。

莲莲儿田里,父亲开始教我手艺。记忆深处,父亲从未教我学过什么,也从未要求我学什么,包括上学,你考零分还是满分,他都一个表情。倒是整田,他教得特别上心。父亲有几门手艺,村中他是有名的石匠,家中他是篾匠,为家中燃煤还当挖煤匠,为有酒喝还会烤酒。父亲觉得,有艺不孤身。整田,是父亲唯一留给我的技能。有田,能种地,什么时候都挨不了饿,这是父亲教我的最基本的谋生之道。

田全部整治好后,父亲便要求我们一箢一箢从牛圈里往田里背牛粪。"春天你背多少肥到田里,秋天就能背多少谷子回家——人不哄地皮,地不哄肚皮!"

肆

小满后,秧子已长到筷子那样高,眨眼工夫就要开始插秧。

头一天,父亲向母亲交代:"晚上,把腊肉准备好,整点腊肉骨头和白金豆一起炖,吃饭才有滋味儿……蒸好麦粑,打几斤酒回来……"

第二天清晨,还未等父亲赶到秧苗田,帮忙的农人就已经到了。不用问路,不用带路,哪家的田在哪里,农人们闭上眼睛也能找得到。田,是他们最熟的朋友、最亲的人。

近二十个人,约莫十点钟,秧拔完了,又将秧子背到每一处丘田里。

此时，灶房里的母亲，已将饭菜倒腾得令人垂涎三尺。站在开阔处，我扯起喉咙喊向父亲和农人，让他们回家吃饭。饭桌上，父亲总爱劝两杯。小口喝着酒，大口吃着肉，农人们始终感觉不到大忙季节的疲惫。

饭后，父亲的"秧门"正式打开。

顺着田的朝向，两个人先拉绳子顺绳插秧定大行，行距大约两米，这两米范围就是一个人的插秧区域。大行里，依据窝距五寸、行距八寸的大概要领，每人再插七行，行行都要齐整。弯腰、伸腰、退步，历经数不清的姿势与动作，一丘波光荡漾的稻田，披上绿装。

伸伸腰，深吸清新暖风，父亲与农人们，品尝出稻田沁人心脾的滋味——"手把青苗插满田，低头便见水中天；六根清净方为道，退步原来是向前。"

时至傍晚，插秧结束，"秧门"关上。

屋内，暖色灯光下，父亲劝起累了一天的农人畅饮解乏。猜拳的声音，时断时续的小调，醉了山村，醉了初夏。农人醉意里，我看到他们手脚上，满是砂粒划破后的伤痕。这些引不起农人疼痛的道道口子，在他们粗犷豁达的性情里，成了无私稻田编织的勋章。

伍

插秧后，水，就成了父亲的头等事。

隔三岔五，父亲总往田坎上跑。雨天，担心雨水冲垮稻田；晴天，担心秧水被晒干。最让他焦虑的，还是夏天久旱无雨的日子。

为给稻田补水，父亲要到很远的地方抬抽水机抽水。十余台抽水机，很快将小池塘的水抽光。塘见底，仍不见雨，咋整？

盼雨，父亲望眼欲穿。傍晚，天边边泛起火烧云——早晨烧天不等黑，傍晚烧天等半月。雨，一时半会儿落不下地。

不能再等，必须找水。

为救肚肚儿田，父亲来到一个叫响水洞的地下水泉眼边等候。排队两天后，轮到父亲放水了。这时的肚肚儿，田坎边已经裂出小口，好在，它马上要解渴了。

那晚，父亲邀我跟他做伴。来到洞口处，我为父亲打上手电。借着手电光，父亲用锄头掏沟、分流、放水……

一个小时后，响水洞的地下水，叮叮咚咚流进稻田。稻田边微弱的手电光下，我看到父亲对着秧子的黝黑脸庞露出憨笑。

跟在父亲身后，我与父亲返回响水洞。响水洞外，父亲寻得一处岩壁平台。

攀到平台上，我与父亲依偎着，等待水静静地流淌，守候着稻田里的酣畅。不知什么时候，我睡着了。

等我醒来，身上盖的，是父亲带来的大衣，头枕着的是父亲的衣裳。抬起头，我看到满天星斗，还有两三百米外的父亲，口中衔着手电，双手正抓起泥巴糊已裂口的田坎。

为了稻田，为了家人，父亲不敢停歇。我没有呼唤父亲，泪水却被父亲深夜劳作的身影唤出眼底。

田中有水，稻子得救，薅秧必不可少。

大暑前，稻浪里，父亲照样弯着腰，用双手抓扯水草，用双手刨松稻子根部的泥，让其根须更发达，长的秧子才壮，结的穗子才丰实。

临近立秋，稻子经过父亲精心培育，开始抽穗了。

蛙声里，父亲在田坎上踱来踱去，心里有说不出的喜悦。扶起一窝水稻，父亲数了数，分蘖的稻子，整整二十根，每根抽出的穗，谷粒三百多。

将一根稻穗放在鼻子前，父亲闻了闻，真香，这稻花味儿，跟碗里的香气是一致的。记忆里，父亲从未亲吻过他的子女，可在稻田里，他要反复地闻、反复地亲吻。

白露左右，稻田里的稻穗弯腰向土。一株株弯腰的稻穗，是稻田给父亲还的礼，是给父亲最厚重的回报。

赚了！父亲说，这是世界上最牛的买卖。父亲在稻田里数万次弯腰，换来的是稻田百万级的谦恭回敬，换来的是父亲弯腰后挺直的腰身。父亲说，这人世间，只有稻田对他最好。稻田的心，才最真诚，才最无私，你对它虔诚，它必报你收成。

摘下一株，父亲在掌心揉搓起来。脱壳露出来的白米，让父亲的口腔与肠胃，溢出四季的香甜。

陆

转眼，收割季来了。

此时的父亲，总要骄傲地查寻、比较，看看谁家的稻子还高傲地站着，是否还有招惹蜜蜂的稻花。"白露不低头，割来喂老牛"！再看咱家的稻田，金灿灿的，沉甸甸的，微风拂过，沙沙低语。

自鸣得意的父亲等起晴天，准备秋收。

集镇老街，铁货铺里，还未等父亲开口，陈铁匠迎面就问："王大哥买镰刀吧？"何种季节，农人在小镇上的何种心思，都逃不脱陈铁匠的眼睛。

"是的，陈师。"

"几把？"

"五把。"

"好。今年谷子还行吧？"

"是行喽。风调雨顺，田儿争气，谷子太好，你这镰刀，怕要割坏嘞。"

"没事儿没事儿，我这镰刀质量保证，割坏了我赔。"

"谷子好，镰刀割坏了我也乐意，不要你赔……"

"哈哈哈……瞧你这大哥。"

父亲提了镰刀，再买块肉，神气十足往家赶。

第二天，趁着好天气，父亲又请来农人，一镰一镰，弯腰挥向稻子。稻田里历经春秋与风雨的水稻，一瞬间就被农人割进手中。它们一把一把被捆起来，又被晒在稻庄上。

稻庄上晒了两天后，乌云压过稻田。见我们抢收稻谷的奔跑，路过的农人，以及在村校上完课的老师，都纷纷赶来帮忙。你一抱、我一背、他一挑……雨还未下地，父亲的稻谷就被迎进堂屋。

父亲感激的方式，还是一杯酒、一碗肉。被死活留下来的农人和老师，猜拳自然少不了。秋雨声里，他们喊出一年的春夏秋冬、苦辣酸甜。旁边的父母亲，斟酒添菜，脸上掩饰不住颗粒归仓的神采。

柒

田间地头，催人春耕的布谷声再也听不到。把夏天撕扯得热气腾腾的知了，也许回归了泥土。秋分时节，只顾奉献的稻田，开始短暂休闲。

门前的白杨，树叶开始发黄。

秋天越来越分明，可父亲，仍像春天一样奔忙。

金风细细，夜幕低垂，长庚星高挂。李支书家里，父亲正与支书商讨起卖米事宜。一家人的开销，全在谷里。

"现在急用钱不？"李支书问。

"不怎么急，就是想把卖米的消息放出去。"

"那好。现在卖，你晓得的，价格上不去，晚些时间价格上去了才出手。我记好你要卖米的事了。"

辞别李支书回家后，母亲念叨起来："过几天赵大爷家娶儿媳妇，要送礼五块；买两个猪崽养殖，要花四五十；天凉了，要为孩子们添点衣裳……"

父亲将大米背到离家十多里的集镇上。

太阳偏西，仍无人问津。赶集人、街坊人，仿佛家家都不缺米。风调雨顺年景，大抵如此。

场散尽了，父亲只好将米存放在熟人店铺里，等下个场期再来卖。

那天下午，我从集镇的初中放学，正出校门口时，看到父亲远远地朝我招手。

一眼望去，父亲忽然苍老了许多。身上的涤卡布衣裳，脚上的解放鞋，已经发白。我感觉，他的腰身大不如前，单薄且不那么直，兴许这是侍弄稻田长期弯腰造成的。这是我刚刚会了与父亲年纪相仿的老师后，再瞧父亲时得出的结论。

从放学的人流中，我跑到父亲跟前："爸，你怎么在这儿？"

"还不是卖米嘛。没卖成，身上没钱嘞……饿不饿？要不，我找家熟人馆子，赊碗羊肉粉你吃。"

"不饿！爸，我们回家。"

父亲从衣兜里摸出一把瓜子递给我，这是他早上从家出发时带上的，为接我时给我解馋。父亲从早晨到现在，连水都没喝一口，肚子难道不饿，就不想用瓜子塞塞牙缝？

十多里路上，父亲的背影，在夕照中越来越瘦长。父亲给我揣的葵花籽，让我嗑出最深沉的记忆——父亲接我放学回家，从此再也没有了！

第二个场期，父亲低价卖了米，每斤七角八，比收谷前低二角五。父亲心痛好久，那可是好田种出来的好米啊！

步入深冬，买谷买米的人找上门来。看来，李支书的话，管用。

买谷买米人家，大都没田或少田，父亲理解没米的难处，赊欠，当是可以。不抬价格，去年多少，今年就多少。父亲处事，跟他种的稻谷相似，身上有芒，内心却跟米一般纯实。

一年又一年，一家人生计，全靠稻田。稻田，是父亲最为骄傲的、比儿子还要成器的家庭成员。

现如今，父亲去世多年。难以实现机械化的山区稻田里，农人的耕作技艺仍在传承。母亲坚持父亲的观念，一定要我们成为爱田的人，万不可忘了它恩深义重的情分和农人的本分。

——稻田的心，就是我们的心！

选自《光明日报》2022年2月11日

刘醒龙

不负江豚
不负铜

刘醒龙
―――――――――

1956年生,湖北黄冈人。湖北省文学艺术界联合会主席,《芳草》文学杂志主编,中国作家协会第九届全委会委员,中国作家协会小说委员会副主任。曾获茅盾文学奖、鲁迅文学奖等奖项。

用五百吨纯铜砌一座房子，在任何年代都不可想象。

在铜陵，这所举世无双的房子，让人看得实在过瘾。

纯铜砌成的房子，名叫铜官府。房子是新修的，修这房子是要言说一段铁打铜铸的往事。站在铜官府外的那一刻，秋天到来好久的模样一点也见不着，天气反而炎热得如同酷夏，铜和房子一起在阳光下冒着巨大的热量，透过空气，可以看见升腾不止的火焰一样密密麻麻的光谱。霸气也好，拒人千里之外也罢，生就了独一无二，就该有如此气质。那种仿佛天生的气场，丝毫不输紧邻的高高大大的一座铜官山。

苏东坡有七言诗说："落帆重到古铜官，长是江风阻往还。要似谪仙回舞袖，千年醉拂五松山。"有些事物，就是这么着，好似天生一般。历数那些还能存世的古时经典，属于国之重器一类的桂冠，几乎全都戴在青铜铸就的鼎与簋的头上。所以，能在煤都、铁都、铝都等等称谓之中雄踞文化源头的，唯有铜都。也是因为有了铜都一说，铜陵这座小城，才可能毫不犹豫地以大地方的尊贵身份列于历史长河之上。

面对纯铜造就的铜官府，不由得想起刀光剑影的东周列国，一旦拥有这五百吨青铜，即便是容身蕞尔、于心唯忍的小国寡君，也会雄心勃发，做起江山在我的春秋大梦。砌在雕梁画栋之间的这些有色金属，真个出现在那个年代，制成那些年代的冷兵器，足以装备一支战无不胜的精锐之师。

雄踞华夏八百年的楚国，怎不是得益于与铜陵相距只有数百里的铜绿山出产的青铜？铜绿山那边，也有三千多年的青铜冶炼史，一千多年的建县史，殷商时期就"大兴炉冶"，大冶是为中国近代工业的摇篮，大冶市的铜绿山古铜矿遗址已发掘出自西周至西汉的采矿井巷三百六十多条，古代冶铜炉七座，是迄今为止中国保存最好、最完整、采掘时间最早、冶炼水平最高、规模最大的一处古铜矿遗址。

在铜官府认识的朋友还说，铜陵这边青铜文化源流要略早一些。朋友引用的这话，出自一位研究青铜文化的共同朋友之口。只可惜朋友写成关于青铜源起的某些文字偏颇了些，有悖于铜陵江海潮流山川大地中生长了三千年的成功与自豪。

说起来宛若那相信不得的流言蜚语，铜陵这里，还用一千五百万元预算喂养十几条鱼。在大通古镇，这种令人叹为观止的现实，与长江东去、海潮西来一样，不需要任何辨析，放眼看过去，既清楚明白，又刻骨铭心。科学地说来，俗话说的这鱼，是一种兽，特别是理论起生殖繁衍时，因其行为与兽相同，索性以雌兽和雄兽相称。多数时候，学界与凡俗一律称之为江豚。只有纯学术和太俚俗时，前者才称其为淡水豚，后者则直呼江猪。

告别铜官府中的历史烽火与现实烈焰，搭乘轮渡，上到长江中间的清凉沙洲，接连遇见昔日人称小上海的大通古镇，还有和悦洲与铁板洲之间的夹江上的铜陵淡水豚自然保护区。沧桑兴废，只在一台摆渡车的摇摇晃晃之间。一座曾经十几万人的重镇，早被岁月风雨侵蚀成断垣残壁。连接长江主流与岔道的不起眼的夹江，反而成了令世界瞩目的科学史上首座利用半自然条件对白鱀豚、江豚等进行易地养护的场所。如今白鱀豚已绝迹，此地的主要任务是保护长江中下游特有的世界水生珍稀动物江豚。

当年由武汉水生所救治的地球上最后的白鱀豚，科学家想尽一切办法，也无法令其繁衍哪怕是独苗苗的后代。白鱀豚的前车之鉴，使得人们空前重视江豚的境遇。从2003年5月到2006年7月，生活在夹江这片水域中的雌兽"姗姗"接连繁殖出三头小江豚。那天，一行人站在专事喂食的栈桥上，看水中十几头江豚优雅地抢食被投放到水中的鲫鱼和鲤鱼，从保护区设立之日起就从事饲养工作的那位中年男子，左手接二连三地将两三寸长的小鱼儿抛进水里，右手指着水中个子最小的一头江豚，说它是去年才出生的。相关科研机构调查后推测，长江江豚现有一千多头，其中，干流约为四百多头，洞庭湖约为一百多头，鄱阳湖约为四百多头。小小的夹江中就有十七头。

资料上说，江豚的眼睛无视力可言，对外的一切感知，完全依赖于与生俱来的声呐系统。一段夹江，水不太清，也不太浊，水边的植被不太密，也不太疏，都是人们习惯的长江两岸模样。一条小鱼儿抛下水，就有一只江豚从不清不浊的江水中滑跃而来；两条小鱼抛下水，就有两只江豚从似流未流的江水中溜溜地显出原身。除非水里有三条小鱼儿，才会见到三只"雌兽"或者"雄兽"。无论小鱼在水中呈何种姿势，长着一双无用眼睛的江豚，都能准确无误地叼着鱼头，吞入腹中，绝对不会出现从鱼尾开始倒着下咽的错误。最奇妙的是，如果小鱼儿没有脑袋，从入水的那一刻起，江豚就会视若无物，连闻都不去闻一下。这奇妙是饲养江豚的中年男子说出来的，说话之际，他信手掐掉一条鲫鱼的头，抛到一只江豚的身边。一向不会让入水的小鱼多待半秒的江豚，竟然没有丁点儿搭理的意思。中年男子如此做了三次，结果都是一样。之后抛入水中的小鱼是完整的，说话之间，去年才出生的那头小江豚就现身，轻轻一抖身子，就将完整的小鱼完整地吞入腹中。

从夹江这里开始数起，整个长江中下游水域中的一千多头江豚，是地球生物的杰出代表，其科研价值，甚至超过人类本身。我们的祖先只经历过一次进化。小小的江豚，比人类多经历一次轮回，在生命历程中，多获得一次成功。不知道哪一年，进化后的江豚，从水中爬起来，上到陆地，变成四条腿的动物。可惜时间不算太长，爬上陆地的江豚，难以适应面朝黄土背朝天的日子，于是重新回到水中。

用不着脑洞大开，只要稍微动一下脑子，让思想的边界轻松抵达江豚开始第二次进化的某个年月日，就有可能发现同为哺乳动物的人类，从水中爬向陆地的模模糊糊的小小身影。好不容易变身为哺乳动物的江豚，义无反顾地回到水中，却还是这般哺乳动物之身，莫不正是人类的过去与未来？也正是这一点，人类所做的相关江豚的一切，与其说是保护江豚，不如说是保护人类自己；与其说是研究江豚的来龙去脉，不如说是意图从中找出事关人类自己的某种传统与传承。

铜陵这里的铜官府也有如此意义。那叫铜官的，是殷商之后掌管"炉火照天地，红星乱紫烟"的铜矿开采业的一介官名。近代以来，人类早已认识并掌握着许多比青铜重要的地矿资源，仍不放弃对青铜的追寻，并非青铜如何珍贵，而是青铜是人类较长时期内的不可替代的文明载体。

那天在铜官府，朋友脱口而出，指某个精美绝伦的青铜器物的制作方法为青铜时代盛行于欧洲的那种方法。这轻飘飘一说，绝对不是一声惊雷，只能等同于巨大的呓喝。铜陵所代表的青铜文化，唯一源头是"范铸法"，也正是与"范铸法"相辅相成的劳作方式，孕育了青铜时代的中国文化。青铜时代盛行于地中海沿岸的青铜制作工艺，造就了与东方文化迥然不同的西方文化。此中关键点在于，不能因为湖北省博物馆珍藏的曾侯乙尊盘貌似很难以"范铸法"制成，就可以在没有任何其他青铜工艺的考古实证时，凭着异想天开的脑子，想当然地用地中海的海水来润润长江。

2018年，夹江上那片自然保护区里的江豚，从"亚种"升级到"种"时，在学界之外的社会上没有引起任何反应。殊不知，这虽不是天翻地覆的大事，但在科学研究中也还算得上倒海翻江了。所谓亚种就是由于地理因素等限制导致生物产生的种群，本质上并没有产生生殖隔离，依然可以产生可育后代。比如狼和狗，狗是灰狼的一个亚种，所以狗可以和灰狼进行交配产生后代。"种"却不行，"种"的定义就是生殖隔离。两个生物分属不同"种"级别的，往往意味形成时间相差或相隔百万年。文化上的融合，显然没有生物界那么艰难。然而，青铜时代相隔万里并肩走向高峰的青铜文化，也有点类似生物的"种"，而非"亚种"。诸如曾侯乙尊盘这样的青铜重器，没有坚实的青铜文化作为基础，想要登峰造极只会是异想天开。这也等于说，虽然条条道路通北京，也不可以要求京杭大运河上最优秀的船工，一夜之间改为驾驶马车，还要取得比惯走京杭直道的顶级骑手早到皇宫的好成绩。活生生的事实一直在证明，唯有长江才会提供江豚存世的保证，那些幻想某个时间在亚马孙河、在伏尔加河、在莱茵河与塞纳河中出现江豚种群，只能是白日做梦。同样的道理，在古老华夏的大地上，唯有生生不息的"范铸法"才有可能摘取中华青铜文明的桂冠。

荒野中的一段夹江，十几头江豚，在科学意义之外，是那有造化之人才能读懂的对着天地写来的春秋笔法。看似无心插柳，实际是有心栽花。用江豚比照青铜，用青铜寓意江豚。铜陵之铜，所赋予"铜官"之责，擅长由青铜文化举一反三，能够从三千年古老矿渣中寻觅端倪，又可以对新兴自然保护区有更新的想法，不负江豚，不负青铜。

节选自刘醒龙《朗读故乡》，《湖南文学》2022年第2期

近代散文的
七位宗师

王鼎钧

山东兰陵人。当代华文文学大师。1949年去台湾，1978年后移居美国纽约。创作生涯长达大半个世纪，长期出入于散文、小说和戏剧之间，著作近40种，以散文产量最丰、成就最大。被誉为"一代中国人的眼睛""崛起的脊梁"。

杨牧教授把中国近代散文归为七类，每一类都有一个创始立型的人，这七位前贤是：周作人，小品；夏丏尊，记述；许地山，寓言；徐志摩，抒情；林语堂，议论；胡适，说理；鲁迅，杂文。他为此编了一部《中国近代散文选》。

夏丏尊

对夏丏尊先生我印象深刻，看到他的名字，想到《文心》和《爱的教育》对我的影响。他家境清寒，三次辍学，终身没有一张文凭，21岁就就业赚钱，我青少年时期的坎坷和他近似。杨牧教授说，中国近代散文中的"记述"一脉由夏氏承先启后，各种选集都收了他的《白马湖之冬》。

说到记述，夏先生记述他同时代的几个人物，写丰子恺，写弘一大师，那才是文以人传、人以文传。且看他写的《鲁迅翁杂忆》，他曾和迅翁在一所学校里同事，那时迅翁还没有用"鲁迅"做笔名，他说他俩服务的那所学校聘请了一些日本人做教员，需要有人把日文的教材译成中文。他写迅翁翻译教材的时候，用"也"代表女阴，用"了"代表男阳，用"系"代表精子。他写迅翁对他说过，当年学医，曾经解剖年轻女子和儿童的尸体，心中不忍。这时的周树人先生还没有"横眉冷对千夫指"，令人乐于亲近，不失为一条珍贵的史料。夏先生又写迅翁只有一件廉价的长衫，由端午穿到重阳，又写睡前必定吸烟吃糕，意到笔随，显出散文之所以为"散"。

周作人

夏丏尊先生的名气并不是很大,没想到把他列为中国近代散文的七位宗师之一,说到周作人先生,那就是众望所归了。周先生的学问了不起,不知为什么,未曾以皇皇巨著像冯友兰先生那样以哲学名家,或是像顾颉刚先生以史学名家,留在散文这一行,以"小品"受我辈膜拜。学问大的人下笔总是旁征博引,周先生常常引用我们没见过的书,从中找出我们需要的趣味。

周先生对散文提出两大主张:一、美文;二、人的文学。他似乎不喜欢雄辩渊博的论著,所以始终没说清楚,好在有人响应补充,有人以不同的术语引进相似的说法,今天我们可以印证,"美文"指形式,"人的文学"指内容。美文之美不是美丽,是美学;人的文学不是人欲,是人性。古人说,读了《出师表》不流泪的,不是忠臣;读了《陈情表》不流泪的,不是孝子。为什么会流泪呢?因为它发自人性,触动人性。天下教忠教孝的文章多矣,为什么要拿这两表说事儿呢?因为两表达到美学上的要求,是艺术品。长话短说,可供欣赏的散文,内容见性情,形式有美感。

放下理论读作品,周先生写《水里的东西》,有一篇谈溺死鬼,淹死的人的鬼魂一直留在他淹死的地方,不能离开,要想转世投胎,得先"讨替代",拉一个人下水淹死,让那个人的鬼魂代替他。溺死鬼常用的办法是幻化为一种物件浮在水面,引诱人弯下腰捞取,他在水中趁势一拉。他常常变成一种儿童玩具,让小孩子上当短命,所以水乡传说中的溺死鬼往往是一群儿童,三五成群,一被惊动就跳下水去,犹如一群青蛙。

博学的周作人先生除了写乡野传说，还写到日本的河童，文字干净明亮，行文舒展自如，风格庄重闲适，这些都属于"形式美"。至于内容，孟子说"恻隐之心，人皆有之"，周先生对河边同一地点不断有人淹死，笔端没有温度，为什么也大受欢迎呢？我有一个解释：溺死鬼找替身云云根本是无稽之谈，难怪他写得既不恐怖，也不悲惨，"本来无一物"嘛！周先生谈溺死鬼，有破除迷信的作用，应该高举为无神论的上乘文学。无神论者不要禁止谈鬼神，要任凭周作人这样的作家去谈鬼神，使人感觉并没有鬼神。

林语堂

都说周作人先生喜欢在小品文中引用许多名著名言、名人轶事，其实林语堂先生也是，两位前贤读书多，记忆力又强，一旦提笔为文，天上地下冒出来一群灵魂自动帮忙，"读书破万卷，下笔如有神"，或许可以如此解释。王勃作《滕王阁序》，句句是典，当众一挥而就，读者觉得不是进了滕王阁，好像进了图书馆，这也是一道风景。

谈散文欣赏，我们不用强调林氏的渊博，应该推荐他的幽默。众所周知，他是中国幽默的发起人。论幽默，他有理论："幽默家沉浸于突然触发的常识或智机，它们以闪电般的速度显示我们的观念与现实的矛盾。这样使许多问题变得简单。"

他是怎样"沉浸于突然触发的常识或智机"的呢？他说："世界大同的理想生活，就是住在英国的乡村，屋子安装有美国的水电煤气等管子，有个中国厨子，有个日本太太，再有个法国的情妇。"他说："派遣五六个世界上最优秀的幽默家，去参加国际会议，给予他们全权代表的权力",世界上就不会有战争。他为这个幽默代表团拟了一个很长的名单,太长了,有些读者觉得并不幽默。多数人认为幽默要有警句。林先生晚年住在台北,有一所学校请他在毕业典礼中演讲,那天有多位政界学界商界的名人出席,个个发表长篇大论,林先生上台说:"演讲要像女人的裙子,越短越好。"这是警句,全场大乐。报纸报道典礼经过,用这句话做标题。曾几何时,那天达官贵人经世济民的高论一概不传,林先生的"越短越好"独存。

　　林先生说庄子也幽默,孔子也幽默。庄子梦见化蝶,不知道是庄周化蝶,还是蝶化庄周;马克·吐温说,他的母亲怀的是双胞胎,临盆生产的时候,其中一个胎儿淹死了,他不知道淹死的是他,还是他哥哥。这在马克·吐温是幽默,庄子因此也幽默吗?孔子说"无可无不可",大庙里两个和尚起了争执,甲僧向方丈告状,方丈说你说的对。乙僧也到方丈座前诉苦,方丈也说你说的对。丙僧得知情由,向方丈质疑:甲僧乙僧各执一词,师父应该明辨是非曲直,怎可认为他们都是对的?方丈说,你说的也对。世人都说方丈幽默,孔子也因此幽默吗?林先生这种广泛的幽默论,很多人跟不上。

　　读者大众希望幽默大师开口闭口都是警句,别忘了林氏幽默是从英国文学的熏陶中提炼出来的,幽默是一种修养,在平淡中形成,这种幽默往往是一种独赏的异味,未必哄堂大乐。我们现在常说幽默感,这个"感"字有讲究,你我要有能力发现幽默,享用幽默,"感"是"我"锐敏的回应。"两山排闼送青来",我怎么看不到,"于无声处听惊雷",我怎么听不见,答案是主观的条件不足,幽默也是如此。

　　林先生认为庄子幽默,孔子幽默,连韩非都幽默。这么说,老子也幽默,他骑青牛出函谷关,守关的官吏一定要他留下著述再走,他用一大堆含义模糊的句子随手组合，让你进入迷宫，让后人视同秘典。林先生认为陶渊明也幽默，陶公作诗数落他的五个孩子，长子懒惰，次子不肯读书，老三老四是双胞胎，到了 13 岁还不识字，最后这个小儿子 9 岁了，整天只知道找梨子找栗子吃。于是陶公说，既然老天爷这样安排了，我还是喝酒吧！这么说，迅翁也幽默，他有一首诗写失恋，"我"在女朋友那里接二连三碰钉子，百思不解，最后，"不知何故分，由她去罢！"

徐志摩

接着读下去，见到徐志摩先生。徐氏的才气，跟周氏、林氏的学识形成对比，他不管古人看见什么，重要的是自己看见什么，不论古人有什么感受，重要的是自己有什么感受。他写翡冷翠，翡冷翠是什么地方？Florence，也译成"佛罗伦萨"，欧洲文艺复兴的发源地，在艺术、建筑、绘画、音乐、宗教各方面产生许多大师，留下许多古迹，后世更有源源不绝的论述，徐氏的《翡冷翠山居闲话》，1600 字，竟只引用了前人一句话。他写康桥，康桥是什么地方？Cambridge，也译为"剑桥"，英国最古老的大学城，多少世界名人跟这里有渊源，牛顿、达尔文、拜伦、罗素……徐志摩自己也曾在这里留学。他写康桥，5800 字，几乎没有使用引号！他强调的是，啊，我那甜蜜的孤独！他游天目山，看和尚，游契诃夫的墓园，想生死，所谓墓园只剩一块石碑，他也写了 2800 字，不抄书，完全自出胸臆。

徐氏散文的光彩夺目之处在于描写风景。这样的风景描写，在周作人、夏丏尊、林语堂诸位大师的文集中是找不到的，许地山先生也没有这样的文笔。到了现代，文学批评家一再指出，散文和小说中的风景描写越来越少了!

许地山

许地山先生是台湾人,对日抗战发生以前就名满全国,我10岁,他大概40岁,语文教科书里选了他的文章。那时,台湾和东北都被日军占领,内地各省若有祖居台湾的和祖居东北的作家,都受到文坛特别的重视,我们小读者也对他们特别景仰。许先生常用"落华生"做笔名,"华"是古写的"花",落花生是小孩子爱吃的东西,"落华生"的意义就丰富了,除了是植物,还是在我们大中华落地生根的一个人,许先生如此命名,可见他对中国语文的敏感,欣赏文学作品的人也该有这种敏感。

散文多半"意念单调,语言直接",许先生不同,他常常在散文里说故事,有时候甚至就用散文写故事。这样的作品你拿它当小说,略嫌不足,说它是散文,又觉得有余。当年并没有人特别称赞这种写法,后来,我是说20世纪六七十年代,我和一些散文作家吸收了小说的技巧,给作品一个新的面貌,修改了散文的定义。这是散文的发展,文评家照例要给新生事物寻找源头,找来找去找到了许地山,于是许先生的排名在朱自清、郁达夫之前,位列七宗之一。

请看许氏的《读〈芝兰与茉莉〉因而想及我的祖母》。

文章开端"我"正研究唐代佛教在西域衰灭的原因,对琐碎的考证觉得厌倦。接着是从邮箱中发现《芝兰与茉莉》,开宗第一句便是:"祖母真爱我!""我"因此想起祖母。先发一段议论:西洋文学取材多以"我"和"我的女人或男子"为主,属于横的、夫妇的;中华人取材多以"我"和"我的父母或子女"为主,属于纵的、亲子的。中国作家叙事直贯，有始有终，原原本本，自自然然地说下来。这"说来话长"的特性——和拔丝山药一样甜热而黏——可以在一切作品里找出来。

议论之后，接着写起"我的祖母"来。那是一个很长的故事，旧日大家庭凭着"七出"的条文，拆散年轻人的婚姻，那个受害的女子回到娘家没有再嫁，戒了烟，吃长斋，原来的丈夫也没有再娶，两人有时还可以秘密见面，由陪嫁的丫头在中间传递消息。后来女子生了重病，死前叮嘱原来的丈夫和陪房的丫头结婚，这个陪房的丫头就是"我的祖母"。全文约八千字，祖母的故事占了六千，许老前辈能知能行，果然原原本本、自自然然地说下来，和拔丝山药一样甜热而黏。他这个写法可以说是用散文拖着一个故事，当年是散文的别裁。

鲁迅与胡适

现在应该谈到鲁迅和胡适了，这两位大师名气太大，几乎用不着介绍。读者的程度不同，背景不同，性情不同，各人心里有自己的胡适，自己的鲁迅，"千江有水千江月"，每个月亮不一样，也教人不知道怎样介绍。

提起迅翁，不免首先想到杂文。杂文本是散文的一支，繁殖膨胀，独立门户。散文也是"大圈圈里头一个小圈圈，小圈圈里头一个黄圈圈"。迅翁那些摆满了书架的杂文，是大圈圈里的散文，夹在杂文文集里的薄薄一册《野草》，是黄圈圈里的散文。欣赏迅翁的散文，首先要高举《野草》，讨论《野草》。

以《野草》中最短的一篇"墓碣文"为例，迅翁把他内心深处的郁结，幻化成一个梦境，把读者的心神曳入他的梦中。梦是阴暗的，犹不足，出现了坟墓、暗夜、荒野，孤坟凄凉，犹不足，坟墓裂开，出现尸体。尸体可怕，犹不足，尸体裂开，出现心脏，犹不足，尸体居然自己吃自己的心脏。迅翁使用短句，句与句之间跳跃衔接，摇荡读者的灵魂。迅翁使用文言，用他们所谓的"死语言"散布腐败绝望的气氛。这种"幻化"就是艺术化，散文七宗之中，唯有迅翁做得到，也只是《野草》薄薄一本中寥寥几篇，它的欣赏价值超出杂文多多。但丁《神曲》写地狱，《地藏菩萨本愿经》也写地狱，也许是因为经过翻译的缘故，艺术性有逊迅翁一筹。迅翁何以有此禀赋，可幸，既有此禀赋又何以不能尽其用，可惜。

至于杂文，那是另一回事。杂文是匕首，是骑兵，写杂文是为了战斗，而胜利是战争的唯一目的，当年信誓旦旦，今日言犹在耳。迅翁被人称为"杂文专家"，运笔如用兵，忽奇忽正，奇多于正，果然百战百胜。战争是有后遗症的，反战人士曾一一列举，我不抄引比附。此事别有天地，一言难尽，万言难尽，有人主张谈散文欣赏与杂文分割，我也赞成。

胡适先生的风格，可以用他的《读经平议》来显示。读经，主张中小学的学生读四书五经，政界领袖求治心切，认为汉唐盛世的孩子们都读经，因此，教孩子们读经可以出现盛世，似乎言之成理。胡先生写《读经平议》告诉他们并不是这个样子。第一，看标题，他不用驳斥，不用纠谬，不说自己是正论，他用平议，心平气和，就事论事。第二，他先引用傅斯年先生反对读经的意见，不贪人之功，不掠人之美，别人说过了，而且说得很好，他让那人先说。第三，他提出自己的反对意见，别人还没有想到，可能只有他想到，他说得更好。第四，文章结尾，他用温和的口吻劝那些"主张让孩子们读经"的人自己先读几处经文，不是回马一枪，而是在起身离座时拍拍肩膀，然后各自回家，互不相顾。

他行文大开大合，汪洋澎湃，欣赏此一风格可参阅他其他的文章，如《不朽，我的宗教观》。

这两位老先生都有信念，有主张，有恒心，有文采，两老没说过闲话，人家是三句话不离本行，这两位前贤是句句念兹在兹。人家写小说、编剧本，他俩写散文，直截了当，暮鼓晨钟，甚至没有抒情，没有风景描写，可以算是近代文坛之奇观。两人作品内容风格大异，鲁迅如凿井，胡适如开河，胡适如讲学，鲁迅如用兵。读鲁迅如临火山口，读胡适如出三峡。那年代中国读书人的思想不归于胡，即归于鲁，及其末也，双方行动对立对决。"既生瑜，何生亮！"论文学欣赏，既要生鲁迅，也要生胡适，如天气有晴有雨，四季有夏有冬，行路有舟有车，双手有左有右。

每一本文学史都说，中国近代散文受晚明小品的影响很大，晚明小品"独抒性灵，不拘格套"，使当时的文学革命家如归故乡。乘兴为文，兴尽即止，作品趋向小巧，张潮一语道破："文章是案头之山水，山水是地上之文章。"固然盆景也是艺术，然而参天大木呢？宣德香炉也是艺术，然而毛公鼎呢？印章也是艺术，然而泰山石刻呢？流觞曲水也是艺术，然而大江东去呢？晚明小品解放了中国近代散文，也局限了中国近代散文。

散文七宗之中，迅翁和胡博士是超出晚明小品的局限的两个人。

选自《南方周末》2022年2月10日

李敬泽

自吕梁而下

李敬泽

1964年生。1984年起在中国作家协会工作,曾任《人民文学》杂志副主编。现为中国作家协会副主席。著有《青鸟故事集》《咏而归》等作品十余种。曾获鲁迅文学奖文学理论评论奖等多种奖项。作品被译为法文、波兰文、韩文等多种外文。

此山自黄土高原站起，左手按下去一个晋中盆地，跨晋中、向太行；右手隔黄河指陕西，黄河浩荡犁开黄土，奔赴壶口而去。

这是吕梁山，一山断秦晋，分出西北华北。

关于吕梁山，我知道什么？

我知道吕梁，儿时看过连环画《吕梁英雄传》，后来读过马烽、西戎的小说《吕梁英雄传》。

吕梁是山西一个地级市。

由《吕梁英雄传》，我知道，抗日战争中，这里是日军所抵的最西之地，在这里，吕梁英雄拦住了他们，使他们再不能向西。

马烽是文学史上山药蛋派的代表性作家，20世纪80年代末他自山西来京，任中国作家协会党组书记，我曾在不同场合远远见过他。

吕梁有好酒，汾酒。

有好酒处必有一条好水，汾水。

汾水之南有汾阳，现在是吕梁辖下一个县级市。

汾阳有郭子仪。郭子仪平安史之乱，功比天高赏无可赏，最后封了汾阳郡王，"好一条老汉他本是关中人，救唐王平天下他封在汾阳。"

汾阳姓郭的人必定不少，比如郭德纲，祖籍汾阳，不知从哪一代离了汾阳去天津，生了个小儿子就叫郭汾阳。

汾阳有贾樟柯。贾樟柯的电影里，汾阳是宇宙的中心，飞机、火车、长途客车、大卡车、小汽车、自行车，来来往往载着人在世上奔忙，自汾阳出走、向汾阳归来。

最后，我到了汾阳才知道，汾阳有个贾家庄。贾家庄本不是贾樟柯的庄，但贾樟柯现在以此为家，办一个活动叫"吕梁文学季"。此来正是为此。

这一晚，贾家庄里上演山西梆子《打金枝》。

广场上，黑地里站满了人，男男女女，指指点点，忽然风翻荷叶，笑成一片，有孩子骑在大人脖子上仰天看月。此情景仿佛贾樟柯的《站台》。《站台》里的野台子是在遥远的、无限遥远的20世纪之末，台上台下鼓荡着野地般荒凉的欲望和苦闷，眼下这台戏却已到2019年，鲜花烈火、富丽堂皇。

锣鼓起，大幕开，汾阳郡王把寿筵摆。

郭子仪今日庆寿诞，金玉满堂好儿孙一双一双上前拜，偏剩下小儿子形单影只名叫郭暖，却原来，郭暖的妻、唐王的女升平公主她摆起了架子不肯来。

小郭暖，气冲冲，回宫找到公主说明白。说明白就说明白，天下事有黑就有白，公主道：君是君来臣是臣，哪里有为君的倒把臣来拜！

郭暖闻听气冲斗，没有我老郭家卖命，哪有你老李家的江山来！

——这个破韵押不下去了，总之，郭暖急了怒了，一抬手，打了公主一巴掌。

打老婆啊，这是家暴！今天下午几位女作家女学者刚刚在村里另一个台子上讨论了女性地位和女性权利，晚上这个台子上就一耳光打出了父权、夫权和男权的威风，郭暖这厮他是不是觉得他是个男人就比皇帝还大就比天还大，他这是要用一巴掌来宣布世界是他们的归根结底还是他们的，他这是丧心病狂啊，他就是比封建皇帝还大的反动派！

但台子上下，戏照唱，戏照看，男男女女并不肯就此翻脸。我们之所以在寒风中看戏，不是因为我们没看过，《打金枝》谁没看过呢？中国的戏看的就是熟人熟戏熟悉，人生如戏、戏如人生，我们就是要在戏里把我们熟悉的人生温习一遍，神州不会陆沉、天下不会大乱、打金枝不会闹成打离婚,因为熟悉,所以安然。

一出《打金枝》,根本要义就是三个字,北方话叫"和稀泥",八级泥瓦匠,南方话叫"捣糨糊",上海老阿姨。南北同心,天下同理,说的就是一个过日子难得糊涂。戏台上,郭暧和公主青春明亮照人,年轻,所以遇事要分明,公主论君臣,郭暧讲父子,忠和孝针尖麦芒;公主论名分,郭暧摆功劳,名与实如火如水,这日子过不下去了、这世界眼看就要翻车。谢天谢地,还有唐王有郭子仪,年纪一大把胡子一大把,早知道这个理讲不清,这个架打不得,我大唐靠的是老郭家拼命冲杀,老郭家反大唐又得拼命冲杀,这个架打起来,就要从家里的坛坛罐罐打到山河破碎一地,一场安史之乱,总人口减少三分之二,难不成再减三分之二?于是,唐王骂闺女、郭子仪捆儿子,哄得小两口重归于好,从此后和和美美过日子,红红火火、地久天长。

此时月朗星稀,台上台下的人,最终都是笑了。这戏唱了几百年,从封建主义的明清唱到半封建半殖民地的民国,唱到了新中国。山西梆子唱、京剧唱,几乎所有地方戏都唱,唱遍天下州府,所唱的就是时间中的智慧、老生老旦长须白发的持重稳当。

——倒也不仅是中国,自有人类大抵如此。山洞里走出一个人,一抬头,前边还有一个人,两个人往前走,前边又有一个人,三人围兔总好过一人逐兔,于是合作打兔子。但三人行必要吵架,打到兔子烤熟了必有四条兔腿三张嘴的分配难题。那就谈,比一比谁的功劳大,谈好了,继续一块儿打兔子,蛋白质供应充足。谈崩了,分道扬镳,各追各的兔子,忙几天各自追不到眼看要饿死,人类文明危乎殆哉。荷马史诗《伊利亚特》里,阿喀琉斯就狂怒了,宣布兔子不打了,自己要回山洞了,因为他作为强者未能公平地得到强者的报偿。这个小郭暧,也是个阿喀琉斯啊,打老婆当然是绝对错误,但是,他真正怒气冲冲提出的问题是,郭家为王朝立下了如此巨大的功劳,我们是否得到了公平。年轻人的血气和冲动把这出戏把世界推到了悬崖边上:你要的是什么公平呢?莫非你要当村长当皇帝不成?唐王和郭子仪必须把这个悬崖上的问题糊涂到平地上去。所有胡子长的人包括孔子、柏拉图、亚里士多德,他们都站在唐王和郭子仪一边,他们接受世界的不完善,他们深思熟虑、老奸巨猾,他们通过《打金枝》宣传推广老年的、安静的德行。

戏散了,贾家庄的路上清辉如霜,路两边是高树,早春疏朗的枝杈印在幽蓝的天上。回到住处,是几幢仿建的老式洋房:徽音水坊、焕章别墅、正清金屋等等。徽音是林徽因,焕章是冯玉祥,正清是费正清,他们都曾来过汾阳,他们来过贾家庄吗?应该来过的吧。现在,吕梁山下,中国的肘腋之地,他们毗邻而居,可以开会了。

我本一俗人,当然希望住到林徽因家,白日里被人领着一路走来,一抬头,却是站在冯先生门前。我真的不想住在他家,我是文人书生,与冯相处不安,地久天长、一夜安眠还是住在林家。1934年,梁思成、林徽因与费正清夫妇相偕来到汾阳考察古建筑,彼时伪满洲国已经成立,希特勒已经上台,五洲震荡,天下欲沸,他们却注视着那些老的、旧的事物,那些在岁月中经受磨损经历风雨、地震、兵火而依然幸存依然屹立的事物,那些不变的、具有长须白发的恒久品性的事物。而冯先生,很难想象他对此有什么兴趣,1930年,风云突变,军阀重开战,蒋介石一方,阎锡山、冯玉祥和桂系一方大战中原,阎冯战败,冯借阎一角地暂且容身。这个人注定不能在吕梁山下安居,他身上有洪荒之力,他的天命就是破坏一个旧世界。1924年北京政变,冯先生大闹一场,到最后出其不意、声东击西,一把撕毁1911年的《清室优待条例》,驱赶溥仪出宫。戏不是这么唱的呀，台下众人大惊，对！老子要的就是你们这大吃一惊，《打金枝》的戏散了吧，不再有悬而未决、不再有犹豫留恋、不再有揖让和糊涂，从此后白刃相见、水落石出。这个民族正面临生死存亡的危机，在危机中把一切视为例外，更何况不过是一纸《优待条例》。

这座房子小了、这张床也小。冯先生会撑破这间卧室。我不知道他的确切身高，我看过照片，他比合影者高出一大截，他是巨人猛虎，这个人必对他周围所有的人形成威迫，他在乱世中啸聚起庞杂的大军，他会在暴怒或故作暴怒中狠抽部将的耳光，耳光啪啪响亮，将军立正站好，然后他会命令将军在他的卧室外彻夜站岗。现在，我的房门外可能就站着这样一个倒霉的将军，《打金枝》的世界不复存在，他心中一千架渔阳鼙鼓一起敲响，安史之乱正动地而来。

忽然想起，多年前读陈公博回忆录，20 世纪 30 年代，中国被日本迫上悬崖，汪精卫、陈公博等结成"低调俱乐部"，他们认为他们有"理性"、世界大势了然于胸，他们断定中国无法与日本对抗，中国太弱了，必须寻求妥协。但是，冯玉祥这个"莽夫"，他坚决认为必须打、只有打。陈公博在回忆录中带着蔑视，带着秀才遇见兵的无奈写道，每次谈到中国所面临的种种不可能时，冯大爷根本不听，只有一句话：打！打到胜利！

——历史站在这高昂壮硕的血性汉子一边，把那群整洁消瘦、彬彬有礼、"体面""理性"的绅士扫进了垃圾堆。在危机状态中，历史由血气翻腾的激情和决断所写定。1924 年，冯玉祥把溥仪轰出紫禁城，绅士们莫名惊诧，他们被冯的决绝鲁莽吓住了，胡适甚至说：这是民国史上最不名誉的一件事。后有鼠目寸光者看大事，以为没有当年的仓皇出宫，或许就不会有后来的伪满洲国，其实只要脑筋稍微转个弯就能想到，假如溥仪仍留在故宫北平,在日本拨弄下难保不会搞出更大的烂事。在1924年,胡适见不及此,冯先生自己也没想那么多,胡适讲客气,冯先生则不管三七二十一掀了桌子。哪有什么地久天长,真要长久的话,皇帝如今还坐在宫里,时间猝然提速,世界轰鸣,欲绝尘而去,现在,需要一个鲁莽无畏的人来解决这个 bug,他一抬手就解决了它,顺便以绝对的轻蔑,宣布了那个长须白发、请客吃饭的温良恭俭让的旧世界的完蛋。胡适吓了一跳,王国维吓了一大跳,吓得都不想活了,他们未必多么爱大清爱溥仪,他们只是深刻意识到了这件事背后的逻辑。

在这个太行与黄河之间、吕梁之下的村庄里,林徽因、梁思成、费正清和冯玉祥成为邻居,他们被博物馆化了,被从各自的世界中提取出来,如安放在玻璃柜中的藏品,各自被灯光聚焦、照亮,各有各的心事。现在,冯玉祥从这幢房子走出去,在花园里,碰见了深夜未眠的梁思成和林徽因,他们会谈些什么?在1930年或1934年,他们或许无话可说,道不同不相为谋,话不投机半句多。但如果再过些年呢?比如1944年,林徽因千里流亡,僻居宜宾李庄,卧病在床,据说,她的儿子梁从诫曾经问她:"如果日本人打进四川怎么办?"林徽因说:"中国念书人总还有一条后路,我们家门口不就是扬子江吗?"

——此时这一腔血,林和冯是一样的。

再过五年,1949年,冯玉祥昔日的部将傅作义签署了北平和平解放的协议,固然是兵临城下、大势不可当,但战场双方的商量何尝不是出于对这古都、这故宫,对民族生活的长久岁月和恒常价值的眷念和珍重。而此前一年,冯先生已殁于黑海的船上,彼时,他正满怀憧憬地奔赴新的中国。

贾家庄里,梁思成、林徽因、冯玉祥,见那边遥遥走来一个童子,走近了，却是马烽。1930年，马烽8岁。1934年，马烽12岁。1958年，马烽36岁，在贾家庄完成了《我们村里的年轻人》剧本初稿，1959年，电影在国庆10周年前夕上映。——夜里，我在冯玉祥的房间从电脑上搜出了这部电影，那是60年前的中国故事，2019年，我来到了这个故事的根基所在：贾家庄。这吕梁山下的村庄，千百年来贫困、孤独，4000亩可耕地中2800亩是盐碱地，它在封闭、脆弱的生存循环中耗尽全部能量。一代一代人老去，时间周而复始。但是现在，时间挺直了，时间获得了方向，这里有一群年轻人，他们要打开这个村庄，劈开两座大山、跨越三条深沟，从远方引来清水，洗去盐碱，让这里成为流淌奶与蜜的地方。

在网上，我读到了刘芳坤、田瑾瑜两位山西学者合写的论文，他们敏锐地注意到了剧本中一个意味深长的现象，尽管片名是"年轻人"，但在马烽的行文中，却始终贯穿着一个集体的、抽象的指称——"青年"："一伙青年正在锄地，一个个汗流浃背"，"青年们纷纷报名"，"歌声继续着，青年们在未打通的那段崖上和塌下来的巨石上打着炮眼"……在山西人的口语中，其实是不使用"青年"这个词的，这不是吕梁山和贾家庄的词，它来自北京、来自普遍性的现代汉语书面语，从梁思成的父亲梁启超的"少年"，到李大钊的"青春"，到陈独秀的"新青年"，青年是决绝地向未来、向现代而去，是血气、激情和梦想，是断裂然后创造，是旧邦的新命。必须是"青年"，不能是"一伙年轻人正在锄地，一个个汗流浃背"，"年轻人们纷纷报名"，"歌声继续着，年轻人们在未打通的那段崖上和塌下来的巨石上打着炮眼"，其中隐含着一种老年视角，"年轻人"终将被收回自然的生命周期、周而复始的日子，而"青年"，这个使山西人、使贾家庄人感到陌生的、不自然的词，以它超出日常经验的光芒和生硬，拒绝被注视、拒绝被收回，它喻指着它本身就是宏大的历史主体，将这个村庄向着未来和现代打开。

——忽然想起，我其实是很近地见过马烽的。1990年底，我从被停刊的《小说选刊》调到《人民文学》，去八里庄鲁迅文学院的招待所和《人民文学》的主编程树榛见面。老程和马烽都是从京外调来，暂住招待所。马烽苍老，就是一个饱经风霜的老农，他和夫人正围着一个电炉子下面，山西人啊，想必是自己擀的面，像招呼一个年轻人一样，他说："来一碗？"

我很后悔没有吃一碗马烽的面。

归去来兮，调到北京的马烽大部分时间仍在山西，过了几年终于彻底回去。这不是他第一次回去，中华人民共和国成立初期，他就在中国作家协会工作，1956年终于在34岁时回山西，挂职汾阳县委副书记，从此，他在贾家庄有了家。这里不是他的家乡，他的家乡在吕梁地区的孝义，但汾阳、贾家庄离吕梁山更近。在一张1980年的照片上，我看见马烽走在贾家庄的乡亲们中间，整个人明朗舒展，是走在他的风光、他的山川里。

天亮了，一群人去看马烽当年所居的小院。进得门来，迎面是马烽的坐像，他端坐在椅子上，依然老年形象。我忽然想，这是不对的，马烽是青年是新青年啊，他属于在20世纪塑造中国的青春洪流。22岁的马烽和比他小半岁的西戎写出了《吕梁英雄传》，来此之前我专门找了一本带上，这是一本多么粗糙的书，但正是这种粗糙令人震撼折服，事件与行动、抉择与战斗，密如疾风猛雨，作者和读者都不能停留、无暇沉吟，必须奔跑，在混乱的战场上拼死和求生，没时间也不应该把这一切编织成严密周详熟练得包了浆的故事，战争和危机中的书写不是绣花，是立即开枪。

但在这一切的底部，有一个根本逻辑：生命、时间、历史的循环必须打破，为了使世界获得前行的动力，必须张扬身体的澎湃"血气"，老成持重、深思熟虑是怯懦的，糊涂和忍让是可耻的，悬崖之上，只有搏斗，再无苟活。吕梁英雄们秉青春之血气，雷石柱、康明理、孟二愣，这些康家寨的年轻人，说服、带动、反抗他们的长辈，义无反顾地把这个村庄推入了滚滚向前的历史。当青年们和强行入侵的日本鬼子干起来的时候，他们也就把康家寨打开了，从此这个村庄进入现代历史、奔向一个现代世界。直到《我们村里的年轻人》，决心创造新生活的高占武依然不得不与长须白发的高忠爷争辩，在后者看来，年轻人畅想的未来不过是少不更事、痴人说梦。而在影片上映的1959年，黄河那一边的柳青正在对《创业史》第一部做最后的修改。年轻的梁生宝力图打破祖祖辈辈的命运循环，在此地，走异路，变成别样的人们，但他的身上却不仅是血气，而更多是俄罗斯式的沉思、忧郁，甚至是马烽暮年的苍老……

现在，贾樟柯走进马烽的小院，马烽会对他说什么？以我的直觉，垂暮之年的马烽不是一个喜欢教导别人的人，很可能，他只是从大碗上抬起眼，说一句：来一碗？但是，如果是写《吕梁英雄传》的22岁的马烽、写《我们村里的年轻人》的34岁的马烽，贾樟柯碰见他、我碰见他，我们又会说什么？2019年，我55岁，贾樟柯49岁，我们已是比马烽更老的老人。

谁知道呢？贾樟柯的电影，终究也是关于"我们村里""我们县里"的年轻人，马烽在片名中使用"年轻人"或许是对口语、对日常经验、对恒常土地和岁月的妥协，而在贾樟柯这里，"年轻人"似乎正在从"青年"中离散出去，变成加速器中向着四面八方漫射的原子。

但谁知道呢？也许有些事仍然在，马烽把康家寨、把贾家庄置入了广大的空间、广大的世界，历史不再是时间问题，不再是仅由时间标定的价值，他和柳青，他们把时间空间化，向着远方和远景、向可能和不可能敞开和扩展。当马烽遇见贾樟柯，他会发现，空间仍在，但那已不是隐喻和转喻，那就是必须使用交通工具去跨越和抵达、去置身其中的地理空间，这不再是《伊利亚特》，这是《奥德赛》，奥德修斯们是否记得回家的路，还是，他们的家在路上？

在贾家庄，我待了两夜。第一夜，是《打金枝》。第二夜，是音乐会。

暮霭沉沉，钢琴在流淌弹跳飞翔。这不是音乐厅，这是幽蓝的天之下，这是群山之间。乐声透明、饱满，似乎上空膨起一个巨大的玻璃的气泡，收拢着珍惜着所有的声音，让所有的声音闪闪发亮。

我忽然想到，此行竟不曾看见吕梁山。我想起上一次也是第一次来到吕梁，那是二十多年以前，大概是1994年，由太原奔孝义，在孝义大醉，上车一路西行，醒来时，下车，唯见荒烟蔓草。余醉未消，我问：吕梁山何在？

我记得，同行者笑道：醉了醉了，脚下便是吕梁山。

选自《十月》2022年第2期

冯杰

十二匹老虎
在耳语

冯杰

1964年生于河南。诗人，作家，文人画家。曾获台湾《联合报》散文奖，《中国时报》散文奖，梁实秋散文奖。有诗集《一窗晚雪》《乡土和孩子》、散文集《非尔雅》《鲤鱼拐弯儿》、书画集《野狐禅》《画句子》等。

老虎也有细嗅蔷薇的时候
　　——题记

A　北中原姥姥的老虎

老虎。最早是一匹走动在留香寨月夜和传说里的老虎。

在摇晃的蒲扇里，听姥姥讲老虎报恩的故事。一行医人暮晚路上行走，一老虎挡住去路，张着血盆大嘴。人问：要吃我吗？老虎摇摇头。那人要走，老虎不放。人就仔细看，原来虎口里卡着一支银簪，那医人从虎嘴里把银簪掏出来，老虎咆哮而去。这人回到家中，夜半，忽听院外虎啸，又听扑通一声，归于宁静。第二天看，院里丢下一头肥猪。

故事还没结束，我就自作聪明地喊道："猪是老虎衔来的。"

姥姥赞扬："真能。"

多年后我在古人笔记里找到几种源头，都属老虎报恩的同类项，只是所衔的食材不同，虎送鹿肉不是猪肉。北中原不产鹿只养猪，姥姥把动物本土化了，越发亲切，这是民间文学家的技巧。

春节前，我围着姥爷看他写春联。其中一副是："虎行雪地梅花五，鹤立霜田竹叶三。"姥爷说："虎义，狼贪，豹廉。"长大后知道乡村有对动物判断的民间立场。

自从有了簪子的馈报，我也想在乡村路上遇见一匹嘴里含簪的老虎，那样春节前姥爷就不用到高平集上买肉了。半个世纪过去，除了路上遇到队长搜身查看偷玉米否，一直没遇到含簪的老虎。后来，见到更多穿品牌戴面具的老虎。

北中原老虎云集。庙会上，有卖虎中堂的民间画家，麻绳上悬挂着许多张老虎，垂吊的老虎在寒风里几乎冻死。画家告诉我，属虎者家里一定要挂上山虎，辟邪，不要挂下山虎，吃人。凡下山虎都是肚饿的缘故。

留香寨村有位画家叫孙九皋，平常喜欢抄手在村里走动，看谁家墙上适合，马上开画，有点儿行为艺术，像五代时期杨凝式喜欢见壁题字一样，都属艺术家的一种毛病。一天，他相中我家青墙，即兴用白石灰画一只白老虎，从东到西，占满一墙。青墙白虎，分外显眼，"怎当他临去秋波那一转"。村里每天收工，人和疲惫的牲口蹒跚归来，远远会看到那匹老虎，人畜为之精神一振。

乡村夜晚，白虎在月光里走动，我看到斑驳虎影，立志长大要当画家，卖钱或镇邪。

我走到社会上，知道画虎最著名的不是集会上外村的画虎艺人，也不是我村的孙九皋，而是一个远在天边的张善孖，画家张大千他哥，号"虎痴"，为画虎专养一匹老虎，走到哪儿牵到哪儿，赴宴时有老虎蹲旁边，宴上客人一边和他喝酒，一边要看老虎表情，手抖往往忘记叨菜。

有一年村里媒人要给我说个媳妇，一问属相，对方属虎。村中宰相孙半仙对我姥姥说龙虎相斗，八字不合。后来看那属虎姑娘好看，还长一对小虎牙。我姥姥说，这不算啥大事，东庄庙上肯定会有破法。哪知人家虎妞看到我家迷信，经济条件不好且还瞎讲究，虎牙一收，姻缘告吹。我一直怀念那一对小虎牙。

眼看我年龄要"过岗"有打光棍的危险，媒人又说一位姑娘属小龙，庙上师傅又说"一床上不卧二龙"。我姥姥马上纠正,说小龙不是龙,是蛇,是长虫。

古人立下规矩,十二生肖不能一锅里吃大杂烩,譬如"老虎一声吼,兔子抖三抖",譬如"自古白马犯青牛",譬如"猪猴不到头",都是主张家庭阶级斗争的。我的百科常识来源于庙会上老虎的耳语,包括虎须功能。孙半仙还说,虎须可治牙疼,趁热插在牙齿间即愈。我听起来像说他自己冬天喝粥。

我父亲职业是乡村会计,为全家生计一辈子谨小慎微,唯恐错账,他对我说过:"玩钱如玩虎。"老虎成了另一种生活隐喻。

B 虎史档案抄

我逐渐长成为雄性动物,31岁前没见过老虎。我爸当年告诉我,画画只管"比猫画虎"。我最早临摹刘奎龄、刘继卣父子的老虎,我最早听到老师竟讲"老虎属猫科"时,我第一次为老虎笑了。

翻看老虎年度报告如下:

现代虎祖先是一种叫"中国古猫"的小型食肉类,大约在距今300万年的更新世后在地球上出现,与人类出现时间接近,有可能与人类祖先蓝田人一起生活过,古猫看到过蓝田人烤肉。由于气候变迁,虎从发源地向亚洲各地扩散,向西经中亚抵伊朗、高加索,没过阿拉伯沙漠进入非洲,没越高加索山脉进入欧洲。一支又分两个分支,一支进入朝鲜半岛,受阻海峡,未能踏上日本列岛;另一支通过华北华中华南,进入中南半岛。这一支又分成两股,一股通过缅甸、孟加拉国,直抵印度半岛;另一股沿马来西亚半岛,携妇将子,渡过马六甲海峡,登上印度尼西亚苏门答腊、爪哇岛，但老虎始终没有游过台湾海峡。俗老虎走进同仁堂虎骨膏药里，消化在人间百味；雅老虎走向国家的国徽上、旗帜上，不再下来。

1975年我11岁，在北中原濮阳发掘出一匹蚌壳塑就的"中华第一虎"，蚌壳老虎距今有六七千年历史。老虎曾在北中原大地行走，我小时虽没见虎，却一直穿虎头鞋，戴虎头帽，系虎兜肚。

猫在显微镜下放大一百倍是虎。虎体态雄伟，强壮高大，毛色绮丽，呈黄到红色渐变，有深色条纹。老虎头圆，吻宽，眼大，嘴边长着白色间有黑色长而硬的硬须，颈部粗而短，与肩部同宽，四肢强健，犬齿和爪锋利，腹面及四肢内侧为白色，背面有双行的黑色纵纹，尾上约有10个黑环，眼上方有一个白色禁区，故有"吊睛白额虎"之称，当年武松打死的就是这种，老虎前额黑纹让王羲之写下一个"王"字，正是有这年号，才能誉为"山中之王""兽中之王"。旗帜象征性多重要啊，战场上也多以斩旗为胜。

老虎一直所向无敌，连村里哄孩子大人都牵出老虎来欺骗童真。"再哭，老麻虎要来。"孩子马上止哭。老虎也有短板。段成式在《酉阳杂俎》里透露出："猬见虎，则跳入虎耳。"老虎怕刺猬。兽王有漏洞，我没机会验证，只是看后质疑：虎耳朵有那么辽阔吗？能像一泊"虎湖"。

C 施耐庵的本土虎知识

我没当上画家，先当了作家。两者其实都属于手艺人。知道中国作家里要数施耐庵迷恋老虎。

他文字娴熟，指导着武松如何躲避，如何挥拳，如何布置月色，如何打虎。施耐庵避免了武松被大虫吃掉,不是哨棒和拳头。

施作家一直有老虎情结,除了让武松、李逵打虎,又轰赶出来方圆百里区域内老虎纷纷走动,108将里12人冠以虎名,占百分之十还多——打虎将李忠、笑面虎朱富、青眼虎李云、插翅虎雷横、锦毛虎燕顺、矮脚虎王英、跳涧虎陈达、花项虎龚旺、中箭虎丁得孙、金眼彪施恩、病大虫薛永、母大虫顾大嫂。男虎女虎皆有,其中"彪""大虫"都是虎的笔名。

那位横行京城的泼皮牛二也是"没毛大虫"。

乡谚说"三斑出一鹞,三虎出一彪",鹞是雀鹰的俗称,小时候见过鹞抓小鸡,鹞子借窝孵化,出来后把小鸠吃掉,近似"鸠占鹊巢"。《癸辛杂识》载:"虎生三子,必有一彪。""彪最犷恶,能食虎子也。""彪"排在虎豹之间,列强顺序为"龙虎彪豹"。俗话还说"九狗一獒,三虎一彪",一窝狗中最凶的为獒,虎崽中最凶悍的一只虎是"彪",是"老虎中的老虎"。

一般人看不到彪。清朝六品武官服上有一"彪"形动物,可推测到彪不生活在山野,多游走于仕途官场,属于不存在的虚构老虎。

D 博尔赫斯在建筑一匹空虚的老虎

虎不同于人,没有国界之分,它不办出境证也可自由穿越国境。它没有前科,留下虎蹄不留档案。

美洲不产老虎,它当年没游过白令海峡,造成博尔赫斯最后到失明也没见过老虎,他经常把美洲豹当作老虎使用,一生误读老虎。博尔赫斯坐在图书馆里,镜子相互折射老虎,他用自己的文字在梳理别人的虎皮。

譬如"我看见了无穷无尽的过程,我由于领悟了一切,也领悟了老虎身上的文字。"

譬如"虎是为了爱而存在的。"

譬如"我既有无限的力量,便可以造出一只老虎。"

譬如"我们要寻找第三只老虎。这一只像别的一样会成为我梦幻的一个形式,人类词语的一种组合。"

譬如"我脱下外衣,躺在床上,重新做老虎的梦。"

他知道作家和老虎的距离。他说:"'庄子梦虎,梦中他成了一头老虎',这样的比喻就没有什么寓意可言了。蝴蝶有种优雅、稍纵即逝的特质。如果人生真的是一场梦,那么用来暗示的最佳比喻就是蝴蝶。"

人生一如梦中蝴蝶虚幻。

博尔赫斯自己终于成了一只语言斑斓的老虎,实现了他童年的老虎梦。这一只"老虎中的老虎"最后变成"作家中的作家"。晚年失明,眼里只剩下唯一的金色。掀开虎皮,我看到博尔赫斯就是文学里的那一只"彪"。

E 高丽老虎的肉醉

我跟随一位朝鲜族姑娘到过边城集安,去高句丽遗址拜谒好大王石碑,这是世上极具书法价值的一块石碑,细雨里买一张不知真假的"好大王碑"局部拓片。拓片在收藏界有"黑老虎"之称,在高句丽遗址壁画上偏偏有一只白虎对应。田野里玉米碧绿在拔节受孕。白虎涉水,铁网阻拦。从遗址看对岸猛于虎。

老虎是朝鲜人崇拜的神，我童年在北中原乡下看电影《奇袭白虎团》，里面缴获一面白虎图案的团旗。第一次知道世上还有白老虎。白虎掺和到黄虎颜色里，基因突变，造成乱色。其实朝鲜虎和中国东北虎同源，首尔当年奥运会，吉祥物选为虎。朝鲜神话中虎想化为人，太阳神为考验，让它在洞穴过100天，只允许吃大蒜。老虎等不及100天，未能实现心愿。可见大蒜对老虎的重要性。老虎并不想满嘴死蒜气。长白山东北人祀山神，多杀猪备酒，焚香上供，却不知老虎更喜欢吃牛肉、吃羊肉，它并不适合狗肉，吃狗必醉，故有"狗是老虎的酒"一说，猪肉也不对老虎口味，吃猪必瘫。因为猪肉、狗肉太香太腻的缘故，我有春节吃红烧肉出现"肉醉"之感，这曾是童年的簪子理想。

天下事物不可太奢，要少吃猪肉和狗肉。

东北人的猎虎经是："若见虎卧，勿动，即告众。若见虎奔，则勿停，追而射之。"近似游击战"十六字方针"。现在打虎则判重刑。老虎来到当下河南，大家开始纸上打虎，把老虎用四尺三裁的形式瓜分卖掉。我去过庄子的故乡河南民权县，画虎村把画虎当成产业，批发零售，贩卖虎肉。我看到有人专画老虎屁股，有人专画老虎腰，有人专画老虎头，有人专画老虎尾巴，甚至专画胡子或斑纹。流水作业，迅速准确，手机录像，最后组成一匹完整老虎。全村形成画虎产业链，远销海内外，老虎供不应求，可见社会上老虎需求量大。村长对我说，全村出现50位画虎画家，5位"画虎王"。实为画坛所未闻也。

这是庄子当年没有想到的，他只梦蝶没梦虎。庄子为了配合博尔赫斯。

F 岭南老虎·古典的警世

我少年时还临过"岭南派"高剑父、高奇峰画的虎样。岭南派多留白,老虎毛皮质感,身上带着月色和星光。

辛丑金秋,我和晓林从中原来到岭南,在广东佛山联办画展,清远朋友相邀去吃著名的清远鸡。上鸡前,看到一则虎事和佛山与清远都有关联,觉得有趣,"我佛山人"吴趼人写故乡遗事《趼廛笔记》。

他说清远一老翁,带儿子到佛山兜售一副完整虎骨,"既得售主,交易毕,翁抚所获金而悲"。别人问何事所悲?他潸然曰:"此虎已伤吾家三口,几灭门,幸而有今日,是以悲耳!"老人两个儿子,"长子死于虎,长子妇馌于田(给种田的人送饭),亦死于虎",老伴有一天进山打柴不归,邻居在山脚发现她的衣服,"血犹涔涔也",也被老虎吃掉。当天晚上,老翁小儿子梦见母亲传话,告诉他:"某山某树下,有窖金,掘而取之,一生吃着不尽矣!"醒后小儿告诉父亲,老翁说是妖怪托梦。谁知第二天小儿又梦到母亲说:"母命也,而以为妖耶?且吾亦何必诳汝!"让他傍晚前到藏金点,"吾阴魂当佐汝也"!小儿依照母亲吩咐,准备纸钱上山,"将祭山神及其母,而后取之"。

哪知故事峰回路转。快到藏金点的时候,路边忽然走出一老者,说天色渐晚,"山行多虎狼,子何冒昧也"。小伙子怪他多事,继续前行。老者拉住他,"必不可往,往则祸作"!小伙子说:奉母命前往,哪会有祸?老者说:你母亲不是葬身虎口吗?小伙子惊讶,老者不是本村人,怎知母死?老者说:我不仅知道,还知你想去取窖金,只怕有去无回。小伙子大惊:怎么连这都知道?老者指着旁边一棵古树说:你上去等一会儿,就全知道了。

小伙子攀到树上，"俯视老者，已失所在，四顾瞭望，都无踪迹。日既暝，忽闻虎啸声，木叶簌簌下"。小伙子"大惧，藏叶浓深处，窃窥之，见其母引虎至彼树下，彷徨四望，如有所觅，引虎与语，语未竟，虎咆哮怒吼，母抚虎项，若慰藉之者。虎少驯，母复徘徊瞻眺，啾啾作鬼声，虎又咆哮，如是竟夕"。一直等到村中鸡鸣，其母才带虎离去。小伙子下树战栗不能动弹，"疑老者为山神而感之也，焚所携楮帛以谢之"，逃回家跟父亲说，俩人"相戒不复入山"。当夜老虎进村直扑其家，父子大惧，计无所逃，院里有两口水缸，藏在里面。"俄而虎竟毁门入，鬼声啾啾，若为之导"，没有找到人而去。天亮后村民慰问，父子俩从缸里爬出，说明事因。村民设下陷阱，老虎又袭村时，铳弩齐发而毙。老翁在佛山所售之虎骨，由来即此。

故乡虎事被作家布置得斑斓魔幻，如一把戒尺晾晒敲打一张虎皮。

吴趼人时代，当列强瓜分中国时，可知作家借虎发言："吾独怪夫今之伥而人者，引虎入境，脔割其膏腴，吮食其血肉，恬不为怪，且欣欣然自以为得计者。"吴趼人的老虎别有用意。

此刻，著名的清远鸡端上来，我对佛山朋友说："你们若也出窖金，下次我办画虎展。"

G 当代打虎者

写虎、画虎和打虎都算娴熟为上的技术活。"打虎者"属于冷兵器时代的产物，现代若对老虎开枪打炮、背上放炸药包都不算打虎英雄。"打老虎"成政治符号。

河南方言还有一词，叫"邪乎"。不是写虎。

我上小学时，有篇课外读物，讲一位抓虎擒豹的"当代武松"。打虎者叫何广位，当代奇人，善于活捉猛兽。安徽人流浪到河南孟州，施耐庵也曾把武松发配孟州。奇人必有奇招，其食量奇大，9岁那年家乡遭蝗灾断粮，父亲向大户借3斤麦种，父母忙着耕作，让他负责看好麦种，免得老鼠偷吃，结果等劳作回来，3斤麦种一粒不剩，全被他一人吃光。

父亲不信一个9岁娃能吃3斤麦种，逼问麦种哪去了，何广位哭着说被他吃了，父亲不信，去邻居家借10个菜团，让何广位吃，结果一口接一口，他把10个菜团全吃光。母亲大哭担忧，大肚儿怎养得起？后来为吃饭他只好外出流浪，选择打兽换食的生计，最后落脚河南。他饭量大，创下一次喝酒17斤的纪录，当年河南济源县因他捉豹有功，政府决定好好管他一顿饱饭，又称菜肴不好报销，馒头尽管享用。他连咸菜都没有，竟连吞62个馒头。

酒桌上我听书法家周俊杰先生讲过何广位一事，何后来成政协委员，集体就餐时却端坐不动筷，说自己饭量大，怕吃完被人笑话。会上负责膳食的人员为表达对"当代武松"的敬意，特加了一桌十人的饭菜让他独享，他一人吃完，且吃鱼吃鸡不吐骨头。

何广位说捉虎猎豹秘招是出拳快、准、狠。首拳一定要击中虎豹鼻子，致其晕厥，然后补拳让其一时难苏醒，用绳索绑其四肢装进特制大袋，以最快速度背虎豹下山。当年各大动物园里，几乎都有何氏捕猎的豹子。

何广位活了95岁，2004年在河南去世。一生活捉老虎7只、金钱豹230只，打狼800只。后来倡导保护动物，他的事迹从课外读物里去掉了。不能再打虎拿豹了，晚年的何广位在河南孟州开始造药酒，有朋友给我捎来两瓶"何广位家酒"，让品尝，我在草药味里，第一盅就喝出来了一匹老虎。

H　虎的末日

话语和文字即使吹嘘得一地斑斓，末日老虎，也终将不再。

世上最后一张虎皮要剥掉，老虎谢幕退场，包括液体老虎、气体老虎、固体老虎。一天，"打虎者"独向虎皮，对属虎的情人说，看，这是一辆蜜制的坦克。

附：老虎十二图说

一月，关于虎威

今日老虎说：虎年来临，要虎虎生威。

古典老虎说：何谓虎威？张岱《夜航船》辑：虎有骨如乙字，长寸许，在肋两旁皮内，尾端亦有之，名"虎威"，配之临官，则能威众。

属虎者说：就是一根虎骨。同仁堂肯定喜欢，如今一吨药丸里也找不到一根虎须，膏药油里能映出一只虎影。

二月，肚里有货

今日老虎说：站在台上看起来庞大，不知肚里装的都是糠麸。

古典老虎说：只有段成式见到"虎魄"——虎夜视，一目放光，一目视物。猎人候而射之，弩箭才及，光随坠地成白石，入地尺余，记其处掘得之，能止小儿啼惊。

属虎者说："虎魄"属稳定剂，忌讳冰箱，只能在李时珍药厨储存。今人误为"琥珀",挂在脖上,愈加焦躁。

三月,虚惊一场

今日老虎说:鞭炮忽然一响,吓了老子一跳。脸都变色啦,差点成为绿老虎。

捕虎者说:捉虎工具有虎枪、虎叉、陷阱。尽量避免对虎皮伤害。还有一种"槛"。一天雨后,猎人看到"槛"里坐一人,大吃一惊,那人说:我是县令,昨晚下雨误入槛里,赶快放我出来。猎人问:有证件吗?有。放出后,县令马上变作一匹老虎,咆哮而去。

属虎者说:历史上有过多次"变虎"事件,你说的这是哪一次?

四月,一家人

今日老虎说:如今武松被国际虎协高价聘请,正在门口给我们看院子。

古典老虎说:另一种虎叫"伥",被老虎吃掉后而产生出的一种新型老虎。镜中之相。属镜中之镜,属老虎中的老虎。《太平广记》说伥的职业是负责老虎行动前的开道探路,"为虎前呵道耳"。《广异记》说伥形象"无衣轻行,通身碧色",有时在老虎吃人时一边帮忙剥衣服,免得簪子玉镯信用卡之类卡住虎喉。《夜航船》为一地狼藉作以证明:"凡死于虎者,衣服巾履皆卸于地,非虎之威能使自卸,实鬼为之也。"

属虎者说:伥皆穿衣,或名牌,或朴素,亦非前朝,不好辨认。

五月,纸老虎标准

今日老虎说:伟人有语录——一切反动派都是纸老虎。

古典老虎说:纸老虎、布老虎、皮老虎、石老虎、泥老虎、大老虎、小老虎都是老虎。包括一切反动派。

属虎者说：当下标准早已更改，是不是纸老虎，要看固定产业、固定存款、房产证这些硬件，单凭嘴说不算。

六月，红老虎

今日老虎说：黄虎、黑虎、白虎，都不如红虎。出身好。

外国老虎说：博尔赫斯从来不相信世上有老虎，他说"老虎这个形象，许多世纪以来，一直存在于人们的想象之中"。所以他能看到在离恒河很远的一个村子里，有蓝老虎。他还梦到蓝老虎行走，在沙地上投下长长的影子。

属虎者说：虎再大，也属于猫科动物。

七月，老虎的自信

今日老虎说：野生的老虎，武松可以打光打净。人生的老虎，武松永远打不净。

古典老虎说：虎过去共有9个亚种，华南虎、西伯利亚虎、孟加拉虎、印支虎、马来虎、苏门答腊虎、巴厘虎、爪哇虎、里海虎。到如今，爪哇虎、里海虎、巴厘虎已灭绝。

属虎者说：永远灭绝不了，12个中国人里就有一个属老虎。

八月，流行拼爹

今日老虎说：我爸是动物园看守大门者。我爸是动物园常务售票员。我爸是动物园常务副科长。

古典老虎说："虎生三子，必有一彪。"《癸辛杂识》载："彪最犷恶，能食虎子也"，"彪"排行在虎豹之间，所谓"龙虎彪豹"。彪为何物？清朝六品武官服有一"彪"动物图案可参考，"彪"肯定比虎厉害，因为字面上还多三撇，像三个爪子。

属虎者说：我们村里有两个叫"卫彪"，邻村有四个"卫彪"。三里五村，当年都要保护一只远方的老虎。

九月，别想吃虎鞭

今日老虎说：别想吃虎鞭，轻者挨抽，重者判刑。

古典老虎说：李时珍载虎肉微热，无毒，味道酸，可益力气，止多唾，治恶心。吃不了虎肉，可用黄精代替，黄精有"老虎姜"之称，又叫"神仙余粮。"

属虎者说：广东餐馆里一道象征菜，叫"龙虎斗"。凑合着先吃。

十月，拉大旗的方式

今日老虎说：拉大旗的方式很多，不一定都使用虎皮。

古典老虎说：据旧县志载，开元中有崔生应举过寺，适天暮，因投宿焉。见一虎入寺脱皮，变一美妇人，就崔，愿侍枕席，崔眠之。见其皮在井边，遂投井中。妇人觅皮不得，随崔至京，先后授县长、县委书记，凡六年，生两子。后还官，过前寺，崔意相随日久，无他虞，告故。妇欣然，令取皮，皮故无恙。因披之，仍成一虎，大吼，回顾二子而去。后人题其井为虎皮井。

属虎者说：信不信由你，俺小时候用那井里的水吃过捞面条。至今还卖一种"虎面"，十块钱一碗。

十一月，叫板

今日老虎说：武二郎，有种你出来，敢再打我一次？

古典老虎说：据《述异记》载，汉代一市委书记，叫封邵，官称封使君。一天，封书记忽然变成一只老虎，在城市里乱跑，饿了便吃城里的黎民百姓，百姓见到，认得是他，连忙高呼"封使君，封使君"。于是，那只老虎掉头出城，不再回首。诗人作诗："无作封使君，生不治民死食民。"

属虎者说："封使君"学术上已成老虎别名，查一下，谁写的反诗！

十二月，虎头猫尾

今日老虎说：老虎跟猫学艺，学会了，要吃猫，猫立马上树，老虎在下面没一点办法。这老虎太没耐心了。

古典老虎说：陆游《剑南诗稿》有"俗言猫为虎舅，教虎百为，惟不教上树"。

属虎者说：现在退化为猫虎一体。小时候我姥姥也说过，猫是老虎的舅舅。我舅舅毫不保留，教我上树，还偷摘邻居家的果子吃。

2021.11 客郑

选自《花城》2022 年第 2 期

朱以撒

薄如
蝉翼

朱以撒

现为福建师范大学美术学院教授、博士生导师,福建省书法家协会副主席,福建省文史研究馆馆员,中国文艺评论家协会顾问,中国作家协会会员,曾任中国书法家协会学术委员会副主任。出版书法著作和散文集多部。

一年来，阿黄送了我不少东洋纸，丰富了我藏纸的种类。她自己不谙八法，却对纸有一种过人的嗜好，即便价格不菲也解囊收入。有时人的爱好就是如此，收藏了欣赏或赠送朋友，自己是不使用的，由于不谙八法，一下笔就可惜了。那只能是把玩一张纸的色泽、纹路，还有从中沁出来的幽幽香味——纸香在众香中是十分独特的，和书香相比，它没有油墨于其中，就更淡逸和细微。有时一个长卷打开了，发出与众不同的声响，绸缎般地舒展开来，像时日那么悠长。一个人喜好藏纸，藏而不用，让人想到不少藏家的身后——后来者对藏品毫无兴致，连打开来欣赏也不愿意。人的趣好相差太远了，一代代人的繁衍可以接续，延伸到久远，使子孙万代串联起来。彼此虽不曾谋面，但持同样一个姓，说话都会多上几分亲切。兴趣则异于繁衍，如口之于味，不能强求。上一辈的兴趣之物堆了一屋子，到了下一辈则想着如何清空，给自己感兴趣的另一些品类腾出地方。好在阿黄在这方面及时地出现了接班人，她的女儿考上了大学的书法专业，这些纸才有了使用者。

物尽其用——我常怀这样的想法，能在有生之年将自己使用的一些消耗品用罄，或者所剩不多，最好，也遂了作为物的愿望。如果是尤物就更不一般了，通常有灵性于其中，应对同样有灵性的这个人或者那个人，就像神骏，不是任何一个骑手就可以翻身上去，它一定在等待那个人的出现。如果有幸，那个人出现了，这匹骏马的价值才上升到顶峰，否则，一辈子晾在马槽上。好纸可以当摆设，像神那般地供着，说是唐伯虎那个时代的，或者康熙年间监制，让来者看一眼。如此，还是浅薄。晋时阮孚说，"一生当着几两屐"，可见人生苦短，不可矜于物，如果不能放胆用屐，而让自己赤着脚走路，那屐的作用真是抓瞎了。人常有悯物之心，舍不得用，小心翼翼地用，悯物过头就不能充分地显示出自己对物的尊重。

赠人以纸，说起来是很风雅的。当年王逸少一次就给了谢安石几万张纸，传为美谈，这比送脂粉、五石散有着更多的文气，让人联想到澄澈、玄远，也联想到一个人的笔墨情怀如此倜傥。一张纸比人情单薄得多，但几万张纸，这个人情就不是俗常之谓了，是精神方面的必须。送纸是危险的，敢于送纸也说明了对对方的一种识见的无误，双方由于这一张张单薄的纸而相互欣赏。赠送者认为送对了，被赠送者也认为太合心意了。那么，接下来的畅谈，完全可以从纸开始说起。风雅不及实在，俗常日子是实在过去的，真能如王逸少、谢安石这般锦衣玉食，送纸才能成为后世谈资，真是俗常人家，他们的需要则如亦舒在《喜宝》中说过的："如果有人用钞票扔你，跪下来，一张张拾起，不要紧，与你温饱有关的时候，一点点自尊不算什么。"亦舒此说还是很诚恳的，在生活的现状里，对这么一张张纸所持有的态度，不必以嘲笑的态度待之。

对于文士而言，能用上与自己情性相契的纸自然快慰之至。笔墨生涯，越往后对于纸的选择就越讲究，讲究的尽头就是挑剔，面对一张纸的态度说一些别人认为是玄虚的感觉。即便要订制，也难以表达清楚，便难以与人说，觉得说了也不知所云——真能说清楚就不是感觉了。难言之隐——往往是隐于感觉之内，不能量化，说出来不能达意，也就欲说还休。四宝堂里总是陈列无可计数的宣纸，供喜爱者挑选。有人进来，挑贵的买，作为礼品，物贵则宜。有的则认品牌，以为品牌为立身之本，必然不会离本太远。我则靠手抚，在纸面做一个轻轻推送的动作——即便同一批次的宣纸，手抚起来也未必同一种回应。毕竟，作坊里那么多人，重复那么些动作，不是每个人的心绪都能深婉不迫。有时我也把纸摊开，像《风声》中的听风者听听抖动中的声响。清脆的、挺刮的声响肯定不宜于我。一个人在道行渐深的往后，心思越发细密如牛毛，有了挑剔的资本，什么都要求合乎自己的情性，就像善于品尝的口舌，绝没有饥不择食的迁就。这个要求不能说高贵，只是自适而已。文士雅集的机会总是有，总是要墨戏一番。轮到了，站起来，把主人准备的宣纸摸遍了，觉得都不适手，更不适心，便不写，转回来坐着，继续喝茶。主人见状，便过来劝他随意一点，逢场作戏嘛——如果早二十年他一定不扫主人的兴致，但此时，他摆了摆手，决不将就一张纸。一张纸不将就，俗常日子里的不少方面也都不将就。将就了别人会高兴一些，但自己会不高兴，他不愿意自己不高兴——记得苏东坡也是如此说，自个儿也是很需要开心的啊。后来在场面上就很少看到他了。他的书写总在自己的书房里，面对自己稔熟的亲爱的宣纸们，觉得此时甚好。

　　南方的潮润使不少宣纸都起了霉点，失去往日脸面上的洁净。笔在纸上行如在黄昏里。有的人便拿到装裱店去美容，使其恢复到如新状态。有时为了怀旧，打开自己三十年前写的作品，都是满目昏黄。潮气无声潜入，不分昼夜，没有什么可以抵挡，放在箱子里的，搁在橱子里的，外边还做了包裹，无一幸免。时日在上边留下的痕迹，或深或浅，或多或少。南方生活的细腻清新，即便有机会去北方长居，而不愿动身。却不知在听着苦雨芭蕉的滴沥，看着桨声灯影中的涟漪，卷轴正悄然侵入了润泽。水如此之多，灵气是从来不缺乏的，以至南方多名士，玉树临风，新桐初引，端的倜傥自任，有一些小小的傲气，施于纸上，都是未干墨迹的诗草。寻常人对日渐长出霉斑的一张纸真是束手无策，只能交由资深的装裱师傅，请他抹掉这些时间之痕。这比装裱一幅新作费时费力多了。装裱师傅喜欢和旧日纸张打交道，虽然要拿出全身本事应对，毕竟所收费用不菲，同时成就感也大大增加。取件的时日到了，这是装裱师傅最得意的时刻——卷轴徐徐打开，如同徐徐打开一个新的世界。主人脸上抑制不住的欣喜，好像不认识这件自家的宝贝了。装裱师傅知道成功了，人们识见了他精湛的功夫，还有细密的心机。过了几年，又过了几年，这些作品又敌不过梅雨潮气，霉点又一次上脸，他又开始了一轮又一轮的劳作。忽一日照镜子，看到白头发多起来了，皱纹叠着皱纹，还有一些如同宣纸上的黄斑了。想着自己有能力几次把纸上的时光痕迹抹去，使旧作宛如新制，而对于自己日渐苍老的容颜，却无能为力。他只能无奈地笑笑，冲着镜子，做个鬼脸。

俞先生去世前给了我一叠花笺。他收藏它们已经有一些时间了。在他众多的学生里，把花笺送给我最为合适——礼物送人也是需要考虑与之相适应的对象，使礼物倍显珍贵。花笺是宣纸中的娇女，和六尺、八尺宣相比，它是那么小巧雅致。淡淡的底色，使它生出几分阴柔，捧在手上没有感觉似的，生怕突然有一阵风来吹落。藏的时间久了，火气尽消，如同俞先生和我说话时温婉平和的神情。一个人老了，还是会想到如何处理自己的藏品，尤其是纸、纸本，那么脆弱，怕水怕火，就是一个雨点儿也可以洞穿。那么，一定要托付给适宜的人，那个人眉目清秀，举止舒缓，斯文中透着清高。那么，他一定会妥善应和这样的纸品的。我想俞先生把花笺赠予我，肯定也把其他类型的藏品赠予师兄弟们了。品性不同，受物不同，人与人的交往深度，可由此见出。几年过去，我把俞先生送的花笺都写光了。之所以写了几年，是因为我用小楷，抄些古诗词，也自己撰文，很细腻地写，在好心情的时候。如果在大宣纸上写，我会任性一些，写坏了就揉了，并不可惜。可是于花笺，我有一种怜惜，觉得不斯文以待，就愧对时时萌生的怀旧幽思。有人说这些花笺有不少年头了，你不留着，反而把它们都写光了，真不知作如何想。我是不想把它们再送下一个人了，许多纸在我这里就不再传送，戛然而止，消失在我的笔下。如果都不使用，作为礼品承传，又如何知道其中滋味。我于细小之物特别倾心，它们是不震撼的、不大气的，如花笺，如此之小，三行两行，长句短句，以无多为旨，便清旷疏朗，有如私语窃窃。想想古文士如此喜好花笺，在上边写个不停，许多隐微的心曲都在上面。倘不居庙堂之高，不处江湖之远，一个与世无争的文士，在小小的花笺上写写自己小小的悲伤，小小的爱慕，使如此单薄的花笺沉着起来。

少年时常听说善笔墨者长寿，还可以列出一大串人名来。就像文徵明，他同时代的文人都不在了，甚至连他的学生也有人不在了，他还精神地活着，又写又画，真是艺坛上的老祖父了。据说去世前他还在为人写字、和纸亲近，这是一个最热爱纸、在纸上不懈驰骋笔墨的文士，作为盟主当然无可非议。这也就使人多有联想，觉得纸上太极足以使人长寿，足以抵挡个人生命的消耗。事实是，一些人远未及老就谢世了，究其原因，实则无多少时日于书斋静坐修身，好好写字，多半在场面上，接迹有如市人。守不住对一张纸的敬畏，笔起处尽是躁动之气。一个人没有安和心境去敬惜一张纸，也就称不上在纸上有何托寄。一张纸的寿命比一个人要长久多了，把它铺张开来时，看到了它的清畅大方，卷起来时又如此敛约和婉转，皆韧在其中。如果一个人善待一张纸，看到一张纸的前世今生，眼神也会更谨重一些。那种胡乱下笔，对一张纸带有亵玩倾向的做法，我向来鄙夷——一张纸落在这样的人手里，只能说运气糟透了。现在到处都可以看到《兰亭序》，一张纸承受了如此的美妙，是王羲之写的，还是谁作伪的？好事者还在争辩无休，但从纸上的笔迹看，都会让人想到书写者的教养——一个人的字和一张纸如此协调地结合在一起，此纸长寿，此人当年也应当长寿。

一张纸无足，却可以走遍天下。有的从北方来到南方，有的从南方去了北方。或者从国内去了国外，再从国外回流国内，出现在各种拍卖场合上。拍卖前总是要举办一个展览，让人心中有点儿分寸。许多人在一张张纸跟前走过，大放厥词，说纸上的墨迹是真的，或者是伪的，谈论纸的年头是不是到了，或者根本与那个年头不符，由此判断可靠的程度。有时，打假的人来了，整个场面有些失控，那幅被指责的纸安然不动。人的眼光相差太多了，看不透一张纸的承受之重，只能指指点点，大声小声。一张纸再贵也不会天价，可是某个大师在上面写点儿画点儿，一张纸的身价就如日之升，接下来就有人使心计、运手法作伪了。如果一张纸有灵，它会知道在上边写写画画的人是不是伪造者。但作为纸，它从来是缄默无声的。《吕氏春秋》说出了人生在世的一个大苦恼："使人之大迷惑者，必物之相似也。"纸上墨迹就是如此，真耶伪耶，众说纷纭。科学的昌明，一架仪器可以测量厚重地底的蕴藏，却没有一架仪器可识辨纸上真伪，只能靠人的眼力。眼万千殊异，除了看到一张纸，还要看到纸背后的世道、人情。淮南王刘安说："天下是非无所定。"对一张纸，也可做如是说。许多带有墨迹的纸在拍卖场上被人吆喝着——主人不需要它了，它被新主人接受了，交易的背后是银两。新主人也不想久藏，待到行情看涨时，又毫不犹豫地把它推出去，换更多的银两回来。让人兴奋的是一张纸在家里酣睡，上边的尺寸不长一分不短一厘，文字不多一个不少一个，门外的世界却在变化着。行藏由时，主人的薄情寡义，使它不停地辗转着，不知下一次沦落谁家——除非，它们有《平复帖》的命，张伯驹把它捐给了国家，如今它躺在那个极为严密的空间里，不见天日，它的漂泊生涯才算终结。

一些纸留存到现在，为我们有幸见到。更多的纸灰飞烟灭，无从找寻。人、物有命，何况一张薄纸。要穿过久远的烟水来到我们的面前，如同骆驼穿过针眼，只能说幸甚幸甚。那时节的人每日都执毛笔书写，可以想见写尽多少纸。纸不怕多，传下来就是宝贝。苏老泉曾说自己把往日写的几百篇文章都放火烧掉了——他觉得和圣人、贤人的文章相比，自己的纸上文字只配付之于火，便采取了极端的做法。其实，烧它作甚，烧了之后就能写到圣人、贤人的份儿上？人生每个阶段都有自己的表达，不必傍圣人、贤人，只要真实地待了一张纸即可。一些文士，名字留下来了，却无一丁半点儿纸片，这就使后人在言说时枯索得很，无从援据。像李太白写了那么多，只有《上阳台帖》留下来了，虽仅二十五个字，却让人欢呼雀跃，以为不特李太白一人之私幸，也是后人之大幸。当然，纸上的书写也有它的危险性，白纸黑字，让人难以申辩。苏东坡总是爱在纸上写，把情绪都写进去了，把危险都招来了。写了又给人看，推到更广大的空间，结果自己遭殃，又连累朋友、兄弟。平息后他还是爱写——一个文士是不能舍弃纸的，宦海浮沉，世道艰辛，也只有在纸上写，会带来一点点宽慰。李渔和苏东坡相同之处也在于写，他说从小到大，从大到老都是不快乐的，还好老天眷顾，他喜欢上填词、制曲，便一一写去，以为富贵荣华也不过如此。我能理解枕腕而书这个动作，这个动作足以使人眉目舒展，不知今夕何夕。写有两个目标：一个是给很多的人看，如柳词，虽草野间巷亦能歌咏；一个则是相反，给极少数的人看，甚至就给一个人看，诡秘得很。看过的人记熟，顺手就着煤油灯让它化为一片乌云；或者咽入口中，让它烂在自己的肚肠里。许多的谍战片都有如此雷同的设计，不厌其烦地显示一张纸与死生的关联。想想也是，不知有多少人命丧于纸上。

每日，我都花了时间来消费这些好纸。书写使人开心起来，是良好的物质材料优化了人的心境。想想从五六岁始习书，到现在有多少纸在指腕间流过。此时窗外青山妩媚，白云游逸，笔下更是明快。若到夕阳昏黄，风起于芦苇之梢，满山迷蒙，纸上就有了更多的信手和慵懒气味。如果一位书法家在他的终了，能够把贮存的好宣纸都挥洒得差不多，那真是一件幸事。人将了，物亦将了。

一张张薄如蝉翼的纸在时日的过往中渐渐堆叠起来，走向厚重，我想，这就是此生了。

选自《满族文学》2022年第2期

淡巴菰

哑巴
蝈蝈儿

淡巴菰

女。曾为媒体人、前驻美外交官,现中国艺术研究院专业作家。出版《写给玄奘的情书》、"洛杉矶三部曲"等十余部图书。在《中国作家》《人民文学》《北京文学》等发表小说、散文若干。为《上海文学》撰写专栏。

1

"蝈——蝈——蝈……"没有指挥,这合唱声浪却如此有弹性,动听一如丝线轻拂金箔,从我身后传来,渐行渐近,由轻柔变得强健。

我愣怔了两秒,扭身回头看去,只见眼前金灿灿的一团,云朵一般,随着一辆自行车的前行飘然而至——那由上百只蝈蝈儿组成的流动乐队,正和谐欢快地唱着大自然的弦歌,它们带来的,似乎又不是歌声,而是一块散发着庄稼清香的碧绿田野。

看我驻足观望,那骑车的黑瘦汉子停下车,带几分期待地笑着望向我。那是辆普通的自行车,后车架上支起了两根一米左右高的竹竿,那些笼子就是层层叠叠挂在这竹竿上的。也许是感觉到了突然的速度变化,一只只在那金色笼子里歌唱的"小歌手"都忽然噤声。但旋即,有几只鲁莽或迟钝的,又放开嗓子大声鸣唱那稔熟的旋律。

"二十块一只,三十块一对儿。"卖蝈蝈儿的这位不等我问就主动报价。

那是个五月的午后,我从北京回河北的小县城给父亲扫墓。父亲走了六年了,我当年不仅没能为他送葬,就连清明和祭日都鲜少有机会去拜祭他。反倒是在那小城生活的弟弟一家三口,从不落了给父亲送鲜花烧纸钱。

那天是父亲祭日,我们刚从墓地回到城里,弟弟两口子去停车,我和母亲慢慢往小区门口走。

"蝈蝈儿!"我有些兴奋地对母亲说,眼睛却继续望着那秫秸秆儿外皮编织成的金灿灿的蝈蝈儿笼。它们那么可爱,像一个个圆鼓鼓的婴儿的小拳头,又像八面开窗的小小城堡,每个后面都住着一个着绿衣白纱腆着大肚子的袖珍国王。

"活不了多久的，还是别买了吧。"父亲走后，母亲特别舍得花钱往家买花，栀子、茉莉、山茶，尽管许多中途夭折，至少每次都是奔着好花常开的结局去的。可这蝈蝈儿，在她看来即使不出意外，寿命也不过几个月，干脆别劳神为好。

"在大城市买不到的。养两只听听叫声多好。"从卖者的口音判断，他是县城西部紫荆关一带的山里人。那里的人说话舌头发直，不会发儿化音，管二叫"饿"。是我的家乡话已经不纯熟地道了吗？我有些纳闷他是如何看出我不是本乡本土的人。

尽管漂洋过海走过世界许多地方，但我打心底对中国的县城有一种故友般的亲近。它们就像一根根密密麻麻的血管，东西南北，阡陌纵横，网罗起中国的繁华都市与偏僻的毛细血管一般的乡村。我喜欢逛县城，即便交通混乱、尘土飞扬，即便那价格亲民的网红餐馆也不免饭菜粗糙、卫生可疑，我仍吃得香甜，睡得踏实。县城，有大城市往往缺乏的一样东西——地气，或者说，土地的气息。离农村近，县里的菜蔬瓜果是新采摘的；离农村近，鸡鸭鱼肉是刚宰杀的；离农村近，人们脸上的表情仍然是农业社会的——古朴实诚，即使狡黠都带着憨厚。

望着那人和那一笼笼的蝈蝈儿，我脑海里忽然闪现的是刚刚在墓地里探视过的父亲。父亲从部队到地方，一辈子跟写作打交道，虽然他从没出版过一部书。我记得当时在读大学，暑假回家，在宣传部门工作的父亲兴奋地告诉我，他写了一篇《蝈蝈儿唱响致富歌》的新闻，居然被某大报采用了，他很自豪地把那篇豆腐块文章剪贴在了他的笔记本里。

"您帮我挑两只吧。"说着我递给卖蝈蝈儿者三十块钱。我希冀这小小的蝈蝈儿鸣唱能把已经淡出我生命的乡野拉近些再近些，就像春天漫山遍野的不知名小花,夏天月光下一块有着圆滚滚果实的瓜地,秋天挂着灯笼一般橙黄柿子的山林,冬天一望无垠的雪野,它们是自然的使者,是我永远走不出的乡愁。

"挑俩欢实的!"我母亲不放心地叮嘱。

"没问题!"是因为做成一笔小小的生意吗?那汉子开心地笑了,以至于鱼尾纹深深地堆在了眼角。我相信他还没我岁数大,但常年的田间劳作让他比实际年龄苍老许多。

"这不是二壮吗?金家庄的?"母亲先是迟疑后是坚定地望着那汉子说。

"哎呀,看我这眼神,三姑奶奶,我还真没认出你来。我是二壮!有二年没去看你老人家了。"二壮说着,笑纹堆满了黑瘦的脸。

"你不是一直跑运输吗,怎么卖起了蝈蝈儿?"母亲与其说是好奇,不如说是忧心,即使对这七拐八绕的远房亲戚。

二壮把车梯支好,双手从那车把上解放出来,立在那儿苦笑着倒出了一肚子委屈。他跑了十来年长途,主要是运送石材去南方,起早贪黑,着实赚了点儿钱,不仅把房子翻盖一新,还把两个孩子送进了大学。没承想三年前兴起了企业集资热潮,有外地资本介入本乡那个有着千年香火的庙会,政府领导都出席了热闹的揭幕仪式。百分之二十甚至三十的利息返还,让许多乡民把一辈子的积蓄都投了进去。二壮先试探着投了十万,还真如期得到了利息,尝到了甜头的他,不仅投入了跑车以来的所有积蓄,还以车为抵押去银行贷了款。"我有俩大学生要供,父母还都一身病……还是怪我,忒冒失咧。项目黄了,人家投资方卷铺盖走人了,可把我们这些小老百姓坑苦了。村里有好几个老人投进去了儿女孝敬的养老钱,出事儿后受不了打击,死了两个,听说有一个是喝农药自杀的。"

母亲和我都听得唏嘘连连。

我忽然有点儿心酸,想着是否再给他十块钱,可是又感觉真那样做似乎很矫情,有居高临下施舍的嫌疑。我揣在口袋里的手,终究还是没有伸出来。

二壮取出一把生着锈的剪刀,颇费了点劲儿才从那一团高挂的笼子中剪下两个,像剪断了两个音符,那歌声似乎陡然间弱了一些。

倒是母亲,侧过脸悄声跟我说:"既是乡亲,就别在乎那十块钱了吧,你再给他十块。"

"这哪儿行?不要不要。按说这蝈蝈儿就应该送给你们,哪儿还能多收?"那十块钱在二壮和母亲之间来回拉扯着。最后,他坚决地塞回了母亲的衣服口袋。

我又问了几句蝈蝈儿的饮食习性后,拎着那两个金色的小拳头和母亲往家走。"他小时候我就见过,不过三两岁,长得欢眉大眼挺好看的。现在成了小老头了。唉,人哪!"母亲边说边叹息。

到家第一件事就是进厨房切了些胡萝卜条,从那只有筷子头大小的洞口塞进笼子。蝈蝈儿们先是惊慌地躲避着,两只前腿胡乱地挥着。很快,也许是嗅到了食物的气味,它们开始不客气地大啃这送上门来的美食,两颗白色门牙快速运动着,鼓鼓的眼睛好像对一切都视而不见,反倒是头顶长长的触须机敏地探测着周围的环境。

我把它们挂在客厅向阳的窗子把手上。阳光斜照进来,洒在笼子和两个小家伙身上,它们一动不动,像两只翠玉雕出的案头清供。

吃晚饭时,母亲又说起二壮的遭遇。弟妹有些难为情地说:"我没敢告诉你们,我爸爸就是这样的受害者之一。我和我哥给他的钱他都攒着,原先还打五毛一块的麻将,自从有了这高利息集资以来,他愣是戒了麻将和烟酒,可是那五万块钱彻底打了水漂儿,他一趟趟去找当时让他投资的人,我哥也替他出过面,都没要回来一分钱。人都跑了,去哪儿要?"我们听得又是一脸诧异,母亲大叹世道不公欺负老实人。

虽然谁也没说什么,我知道屋里四个人都在留心静待那蝈蝈儿的叫声,可直到第二天早上,屋里安静得像没有它们一样。

"不会是有毛病的吧?二壮不是干这行的,他也不懂,你当时还不如自己挑两只大的呢。我看有一只特别弱,也就比蛐蛐儿大一点儿。"母亲虽看似有经验地抱怨我,那语气却是谨慎小心的。有人说,人老了,不管年轻时多么强势,会变得怕自己的孩子。尤其是父亲去世后,母亲似乎有意地把自己以前的锋芒都收敛了起来,不再像过去那样爱打主意,她越发专心称职地做个"糊涂"老太太。

弟弟一向心细,说这蝈蝈儿也许在适应新环境。一向有洁癖的弟妹则问我是否把萝卜洗干净了。

天气阴着,还下起了雨。不便出门,除了帮母亲做饭,我开始仔细观察平生第一次近距离接触的这小生灵。别看不叫,它们饭量不小,刚放进去的吃食,不管是水果还是蔬菜,不挑不拣,没一会儿就被两颗大门牙啃食进胖胖的肚子。笼子下面的窗台上,则是食物残渣和粪便的混合雨点儿。

吃饱了,它们就趴在笼子里,禅定般地发呆。

我亦开始寻思,这两个蝈蝈儿明显是有问题啊!

两天后,在我准备离开家回北京的晚上,半夜里,我忽然听到了那金属音质的歌声:"蝈——蝈——蝈……"

声调不高,时间也不长,不足一分钟的样子,然后就又是长时间的寂静。

早上吃饭，全家人似乎都有点儿兴奋，至少，蝈蝈儿会叫！

回北京的车程也不过一个半小时，这两位坐在副驾座位上的歌手，商量好了一般，谁都没吭一声。

2

"蝈蝈儿！"儿子正在家上网课，一年前他被美国一所大学录取了读研，因为疫情，签证多次被拒，只能昼夜颠倒在家接受远程教育，被我弟弟戏称上的是"最昂贵的函授大学"。

俯身凑近了，从镜片后打量那蝈蝈儿笼子片刻，他只说了句："看着挺傻！"就又埋头继续钻研他的 Python（一种计算机编程语言）去了。

晚上，侄子下班回家，来不及换鞋，也兴奋地去客厅向南的窗边看蝈蝈儿。20岁的他在省城读了个大专，不想回到小县城托关系找铁饭碗或者考公务员，而是到了北京，在一家全国连锁服装品牌的门店当导购。自小因为不爱读书，他父母一直担心他的前途。好在沾了中国高校都在扩招的光，他去读了个市场营销专科，快毕业时，正巧有几家企业去学校招销售人员，阳光帅气的他喜欢服装行业，顺利通过面试就来北京当起了导购。

我打心底喜欢侄子，虽然他自小不喜读书，却善解人意、情商极高。记得当年他不过七八岁，暑假来北京住一夏天。每逢我那开始叛逆的儿子与我顶撞对峙，在中间斡旋平息战事的都是这小家伙。他的手法其实也很简单，不过是跑过来悄悄跟皱着眉头的姑姑说："我哥知道错了，只是不好意思承认。姑姑原谅他吧。"又到一边儿跟生闷气的哥哥说："我姑姑原谅你了,说只要你下次别再摔门顶嘴。哥你去跟她道个歉吧,我就常跟我妈道歉。"

"姑姑,这蝈蝈儿让我想起我爷爷。我记得上幼儿园时,他去农村下乡,给我带回来一只,那笼子和这个一模一样。"侄子自小跟爷爷亲,读小学时,每逢因为做不出简单的数学题被他气恼的父母责骂甚至掌掴,都是爷爷在一旁护着他。

"你们哥俩每人认养一只吧。"那晚吃过晚饭,俩孩子在厨房洗碗,我进去给蝈蝈儿切黄瓜条。那本来不小的厨房好像一下子很逼仄,看着身边两个身高都一米八的大小伙儿,我不由惊叹着时光的流逝——似乎只是一眨眼,那两个虎头虎脑有着一脸婴儿肥的小胖子,都已经长成了朝气蓬勃的青年。我爱他们,不仅因为他们是我的亲人,还因为这看似长在蜜罐里的孩子,心碎地和我一起经历了失亲之痛,甚至替我面对了死神的狰狞。听我母亲说,我父亲走的那天,哭得眼睛红肿的两个孩子在火葬场一块一块捡拾起(外)祖父火化后的遗骨。送葬那天,也是他们俩,一人打幡一人捧着骨灰盒,把他们挚爱的有血有肉的亲人送到另一个世界。似乎从那时起,这两个只有十几岁的孩子忽然长大成人。

不同于自小就浓眉大眼的儿子,我侄子小时很不起眼儿,像一块没长开的小枣核儿,冬天总穿一件碎皮子拼接成的夹克,我总笑他像一块滚动着的酱牛肉。如今,他越发像年轻时好看俊雅的爷爷。他自小虽不善学业,却极富审美眼光,再不起眼的衣物,经他的手搭配,都显得格外有味道,是那种不事张扬的别致和悦目,难怪读中学时他就常被小姑娘递纸条写情书。

"让我哥先挑,剩下的归我。"侄子仍一如从前的懂事。儿子认领了挂红绳的,取名闹闹。侄子接受了另一只,取名周董,源自他最崇敬的歌手周杰伦，连他的微信头像一直都是周杰伦的各种照片。听我问起，他认真地说："我佩服他，不光因为他有演技和音乐才华，还因为他特别敬业，几乎没有绯闻，是个对员工、对家人有责任心的男人。"

侄子虽然是典型的北漂打工者，每天八小时迎来送往买或不买的客人，有时站得脚疼，非但不抱怨，还总是一脸快乐。他崇敬会写书的姑姑，甚至连洗脚水都不嫌弃，"姑姑你泡过脚的中药水别倒掉，我再加壶开水也泡泡"。他希望血压高的父亲戒掉烟酒，也跟我说："姑姑你说说我爸，他听你的。"

在北京我不时与熟识的文友相约聚会吃饭，偶尔会让儿子和侄子参加。在名作家面前，侄子亦不卑不亢，彬彬有礼，我看得出他很放松坦然地享受那样的时光，我难以想象，这就是那个当初来北京搞不清坐地铁的方向，还需要他哥去长途汽车站接的少年。

他不时跟我聊聊在店里的见闻与感受："有些人穿得像有钱人，素质却很差，试一堆衣服和鞋子，扔在那儿扭头就离开。而有些人会放回盒子里或衣架上，还谢谢我们的服务。买不买其实并不是我们最在乎的，而是这些人的态度。每个人的劳动都应该受到尊重。"他也跟我聊人生："目前我挺满足的，有工资收入，有宿舍可住，同事相处得很好，还能见识形形色色的人。我感觉这一年来我学到的东西不比在学校少。"他甚至还在网上结识了一个乌克兰女孩，俩人不时借助词典打字分享各自的生活。"我并不想找外国女朋友，只不过希望了解一下这个世界上的人都怎么生活着。"他给我看过那女孩在冰天雪地里欢快地笑着的照片，很可爱的姑娘。

我告诉他美国有些人在零售店里做一辈子导购，因为具备了足够的专业知识，也非常受人尊重。

"我不想太多设计未来,想得太多太远反而容易焦虑。我现在能养活自己,把能做的做好,每一天都挺快乐。"他有时回来住,还会买上件打折的衣物,或袜子,或睡衣给我和他哥哥。

"每当我心情不好或焦虑不安时都会想想他。他的简单快乐挺让我减压的。"儿子实话实说,对这位小他四岁却碰巧出生在一天的弟弟,他一向亲如手足,自小到大,无论买个什么玩具,他都会买两件,无论弟弟在不在场。儿子这两年压力很大,连弟弟都看出来了,说他"沧桑"了不少。先是在国外读了本科回国,设想工作两年再读 MBA,他投简历进了一个世界五百强的私企,早出晚归,几乎没有周末,每天早高峰的挤地铁更像梦魇一般恐怖,"得有工作人员在站台上推,才能勉强挤进地铁车厢,前胸后背都是人墙,倒省得担心站立不稳。有时实在挤不进去,我只能眼睁睁看着地铁离开,再等三趟才能挤进去"。压倒他的不是这些谋生的艰辛,而是公司的层层束缚和工作低效,尤其是唯领导为正确准绳的作风。好不容易一年合同到期,他辞职了,全力以赴考研。

通知书倒是来了,疫情也来了。学费交了,不仅签证面谈三番五次地被取消,甚至后来美国彻底关闭了中国学生入境的大门。"真让人纠结,不上吧,好不容易考上了。上吧,只能在网上听课。一年半的学业,一天都没到过校园。学费还那么贵,我真感觉内疚,这么大岁数了还给家里添负担。"他本就不时冒出粉刺的脸上更是火疮不断。

看着他忧郁的表情,我只能装作若无其事地安慰:"我们不能掌控世界,却能调节自己面对世界的心态。你看弟弟,心理素质多好。跟你这在北京有房住有车开的人比,他只是漂在这儿打工住宿舍,按销售业绩提成,一般人早就自卑或焦虑得不行了吧,可他那么快乐坦然地活着,这在我看来就是福气。"我与其说是安慰儿子,不如说是在排解自己的压力——都说文学市场不景气，出书越来越难不说，一篇篇写出来的文字，找个报刊发表都似比登天还难，据说许多报刊都将平台当成了权力的象征，没有关系，很难发表。当然，如果作者是我的同事莫言，自然另当别论。

"是啊。他有许多我应该学习的地方。虽然有时我让他擦地板还得哄着他，承诺请他吃点儿好的。他站一天店，其实也挺累的。"儿子看这世界的眼光越来越客观了。有时我说到不喜欢某个人的做派，他会抬头望着我说："妈还是别那么想吧，只能徒生烦恼，你推荐给我看的《沉思录》里说过，不要轻易判断一个人。"

我非常欣慰，虽然两个孩子都是独生子，却像两棵就着伴儿成长的树苗，彼此见证着人生路途上的阴晴雨雪。

许是习惯了都市日渐温暖的气候，蝈蝈儿的歌声明显更勤了、更亮了。有时甚至显得过于聒噪，让正在上课的儿子不胜其烦。经常是他正在上网课，那蝈蝈儿越发起劲儿地叫，让远在太平洋另一端的教授都听到了。"会叫的蚂蚱？那就是蟋蟀喽！"美国似乎没有蝈蝈儿，洋教授自以为是的解释让儿子哭笑不得。

我万没想到的是，那本来期待中的大自然的乡音竟成了扰民的噪音。两只蝈蝈儿先是被放在了客厅，过于高昂嘹亮的歌唱扰乱课堂纪律，后又被儿子放进了客卧，那是每周回来住一两次的侄子的卧室。某天早晨侄子推门出来吃早餐，眼睛红肿着，"姑姑我几乎一宿没睡。它们叫了一晚上"。

唯一的阳台与我的卧室相连，睡眠一向困难的我，自然不敢与它们共处一室。于是，厨房，便成了这俩小虫子的栖身之所。

它们似乎不挑不拣，无论在哪儿，只要有口吃的，便要对得起主人的款待一般，从不偷懒地卖力鸣唱，其不休无止让我有时恍惚以为那是夏日的蝉鸣。

想起楼下遛鸟的大爷有时给鸟笼罩上一块布，我跟朋友在电话里聊重要的事情时，便也顺手给两只笼子上搭一块毛巾。开始似乎还有效，被黑暗罩住，它们停止了歌唱。可很快，似乎这伎俩被它们识破，只安静一会儿，便又自顾自地演唱，丝毫不在乎听众的感受。

"要不咱们把它们放生了吧！楼下院子里的树林儿和灌木丛，至少不至于饿死。"晚上十点，儿子边给自己冲咖啡提神边提议道。

看它们俩在那么狭小的空间伸不开腿脚，我也不是没冒出过这个念头。可一想到树林里各种鸟雀，最直接的担心就是它们会不会成为猎物。如果真的被鸟儿啄食当作果腹美味，那可真算死于非命了，我这主人责无旁贷。

憋屈就憋屈点儿吧，至少没有性命之虞。自古以来人类的生存法则不也是安全第一吗？

"姑姑我有个重大发现——闹闹也许是个哑巴！那天我立在那儿仔细观察它们俩，看到只有周董的翅膀一颤一颤，叫声是它发出来的。闹闹只是安静地趴在那儿，翅膀抿着一动不动。"某天我下班回家，侄子上前兴奋地跟我汇报着。

为了证实闹闹没有被冤枉，儿子建议把它们分开放。周董仍在厨房，闹闹被放进儿子卧室。果然，歌声除了从厨房传出来，其他房间都安静如常。

儿子忽然动了恻隐之心，"生为一只蝈蝈儿，也不过活几个月，却从不能开口叫……"他没再多说，只是每天喂食的时候，有意无意地挑水分最多的新鲜果蔬给闹闹，还问我是否水分摄入不够也会影响蝈蝈儿的鸣叫。

3

两个月后,我要离开中国前往大洋彼岸采访。儿子要到上海去借读一学期课程。侄子平时住在店里提供的宿舍,只是偶尔上早班才到姑姑家里住一宿。家里马上就要成空巢了,两只小虫儿眼看着就没有了生存之所。

我问两个年轻人是否可以各自带一只去住宿舍。"那多孤单。别让它们分开吧!"两人异口同声地说。他们甚至开始商量跟谁去住能让蝈蝈儿得到最好的照顾。

"放我们家养着,保管比跟他们谁的生活质量都高!"Y姐是我多年好友,为人爽快仗义,典型的北京女子。她的先生是位斯文干净的读书人,有着江南书生气质的他不仅能讲一口地道的英语、写一手不俗的书法,还是有着数万粉丝的网红烘焙大师。

跟我这粗线条的主人相比,把两只蝈蝈儿送去这样的人家寄养,我相信木讷如虫子,也会感受到那无微不至的优待。

是为了让我和两个孩子放心吗,Y姐还建了个群,取名"蝈蝈儿之家"。不时发照片给大家看。那原本被果蔬汁液弄得污渍斑斑的笼子,在她的精心擦拭下,像去除了锈迹的首饰,已经又恢复了金色的光泽。为了加强营养,除了新鲜多汁的水果,她还不时给它们喂蛋黄。

偶尔我们通话,听到那"蝈——蝈——蝈……"的背景音乐,我竟然有几分想念这两只远在故国的小虫儿。

"确实有一只从来不叫,我先生说可能是先天的发育问题。不过,它们俩至少就个伴儿。只是那笼子太小,显得太憋屈,我让我先生给它们做个盒子。"Y姐的观察更加确定了一点——闹闹其实一点儿也不闹,它是一只哑巴蝈蝈儿。

秋天到了，Y姐把蝈蝈儿从阳台移到了客厅，放在总开着的台灯旁边，为的是让它们得到更多温暖。

我和俩孩子彻底放心了，各自忙于谋生似乎鲜有时间去为蝈蝈儿担忧。

儿子除了点灯熬油昼夜颠倒着上网课，还苦学备考CFA（一种金融行业的资质认证），考期临近，突然接到通知说因为疫情考试取消！

侄子当导购的店关门了——因为疫情没有生意，公司倒闭了。他打算去学汽车维修，喜欢车的他很佩服二手车专家，"人家用手一摸，就知道那车漆是不是补喷过的"。

天越来越凉了，母亲说她已经穿上棉服了，还说某天她又碰到了二壮，蹬着三轮卖核桃呢。

就在那天，Y姐在群里发一条长信息：今天早上给蝈蝈儿打扫卫生的时候，发现最近叫声细细的蝈蝈儿不幸去世了。我心里很难受，在我这里养了两个半月了，每天都能听到它动听的"蝉鸣"。它们让我感受着大自然的气息，此刻，也让我感受到了动物界小小生命落幕的悲哀。我说怎么今天突然那么不舒服呢，本该上班的我留在家里不想出门了，还是为它添了一块胡萝卜。

儿子说他中间回北京还专门去阿姨家看了看蝈蝈儿，"去的时候看到它俩我还打趣说还活着呢？真没了，心里还是挺难过的"。

我急切地电话打过去，Y姐说其实早在半个月前就发现这只蝈蝈儿的叫声微弱了许多，到最后偶尔才叫一声，不是在唱歌，而像在哀叹大限之至。"几天前，它几乎不进食了，得把蛋黄和瓜肉放在它嘴边，它才吃几口。"

"周董死了？让阿姨把它埋在花盆里或树底下好不好？"侄子没发表评论，只私信给我。可我想象得出他的沮丧，他只是不希望别人分担他的难过。他正在北京东郊一个汽配城当学徒。儿子去看过他，拍了一张他的工作照，以前那总是穿戴有品位的青年，如今每天都是一身油渍麻花的工装，好在他脸上那青春的阳光气息不减。他的微信头像仍是周杰伦。

我安慰大家说一切生命都会有尽头，不必太伤心。它们与我们共处一室的日子里，我们善待它们就足够了。另外，好在闹闹还活着，也许它的缺陷成全了它的长寿——对于人类来说，话多伤气。那几乎从不停歇的鸣叫，对于小小的蝈蝈儿来说，是否也会消耗体力，影响寿命？

Y姐的先生特意做了一个半只抽屉大小的木盒子，上面罩了一层纱网，独居的闹闹终于有了一个可以舒展身体的新居。视频里的它比以前瘦小了，那翠绿的身体背部已经变成黑褐色，像二壮皱裂的手背。它也许新奇于突然变得阔大的世界，四条细长的腿缓缓地在盒壁上攀爬，蹬着木头竟然发出很响的嚓嚓声。

过了一段时间，我在群里问："蝈蝈儿还好吗？"

Y姐答："还在呢。如果有什么状况，我会通报的。最近我们在中午的时候把它放阳台上晒太阳。可能它也是老了，吃得少了。"

她女儿，一位文静少言的女孩子，几乎从不在群里发声，也说话了："蝈蝈儿没那么有活力了。虽然它还活着，但现在吃饭都得递到嘴边，看着真让人难受！"

十一月的最后一天，Y姐去山东出差。她先生在群里发了一条信息："闹闹基本躺下了。"随后是一段视频：歪躺在一层柔软纸巾上的蝈蝈儿，两条前臂仍抱着一块胡萝卜，与其说是在啃食，不如说是在舔那上面的水分。

"把它扶起来呀，它眼神不好了，得把吃的放在跟前。喂点儿香蕉和蛋黄那些软的食物。"Y姐人在旅途，却仍遥控指挥。

看着那延口残喘的小小生命，我没再留言。

其实，不完美的我们都是不同形状的哑巴蝈蝈儿——接受着上天赐予的不完美，盲龟浮木一般，漂在命运之河中，默默地在有限的空间活过有限的时间，有多少是自己能够做主的呢？

把这俩蝈蝈儿的故事讲给我的美国房东Jay听，告诉他周杰伦的英文名字也叫Jay。这个单纯善良的理工男，睁大灰蓝色的眼睛若有所思地说："我是不会给我的孩子养这个当宠物的，才活几个月就死掉，不是太残忍了吗？尤其对于小孩子来说。"

我说经历和见证死亡也未必一定是坏事。知道死之必然，反而会更珍惜生之可贵。他想想点了点头，嘴里却说了声"No"。

选自《美文》2022年第2期

肖复兴

时间
说话

肖复兴

北京人,毕业于中央戏剧学院。曾到北大荒插队6年,当过大中小学教师10年。曾任《小说选刊》副总编、《人民文学》杂志社副主编。已出版各类书籍两百余部。近著《肖复兴散文》《燕都百记》等。

多年前,读福柯的《词与物》,读到这样一段话:"知识在于语言与语言的关系;在于恢复词与物的巨大的、统一的平面;在于让一切东西说话。"

我把这段话抄录了下来。之所以抄录它,是因为那时我感到时间过得实在太快,匆匆人生,转眼就到了春晚秋深时节,非常明显地觉得时间也是一种物质,是看得见、摸得着的。否则,人就不会有回忆。回忆,是人和动物的重要区别之一。

不管我是否真正读懂了福柯的这段话,或者只是浅薄地为我所用,我觉得,福柯说知识和其所造就的语言,在于让一切东西说话。这一切东西,是应该包括时间在内的。

想起54年前的夏天,我离开北京到北大荒。我所乘的火车是10点38分发车。北京火车站离我家不远,但我8点不到就离开家门,那样迫切,吃凉不管酸,奔赴远方。刚出家门,紧靠我家的邻居张大爷走出来,递给我一小包东西,是一包用蓝布包着的黄土。张大爷对我说:"去那么远的地方,刚到那里会水土不服,喝水的时候,你捏点儿黄土泡进水里。"尽管当时我觉得张大爷有些迷信,但还是很感动,所谓"百万买宅,千万买邻",一点儿不假。

那一天分别时,我收到好多礼物。一个同学还特意买来一个大西瓜,让我路上吃。不过,它们都没有这一包黄土让我记忆深刻。在火车上,我没敢拿出来让大家看,怕被嘲笑。到了北大荒的第一天,喝水的时候,我还真的偷偷地捏了一点儿黄土放进水杯里。黄土碎末飘飘悠悠的,云彩一样晃荡在水中,很快就沉淀下去了。我没有喝出什么味儿来。

54年过去了。我想离开北京的那一天,到达北大荒的那一天,如果没有这一小包黄土,记忆还会这样深刻吗?

时间,是看得见的,是能够说话的,是张大爷在说话,是那一小包黄土——物在说话。

1982年夏天,我大学毕业。毕业典礼结束的第二天,我迫不及待地重回阔别8年的北大荒。北大荒有两座岛非常有名,一座是雁窝岛,一座是大兴岛。大兴岛被七星河和挠力河包围,是一片亘古荒原。我在大兴岛二队生活、劳作6年。

因为我是第一个重返大兴岛的知青,二队的老乡特意杀了两头猪热情款待我,在两户农家,炕上炕下,屋里屋外,摆满好几桌。酒酣耳热之间,他们纷纷关心地问我这个知青、那个知青回北京的情况。我忽然想,知青朋友们也都关心老乡的情况呀,便问谁家里有录音机,想让老乡们对着录音机每人说一段话,录下音来,带回北京,放给知青朋友们听。

录音机拿来了,是一台笨重的台式录音机。那时候,录音机还是新鲜玩意儿,老乡们对着它,都很好奇,挤在一起,探头探脑,各说了一段话。说什么的都有,关切的,热情的,询问的,玩笑的,啰唆的,甚至亲切骂人的……大家笑成一团。录了一遍,有人非要再来第二遍。一直录到繁星满天,田野里飘来麦熟时节的麦香,远处吹来七星河和挠力河湿润的清风。

我把这满满一盒60分钟的录音磁带带回北京,立刻招呼知青朋友来我家听。大家下班后骑着自行车赶到我家,蒜瓣一样,脑袋挤在一起,凑在录音机前倾听。听完之后,也是繁星满天,望着他们的身影消失在夜色里,我无比感动。

整40年过去了,朋友们聚会的时候,偶尔还会说起那盒磁带,说起那个夏夜。很多老乡去世了,但他们的声音还在那盒磁带里。

如果没有那盒磁带，40年前北大荒的那个夏夜，还有北京的那个夏夜，还会一遍遍如此清晰地浮现在眼前吗？不仅浮现在眼前，而且还会说话，一句句，那么亲切，那么让人感动吗？毕竟有了磁带这个物的存在，时间才会那样被看见。

磁带里的录音，保真了40年，在说话，是40年前那个夏夜的话音。

1992年夏天，在巴黎现代艺术博物馆我看到一幅名为《持扇的女人》的油画，觉得很新鲜。画中的女人黄色的衣衫，与猩红色的背景，对比得格外醒目。女人有着超乎寻常的细长脖颈，侧歪着头，有眼无珠，整个表情，分外凄清迷茫，是和见惯的浪漫派绝不相同的画风。

那时，见识浅陋的我不知道意大利画家莫迪利亚尼，这是我第一次看到他的作品。我低下头看画旁边的画签，想看看作者的名字，没有拼出那一串字母的姓名，便想抄下来，回家后查名人大辞典。可是，翻遍了书包，没有找到一支笔。

这时候，一对白发苍苍的夫妇走了过去，大概也想观赏这幅油画。看到我忙乱又有些扫兴的样子，老太太从她时髦精致的挎包里，掏出一支笔，递给我。我抄录好那一串字母，道谢之后，把笔递还给老太太，老太太微微一笑，冲我挥挥手，说了句我听不懂的法语，但我明白，她是好意把笔送给我。

一支很普通的圆珠笔。但是，有了这支圆珠笔，1992年那个夏天的午后，便一下子如花盛开。尽管我听不懂法语，但萍水相逢的老太太亲切的话语，只要一想起，那个夏天的午后，便会音乐般响在我的耳畔。

2004年的7月，我再次回到北大荒。在同江县城附近的松花江畔，一个赫哲族的小镇吃晚饭。这家餐馆很特别，卖的菜品全部是鱼，墙上挂着的是鱼皮制作的艺术品，连餐桌上的台布和餐巾纸印的也都是鱼的图案，蓝色木刻，古色古香，仿佛从远古游来。

我想要几张餐巾纸，带回北京，留个纪念，便走到柜台前，忽然看见柜台的木架两旁挂着一对木鱼，很小，不到巴掌大，鱼肚子下面垂着红丝绳，雕刻得非常有趣。鱼鳍、鱼尾有些夸张，显得很张扬，神气活现。鱼鳞是利用木头本身的木纹自然呈现的，没有任何雕刻，只是涂上了一层棕色的桐油。鱼嘴和鱼眼睛雕刻得最引人瞩目，鱼嘴使劲儿张开，好像要说话。鱼眼睛格外凸出，我以为是后粘上去的，用手摸了摸，居然就是在木头上雕刻出来的。

我很喜欢这一对小木鱼，问服务员卖不卖。服务员摇摇头，幽默地说："不卖，我们这里只卖活鱼。"我磨着她，希望能卖给我。她笑着对我说，这是我们老板自己刻的鱼，不能卖的……看我们两人比画着在争执，老板以为出了什么事情，走了过来，清楚了是怎么回事情，竟然很痛快地把小木鱼卖给了我。

如今，那几张餐巾纸，还压在我家餐桌的玻璃板下面；那一对小木鱼，挂在卫生间洗脸镜的两侧。小木鱼一直突兀着大眼睛，张着大嘴巴。时间，一下子看得见，听得见。说话的是那服务员和老板，还有那对小木鱼。

大约20年前，为写《蓝调城南》一书，我多次回我住过20多年的老院。老院叫粤东会馆，紧靠前门楼子东侧的西打磨厂老街。如今，这里已经整修一新，成为外地人的旅游打卡地。

粤东会馆是前清时留下的一座三进三出的老院，历尽百年沧桑。以前，二道门后，有大影壁和建馆时立的高石碑，院子里有三株老枣树。故地重游，这些都没有了，空荡荡的，好像以前有过的一切都不曾存在一样。2005年或者2006年，老院面临拆迁，我再次回去看看。忽然，在东跨院老街坊的厨房墙角下面，发现一块汉白玉。一问，才知道原来是被砸碎的石碑一角，盖小厨房时，用来当了房基石。心里暗想，只要是时间流淌过去，雪泥鸿爪总会留下，不可能一点儿痕迹都不留的。

最有意思的是，进老院大门，是一道七八米长的宽敞过廊。过廊一侧有两间房，是以前的门房。过廊另一侧，是一面白墙。"文化大革命"中，人们把水泥抹在墙的左下方一角，又用黑漆涂了一遍又一遍，自制成一块小黑板，用粉笔在上面写上毛主席语录。那一天，看见过廊的杂物已经搬空，墙体露出，那块小黑板还在墙上，上面的字居然也在，字迹还很清晰。那是几十年前我写上去的字迹。

时间，依托着老石碑的一角、小黑板上的字迹，立刻清晰可见。字能解语，石亦可言。

2015年春末，姐姐80大寿，我去呼和浩特看姐姐。在姐姐家客厅的墙上，忽然看见一幅四扇屏，以前到姐姐家多次，没有见过。是丝绣的四季风物：春绣的是凤凰戏牡丹，夏绣的是映日荷花，秋绣的是菊花烹酒，冬绣的是传统的喜鹊登梅。

姐姐指着四扇屏，告诉我："这还是娘做姑娘的时候绣的呢。"

娘是我的生母，姐姐一直这样称呼她。我5岁那年，娘去世，我对她一点儿印象都没有。那一天，突然见到这四扇屏，心里有些激动，不禁贴近墙面，想仔细看。如果娘活着，这一年整100岁。丝线比颜料还能保鲜，绣出的花鸟鲜艳如昨。我好像看见了娘年轻时的模样。

不知怎么，忽然有种感觉，不知是这面墙热，还是四扇屏有了热度，一下子有了一种温暖的感觉，好像就贴在娘的身边，娘悄悄地对我说着什么。

那一刻，逝去的时间，我以为永远看不见的时间，因为有了四扇屏这个具体物的存在，变得如水回溯眼前，并且能够亲切地对我说话。或许，那只是我自己心里渴望已久的话，是时间的回音。

没错，时间本身就是一种物质，或者说，时间是依托物存在的，是可以看得见、摸得着的。所以，时间从来不是虚无缥缈的，时间也从来不是一去不返的。只要有特定的物密切关联地存在，时间便在，便能够重现，就像歌里唱的那样，"yesterday once more"（昨日重现）。

福柯在论述词与物的关系时，所说知识和其所造就的语言，在于让包括时间在内的一切东西说话，说明时间存在的灵性与神性。时间与物的关系如此密切，更在于我们人类自身的感情，是和时间共生共存共融的。福柯说的是知识和知识所造就的语言，除此之外，必须还要有我们的感情在内，方才能够让时间说话。时间说话，是我们的感情在说话。时间说话，提示并提醒我们，不要轻易遗忘曾经过去的时间，过去的时间里，不管有我们的美好也好，痛苦也好，或者惭愧与悔恨也好，都不要遗忘。

时间，是能够看见的，是能够说话的。

选自《解放日报》2022 年 3 月 3 日

沈念

化作
水相逢

沈念

1979年生，湖南岳阳人，中国人民大学文学硕士，现任湖南省作家协会副主席。著有散文集《大湖消息》等。曾获第八届鲁迅文学奖，以及十月文学奖、华语青年作家奖、高晓声文学奖、三毛散文奖、丰子恺散文奖等。

通往岛上的路只有一条，乘船水路。

岛在洞庭湖的什么位置，少年没有一点儿概念，距离的遥远让他内心摇荡着焦躁，像夜幕下眼睛看不见耳朵却听得到的水声。从湘西大山出发，先是挤了十个小时的汽车，车上的乘客大包小包，都是村里出来砍芦苇的人。路上多数时间大家是沉默的，有过一段激烈的讨论是关于芦苇今年的价格判断。卖上好价，收入也会好一些，这是大家的渴盼。喧吵过后，汽车里一阵静寂，很多人闭目养神，一个粗胖女人喃喃自语，儿子等着她今年赚的这点钱去登未来媳妇家的门。另一个尖刻的声音"刺"过来——给你媳妇买全套银饰，你还得来砍十年，那时候媳妇是别人家娃的娘啦。胖女人瞪了"声音"一眼，扭头望向车窗外，那些景致与她无关。

不知过了多久，汽车"吱呀"一声停下，有人喊："到了！各自换船，走吧！"

那些还在睡梦中颠簸的人纷纷醒来，啧啧地议论着外面的天色："啥时间啦，比山里还黑得早！"然后伸懒腰，打哈欠，站身起立，搬弄东西。车厢顶灯坏了，"嗞嗞"闪了几下就彻底"歇菜"了。大家只好借着远处晃来的水光，和某个人打开手电筒的光，清理行李，先后下车。叽叽喳喳的说话声此起彼伏，车厢像一个大洞，慢慢被掏空。大家作鸟兽散，三三两两，几声招呼，瓮声瓮气或粗野豪放，很快都消失在空旷的夜色里。

黑蓝色覆盖的夜空下，少年感觉风像野孩子似的东奔西跑，冷不丁露出尖尖的牙齿，重重地咬他脸蛋儿一口，或大摇大摆地撞个满怀。他顾不得"咬撞"之痛，急急忙忙伸出双手却没能扶住这冒失的家伙。风又调皮地呼啸而去，留下火车鸣笛疾驶过后的"呜呜"响声，在耳畔飘来荡去。

父亲说，岛很大，四面环水，通往岛上的路是乘船。

船，那是一条多大的船，能迎风破浪吗？浪花飞溅到船头，打在甲板上，碎成一颗颗发亮的珠子，滚来滚去。少年如此一想就来劲儿了。他在山里生，山里长，对父亲描述的这片大水有着天生的好奇。他那点儿偷偷学会的狗刨式游泳技巧，能在这不着边际的湖水中横冲直撞吗？闭上眼睛，往水里一跳，仿佛他就成了游泳健将，细长的手臂在水面上划出一条条漂亮的弧线。

15岁的少年第一次出门远行，他掮起装着锅碗瓢盆的行李，磕磕碰碰，循着父亲的声音，继续往前走。脚下的泥土是软的，空气是湿的，冷风飕飕地灌进脖子里，少年能触摸到那股与山里不同的气息，到处都飘着水的气息，在夜晚冻成一层薄纱，哧啦哧啦撕裂。父亲来过好些次了，每年到芦苇收割的秋冬时节，父亲要跟村里人一道，在湖洲驻扎三个月。芦苇割完了就回家过年。母亲也来过，不过这次父亲决定让母亲留在家照顾两块地的粮食、一头牛和三只猪的吃食。还有正在读高中的姐姐，父亲割芦苇赚的钱，就是要供姐姐把书读完。对读书的事，少年从不上心，也无所谓，父亲几顿棍棒教育也不见起色。山里人读个书不容易，父亲摸准了他的心思，默认了儿子的失败。少年读到初中毕业就歇火了，准备跟几个亲戚家的长兄外出打工挣钱见识世界，父亲不允，"跟我去砍一茬芦苇再说吧"。要出远门，到一个陌生的地方，待几个月，少年很兴奋，即使他知道出来是要卖力气的，身体结实的他不怕，他清楚自己现在多的就是力气。

出门前，姐姐回来了一趟，听说弟弟要去洞庭湖砍芦苇了，翻来覆去看他的手掌，眼角倏然间就红了。少年明白姐姐的心思，父亲砍芦苇把手砍成了一块生铁，粗糙、锋利，打在他身上疼得很，而他双手上还没被磨砺过的细嫩皮肤，会发生怎样的变化呢？睡觉前，姐姐躺在床上念了一句他仿佛熟悉的话："蒹葭苍苍，白露为霜。"姐姐说，这是《诗经》里的，三千多年前流传下来的，里面的蒹葭就是芦苇。另一张床上的少年心头一惊，父亲多次描述过的，那些茎秆高直挺拔、叶穗长袖飘舞般的芦苇，原来是从那么遥远的时间深处走出来的。少年心中，芦苇从头到脚生长出侠客隐士的飘逸和硬朗。

湖面一片深邃，没有尽头，船摇摇晃晃，仿佛是行进在一条狭长黑暗的甬道，只有尾舱机器的轰隆声响，打破空气中的凝固滞顿。船尾驾驶舱挂着一盏汽油灯，光亮如豆，随时要被风吹熄灭的样子。周围的水声摇曳多姿，引人遐想。在他和水之间，一块巨大的幕布遮挡得严严实实。少年不听父亲的劝阻，站在舱口向夜幕里探望，其实他什么也看不清。

父亲说，要是白天运气好，可以看见江豚，黑溜发光的脊背拱出水面，追逐船只。船有时会经过一片光亮，巨型船舶像一座城堡。铁脚架矗立在船上，探照灯光如瀑布般垂落。

"那是挖沙船在作业，湖底的沙子能卖钱，运到城市里盖高楼大厦、铺桥梁马路。"父亲说。

"湖底会挖空吗？"少年想起山里的采石场，一个炮眼炸响，火迸石溅，地动山摇，满车满车灰白色的石料运走了，一年半载下来，大半座山挖没了。

"这湖底，恐怕早已经千疮百孔了。"父亲回答。

闪烁的光跟刺骨的风一起荡动，湖仿佛才真正在少年的眼前打开，脚下的波浪变换表情，起伏荡漾。少年心头一颤，"千疮百孔"的湖床会是一副什么模样？像吊挂在老松树上的大蜂窝。有轻微密集恐惧症的少年做此对比，立即起了一身鸡皮疙瘩。他又像潜游者看到宽阔水面下的情形，一个个巨洞的上方，急遽的力量卷起旋涡，无数涌动的气泡，碰撞，炸裂，再碰撞，再炸裂。

岛是荒岛。来往的人影比不过天空飞过的雁鸭多，但岛上的芦苇不能不砍。芦苇这种多年生禾本植物，生长在靠近水的潮湿地方，过去在湖区主要是当柴烧，或是编芦席，临时搭个草棚茅屋，涨水时护堤挡浪。等到人们发现它是造纸的原料后，它就一步登天，身价倍增，乌鸡变凤凰。种芦苇，收芦苇，砍芦苇，运芦苇，卖芦苇。芦苇也就不只是芦苇，可以变钱，变许多别的东西。

从车上到船上，在少年的眼前，芦苇的影子仿佛无处不在，睁开眼，闭上眼，密密麻麻、重重叠叠地压过来。他在离家不远的山谷里，看到过水流之处的石头缝隙间，也零星地长着一些瘦高瘦高的芦苇，三五枝簇拥在一起，与苍莽大山间的深绿、浅绿、墨绿、碧绿、遥相呼应。可洞庭湖的芦苇一眼望不到尽头，白茫茫的，在风中起起伏伏，那是多么壮观的场面。父亲平时有心无心的讲述，让少年更加向往。

动身前夜，父亲在家里边整理行李边跟少年说话。他说："到了初冬时节，芦苇花絮随风飘扬，种子落地来年春发，算是靠天种、靠天收。"

"天种天收？"

"嗯，都不用人打理的，自生自灭，就像山上的草。"父亲说，"后来有了造纸机器，芦苇的纤维含量高，就成了造纸的原料。于是有人承包苇场，雇了壮年劳力，像农民种田一样，开沟滤水、翻土施肥、化学除草治虫、人工护青保苗，湖洲滩地上的芦苇也越来越多。"

那些日子，芦苇就跟着少年走走停停。他向小伙伴绘声绘色地说起芦苇荡，是比大山有着更多乐趣和奥秘的地方。

时间在寒风之夜过得很慢，寒意越来越浓，少年不由自主地裹紧身体。船尾马达声时而轰隆，时而歇停，催人昏睡。他伸出五指，想去捉住那股与山里不同的气息，飘飘荡荡的水的气息。这气息在夜晚被冻成一层薄纱，手指轻碰，哧啦哧啦撕裂，像落满一地的玻璃碎片。父亲的喊声，敲醒恍恍惚惚的少年。他抬头张望，到达的是个什么模样的地方。汽油灯照亮一片模糊的陆地，少年跳下船，踩在一片松软的苇梗上，苇梗下是更松软的淤泥。伴随着脚步的挪动，发出吱嘎吱嘎的声音。

把"家"安在这个陌生的岛上，父亲要盖一间什么样的房子呢？少年困意全无，兴奋起来。他抬抬头，天地空旷邈远，没有灯，却有光汇聚过来，是水波的光，倒映在天幕，又晃照到湖洲之上。风也变得柔软起来，少年的视线慢慢适应，能依稀辨认近处和稍远地方的事物。这个岛是他将居住的"新家"，真是奇妙。

父亲从行李袋中找出刃口发亮的弯刀，走到附近的芦苇丛中，转眼工夫割倒一片。在父亲的指导下，少年帮着用细麻绳把芦苇结实地打成一捆一捆。父亲说，这是"新家"的大梁，这是"新家"的柱子。打好"地基"，他又像变戏法似的从行李袋中翻出折叠整齐的旧尼龙帆布，摊开在地上，风贴着地面吹鼓起帆布，父亲顺势一抖，转眼之间帆布就"盖"成了一间芦苇棚屋。支棚、架床、开窗、开门，这种快捷简易的造房术，让少年对父亲钦佩不已。他听从父亲的吩咐，搬上几捆芦苇压住"墙角"，这样帆布不会随风刮掀。

父亲几乎一夜没睡，他在卧室里"搭"了两张芦苇床，又新盖了一个屋棚当"厨房"，然后把带来的家当一件件摆好，还用芦苇编了两把方凳、一张餐桌。这一切都是在少年睡着以后完成的。少年在梦中回到了老家，梦见自己站在一个小山尖上，看着父亲躬身在弯曲的梯田里劳作，身影越来越小，最后变成一个黑点儿消失在视野尽头。梦中的少年并不欢喜，风把忧伤吹进他的身体，不知不觉眼泪静静地流淌出来，顺着眼角、耳郭，积成耳沟凹处的一汪清池，水波微漾，泛起粼粼光浪。

选自《散文海外版》2022年3月

王剑冰

云南笔记

王剑冰

中国散文学会副会长,享受国务院政府特殊津贴,在《人民文学》《当代》《收获》《十月》《中国作家》等发表数百万字作品,出版著作《绝版的周庄》等47部。有多篇散文被刻碑于背景地,如《绝版的周庄》被刻碑于江苏周庄。

尚　火

纯粹的哀牢山深处，车子几多盘旋。

路上不停地有人紧急下车，可怜的胃囊都要交给野草山溪。我从来没有遇到过如此多的经受不住大山的人。或还是因为哀牢山。

多少次来哀牢山，却是每一次都让人有一种恍惚，总觉得不是。

那些花腰傣，那些哈尼歌舞，那些世界上最绝妙的梯田，那些至今仍然居住在山顶、睡在干草中、一辈子不愿下山的苦聪人，还有二十年前我曾经参与过的一夜狂欢的彝族火把节，都是在这片大山中吗？

那么，我要醒一醒了，重新理清我的思绪，我先要辨别我的位置，我所要去的方向。

终于渐渐弄明白，我上边所说的，都是在这方圆百里的大山中。而我前前后后用了二十年的时间，不断地来，不断地走，一个地方一个地方地探寻，却还是没有真正摸清楚哀牢山的模样。

哀牢山，太深厚，太崇高，太神秘，太艰难。包括生活在其中的人们，有着多种崇尚的人们。

其中就有尚火的彝人，说到火就可以想见这个民族的古老，他们对火的崇拜、喜好，是直接与生活有关的。所以我们艰难地进入哀牢山腹地楚雄州双柏县，来寻找显示着原始元素的符号。

在这片土地上走，光深吸气就够了，不久就会感觉呼出来的气息已经带有了那种爽爽的湿润。

一大片的茶园，浓浓的，泛着绿色的光。大山深处的茶是被云雾雨露滋润的茶，端起茶园主人的美意，还没入口，就有一种清新入心了。而后在茶园中转，抚摸着或者说是呵护着从林间打来的阳光，那阳光疏疏离离地散在翠叶上。有人采了一芽，直接就放在了嘴里，而后一声赞叹出嗓。

茶园是序曲，延展部在后边。那么就再次上车，再次盘旋在大山中。

上到一个高处，车子不再前行，终于到达了法脿镇小麦地冲村，下车一步步爬上一个高处，上面竟然是平坦的，新采的松针铺了一地，散发出清新的味道。这是山寨举行祭祀节会的场地，我们在这里要看傩舞表演。

傩，这个汉字中最神秘的字，表示着神秘而古老的原始祭礼。走这么远，这么艰难，就是冲着这傩舞而来。世界上任何一个民族，都经历过原始社会阶段，有过信仰原始宗教的历史，并产生了本民族的宗教职业者——巫师，巫师为驱鬼敬神、逐疫去邪所进行的宗教祭祀活动，便称为傩或傩祭、傩仪。傩师所跳的舞便是傩舞。

尚火的古村点起了熊熊篝火。有了火就有了一种热烈，一种神秘，一种期待。这是一个"倮倮"支系的彝人，我们要看的，是他们的"老虎笙"，一种围着篝火的关于虎的傩舞。

据记载，早在六千五百年前，也就是传说中的伏羲时代，居住于青藏高原和西北一带的氐羌人创造了一种文明，它的象征就是虎，之后，伏羲的后代逐步向西南迁徙，隐入云贵高原和四川南部，演化成今天的彝族等民族。云南少数民族的图腾崇拜中，崇拜虎的最多，白族、哈尼族、彝族、拉祜族以及滇西北永宁摩梭人等，都以虎作为自己的图腾崇拜。其中彝族的虎文化历史悠久，彝族崇虎敬虎，以虎为其祖先，认为天地万物都是老虎创造，觉得自己是老虎的后代，自称"倮倮"，也就是"虎族"。虽然同样以十二生肖纪年纪日，但是为首的不是鼠而是虎。彝族尚黑虎，举行祭祖大典时，大门上悬挂一个葫芦瓢，凸面涂红色，上绘黑虎头，以示家人是虎的子孙。

双柏的小麦地冲村这个彝族支系称老虎为"倮马"，传说早年当地的彝族头人都要披虎皮，死后以虎皮裹尸进行火葬，表示生为虎子，死后化虎。每年农历正月初八至十五，是这个彝族"倮倮"支系一年一度的"虎节"，虎节要跳"老虎笙"。

鼓声再次响起的时候，一群汉子跳了出来，他们的脸上、手上、脚上分别用黑、红、紫、白等颜料画着虎纹，身上披着用灰黑色的毡子捆扎成的有虎耳、虎尾的虎皮。火势越发猛烈起来，发出噼噼啪啪的声响，红色的火舌蹿向了天空。这群"老虎"开始围着火堆起舞。

老虎笙的舞者从全村成年男性中选出，由十八人组成。这十八个人扮演的角色各有不同，一个人扮演"老虎头"，八个人扮演"老虎"，两个人扮演"猫"（一只公猫和一只母猫），两个人扮演"山神"，还有四个鼓手一个敲锣人。老虎笙是彝族虎图腾的"活史料"，它既是祭祀性舞蹈，自娱性也很强。由于彝人常年生活在大山中，刀耕火种，也就保留了古老的传统和生活方式。所以傩舞既古朴又原始。

头人在解说着他们的傩舞，在他们的意识里，世间的万物都是虎死后化成，虎头化天头，虎尾化地尾，虎皮化地皮，虎血化奔腾的江河，左眼化太阳，右眼化月亮，硬毛化森林，软毛化青草，肌肉化肥沃的土地，骨头化连绵起伏的山梁。"虎节"的傩舞就是接虎祖的魂回来和彝人一起过年。

老虎笙由接虎神、跳虎舞、虎驱鬼扫邪和送虎四部分组成。其中有表现老虎生活习性的虎舞——"老虎开门""老虎出山""老虎招伴""老虎捉食""老虎搭桥""老虎接亲""老虎交尾（性交）"；还有老虎模仿人生产生活的舞蹈，含有"虎即是人"的文化意蕴，"老虎驯牛耕地""老虎耙田""老虎播种""老虎栽秧""老虎收割"。那些夸张的动作,显示着原始的野性,使人从中深刻感受到舞蹈的快乐。有些动作由慢到快,力度由弱到强,直至高潮。

他们不时还会发出阵阵吼叫。现场显得纷攘而凌乱,而这纷攘中有一种气势,凌乱中有一种俊美。铓锣和羊皮扁鼓紧凑地敲,使得那种野性更加张狂。

火与虎,成为走进哀牢山的人心中深切的记忆。

火,仍然是火。

犁铧在火中渐渐烧红,有人用火钳取出,高高举起,猛然掼在地上,地上的绿草即刻冒出了青烟,接触松树的青针,立时燃烧起来。离得近的人感到了那种灼热。而巫者却光着两脚,用脚去亲密。人的脚踩上那滚烫的铁物,竟然没有听到皮肉的烧焦声。

怎么,还要用舌头去舔?眼见得巫者伸出了舌头!闭上眼睛吧。

过后问仔细,舌尖和脚上都没有涂抹任何物质,他们十分认真地保证,说完全是巫术。我还是搞不明白。

合个影吧,真正的大山深处的彝人。

看到一个气度不凡的人,着黑衣,戴宽大的帽子,帽子上遍插鹰羽,两只山鹰的硬爪顺着耳朵垂下来,爪上尖甲凛凛如生。这是山村的头领。头上所戴,是老辈头人传下来的,已经传了好几代人。可以想见,多少年前的那只雄鹰有多大。

我们围住头人,好好聊一聊,关于火,关于虎,关于鹰,还有彝人的生活以及哀牢山的广大。

山寨在满是松针的竹篷里摆起长街宴,都是山里的特产。

敬酒的歌儿唱起来,一波波地起高潮,热情张扬,气氛浓烈,不想喝也不行。

周围满是金黄的苞谷，一串串高高地挂着，挂成了景象。不远处还有灰灰的草垛，粉白相间的房屋在山坡上，彩纹雕饰，鲜花满墙，显现着彝人的新生活。

大大小小的水塘在周围亮闪，整个天空都映了进去。

这是哀牢山深处的世外桃源。

不能在这里久留，久留会舍不得离去。

色 彩

我是在一个早晨来到马洒村的，我不知道为什么它会叫这样一个名字，这个名字充满了诗性色彩，让人发些无名由的联想。

早晨的阳光正洒在马洒的上方。转过那个山弯的时候，是一片起伏的梯田，黄色和绿色相间的色块闪亮了我的眼睛。我要求下车拍照，陪我来的熊廷韦说，你到马洒再看吧，有你照的。廷韦的话，加重了我的兴奋。

从山坡转过来的时候，马洒像一幅画展现在我的面前。

这是一幅油画，鳞次栉比的房子，房上的瓦是灰白相间的，中间蓝，四边白，远远看去，一个一个这样的房瓦构成了大面积的色块，这就是马洒的色块。

不，马洒的色块还有小村边上的稻田，一大片一大片地闪耀在晨阳里。还有田边的小河，弯弯的流水绕过村子，绕过稻田，一直流向远方。水上一架水车，悠悠地转动着时光。一两个农人，几头黧黑的水牛。这些都构成了马洒的色彩。

我为这色彩惊喜得就差欢呼了。我顺着一条阳光照耀的村边小道跑去，我的镜头里出现了白围脖样的炊烟，烟被微风撩拨着，时而浓，时而淡；时而歪向这边，时而歪向那边。村子是沿坡而建的，这炊烟或从高处覆下来，或从低处缭上去。

这么拍着的时候，就见白色的烟障里出现一个肩背竹篓的妇人，篓子里是满满的衣裳，她完全被透视在了光线里。

我正惊奇着，那女子就在崎岖的石阶上消失了，消失在黄色的稻田里。只留了一个大大的竹篓一晃一晃。

稻田的那边，是暗蓝色调的、弯弯的小溪。

正看着，又出现了一条小狗，小狗的后边跟着一个小人，蹦蹦跳跳地向上攀去。我也跟着向上攀去。

石阶高高低低凸凹不平，但都磨得光滑，不知经过了多少时光。还有石阶两旁的老屋，都是石砌的，比起石阶更显出年月，有些老屋已经颓毁了，有些在那里露出破败的光，但还住着人家。

人家必是经过几代的坚守。而这坚守中看出了自足自乐。我这时就闻出了饭菜的香甜。由于天远地偏，这里从没有遭受过外力的破坏。这就使得马洒带有了原始的味道。

哪里有了音声，是那种古旧的曲调。廷韦笑着不答，只是随着我走。这个马关的宣传部长，总是一次次带着人来马洒，这里似乎是马关的一张名片。不过，我着实从这张名片上读出了不同凡响。廷韦外表是一个秀柔的壮家女子，内里却是慧智多能。她总是想把马关的特色宣扬出去。

走着的时候，看到几个妇女从一个桶里舀黑黑的浆一般的东西。上前问了，说是靛，染布用的颜料。一个女子指着她房后生长着的一种绿色植物告诉我，就是用这些叶子蒸煮捣碎后做成的。我注意到女子身上黑白相间的彩色服装。马洒人还保持着古旧的织染方式。

人流汇聚处，是一处空场，像是多年间小村里聚会的地方。不大的台子上，已经聚起了一拨男女老幼，台下也是一拨男女老幼，台上的是村里的，台下的是外来的。

随着一位长者的一声唤，乐声猛起，浑然四合，将不大的一个小院灌得满满的，又从上方飞出去，扑啦啦一只鸟弹向了高处。

乐器是那种大胡丝竹，还有阮、琴和敲打器。曲子却是没有听过的老调。沉沉郁郁，沧沧桑桑，让人立时沉静下来，一直沉静到岁月的深处去，沉到内心的深处去。现场的静，越发衬出了乐曲的清，甚至一声弦子的拨动，一声马尾的断裂。那老者的胡须似也抖动出了音声。老者还在说着什么，我还是听不懂，我又似乎明白了这曲调的意思，这是马洒的意思，是马洒世代传播的意思。

那一声声敲打，一声声曲调，一声声唱和，感动了台下那么多外乡人。外乡人听出来了，这里边有生命，是丰收的快乐、妻儿绕床的快乐，是年关时的快乐，还是说不清道不明的那种自在呢？反正他们就这样唱着，吹着，打着，弹着，拉着。他们摇动着身子，摆弄着头颅，微闭着眼睛，享受着从瓦上滚落的阳光，和从田野里吹来的风。那个老汉述说着什么，我没有听懂，随着他的话音，一声月琴的柔从弹拨的女孩的指尖流出，我感觉那是从女孩的心内流出来的。那里边有爱的冀盼吗？

一群小人儿挤在人群中，这是马洒的孩子，他们眨着好奇的大眼睛，盯着外边来的人。我发现这些孩子一个个长得是那么水灵，眼睛都是那么有神，这是马洒的又一代。我要给他们照相的时候，他们欢笑一声跑走了。随着他们出了院子，他们并没有跑远，在小路边张望着等我，我再拍的时候，他们就不再躲藏，一个个把小脑袋挤进镜头。他们的身后，就是那片层层叠叠的彩色田园。

又听一声唤，小人儿又跑走了。他们跑去的地方是两个树干搭成的压压板。廷韦拉我过去，她说她小时候就这样玩过。压压板转起来的时候，我几乎叫起来，而壮家女子却在那头狠狠地笑。

马洒，在这里我感到了安详，感到了清净，感到了快活。由此我也知道了马洒人为什么生活得那么自在了。

选自《湖南文学》2022年第3期，有删节

荆歌

四季
相伴

荆歌

江苏苏州人。20世纪60年代出生的代表性小说作家之一。作品集《八月之旅》入选"中国小说50强丛书"。另有作品被翻译至国外，多部作品被改编成电影。获中国出版政府奖图书奖提名奖和紫金山文学奖。曾在杭州等地举办个人书画展。

那时候，我住在吴江，那是一个太湖边优雅的小镇。虽然不能直接看到湖面，但每当有风从湖的方向吹过来，我就似乎能听到浪波的声音，似乎能闻到那有着水草和鱼虾气味的湖水亲切的水味。特别幸运的还有，我家的楼前楼后，没有高楼的遮挡。北窗之外，是一个度假中心，它有着广阔而优雅的草坪，有着四季争艳的鲜花，以及散落于花木草坪间的巴洛克风格的白色建筑。窗外有天空，有四季，有花香鸟鸣，有彩霞虹霓，有变幻的风景，有自然的恩赐。

有一年下起了大雪，那雪真大啊，从北窗口望出去，所有的地方都是白的。这在江南，可以说是太难得一见了吧！把头探出窗外看，平日因为停放密密车辆而显得如羊肠道的小区道路，一下子宽广起来了。没有一辆车。所有的车都被厚厚的雪覆盖了。雪抹去了一切。雪要修改道路，雪要修改世界。屋檐挂下来一米多长的冰凌，一根一根排列着，或长或短，仿佛什么怪兽龇着狰狞的牙齿。这种景象，似乎小时候在乡下都没有看到过。孩提时代的冬天，确实要比现在冷。只要是冬天，就一定会看到冰。冰蒙在小河上面，让水变成了哑光，就像是经过了磨砂工艺似的。冰凌也有，挂在低矮的屋檐，但确定没有这么长的。冰无孔不入，只要是有水的地方。那时候，家家户户门口，大清早都放着一两只马桶。冰悄悄地潜入马桶。调皮的男孩把圆形的冰从马桶里捞出来，抠了一个洞，用绳子挂起。这就算是提了一面透明的锣了。随便取一根树枝，就可以一路敲，一路喊"鬼子进村了——"。如今在江南要看到冰，看到雪，并不是一件容易的事。冰箱里的冰块不算。

但是那一年，雪真的太大了。大到让我担心，会把房子压坏。我住在楼房的五层和六层。六层就是顶层了。我知道楼下的所有邻居，他们都不用担心。一楼的人，知道二楼也住着人。二楼的能听到三楼的脚步声。三楼的夫妇,最喜欢将音响开得像摇滚音乐会,因此而讨二楼和四楼两户人家的嫌。四楼的经常半夜了,也穿着睡衣,拖着拖鞋,跑到三楼去敲门。"轻点!轻点!就不能轻点啊?半夜三更的!"住在五楼的我,听到这呵斥声,有点儿同仇敌忾。我希望他来点儿语言暴力。他应该这么吼:"关掉你们的狗屁音响!不开这么响你们会死啊?册那!"最后一个单词是骂人话。不骂不足以平民愤。

　　我住在顶层,我上头没人。因此我想象,雪正像长了翅膀的昆虫,一片片黑压压地飞来。是黑压压吗?那又应该怎么说?说白花花吗?它们疯狂地飞来,停歇在我的屋顶上。它们一层层叠盖上去,越来越厚,越来越重。我听得到我的房子在吱吱嘎嘎地响。我估计,要不了多久,屋顶就要坍塌了。"怎么办?怎么办?"我既是在问妻子,更是在问我自己。我要不要找一把铁锹,爬到楼顶上铲雪?可是,我能爬得上去吗?那是一幅多么英勇无畏的图景啊:严冬的半夜,一个人,爬到高高的六楼屋顶,在那里抗雪救灾。我能赶得上雪的脚步吗?我能战胜雪吗?雪会把我埋掉吗?或者干脆,我自己站立不稳,倒下来,从六楼的屋顶滚落。坠落。

　　只听得一声巨响。我们屋顶上发生了雪崩。硕大无朋的雪块,在我眼前呼啸而过。当时,我的感觉是,整个房子塌下来了。天塌下来了。但是,啥事都没有。屋顶上的雪,只是把楼下的几辆电动车埋了,别的什么都没有发生。

　　那个冬天,雪站到了舞台中央,仪态万方,成为主角,成为生活中躲不开的一件事。成了所有人见面必定要说的话题。大雪的光临,给似乎久违了雪的江南的人们,带来了一点儿震撼。而我们的房子,是好样的,它经受住了大雪的考验。雪埋掉了楼下的车,雪封锁了道路,但它没有将我的信心动摇。反而,给我客厅巨大的玻璃窗,带来了一片圣洁的光耀,带来了晶亮的白,带来了清洁高贵的风景和幻象。

每当夏季来临,所有的树,那些高大的水杉,那些柳树、香樟、广玉兰,还有一丛丛的竹子,都把枝叶伸展开来。绿色,就像滴在宣纸上的水墨,迅速地、毫无节制地洇化开来。窗外那座度假中心,原来是可以尽收眼底的。一幢幢建筑,错落有致,它们按照设计师的意图,饶有趣味地散布于这片美丽之地,仿佛一切都是自然生长出来的。房子,树,还有小河、草坪、假山以及铺着碎石子的弯弯曲曲的路,这些,都是像海洋的岛屿从海面上升起,就像星星在天空中野花般散落,就像草原上云一样飘浮的牛羊,就像这些景象一样,是自然生长自然形成的。夏天一来,那些巴洛克的建筑,忽然就变了性格,不再像春天那样裸露奔放,而变得含蓄、内敛,甚至羞涩起来。它们在大片大片的绿色中掩映,好像是这个世界,突然间变得神秘,变得一下子生出了许多的秘密。我的落地开阔的大窗户,满是绿色。绿色长驱直入,如潮水般涌了进来。屋子里面,那灯罩上,那家具的侧面,静卧着的茶壶,似乎都轻笼着一层淡淡的绿光。我想象着自己安坐着的身影,也被勾上了绿色的轮廓。这样的绿,这样开阔而生机勃勃的风景,似乎就是我们当初选择了这个居室的全部理由。没有任何遮挡,看不到别人家的阳台,更没有他人厨房里冒出的油烟来污染空气。绿色泛滥,如行云,如洪流。而在绿色中掩映的度假村的巴洛克建筑,是那么的典雅、松弛而神秘。空气是香的,洋溢着似有若无的草木芬芳。它经常夹杂在我屋子里点燃的沉香粉的香气中,隐约而低调。但我知道它确实是存在的,即使是在沉香清凉夺命的香气中,也时时能感觉到它的存在。这种草木的芳香,当屋子里的沉香熄灭,将窗子大开时,它便轰然奏响。它澎湃,它蒸腾洋溢。它将我的身体熨帖地拥抱，并将我托起，让我失去重量。

在这样浓烈的夏天读书或者写作，我会感觉到，我就是夏天的一部分。我就是那株最高大的香樟树的一根枝丫，我连着那片风景——我在云的映衬下招展，我用细碎的绿叶摇动蓝天，摇动风，摇动鸟鸣。与鸟翅的振动合拍，与蝴蝶粉翅的扇动合拍，与蜜蜂的舞蹈合拍。和着雨点歌唱，让阳光在叶面上跳跃，让星光在树叶的缝隙间滴落，让月儿像一枚发光的蛋一样落进鸟巢，让月光为叶面镀银，让太阳镀金。

让我接着说说春天。

短暂的春天，我感觉我的窗子外，上演了一出出短暂的爱情剧。但是，它是激情燃烧的，是淋漓尽致的。围绕着那片草坪——在草坪上，每到周末，或者一些节日，都会举行草坪婚礼。在这样的地方海誓山盟，确实够浪漫的。即使音乐太过吵吵，即使婚礼主持油腔滑调低俗，但浪漫的情调，是任何人都能感觉到的——自然界的爱情浪漫曲，以成片的迎春花和白玉兰奏响。由于当时各种大树的叶子还没有长出来，就是柳树，也还只是刚刚吐出一些嫩黄的绿色，看上去仿佛是一笼青黄的烟。所以围绕着大草坪，迎春花仿佛是在进行狂欢。它们要在短暂的时间内，将自己尽情开放。把自己燃烧，不惜烧成灰烬。白玉兰，还有成片成片的紫玉兰，这些学名为"辛夷"的花儿，它们在一片叶子也没有的树上，绽放开来。它们开放开放，急切地开放，把花苞吐出来，将花瓣张开，毫不顾忌是否会将自己的精血消耗殆尽。这就是春天吧？春天就是这个样子吧？春天是四季中的芳华，因为短暂，所以放肆。它是对严冬的叛逆，是性的觉醒，是一场忘我的热恋，是大自然最具梦幻色彩的创造和挥霍。它是不需要观众的，它也不在乎世俗的评价。它是自由的、任性的，完全由身体里激流一样的血液造就。它是野性的爱，是不需要听众的歌唱，是把世界当成一个广阔舞台的表演。

是的，我站在窗口，眺望着它们，我就是这么想的。这场忘我的恋爱，这场肆无忌惮的交合，它是季节尖锐的顶端，是转瞬即逝的大潮，是舍生忘死的开放和给予，是嘹亮的高潮。

秋天的深沉，是没有喧哗的。除了几声偶然响起的犬吠，所有的声响，都仿佛是被过滤和屏蔽了。这份安静令人清醒，让阅读变得清晰明亮，让思考和回忆也变得辽远悠长了。一些在其他季节里读过的书，在秋天是能读出另外的意味来的。即使是一本在夏天读得恹恹欲睡的书，那似乎乏味的文字，到了秋天明净的窗口，竟然会读出许多的微妙和精彩来。秋天是充满才华的季节，有神性的季节。它本身就是一本耐人寻味的书吧，是以深沉含蓄的笔调写就。在这个季节里阅读，会想起最遥远的往事，那些逝去的人与事，会像清凉的风一样从窗外吹进来。亲切的越发亲切，痛与伤害，会得到平复与宽容。

窗子外的微风，你能明显感觉到它的干燥和清新。天空比其他季节澄明，颜色也相对更蓝。蓝是秋天的底色，是天空的颜色，是宇宙无穷的颜色。它衬托了澄明，衬托了深情的诗歌，把云衬托得更白。

还要感谢云！在地球的表面，在我们的天空上，竟然会出现一种名为云的东西，这是一个什么样的奇迹啊！据说，每一朵云都有几百吨的重量，可它们的每一朵，看上去都是那么的轻盈。它们是天空的叹息，是飘飞的裙子，是秋季最活跃的风景。在秋季，在我的整面的大窗子外，还有什么景象能比天空的流云更好看，更壮观？好看，耐看，百看不厌。

云推着云，在窗子外轰轰烈烈地过去。天空的舞台无边无际，它们恣肆洒脱，无拘无束。它们或浓或淡，或纤巧或庞大，从容地悬浮在半空，悄悄地移动，从这一头到那一头。它们其实每时每刻都在变化着，暗暗地变化，让人难以察觉。我如果是个孩子，就会把它们看成奔马，看成羊群，看成鼠、牛、虎、兔、龙、蛇、马、羊、猴、鸡、狗、猪。或者看成山，看成岛，看成房子或巨浪，看成英雄和美女。呵呵，不要不要，还是不要吧！我从来都不喜欢将自然的山水木石往具象处想象。它们的美，不应该是具象之美，而是如赏石、如书法，是造型线条之美，是虚实轻重之美，是顾盼娉婷，是动静有度，是欲言又止，是依稀仿佛。云就是云，它就是这个样子。它不是别的任何东西，它无须像任何东西。它就是它自己。它是多变的，不确定的。它们的变化既在情理之中，又常常出人意料。它们的丰富，让秋季更丰富。它们的妖娆，让秋季也更妖娆。它们是读不够、读不厌，也读不完的。它们有无穷无尽的能量，有无限的创造力。它们既沉静又调皮，既伟岸又妩媚。它们是孩子，是绅士，是淑女，是浪人，是百变女郎，是归隐田园的名士。

整排落地的大窗子，被天空和白云挤满。它们是知道有一个人窝在沙发里，饶有兴致、不厌其烦地看它们吗？云为悦己者容，它们越发地百媚千娇了！它们推推搡搡争先恐后，忽又漫不经心雍容矜持。它们一刻不停地向一个方向而去，却始终走不出我的视野。它们仿佛飘然而去，其实顾盼眷恋。

在没有云的日子里，我经常会想到云。其实，我知道许多时候，云不仅没有在天空消失，反而厚厚地覆盖在我的窗外。全都是云，反而看不到云了。天上阴沉沉地罩着的，那也叫云吗？我所界定的云，是应该以蓝天为底色的，是洁白的，是有着各种各样轮廓的，是轻轻地浮在空中的，是飘移着的。因此，当季节为我慷慨地奉献此类白云的时候，我是多么地珍惜。把窗帘全部拉开，什么事也不干，就是看云。看云就是所有的事。仿佛一年的秋收，满怀着喜悦，要把变幻无穷的天空上的云，贪婪地收获，收进视野，收进记忆，收进生命。从天空的这一头到那一头，纯明的世界里，这轻盈柔软洁白的物体，被风推着，在我面前仪态万方，风姿绰约。它把天空擦干净了，把窗玻璃擦干净了，把心擦干净了。

一年四季，在窗外与我相伴的，还有各种各样的鸟。栖在穿天水杉最高处的，常常是喜鹊。还有一边飞一边喳喳叫着的黄雀。野鸽子咕咕的叫声，经常从远处传来。而眼前那些灰溜的饱满的鸟儿，不知是不是正是它们的身影。而成群结队的鸽子，总是在广阔的天空上盘旋。它们呼啦啦地掠过，有一只会偶尔停歇到我的窗台上。它优雅地将脑袋歪来歪去，眼睛明亮。然而我每次将一撮米饭放到窗台上，希望能有鸽子前来享用，却从来都没有一只鸽子领受过我的好意。它们飞来飞去，窗台上的米饭，一粒都不会少，最终又变得像米粒那么细小和坚硬。所有的鸟都不来享用我提供的食物，它们只是在窗外广阔的空中飞来飞去，像风一样舞蹈，画出一道道纯粹的浪漫。

选自《草原》2022 年第 3 期

徐迅

陪母亲

徐迅

现住北京。著有中短篇小说集《某月某日寻访不遇》，散文集《徐迅散文年编（4卷）》《半堵墙》《响水在溪——名家散文选》《春天乘着马车来了》，长篇传记文学《张恨水传》等近20部，多次获奖和转载。

二妈说："你要有时间就多回来陪陪你母亲！"几次回去见到我二妈，二妈总这样嘱咐着我。"你母亲可怜！"二妈说。

二妈其实也就是我的二婶。我家是人口众多的一个大家庭，一个和睦的大家族。父亲姊妹五人，两个弟弟，还有我大姑、小姑。父亲是老大。从小我就喊他的两个弟弟叫二伯、小伯。有了婶娘，也就二妈、小妈地喊。这样喊着喊着，就喊出了习惯。

二妈生有三儿一女。她也有两个儿子在外地工作。她这样说我，其实就有她自己内心的想法，或者说是感同身受吧。儿女每天晃在自己跟前，不当一回事儿。而在外地工作的儿子回来，又成天在外应酬，忙着和同学、战友、兄弟、朋友们在一起。前呼后拥的，忙得脚板不沾灰。说是回家，却常常在外喝得醉醺醺的，仅仅晚上回家睡个觉，甚至通宵不回来。把家当成了宾馆。

二妈对我就这样抱怨过。

我也在外地工作，回家与兄弟也如出一辙。但不知道是听了二妈的话，还是自己年纪慢慢大了的缘故，我后来回去，那"野"的心就渐渐收敛了些。有意无意地，留着陪母亲的时间就多了。

说来，母亲是怪可怜的。

母亲嫁给父亲时，父亲已经有过一次婚姻。母亲是独生女，在旁人眼里，母亲或许有些委屈。嫁给父亲后，母亲立即成了这个大家庭的长嫂。一家上有老下有小的，她都得管。然后自己又生儿育女，生育我们姊妹五六个。大集体生产时，父亲在外做铁匠手艺，她在家做工。大炼钢铁、修水库、修河道的，她什么都干过。责任田到户，育种、拔秧、插田、割稻，件件农活，更是样样离不开她。

等到把儿女们拉扯大，一个个像鸟一样飞出鸟巢，她也老了。

记得那年弟弟结婚,母亲像是完成了一件大事,算是轻松了一下。也就是那年,我把她接到北京过了一个新年。在北京,她惦记着弟弟一家,生活也不习惯,但在我们身边,她不知不觉还是长胖了,也清朗了些。然而,回家后没过几年,弟弟突然发生不幸变故。

弟弟先是离了婚,后来又出了一次很严重的车祸。骨盆粉碎性骨折,肠道、尿道断裂。我拼死拼活在老家的医院里守了弟弟几个月,母亲担惊受怕,以泪洗面了几个月。总算救回了弟弟一条命。可母亲却因弟弟的离婚和照料一个智障孩子,哪里都去不了了。尿一把屎一把的,弟弟的智障孩子吃喝拉撒睡的事都靠她。

母亲被弟弟的孩子拴住手脚,我也一时无能为力。一家陷入了一种无奈的境地——偏偏祸不单行,次年,我就生了一场大病,在北京的一家医院住了一个多月。

两个儿子相继出事,母亲心里该是怎样的难过?为了不让母亲担心,我和妻子都瞒着她。但等我出院,一个外甥与我通电话时说漏了嘴,我才知道母亲走在自家门口竟然重重地摔了一跤,摔伤了胯骨。但她却嘱咐兄弟瞒着我,把她送进医院做了手术。听到这事,我心里放心不下,拖着未痊愈的身子就赶回了家,跑到医院里看她。

我说:"妈,您怎么就不小心呢?"——大病初愈,我身子还很消瘦,不敢坐在她的身边,我就故意地坐在离她远一点儿的床上。但她还是发现了我的瘦。说:"啊!你怎么瘦成了这样!"然后又说:"我不晓得我是怎么了?那些天,我总是糊里糊涂的,走着走着,就摔倒了……害得让你花钱,又拖累了你!"

我心里"咕咚"了一下,心里盘算母亲摔伤的时间,正是我在医院煎熬度日的时候。难道真的是母子连心,有心灵感应?我一时语塞。说自己患了一次重感冒，工作又忙，所以就瘦了。想嘻嘻哈哈搪塞过去。

....

陪母亲的时候，当然也会聊天。我母亲的外婆家在一座大山里。有一回，我听说母亲小时候去她外婆家，她的外公外婆、舅舅们隆重地送了一头大黄牛，算是给她的上门礼。对于庄稼人来说，牛可是命根子。可见她外公外婆是怎样地喜欢她。我问她有没有这回事。她说是有。但就这一句，便没有了下文。

母亲的嘴风很紧。

但我和母亲一起聊天聊得开心时，还是能从她嘴里知道一些事，有时还能解开藏在心里的一些谜。比如我的外公，我一直听家乡的人说，外公与他的母亲喜欢打麻将、推牌九……喜欢赌博，赌着赌着把家给败掉了。于是卖作了国民党的壮丁，当了兵。母亲听到这事，一时急了，说："哪是这回事啊！是你大外公当年在外面悄悄参加了新四军，不知怎么被政府闻到了风声，国民党就非要抓你外公壮丁不可，你外公就这样被抓去了……"

然后，就又没有了下文。

母亲80岁了，身体一天比一天显老。两只眼睛患了白内障。严重的一只以前做了个手术，还有一只也有些蒙眬。我想让她再做一次手术。她开始不答应，说："我这么大年纪，还做什么。"但那次我回老家找了医生，要她做。

她最后还是同意了。

趁在县城医院做手术的时候，我陪她在县城逛了一回。

与她走在县城里街道上，走着走着，她的话就明显地多了起来。她说她1957年到过县城。还进了城里一座教堂。是什么教堂，我一直没有弄清楚。但现在离我县城的所居不远,有一个"二乔公园",三国时期著名的美女大乔、小乔流落在此,还留下了一个"胭脂井"的传说。家乡人后来据此建了一个公园,把三国时孙策纳大乔,周瑜纳小乔的故事重新演绎了一遍。我只是听说,也没有去细看。于是一时兴起,我领着她去了二乔公园。

在公园里,一个展厅接一个展厅转。我顺便把三国二乔的故事讲述给她听。母亲看得很认真,也听得很仔细。她说,这事我在戏里听说过,没想到,戏文里的事就出在家门口啊,你不带我看,我哪里晓得!

母亲那回做白内障手术,在医院里,我有意多陪了她两天,想和她聊聊家里的事,但她还是什么也不多说。只说给她做手术的医生,在她之前做了一个,她算是第二台手术。医生手术时,拿钳子,缝针,窸窸窣窣的。她说,她听得清清楚楚。

转眼,到了那年的年关。

"有钱没钱,回家过年。"陪父母过年是家乡的习俗。父亲不在了,除了那年接母亲在北京过了个新年,每年我都是回老家陪她过年的。但那年我陪她吃过年饭,却因为闹新冠疫情,我们被阻挡在家乡县城和乡村老家两地,近在咫尺,却见不了面。后又因为要照应单位工作,我匆匆回了北京的家。

一年又一年。

又是一年到来,原以为我能回老家好好陪母亲过年,但新冠疫情星星点点的,在冬天里不知怎么又冒了出来。尽管政府控制得很好,但出于对疫情防控的考虑,政府还是鼓励我们就地过年。我也不好回去。

好在可以与弟弟手机视频。在手机视频时,有天晚上,我把这意思说与母亲。我发现母亲一愣,竟一时显得失落落的。但转而,她又告诉我："我晓得哦！你们不能回来就不回来呗！……"

"我晓得哦！"母亲说。

说得我心里酸酸，涩涩的。

选自《北方文学》2022年4期

祝勇

彩陶
表里

祝勇

作家、纪录片导演，艺术学博士。祖籍山东菏泽，1968年出生于沈阳，现任故宫博物院研究馆员、故宫文化传播研究所所长。著有数十部著作。"祝勇故宫系列"由人民文学出版社出版。获金鹰奖、星光奖等多种影视奖项。

掬水月在手

当我决定顺着故宫收藏的古代文物的指引，去回溯我们民族的艺术历程的时候，我会感到一种巨大的陌生。

这陌生是由时间带来的。比如那件彩陶几何纹钵，诞生于公元前四千八百年至前三千九百年，与我们的时间距离约六七千年。假如说一个人可以活到 70 岁，那么他需要活一百次，才能从时光的此岸，走到时光的彼岸。七千年的时光，我们的目光穿透不了，我们的记忆抵达不了，我们的文字记录不了。我们把自己的生命放到这样一个巨大的尺度上，就像一滴水，投入了江河，融入了大海。

我们就从一滴水开始吧。

生命是从水开始的。即使七八千年以前"早期中国"的人们，也意识到了这一点。经过了原始农业养育的他们，对水的作用心知肚明。一如后来的《管子》所说："水者，何也？万物之本原也，诸生之宗室也。"亦如《老子》所说："上善若水，水善利万物而不争。"没有水，大地上将百物不生，世界将陷入沉寂荒芜。农业给他们带来了稳定的食物和相对固定的定居生活，才有了日常生活，也有了日常所需的瓶瓶罐罐，诸如盛水器、炊器、食器等。黄河之水天上来，在黄河两岸（尤其是中游地区），浇灌出大片的农业区，进而发展出形态各异的文化区。

掬水月在手，那浑圆的陶器，就像是掬水的手掌。人们不仅用烧制的陶器盛水，而且在陶器的表面画水——在那件彩陶几何纹盆的口沿上，绘制着涓涓细流。这些水波纹，以四个圆点定位，彼此对称，极具概括性，像儿童的简笔画，生动，简练，天真。后来到了仰韶文化马家窑文化，水纹图案就一点点变得复杂起来，比如故宫博物院收藏的马家窑文化马家窑类型的彩陶水波纹钵，简洁的三条线，旋转出流动的水波，而在马家窑文化马家窑类型的另一件彩陶水波纹钵上，线条就变得粗犷起来，有了粗细线条的对比，有了不同图案的组合。在马家窑文化马家窑类型的彩陶水波纹壶、彩陶旋涡纹瓶、彩陶旋涡纹壶上，水纹又有了更丰富的变化，有了体积感，有了奔腾的气势，有了质朴的韵律感，仿佛黄河之水，不舍昼夜，奔涌向前。

在故宫博物院藏马家窑文化半山类型的彩陶上，这种组合的图案变得更加放纵和大胆。像彩陶旋涡菱形几何纹双系罐、彩陶葫芦网格纹双系壶、彩陶旋涡菱形几何纹双系壶、彩陶瓮，大落差的水流中间夹杂着菱形几何纹；

彩陶连弧纹双系罐，两条粗线横贯罐腹，将陶罐一分为二，下部是平行的水波纹，上部是V字形的水波纹，像水面上的涟漪，一轮一轮地荡开；

彩陶网格水波纹双耳壶、彩陶水波网格纹单柄壶、彩陶壶，将水波纹与网格纹结合在一起，形成了综合性的视觉效果，但同样是彩陶壶，这件双耳壶与单柄壶又不相雷同，变化无尽。

前面提到的马家窑类型彩陶水波纹钵、彩陶水波纹壶、彩陶旋涡菱形几何纹双系罐，以及半山类型的彩陶折线三角纹双系罐等，都是这种情况。但有些彩陶，尤其是开放型的钵、盆等，它的内部也是有纹饰的，甚至内部的纹饰与外身上的纹饰刻意形成一种视觉上的反差。比如马家窑类型的一件彩陶弧线纹勺，素洁的外身上，只有几条简练的水纹，内部却有大面积的涂黑，形成视觉上的巨大张力，也把陶器的"敞开美学"发挥到了极致。

那件马家窑类型的彩陶水波纹钵，在口沿和外身上以黑彩描绘了纹饰，它内部的纹饰，却是以底心为中心的旋涡纹。陈列在博物院里的这件彩陶波浪纹钵虽然是空的，但我们应该想象它盛满水的样子。当这只钵盛满了水，水在陶钵中晃动，它内壁上的波浪纹就跟着运动起来，起伏荡漾，绚丽迷幻。那些固定的纹饰，也因此有了"动画"的效果。假若我们将钵体轻轻旋转，它内部的花纹也会转动起来，手绘的水波就成了真正意义上的旋涡，像万花筒一样旋转无尽。

植物的繁殖过程

"掬水月在手"，下一句就是"弄花香满衣"。只是溢满了八千年前花香的衣衫，我们看不见了。我们能够看见的，唯有彩陶上的花朵，在跨越了八千年至四千年的时光之后，依然芳香如初，只是这"衣"，不是人之衣，而是陶之衣，在这些红泥陶土烧制的彩陶上，妖娆繁密，婀娜多姿，生机盎然。

常见的花朵和植物纹样有花瓣纹、花叶纹、豆荚纹、叶形纹、叶茎纹、勾叶纹等。花纹，其实就是花之纹，后来才泛指所有的纹饰与图案。在故宫博物院，我们可以看见许多有"花纹"绽放的彩陶，其中有：仰韶文化庙底沟类型彩陶旋花纹钵、彩陶旋花纹曲腹钵、青莲岗文化彩陶花瓣纹钵……

有学者认为，这些花朵、植物纹饰，是对雌性植物生殖器的描摹。花朵图案有些像生殖器的变形，而且，植物的"生殖器"就藏在花蕊中。但有学者认为，其他植物纹饰也与生殖有关，尤其是"叶形纹"，就是对生殖器的直观再现。比如仰韶文化马家窑类型的"变体叶形纹"、庙底沟类型的"叶形圆点纹"、大墩子彩陶的"花卉纹"、河姆渡彩陶的"叶形刻画纹"等,都是雌性植物生殖器(或女性生殖器)的表象形式,而"叶形网纹",也是从上述植物纹饰中延伸出来,构成多个女性生殖器的对称组合图案,甚至于椭圆形圈网格纹,也是对雌性植物生殖器(或女性生殖器)的抽象与变形。

在上述文字里,雌性植物生殖器与女性生殖器被相提并论,原因是在上古先民眼里,还没有把人类同动物、植物区分开,雌性植物生殖器、动物生殖器和女性生殖器都是一回事,因此,我们把那些花卉纹、叶纹、网纹看作植物生殖器、动物生殖器和女性生殖器都是正确的。"当我们说起彩陶纹饰表现了植物生殖器官时,实际上也是在说它表现了人、动物或大地母亲的生殖器官。"

将这些花卉纹、叶纹、网纹等植物纹饰看作生殖器的赋形,可以从其他原始艺术中找到佐证。比如阴山岩画中,就以椭圆形纹样表现女性生殖器。关于以树叶代表女阴,也有许多民俗为例,比如东北的满族,亦有以柳叶作为女阴的象征,将柳枝作为母神的标记的传统,陕甘地区的民间剪纸,也以花朵来象征女阴。

《诗经》里暗含着一个草木葱茏的植物世界,其中许多植物,都被用来指代女性,并且充满了性爱的暗示。这些植物有:桑(《鄘风·桑中》)、梅(《召南·摽有梅》)、花椒(《唐风·椒聊》)、芣苢(fú yǐ,一说为车前草)(《周南·芣苢》)、芍药(《郑风·溱洧》)……

德国艺术史家、社会学家,现代艺术社会学奠基人之一格罗塞(Ernst Grosse)认为:"从动物装潢变迁到植物装潢,实在是文化史上一种重要进步的象征——就是从狩猎变迁到农耕的象征。"

以植物纹饰承担生殖的主题,除了外形的相似度以外,还有一个原因,那就是植物世界的花花草草,看上去是弱不禁风的,却有着更加强悍的生殖繁衍能力。动物通过生儿育女来延续物种,植物则通过开花结果来繁衍后代。植物的繁殖主要分成有性繁殖、无性繁殖等方式。有性繁殖通过传授花粉来进行,当微风吹过,人们看得见花瓣在风中飞舞,却看不见雄蕊的成熟花粉被风吹送了很远,或者粘在蜜蜂、蝴蝶、飞鸟的身体上,落在雌蕊的柱头或胚珠上,当其中一个精子和胚珠合在一起时,就形成了种子,结出新的果实,这种传粉方式,叫异花传粉。油菜、向日葵、苹果树等是异花传粉的植物。还有一种传粉方式叫自花传粉,就是植物将成熟的花粉粒传到同一朵花的柱头上,并能正常地受精、结实。水稻、小麦、棉花,都是自花传粉。无性繁殖则不涉及生殖细胞,不需要经过受精过程,直接由母体的一部分形成新个体。

与动物的繁殖过程相比,植物的繁殖过程更加隐秘,更加神奇,将大自然的伟力表露无遗。已经进入原始农业时代的初民们,尽管还没有掌握足够的植物学知识,但已然对植物世界有了初步的认识,植物、花瓣纹饰出现在彩陶上,不仅仅是出于美观的需要,更是寄寓了他们对于自身繁衍的渴望。

同样,我们可以理解,除了植物纹、花瓣纹,为什么鸟纹也变得发达起来。鸟纹较早出现在仰韶文化半坡类型彩陶上,现藏于西安半坡博物馆的绘鸟纹彩陶钵,描绘鸟侧身伫立的形象,圆头长喙,身如弯月,翅尾上举,静中有动,一副将落欲飞的模样。尤其是一些蜂鸟(Hummingbird),头部有长喙,在摄取花蜜时把花粉传开,也就是说,在植物(包括庄稼)繁育的过程中,鸟扮演着神奇的角色,仿佛在施展着某种巫术,在死亡与新生之间,建立起神秘的联系。众鸟的飞行轨迹里,竟然暗藏着植物生存的秘密。

有学者认为,彩陶上的飞鸟图案代表的是男根的形象,郭沫若先生相信它"是生殖器的象征,鸟直到现在都是(男性)生殖器的别名,卵是睾丸的别名"。但这推论过程过于简单,赵国华先生则做了更详细的论证:"由于多次性结合女性也未必怀孕,由于从性结合到女性感知妊娠中间相隔很长时间,所以,远古人类起初不了解男性的生育作用,只知道女性具有繁殖功能。初民观察到鸟类的生育过程之后,发现鸟类不是直接生鸟,而是生卵,由卵再孵化出鸟,并且有一个时间过程。这使他们逐渐认识到,新生命是由卵发育而成的。于是,他们联想到男性生殖器也有两个'卵',又联想到蛋白与精液的相似、女性与男性的结合以及分化的结果,从而认识了男根所特有的生殖机能,亦即悟到了'种'的作用。这是人类对自身生育功能和繁殖过程认识的又一次深化,是认识带有飞跃性质的一次深化。男性有两个'卵',相比之下,鸟不仅生卵,而且数目更多。因之,远古先民遂将鸟作为男根的象征,实行崇拜,以祈求生殖繁盛。"

这是对于鸟与男根关系的一次系统的论述,在我看来,从郭沫若先生到赵国华先生,虽然言之凿凿,他们的判断却都更像是猜测。然而,鸟与植物授粉之间的关系,虽不是显而易见,至少是隐而可见的。至于为什么同样承担着花粉传授职责的蜜蜂、蝴蝶并没有成为彩陶上的图案,我想这或许是因为初民们对于植物授粉的认识有限,不可能一步到位,还有一个原因,就是鸟类通过孵蛋进行繁殖,除了它传递花粉的功能,它自身的繁育链条也是清晰可见的,因此,鸟在初民们眼中自然成为一种神物。

鸟纹在陶器上出现,还有一个原因,就是飞鸟(尤其是候鸟)的行踪,与季节的轮替有着鲜明的对应关系。上古先民们通过反复观察,发现了这一规律。古代文献中的记录,也证明了这一点。总结《礼记·月令》的记载，可知：

孟春之月：鸿雁来。

仲春之月：玄鸟至。

季春之月：田鼠化为鴽（rú，鹌鹑类小鸟）。

仲夏之月：鵙（jú，又名伯劳）始鸣。

季夏之月：鹰乃学习。

孟秋之月：鹰乃祭鸟。

仲秋之月：鸿雁来。玄鸟归。

季秋之月：鸿雁来宾。

孟冬之月：雉入大水为蜃。

仲冬之月：鹖旦不鸣。

季冬之月：雁北乡。鹊始巢。

鸟类的周期性活动，向人间准确地通报了时节的变换，使鸟类不仅成为可靠的季节预报员，甚至成为"先知"，来自山川、草木、虫鱼的各种消息，鸟没有不知道的。因此，除了日月之升降，飞鸟之去来也成为上古先民们计算时令，以安排农事和人间各种事项的依据。鸟的去来行踪，对人类生产生活有了重大指导意义。在上古先民们眼中，鸟虽然有着多重的功能，但都与繁衍、成长有关，人类生息、万物生长，都与天空中的飞鸟建立起关系，人类也把对谷物丰产、人丁兴旺的渴求，转嫁到鸟的身上。

许多民族的起源神话，都落实在鸟的形象上。比如，殷人的始祖契，他的母亲简狄，是帝喾的次妃。一天，简狄三姐妹同到河里洗澡，见玄鸟（燕子）降下一卵，简狄吞下去以后，怀孕生了契。契长大成人，帮助夏禹治水有功，被封于商，所以《诗经》里说："天命玄鸟，降而生商。"

秦人的始祖也大致相同，据司马迁《史记》记载，女修正在纺织时，玄鸟掉下一卵，女修吞下之后，生子大业，而大业，就是秦人的始祖。

在女真族的神话中，天上的三位仙女之一佛库伦，和她的两位姐姐——恩古伦和正古伦，在布库里山下的布勒瑚里池洗澡，神鸟把它衔着的朱果放到佛库伦的衣服上。佛库伦把那颗朱果含在嘴里，并且咽了下去。不久，她怀了孕，无法飞上天了。姐姐们说："你是天授妊娠，等你生产以后，身子轻了再飞回来也不晚。"她们飞走了，而佛库伦，在相别不久之后，生下一名男婴。那名男婴就是女真人的始祖——布库里雍顺。作为大自然的传人，他与神话里的各种始祖一样，有着超自然的力量。所以，在鄂多里城，终日厮杀的三姓部族，见到他，都不约而同地停止厮杀，顶礼膜拜。他娶了一个名叫百里的女子为妻，并在这里建立了自己的国家——满洲。

后来，布库里雍顺的子孙虐待国人，引起国人反叛，杀死国主家族，唯有幼儿范察逃脱。范察的后人孟特穆，用计策将先世仇人的后裔四十余人引诱到鄂多里城西方一千五百余里的赫图阿拉，斩杀一半，报了大仇，遂在这里定居。这位孟特穆，就是清朝的"肇祖原皇帝"。而赫图阿拉，就是后来努尔哈赤建立大金国（后金）的都城。清太宗皇太极即位后主持编纂女真族早期文献时，对这一起源神话予以浓墨重彩的表达，这表明了这一起源神话的重要性。

无论是殷人、秦人还是女真人，他们的起源神话居然存在着如此惊人的一致性。在资讯和交通都极不发达的远古社会，他们彼此抄袭的可能性几近为零，那么，这种神奇的巧合，将提醒我们关注远古先民们的思维共性，在这种思维中，鸟，成为一个可以彼此互通的公共性符号。

天空中的飞鸟，用翅膀划出了它与人类的界限。作为大地与天空的连接物，在人类的早期思维中，鸟成了超越现实的灵物，一种带有神异色彩的生命。对鸟的崇拜，在古代"九夷"中普遍存在。"九夷"的提法，见《后汉书·东夷传》，在此书中，东夷被分为九种："夷有九种，曰畎夷，于夷，方夷，黄夷，白夷，赤夷，玄夷，风夷，阳夷。"这种分法，在后世日渐流行。有学者认为，风，就是凤，风夷是以凤凰为图腾的部族，指天皋氏；赤夷是以丹凤为图腾的部族，指帝舜的部族；白夷是以鹄为图腾的部族，指帝喾的部族；黄夷是以黄莺为图腾的部族，指伯益的部族；玄夷是以玄鸟（即燕子）为图腾的部族，指商人……透过九夷的名字，我们几乎目睹了一幅完备的鸟类图谱。天空中姿态各异的飞鸟，成为我们区分不同部族的记号。而《左传·昭公十七年》却提到十种鸟，表明以鸟为图腾的部族，可能不止九种。商朝中后期，夷人第三次向南方迁徙，他们的图腾，也飞过渤海，在山东半岛栖落。我们至今都能够从战国时代的文物中，与山东沿海地区神仙方术中的"仙人"相遇，这些"仙人"，一律是身上有毛、翅膀、鸟喙的人形，显然，这是夷人图腾在经历了漫长的奔波劳顿之后的变异——即使那支在辽东半岛与山东半岛之间的漫长通道上流动的人群消失之后，两者在文化上的血缘联系，也是显而易见的。这种文化变形，在战国时代发展为齐国宗教文化的要素之一，并对燕齐区域的文化风格产生了重要的影响。

而沈阳新乐遗址出土的"木雕鸟"，可能是我们目前所能见到的最早的鸟形文物。这是一只长38.5厘米，宽48厘米，厚6厘米的大鸟，出土时已断成三截，专家考证它是新乐民族的图腾。几乎与此同时的河姆渡文化、仰韶半坡、良渚文化的陶器图案中，也出现大量的鸟的形象。但是，只有新乐遗址中的鸟，是以三维的形式出现的，这无疑是一只特异的鸟。现在，这只神秘的鸟被放大在沈阳的市政府广场上，成为这座城市人所共知的徽记。

如此，彩陶上出现鸟图案，也就不觉奇怪了。甚至到了青铜时代，许多青铜器上，如父丁方彝、父辛鼎、作父辛尊等，都铸有"四鸟"图案。鸟的图案由新石器时代的彩陶转向商周之际的青铜器，一直没有消泯，体现出华夏民族文化传统的源远流长、一脉相承。

节选自《湖南文学》2022年第4期

陈蔚文

回瞻
与远行

陈蔚文
———————————

1974年生，女，小说及散文见于《人民文学》《十月》《中国作家》等刊，入选多种年度选本与排行榜。曾获人民文学散文新人奖、林语堂散文奖、百花文学奖、丰子恺散文奖等奖项。出版专集《若有光》等十余本。

那隐在闾阎深巷的"说"中,有生死与逝者隔着时光的对话。
——题记

1

"你好,我是谢钰辉。"微信跳出一个新朋友的通过请求。

一位自称是"谢阿姨"的女人通过我舅舅找到我,说是我母亲家族中的亲戚,管我母亲叫表姐,年龄与我母亲相仿,业已七十多岁。

她说她的爷爷谢贤庆是江西抚州的一位烈士,为八一起义做出过贡献,被捕后牺牲得非常惨烈。她在微信中说自己身体不好,想起这事就夜不能寐。她希望我能为贤庆公写些什么,以资纪念。

上网查了资料,只有简短一段——谢贤庆,毕业于南京金陵大学,1919年,受五四运动的影响,追求革命,为校内学生会骨干。1921年转入九江南伟烈大学读书,参加了方志敏领导的"读书会"。1927年10月,被捕入狱。狱中,敌人以烧铁烙肉的残酷刑法,逼其"悔过自新",他毫不屈服。1927年11月1日,在县城英勇就义。

资料旁附了一张他的黑白小照,二八分头,浓眉直鼻,一如那个年代心存信念的志士,目光笃定。

仅此一段,我能为这位先辈写些什么呢?我想找个理由和谢阿姨说写不了。她的微信又发来了,说自己多病,希望我能把贤庆公更详尽的事记录下,那是从小她父亲多次说起的。这些口述给她留下太深的印象,以至成为她的一个心结——她希望后代能记住家族中曾有这样一位革命者。

我把准备发出去的"谢阿姨，抱歉，写不了"删除了。

再等等吧，这么快拒绝会让老人失望。

2

两天后的下午，在本地的青苑书店，我为好友章红的母亲杨本芬女士主持了一场读书分享会。书名《秋园》。

"秋园"是书中女主人公的名字。在现实生活中，她真名梁秋芳，是杨本芬的母亲。2003年，梁秋芳去世，杨本芬和家人在母亲遗物中发现了一张纸条，是梁秋芳对自己一生的总结："1932年，从洛阳到南京。1937年，从汉口到湘阴。1960年，从湖南到湖北。1980年，从湖北回湖南。一生尝尽酸甜苦辣，终落得如此下场。"

四个年份串起的是一个女人的一生。是年，杨本芬六十来岁，这张纸条让她内心久久不能平静，不久，她决定把母亲的故事写下来，能不能发表，甚至出书，她全没有想过。

读者分享会上，我第一次见到杨本芬老人。八十多岁的她短发，很精神，思维清晰，一口浓重的湖南口音。她出生于湖南湘阴，17岁考入湘阴工业学校，后进入江西"共大分校"，但未及毕业便被下放到江西铜鼓的农村，养育儿女，为生计奔忙，直至退休。

分享会上，她说到自己的求学经历，充满对读书的强烈渴望，那短暂的读书经历让她觉得"真是太幸福了"，然而她始终未拿到一个正式的毕业证。之后，她获得一个机会，进了县城一家国有企业当临时工。"长期临时工"的身份使杨本芬格外兢兢业业工作,小心谨慎做人,"她终生都有了一种弱势心态,从未感到安全"。

3

《秋园》分享会后,我结束晚餐,回到家已近九点,微信上谢阿姨发来好多条信息。她介绍了自己大致的人生经历:1966年,她在南昌铁路局列车段当临时列车员,后分到橡胶制品厂当工人。1973年,她调到南昌手表厂当工人,老伴是西南交大毕业生,分到南昌铁路"五七干校"劳动,后到铁路装卸厂当工程师。现在他们跟着独女在深圳生活。

她说的最多的,还是贤庆公——

"我的太公叫谢吉生,是当时的国民议员、禁烟委员会委员。他修桥修路,启智民生,办学校等。他生有三个儿子,老大谢铨庆,是我爸的生父,读的是工业大学,毕业后就在抚州纱厂当夜校教员。20世纪20年代的中国民不聊生,谢铨庆带领抚州纱厂工人罢工失败,被纱厂开除。他回乡搞农民运动,是当时宜黄县共产主义小组组长,后被反对他闹革命的有钱势的叔伯以家法打伤致死。

"我爸谢煃那时才3岁,随母亲一道被娘家接回宜黄县城去住。太公谢吉生召集族人开会,宣布把我爸过继给婚后无子的三叔谢贤庆做儿子。贤庆公很喜欢我爸这个继子,教他读书识字。

"大哥谢铨庆对三弟谢贤庆走上革命道路的影响很大。谢贤庆在南京金陵大学认识了周恩来,参加了五四运动,被开除后又考取九江'南伟烈大学'(美国基督教会在中国创办的第一批教会学校,后更名为'九江同文中学')。"

在南伟烈大学，谢贤庆认识了方志敏，参加了读书会，开展群众运动。谢阿姨说，贤庆公当时威信极高，他积极给大家做工作，让百姓打开大门欢迎八一起义部队。她父亲当时15岁，跟随继父也帮农民自卫军做过一些工作，贤庆公的品格对她父亲产生了深远影响。贤庆公死时，谢阿姨的父亲16岁。

"我父亲一生两袖清风，光明磊落，他在卫生局防疫站工作，那时工资微薄，他要养家，还常资助'共大'的困难学生。人家学生来家里感谢，我们才知道。我们买给他的衣物补品，他都送给了家乡人。退休后他还在南昌做义工，免费培训医生。我哥给人看好病收了一盒鸡蛋，被他骂得要死。"

4

谢阿姨说起与外婆的交往，我突然想起——外婆在世时多次讲起家族里的事，其中就包括有位革命者惨烈牺牲的事，他是否就是谢贤庆？

从谢阿姨那，我得到了肯定的答案。外婆常讲起的那位革命者正是谢贤庆。

那时，我没有耐心听外婆讲述这些往事，只觉暌隔，我那会儿关心的是爱情、文艺之类。而外婆，在她日渐衰老的躯干里，记忆反倒呈现出不熄的回顾热情。

"起头发始"（在她家乡话中相当于"最初之时"），她总是这样开始一段讲述，而她的讲述，很少被我耐心听完。

她还在世时，我不是没有起过念：记录她老人家的口述，借此留住她讲过的家族史（譬如外公的父亲曾在南昌城经商，开过一家当时颇有名气的"豫章旅社"），还有那充斥着兵燹、灾变、逃难、原乡、白手起家的记忆，以及她和外公抚育八个子女的极度艰辛……

却一直没实践，每个时期我都能找到充足借口，最充分的借口大概是觉得"尚有时日"。外婆那时听力日衰，也成为我与之交流困难的理由。

某年春末，86岁的外婆被查出肝癌，半年左右辞世。

随她逝去的还有那些家族往事，那些我的长辈们多舛的命运——也是诸多同代人的命运。她逝后，我意识到，她的一次次讲述类似某种树木在遭受自然外力损伤后，从伤口处分泌出树液，形成对树的保护。这些讲述就是树液，它稀释着老人心中的苦痛，润滑着岁月留下的伤痕。

剑桥大学的人类学家弗斯在1913年写道："一位老人的过世同时也带走了一些永远无法代替的知识。"这"知识"，是老人们在时代中的遭逢，是他们对家国社会的记忆。

那些被录下、被看见的个人史，如同海的极小采样。更多被死亡带走的个人史，来不及记录与被看见的人影憧憧，永远潜入时间的深海。

5

杨本芬阿姨的写作是从63岁开始的。2020年，《秋园》正式出版，杨本芬年已耄耋。书获得了意想不到的成功，这是杨本芬老人未曾料到的。

章红在分享会上说——我想，如果母亲人生大部分时光是"活着"，晚年的写作则意味着自救。这是回归人的主体意识之旅，对生命有所觉知而不再是浑浑噩噩。当你诚实地记录和认识自我的生命，那往往意味着更多：你还记录了时代，你留下了一个个体在时代中生活的样本。

2020年秋天，我供职的刊物请来中国人类学会会长方李莉教授做讲座。彼时，疫情刚平缓几个月，人们从忐忑与动荡中略放松紧绷的神经，来到户外，回到阳光和植物中间。

照耀与开放——人们重新领受到这两个原本寻常的词对日常生活的意义。

方教授在有关人类学的著作中写道："一种健康的族群文化从来不是一份被消极接受的来自过去的遗产"，其显示的是"共同体成员的创造性参与"，历史是可以让当代人参与其中，并得到再生或再产生新的创造力之物。

网上，有个"万村写作计划"征集"疫情下1000个中国村庄的故事"，这个"写作计划"此前围绕家族史写作的征集，包括乡村家史——"我们是否真正地深入了生活，是否有足够的勇气去面对与追问复杂又善变的人类母题？是否具有足够的责任感和使命感去将自己的记录作为钩沉历史、直面当下、面向未来、可传后辈的东西？"

征集语中这一连串"是否"的追问之后，大概便是家族史写作的意义所在。

方教授赠了我一本签名书《最后的乡绅家族》，是她以非虚构方式写的家族史。她说起写此书的缘起：身为一名人类学家，她长期给各式各样的人做访谈、整理口述史，却忽然有一天发现，母亲已不在了，父亲也越来越老。父母很普通，两位旧时代走过来的知识分子，一辈子信奉"学而优则仕"的道统。他们所经历的正是中国近现代发展中的一个重要阶段。她开始给父亲做访谈，整理口述史。

我想到自己，错过了外婆的口述，在父亲身上还能挽回这种失记之憾吗？他说的林林总总——江南故园、离乡从戎、辗转几省、终在赣地定居……我终未动笔记录什么。

也许，家族史写作对我有着"只缘身在此山中"的惘惑：我该如何从那些枝枝蔓蔓中，挑拣出值得记录的部分？又或许潜意识里，我觉得无论是外婆还是父亲，他们口述的种种不够"传奇"，不似台湾作家张大春的《聆听父亲》一书，写了"几代中国人的乡愁命运"。就连他创作这本书的缘起也颇有故事性——他第一次来大陆，出首都机场，路边树木都枯着。四十多天后回机场，路旁树木已发新芽，他的眼泪一下子下来，理解了《诗经》"昔我往矣，杨柳依依。今我来思，雨雪霏霏"中的季节转换。在台湾，四季如春，看不到此种景况。

他第一次回故乡济南，迈入从未到过的祖宅"懋德堂"，听长辈回忆往事，"五大爷和六大爷陪我住在宾馆，每晚给我讲老家的事，我还用小本子记"。那些人物包括以"牛肉馅必得配大葱"为家规的曾祖母，一辈子风雅却落魄的大大爷，壮游半个中国、言行吊诡的"怪脚"五大爷……张大春当时随口跟六大爷说，他应该把这些事写下来。几年后，老人过世前给张大春寄了一叠稿纸，题目是"家史漫谈"。

书还未成，已有这么多故事与场景，海峡两岸，家族六代，一条大河波浪宽。而我外婆与父亲口述的，只是许多普通家庭可能遭逢的命运，如山谷野溪——它们有被录下的意义吗？这样的发问还发生在我面对父亲的同乡、87岁的孙崇政老先生时，他是浙江兰溪人，因工作故迁居南昌，有次在南昌某报偶然看到一篇我的访谈，"籍贯浙江兰溪"一句令他欣喜不已，当即向报社打听，联系上我。

孙老先生听力有碍，却不影响他的交流热望。老伴去世前患阿尔茨海默病十年，陷于昏惘，他们原本感情极好。这十年，没了说话的伴儿，他的主要精力用在了家事上，种菜蔬花木，养鸽子鸡鸭，读史亦是他所寄，书房里有几架用鸽笼和旧货架自己改造的书橱——在买书上，老先生却毫不吝啬，多年前《中国通史》甫一在上海出版，他即花1800元购回。

孙老先生说起从金华到南昌的种种经历，我建议老人家既有笔墨功夫，不妨为生平作传，他摇摇头，"没这精力了，写不动了"。他希望由他口述，找人代笔，将生平诸种梳理记录。我知道老人未说出的念头是，希望我这个小同乡替他执笔，为他录下生平，那会是一部庞杂的个人史，也折射时代。然而，我没有接话。

我承认，这缘自没有"必须写下"的冲动，代际间的沟通障碍，以及对历史的疏离。

6

《秋园》还未出版，在某网站连载的时候，有一位网友留言说他曾想记录父亲口述的往事，无奈父亲叙述的内容琐碎，于是没记。《秋园》出版后，章红找到了这位网友，这位网友祝贺《秋园》的出版，同时伤感地说："我父亲现在连我的名字都叫不出来了。"老人患了阿尔茨海默病。

章红由此感喟——记录与书写是人类抵抗遗忘与丧失的方式，"故事不经讲述就是不存在的"。那些全然无名的芸芸众生，他们在洪流中挣扎，无声无息地生与死，如果没人用笔去留住这些命运中沉浮的身影，他们就彻底湮没了。

历史，不只存在于档案、文献以及各种统计数据中，它由千千万万个人所构成。对历史的尊重，必然包含着对个体的尊重，写出他们的遭际也是尊重历史的一种方式。正如杨本芬老人用她朴素的笔，留住的那些有血有肉的身影：一生都在拼尽力气活下来的女性秋园与之骅，那些小人物杨仁受、小泉、四老倌、兵桃、徐娭毑……

她的写作让我想到台湾的齐邦媛女士，逾80岁高龄、历时4年写成的家族史《巨流河》。从位于辽宁的巨流河到台湾的哑口海，"那立志将中国建设成现代化国家的父亲，在牧草中哭泣的母亲，公而忘私的先生；唱着《松花江上》的东北流亡学子，初识文学滋味的南开少女，含泪朗诵雪莱和济慈诗的朱光潜；那盛开铁石芍药的故乡，那波涛滚滚的巨流河，那暮色山风里、隘口边回头探望的少年张大非"——关于张大非，书中有令人疼痛的一段，"我永远记得那个寒冷的晚上，我看到他用一个18岁男子的一切自尊忍住号啕，在我家温暖的火炉前，叙述家破人亡的故事"。

我记住了这个年轻人，这个不幸而坚毅、26岁殉国的青年。如果不是齐邦媛女士写下了他，他的名字早已消散于历史的风中。而现在，他在《巨流河》中复活了，许多像我一样的读者知道了他，怀念着他，借此，也留住了他年轻的身影。

7

我重新审视自己对外婆以及父亲的"口述"的态度，也想到在儿子乎乎5岁时，我为他写的一本书《叠印》，记录了他成长中的林林总总——为何我对"成长"倾注了那么多记录的耐心？是作为一个母亲的私心吗？或是我觉得"成长"才值得记录，它伴随新的生命气象，其间万物似乎都浸透了可喜的颜色。成长，呈现出对阴影的对抗与对死亡的战胜。回顾,则是故纸堆里觅苍黄,那些颠沛、艰困,除去抒发当事者的心绪之外,有更外延的意义吗?

杨本芬老人用《秋园》的书写回答了这个问题。

意义在写下或讲述之时就同步完成着。从生命本体来说,一棵大树和一株芥草是平等的,正如卡尔维诺《看不见的城市》中的一段:

> 马可·波罗向忽必烈大汗描述一座拱桥,他一块一块石头地仔细诉说。
>
> "为什么你跟我说这些石头呢?对我来说只有桥拱最重要。"大汗说。
>
> 马可·波罗回答:"没有石头,就没有桥拱了。"

这个回答使每块石头都获得被注视的理由——尽管,常常只有桥拱能够被看见,无数石头匿在"桥"的形象中。

8

父亲在餐桌上总爱回顾桑梓往事,我听得心不在焉。某天,某个时刻,我意识到这回顾其实是父亲晚年生活里重要的盐,是他对一生的辨认,是曾发生过但已与他相分离的一切。

他说起他的祖父在世时,在兰溪城"南门"开着一家颇气派的水产行,每天会给他这个长孙买早点的钱,让他买大饼油条。每日傍晚,父亲站在门口迎祖父归来,只要听见巷子拐弯处传来长烟筒铜头触地的声音,他就大声喊"爷爷,爷爷!",祖父笑眯眯地从巷子那头出现,给他带"回汤大饼"或"回汤油条"(复炸过的大饼和油条),那滋味,又脆又香!

他说祖父过世后,家境每况愈下,早点钱没了,母亲在冬日用大坛子腌白菜秆、萝卜作为佐餐,他帮着母亲把菜挑到冰冷刺骨的兰江去洗。17岁,体重才80多斤的父亲离家从戎,乘上火车去往福建漳州,成为空八军一员,从此于故乡为客。

对父亲,这一次次的回顾成为联结他与童年、亲人与故乡的重要纽带。

这些讲述,远不及游戏对我的儿子乎乎的吸引力大。他目不转睛,拇指飞快,手机屏里有着闪烁的天体,呼啸的神迹,或许还有历史——游戏制作者以英雄角色去颠覆与重构的历史。

历史之于乎乎,只是中学课本里的一堆数字,又或是长辈们口述中的"忆苦思甜"。相比历史,让他更着迷的是传奇,那些闪闪发光的由科幻、智能以及物质加持的神迹。他直奔这些而去,一如他宣布人生最重要的就是享受生活。他自由而忠于自我,不喜欢沉重的、带有沧桑色彩的事物——譬如历史。

据说致力于美国家庭研究的几位博士根据一系列测试,得出一个结论:孩子对于家族史知道得越多,把握自己人生的意识就越强,"家族叙事"能为他们带来更有力的身份认同。

这就是古语说的"知来处,方知可去处"吧?来与去、历史与现实其实从不曾分开:一切历史都是曾经的现实,一切现实都将成为历史,如同光与影的关系。

而现实成为历史又是如此迅速。

家附近的省府大院随着一家大地产商的入驻开发,已面貌大异。曾经，主路旁的那条小路，我和幼时的乎乎时常走过的路，路旁的大树与灌木，啁啾的鸟儿、在院门外摘菜闲话的老人（他们大概像我外婆一样，常聊起"起头发始"的往事）、纵伸向前的青砖楼，墙角的青苔——随着新楼盘的崛起，它们都成为回忆了。只有拆除的楼房角落，苔痕依然，泛着荫翳色泽。落叶堆积成腐殖，化作植物幽深的根部。

前些天傍晚，走在省府大院，骑车而过的小贩叫卖着"家传酒糟鱼哦"，头发花白的小贩自行车后座缚一木箱，看去确有"家传"样子。我叫住他，购了一罐。"家传"，这个词透出一种久违而可靠的味道。

父亲送来的"铜钱包"也算"家传"吧，是用从老家金华带回的豆皮做的，各种馅料被包在小小的豆腐皮中，裹成方正一枚，入油炸至金黄，颇费工夫。它会从我这传下去吗？我完全没把握。外婆在世时，每年春节必做一道"鸡汤薯粉丸子"。她逝后，大家庭里再没人做过了。依稀记得外婆将开水冲进红薯粉中，用筷子搅拌均匀，捏成小灯盏状，下进滚热鸡汤中，煮至青灰透明浮起。那个滋味，是外婆家乡的味道，也是她留给后代的回忆——就此失传的回忆。

天际那抹夕照正如王维《山居即事》中的"苍茫对落晖"。近年，不知是否因为年纪大了，脑海间常会掠过些古诗句，"江湖夜雨十年灯""一蓑烟雨任平生"又或是"惆怅东栏一株雪，人生看得几清明"之类。这些诗句中，皆藏着一个个的人，不论时代，意绪相通。在命运的潮信面前，人是渺小无奈的，也是放旷洒脱的。这些诗句以前读，只觉文采好极，现在它们的浮现是因文采后的诗心——那种历练后的慨叹，是从士子到赤子的超越。岁月淘洗掉多少显赫与光艳，而这些诗句以及它们背后的历史与诗人身影，在漫漫时光中留了下来。

路前方，售价不菲的新楼群已快封顶，楼盘围墙外颇有气势地写着

"××传奇,再启新章",这些气派楼宇正是后工业化与现代化的写照。

淡淡月影升上半空。"古今同此月,照破世间人",这清辉照拂过多少代人,照拂过多少铭记与忘却?空气中飘过晚饭气味,油烟味翻着筋斗从窗户逸出,那是家常菜的味道。每个窗口背后,都有这个家的故事,以及家族的历史。它们有的被记录下,更多的则融进了土地、血脉与这寻常空气中……

9

"有一年我要离开南昌了,到省革命烈士纪念堂去看一看谢贤庆公的像,有个工作人员带我去,指着一排像说,最前面一个就是谢贤庆烈士。我看着他的像,心里就想,希望后代一定要记住他,他的血才算没有白流!"

如果没有谢阿姨的讲述,我不会知道外婆常提起的那位志士正是他。

个人记忆如同无数条错综的支流,这些支流有时并不会汇入文献史的汪洋,它们在野山河中涌流,闪动一点微光,或连微光都不曾有过,尔后消失……谢阿姨担心的也正是这种"消失"。她的急切不是因为生命临近终点,对死亡的惧怕,而是惧怕记忆随着她的离去而散佚,那些她父亲常提起的血色记忆与精神。

如此执念于"记住"对谢阿姨有什么意义?或者说,"记住"的意义究竟是什么?

"当一个社会中记得某件事情的人超过了一个数量,就可以称之为共同记忆。"写下、传播,正是把个人记忆转化为共同记忆的重要路径。

当诸多个体的记录聚合在一起,共同完成着一幅历史的真实拼图时,它们注释着孕育与分化，瓦解与发展。它显影着一切流变，如擎起一支支烛，照亮掩体的黑暗，从复数中指认那些曾鲜活而今消逝的个体，使他们不再是莽莽榛榛密林中的幽灵或幻影……

父亲打来电话，说十天后回故乡，参加兰溪籍战友60周年聚会，父亲让我给他订票。

"可能，这是战友最后一次周年聚了。"

是啊，他们都是奔80岁的老人了。我还想到孙崇政爷爷，好一阵子没和老人联系了。父亲说，他前两天才打过电话给孙爷爷，老人甚至还记得我儿子的名字。说来，孙爷爷今年已96岁了！我和父亲说，找个时间，我们去看看孙爷爷。挂电话前，我随口和父亲说，让他有空写写故乡的人与事。

一周后，父亲来我这，他从随身背的那只旧包里掏出一沓纸，约莫有三十几张。

"还没写完，这些写好的先给你。"父亲匆匆走了。我正要外出，到达目的地，等电梯时，我打开那沓纸——

"我的祖籍是浙江义乌倍磊村。据父母说，是由于老家发大水，我的爷爷带领一家人，外出逃难觅生，来到兰溪……"，父亲的钢笔字硬朗，有金戈之气。我的鼻子倏忽有些发酸。当口述转成书面语时，它有一种对家庭而言的重大与庄严。

往后翻，父亲为每个部分都取了标题，"我的父母""兰溪食物""故乡新年二三事"……红条纹的纸张有点儿发黄，纸上记录着父亲的故乡、童年、亲人，记录着他一生足迹的开端。

"故乡今夜思千里，霜鬓明朝又一年"，这沓纸上的文字，对77岁的父亲是又一次重返故园。

我把那沓纸叠好，放进包里。我会逐字逐句打出。这个文档，我会留给儿子，希望有一天这个少年能了解——写下这些的人，不仅仅是位慈祥的、常塞零花钱给他的外祖父，还是个曾热衷逃学、和伙伴们去"大云山"疯玩的少年；是1958年，他的小学班主任被打成右派，发配扫大街和厕所，他每次遇见却仍会站住，尊敬地叫一声"张老师"的学生；是在烈日下背负25公斤装备，长途拉练的军人；是写信给我母亲，信中常夹杂他写的诗歌的丈夫；是每年清明、冬至必回故乡给父母扫墓的儿子；是脾气急躁但能干的父亲。他是所有这些的总和，还是不止一次说起，死后要葬回故乡的游子。

我给父亲订了回金华的车票，此次参加战友聚会的有八十多位老人，而当年，1961年春天，从金华兰溪出发的新兵是二百位左右。

送父亲回金华的当天，收到《浮木》，这是杨本芬老人继《秋园》之后写的又一本书，仍然是写一群小人物。杨本芬老人在书序中写道："这是一颗露珠的记忆，微小、脆弱。但在破灭之前，那也是闪耀着晶亮光芒的，是一个完整的宇宙。八十，对一个人是个不小的数字，我也窥见我和死若即若离了。好在告别此岸之前，我以《秋园》，以《浮木》，留下了一颗露珠的记忆。"

选自《十月》2022年第4期

张瑞田

苏轼是如何渡海的

张瑞田

1963年生于吉林。中国作家协会会员、中国书协书法评论与文化传播委员会秘书长。先后在《中国作家》《上海文学》《散文》《美文》《读书》《文汇报》等报刊发表散文、随笔二百余篇。出版散文、随笔集多种。

苏轼的手札百读不厌，《渡海帖》尤甚。"轼将渡海""梦得秘校阁下"，两行沉甸甸的字，就像两个难解的谜语，结扎成两个奇形怪状的谜团，吸引着我，诱惑着我。

"轼将渡海"，是文学的夸张修辞吗？如果不是，他为什么渡海，何时渡海，是真的渡海，还是假的渡海？毕竟是一千多年前的往事了，海，给人的感觉会比今天汹涌，也会比今天惊骇，苏轼，不怕吗？

反复阅读《渡海帖》，知道了苏轼渡海的经过。这通手札是1100年6月13日，苏轼即将离开海南时写给梦得秘校的。梦得秘校，就是赵梦得，是苏轼1097年在海南澄迈见到的朋友，那一年苏轼60岁了，自惠州贬至海南儋州。苏轼屡屡被贬，只是往昔的贬谪之路有土可依，尽管路遥坑深，走在上面，心要踏实许多。往儋州，只能渡海，此前，苏轼没有渡海的经历，还历之年渡海，是一次什么样的挑战，不言自明。

写完《渡海帖》的苏轼，将要第二次渡海。有意思的是，他在海南澄迈登岸，见到了赵梦得，离开海南，在与赵梦得相见的地方留下了深情款款的《渡海帖》。我无数次凝望《渡海帖》，读文看字，心旷神怡，于是浮想联翩，苏轼是如何渡海的。一次是60岁渡海，一次是63岁渡海，两次渡海，给他留下了什么样的人生感受。

苏轼晚境堪忧，他成了朝廷与奸臣撒气的棋子，随便、随时流放到任何地方，似乎其中有许多乐趣。1094年，他被贬至惠州。两年后，他又被贬至儋州。苏轼有了不祥之兆。作为朝廷命官，他别无选择，只能听凭命运的摆布。1097年4月19日，苏轼离开惠州，第一站到广州，又从广州乘船到了梧州，然后再向南行，来到雷州半岛。在雷州，他再次见到被贬至雷州的苏辙，兄弟相见，百感交集，对世事多有忧虑。苏辙陪哥哥来到雷州徐闻递角场，准备渡海。眼下已经被海堤围拢起来、拥挤着红树林的徐闻递角场，在北宋年间是有名的交通要塞。南宋周去非在《岭南代答·边帅门》中讲道："汉武帝斩南越，遣使自徐闻渡海略地，置珠崖、儋耳。今雷州徐闻县递角场，直对琼管，一帆济海，半日可到，即其所由之道也。元帝时以海道闭绝，弃之。梁复置崖州。"南宋人赵汝适在《诸藩志》也有相同的记载："徐闻有递角场，与琼对峙，相去约三百六十余里，顺风半日可济。"尽管对这样的记载有疑问，毕竟是渡海，一定是惊心动魄的。

"一帆济海，半日可到"，周去非说得轻松；赵汝适更是轻描淡写，"相去约三百六十余里，顺风半日可济"，然而，渡海怎么会一帆风顺呢。面对"半日可到"的航程，苏轼忧心忡忡。从惠州到广州，见到了从刑部尚书任上被弹劾下来、时任广州太守的王敏仲，离开广州之前，他在给王敏仲的手札中悲凉地写道："某垂老投荒，无复生还之望，昨与长子迈诀，已处置后事矣。今到海南，首当作棺，次便作墓，仍留手疏与诸子，死则葬于海外，庶几延陵季子嬴博之义，父既可施之子，子独不可施之父乎？生不挈家，死不扶柩。……"此去海南儋州，苏轼没有打算活着回来。

徐闻县，由广东省湛江市管辖，已经是一座现代化的小城市了。宋代，徐闻盐业发达，经济繁荣，自然需要一个往来便捷的递角场，徐闻递角场就成了中国南部重要的交通要塞，许许多多的盐产品从这里走向全国、走向世界。徐闻与海南岛隔海相望，也是去往海南岛的必经之地。苏轼到达徐闻，苏辙为伴，兄弟之间依然会臧否时局，想当年，两兄弟在开封科考，成绩突出，宋仁宗看到了他们所写的策论，颇为自豪地说："朕为子孙得两宰相矣。"颇具讽刺意味的是，兄弟暮年，一个贬谪儋州，一个贬谪雷州。其实，个人的命运也是国家的命运，当年羽扇纶巾的栋梁之材，成为随意驱使的家丁，也预示了朝廷的没落。苏轼与苏辙的满腹箴言,不知对谁言说,他们只能在寂寥的海边洒泪哀叹,等待分别之日的到来。1097年6月11日,苏轼与苏辙在徐闻递角场辞别,他在儿子苏过的搀扶下,登上了一条木船。苏轼名闻天下,有面子,雷州、徐闻等地的地方官多有关照。在徐闻,时光难挨,那段复杂的情感经历,苏轼在他的《和陶〈止酒〉并引》一诗里记载下来了:

丁丑岁,予谪海南,子由亦贬雷州。五月十一日,相遇于藤,同行至雷。六月十一日,相别,渡海。余时病痔呻吟,子由亦终夕不寐,因诵渊明诗劝余止酒。乃和原韵,庶几真止矣。

时来与物逝,路穷非我止。与子各意行,同落百蛮里。萧然两别驾,各携一稚子。子室有孟光,我室非法喜。相逢山谷间,一月同卧起。茫茫海南北,粗亦足生理。劝我师渊明,力薄且为己。微疴坐杯酌,止酒则瘳矣。望道虽未济,隐约见津涘。从今东坡室,不立杜康祀。

读了这首诗,仿佛一千多年前的一幅生活场景浮现在眼前,湿热的海风吹着,四野漆黑一片,苏轼、苏辙夜不能寐,而天亮时分又是兄弟分别的时刻,他们心如刀割,尝尽了人生的凄苦。

苏轼搭乘的客船驶离了徐闻递角场,向对岸驶去。这一段生活,苏轼刻骨铭心,写下了许多情深义重的诗文。一篇篇、一首首读下去,想象苏轼在海上的航程,不断地自问,他搭乘什么样的客船,能够"一帆济海,半日可到"。

应该说,宋朝的海上交通有了一条清晰的线路,贸易需要,造船业和航海业得以发展,造船、航海技术也有了大幅度提升。自宋朝开始,中国海船异军突起，频繁穿梭在中国到印度的航线上。中国的海船宽大、稳定，设备优良，指南针的应用，保证了航船的安全，因此得到外国商人的青睐。北宋元丰元年（1078年），宋神宗派遣两位大学士出使高丽，命令明州招宝山船场建造两艘"神舟"，一艘名为"凌虚致远安济神舟"，另一艘名为"灵飞顺济神舟"，排水量达到500吨。宣和四年（1122年），苏轼辞世后的21年，宋徽宗派遣徐兢出使高丽，宋徽宗命令明州招宝山船场建造"循流安逸通济神舟""鼎新利涉怀远康济神舟"，每艘船舱分为三层，水手180人。徐兢与一班人马乘"神舟"到达高丽，引起高丽朝野震惊。在船上，徐兢有了切身的体验，他把自己看到的情景记录下来："洋中不可住，惟观星斗前迈。若晦暝，则用指浮针以揆南北。"也就是说，船员夜观星象，白天观太阳，阴天依靠指南针指引航行的方向。宋朝造船业和航海技术，由此可见一斑。

苏轼是被朝廷贬谪的"五品琼州别驾"，是个虚职，哪有资格乘"神舟"出行呢。不过，从北宋的造船技术与工艺水平来看，在大宋海上航行的船只还是有一些名堂的。也就是说，苏轼渡海，会有航海设备与航行技术保障。但毕竟是第一次渡海，内心肯定焦虑，望海而叹。这种感觉，既来自大自然不可预知的神秘，更多的是来自政治的淫雨腥风。远在开封的政敌欲置苏轼于死地，他们不顾苏轼年迈体衰，决然把他贬谪海外，苏轼当然懂。

我们不知道苏轼乘什么样的船渡海，与他同行的亲友除了苏过还有谁？他在船上的生活怎么样？读苏轼的《伏波将军庙碑》，看到了一点蛛丝马迹。这篇碑记中的一段陈述了苏轼渡海的所见所感："自徐闻渡海，适朱崖，南望连山，若有若无，杳杳一发耳。舣舟将济，眩栗丧魄。"苏轼渡海，有可能"一帆济海，半日可到"，但是，在大海上漂泊，他眼中的桅杆与风帆，一定是奇形怪状的，因此才有"舣舟将济，眩栗丧魄"之叹。的确，苏轼深陷精神困境，他到儋州后给宋哲宗写的《到昌化军谢表》有所表露："……并鬼门而东鹜，浮瘴海以南迁。生无还期，死有余责。臣轼（中谢），伏念臣顷缘际会，偶窃宠荣。曾无毫发之能，而有丘山之罪。宜三黜而未已，跨万里以独来。恩重命轻，咎深责浅。此盖伏遇皇帝陛下，尧文炳焕，汤德宽仁。赫日月之照临，廓天地之覆育。譬之蠕动，稍赐矜怜；俾就穷途，以安余命。而臣孤老无托，瘴疠交攻。子孙恸哭于江边，已为死别；魑魅逢迎于海外，宁许生还。念报德之何时，悼此心之永已。俯伏流涕，不知所云。臣无任。"苏轼的贬谪之路可谓波谲云诡。

苏轼一行在1097年6月11日夜抵达海南岛澄迈县，在通潮驿住一晚，便去琼州府城报到，履行相关手续，又回到澄迈，住在赵梦得宅院。从此，与赵梦得结下深厚的友谊。苏轼在儋州期间，赵梦得曾往开封、成都、许州等地，去看望苏轼的家人，带去苏轼的问候。对于赵梦得的真情，苏轼记在心里了。他书"赵"字榜书赠送，又为澄迈赵家大院的一个亭子题写了"清斯"，另一个亭子题写了"舞琴"。同时，还将自己书录陶渊明、杜甫诗的书法和自己的诗稿相送。苏轼在儋州的生活日趋稳定，心情开朗起来，他与赵梦得手札，邀请他一同饮茶："旧藏龙焙，请来共尝，盖饮非其人茶有语，闭门独啜心有愧。"赵梦得在苏轼心中的分量，于此可以掂量出来。

正如苏轼自己所说"宜三黜而未已，跨万里以独来"，他经历过无数风雨，他在荒凉的海岛克服内心的焦虑，抗争悲惨的命运，努力打开心扉，让光芒照射进来，他对未来还有憧憬。元符三年（1100年）四月底，宋徽宗下诏书，苏轼以琼州别驾的官职移廉州安置，他长长喘了一口气。这一年宋哲宗驾崩，赵佶继位，是为徽宗。宰相，也就是苏轼政敌章惇大权旁落。接到诏书，苏轼整理行囊，六月十日离开儋州，在澄迈落脚。来时澄迈，去时澄迈，苏轼神伤，看到澄迈的一景一物，尤其是刚到海南所住过的通潮驿，给了他无尽的想象，遂吟诵《澄迈驿通潮阁二首》，其一："倦客愁闻归路远，眼明飞阁俯长桥。贪看白鹭横秋浦，不觉青林没晚潮。"其二："余生欲老海南村，帝遣巫阳招我魂。杳杳天低鹘没处，青山一发是中原。"

即将离开海南岛，与友人一一辞别。他当然想与老友赵梦得见上一面，约定下一次的见面时间，可惜，赵梦得不在澄迈，他提笔给他写了一通手札："轼将渡海，宿澄迈，承令子见访，知从者未归。又云，恐已到桂府。若果尔，庶几得于海康相遇；不尔，则未知后会之期也。区区无他祷，惟晚景宜倍万自爱耳。匆匆留此纸令子处，更不重封，不罪不罪。轼顿首，梦得秘校阁下。六月十三日。"

"轼将渡海"，此札被称为《渡海帖》，语言素朴、沉郁，字迹"囊括万殊，裁成一相"，是中国书法史上一道耀眼的光芒。写完这通手札后的第七天，苏轼再一次渡海，他从澄迈上船，在徐闻递角场登陆，结束了平生最后一次贬谪。徐闻递角场，也是苏轼刻骨铭心的地方，一来一往，他就来了诗性，于是我们读到了他的七律《六月二十日夜渡海》："参横斗转欲三更，苦雨终风也解晴。云散月明谁点缀？天容海色本澄清。空余鲁叟乘桴意，粗识轩辕奏乐声。九死南荒吾不恨，兹游奇绝冠平生。"

两次渡海，增添了新的人生体验。对于文人来讲，这是磨难，也是成长，但更多的还是磨难。苏轼到廉州，依惯例，给宋徽宗写了《移廉州谢上表》，不久，继续北返，1101年5月至常州，在这里仅仅生活了48天就离开了人世。他的在天之灵会听到海鸥的鸣叫，海浪的咆哮。

选自《光明日报》2022年5月6日，《新华文摘》2022年第14期转载

王开岭

静止的
春天

王开岭

作家、媒体人。历任央视《社会记录》《看见》等节目主编。曾获第十六、十九届百花文学奖及在场主义散文奖等。著有《激动的舌头》《跟随勇敢的心》《精神明亮的人》《古典之殇》等散文和思想随笔集。

一

怎样才算拥抱过一个春天呢？

我觉得，有一道仪式不可或缺，它须在某个春日里发生，否则，你的春天即不合格，就像洞房花烛之于一桩婚事。

> 暮春者，春服既成，冠者五六人，童子六七人，浴乎沂，风乎舞雩，咏而归。

孔子师徒留下的这番话，在我看来，堪称春天的一道谕旨，亦是对"春"最美的广告和代言。它督促你，莫负明媚春光，到户外去，敞开身体，沐浴天泽，领取那一年一度的大自然福利。

惜哉，2020，我有负这天意了，我们。

那是一场只能叫作"等待生活"的生活。

在一只鸟眼里，那春天并无殊异，山川依旧，星光依旧，杨柳依旧，仍堪称岁月静好，它唯一的好奇是：怎会这般寂静，这般空旷？人群呢？喧声呢？车水马龙呢？天上的风筝呢？

是的，人类第一次把自己关进了笼子里。除了房舍，人类把地盘最大限度地还给了野生动物。水里的鱼多了，林中的兽多了，天上的翅膀多了，曾见新闻视频：在欧美一些城镇，熊、鹿、獾、野猪们，大摇大摆地信步街头，那模样不像闯入者，倒像归来者，像合法业主在巡视自家的领地，在检阅自己治下的动物园。

看那些颤晃的镜头，感觉有点怪，后来醒悟：那是囚徒的视角啊！

那是失去自由的人,在羡慕铁窗外的世界。

是的,这是一场仅限于人类的不幸。

对于人间,对于自负的地球文明,这是个怎样的春天呢?

一个寂静的春天,一个蒙面的春天,一个惨烈的、牺牲的春天,一个彼此呼唤又充满敌意、同病相怜又相互诅咒的春天。

2019年岁末,在圣诞福音和爆竹声响起时,谁也不承想,人类会开启这样一种极端生活——

世界成了一座巨大的病房,无数的呼号、无数的惊悚、无数的悲鸣,从各个角落,从千万间紧闭的窗户里飘出……瑟瑟发抖的我们,无从辨识,只能把一切消息翻译成坏消息,翻译成梦魇和世界末日。

那是地狱模式的地球,那是灾难电影里的人间。那个熟悉的世界变得扭曲、抽象,像一个酷刑下的巨人,因剧痛而狰狞。

在最初的眼泪和温情之后,在仓促的悲悯与慈悲之后,人们开始相互厌恶和指责,谣言、口水、怨声、戾气……发泄、攻讦、栽赃、羞辱……政客的粗鄙、族群的殴斗、资本的冷漠,还有逻辑的变形、价值的坍塌……

比肉体受难更深的,是理性和信仰,是文明和常识。

那是怎样一幅世界地图啊——

爱与恨一样多,祈祷与诅咒一样多,感恩与怨恨一样多,呻吟与谩骂一样多,理智与癫狂一样多,悲剧与闹剧一样多。

我们前所未有地看清了时代的真相,它的虚弱、迷狂,它的撕裂和藏污纳垢,它的极端和自暴自弃……

我们目睹了人类最深重的愚蠢和昏昧,见识了语言所能织出的最丑的脏话与谎言，我们窥见了人性所有的褶皱和棱面，它的溃烂和闪光……

我们见证了有史以来最伟大的良知和牺牲，那些扑火的白衣飞蛾，那些背负氧气和药瓶的逆行者，那些服务真理并清晰吐出每个字眼的人，那些值守病榻为临终者安魂的祈祷士……他们履行的是神职，是使徒的角色。他们以"保卫生命""保卫生活"之名，宣誓着这个星球上最后的力量、道德和美。

我们挣扎，但不绝望。

想起了斯蒂芬·茨威格，那个高贵、敏细和忧郁的人，那个曾用尽全力和深情来生活的人。

那个春天，我又翻开《昨日的世界——一个欧洲人的回忆》，这是一本告别的书，一个人对世界最后的审美与幻灭。

他动情地追忆了自己的青春，20世纪初的欧洲，那个以安逸与创造、自由与艺术为标签的时代，那是维多利亚的文明之巅，那是欧罗巴的迷人之夜，蓬勃、平和、温煦，这种气候和秩序，让一切理性主义者和浪漫主义者皆感舒适。"暖风熏得游人醉"，大家甚至开始厌倦这种恬静和柔腻……可谁承想，这竟是落日前最后的光辉，是断崖之上的峰顶驻足！接下来，两次世界大战，经济凋敝，贫困饥馑，政治瘟疫，意大利法西斯，希特勒神话，族群仇恨与暴力美学，纳粹集中营，国家主义的狼烟，排山倒海的民粹，疯狂地吞噬理性和肉体，绞杀自由与道德……

人类的微笑冻结了。

这对于一个优雅的绅士，一个宁静的和平主义者，一个在性情和经验上都不熟悉野蛮的人而言，是何等残酷！

"一个人必须服从国家的要求,让自己去当最愚蠢的政治的牺牲品,使自己和共同的命运绑在一起。"

"我在战前享受过最充分的个人自由,现在却品尝到了数百年来人类最大的不自由。"

他失去了物质和精神的故土,沦为荒海一桴。

他在巴西靠岸,并以此为终点。

在那封深夜遗书里,他和夫人祝人类好运——

  对我来说,脑力劳动是最纯粹的快乐,个人自由是这世上最崇高的财富。我向我所有的朋友致意,愿你们在经过漫漫长夜后迎来灿烂的朝霞,而我这个过于性急的人,先你们而去了。

于世俗,这是个牵强和费解的理由,但于一个唯美和诗性的人、一个守护内心秩序的人,则很容易成立。

他不仅热爱生活,他更致力于活在一个光明的世上。

而他的那份祝福,至今活着。

二

我的印象里,这个春天似乎只有时间,没有空间。

哪怕在时间上,它也和寒冬粘在一起,像块冰坨。

作为春,她的脸竟苍白得没有一丝红润。

整个春天,我滞留山东老家,原本回去陪母过年,不料一待就是三个月。

春节刚过,家乡的郊区暴发了一起监狱疫情,近两百例感染,还上了央视新闻……

你能觉出,小城猛地颤抖了一下。

一夜醒来,大街小巷,马路天桥,路面上的事物全消失了,仿佛退潮后的沙滩,只剩鱼腥和浪沫。各小区门口扯起了绳索、篱栅、标幅,皆有捍卫最后一方净土之意。

它取消了道路,取消了步履,取消了一个人通往另一个人。

墙,无所不在,连空气似乎也变成了砖,被用来砌墙了。每家每户自成堡垒,并因此获得一种安全感:你是清白的。

你被无边的空寂所占领。

窗外即马路,但罕闻车辆声,尤其夜里,一丝响动也没有,恍若置身荒野。你盼着有意外发生,比如,一辆车由远而近驶来,哪怕是大货车的轰隆声,哪怕是急刹的擦剐声。

静,干枯的静,憔悴的静,茧房里的静。

"在做什么呢?"

手机里收到最多的话。

是问候,是探视,也是无聊和空虚,是同病相怜者在交换目光,是无意义者在寻找意义。

是啊,那个牢笼里的春天,你,在做什么?

每天在家具中间踱步,如笼中兽,起初还有"奔""走"之意,后来,身子越来越滞,如同被粘住,成了家具中的一员。

微信朋友圈里看到,有人在跑步机上漫游,有人借视频连线对酌,有人用望远镜逛街……

寓所是一幢临街楼，东西向，隔着马路，是当地的博物馆，院子里有两处古建：一栋叫"声远楼"的古钟阁，一座九层的铁铸佛塔，皆造于北宋。逢雨天，雾珠迷离，醉眼蒙眬，影影绰绰中，总让我想起那句"南朝四百八十寺，多少楼台烟雨中"……

这画面大大缓解了我的焦躁和寂寞，让我浮想联翩，遁入另一时空。

9岁的儿子在上网课，背的是朱自清的《春》——

盼望着，盼望着，东风来了，春天的脚步近了……

我也情不自禁跟出了声，隐隐动容。

春，我知道它来了，它已悄悄爬上了窗台，那是灰白枝杈上的润青，那是流苏一样的杨树穗，那是越来越密的鸟雀啁啾声……

但它和我隔着墙，隔着护栏和玻璃，有些生分。

这不是我想要的春。

我要的是可触可染、耳鬓厮磨的春，是"出门俱是看花客""人面桃花相映红"的春，是"傍花随柳过前川""斜风细雨不须归"的春，是"春风十里扬州路""乱花渐欲迷人眼"的春，是"陌上花开，可缓缓归矣"的春……

身在茧房，你尽可"小楼一夜听春雨"，但难及的是下一句"深巷明朝卖杏花"。

这两者合起来才是春，春之身，春之心，春之事。

我最饥渴的，其实是阳光。

东西向的楼房，最大困扰是光照，一天里，被太阳直射的机会只有两次：朝阳和夕照。

足不出户，对于小孩子来说，是一件残酷的事。

他在长身体，他需要晒太阳，他需要合成维生素 D……

每个黄昏，赶在太阳落山前，我打开后窗，叫儿子过来，让他踩上一只高凳，撸袖敞领，尽可能裸露肌肤，去追一天里最后的紫外线。

天冷，每天十分钟。

儿子兴奋地问：这算不算夸父追日啊？

自此，一个儿童踮着脚、伸长脖颈看夕阳的画面，就定格在了我的脑海里。至今，闻某地疫情封控，我的第一个念头就是小孩子如何晒太阳……那幅画，像弹窗一样跳出来。

那些天里，我最羡慕的，是楼下门口的执勤大妈，红袖章，测温仪，别人坐着，她不，大踏步地折返走，大弧度地甩胳膊，阳光亲热地缠着她，虽蒙着口罩，我仍能看到她满脸的红润。

三

年末，在北京一场读书会上，主持人问嘉宾：2020 年你最难忘的事是什么？轮到我，我说是 4 月的一天，在山东老家，在室内闷了三周之后，我做出一个决定：带 9 岁的儿子下楼去，去走马路！去晒太阳！去看春天！

那个午后，我们出发了。

一出户，明晃晃的光扑上来，人犹如撞在了玻璃上，眯起眼，一股暖流涌贯全身，我幸福得一哆嗦：啊，太阳神！

儿子冲着地面直跺脚，像踩着了什么稀罕玩意儿。

没有车，马路阔得惊人，像一条大河遗下的枯床，无声无际。忽然想起2003年"非典"时的北京街头，也是春天，一样的冷寂，一样的空荡，一样的沉默……你坐过空无一人的地铁吗？是的，我坐过。十七年了，本以为那样的春天和大街永远不会再有了。

除了主干道，所有巷口皆封，商铺闭户，公园自然也去不成，我们选了朝阳的一侧，慢悠悠，无目标地走。

空气清凉，风有微棱，父子俩挽起衣袖，摘掉帽子围巾手套，仰起脸，虔诚地，像朝圣者那样，把自己献给太阳。

儿子蹦蹦跳跳，他觉得很梦幻，整条大街都是他的，仿佛掉进了乐高城市……

忽然，不知从哪儿冒出一男子，迎面走来，他，脸上竟一丝不挂！你怔住，身子发紧，拉响了警报。和你一样，对方略有迟疑便做出了反应：提前变道，像车辆紧急避险那样。

你捉紧儿子的手，疾步掠过。

那人的身影，也像是逃走似的。

儿子频频回头，似乎舍不下这路人。

我能不戴口罩吗？儿子跃跃欲试。

不是每个人都有口罩。你警告他。

你有点羞愧，为方才对陌生人的心思。你发现自己的目光变成了一名警察、一个审判者，不仅虎视眈眈，甚至有举报和指控的意味。

口罩是一层纱、一面盾，有时也是一堵墙、一座山。

你未曾料到，在不久之后，一具躯体对另一具躯体的戒备和敌意，将成常态。

在生物界，完全可信赖的，或许只剩下草木了。

沿着阳光导航的直线，我们走了很远，终于，在一个十字路口的拐角，激动人心的事物出现了——

红色！粉红！是桃花！

一声欢呼，父子风一样追上去。

红晕的枝条，像女子的纤臂，从松塔后懒懒地伸出。

一盏盏，一朵朵，一瓣瓣，那桃色，清澈，灼热，羞涩，像胭脂，像朱唇，像恋情。

情不自禁摘下口罩。

刹那间，一缕清风冲进鼻腔，那股消毒水、无纺布的味道没有了，那股在肺里盘踞了很久的化学味。

我张开嘴巴，大口地深呼吸。

儿子很兴奋，凑上前，贴住最近的一簇，贪婪地，使劲吸鼻子，那花瓣颤了一下，我几乎听到一声尖叫……

哎，轻点，别把她弄疼了。

哦，留点花香，给蝴蝶，给蜜蜂……

"村南无限桃花发，唯我多情独自来。"

这是今年我注视的第一株花，于她，不知算不算"初见人"。

这个春天，最寂寞者恐是野外的花了，没有目光和脚步，无人赏，无人宠，无人折……

人面不知何处去，春花无主向谁开？告别她，我们继续走，在一处河畔，遇到了垂丝海棠，还有迎春花，还有两行绿水荡漾的烟柳……

那个明亮的下午，是我们的节日。

晚上，儿子写作文，提到了与花的亲热，我略改两字——

"摘下口罩,我闻见了春天的味道。

"而春天,看见了我的脸。"

我说,儿子,你会写诗了。

终于,夏天来临时,我穿着冬天的衣服回到了北京。

乘高铁前,遵专家提示,N95口罩、乳胶手套、护目镜,儿子全身披挂,像个盔甲武士。

临走,我还做了件事:去街角的小卖部,叮嘱店主一声,往后别再进某牌子的香烟了。那是我请他上的货,本地人不抽它。

我把剩的两条都拿了,拆开一包,请店主尝。

俩人摘下口罩,算是正式照了面。

他嘬了一口:"这烟软,劲小,你是外地来的?"

我点点头。

回京后连续多日,我和儿子天天冲下楼,去广场,去公园,踢球,骑车,撒欢,除了吃饭睡觉,不舍得回屋里。

我们以一种近乎复仇的方式,索取露天里的一切,阳光、风、叶子、鸟虫……

月季在开,鸢尾在开,木槿在开。

苹果、桃树、山楂,忙着坐果。蝶纷飞,蜂嗡叫,阳光刺来,我眯起眼,流下几滴泪。

我知道,生活暂时回来了。

我知道,许多人留在了春天里。

四

"瘟疫是如此残酷,它惩罚的竟是自由与亲密。"

整个春天,除了这句话,我没有任何写作。我把它发在了私人微博上。

这个蒙面的春天,你可曾遇见一张生动的脸?可有一份明灿的笑让你春意盎然?

这个牢笼里的春天,寂寞者,除了花开花落,还有女子的容颜。

网友笑曰:大街上终于寻不见美女了!口罩面前,人人平等!

他不知道,这是春色最大的损失。

和花儿一样,没有爱慕,没有目光的饲养,容颜会枯萎。

据说女士们都懒得化妆了。

是啊,当无纺布成了人的另一层肌肤和表情,美貌即显多余了,她们被打入冷宫,犹如冰箱里的水果。

在平等面前,我们停止了对脸孔的想象与探索。

这是审美的灾难。

有什么能抵御悲剧与虚无、死亡与恐惧?

除了宗教,恐怕唯有爱情了。

那个禁足的春天,那个面壁的春天,备受煎熬、亏损最重的,恰恰是浪漫与爱情。

私以为,没有"旅行",即没有爱情。

(我指的是爱情的发生,并非它的维系和保养。)

爱情，是一个人"出远门"的结果，像着床的蒲公英。

没有身体的移动，没有灵魂的飞行，没有目光的漂泊，即无爱情之奇遇。和留在故乡的亲情相反，爱情是"异乡"的产物。从起点上看，所有爱情都是突发，是意外，是陌生场景下的哗变，是生命被打破某种稳定、失去平衡的表现，是一种由异性掀起的热浪、一种空前的喜悦和震颤……较之友情的舒适、亲情的安全，爱情充满惊险和动荡，它意味着，你踏上了一条激烈和颠簸之路，赴汤蹈火，身不由己。

爱情是一个事件。它首先是一个视觉事件、身体事件，然后，才是一个美学事件或灵魂事件。

一个人，若停下脚步，就不会发生爱。

我相信，那个春天，人间的浪漫少了许多。一见钟情的故事，很难上演。

它删减了行走，取缔了远方，解散了人群，阻止了邂逅。

它拦截了一个人走向另一个人的冲动。

它叫停了激情。它把"间隔"定义为舒适与安全。

它警告一切和亲近有关的诱惑，比如握手、约会、依偎、爱抚……比如影剧院、咖啡馆、酒吧、舞厅、沙龙……

这些，被视为地狱的开关。

它改变了身体之间的关系，颠覆了那种天然的向往和信任，它不仅把身体打造成一个个碉堡，戒备森严，门户紧闭，还使之相互拒斥，充满敌意与憎恶。

那种距离，那种冷漠，就像在山林里，一只野兽撞见另一只野兽，彼此敬畏，又相互恐吓。

那个残酷的春天,最受虐的,莫过于情侣,尤其是异地之恋。

那些天各一方的情侣,那些不同空间的热恋中人,相爱却不能相拥,闻语却不能面对,即使同城,也要忍受天堑之隔,犹若当年的"柏林墙"。

他们是2020版的"牛郎织女"。

电话和视频,只能缓解对"存在"的焦虑,却暗暗加大对"实体"的饥渴。友情和亲情不依赖实体,爱情则不然,它需要目光,需要体温,需要抚触,需要鲜活的实体,它试图消灭一切距离,包括缝隙。

看到一组照片:在德国和丹麦的边境线上,隔着铁丝网,两位老人热目相对,手温柔地握在一起。老爷爷在德国,老奶奶在丹麦,两人恋爱已有一年,疫情暴发,边境封闭,老爷爷每天骑车8公里来此处,他们读报聊天听音乐,眼含幸福,直到夕阳落山。

网传,在一湾之隔的深圳和香港,有不堪相思的情侣,竟循着当年私渡客的足迹,攀上相邻的山头,来到最近的滩涂,对着依稀的人影,挥手呼唤,或在望远镜里相看泪眼。

又看到一位西方艺术家的画作:疫情下的街头,两个火热的年轻人忘情拥吻,而身体一侧,是两具搂抱着坍塌的骷髅。寓意很明显:激情,在死神的注视下。

如果这幅画需要一个名字,我想称之为:哭泣的身体。

是的,它们在哭泣,那些凋零的身体,那些失散在异乡的身体,那些在孤独中日渐憔悴的身体,那些在生疏中火苗渐熄的身体,那些被淡忘和失去信任的身体……

它们呼唤完整,呼唤热焰,呼唤欣赏和赞美……

是的，人类身体里的微笑正在流失。

自由、亲密，这世间最美好的东西，也是最后之际才不得不放弃的东西，再后，就轮到生命了。

我丝毫不敢嘲笑那些拼命活和拼命爱的人，那些奋然不顾去维系日常生活的人。那是一种不怕死的"贪生"。

那种不愿意同往常分手、与旧时光恋恋不舍的样子，多像一个孩子——他拒绝丢下自己的玩具！

我为之动容。

"生活"和"活着"，是两回事。

五

午后，照例去日坛公园散步。

途经一片使馆区。

一座座围院，栅门紧闭，明明是前庭，厚厚的落叶却给人一种后院的感觉，且是废弃的那种。没有风，各色的国旗垂耷着，写满了颓唐与乡愁，我想起了那句"寂寞梧桐，深院锁清秋"……

入园，"北京健康宝"扫码，广播里用中英文提示戴好口罩、保持社交距离。

银杏一片橙黄，天空蓝得感人。

忽然，排椅上的背影吸引了我。

一对情侣隔着口罩轻轻触面，女孩仰着头，阳光吻着她。这让我想起了一幅照片，2003年，北京"非典"期间路人抓拍的，流传甚广，我做节目时还用过，它和眼前情景一模一样，连衣着和神态都像。

转身欲去，忽听女孩的一声叹息——

"好想回到那个不戴口罩的时代……"

心里"咯噔"一下，她用了个词：

时代。

选自《散文》2022年第5期

汗漫

白马
湖记

汗漫
―――――――――
著有《一卷星辰》《南方云集》《居于幽暗之地》《在南方》等。曾获人民文学奖、孙犁散文奖、琦君散文奖、雨花文学奖等。现居上海。

1

俞平伯弯腰从后门进入教室，坐在一个学生旁边的空位上。那学生侧过身，对这穿长衫的陌生人点头微笑，又扭头沉浸于讲台上那个先生的授课之中。

"我们春晖的校舍里最多的就是湖水，三面潺潺地流着。其次是草地，我从拥挤、局促的北平、上海、杭州，再到空旷的春晖，就有莫名的喜悦。"

学生们笑了。这么抒情的先生，让他们喜悦。

俞平伯也笑了。讲台上，这一个平素寡言的友人，蓦然脱离剑鞘的哑寂，闪露出光芒了。俞平伯压抑自己的身子，避免使那个沉浸在思辨与言说中的讲课者受影响。

"白马湖的水很自由，我们先生、学生也应该是自由的，顺其天性，加以自然界的陶冶，趣味才会纯正。当然，现代生活的中心是城市，是杭州、上海、北平。乡村生活里的修养能否适应城市？这似乎是一个问题。我们可以通过旅行、社会调查，来体会城市生活——下周末，我带你们去西湖边，与浙江第一师范的同学交流，好不好？"

浙江第一师范青年教师俞平伯，小声附和学生们的回答："好！"下周末在杭州交流，是俞平伯与讲台上的先生约定的事情。他拟好了一系列接待春晖师生的行程，包括游湖、祭拜岳飞墓、座谈、开一个新诗朗诵会，等等。

"我觉得，在春晖学习，在白马湖生活，可磨炼承受寂寞的定力，也能培养人与自然相一致的美，对不对啊，同学们？"学生们朗声赞同："对！"讲台上的先生躬下微胖的身子，喝一口茶水，掏出手帕擦汗。

俞平伯又笑了，想起自己的散文《桨声灯影里的秦淮河》中对这位先生的调侃：

> 河房里明窗洞启，映着玲珑入画的曲栏杆，顿然省得身在何处了。佩弦呢，他已是重来，很应当消释一些迷惘的。但看他太频繁地摇着我的黑纸扇。胖子是这样怯热的吗？

那是去年八月的事情，黑纸扇似乎也送给了佩弦——讲台上这一位长他两岁的兄长，北京大学同学、杭州一师前同事、《诗》杂志同仁，未来清华大学中文系主任、西南联大中文系主任。

三月小阳春，天气有那么热吗？俞平伯看看门外发芽的柳树，再看看讲台上年仅27岁的佩弦，有所悟：这是一个热烈的人啊。看看他讲台上的一叠教案、学生作业，再看看学生们专注的表情，就知道需要投入全部身心，才能让一堂中文课像春夜喜雨，"润物细无声"。

"今天课外阅读作业，是咱们校刊《春晖》节选、夏丏尊先生翻译的《爱的教育》。亚米契斯的这部书，值得一读。上学为什么？升官吗，发财吗，作军阀吗？不，为了学习爱——爱自然，爱国家，爱友人，爱我们的每一天、每一秒。有爱的能力，才不辜负这一生一世啊，同学们。下周末，我们在杭州座谈读后感，好不好？"

俞平伯又小声附和学生们的回答："好！"

下课铃声响起。俞平伯起身朝讲台走去。佩弦正在回答几个学生的问候或求教，抬眼看见俞平伯，笑了。两个人紧紧拥抱，丝毫没有顾忌周围学生惊奇、兴奋的眼神。他们上次在杭州见面，仅仅是几天前的事情。佩弦问俞平伯："坐火车来的？我听见火车声音，就想：今天有客人来访吗？走，夏先生今晚请客，子恺兄也在，一醉方休！"

穿过校园，越过春晖中学后门外的木桥，沿一条煤渣路，两个年轻人朝夏丏尊先生家的平屋走去。

周围青山如大象。湖水舔舐岸边野草，酷似白马的嘴唇在咀嚼晚餐……

这是1924年春的一天。佩弦者，朱自清也。

2

近百年后的这一个秋日，我坐在春晖中学校园里。

朱自清当年上课的仰山楼，是一座中西合璧的两层建筑，现成为春晖校史馆。其内，陈列着自编的教材、教具、校园模型、学生作业、半月刊校报《春晖》、杰出校友成就说明、师生著作，等等。一系列老照片，定格了来校教书、演讲、考察的众多名人的青春：蔡元培、何香凝、黄炎培、舒新城、张大千、黄宾虹、胡愈之、张闻天、陈望道、叶圣陶、李叔同、丰子恺、朱自清、俞平伯、朱光潜、柳亚子、刘大白……

这基本上是一个生长于南方、深刻影响中国文明进程的知识分子阵容。比如，陈望道，1920年，将日文版《共产党宣言》翻译为白话文，以汉语的修辞之美和感染力，让普通工农也能入耳入心。北伐军士兵人手一册，像握着一盏革命的路灯——华夏神州的觉醒与巨变，从翻译所带来的新语汇、新句法、新逻辑开始了。

近代以来的中国史，就是自南而北推动变革、再自北而南一统江山的历史，从洋务运动、辛亥革命到共产主义运动，无不如此。这或许与东晋、南宋、南明及抗战时期历次南渡有关。精英阶层经历一番番重创离散，在南方生养、蓄力，对中国的局面静观洞察，再适时发声、北上。从晚清到民国，众多知识分子在南方演说、讲学、制造舆论，让清廷和军阀不安。比如，梁启超，在上海创办《时报》，创造出"中华民族"这一崭新词汇，探索出一种半文半白、且叙且评的新文体，"纵笔所至不检束"。南方不仅仅向北方输送食粮、布匹、木材、瓷器、机器、文人画、通俗小说、海外消息，也提供着一代代士子、质疑、叛逆、曙光。

在新生的民国，在远离上海、杭州的偏僻越地，一个乡村中学，如何能吸引众多名人、教育家次第乘汽车或火车在驿亭站下车，步行数公里来到白马湖边，授业、解惑、栖息身心？原因大概如下：

第一，春晖中学1921年的初创者、出资人陈春澜，幼年家贫失学，后做学徒，渐渐谙熟经商之道，办货栈，开钱庄，成为名闻江浙一带的富商，思想开放，财力雄厚，足以支撑一系列富有新意的教育活动，比如各类学术论坛、演出、师生社会考察、理化学科实验等等。

第二，首任校长经亨颐，一个有世界眼光的教育家、思想者，与廖仲恺、何香凝是儿女亲家，在政界、文化界的影响力可想而知，故能邀动众多非凡之士来校工作、交流，新风新雨扑面来。

第三，春晖中学校训为"与时俱进"，教育方针为"实事求是"，训育理念为"勤劳简朴"，契合于"做人与做事相结合、自由与责任相融会"的现代人才教育观，强烈吸引远近学子入读春晖，即便抗战期间亦不息不辍，终成就"北有南开，南有春晖"之美誉。

在五四运动试图用科学和民主唤醒中国的时候，白马湖、春晖中学，以一个出人意料而又合于逻辑的南方乡村角度，让20世纪20年代以来的人们，振拔复深思。

目前，春晖中学已成为白马湖旅游景区的一部分。进入校园，忐忑门卫漠然瞥一眼，大约把我当成一个教师、家长或清洁工了。

这是一个周日的下午，校园安静。广播里轻柔播放着孟郊作词、丰子恺作曲的校歌《游子吟》，以及李叔同填词的毕业歌《送别》。一届又一届春晖学子，在开学典礼、毕业典礼上诵唱："谁言寸草心，报得三春晖。""一杯浊酒尽余欢，今宵别梦寒。"一个乡村学校，有无限的爱意深情可供抒发。眼下，似乎进入叙事、反讽的时代，连"抒情诗"都成为一种被嘲笑的文体。

偶有返校学生拉着行李箱走过校园。足球场上，一男生正独自踢球，在虚空中模拟出一个个对手、一个个疑难，闪、防、逼、转身、抢、穿插，最后呈现一记漂亮的射门。男生攥拳仰天做欢呼状，倒在地上……一代又一代学子，在为未来的、世界的、中国的惨烈竞争，练习谋胜的意志和步法。而我大致上已知道个人的结局和得分。渐渐离开主场甚至客场，坐在边场、看台乃至云端，为新青年们鼓掌、欢呼或沮丧。

但身处春晖中学，尚能假装前景广阔。那些隐秘的大师，引领我，朝着美和爱的方向奋发。

3

春晖中学后门外那一座木桥，已改建成石桥。我在桥上站了站，沿一条早年的煤渣路变形而成的水泥路，朝夏丏尊先生的家"平屋"走去。步姿与心境可能更像朱自清。我也比较胖，爱出汗。

相较于俞平伯的雅正、博识，我更喜欢朱自清的自然、清简。独自走着、看着，想着从前的人和事，这个秋日下午，比1924年春天的那个下午，都显得孤单。

李叔同先生的"晚晴山房"，正在装修，电锯声声急。丰子恺的"小杨柳屋"门前，没有杨柳。朱自清故居也在装修，门敞开着，油漆气味刺鼻。我敲了敲平屋的黑色门扉，无人应答。夏丏尊在1946年搬到平屋后面的山脚，长眠于松风秋色中。

夏丏尊一辈子从事教育、出版和文学创作，无文凭。出生于上虞一个教书先生之家，15岁考中晚清时代的秀才，入上海中西书院接受现代教育，后因学费匮乏辍学。替父亲在私塾授课，阅读新思潮书籍和报刊，受触动。1905年借款赴日本求学，费用枯竭，归国。因才华卓越被教育界接纳，先后受聘于湖南第一师范、浙江第一师范、春晖中学、浙江省立四中、上海暨南大学、上海南屏女中任教，尝试教育改革，培养现代中国迫切需要的知识分子，而非奴才、犬儒、山林高士。

其中，在浙江第一师范供职时间最长，达12年之久，夏丏尊力图以教育改变这不合于人道的世界。主动承担起清高者避而不为的舍监职务，一早就督促学生起床、上课，晚上为学生掖被子、关灯，节假日提醒外出学生早归、不要醉酒。学生财物在宿舍被盗，他绝食数日，以示自责自戒。其教育方式被学生誉为"妈妈的教育"，其实就是爱的教育。

1922年，夏丏尊来春晖中学，继续"妈妈的教育"，年龄才36岁。

春晖中学实行男生女生混合上课，建立学生选择导师制度，在当时教育界属开先河之举。夏丏尊和受他影响来校任教的朱自清、丰子恺、朱光潜等人，把春晖中学作为现代教育试验田：编印半月刊《春晖》，培养学生编辑、学生记者；举办师生演讲比赛，鼓励思想交锋和口头表达；废除体罚，相信每个孩子都可以成为善者、英才；支持学生建立文学社等社团，自我治理，多维交流……

"彷徨于分叉的歧路，饥渴于寥廓的荒原"，少年的现状与前途，无人关心注目，"是一件怪事和憾事"——三年后，夏丏尊移居上海创办《中学生》杂志，在发刊词中如此感慨。后来，创立开明书店，把教育、出版、写作结合起来，为那些"歧路与荒原"上的孩子点灯、汲水、提供食粮。其他名师随后相继来校任教，春晖中学教育变革的主流未变。夏丏尊也常常自上海回平屋小住，与师生们保持交流。

在平屋，深夜，夏丏尊先生翻译亚米契斯的长篇小说《爱的教育》。完成一章，就请隔壁朱自清、丰子恺来喝酒，讨论译本修改意见。喝的自然是黄酒，下酒菜自然是印糕、霉千张、臭豆腐一类越地小吃。译毕，出版，《爱的教育》成为历久不衰的畅销书。

在南方中国，曾经有这样一群人，把"爱的教育"作为使命，"持志如心痛"（王阳明）。

4

我坐在平屋门前的一块石头上，看白马湖。

夏丏尊当年大概也坐在这块石头上，眺望未来。

湖边，一棵类似千手佛的巨大香樟树，枝条纷纷向上扬起，把天空抱在绿的胸怀里，像母亲。

他和我大概都会想到宋代李唐的《坐石观云图》——两个隐士，坐在溪流边乱石上，仰望周遭群山涌起的云团，念诵诗词，比如杜牧的"行乐及时时已晚，对酒当歌歌不成。千里暮山重叠翠，一溪寒水浅深清"。夏先生与朱自清、俞平伯、丰子恺、朱光潜等友人，一同坐在石头上看湖望云。尤其是暑天傍晚，室内闷热，湖边凉风有充分的吸引力。

如果有学生来，石头不够用，就搬来几把竹椅、一张茶几，围坐聊天、喝酒，叙说南方北国的烟火世态。

在20世纪初期纷乱的辰光里，谁也无法成为真正的隐士。没有桃花源、乌托邦可寄居偷生，连弘一法师也需要时时来白马湖小住，闭门静修，避开杭州、泉州的喧嚣与扰攘。在1918年转身成为弘一之际，李叔同为浙江第一师范同事、好友夏丏尊临别题词："勇猛精进。"此言出人意料，但合于情理。自古至今，中国不乏独善其身者，更需舍身赴死之人，夙兴夜寐、发声、践行，使一个古老国度朝理想的方向演进。所以痛苦，也因此动人——"冰炭满怀抱"（陶渊明）。

> 靠山的小后轩，算是我的书斋……我常把头上的罗宋帽拉得低低的，在洋灯下工作至夜深。松涛如吼，霜月当窗，饥鼠吱吱在承尘上奔窜，我于这种时候深感到萧瑟的诗趣，常独自拨划着炉灰，不肯就睡，把自己拟诸山水画中的人物，作种种幽邈的遐想。

若干年后，夏丏尊在上海写出《白马湖之冬》，如此自况。

从宋代的李唐，到现代春晖中学里授课、交流的黄宾虹、张大千，都明白：没有人物的山水画，寂寞无聊。哪怕出现一个樵夫、一匹驴子或一角屋檐，弥天寒意间就会透露一线生机，给观者带来安抚和怀想。于是，丰子恺在春晖中学创造了中国漫画这一品类：人，成为被表达的主角，山水花木充满世俗的喜乐和善意。

留学日本归来，丰子恺到春晖中学讲授美术、音乐。平屋旁就是小杨柳屋。夜深了，月华如水，如同窗外白马湖上的水。丰子恺与夏丏尊、朱自清等人，酒聚毕，醺然难眠，展纸挥笔画下中国第一幅漫画《人散后,一钩新月天如水》。这幅作品发表在《春晖》半月刊,成为丰子恺的代表作,代表一个典型的中国月夜、一种雅致的古典生活方式:竹帘半卷,新月妩媚,窗前木桌上是一个茶壶、四个杯子。虽无人,显然在人间。

我坐在平屋前的石头上,喝一瓶矿泉水。农夫、拖拉机和轿车来来往往,这景象,早年那几位先生没见过。当时的煤渣路到平屋为止,仿佛是天尽头,的确是到了一个时代新思想的高迥处。现在,一条水泥路延展通往驿亭镇的北部。连绵群山间有一个缺口,北风就是从那里吹袭、进入夏丏尊的文章中。早年往来于杭州和宁波之间的火车道,依旧存在于缺口外。隐约有汽笛传来,像利用那一缺口、嘴巴,呼唤一代又一代新人次第出现。

前人有"坐石上,说因果"之谓。石头之永恒,与所坐者之须臾一闪,构成强烈对比。眼前石头依旧,20年代的先生们移居于历史深处。我来访,稍纵即逝,亦微微能证明:古老中国爱与美之间的因果关系,不息,未休。

《春晖》上发表的另一幅丰子恺的漫画,也让我欢喜:三先生围坐,木桌上散放几个果子,似乎就是香泡。一只猫,站在墙洞里俯瞰桌面,像壁龛里的神在思考人间忧乐。漫画一角题款:"草草杯盘共笑语,昏昏灯火话平生。"

画中人,大约对应着夏丏尊、朱自清、丰子恺。他们的三处旧居依偎湖边,像三人依偎在桌边。

那盏油灯火苗硕大,像倾吐出一个又一个准确的动词,推动新世界破晓、来临。

5

"问渠那得清如许,为有源头活水来。"朱熹名句,其第二十六世孙、春晖中学青年教师朱光潜,熟知并认同。正是丰子恺漫画和春晖中学教育思想这些源头活水,激发朱光潜写出第一篇美学论文《无言之美》。

无言之美,即含蓄、空白、省略之美。金刚怒目,不如菩萨低眉——那低眉,就是爱意与悲悯。白马湖北边连绵群山间那一缺口,是无,也是有。朱光潜在这一论文开篇,引用孔子的话:"天何言哉?四时行焉,百物生焉。天何言哉?"天不必言,四时百物,就足以展现大块之美。在篇尾,他又引用陶渊明诗句:"此中有真意,欲辨已忘言。"忘言也就忘了,有真意深情眷眷在,就好。

朱自清的名篇《白马湖》,叙述白马湖春天的美,最感动我的句子如下:

> 天上偶见几只归鸟,我们看着它越飞越远,直到不见为止。这个时候便是我们喝酒的时候。我们说话很少;上了灯话才多些。

说话很少,非无话可说,而是鸟飞过、酒已热,就说出彼此间的一切了。上了灯才多说一些,是为了帮助灯光缓解夜色的重负。朱自清这一名篇,也在诠释无言之美。

"我们喝酒的时候",喝的应该是黄酒,郁郁乎,醉至日上三竿甚至一生。因为,是"我们"这同一种人在一起喝酒啊。

移居上海后,夏丏尊索性在家办起"开明酒会",以"每次能喝五斤绍兴黄酒"为入会条件。丰子恺、叶圣陶等人顺利登堂入室,大醉复欢颜。钱君匋只能喝三斤半，被章锡琛挡在门外："你再锻炼锻炼，半年后来试试。"夏丏尊慈爱后辈，网开一面："君陶年轻，入会尺度可放宽一些，慢慢培养，打个七折吧！"后来，钱君匋果然喝到五斤标准。

"白马湖散文作家群"，是20世纪90年代推出的文学概念。白马湖边的那一批先行者，在文章中呈现出共同的追求：以艺术、以诗意，反制旧中国的荒凉与不堪，以白马湖、以春晖中学，抵御各种暴力权力的合谋与围剿，在陈腐与空无中铸造新人格、新世界。这一群体的代表作，有丰子恺的《山水间的生活》《湖畔夜饮》，叶圣陶的《没有秋虫的地方》，李叔同的《白马湖放生记》……

夏丏尊和他的朋友不会知道被后人冠以"白马湖散文作家群"之名。也未必认同这一命名。如果把他们的文章比喻成黄酒，则应达成共识：在绵软、微甜中隐伏持续的刚烈，内力无穷。连他们书桌上的文具，也恍惚拥有南方酒器之美：锡制，里圆外方，中有夹层，天寒时注入热水以保温。夏先生的砚台就含着一个夹层，可放入炭块加热，免得墨水在冬夜凝结为冰，就能在油灯下一直写到天色微明。

我很晚才读到《爱的教育》这部书，领悟白马湖和春晖中学的意义。20世纪70年代初期校园生活的戾气与恶意，带来严重后果：我缺乏牵挂、心痛的能力，对他人的爱意和友善，常抱持疑虑、淡漠的态度。"救救孩子"，是鲁迅借《狂人日记》中狂人之口发出的呼吁。至今，这呼吁，仍未过时。

我来春晖中学补课。当下中国，"如何以爱意消除恨意"，需补这一课的人仍很多。

6

离开平屋,我朝白马湖以北逶迤青山间那一个缺口处走去。

夏丏尊移居上海后,思念白马湖,文章中只写了此地的冬天。朱自清去清华大学任教后写《白马湖》,重点描述湖边春色和夏意。显然,这是为了给我留下秋季以供表达,免得一个后生无话可说。

罗兰·巴特曾提出"写作的秋天状态"这一概念,大意是:一个写作者的内心,在累累果实与迟暮秋风间,词与物的广阔联系与精微考究的幽独行文间,转换不已。是的,我正处于秋天状态,尚能转换不已。当然,是白马湖和春晖中学,为我提供了一部分转换不已的势能和动能。

湖水时聚时散,金色稻田的形状也就时大时小,构成一个个岛屿形状的秋色联合体。湖边,稻田边,随处可见以各种简单木板或铁皮拼成的小舟,系在柳树下、桥墩上甚至芦苇间。解开小舟,就可划向对岸或湖水深处,去割稻、采莲子、割水草、捕鱼、走亲戚。春晖中学早期那一代先生,砚台里蘸墨、宣纸上书写的时候,会联想起白马湖和舟子吗?毛笔的确有桨的形式感,砚台的确有扁舟的内涵,宣纸的确有白马湖的苍茫开阔。

越山口,我走到铁路边,恰好有一列绿皮火车隆隆驶来。这条铁路以北两公里处,是另外一条大致上相平行的高速铁路。子弹头形状的列车,呼啸着,冲出又射进一个个车站所构成的枪膛、目标。夏丏尊们如果穿越时空来到当下,会对物质进步如此迅疾、人性优化如此缓慢,深感困惑吧。

朱自清频繁乘坐绿皮火车往返于宁波、白马湖之间,在数所中学兼职,直到后来专职在春晖中学工作。获悉父亲病重,已经在清华大学任职的朱自清，才意识到某种丧失的逼近，匆匆写出《背影》这一名篇。那一个爬过月台、去为儿子买几只橘子的肥胖背影，父亲青布棉袍、黑布马褂的著名背影，打动一代代读者的心。

写这篇散文时，朱自清大约想起一系列铁道、分别、迎接，包括白马湖边驿亭镇的这一个车站。他北去清华大学时，妻子在白马湖边延宕半年，常常步行到小车站，期待丈夫面影能突然闪现于出站口。

我的南方，我的南方，
那儿是山乡水乡！
那儿是醉乡梦乡！
五年来的彷徨，羽毛般飞扬！

朱自清在清华大学写下这些诗句，感叹号很多，说明他当时很年轻。

从车站走回春晖中学，一路体验夏丏尊、朱自清们的心境和脚力。我穿皮鞋和夹克。他们穿布鞋与长衫，更宜于感受并用身影表达出道路之起伏、北风之凛冽。

7

来春晖中学游走之前，我在绍兴一家饭店待了两天。

饭店一角，"回到源头：纪念《世界文学》杂志诞生六十五周年高峰论坛"的巨幅会标上，有鲁迅手持香烟作沉思状的肖像，很合适。他出现在这一论坛的关键词里，很必要。《世界文学》杂志前身，就是鲁迅先生在上海创办的《译文》杂志。"回到源头",就是回到鲁迅,回到绍兴这生发中国文学现代性与人的现代性的地方。

与会者一个又一个登上演讲台,思辨、抒情——

"鲁迅先生对于五四新文学的兴起有开山之功。其开山之力,来自于对俄国、德国、日本、法国众多作家的翻译。中国文学的现代性,或者说中国人的现代性,离开翻译,无从谈起。"

"梁实秋批评鲁迅的'硬译',是没有理解鲁迅苦衷。鲁迅就是要以西方语言的新结构、新语式,改造、丰富汉语表达,继而改变中国人的认知方式,这也是他的启蒙计划之一。正是鲁迅、周作人、夏丏尊他们那一代人化欧化古,才有了今天的言语方式和世界观。"

"中国话剧从教师、学生演剧开始,比如春晖中学的话剧社,首演曹禺的《雷雨》。李叔同在浙江第一师范参演《茶花女》。今天,学校依然是话剧艺术发展的重要平台。"

"1935年,周作人主编《中国新文学大系》散文卷,在'序言'中对现代散文文体进行思考,说:新散文的发达成功有两重的因缘,一是外援,一是内应,外援即西洋的科学、哲学与文学上的新思想之影响,内应即是历史的言志派文艺运动之复兴。现代的散文好像是一条淹没在沙土下的河流,多少年后,又在下游被挖掘出来,这是一条古河,却又是新的。"

"鲁迅是剑,周作人是伤口。"

....

坐在会场里走神,我内心已经走到白马湖边了。那些在"外援与内应"中更新汉语传统的、20世纪初期的先行者,引领我神游于湖边的秋色春晖。会场里的翻译家、学者、作家们不知不觉。

以"《世界文学》之夜"为题的文艺晚会上，学者陈众议吹奏口琴曲《送别》，大家齐声合唱："长亭外，古道边，芳草碧连天……"作家程巍用汉英两种语言朗诵《哈姆雷特》中的著名独白："生存还是毁灭，这是一个问题。"至今，这仍然是一个问题。我走上台去，读了西班牙诗人马查多的名诗《自画像》。尤其喜欢其中三行：

我总跟那个同行的人说话，
是他教会我爱人类的秘密。
我不欠你什么，而你欠了我所写下的东西。

"那个同行的人"，"教会我爱人类的秘密"的人，是一代又一代异域的、祖国的志士与前贤：鲁迅、夏丏尊、朱自清、丰子恺……

8

一盏结构复杂的吊灯，把光辉礼献给一群中国知识分子。

鲁迅、郑振铎、沈雁冰、胡愈之、夏丏尊等先生坐在靠窗一桌，朱自清与叶圣陶等先生坐在靠门一桌。上海法租界的警车喇叭时时响起，为这样的交谈提供时代背景和脚注。

朱自清在内心敬爱许久之后，第一次近距离与鲁迅相处，看他穿一件白色纺绸长衫，头发参差枯燥，大约多日未剪。面无表情，像《呐喊》序言，酷似黑白木刻，大约是饱经人生苦辛而归于冷静的缘故吧。在春晖中学，朱自清讲过鲁迅的小说《药》，一句一句进行文本阐释，这方法，早于美国新批评派。

席散，朱自清上前向鲁迅问好、道别。夏丏尊陪鲁迅步行去旅馆。两个人的头碰在一起，大约说着私密有趣的旧事，法国梧桐树在他们头顶哗哗啦啦摇动。

1926年8月30日的这一个夏夜，是中国知识界重量级人物的一次盛会，与会者另有胡愈之、陈望道、王伯祥、周予同、周建人、刘大白、章雪村等等。这基本上是一个以鲁迅为旗帜、关心普罗大众命运的战士群体。此时，距五四运动已过七年。当年同道，要么成为书斋中的雅士，静享英美式的自由主义或晚明式的宁静美学；要么走上策士之路，成为官场阔人。唯鲁迅"荷戟独彷徨"，彷徨后呐喊不息，"肩着黑暗的闸门，把他们送到光明的地方去"。夏丏尊们对此回应不息，持续以教育救救孩子，就是救救中国。

我曾在某一年雪天，进入北京大学沙滩校区红楼。其中，一教室，保持了鲁迅1920年上课时的格局。黑板上，是他讲授《中国小说史》时的粉笔字——"子曰""虽小道必有可观者焉""艺文志"……这纷乱的字迹，显然是今人对鲁迅手迹的模拟。站在空荡荡的教室内，我像迟到多年的学生。先生和同学已下课，满身雪花跑到附近胡同酒馆里，微醺着、神聊着、纷纷扬扬到黄昏……

在浙江第一师范教书时期，"鲁迅"这一笔名还没诞生——周树人教生理卫生，夏丏尊翻译日文教材，两个绍兴人都受学生爱戴。其体态、面貌、口音、履历、心境、立场，很相似。夏丏尊比鲁迅小5岁，视鲁迅为师长、启蒙者。上海孤岛时期，夏丏尊以开明书店为掩护，接济夏衍、楼适夷等进步青年，与鲁迅救助瞿秋白、柔石、萧红之作为也相似。日本军人多次来夏宅，令其写文章宣传"东亚共荣"。夏丏尊拒绝，被捕入狱，遭严刑拷打。后经友人内山完造营救出狱，已身受重创。1946年去世，年仅 60 岁。稍可安慰的是，他看到了中国光复如凤凰浴火重生。

鲁迅在上海沦陷前的 1936 年辞世，55 岁，少经历一场剧变与剧痛。

1948 年，朱自清病逝于北京，51 岁。

1975 年，丰子恺去世，77 岁。

1986 年，朱光潜去世，89 岁。

1990 年，依靠《红楼梦》《浮生六记》和京剧，度过动荡一生的俞平伯去世，90 岁。

…………

"星垂平野阔"。一颗又一颗巨星坠落，增加了中国旷野的壮阔与深厚，让新生的青年、植物、星辰，组成一条不断隆起的地平线。

9

春晖中学、白马湖、驿亭镇，地理上属于上虞、绍兴、吴越南方。

"绍兴"之名，自"越州""会稽""山阴"演变而来。时局递嬗，导致版图盈缩消长、称谓纷纭不定。但"上虞""驿亭"这两个地名，历久如初。

郭沫若首先在殷商甲骨文中发现"上虞"二字，考证其由来：白马湖周围山水，属虞舜后代封地。"驿亭"，无须考证，就能读出"驿站与长亭""告别与迎接"之美景深情。驿亭南，就是"梁祝化蝶"这一爱情传说的诞生地祝家庄。"长亭送别"情节，大约与驿亭有关吧。

中国最早的瓷器"越窑青瓷"，源于上虞。容易破碎，但拒绝腐烂，历千万载而瓷青依旧，天青如初。

"窑变"是一种神秘惊艳的现象，也是美好的词：让火焰与泥，在热恋中生发出难以预见的奇迹。目前，窑变现象少了，原因在于磁窑的热力来自恒定电能，而非恍惚的木柴火苗。从鲁迅、夏丏尊、朱自清、丰子恺，到今天的我，书桌一角的墨水瓶，都有着越窑形状——拒绝恒定，保持恍惚，才能写出惊心动魄的好文章吧。

春晖中学内保留着一座民国风格的白马湖图书馆。我伏身，久久端详馆中玻璃柜子里珍藏的一枚唐代青瓷残片，如旦暮遇之。其上，深刻一个动词——"想念"。

选自《野草》2022 年第 5 期，有删节

南帆

溯源而上

南帆

本名张帆,福建福州人,1957年生。现任福建社会科学院院长,福建省文联主席,中国文艺理论学会会长。出版《文学的维度》《村庄笔记》等多种作品,散文集《辛亥年的枪声》和专著《五种形象》获鲁迅文学奖。

1

祖父是福州的一个中等资本家,几家小工厂,一个轮船公司,大约如此。我对于他曾经拥有的财产一无所知。少年时代,祖父的资本家身份给我带来无尽的烦恼。每一次表格填写都是耻辱烙印的展示。父亲也不清楚祖父的财产。他对于这一份家业嗤之以鼻,也不愿意腾出若干记忆的空间存放家族往事。18岁的时候,父亲离家到宁波担任中学教师,一年之后考取大学。录取父亲的是两所大学:一所是海南大学的化学系,一所是上海大夏大学的教育系——当时的理科与文科似乎不存在森严的壁垒。父亲自作主张地选择了后者,估计祖父无法参与意见。

那是1947年的事情,当时上海的校园里左翼气氛正在急剧上升。接触到若干进步杂志和一些充满激情的演讲,父亲的思想愈来愈左倾,终于在1949年参加了中国人民解放军华东随军服务团(简称"南下服务团")。南下服务团的工作即是配合中国人民解放军挺进福建,参加地方工作。

南下服务团近3000人,1949年7月乘坐火车离开上海南下。火车刚刚到达上海的古镇莘庄,立即遭到国民党飞机的轰炸,死伤多人。此后他们或者乘车,或者步行,取道浙江、江西,翻越武夷山进入闽地,行走了一个多月的时间。父亲清晰地记得翻越武夷山的分水岭:分水岭的草木一边倒向了江西,另一边倒向了福建。风尘仆仆地从武夷山下来,他们的行军路线终于与闽江的流向一致。到了南平,他们分批乘船沿江而下抵达福州。南下服务团成员来自四面八方。父亲属于返回原籍,即将面对的地域既熟悉又陌生。20世纪50年代初期,父亲在工会任职。他的一部分工作即是与祖父这种资本家谈判,为工人争取利益。我曾经设身处地地想象:南平码头登船的时候,父亲是否产生过一些小小的感慨:

滔滔闽江依然如故，然而，他已经是一个革命新人。

事实上，父亲从未和我交流过这些感慨。革命新人的激昂没有维持太久。祖父赐予他的耻辱烙印远比我深刻，以至于大半辈子磕磕绊绊。这或许也是他沉默寡言的原因之一。我很迟才从父亲嘴里听到南下服务团的只言片语。回忆这些事情的时候，父亲已经老了，没有多少伴随这些回忆的情绪波动，譬如豪迈、骄傲、不平、追悔，如此等等。临江而居，最为常见的感想就是逝水长流，淘尽千古英雄。古今多少事，尽付笑谈中。

2

父亲还记得太祖父运营的轮船公司。作为长孙，太祖父对父亲宠爱有加。他时常坐上太祖父的黄包车，跟随到轮船公司上班。太祖父去世之后，轮船公司传给了祖父。据说这个城市的张姓均是来自闽江下游大樟溪的月洲村。太祖父也是从月洲村出来的吗？什么时候创办的轮船公司？父亲一概不得而知。

父亲和几位叔叔、姑姑仅仅记得，张家在江岸附近的山上有一座祖坟，太祖父埋在里面。祖父已经遵从火葬，所以，这一座祖坟的主人就到太祖父为止。我的少年时代，曾经跟随父亲以及几位叔叔和姑姑祭扫过这一座祖坟。我记得众人攀到了半山上，挥锄劈开了茂密的茅草和小树，祖坟显露了出来。我还记得墓碑上的字体是隶书，既厚重又飘逸。当时我刚刚开始练字，即是从一本隶书字帖入门。我拖走堆在祖坟旁边的茅草和小树，直起身喘一口气，一抬眼看见山下江流如练。

此后，家族之中大约不再有人上山祭扫。如今，谁也说不清祖坟的位置。父亲和叔叔、姑姑俱已老迈，他们的记忆锈迹斑斑。所有的人都只记得，祖坟就在江边的某一座山上。

3

闽江之上也有一座金山寺，位于乌龙江中的一块岩石上。许多地方都能遇到金山寺，不知为什么这个寺名如此流行。闽江的金山寺历史不短，据考，始建于宋代。这一块岩石距离江岸数十米，四周水流湍急，让人想到镇江的金山——故而称为"小金山"。岩石上先是建起一座石塔。人们数过了，石塔由 185 块白梨石砌成，实心的，大约高 10 米。寺庙的殿堂围绕石塔修建起来。塔前妈祖厅，塔后大慈楼，左右各一斗室。寺庙小巧玲珑。夜晚沿江岸驾车路过，可见江流之中灯光装点的寺庙轮廓，犹如浮在江面的一盏灯笼。

从江岸进金山寺需要摆渡。寺庙里牵出一条长长的缆绳拴到江岸上，艄公双手拉住缆绳牵引渡船来来回回。我到过金山寺几次。第一次距今约 50 年了吧，似乎就是跟随父亲和几个叔叔、姑姑到江边的山上祭扫祖坟，下山之后路过金山寺。一个十来岁的少年对于孤悬于江流之中的寺庙十分惊奇。那一天遇到了退潮，我们一行下了江岸，穿过宽阔的沙滩，沙滩与寺庙之间仅剩一道两三米宽的浅浅水流。我的小叔叔发现寺庙的墙根有一块长木条，恰好可以在水流上搭一个简易小桥。他在沙滩上后退几步，助跑之后一跃而起跳到水流对面。小叔叔跳跃的距离还是短了一些。落下的时候，一个脚后跟踩到了沙滩的水洼，一注污水嗤地从鞋子下面喷了出来。

我的小叔叔很快就下乡插队，在山区待了十来年才返回城市，似乎在一个小工厂当工人，很迟才娶妻生子。孩子刚刚几岁，他的脑子里长了一个肿瘤，视神经受到压迫，眼前愈来愈模糊；继而肿瘤开始全面扰乱脑神经，他的意识逐渐陷入混沌。肿瘤的位置很不好，无法手术治疗。小叔叔在混沌之中拖延了几年，终于离世。我和小叔叔没有多少交往。他几乎只给我留下一个生动的形象——一注污水从鞋子的脚后跟下面嗤地喷出来。

4

  书橱里摆放了一张母亲的遗像。母亲已经去世多年，她生前从未想到我的寓所可能搬到江滨。母亲的大半辈子辗转于市区的几幢破旧的瓦房。母亲和这条江有过哪些联系？我一时想不起多少事情。
  外婆很年轻的时候就开始守寡，母亲是遗腹子。母亲出生之后，外婆没有再嫁，母女相依为命一辈子。她们几乎没有离开过这个城市。唯一的例外大约是20世纪40年代初期。那时日本人入侵，占领了福州，外婆带上母亲外出逃难。她们落脚于闽北的一个山城。母亲那时还是一个身材瘦小的少女。她多次说过，刚刚在那个山城的一个大院里住下，邻居的一只大狗忽地站起来，两只前爪搭在她肩上，吓得她魂不附体。不知她们如何抵达那个山城。孤儿寡母，大约是乘船溯江而上。我想象的镜头是，外婆身着一件长棉袍，一手牵住母亲，一手提一个藤箱下了码头，登上一艘渡轮。我小时候见过那个藤箱，藤箱角上的藤条已经绽开了，那是外婆贮存个人财产的唯一箱子。
  母亲是在这条江边认识了父亲。她从师范学校毕业，进入工会工作。母亲见到简陋的办公桌后面坐着一个戴眼镜的年轻人，头发蓬乱，胡子拉碴，穿一件洗得发白的中山装。父亲那一阵子有些失意，不修边幅，各种不切实际的梦想正在逐渐远去。他们慢慢熟悉起来了。我猜,母亲肯定做出了明白的示意。否则,拘谨的父亲大约不敢与活泼的母亲靠得太近。某一天下午,两人双目交汇,心领神会,一条大江从附近流过。

这是大半个世纪之前发生在江边的一件事。

5

大半个世纪之前的闽江是什么模样?我意外地从电影之中看到了。我在互联网上搜索到20世纪50年代的老电影《地下航线》。这是一部黑白影片。影片叙述的是,40年代末期一批游击队利用闽江的航船运送武器,与盘查的国民党军队斗智斗勇。影片之中的闽江水流湍急,似乎比现今的江面狭窄一些,岸边不时出现一些嶙峋的尖利岩石。这一段江面大约是闽江上游,游击队要将甲板底下的枪支送到北部的山区去。

《地下航线》有三位编剧,一位编剧是父亲的朋友。父亲说,当年他们是同一个办公室的年轻干事,相对而坐,时常在桌子底下交换小说。他们的工作是组织工人与资本家抗争,粗犷的言行与革命气氛更为协调,阅读小说仿佛带有小资产阶级情调,不宜公开声张。父亲的朋友显然更为迅速地领悟了文学的奥秘。他很快写出了电影剧本,并且迅速晋升了职务,父亲与他渐行渐远是很自然的事情。

20世纪70年代初期,父亲与这个朋友在空寂的马路上相遇。当时多数机构已经瘫痪,他们共同赋闲在家。朋友邀请父亲到家里玩,父亲带上了我。父亲对我说起这个朋友的文学业绩,口气之中充满了羡慕甚至嫉妒。父亲说,他也想写电影剧本。电影剧本文字简练,他的古文修养或许有帮助。我不知道父亲是否私下尝试过。"坐对真成被花恼,出门一笑大江横",父亲的内心有一些不安之气,这一条江是否在他的内心贮存了一些不同凡响的激动?尽管如此,我觉得父亲的文学天分不足。他性格内向,为人拘谨,没有胆量想象天马行空的故事情节。父亲在这个朋友家里下围棋,我坐在一旁观战。我的记忆之中,他们的围棋水平相当有限。他们两人俯身棋盘一丝不苟地摆棋,棋局结束之后客套地交谈几句,没有一句话提到文学和电影。

昨天偶尔想到,可以到互联网上找一找《地下航线》,果然如愿以偿。每天从窗口看到这条江,已经习以为常。突然在一部老电影的黑白镜头之间与大半个世纪之前的闽江重逢,异样之感挥之不去。

6

我突然意识到,我迟迟没有提到闽江的源头。好吧,现在还来得及。当然,闽江的源头必须从武夷山说起。

"天倾西北,地陷东南",武夷山脉是这一片土地的制高点。我曾经开玩笑地说,站在武夷山主峰抛出的一块石头会骨碌碌地滚进东海。事实上,这句话不如改为——武夷山泼出的一瓢水终将奔涌入海,例如闽江。

所有的闽江源头,无不指向武夷山。

沿闽江溯流而上至南平,分歧出现了。闽江上游一分为三,称谓共同下调为"溪":建溪、富屯溪与沙溪。三大支流各行其是,如同三道闪电沿着不同的方向掠过天空。道不同不相为谋,三大支流各自拥有自己的秘密起源。然而,起源是一个神圣的名义,哲学家称为起源神话。每一个支流都企图垄断闽江源的这个概念。多么伟大的象征——窥见一条江的源头犹如洞悉一个家族的传家秘诀。源头,历史,传统,血管里流淌的是哪一个姓氏的血脉……于是，人们背起行囊，翻山越岭溯源而上，竭尽全力找到一个初始的泉眼，立下石碑，刻上文字，不仅是颁发一个证明，而且制造所有故事构思的起点。

可是，另一些人觉得，似乎没有必要这么严肃。李白大大咧咧地说：黄河之水天上来——他似乎不怎么把起源当一回事。民间的种种夸张更是醉醺醺的，一首民歌居然唱道：黄河的源头是在一个牧羊汉子的酒壶里。写小说的也不见得严谨。美国那位福克纳任性地认为，密西西比河发源于某一个酒店的大堂。也许他们是对的。王侯将相，宁有种乎？——何况于水。起源并不能决定未来，一滴水发展为一条江并不是因为特殊的起源。江河浩大而不干涸，沿途水系的加盟成就了滔滔洪流。五湖四海，不问出身，这是另一种故事。

7

之所以首先提到沙溪，是因为这一条支流与我的母亲密切相关。

当年外婆携带母亲出门逃难的时候，她们落脚的闽北小山城称为永安。外婆与母亲乘船逃到南平登岸，然后向左一拐又行进了百来公里，永安即坐落在沙溪旁边，相距福州接近300公里了。她们在永安没有任何亲友，而是跟随下船的人流到了那儿——40年代抗战期间，永安成为福建的"陪都"，省政府迁到了这个小山城。那时母亲10岁左右，不清楚她与外婆在永安居住了多长时间。70年代初期，40岁左右的母亲偕同父亲沿着这条路线再度出发，途经永安之后继续依傍沙溪上行近200公里，最终抵达建宁县的一个乡村。母亲和父亲的正式称谓是"下放干部"，兼有参加农业生产与自我改造的双重意义。长途汽车行驶在山区公路，母亲和父亲肯定没有意识到沙溪的存在。由于缺乏山区乘车经验，母亲严重晕车，路途的大部分时间忙于呕吐。

按照母亲和父亲的设想，他们先行一步试探，半年之后举家移居乡村。两个意外打乱了预定的计划。首先，乡村的偏远程度远远超出了他们的意料。父亲说，点一根烟已经可以在村子里走两个来回。他们没有勇气率领全家在这里定居——至少，三个子女的读书是一个无法解决的问题。其次，父亲的眼疾突然发作。由于高度近视导致眼底出血，父亲的左眼很快丧失视力，不得不返回城市治疗与休养。春节休假之后，只有母亲独自远赴乡村。

母亲和父亲抵达乡村的时候，村子里为他们的住宿安排了一幢独立的木板楼。木板楼远离村庄主体，孤零零地矗立于一片空地。楼房共三层，大小房间21个。母亲和父亲事后得知，村子里的农民传说这一幢木板楼闹鬼，无人愿意入住。父亲逗留城市养病，母亲一个人面对21个空荡荡的房间发愣。夜深人静，山风吹得四处乱响，母亲仔细拴好卧室的房门和窗户，要么在灯下做一些针线活，要么给家人写信打发时间，事无巨细地絮叨乡村的见闻。只要有机会回家，母亲拎上一个小包就出门。这时，晕车与翻江倒海的呕吐已经不足挂齿。

母亲和父亲"下放"这个村子5年。他们持续往返于这条路线，可是，我从未听到他们提起路边的闽江和沙溪。他们满脸倦容，身心俱疲，对于山光水色视而不见。

8

我有机会沿着沙溪旁边的公路溯流而上的时候，母亲已经去世多年。

不过，那一次我也没有闲心对于阳光下的溪流表示足够的兴趣。这条公路正在大规模翻修，勾机、吊车、压路机的轰鸣此起彼伏，众多水泥管道堆放在路边，几个戴藤帽的工人挥舞小旗指挥车辆的行止。乘坐的汽车时常出其不意地剧烈颠簸，脑袋"砰"的一下撞到了车顶。这是一趟即兴的行程。之所以突然从另一个地方拐过来，心里存在一个秘密的念头——去看一看母亲和父亲当年居住的那一幢木板楼。

我只走到建宁县城为止。到了县城四处询问，没有人说得清母亲和父亲当年下放的乡村在哪里。我只知道他们是某某公社某某大队，可是，数十年之后，公社和大队之称早已废弃。那一带不知合并到了哪一个村镇。我猜想，那一幢木板楼大约也不存在了。我在县城的路边站了一会儿，心中茫然惆怅。一条小河从县城的街道旁边安静地流过，水面几乎看不见波纹。那时，我并没有意识到这是沙溪的末梢。

多年之后再度抵达建宁县，我去了金铙山。这儿已经进入闽江源区域。在所有人的想象中，闽江源是一注获得专家认证的小小水流。四周众多山脉负责保管，小心翼翼地捧在手心，撑起宽阔的肩膀遮挡各种不明的骚扰，避免出现安全问题，尽职地充当合格的保护神。金铙山原名大历山。据说闽越王无诸进山狩猎的时候遗失金铙一面，故而更名。金铙山顶峰高1858米，略逊于武夷山主峰黄岗山。

金铙山顶峰是一块光秃秃的巨大岩石，拦腰一圈儿悬空的木栈道如同硕大的肚皮上一条松松的腰带。必须穿过这一条不到两米宽的漫长栈道吗？站在栈道入口处的时候，众目睽睽之下我已经无从退却。我患有轻度恐高症，看到楼顶俯拍的电影镜头即会产生心虚腿软的不适症状。咬了咬牙一脚踏入栈道，祈求栈道底下的支撑架不要突然断裂，另外，千万不能地震，恐怖的地动山摇。闷头疾走之际，仰视斧劈一般的绝壁或者俯瞰云雾缭绕的深渊，心中都会遏制不住逃回去的冲动。支持我闷头疾走的信念是，下山的时候可以从另一条小径绕下去。我对于那些悠然在栈道上摆出各种姿势拍照的人充满怨恨，不知道他们的脸上为什么会带上一副乐呵呵的表情。上山之前听说，登上金铙山顶峰可以遥望闽江上游的大金湖；下山之后坐下来长长吁一口气，几乎记不起曾经看到什么。

9

闽江的另一个支流为富屯溪。按照地图所示，富屯溪曲折蛇行，最后一段拐向武夷山的主峰黄岗山。黄岗山的高度为2100多米，被形容为东南一带的屋脊，山势陡峭，老树蔽日。我迄今尚未涉足，据说山顶长满黄花菜，秋天金黄一片，故名黄岗山。进入深山峡谷搜寻江河的源头，往往目迷五色，见了山而忘了水。一缕涓涓细流如同一个稚童，远不如宏伟的高山峻岭壮观。

武夷山碧水丹山，神女峰、大王峰岩石嶙峋，峭壁高耸，山峰下一条蜿蜒的九曲溪，溪水清浅，竹筏上的艄公左一竹篙，右一竹篙，溪水下面众多大大小小的鹅卵石制造出哗哗的水声。九曲溪旁的观音岩上可见悬棺。数十米高的绝壁之上有一个岩洞，一些棺木藏匿洞内，几根错杂的棺木伸出了洞口。碳素的测定表明，这些棺木距今已经三千多年。悬棺习俗的成因众说纷纭，数百斤甚至上千斤的棺木如何置于岩洞，引来许多猜测。一种说法是从悬崖顶上吊下去的，一种说法是凿开悬崖架设栈道。远古的年代缺乏必要的机械设备，如此大费周折目的何在？这些问题一直没有合理的解释。还有一种说法是，当时的水位与岩洞的高度差不多，棺木是从水上运入岩洞。

水利专家对于此说不以为然。如果三千多年前的水位这么高，那么，下游的福州将是一片泽国。然而，考古证明，五千多年前的新石器时期，福州一带已经有人定居。我对于各种传说与猜测兴趣盎然。这些叙述之中，一条波涛浩渺的大江蜿蜒而来，从郁郁葱葱的武夷山奔向汹涌起伏的东海，水汽如雾，激流如梭。

10

按照百度地图，我的寓所到闽江出海口四五十公里。如此算来，寓所窗口上溯的闽江还有500多公里。可是，我的叙述为什么多半聚集于闽江下游，对于漫长的上游说不出多少事情？我逐渐意识到，这一条大江的首尾重量正在悄悄地变化，如同跷跷板正在朝另一个方向倾斜。萦绕武夷山脉的各种神话、传说开始黯然失色，闽江口汹涌的海潮持续送来一大堆性质迥异的消息。

明代以后，这一片土地愈来愈多地察觉大海的深沉摇撼。郑和开始带领一个庞大的船队进入海洋深处，尽管没有人清楚这个精力旺盛的太监身负何种秘密使命。郑和率领的庞大船队一次又一次停泊在闽江口等待季风，最大的船只长达一百米。如果等待的时间够长，郑和会下船逛一逛闽江口附近的村庄，顺便招募一些水手。明末的郑成功船队也频繁驻扎在闽江口以及东南沿海，从事反清复明活动，继而驱走荷兰人收复台湾。19世纪60年代马江海战的炮声毋宁是严厉的警告：海上炮舰的威胁远远超过了北方大地鼓点般的马蹄声。20世纪40年代，手持三八大盖步枪的日军士兵也是从海面进入闽江，扑向福州。总之，海洋对于这条江的拖拽愈来愈明显。

宋代以前并非如此。那时，人们的目光遥遥回望中原。魏晋时期开始，一批又一批的中原望族纷纷南下，武夷山脉形成的山区是他们的重要落脚点。中原大地烽火连天，刀光剑影，大大小小的君王无不杀出一条血路，赶到那儿去登基。一些缺乏政治雄心同时又有若干浮财的大家族不愿意持续担惊受怕，他们宁可悄然南迁，寻找一个可以过几天太平日子的地方。这一带经济富庶，人才荟萃，文化繁荣。一代词宗柳永与理学大师朱熹都在武夷山生活过。武夷山的茶叶闻名遐迩，这些茶叶打包之后装上泊在码头的船只，沿着闽江运送到下游的四面八方。宋元时期这一带山区大量刊刻书籍的作坊，印行许多古典名著。这一带山区的陶瓷名声在外。"建窑"始于唐代，盛于两宋，迄今"建盏"仍是名贵器物。我曾经乘坐竹排游历武夷山脉的一条峡谷，几公里的溪水底下铺满了斑斓的碎瓷片，如同一个未曾褪色的旧梦。总之，武夷山一带承接了北方的文化与生产方式，同时又成为再传播的枢纽。闽江水道恰恰作为传播网络的组成部分。尽管如此，那时的人们仍然觉得，他们的根系与血脉来自北方的中原大地。大海又算什么？风高浪涌，一片汪洋，谁知道龙宫怎么走。闽江行色匆匆地奔赴大海，从未带回什么。

转向海洋是一个重大历史事件。北望中原的时候，东南沿海是后排观众。转向海洋之后，后排突然成为前排，继而成为台上的演员。江流滔滔，亘古如斯，然而，伟大的历史不知不觉地修改了闽江上游与下游的对比度，并且按照新的指标重新设置我的叙述比例。

节选自南帆《与大江为邻》，

《作家》2022年第5期，《散文海外版》2022年第9期转载

魏晋风度及避祸与贵人及虱子之关系

夏坚勇

江苏海安人,现居江阴。作品有小说、散文、话剧等多种,曾获首届鲁迅文学奖,近期作品有宋史三部曲(《绍兴十二年》《庆历四年秋》《承天门之灾》)等。

1

早年读鲁迅杂文，有两篇印象最深，原因大抵是标题怪怪的，有意思，又特别长。一篇是《由中国女人的脚，推定中国人之非中庸，又由此推定孔夫子有胃病》，标题几乎就是一篇内容提要，足下如果没有点嘴上功夫，很难一口气读完。文中说孔夫子晚年周游列国，吃了多含灰沙的土磨麦粉，乘着马车在七高八低的泥路上颠颠簸簸，结果颠出胃病来了。大师手笔，令人叹服，那辆在北方的黄尘中踽踽独行的双辕马车，此后就一直颠簸在我早年的文学记忆中，历历难忘。

还有一篇是《魏晋风度及文章与药及酒之关系》。

2

这是鲁迅的一篇演讲，副题是"九月间在广州夏期学术演讲会讲"，但文后的编者注释中却说"九月间"有误，据《鲁迅日记》应为七月。这中间的问题是，该演讲的书面文本发表于同年十一月的《北新》半月刊，也就是演讲后大约四个月。把四个月前的事说成两个月前的"九月间"，鲁迅的记忆为什么会发生如此不合情理的误差呢？这就要联系当时的政治气候来考虑了。那么，鲁迅发表这篇演讲时的政治气候有什么特征呢？

答案是：杀人。

杀人是人类最古老的游戏，而当时的政治则是给杀人冠以堂皇的理由。三个月前的上海"四一二"反革命政变和几天前的武汉"七一五"反革命政变，把1927年夏天的中国裹挟在腥风血雨之中。广州的国民党当局也在大肆屠杀，街头上每天都有新上墙的杀人告示，那些打着红钩钩的名字中，也有鲁迅的学生。为了表示抗议，鲁迅坚决辞去中山大学的一切教职。可以想见，先生当时的处境已相当危险，根据林语堂的说法，当局请鲁迅在夏期学术活动上演讲，也有窥测他态度的用意。鲁迅是真的猛士，他当然敢于正视淋漓的鲜血，"忍看朋辈成新鬼，怒向刀丛觅小诗"。他不怕。但他又懂得韧性的战斗、反对像许褚那样赤膊上阵。在当时的政治气候下，他既要发出自己的声音，又不宜金刚怒目地呐喊，因此，以学术演讲的名义，含沙射影地揭露和批判当局的暴政，是最恰当的方式。而在演讲的文本发表时，作者又把时间"误记"为"九月间"，离那几个血腥政变的时间节点稍远一些，其中有没有避祸的用意呢？我觉得是有的，这不是胆怯，而恰恰是一种斗争艺术，因为，屠夫已经杀红了眼，岂能再授其刀柄？

夏期学术演讲，可讲的题目当然很多，为什么要讲魏晋风度呢？

答案还是那两个字：杀人。

魏晋是一个血腥的乱世，魏晋风度即文人知识分子在屠刀下的众生相。对文人知识分子大开杀戒，似乎应该始自秦始皇。但老实说，嬴政杀的那些个书生，谁能说出其中某个人的生平、事迹、建树、声誉？肯定说不出。他们只有一个共同的名称：儒；或者说他们只是一桩重大历史事件——焚书坑儒——中的道具。到了东汉末年，情况就不同了，魏晋乱世，所谓兵燹所及，玉石皆焚，死的固然大多是无名无姓的草民（士兵其实也是草民），但奉旨杀人，定点清除，死的却大多是不仅有名有姓而且有头有脸的知识分子。为什么要杀知识分子呢？距当时一千四百多年的王夫之说得很清楚："孔融死而士气灰，嵇康死而清议绝。"他认为曹操杀孔融和司马昭杀嵇康是为自己的儿子篡位杀鸡儆猴，"鸡"和"猴"都是知识分子，"士气"和"清议"则是知识分子的声音。杀他们是因为强权者不放心，怕他们与自己离心离德，尤其怕他们抱团鼓噪。中国历来有"文人相轻"的说法，其实不对，东汉末年的知识分子就不"相轻"，他们在反对宦祸的斗争中何等同仇敌忾，在近现代政治史上影响巨大的"同志"一词，就是那时候出现的，"所与交友，必也同志"（《后汉书·刘陶传》）。"同志"，这是多么亲切而庄严的称呼，一声"同志"，不仅春风满怀，而且热血沸腾，即使赴汤蹈火也在所不辞。魏晋时期的"同志"，不论是建安七子、正始名士，还是竹林七贤，都是一嘟噜一嘟噜地抱团登场的，这当然又是权势者最忌讳的。而且文人还有个致命的毛病：多嘴、卖弄聪明。你再聪明，还会比人主聪明吗？如果你认为自己的脑袋比人主更聪明，那对不起，人主就会砍掉你的脑袋，以求得平等。建安七子中的领袖人物孔融就是死于多嘴，正始之音中的两根弦——何晏和夏侯玄——则是死于太聪明。杀人毕竟还是管用的，一时屠刀喋血，书生授首；杀气弥天，文士噤声。于是到了竹林七贤的时候，为了避祸，大家喝酒的喝酒，吃药的吃药，或者语不涉时事而专研玄学，谓之清谈。

　　喝酒者佯醉，吃药者佯狂，清谈者佯作高深，实际上就是逃避当下的政治追问。佯者，装也，一个时代的知识分子集体伪装，而且装得如此风流蕴藉风度翩翩，这是专制制度下一幕周期性的奇观。

3

　　且说佯醉。

阮籍，文二代，他父亲阮瑀是建安七子之一，他自己是竹林七贤之一。从建安到竹林，历史在改朝换代的震荡中血流漂杵，文人名士成批登台又成批被杀。"步兵白眼向人斜"，对，阮籍就是那个白眼看人的阮步兵。他当然自视甚高，不然也不会在楚汉争霸的古战场发出"时无英雄，使竖子成名"的叹息。英雄者谁？竖子者谁？刘项乎？抑或魏晋人乎？后人众说纷纭，但阮籍不管，叹息过了，他又面对旷野尽情一啸，胸中块垒喷薄而出，古今多少事，尽付长啸中，酣畅淋漓地体验了一回生命的大放达和大自由。他在古战场上的这一声浩叹和长啸，亦被载入史册。

浩叹和长啸固然酣畅淋漓，但那是在空寂无人的山巅或旷野。现实的烟火红尘中，他是一个朝廷命官，品级还不低（正四品）。官场的游戏规则是如此丑陋而黑暗，特别是在一个强权霸凌、铁血政治的敏感时期，那就更加凶险了。四面八方都有阴冷的目光盯着你，跋前疐后，动辄得咎；而且一旦得咎，就要人头落地。他想躲开官场的纠缠，但又不敢公开拒绝，事到临头，只能喝酒，佯醉，装糊涂。司马昭曾想和他攀亲家，对阮家来说，这是高攀了，但阮籍不愿意。不愿意又不能拒绝，他就以醉拒婚。每次有人来作伐，他都喝得烂醉。阮步兵烂醉如泥，偶尔朝媒人翻一个白眼。此一醉竟酩酊昏睡六十天，让媒人始终无法开口，硬是把亲事拖黄了。这件事他玩得蛮漂亮。

但这种以佯醉行苟且的立身方式其实是一种无奈，阮籍本人也并不自以为是。在那篇著名的《大人先生传》中，他借大人先生之口，把那些在强权下怯懦偷生的文人学士狠狠地刻薄了一番："汝独不见夫虱之处于裈中，逃乎深缝，匿乎坏絮，自以为吉宅也。行不敢离缝际，动不敢出裈裆，自以为得绳墨也。饥则啮人，自以为无穷食也……汝君子之处区内，亦何异乎虱之处裈中乎？"

这段话我就不翻译了，因为内容有点不雅，大体意思就是把那些苟且偷生的文人比作寄生在人们裤裆里的虱子。唯一需要解释的是这个"裈"字：有裆的裤子。裤子因为有裆而封闭，则虱子生焉。

景元四年（263年），曹魏的傀儡皇帝曹奂进封司马昭为晋公，加九锡。这个九锡的名头很大，但兆头不好，以前王莽和曹操都接受过，似乎成了篡逆的代名词。"司马昭之心，路人皆知"这句话是上一任皇帝曹髦说的，曹髦在皇位上战战兢兢地坐了八年，别无建树，只给后世留下了这句歇后语。而他本人却因为这句不当言论丢了性命。现在，上上下下都看得出司马昭的心思，但戏还是要演的，血色下的篡位闹剧偏要铺陈一道温情脉脉的柔光。司马昭照例装模作样地谦让，然后由公卿大臣集体"劝进"，阮籍很不幸地受命撰写《劝进笺》。他又想用喝酒来拖延，但这件事太敏感，他不能翻白眼了。等到使者来催稿时，他只好一边喝酒一边拟稿塞责。他这次玩得不漂亮，连佯醉也不敢过分。《劝进笺》语意依违，自己既很纠结，对方也不会满意。一两个月后，他就死了。史书上没有说他被杀，他应该是病死的。但这种胆战心惊、避祸自保的日子太伤人了，他应该是被吓死的。

不知他最后注视这个世界时，青眼乎？白眼乎？

4

再说佯狂。

司马昭想和阮籍攀亲家，自然是因为阮氏子弟颜值高，学问好，遗传基因出类拔萃。阮籍确是公认的美男子，《晋书》中曾为此不吝笔墨。

一般来说，正史是不屑于关注这些花边新闻的，由此亦可见阮籍之男神风采不同"一般"。而同样在《晋书》中，对嵇康的形象推介又更甚于阮籍，诸如"龙章凤姿"之类的赞语虽然让人不得要领，却肯定是极高的评价。关于嵇康的容貌最富于文学意义的描写还是来自他的一位朋友：

> 嵇叔夜之为人也，岩岩若孤松之独立；其醉也，傀俄若玉山之将崩。

仅凭这两句话想象一个人的容貌，仍然是不得要领，但至少可以认定该男子之高大魁伟，且气质超好。

这位朋友叫山涛。

山涛也是竹林七贤之一。七贤之中，阮籍、嵇康、山涛私交最好。作为乱世名流，三人各具性情，立身处世亦各有风范。阮籍喝酒、佯醉，和官场若即若离。他平日里懒懒散散，白眼看人；但偶尔也会现身官衙露一手，把政务处理得干净利落。他其实是和当局虚与周旋的意思。山涛是忠厚长者，又是官场中人，而且官还做得不小——尚书吏部郎——一看这名字就知道和中组部有关，对，这是中组部主管官吏选任、考察及调动的官员，周围巴结的人不会少。他倒不是那种一阔脸就变的人，相反，他对朋友很关顾。温和、大气、懂进退，而且才华很好，并不平庸，这就是山涛。

嵇康走的是极端路线，他是曹操的孙女婿，在司马氏眼里，大抵属于前朝余孽。既然如此，他索性就彻底地弃绝官场仕途，彻底地不合作。当时的文人有很多是吃药的，那是一种时髦。吃了药不能休息，要"散发"，一般是走路。他们穿着宽大的衣服，趿着木屐，走得风生水起。而且兴奋，举止言谈皆放浪形骸，全不顾纲常名教，这就是佯狂了。嵇康也吃药，但他不走路，他打铁。他原先住在山阳，后来迁到洛阳来了。洛阳是京师，出将入相，冠盖云集。他就在这些大官的眼皮底下开了家铁匠铺。他身材高大，体格健壮，吃了"五石散"后精神焕发，就用打铁排解多余的精力。叮当叮当，打铁声坚定而沉着，一个不世出的大学者在洛阳东郊打铁，中国的冶金史应该记上一笔吧。

他为什么要打铁呢？是不是为了测试自己生命的强度？这是一个铁与火的世界，铁锤砸在铁砧上，实打实，硬碰硬，谁也不怕谁。抡锤人当然不能宽袍大袖，只能短打，甚至赤膊。炉火映照着他健壮的身躯，此刻若用玉树临风或者清新俊逸之类的形容词肯定太轻佻了。锤起锤落，火星四溅，汉子鼓突的腹肌、胸肌、肱二头肌次第发力，联袂炫示，勃发着阳刚的气息。这是真正的秀肌肉，也是他生命中真正的高光时刻。我说不清这种演出指向他性格中的何种诉求，但我至少知道，如果他干别的——例如做豆腐——那就肯定不是嵇康了。

叮当叮当，打铁声坚定而沉着，不屈不挠地传进京师的宫阙。有人想：这家伙哪儿不能打铁，为什么非要从山阳跑到洛阳来打？而且给人打铁还不收钱，这是图什么呢？或者说这是在向谁示威呢？

嵇康一边打铁，一边读书写诗做学问，有时还要给朋友写信，他那封青史流芳的长信——《与山巨源绝交书》——就是放下铁锤写的。

山巨源就是山涛，嵇康为什么要和他绝交呢？

山涛要升官了，由尚书吏部郎升任散骑常侍。顾名思义，"常侍"就是皇帝的贴身秘书，从职级上讲，这是进入了高级官员的行列。需要指出的是，司马氏暂时还不是皇帝，现在坐在皇位上的人还姓曹，但官员的任免大权都在"大将军"（司马昭）手里。因此，这时候任命的散骑常侍,实际上就是司马氏派过去监视傀儡皇帝的特务。看来司马昭对山涛相当信任,不仅派他去"常侍"皇帝,还让他推荐一位吏部的继任者。山涛推荐了嵇康,他可能觉得自己这么优秀的一个朋友,老是在郊外打铁算什么呢?长此以往,连养家糊口都成问题。而且他还有一种不祥的预感:这铁再打下去,恐有……杀身之祸。

一个正五品的、负责朝廷人事调配的、周围有很多人巴结的尚书吏部郎虚位以待,只要嵇康愿意。

弹冠相庆吧。

但嵇康不愿意,于是便有了这封《与山巨源绝交书》。

虽说是绝交,语调却并不激烈。嵇康貌似自嘲地列举了自己不适合当官的诸多原因,计有"不堪者七""不可者二","非常7+2",一共九条。"不堪者"就是不能忍受的;"不可者"就是坚决不做的。这九条理由表面上是说自己的个性特征和生活旨趣,实际上是抨击官场的丑陋和黑暗。且看"不堪者"其中的一条:"危坐一时,痹不得摇,性复多虱,把搔无已。而当裹以章服,揖拜上官,三不堪也。"

他说,做了官,就要端端正正地坐着办公,腿脚麻木也不能自由活动。而且自己身上虱子很多,一直要去搔痒,这时候如果穿着官服去迎拜上司,如何是好?

古代由于书写工具的限制,写文章崇尚简洁,写信更是如此。但嵇康的这封绝交书很长,从开头的"康白"到最后的"嵇康白",调侃挖苦,洋洋洒洒,计一千八百多字。那时候纸的产量很少,还没有完全取代竹简,所谓"洛阳纸贵"恐怕不光是说文章漂亮,纸的价钱也确实贵。想象一下,这封绝交书要用多少竹简!再对比一下,博大精深的《道德经》和《孙子兵法》只不过五六千字,一千八百多字的信,可谓长篇大论矣。

　　但仔细体味这封绝交书，我还是有点疑惑，我总觉得作者有点举轻若重，似乎有意要张扬什么。如果仅仅是绝交，其实三言两语即可，甚至不予理会即可，根本用不着这样耗费竹简，长篇大论往往有弦外之音。见多了那些分手的恋人，凡咬牙切齿或絮絮叨叨地诅咒不休的，往往是心有不甘藕断丝连。真的绝情，只要一声"再见"或一个手势就了结得干干净净。

　　那么嵇康有什么弦外之音呢？

　　这封绝交书一写，嵇康必死无疑，因为他实际上是宣告与司马氏的彻底不合作。嵇康是认定了要当烈士的，但他要保护山涛。因此，他才借此机会当着全世界的面羞辱山涛，这是做给司马氏看的。嵇康这一点很了不起，他自己义无反顾，但他决不让朋友垫背。任何一个时代，义无反顾的烈士总是少数，大多数都是山涛这样的识时务者。嵇康尊重山涛的选择，他在信中对山涛的评价是："足下傍通，多可而少怪。"意思是你遇事善于应变，对别人总是称赞多而批评少。这话说得多好啊，精准、通透，放之古今而皆准。确实，这样的人在任何时代都会活得滋润些，我们没有理由指责他们，若排除告密和倾陷，"世故"其实并不是贬义词。山涛后来尽心尽意地把嵇康的子女抚养成人，并因此留下了"嵇绍不孤"的成语（嵇绍是嵇康的儿子），也留下了关于政治，关于气节，关于友谊的更多面的阐释。

　　景元三年（262年）夏天，在刑场上三千多名太学士的抗议中，一颗绝世才华加绝世容颜的脑袋滚落尘埃。太学士们本想提请杀人者珍惜嵇康的身份和名望：当代最具影响力的思想家、文学家和音乐家。但他们不会想到，在这几个闪光的大词中，杀人者根本不在乎思想、文学或者音乐，他们只在乎"家"——家天下的"家"，而那恰恰是需要用杀人来维持的。

5

阮籍和嵇康语境中的虱子只是一种修辞或假托，当不得真，但现实世界中洛阳的虱子肯定不少。那么一个世道，脏乱差再加贫穷，到处都是虱子麇集的乐土。"国家不幸孤家幸"。登基的虱王在"裈中"扬扬自得地发布宣言，老卯得很。那么就说国家吧，司马氏黄袍加身后并没有安稳多少日子，就发生了八王之乱。我们不管是看《三国演义》还是《三国志》，那里面的司马懿和司马昭是何等老谋深算甚至雄才大略。但先人太雄才大略也不是好事，三代以后，到了晋惠帝的时候，却连正常的事理也弄不清了。八王之乱后，晋室在洛阳待不下去，只得收拾细软往江南跑，此即所谓"衣冠南渡"。"衣冠"者，皇室贵族簪缨世胄也。值得一提的是，寄生在"衣冠"里的虱子也随之翠华摇摇地徙居江左。"江南佳丽地，金陵帝王州"，当然那时候还不叫"金陵"，叫"建康"。但"佳丽地"和"帝王州"都说得不错。江南真的是好，不仅达官贵人又找回了繁华旧梦，连寄生的虱子也顺势上位以至登堂入室了。

说虱子登堂入室可不是信口开河，因为有"词"为证——晋室南迁后，在衣冠士族中悄悄地出现了一个时髦的新词：扪虱而谈。

扪虱而谈的典故出自东晋名士顾和，大致情节是：扬州从事顾和去觐见宰相王导，因府门未开，就坐在门前专心致志地捉虱子。武城侯周顗来进见长官，见顾和独自觅虱，夷然不动，和他搭话时亦"搏虱如故"，遂大为叹赏，对王导说"卿州吏中有一令仆才"。

我实在很难理解周顗对顾和的夸奖，尚书令和仆射都是相当于宰相的大官，只凭一个人捉虱子捉得认真，就认定他有"令仆才"了？如果这样，未庄的阿Q和王胡也应该是够格的吧。

类似的情节还出现在名士王猛身上。王猛这个人据说少有大志，桓温入关时，他穿着粗布衣服前来拜访，大庭广众之下，他"扪虱而言，旁若无人"，纵论天下大势，一屋子的人听得一愣一愣的。他虽然拒绝了桓温的征聘，却因此扬名，后来成为苻坚的辅臣，亦官至宰相。

这实在是一种很有意思的现象，当初的名士们托言扪虱不过是佯狂避祸，那是血腥的高压政治下的"不得已"（鲁迅语），因此，那种玩世不恭放浪形骸也可以说是一种血染的风采。南渡以后，改朝换代的风雨已然远去，文人学士们开始走出为政治站队而担惊受怕的心狱，沉潜在他们心底的家国之痛亦逐渐消融在偏安江左的放诞风流之中。佯醉佯狂自然是用不着了，但佯作高深的清谈却变本加厉。这样一来，就连那不登大雅之堂的虱子亦与有荣焉。长此以往，扪虱而谈竟然成了一种"雅人高致"，甚至是一枚时髦的徽章，那种谈吐从容无所畏忌的"扪虱风度"受到广泛追捧，一时间，好像文士们若不能一边高谈阔论一边随手从身上捉出几只虱子来就不配称为文人高士、更不配经邦济国似的。而"扪虱""烘虱"之类的意象后来也堂而皇之地出现在诗人的歌咏中，成为实验性诗歌的某种尝试。

当然，那已经是到了说话著文不怎么顾忌的北宋。

宋代中期的某个时期，位于开封东厢新城区的春明坊几乎成了京师的文化中心，重量级的文人士大夫一时趋之若鹜。原因很简单：这里居住着著名学者和藏书家宋敏求。宋敏求不仅藏书宏富、质量优良，而且为人慷慨、乐于分享，凡有借阅者皆毫无保留。私人藏书楼变成了公益图书馆，流风所及，文人学士皆争相求为比邻，弄得春明坊的房价比内城的繁华地段还高。这是关于宋代文化风习的一个生动镜像，也是历史上最早关于"学区房"的记载，值得注意。

春明坊的住户中，有大名鼎鼎的王安石和司马光，后人只知道这两位因政见之争而势同水火，以致老死不相往来，但那是神宗熙丰以后的事，现在才是仁宗嘉祐年间，他们同在三司为官，惺惺相惜，经常互为唱和。唱和诗中亦有以"烘虱"为题的，颇引人注目。北宋中期是中国封建社会少有的繁华盛世，官员生活之优裕是不用多说的。因此，这些人的"烘虱"诗篇只是以戏谑为诗的某种尝试，并不是真的身上有虱子。作为文人，隐身于唐朝巨大的背影下实在是一种不幸，唐诗太巍峨壮丽了，他们既无法与唐人比肩，又不甘匍匐于唐人脚下，便试图在游戏的状态中探索诗歌写作的各种可能性，也就是说，宋人的"烘虱"纯粹是一种文学现象，既非矫情，亦与现实无涉。

但如果说宋代官员的身上绝对不会有虱子，那也不尽然。

王安石后来位极人臣，但此公生性邋遢，从不把洗澡和换衣放在心上，以致后来苏洵在《辨奸论》中攻击他"衣臣虏之衣……囚首丧面"。作为宰相，这就关乎朝廷体面了。同事们只得定期架着他去一趟浴室，称之为"拆洗王介甫"。然而尽管定期"拆洗"，虱子还是在他身上安营扎寨了。一次御前奏事，正值一只虱子在他鬓角上巡视。神宗见了，忍不住发笑。退朝后，他问副宰相王珪，皇上为什么笑，王珪告诉他原因后，他连忙叫侍从来捉掉。王珪说："未可轻去，辄献一言，以颂虱之功。"接着，一本正经地吟诵道："屡游相须，曾经御览。"王安石听罢也忍不住大笑一回。

王珪是词臣出身，文思敏捷且辞采赡丽。他有个孙女婿也是名人，叫秦桧。

宋代的虱子其实早已跌下神坛，扪虱也不再是身份高雅的徽章。像王荆公的这种遭遇，并不能怪虱子大胆"僭越"，只能怪他自己失去了身份定位。一个当朝宰相，怎么能一点不顾体面，以致让虱子蹬鼻子上脸呢？真是的。

虱子在贵人的鬓角上巡视，因为被皇帝看到了，所以能够传世。如果虱子在相对私密的场合侵扰贵人，曝光的概率就微乎其微了，除非当事人自己"著之竹帛"。

清同治八年（1869年）四月初七，曾国藩视察永定河水利，回程途中下榻于安肃县，当天日记中有这样的记载——二更三点睡，为臭虫所啮，不能成寐，因改白香山诗作二句云："独有臭虫忘势利，贵人头上不曾饶。"

曾国藩当时的身份是武英殿大学士、直隶总督。因直隶拱卫京畿，故直督号称疆臣之首。按理说，他这个身份的官员是不应该遭遇虱子的。但实际情况是，他下榻在安肃县。直隶总督驻节保定，安肃是距保定五十里的小县城，那里最好的招待所也不能保证没有虱子。也就是说，在这里，曾国藩的身份与环境之间发生了错位。安肃县的旅馆亏待了总督大人，但总督大人大概是不会怪罪地方官的，他只能一边扪虱东床一边戏改唐人的诗句以排解长夜。

唐人的诗，原句为"公道世间唯白发，贵人头上不曾饶"。世间所有的人，无论贵贱，在生老病死的自然规律面前都是平等的。而改诗的意思是，世间所有的人，无论贵贱，在臭虫面前都是平等的。所谓"独有臭虫忘势利"，为什么"独有"？因为现实世界中的人太势利了。这一句看似调侃，其实有痛切的人生感喟在焉。一个老官僚幽微的心迹，在这种私人化的日记中得以真情流转，况味怆然。

当天夜里，总督大人和虱子周旋时，有没有想到那曾让魏晋时代的文士们心驰神往的扪虱风度呢？日记里没有说。也罢。

文章最后，有一点还是要说一下，曾国藩所改的那两句唐诗并非出自白居易，而是出自杜牧，他记错了。记错了也不要紧。曾文正公是凭借再造玄黄的巨大功业而腾达官场的，不像有的官员是靠章句小楷考出来的。他当初虽也有科举功名，但名次相当靠后，令他一辈子羞于提及。清代殿试按名次分为三等，一甲赐进士及第，二甲赐进士出身，三甲赐同进士出身。他是三甲第四十二名，赐同进士出身。"同"就是相当于，用现在的话说，他"相当于"本科毕业，而且，还是三本。

选自《芙蓉》2022 年第 5 期

江少宾

墙上的祖先

江少宾

主要作品有《回不去的故乡》《大地上的灯盏》。先后获人民文学奖、老舍散文奖、西部文学奖等。现居安徽合肥。

"是先请下来,还是怎么搞呢?"二哥站在堂屋中间,自言自语,愁容满面地打量着墙上的遗像。我只能沉默。遗像一旦挂上墙就不仅仅是遗像了,而是供后辈敬奉的祖先,不能随便动的——动遗像和动墓碑性质一样,都是不太吉利的,不到万不得已谁也不会去做的事——二哥久居牌楼,他不知道的规矩,我就更不知道了。然而,老屋年久失修,遮不住风,挡不住雨,眼看就要倒了,我们总不能听之任之,不管不问,任凭祖先的遗像被埋在废墟当中吧?

更棘手的是,牌楼没有先例,也就是说,二哥将是第一个重新安置祖先遗像的人。

父亲从老屋往生才四年,音容宛在,遗像还是新的。四年间,每次推开那扇形同虚设的木门,我总看见父亲坐在椅子上,耷拉着白苍苍的脑袋,同往日一样落落寡欢,手边搁着一杯茶……母亲过世后,父亲在城里寄居过很长一段时间,他坚持一个人生活,自己买菜,做饭,自斟自饮。不冷不热的好天气,他会收拾得清清爽爽的,在大街小巷间漫无目的地穿行,累了,再把自己交给任意一辆公交车,坐到终点站,再从终点站坐回来。他渐渐习惯于使用电饭煲、微波炉、电冰箱、洗衣机、热水器……渐渐习惯于"饭后百步走",和那些优哉游哉的城里人一样,徜徉在橘红色的余晖里,脸上挂着安详的笑容。这些显而易见的变化令我们无比欣慰,谁能想到呢,我们看到的只是表象,他心心念念的,还是牌楼那几间弱不禁风的老屋。每次一家人聚餐,他总要翻来覆去地,祥林嫂一样念叨:刮台风了,落暴雨了,下大雪了,小瓦估计压不住了……老屋四壁空空,最值钱的家什是一台黑白电视机,14英寸,没人要的,有什么可惦记的呢?我们轮番劝慰,他默默地听着,听到最后,兀自呵呵呵,不解释,不争论。

我一直以为，父亲年事已高，思想到底还是守旧了。直到他从老屋往生，我才幡然醒悟，那个我们唤作"老头子"的人已经不在了，他的肉身化成一股青烟，和我们阴阳两隔。绿水东流，田畴空荡荡，他走过的脚印已经被风吹走了。他带着社员们一锹一锹挖出来的当家塘已经成了一汪死水，散发着阵阵恶臭。他费尽心力疏通的灌溉渠早已无人问津，淤塞着荆棘、杂草以及各种生活垃圾。他承包过六年的轮窑场已经沦为一座死寂的废墟，遍地瓦砾间，散布着人畜和鸟类的粪便。光天化日之下，他栽在房前屋后的几十棵香樟树被人明目张胆地砍走了，在家的老人远远地望着，大眼瞪小眼，谁也不敢出面阻止……但凝聚他大半生心血的老屋还在（风化的外墙像岁月斑驳的脸），他惯常使用的锄头还靠在墙脚（他披星戴月地扛在肩上，曾是田畈里一道瞩目的风景线），他烫酒的陶瓷杯还搁在碗橱里，深褐色，微微泛红，仿佛余温尚在。他自己选定的遗像（照片底部注有姓名和身份证号码）还挂在老屋正面的墙上，遗像上的他天庭饱满，嘴角含笑，仿佛并没有离开这个世界……这一切都是他在过的毋庸置疑的证据——与其说他是在意老屋，还不如说他是留恋烟火人间。

父亲晚年做过一件大事。他多方奔走，募集资金，修葺了祖父的坟茔，为过世多年的祖母立了一块碑，第二年清明，又把五服以内能联系到的亲戚召集到牌楼，集体扫墓。那是一支五十多人的庞大队伍，有公务员、职员、教师、律师、画家、医生、媒体从业者、自由职业者、个私经营户、农民工、农民……这些五服以内的亲戚，很多我已经对不上号了，之前没有见过，此后也再无联系。那个久雨初晴的上午，父亲穿着一件崭新的白衬衫，胸有成竹地站在亲戚们中央，满面红光地回溯血脉的源头，述说一代代人口口相传下来的各世祖。那一次，亲戚们真是给足了父亲面子，他们毫无怨言地听从他的安排，在规定的时间，分头赶到那个叫"磨担尖"的小山坳。一个都不少。

磨担尖离牌楼至少150里。那时候，父亲已经七十八岁了，居然一个人找到磨担尖，凭着年少时的模糊记忆，在一堆又一堆乱坟中寻到了七世祖。那个我们谁也没有见过的人近乎是个传奇，他从江西婺源一路向北，最后看中了枕山临水的磨担尖，不走了，扎下根来，结婚，生子，开枝散叶。磨担尖地势高，遍地砂石，种不了庄稼，养不活人，他便想着在水里讨一条生路。磨担尖主峰尖尖，左右两条山脊鱼背一样绵延，远远望去，就是一个弧形的大靠枕，拥着波光粼粼的菜子湖。菜子湖是长江的支流，淡水鱼类极为丰富，常见的有鲫鱼、鲤鱼、鲶鱼、鲢鱼、鳊鱼、皖鱼、刀鱼……几十种之多。当真是天无绝人之路，他水性极好，盛夏的夜晚，经常抱着根扁担，躺在水面上睡觉。这怎么可能呢？大家都笑了，父亲不满地咳嗽了一声，用不容置疑的口吻说，你们没见过，我也没见过，但这是祖祖辈辈传下来的，不会错！

那个我们谁也没有见过的人成了菜子湖南岸第一个渔民，他扎了张竹排，削了根长篙，仗着好水性，赤手空拳地下水了。菜子湖风高浪急，他在风浪里搏击了一天，结果一无所获。落霞与孤鹜齐飞，余晖映红了他沮丧的脸。那一夜，他枕着竹排，仰望星空（宝蓝色的星空湖水一样沁凉），愁肠百结。那一夜，他听见磨担尖浊重的呼吸、菜子湖澎湃的心跳，鱼群在竹排四周旁若无人地巡游……没人知道那一夜他究竟想了些什么，在后人的传说里，他忽然无师自通，在长篙上绑了把锋利的镰刀——这个划时代的举动，标志着他成了一个真正的渔民——手起刀落，刀刀见血，鱼，鱼，鱼，取之不尽用之不竭的鱼，他像收割稻禾一样收割烟波浩渺的菜子湖。那是他一个人的湖，他近乎赤条条地站在竹排上，放声高唱自编的渔歌——

  菜子湖水深又深
  红尾鲤鱼跳龙门
  米虾毛蟹粗黄鳝
  还有乌龟和老鳖
  菜子湖水清又清
  风摆杨柳雨弹琴
  云过青天江升到
  一竿长篙任我行
  啊，任我行——
  …………

  是的，他大名江升，享年五十一岁，三房，五子。他活在我们这一房几代人共同完成的口述史里，没有任何官方文字上的佐证。他的老像（画出来的遗像，牌楼人称之为老像）是乡村画师根据祖父的口述画出来的，前额鼓突，眉宇宽广，瓦片一样的两颊紧绷绷的，山崖一样陡峭。第一眼看上去，五六分神似晚年的祖父。他名下的另外两房人已经散失，大房一直在磨担尖周边繁衍生息，稀稀拉拉的，像一盘散沙，怎么也聚不拢，渐渐下落不明；最小的一房传到一个独子，参加过渡江战役，新中国成立后便失去了联系。

  此后，他又无师自通地发明了"扳罾"，网格状，漏斗形，木把手。雨季的磨担尖，湖水倒灌，沟沟渠渠都满了，漫溢成河。他赤着脚，推着扳罾，"哦——嚯嚯嚯——，哦——嚯嚯嚯——"，短一声，长一声，长年累月的水上生活，练就了他的手感和直觉，推着推着他会突然慢下来，快速端起扳罾，哗啦啦，罾里活蹦乱跳的，都是鱼。

也就这些了，一个人的全部，看上去轰轰烈烈、波澜壮阔的一生。今天的菜子湖畔，他编的渔歌依旧在传唱，只不过，没人知道谁是"江升"。

七世祖之后，八世祖九世祖十世祖都是渔民，他们的老像和七世祖一脉相承，如果仔细辨认，会发现八世祖的眼角有一颗米粒大小的黑痣，十世祖的嘴角挂着一丝不易觉察的笑容。作为活生生的生命个体，他们从几代人的口述史里消失了，没有生平事迹，没有兴趣爱好，只剩下几个并不确凿的名字——"八世江公：振阳（扬）""九世江公：四鸣（铭）""十世江公：传（船）久"。我不能理解的是，七世祖尚有一块长眠之地，而属于八世祖九世祖十世祖的，却是一片无人认领的乱坟。血脉相连的几代人，命运竟然如此不同，这是单纯的偶然，还是另有不愿让后人知道的隐情呢？

在岁月的长河里湮灭，被后世遗忘，这是大多数人共同的命运。

我还记得祖父——江满舟，我确凿知道的十一世祖，一个勤劳俭朴、忠厚老实的人。他一生最辉煌的业绩，是从菜子湖畔的磨担尖举家迁到巢山脚下的牌楼——从水里到岸上，几代人的生活方式由此改变，在那个年代，这无疑是个里程碑式的伟大壮举，但他自鸣得意的，却是祖母过世后，他一个人既当爹又当妈，将五个儿子拉扯成人。

祖母是活活痛死的。适逢梅雨季节，密密的雨幕从瓦楞间瀑布一样挂下来，织出一条条亮亮的白线。祖父光着膀子蹲在檐下，眉头紧锁，苦大仇深地看着瀑布一样倾盆而下的大雨。在父亲年幼的记忆里，祖母一直蜷缩在床上，捂着肚子，喊痛。没人知道她为什么一直喊痛，也没人问她为什么一直喊痛，仿佛那是一件天经地义的事情。许多年过去，对父亲来说，遗像里的祖母已经是一个陌生人，在他脑海里盘桓不去的，是她弥留之际，扭曲的脸上汗涔涔的（像一块长时间浸在水里的裹脚布），蜷缩在床上（被粗布蓝衫包裹着的单薄的身躯），朝他伸出一只枯手……他一个劲往后退缩，一直退到门边，停住了，单薄的木门成了他最后的依靠，"那已经不像手了，像一条蛇"。这个怪异的近乎有些不可理喻的念头纠缠他很多年，直到他慢慢老了，才渐渐卸下压在心底多年的悲伤和自责。

但他时常半夜醒来，一边拍床一边喊，蛇！蛇！

哪里会有蛇呢？

柔和的灯光抚平了他的惊惧，他茫然地看着天花板，轻轻叹了一口气，又沉沉睡去。

一而再，再而三，在他的晚年，梦境和现实的边界已经模糊了。他整天疑神疑鬼的，足不出户，要么卧床，要么蜷缩在破旧的藤椅里，长时间一言不发，神情酷似晚年的祖父。

祖父一直没有续弦，祖母过世时他才四十岁，正当壮年。偶有媒人上门，他总是躲得远远的，把几个邋里邋遢的孩子留在家里。牌楼人看在眼里，动了恻隐之心，里里外外地帮衬，几个没娘的孩子，竟也没吃多少苦。

那时候牌楼只有七户，四户姓朱，另外三户，一户姓曾，一户姓唐，一户姓胡。他们和祖父一样远道而来，跋山涉水，最终都不约而同地，在牌楼收住了急匆匆的脚步。

五个儿子，祖父最疼五叔，他时常把五叔带在身边，捕鱼，卖鱼，早出晚归，风里来，雨里去。大家心知肚明，五叔是被他寄予厚望的接班人——五叔遗传了他的长相和性格，水性又极好，暮年入水依旧"浪里白条"，仰泳，蛙泳，扎猛子……谁能想到呢，五叔死活不肯继承他的衣钵，他死皮赖脸地，说尽各种好话，五叔高低不应声。

他像一个泄了气的皮球，慢慢地委顿了下去。

他像往日一样忙里忙外，只是身边少了一个"跟屁虫"。

清官难断家务事，乡亲们顾不了这些，私底下多次敲打五叔，"你大真是白疼你了啊……"五叔只是笑，高低不应声。

五叔是个不轻易袒露心迹的人。他既不喜欢漂在水上，也不愿意泡在田里，最终，他不顾全家人的一致反对，选择了一种闲云野鹤般散淡的日子——游泳，喝茶，玩纸牌，下象棋，雷打不动地收看《新闻联播》，听黄梅戏……我行我素兴趣又极其广泛的五叔，成了一个"异类"。

祖父洗脚上岸是否和此有关？我没有求证，也无法求证。20世纪70年代我出生时，祖父已经老了，弯着腰，走路慢腾腾的，拄着拐棍。他给我最深的印象，一是沉默寡言，"磨子都压不出个屁来"；二是特别怕冷，刚过白露，他就把火钵从床底下掏出来，让我母亲煨火。母亲是童养媳，服侍他几十年，像熟悉家里的旮旮旯旯一样熟悉他的生活习惯。每次接过火钵，母亲转身就要翻晒他的棉袄和棉裤。他个子大，腿子长，棉裤夹在晾衣绳子上，像一只迎风招摇的水桶。那件瓦蓝色的老棉袄他穿了好多年，胳膊肘子都泛白了，还缝了三四个补丁，但他舍不得扔，一直穿到死。

祖父离世时我只有八岁。那是我第一次经历亲人的葬礼，既懵懂又好奇，雪白的经幡挂满了堂屋，祖父的灵屋摆在堂屋中间——一座敞亮的瓦房，前面还圈了一座四方四正的院子，院子里站着一堆花花绿绿的纸人，男的戴着帽子，女的扎着辫子，还有一些人提着篮子，扛着锄头,挑着担子,抬着轿子……过年一样热闹。暖阳如瀑,从瓦楞间泻下来,祖父的灵屋矗在半明半昧间,仿佛他寂然而平淡的一生。聚光灯一样的光瀑里,花花绿绿的纸人异常醒目,仿佛即将复活。那些栩栩如生的童男童女让我对祖父的死亡产生了怀疑,或许他并没有死,而是去了另一个世界——另一个世界衣食无忧,有童男做饭,有童女洗衣,出门还有人抬轿子,不可思议!那是神仙一样的日子。

祖父的老像摆在灵屋正中间,那是一幅炭笔画,乡村画师史成玉最著名的代表作——画中的祖父目光澄澈,眉毛历历可数,嘴角衔着一丝不易觉察的笑意。史成玉画像有个习惯,不看相片,只看真人。祖父是突然间弥留的,史成玉从床头绕到床尾,一言不发,或站,或蹲,或单膝跪地,长时间盯着祖父。第三天中午,老像送来了,一屋子人惊得合不拢嘴,太像了,栩栩如生。这是史成玉画的吗?大家都不信。也难怪大家不信,那么一个胖坨坨的人,怎么学会这个本事的呢!

成玉父母死得早,养父是个道士,高而瘦,驼背,长髯,披着一件长到脚跟的黑袍子。每年腊月,他总要在牌楼住几天,上午休息,傍晚开始打卦。我记事时,他精力已经非常不济了,一晚上只打十二卦,打完六卦,成玉不问时间长短,总要拾起道具,安排养父吃晚饭。他不喝酒,不吃腥,冬天只吃两顿。

卦相不好,道士是要画符的,或为祛病,或为消灾。对道士来说,打卦只是基本功,画符才是真本事。奇怪的是,每年来牌楼,却是年迈的养父负责打卦,年幼的成玉负责画符。半年之后,成玉不愿意画符了,他要画像,画老像。日薄西山的道士空有一身法术,只好睁一只眼闭一只眼,随他。

道士登仙之后,心无挂碍的成玉终于如愿以偿。他没有继承养父的衣钵,反倒心无旁骛地奔走在画像的路上。三娘、五叔、三伯、远升二爷、冬至大爷、春明大婶……牌楼人的老像都是他画的,他画得多好啊,几乎和人一个模子。

后来街上开了照相馆,但老人还是愿意找他。照出来的只是皮,画下来的却是骨啊!

皮有什么用呢?和一副没用的臭皮囊相比,老人们更愿意留下自己的骨。

作为画师的史成玉很快便赢得了极高的声望。很多人不知道谁是大队书记,但方圆数里,谁不知道史成玉啊!为了请他上门画像,有一段时间,甚至出现求画者堵在他家门口,排着长队的壮观景象。

成名之后的史成玉陀螺一样旋转在高低不平的乡村小路上,从满月的孩子到腰包鼓起来的中年人,他坐在东家的堂屋里、门槛边、浓荫下、池塘边……心无旁骛地画像。这些肖像画是要收费的,多少不拘,可以是一条烟,也可以是两瓶酒,甚至也可以是一麻袋刚刚出土的山芋。但他始终恪守养父的遗训,免费画老像,十里八乡也都知道这个规矩,任何场合提起史成玉,最后都少不了送他三个字:"活菩萨"。

几十年下来,史成玉送走了一个又一个亡人,画过的老像足以码成一座山。它们被敬奉在一间间或明或暗的堂屋里,镜面上的灰尘覆盖着脸上的幽光。更多的肖像消失在人海深处,像那些去向不明的牌楼人,只留下一栋栋空荡荡的老房子。老房子对应的,不再是一段段岁月,而是户口簿上冰冷的籍贯,更时髦的说法是——老家。

史成玉两个儿子都在外地,老伴晚年也进了城,照看孙子和孙女。渐入老境的史成玉守着一栋老房子,哪儿也不去,饥一顿,饱一顿,在薄暮里孤魂一样游荡。当年那个红光满面的乡村画师不见了,取而代之的，是一个落落寡欢、颧骨高耸的秃头老人。

早就没人找他画像了。殡葬改革推行之后，葬礼所需的种种仪式，已经沦为一道道流水线，能省的都省了，不能省的，有些其实也省了。谁还在意炭画这种老古董呢？太麻烦啦，满大街都是电脑扫描，立等可取，一次性成像。

每次提起，史成玉都是一脸沮丧。有一年他突发奇想，能不能把自己画的老像拍成照片呢？一来，百年之后给孩子们留一份念想；二来，这好歹也算是一门手艺啊！奔走多年，他始终没有招到合适的徒弟，有些人半途而废，有些人知难而退，炭画老像这门手艺，就要在他手上失传了。

他赔着笑脸上门，孰料话未说完便遭到拒绝，"这是我家上人哎，老像，你知道规矩的啊……"

他当然知道规矩。好不容易才挤出来的笑容慢慢僵在脸上，又像一片飘零的落叶，转瞬就枯萎了。

——遗像一旦挂上墙，就不再是遗像了。但，要是必须从墙上取下来，又该如何处理呢？

二哥踌躇着，从衣橱里摸出两瓶酒，领着我去找史成玉。

史成玉笑吟吟地迎出门，晃着我的手，说："我认得，我认得！大模样没怎么变。你也就四十旺岁吧，头发怎么就白了哦？！"简短的寒暄之后，我委婉地说明来意，"我家那老房子怕要倒了，墙上还有您画的老像，这怎么搞呢，可要我帮您拍下来啊？"他脸上的笑容潮水一样退去，"不用拍了，不用拍了，又不是什么了不起的东西。再说，我也丢手了……"

那潮水一样退去的笑容，岁月一样苍茫。他是难得一笑的。岁月一样苍茫的晚年，他时常蹲在家门口的枫香树下，一个人打卦，"扑哒"一声，他不满地摇了摇头，弯腰捡回来，重新打。卦外是凉薄的人世，卦里是无常的生死。他还会画符吗？我不知道，话到嘴边又咽了回去。

但他从来不帮人打卦，乡亲们遇到疑难，总要去找他，他的热情一如往日，答疑解惑，帮乡亲们想办法。然而这一次，他的眉头却锁了起来，好半天之后，才模棱两可地说："搞三个碗请，请下来之后，带到你们自己家，挂起来，没有其他法子。我活几十年了，还真没经过这号事……"

我和二哥都有些意外。史成玉不知道的规矩，不会再有人知道了。

他最多七十岁，脸颊、额头已经爬满了老年斑。最要命的还是咳嗽，咳咳咳，喉咙里扯着一只小风箱。岁月真是残忍啊！我如坐针毡。墙上的道士像已然泛黄，关刀眉消失了，眼神依旧是活的——我站在左边，他盯着我不放，我转到右边，他盯着我不放。毛骨悚然。那些打卦的夜晚突然一起回来了，我在人群中间钻来钻去，看道士打卦。史成玉一次次冲我做鬼脸，"蹲下来！不要跑，蹲下来！"顽劣的我哪里肯听他的话。我依稀记得，他总是单薄的，裹着一件松松垮垮的军大衣，耳朵红彤彤的，生着冻疮……

夕阳西下，倦鸟归巢，牌楼空荡荡。两只野猫从黄昏里蹿出来，嘶叫着越过低矮的山墙。

选自《作品》2022 年第 5 期

任芙康

腊肉

任芙康

毕业于南开大学中文系。编审。曾任《文学自由谈》《艺术家》主编,天津市写作学会会长,天津市文艺评论家协会会长。享受国务院特殊津贴专家。多次担任郁达夫小说奖、鲁迅文学奖等奖项评委。第七届、第九届茅盾文学奖评委。

记忆里，老家进入腊月，便是腊货熏制旺季。岁尾三十团圆饭，桌上不摆出几盘腊制食品，纵有鲜肉亮相，仍属"糊口"，无非比平日多道荤菜而已。这般将就，是对春节的敷衍，往往会惹人轻看。

正月的光阴，跑得飞快。元宵节过罢，大人换上工装，学童摊开课本，心思转移，拜年话渐行渐远。唯有殷实人家，嘴角尚未褪尽喜气，案板上依旧时有腊货出没。

斯文些的一家之主，能将偶尔上桌的美味，享用得有板有眼。往往一改节中随意，端起酒盅，浅抿一口，伸箸夹起亮闪闪的一块肉，或一片肠，并不顺势入口，暂停推进，似有不舍的端详，惜别的踌躇，甚而凭吊的怅惘。心下满是明白，所有的美妙，万勿好戏连台。口腹之欲的重逢，同样须有间隔，讲究的是应季循环。

正月下半段，仍有人家操办宴请。这些绝非拾遗补阙的应酬，多邀"稀客"，日子早经谈妥，故而，万不可视作寻常吃喝。此刻上席的腊肉，皆为遴选的臻品，乃"黑爷"身上最优秀的"五花"（边角部位，早就充任过年初期大快朵颐的先遣）。主菜四周，聚拢各色煎炒蒸炖。东家一再自谦的"便饭"，不断收获客人的饱嗝：安逸，巴实，今天嘛，才算伸伸展展过了个年。——老家的习俗，便是这样，过年的压台戏，往往在门庭若市消停之后。

天气一天天暖和，到了旧历二三月，又有三朋四友谋划打牙祭。开卷有益未必人人肯信，开饭有益一定个个爱听。杯盘碗盏数十天的素净，让人开始追思春节的铺张。饕餮之徒的肠胃，早无气节可言，压抑到对个暗号就上钩。甲说上句"苞谷酒"，乙接下句"老腊肉"。这两样到位，余下的配菜，全成枝节，随便兼搭就是了。耳闻上海人下馆子，点菜亦有类似默契，只是沪语柔媚，带着善解人意的体贴。某人刚诉苦"一天不见青"，随即有应和"两眼冒金星"。这就等同知交,瞌睡来了递枕头,会心一笑,携手入席。有得青青绿绿的"鸡毛菜"坐镇,草草添几种海味、山珍,便成盛筵。

其实,在冰箱缺席的年头,只有到了乡下,方可窥见"老腊肉"的尊容。那般黑黢黢、油乎乎,堪属不同凡响的色彩。你越是肤浅,越容易痴迷,越不舍失之交臂。远虑深谋的庄户,年节里会时时眷注腊肉的存量,不搞大手大脚,反会挑选若干,悬挂于火塘上方。如此天天烟熏火烤,正是山民妥帖的储存。从水稻挠秧的六月,到开镰挞谷的八月(均为旧历),预期的盖屋建房,意外的人来客往,老腊肉都是鞭策或救急的功臣。

暑天的溽热中,腊肉命长,搁放越久,煮出来的味道越均匀、厚实。那年夏天,有同学提议,我等三人,凑了几斤肉票,在城里买上鲜肉,搭车下乡,去找他表哥以物易物。新婚的表哥,爽气外露,将肉递给老婆,吩咐割下一截,下厨收拾。表哥说完,跑着来去,从菜地拔回一把蒜苗。中午白米干饭,一盘清炒嫩南瓜丝,一钵回锅肉,叫人忘掉客套,个个热汗淋漓。酒足饭饱,表哥取出"置换"的腊肉。我接过手,明显重于带去的鲜肉(一斤鲜肉,应获腊肉八两)。不忍表哥吃亏,我们表示补偿一元(当时鲜肉市价五角八分一斤)。他连连摆手:"不亏,不亏。早想尝口鲜肉,莫得肉票,这一顿正好过瘾。"我们听罢,不再坚持,索性拜托表嫂,趁炭火方便,帮忙一把。表嫂动作麻利,又有章法,将腊肉烧皮、泡胀,刮洗一净后,切成三份,再用草纸包得方方正正。告辞时,表哥家的小黄狗尾随着,发出莫名呻吟。我们走上一里开外的公路,它才怏怏而回,好像认定这几位贪心不足,吃过喝过,还骗走了主人的东西。

1976年年底,我在部队当干事。所干之事,从早到晚,手握秃笔,填充稿纸。某一天,新稿完工,伸罢懒腰,突发奇想,何不再找点事干?便与驻地附近朋友联系。对方是农场当家,听完我的打算,哈哈大笑,答应帮忙。隔了两天，我如约到得场部。两小时前，食堂为改善职工伙食，刚让几头肥猪谢世。此刻，闲人早已散去，给我的预留，正是事先说好的数量（二十斤），亦是事先说好的质量（不要尽瘦，不要尽肥，不带骨头）。一位师傅结完账，又照我请求，将肉分割成巴掌宽、一尺长的条状。

回到营房，原本只是写字、翻书、睡觉的空间，因如今桌上堆放着猪肉，外加一应调料，平添世俗的家常，让人再难正襟危坐。贪嘴的人，都会有可笑的耐性，就如我眼下，无师自通，细心侍候每块猪肉。抹盐、敷酒（沙城大曲）、撒花椒及敲碎的八角，外加蒜末、姜末，之后使暗劲揉搓。耗费半个时辰，估摸味已入肉，紧实地码放盆内，腌上一夜。

宿舍皆平房。由房间推窗翻出，六尺开外，是院子围墙，与住房间隔成一道无人行走的空当，其格局隐蔽，被我一眼相中。满地废砖，捡来搭成简易灶洞，中间平穿铁棍数根，再找一块锌板，盖住顶部。又骑车去木工房，驮回两麻袋锯末。

翌日上午，将腌好的肉块横陈于铁棍上，让它们开始洗心革面的演变。锯末漫燃开来，我的稿子再也写不下去，只顾透过窗户，观赏乳白色的"炊烟"，袅袅升起。

接连几个白昼，我"专注"于一心二用。每每伏案个把小时，越窗而出，朝灶洞火堆添撒锯末。便有不息的烟，熏染着华贵的肉。如是三日，大功告成。气色纯正的杰作，被赏心悦目地悬挂起来。又过数日，将晾得干干爽爽的腊肉，用报纸打包，装入一个大小恰好的纸箱。

北京南口邮电局，一位女职工开箱检查，年岁轻，所以好奇：您这腊肉，就是"辣肉"吗？我正要解释，柜台内过来一个眼熟的大姐。她则另有纳闷：腊肉属南货，只见过四川邮发北京，从无京城返寄蜀地，是您自己加工的？加工费事儿吗？诸如此类，让交谈进入我的"强项"，吸引了十来位顾客。

付邮之后，心里七上八下，生怕包裹有闪失。过了一周，赶去邮电局，排队拨打长途电话。轮到我时，运气不错，两三分钟便听见了亲人的声音。父亲恰巧在单位，告诉我航空信早到，而腊肉搭乘火车，应该会慢上几日，劝我不要着急。谁知转天下午，就喜读电报："肉到味好。"

我家所居，位于老城中心，是昔年教会的育婴堂。三幢西式平房，组合成一座院落。各幢结构类似，宽敞的过道两侧，房间大小相同，屋顶高挑，纯木地板，每户一室。单位办事周全，为各家另辟一扇后门，通向"厨房"。屋宇飞檐伸展，遮蔽出宽宽阶沿，安顿着家家的锅灶，这便天天都有人间烟火，谁家做了好菜，众皆美味扑鼻。据说，"北京腊肉"寄回那天，引起满院围观。我妈顿生与芳邻分享的念头，当即打整两块下锅。肉熟切片，按各家人头奉送品尝。众人都不曾推让，都真心叫香，都夸奖芙康。

后来探家，同院叔叔、阿姨，当面继续嘉许我的手艺。有位资深"五香嘴"，索性端坐我家，不仅点评腌熏考究，甚而断言燃料纯粹，全系柏木锯末。我妈眉欢眼笑，只是静听，背后用句句细节，对我摆谈那日"盛况"。这让我真切豁然，直见母爱，晓得老人家为儿子的雕虫小技，喜悦至极，且暗自骄傲无边。

选自《文学自由谈》2022 年第 5 期

云德

补袜
记

云德

笔名德耘、仲言等。享受国务院特殊津贴专家。曾任中宣部文艺局副局长，人民日报文艺部主任，天津文广局局长，中国文联书记处书记、副主席。著有《云德评论文选》（6卷）等，获得过十多个国家级文化与新闻奖项。

同学和朋友间的家庭聚会，倘若主持人掌控不力，一不留神就会变成女士们联袂组团的声讨会，把吐槽老公变为聚会的主要议题。揭起自家老爷们儿的短来，娘子军可谓个个奋勇当先、法不容情。尽管老公们偶尔也有尴尬时刻，但却给聚会带来许多意想不到的轻松快乐。鄙人补袜子的糗事即由此被公之于众，进而成为再聚时大家调侃的话题。

　　补袜子其实也不是什么难以启齿的隐秘，说到底，不外乎就是生活的惯性延续和袜子的质量问题。

　　讲到生活习惯，我们那代人的生活际遇和家庭教育与今大不相同，物质富裕时代的年轻人肯定无法理解。譬如我，自幼随祖母生活，从记事起，略通文墨的老人常年念叨着："一粥一饭，当思来处不易；半丝半缕，恒念物力维艰"的古训，严格要求我常用的东西须码放整齐，不能乱丢；食物无论粗细不得挑剔，更不可浪费。我慢慢被古训"洗脑"，也为生活的窘迫所驯化，节俭成了深入潜意识的生活行为。那时候，只有过年时才能穿上新的鞋袜，平常一年三季基本赤脚，冬天穿的大多也是打着补丁的旧袜子。记忆中，一过寒露，祖母就会戴上老花镜，把去年的旧袜子找出来，填上一个楦头，剪一块旧布，把穿破了的袜底密密麻麻地缝补平整，塞进早已晾晒过的棉鞋里。由此，寒冬里，一对脚丫子的保暖才有了着落。"新三年，旧三年，缝缝补补又三年"，对许多人来说，这民谣恍若隔世，我们这代人却沉潜入骨，奉为信条。

　　再说产品质量。过去的袜子纱支数大，所以厚实，能穿一两年。现在或为成本计，或因淘汰较快，普遍流行纱支数较小的薄袜，不耐穿。尤其是上了岁数后，脚后跟皮肤变得粗糙，通常一双新袜没穿几天就会出现破损。稍不留意，到别人家做客时，一换拖鞋洋相大出，经常会有脚趾曝光的场面让主客双方彼此难堪。

云德：补袜记

眼看着刚穿不久的新袜有了破洞，权衡再三，觉得扔掉可惜，只好求助夫人帮忙缝补。不承想，精心洗净的旧袜从此再也不见踪影。试询问，闪烁其词；追问之，则答复十分坚决：什么年代了，哪里还有人补袜子？丢人！结果倒也比较温馨，床头柜里一下子多出两盒新袜。

买新袜谁不会？感动但不领情！嘴上虽然诺诺称谢，心下却暗暗腹诽。"喜新厌旧"，对于有贫寒记忆的我辈而言，总不免生出几分暴殄天物的负罪感。"卖惨"的不归路，就是这么走了上去。

依赖外援没了指望。于是，不由自主地联想起毛主席老人家的那句名言：自己动手，丰衣足食。受伟人鼓舞，擎起自力更生的旗帜，尝试践行缝补袜子的大任。不想上手方知，看似简单的针线活，还有相当的技术难度。开始补袜时，既不清楚补丁朝里还是朝外，也不明白如何下手才能让不易固定的针织品听从指挥，忙乱中，第一次行动以失败告终。针从对面窜出不断扎手不说，补过的袜底不仅不平整，而且还四周露着毛边，实在没勇气穿出去。好在本人意志顽强，并未气馁，第二次动手时就认真汲取了失败教训，先将袜子翻过来，按所补袜底大小，在废掉的旧袜上剪下一块半椭圆状的补丁，紧贴袜底沿四周均匀缝合固型，然后以Z字形走针，确保两层织物充分吻合，最后再对破洞的周边多缝一道针线。待一切完事，翻过来再看，袜子外形完好。如果不让外人看到袜底，根本瞧不出任何缝补的痕迹。大功终于告成。由于补过的袜子有了双层袜底，经得住脚后跟的反复摩擦，穿用的时间大概率要超过新袜子的两倍，这"巨大成就"既能锻炼身手、平复内心，还能节省资源，何乐而不为？从此，缝补旧袜成了庸常生活中的一大乐趣。

今年春节回家过年，补过的袜子被妹妹发现，先是称赞嫂子的手艺，等得知非嫂子所为之后，马上笑嘻嘻地评价，虽然针脚歪歪扭扭、大小不一,难得的是造型上还颇得奶奶的几分真传。听了十分受用。

补袜这事之所以屡遭老婆孩子与亲友的揶揄,无非是边际效益太低。既然二三十块钱可买一打,花大半个钟头补双破袜子物有不值。实质上,补与不补既无关金钱,也无关面子,纯粹就是个生活观念问题。节俭的理念如果来自外力,会令人产生难以承受的痛苦;若是养成生活习惯,则会化为自然而然的行为。惜物绝不等于贪财,惜物是敝帚自珍,贪财是占别人的便宜。孔孟之乡的节俭教育,是严格的自我约束,而不是待人接物的小气和抠门。在山东老家,自己可以节衣缩食,待客必须慷慨大方,宁可自己受委屈,对外不能落寒碜,这是普遍遵循的民风民俗。在讲究公平交易的市场经济时代,这不一定受到社会的嘉许和肯定,但丝毫不影响它成为个人的行为准则。通常来说,惜物与节俭不涉及道德评判的范畴。

这每逢炫袜时也要随之一炫的"理论升华",不幸中被一场意想不到的经济损失间接给予佐证。退休之后,时间多起来了,不时去银行办理老两口的工资转存手续。银行的基金经理乖巧可人,一见面就喊"大爷",一告别就扶你胳膊说"慢走",一来二去,觉得你不把钱往那儿送,都对不起人家。经不住小伙子反复热情的推销,自己那点养老钱悉数买了基金。头两年回报不错,的确超过了定期存款近一倍;不料,从今年年初开始,基金指数直线滑落,养老金损失了四分之一。推销基金的小伙儿见面一再道歉,说是过去从来没有发生过类似的事情。面对数十万计袜子的经济损失,本人知趣地哈哈一笑,既是人家好心出错,自主行为的责任理应自负,经济大势岂有哪个能准确预测?计较岂不伤了和气,权当不懂金融的入门学费罢了。

此事不经意被一老友知晓,一时成了新的玩笑话题。疫情期间少了聚会,偶有电话问询,开口便是:基金又亏了多少?那么多钱要补多少双袜子才能找齐呀？大笑过后，天南海北地穷聊。聊着聊着，共识也就有了。我们这代人生活在动荡年月，穷日子过惯了，书生本色又注定了即便在商业社会也拉不下捞钱的脸面，所以，穷书生或许最不在意的就是钞票。钱多点少点无所谓，若能保障基本生活，心安理得度过余生，就算是最大的心理满足了。

话虽如此，谁也不愿意囊中羞涩、一贫如洗。近日，突然看到某大报一篇全面辩证看待经济形势的雄文，思想方法倒是我们曾经熟悉的，结论断定韧性十足、前景大好。虽读得眼花缭乱，却也很受教育，从中足可断定，基金盈利有望，甚喜。把这乐观信息传递给电话那端的老友，这哥们儿对全面辩证似懂非懂，依旧劝我止损。其实，本人胃口不大，回本即可。倘有此日，出逃的基金肯定回归银行定存，袜子还是照补不误。

选自《北京晚报》2022年6月5日

周家望

女儿笔下的文坛硬汉萧军

周家望

1971年3月生,现任北京晚报五色土编辑部主任,高级编辑。1995年开始发表文学作品。发表散文随笔300余篇、旧体诗词900多首。著有《老北京的吃喝》《从家望去》等专著。曾获"首届北京中青年德艺双馨"奖。

4月23日，世界读书日。

79岁的萧耘大姐，忽然快递给我一本出版于12年前的书：《写给父亲爱的记忆——萧军最后的岁月》。

"周家望，读书日，送你本书吧。绝对的好书，这本书以前跟你念叨过，没给过你吧？你抽空好好读读。那时候我写得真好，现在写不出来了。"

萧耘寄来的这册由中国书店出版的《萧军最后的岁月》，还是毛边本的。书的扉页上，萧耘用铅笔写着"萧耘自用。2010.8"，书的尾页上是萧耘的先生王建中的铅笔笔迹："仅存毛边本样书，概不外借。请见恕。"足见"耘中"二位对此书的重视。

如此厚赐，我焉能等闲视之？赶紧取出国维兄赠我的"家望所得"四字藏书章，恭恭敬敬地钤在萧大姐的笔迹旁，也算海内孤本，传承有序了。

之所以说到毛边本，是因为它与鲁迅先生颇有渊源，大概率是鲁迅先生从日本留学归国后引进的。毛边本的出版样式，源于欧洲，传到东瀛。据白化文先生考证，中国的毛边本的"始祖"，是鲁迅、周作人兄弟的《域外小说集》。鲁迅先生对毛边本最为垂青，他曾自诩为"毛边党"。他生前的多部著作，都是以毛边本面世。而萧军、萧耘父女两代，又先后以出版毛边本的方式，延续着鲁迅先生的文化美学倾向。

所谓毛边本，就是印刷的图书装订后不切光，书页之间只裁地脚（既利于上书架，又利于入刀裁），留着天头和翻口"右牵上连"，以示这是从未读过的新书。第一位读这本书的人，必定左手握卷，右手执裁纸刀，读完一页，再裁开一页，宁心静气，边读边裁。裁的时候，刀走书边，沙沙作响，裁开后，有趣的照片、绘图和意想不到的故事，纷至沓来，就像孩子们开盲盒一样。

显然，萧耘这本书，读起来却没有那么轻松，而是异乎寻常的沉重。

可以说，《萧军最后的岁月》是萧耘用文字和照片拍成的纪录片，其中注满了父女亲情，湿漉漉的，热腾腾的，像海底岩石上那涌动不息的温泉。

无处不流淌着汗水、泪水和热血！

三十年前，我到北京市文联工作后不久，就结识了这位被我戏称为"大火球"的萧耘大姐。很快，又认识了她身旁多才多艺、温润儒雅的王建中先生。我在《茂林居里两神仙》一文中，曾详述过我和他们二十多年的忘年之谊。

萧耘是萧军的二女儿，相貌、体态、性格、气质，皆有其父风范。她与萧军既有父女之因，又有师友之缘。如果说萧军是鲁迅先生的狂热追随者，那么，萧耘王建中夫妇就是萧老爷子的超级粉丝团。

萧军辞世三十多年来，他们夫妇按照父亲的遗愿，保管着萧军日记，捐赠了他的手稿、收藏和所用过的器物，编辑出版了20卷900多万字的《萧军全集》，为此投入了生命中的绝大部分精力。不管是在茂林居的书山之下，还是在通州美然百度城、顺义裕龙花园五区租住的寓所，乃至在昌平十三陵温馨老年公寓的仙人居，我每次造访，都看到这个"耘中组合"，戴着蓝布套袖，伏案赶稿子、校书样。见我来了，只当是茶歇时间到了，一杯在手，三人闲坐，几乎所有的话题，都离不开鲁迅先生和萧老爷子。

《萧军最后的岁月》一书，就是他们客居顺义时完成的。或许对于萧耘来说，这本书是对她深爱的父亲的最好的纪念，因为字里行间，无处不流淌着汗水、泪水和热血！然而就是这样一本以临床护理日记为基本素材的书，依然保持着萧氏文风中惯有的豪迈与达观：萧军重病期间对子女们曾说："死，也要死得艺术，死得有气派。纪念，也要纪念得艺术，不要哭哭咧咧的，凄凄惨惨的，我喜欢愉愉快快的！我想把我的身体捐献给挽救过我生命的海军医院，作为病理研究之用；如果癌细胞没有侵害到骨骼的话，我想解剖制成标本，送回老家萧军资料室或送给医学院，让学生们当作教具。据说，解剖用的人体远远不够用……若不然，就分别将皮肤、角膜等可用的器官尽可能地利用起来吧……"

萧军还说："他们都以为我是李逵，手持两把大板斧到处乱砍！其实，他们还没有真正地理解我，我也并不是那么样的莽撞和单纯！我有我的思想和理想，我不是只凭感情用事的，我也不是计较个人恩怨和区区琐事的……"

在海军医院住院部的走廊里，穿着病号服练八卦掌的萧军，身前身后还是百步的威风。

萧军身染沉疴之际，到了吃什么吐什么的地步，他却满不在乎。"吃着建中带来的西瓜，新鲜可口，'就是吐出来，也是西瓜味儿！管他呢！'爸边说，边吃，吐就吐！"

…………

尽管萧军有着异乎寻常的坚毅性格，如同一名勇敢的战士，但病痛的折磨，仍旧让他饱受苦楚和无奈。随着萧军临近生命终点的记录，萧耘那白描式的情景再现，简直让我不忍裁开书看下一页。因为不知道下一页里的萧军老人，需要再打几针"强痛定"止疼，腿脚上的水肿到了什么程度，肿块如何迅速在全身肆虐扩散……将心比心，看重亲情的人，又有哪个不为之扼腕痛惜呢！以至于我都不忍心把那些渗血的文字摘录于此。

面对萧老惨淡的病程，最为悲伤的莫过萧耘。她既是萧老晚年的工作助手，也是萧军最信任的亲人，更是被父亲亲手接生下来的女儿。萧军曾在《寄耘儿（并序）》中写道："一九六九年一月五日（星期日）次女耘儿来探我，携其亲手所制棉背心一件畀我，并言所制粗劣。余心感极而悲，成诗一章以纪。时正隆冬'二九'风怒雪飞时也。暖背暖心亦暖胸！一针一线总关情。刘庄遥记生儿夜，驿路频听唤父声！幼爱矜庄无二过，长怀智勇继家风。此生有汝复何憾？热泪偷沾午夜醒。"父女亲情浸满其间。

自从萧老患病住院，萧耘在照料老人和联络奔走各方之余，还专门准备了护理日记本、胶卷照相机和录音机，随时记录下与父亲有关的林林总总。从 1987 年 6 月萧军住院到 1988 年 6 月 22 日辞世，整整一年。萧老临终，还把一应未了的文事，交由萧耘夫妇办处。世间孝顺的儿女千千万，试问能做到萧耘这样的有几人？有时候，我甚至觉得，萧耘王建中二人，这辈子简直就是为萧军老爷子活着的。当然，这对于萧老来说，也是一桩可遇而不可求的幸事，因为不是每一位对社会进步做出过贡献的名人，都有这样克绍箕裘的哲嗣，愿意把自己毕生的精力和心血，放在父辈的未竟事业上。从另一个维度讲，萧老也是幸运的，都说久病床前无孝子，但萧军的六个子女连同他的儿媳、女婿，无一不是尽心竭力、细致入微地在床前尽孝。萧氏家风，由此可见一斑。

"只有诗，才是写给我自己看的"

记得 15 年前的一个夏日，由萧耘王建中历时近 20 年整理编辑的《萧军全集》出版，中国作家协会和北京市作协特地在中国现代文学馆联合举行了纪念萧军百年诞辰暨《萧军全集》出版座谈会。萧老家人、生前友好和作家学者100多人参加了大会。应萧耘之邀，我到场一睹盛况。那天的萧耘，兴高采烈，笑逐颜开，还是那个"大火球"的形象，从她的笑容里，我读出了她完成父亲的嘱托后，那如释重负的满足感。

为了向这位文坛硬汉表达敬意，那天我斗胆步萧老暮年所作七律原韵，献诗一首："佩剑从文赤胆过，深情铁笔耀星河。白山黑水遗民泪，卷地滔天怒海波。八月乡村曾血染，百年世事未传讹。至今瘦骨铜声振，慷慨平生正气多。"

萧老曾经对萧耘说过："我的文学道路，是由旧体诗起家的，我至今仍喜欢我的这些旧体诗。小说，是写给旁人看的；只有诗，才是写给我自己看的。"

余生也晚，对旧体诗词也是一番痴迷。萧军的旧体诗词，读来兴味盎然，不但格律严谨，而且境界超拔，带有鲜明的艺术个性："一啸群山百兽惊，苍茫独步月蒙眬。饥寒历尽雄心老，未许人前摇尾生。"这不就是萧军自况吗！"铁骨杈枒托地坚，风风雨雨一年年。秋来结子红于锦，何与闲花斗媸妍。"萧军的风骨与孤傲，在诗中表露无遗。"不叩不鸣一老钟，秃柯古寺自凌空。沧桑风雨行经惯，应是无声胜有声。"怎么读，都是萧军在说他自己。

2016年，北岳文艺出版社出版了"民国诗风"《萧军集》。"耘中组合"曾赠我一册，从20世纪20年代的"酡颜三郎"到80年代的"了翁"，横跨半个世纪的吟咏，诗人的遭际、性格、志向、心迹、情趣，多在诗中展现。1986年，萧军住院前后，曾作一首七言古风《封笔别坛》："小凤清于老凤声，迢迢风雨代不同。年逢八十双拱手，封笔别坛号了翁。"这首封笔之作，虽是语带调笑，亦显晚年孤寂之情。

萧耘在《萧军最后的岁月》一书中，不但引用了萧老自况的诗作，也援引了其他作家对他的描摹，使没见过萧老的读者，如见其面，如会其神。著名女作家叶文玲在《老钟》一文中写道："我想起文艺界盛传王蒙的一句戏言：我们作家队伍中，只要有这一老一少在，大家就有了安全感——一是萧军，一是冯骥才。的确，身高一米九的大冯和身躯像铜钟的萧老，不用问他武功如何，光看外表都极像身怀绝技的力士……最有意思的是手中的拄杖，大概也是女儿特意关照，所以他一走动，便象征性地提了这根以防不时之需的手杖。但手杖对于他，更多的时候是多余之物。所以，他往往不用它来拄地，倒像武松提哨棒似的，提着手杖稳步前进……"

尽管关于萧军的话题至今不断，甚至看法不尽相同。但萧军作为一位勇于面对生活困苦的行者，一位中国现代文坛不好惹的硬汉，一位具有进步思想和独立精神的知识分子，在文化界是有广泛共识的。不难看出，萧军的一生始终把他的恩师鲁迅先生作为精神支柱。诚如萧军自己所说的那样："鲁迅先生，是我平生唯一钟爱的人，一直到我死的那一天，我都钟爱他。他是中国真正的人！"

选自《北京晚报》2022年6月17日

生理期

蓝燕飞

原名兰艳辉,江西铜鼓县人。作品散见于《散文》《天涯》《作品》《美文》等刊,有作品被《中华文学选刊》《散文选刊》转载并入选多种选本。出版散文集《暗处的生命》《逆光》两部。

一

《黄帝内经》这样描述女子的成长与衰老："女子……二七而天癸至，任脉通，太冲脉盛，月事以时下，故有子。……七七，任脉虚，太冲脉衰少，天癸竭，地道不通，故形坏而无子也。"意思是说女子十四岁性发育基本成熟，月经来潮，可生育子女，四十九岁经水绝，进入老境，无力再育。作为中医典籍，它关注的自然是人体机能。其实，二七至七七，这三十五年，不仅是女人的育龄期，更是女人一生中最美丽、丰饶的时间段。肤若凝脂、面似桃花、袅袅娜娜、乌发如云，诸如此类的词汇都是形容此间女性的。只要是好年华的女子，身材不好肌肤好，肌肤不好头发好，所谓十八无丑女。有胶原蛋白，有丰乳肥臀，总差不到哪去。但过了五十，女人的丰满与弹性日渐消弭，犹若一条流经沙漠的河流，随着水分的不断蒸发，终于枯涸，一位鸡皮鹤发的老妪算是炼成了。故此，作为荷尔蒙晴雨表的天癸对维持女子的容颜美功不可没。

在今天，天癸被称为生理期。退休前一年，生理期还好好的，周期正常，量正常，它们传递出虚假的信息，让我误以为自己的生理期可以保持到六十左右。从理论上说，衰竭是一种渐进的过程，会先紊乱一段时间，忽前忽后，忽多忽少，一步一回头，就像曲尽时的余音，必得绕梁几日，方慢慢散去。我的枯竭是突发的，没有预兆，断崖一般。它去得决绝，把我晾在那里，任我愕然、怅惘，不知所措。

自然会有期盼。但一次一次失望，失望的次数多了，无奈只能接受。当然，想挽留它，现代医学还是有办法的，但这挽留也是权宜之计，保得了一时，不可能永驻。办法无非是补充，有说可以补充这个，又有说可以补充那个，但不管是这个还是那个，估计都是雌激素。而我的子宫里有一肌瘤，我怕这些飞来的雌激素会让一枚良性的肌瘤蜕变成另外的东西。说到底，活命是更重要的。因此，失望归失望，怅惘归怅惘，人为的努力倒不敢去做。

有时，会梦见它。桃花灿烂，我心灿烂。正是黄粱一梦，有多喜悦就有多失落，不说也罢。

天癸不仅关乎女子的容貌，更关乎家族子嗣的绵延。如此重要的东西在民间却是不能见人的。妇女行经时的用具，洗好后都是藏在裤子底下，不能接受大众的目光和阳光的直射，经血更是不洁的、肮脏的。经期的妇女因为"不干净"不能烧香、祭祀、拜菩萨，一不小心，甚至还能闹出人命。

十岁那年，铺里有对夫妻打架，落了下风的妻子情急中把染血的黄表纸拍到丈夫脸上。铺里小街皆是木板建筑，邻里间放个屁都能听见，自然无隐私可言。杀猪般大叫起来的丈夫引来了左右邻居。农村的夫妻打架，围观者多半是看热闹的，日子平淡寂寥，偶尔打打架当作调剂，何况两口子打架都是床头打来床尾和，没人真正把它当回事。但这次丈夫的大花脸，却犯了众怒，公认女人歹毒如蛇蝎，对自家男人下这样的狠手，是要把男人打入十八层地狱，投不了胎的。她的狠辣与欺侮远远胜过韩信当年所受的胯下之辱。因为众邻的参与，被架到梁上无法下台的男人自然怒发冲冠，愤懑难平，他狠狠收拾了女人。女人又耿又倔，鬼哭狼嚎，闹了十天半月，以离婚收了场。

女人走的那天，半条街的人都出来看热闹。她手挽包袱，昂着头，蹬蹬蹬地往前走。三个孩子大的九岁，小的还在地上爬，他们哭哭啼啼，拖的拖、拉的拉，女人收住脚，蹲下身子，似乎才从梦里醒转过来，她摸摸大的，亲亲小的，眼泪噼里啪啦往下掉。奇怪的是男人竟也泪眼婆娑，似乎万分不舍，他一直追到石桥头，才收住脚步。看热闹的人们一边感叹孩子们的可怜，一边指责男人："真是没刚性啊，这样阴毒的老婆莫非还想留着过老？"

几十年过去，女人的样子犹在眼前。肤黑、圆脸、短发，一件褪色的士林衫大褂裹着壮实的身子。她依傍着一条清凌凌的小河踽踽而行，河岸野草葳蕤，野花吐艳，谷穗即将成熟。透过时间的屏障，远远看去，女人只是一个蠕动的小小黑点，而她的四周是箭矢一般的唾沫，语言也是锐器呀，女人挡无可挡。事实上女人再没有出现。一个挂上"歹毒"标签的女人，娘家也不能容她，她还有什么路可走？几个月后，女人把自己挂在屋后山上的一棵油茶树上。她以这样的方式与世尘作一个了断。

二

庸常生活，更像是流水冲刷下的卵石，棱角俱无，稳当笃定。女子对待生理期的态度相对平和正常，虽然也有叫它"倒霉"的，但乡间约定俗成的称谓是：来客了。而再不济的客人，好好歹歹总要招呼一番。

待客方式的改变是社会发展的缩影。古时女子行经时缝一个小小的布袋，袋子里装着草灰。我小时候，见过母亲藏在褥子下的卫生带，臭烘烘的茅坑里也时有染着血迹的黄表纸。铺里唯一一个用卫生纸的宋医生，是从铜鼓下放而来，借住在小伙伴菊家里。"雪白雪白的纸，比我的作业本还要白，扔在茅坑里，她家真有钱呀。"菊一边吐着舌头，一边感叹。菊的父亲死于一次事故。那时，每到暮秋时分，生产队都要组织大家搞副业，以便年终分红时，大伙有可能分到一点过年的钱。老话说，靠山吃山，山里的副业就是砍树，一年年砍下去，砍伐点离村子越来越远。砍树是重体力活，为了节省体力，吃住都在山里。菊的父亲做饭手艺不错，是当厨师的不二人选。他在一个阳光大好的中午，摇摇晃晃地挑着一担饭食，准备送到劳作现场，却被一棵倒下时意外改变方向的大树当场压死。菊的母亲带着四个孩子独自撑了几年，终于改嫁他乡。我不清楚，生产队对菊的兄妹有无抚恤，但菊的作业本是那种最便宜的，是连格子都没有的土本子。

到我需要待客的时候，卫生纸基本普及了，随着经济的发展，它又从待客之物沦为如厕之纸，卫生巾的面世不仅让女人获得了一种更方便、轻松的待客方式，某种意义上也是对女性精神与身体的解放。

生理期也有了五花八门的别称，最常用的是"大姨妈"，它从城镇流向乡村，成为大众用语。

我没有考证过"大姨妈"的由来。"大姨妈"说起来也是客人，但比较而言，我更喜欢"来客了"。这三个字看似平常，细琢磨，却有朴素的人生道理，有几分郑重与雅致。对一个成熟的女人而言，它是每月一约的客人；对女性整个人生来说，又是某一时间段的客人。过了这个阶段，它就像那只黄鹤，任你千呼万唤，再不回返。这完全符合客的特性，更符合时间的特性。时间从不回头，客人总要离开，"相见时难别亦难"也好，"别时茫茫江浸月"也罢，这一片茫茫和难而又难的别与见皆是主客惜别时一眼看不到边的愁绪与不舍，是时间之河一泻千里永不回头的无奈与伤悲。

身体的零部件都是与生俱来，一世相伴。唯有生理期是客人，而且是贵客、娇客，它在某个特定的时间造访，最后挥手而别。之所以说它是贵客、娇客，是因为它对女性的活力和爱情的维系都至关重要。爱情与荷尔蒙休戚相关，没有生理期参与的情，可能是亲情，可能是友情，唯独难称作爱情。真正的爱情，应该是灵与肉的高度契合与紧密结合，从这个角度看，仅有精神与思想交融而缺少激情喷涌的柏拉图式的爱情和真正意义上的爱情也难混为一谈。

一个客人，几十年来来往往，自然产生了感情，一朝诀别，自有难以言说的哀伤。每每想到相伴之时，自己如何怠慢，少有殷勤，更是愧意横生，追悔莫及。记得它初来乍到时，我年方十五。现在的孩子，十五可能早就懂得待客之道了。但在20世纪70年代，物质匮乏，营养不良，十五六岁没有发育的大有人在。倒是那些初潮相对早的同学，似乎做了什么见不得人的事，遭人耻笑。她们虽然有着桃花般的脸色，但一般坐在教室的后排，规规矩矩，从不多事。初中时一名张姓同学来潮弄脏了裤子不说，板凳上也留下斑斑血迹，有调皮的男同学立马给了她一个外号：漆匠。每天放学路上追着喊："咚咚锵，锵锵咚，咚锵锵咚张漆匠，漆匠漆匠咚咚锵。"喊了一个多月，张姓同学终于抵挡不住，逃回家中。老师曾经翻过一座大山，来到她家，试图让她重返课堂。她的父母用一杯热腾腾的果子茶款待老师，然后各干各的事去了。老师先是苦口婆心，晓之以理，继而发雷霆之怒，拍案而起。她低着头，十指交叉着绞来绞去，眼泪一行行落下来，但态度非常坚决，整个过程未发一声。辍学后，她第二年嫁到了隔壁的修水，此后再无消息。她是初中毕业四十年聚会缺席的三位同学之一。

青春期女孩是含苞待放的花蕾，生理期是花蕾最娇嫩、隐秘、脆弱的部分，怎么经得起如此粗蛮的玩笑？

如果她一直读到高中，或许会有另外的命运吧。高中同学除了考学、考工作的，余下的多数做了民办老师。众所周知，民办老师在20世纪90年代集体转正，到了今天的年纪，每个月有四千多的退休金，和农村老人不可同日而语。可见貌似玩笑的一句话，有时也能改变一个人的一生。

另外一个同学的辍学也与生理期有关。那是高中的第一学期，来自三个公社的二十多名女生住在一间教室改成的寝室里。某天，一名同学突然喊叫起来，说缝在棉被里的十七元钱不见了。那时候，我们每周的生活费不会超过一元，饭店里又白又暄又香的馒头，一两米加一分钱可买一个。十七元，无疑是笔巨款。丢钱的同学高大结实，是森工后代，巨款是她假期荷锄上山，用自己的辛劳与汗水换得。她的床铺已经翻得底朝天，连一只跳蚤都逃不过去。她每晚哭泣，开始还有人劝，但她的悲伤如河流，眼泪一触即发。她哭一会儿，念叨一阵自己如何吃苦受累，黄天暑热都没歇一天，再哭一会儿，骂一阵盗贼如何丧尽天良，要遭雷劈。哭哭念念，念念哭哭，周而复始。按说，发生如此重大的事情应该报案或让老师来解决。关于这点，我的记忆已然模糊，只记得寝室的气氛压抑到了极点。时值暮冬，寒风掀动着窗户上的塑料膜，从破损处长驱直入，把室内所剩无几的热气席卷殆尽，身体是冷的，心是慌乱的，每见他人窃窃私语，我总是心慌脸红，似乎做了什么见不得人的事。这样挨了一些时日，莫名其妙就怀疑上了一个同学，我把她称作花。宿舍开始了搜查。没有组织者，自己对自己动手，或许是为了证明自己清白，所有同学都打开了箱子，那些大小不一、形状各异的箱子无一例外都是简陋的，它们洞开在几十双眼睛面前，洞开在寒夜里，洞开在月光下。事情进行得很顺利，轮到花才出现了停滞，这停滞显得意味深长，引来了所有人的目光，似乎一切将要大白于天下。原来花箱子里有个小小的蓝花手巾包，本不稀奇，但花一把拿起来，紧紧攥住。花的周围是她的同学却又似乎不是同学，而是对垒的双方，花站在箱子前，脸红得似血，怒目圆睁。这边的事情，早有人报告给班主任。班主任是个温和的中年男人，他的到来，结束了对峙的局面，花终于松开手,把手巾包用力摔在地上,开始恸哭。手巾包仰面朝天,袒露出花极力保护的秘密:原来是女孩行经用的"卫生带"。那个晚上,她一直坐在冰冷的地板上,拉不动、劝不了,号啕而至抽泣。如此挨了一夜,天一放亮,她收拾好自己的东西,夺门而去,再没有回来。

三

生理期这种事,在乡间,它一面是隐秘的,像门后角落里的一把灰蒙蒙的扫帚,难以示人,一茬一茬的女孩手忙脚乱但又无师自通地处理自己的初潮。但它又是敞开的,有个街邻直到十九岁才来潮,激动的母亲逢人就说,恨不得用喇叭广播一番。对这个母亲来说是"一天的云都散了"。如果女儿再不做大人,唾沫星子都会把她们淹死。做了大人的女孩才有资格谈婚论嫁,进而成为一个母亲,那是一个女孩最重要的人生意义。做了大人的女孩才有力气,做饭、洗衣裳、种菜、砍柴样样拿得起,可以将父母肩上的担子接过来挑一程。相比于生男孩的欢喜,女孩的降生总是要打些折扣的,但姑娘们大了,宛若春风里的竹节花,绿叶红朵,摇曳生姿,引得媒婆们纷至沓来。如若某个女孩不幸失了母亲,成了后母眼里的砂子,但她再苦再难,前面总有个出嫁的机会在等她,她还是有盼头的。对那样苦命的女孩而言,做大人就是一种拯救,嫁人就是二次投胎。

生理期初顾的时候,我在离家二十里的地方读高中。某天课间,感觉到了身体的异常。我躲在厕所最里面的位子,确定所有人都走了,迅速检查内裤,一小块深褐色的湿斑,虽然陌生,还是大致明白,是客来了。客初次上门,小心翼翼,像一个阵前的探子。正是它的点滴微量,让我勉强保持住淡定的姿态。一直等到上午的课结束,大家敲着碗顺着一条斜坡走向食堂，我才拉住一个关系亲密的同学，向她请教。她只比我大一岁，却有了丰富的待客经验。当然，不请教也是可以的，但是，我需要她陪我去买"妇女卫生用品"，确切地说是帮我去买。

翻过一座春天的山坡，山坡绿茸茸的，间或有映山红火苗般撞入眼帘。因为这件既让人害羞又有着隐隐兴奋的事情，我们似乎有了某种陌生感。对我来说，想问的话很多，但又无从说起，心里却像藏着头小动物，蹬踢着四脚上蹿下跳，眼看着要从咽喉里喷发而出，突然又一咕噜沉下去。那一截长不过千米的路似乎遥无尽头，好不容易到了供销社，同学径直走到北货柜台，我却磨磨蹭蹭，慌慌张张，涨红着脸，在食品柜台不肯过去，似乎那是一件与我完全无关的事。食品柜台一排玻璃罐，装着雪里松糖、冬瓜糖、山楂片、发饼……雪里松糖的味道最熟悉，它是县食品厂生产的糖果，一毛钱十三颗，是大家能够吃得起的零食。阳光从外面照进来，可以看见光线中的灰尘缓缓下落。零食、新布、酱油、散装酒的味道混杂在一起，一如我复杂的心情。眼角的余光里，同学已经在付钱了，我竟抢先一步，逃之夭夭，三步并作两步穿过黄土街道，站在对面的饭店前。阳光亮得刺眼，却又梦幻一般，眼前全是虚像。

同学把装有卫生带、卫生纸的黄书包递过来，我一跳三尺远，似乎全世界都看穿了那里面的把戏。

胆战心惊，却也周周全全做好了待客的一切准备。客人却不见了踪迹。咦，太奇怪了，怎么会这样？怎么可以这样？就像一台戏，锣鼓响了半天，看戏的人等了半天，演员把头从幕布后伸出来，瞭一眼台下，就默不作声收场了。一地的观众被晾在那里，夜色渐浓，夜风渐冷，走不是，坐不是，真正是手足无措。没有派上用场的卫生带、卫生纸可以压在箱子底层，但它摆下的迷魂阵，把我吓得不轻，一颗心如秋千一般在半天云里荡呀荡呀，怎么也落不进肚子里。

搜寻自己有限的知识库，然后翻过来转过去地想，莫非自己不是一个正常人？

说起来我已经是高中生，但没正经读过几天书。小学未学过拼音，初中勉强能够写全二十六个英文字母，高中了连化学元素周期表都不认识，生理知识更是闻所未闻。我们的主业是劳动，先是把学校后面的山坡整理成漂亮的茶园，然后参与了一座小型水库的修建，还在山顶筑起了两间干打垒。在铁姑娘盛行的年代，女性的生理特性被无情忽视甚至抹去，女生自己也羞于声张。有次班里组织同学们砍竹子，来回将近二十里山路，返程时还要肩扛一根毛竹，有个女生，一瘸一拐走得艰难，样子十分痛苦。原来她正值生理期，腿根已被磨破。

如果自己不是正常人，那是什么人呢？阴阳人还是石人？据说阴阳人白天是男人，晚上是女人，也有白天是女人，晚上是男人的，石人干脆就不是人，是石头成精取了人的外貌还是人失了魂魄像块石头？虽然云里雾里，搞不明白，但有一点是清楚的：阴阳人和石人都不能有自己的孩子。

乡下的孩子虽然没有接受过正规的性教育，但这样那样有声有色的笑话听了满箩筐。一个乡下孩子，从小就明白生育的重要。那些不能生育的女人，被人耻笑，任人欺辱，成为低人一等的贱民。"怀假孕，钻石缝"，说的是一个女人久不怀孕，公婆嫌、丈夫嫌尚可理解，但外人都嫌她如狗屎，女人实在没办法，竟把一只瓢倒扣在衣裳内，假称怀孕，但这事怎么可能瞒得下去？水落石出的时候，羞愧交加的女人投河而亡。她的死，不但没有换来一丝一毫的同情与怜悯，还成了一个笑话，在山村流传，只是她没如大家所愿，钻进一条石缝。我目睹的因不孕而离异的案例也不少。邻家媳妇因为生不出孩子，两口子悄无声息把婚离了，而另外一对就吵得天翻地覆，人尽皆知。他们一路吵到公社，又一路吵回家，来来回回，最后自然是各奔东西。小街上的孩子闻吵而动，趴在公社门前，成了他们婚姻瓦解的见证人。

漫长的男权社会，休妻虽然常见，但也要师出有名。而不孕是休妻的重要理由之一，连陆游与唐婉的悲剧，恐怕也与唐婉的无子脱不了干系。生育权是天赋人权，捍卫的一方自然堂而皇之，心安理得。直到20世纪70年代，在农村的广袤大地上，生孩子依然是女人一个人的事，生不出孩子的所有罪责都要落在女人身上。

后果如此严重，自然魂飞魄散。

时隔四十多年，我依然记得那天是星期三，离回家的日子还有三天。三天数千分钟，二十几万秒，分分秒秒似乎都跳在心尖上，简直如三年一般漫长、难熬。

终于回到家，顾不上饥肠辘辘，顾不上跋涉二十里路的疲累，急慌慌地在父亲的医书里找到一本《赤脚医生手册》，妇科那一章节只有薄薄的十几页，但却清晰地印着这样一行字：因为卵巢尚未发育完全，初潮后半年到一年，可能出现量少、经期不规则等现象。

这哪是一行字，分明是救命仙丹，我看了一遍又一遍，为了确认，甚至在自己的胳膊上狠狠掐了一把。没错，白纸黑字，就是这样写的。那个瞬间，人似乎摆离了地心引力，轻盈欲飞。

我就这样解决了人生的第一次危机，没有向任何人求助，包括自己的母亲。

以后的四十年，它定期来访，每月小住几日。一个常客，渐渐不把它当回事。可以说，漫长的几十年间，我没有为它做过什么。那些经期卫生，什么不吃生冷呀，不下冷水呀，等等，从来没有放在心上，该干吗干吗,想吃什么吃什么,而它竟然大度地不与我计较,也算得上是个有情有义的客了。

四

一位朋友,因为客两月未至,请教医生,获知自己进入了绝经期,瞬间崩溃,号啕大哭。这样激烈的反应医生自然不能理解,她觉得到了这个年龄,就应该绝经呀。医生的职责是指导对方管理好身体,至于心理的活动与情感的波动不属于他们工作的范畴——心理医生除外。当时,我也很难理解,觉得朋友小题大做。这说明事情只要没落到自己头上,就不是事情。

但纵览天下,何处又有不老的神仙?

衰老虽然与生理期有关,但又不完全是生理期决定的。衰老是时间对人类的赠予或毁坏,只要时间在流淌,衰老就不可阻挡。不信,你去看看二十岁和四十岁的人,就像一个新篮球和一个落满灰尘、皮子已经开裂、剥落但勉强还能弹得起来的旧篮球,你甚至不需要细看,只扫一眼就可以把它们区别开来。

与生理期分别,是"七七之年"后的第五年。按说,待遇不薄,我该满意。事实上,我念念不忘、无限惆怅,这样的欲哭无泪,反而不如痛快地大哭一场。人在年轻时,认为变老是特别正常的事情,有孩子、有青年、有老人才成为世界。当衰老降临,我开始憎恶衰老。我对生理期不可遏止的怀想,说白了就是对衰老的恐惧。我见过的八十岁以上的老人保有体面与尊严的估计不到三成。历经时间的摧残和病痛的折磨,他们如一片枯叶、一星残烛,随时可能碎裂、熄灭。而碎裂和熄灭前,遭的罪太大了。衰老不仅是外貌的改变，更是机器内脏的永久损坏。精神上它掠夺人类的正常情感与对世界的正确认知，还以疾病的名义对身体百般羞辱。有位患阿尔茨海默病的老人，五个子女，尽数遗忘，不仅如此，他还把大便弄得满墙都是，然后拍手欢笑像个恶作剧的孩子。时间抹去了所有的悲欢，抹去了漫长人生的印迹，大脑皮层白茫茫的一片真干净。那些失去记忆的人，陷在时间巨大而虚无的黑洞里，毫无还击之力，终于彻底淹没在时间的汪洋里。

还有一些瘫痪在床的老人，背部、臀部长满褥疮，床上挖个洞，以供排泄，一日三餐，端到床前，除此之外，再无其他。他们尚未被死亡带走，但已被亲人抛弃。只能在恶臭与冰冷的世界里，眼睁睁看着死亡一点点蚕食自己的血液、肌肤、骨骼与尊严。

造物主把最不堪的一段时光留给生命的尾梢。在这点上，人远远比不上植物，花草树木最后长出的总是新枝、新叶和新蕊。但一个人如果怕死就不能怕老，反过来，怕老就不能怕死，这是古老的鱼和熊掌的悖论。没有谁是心甘情愿变老的。只是不管多么不情愿，老总归要来。

曾去养老院看望一个亲戚。养老院建在一处向阳的山坡上，视野开阔，绿树环绕，但走进去，却有莫名的阴森、凌冽之感。那是孤独的气息，衰老的气息，是即将到来的死亡的气息。它们弥漫在建筑里，弥漫在空气中。那些老人，扎堆坐在阳光下，却似乎没有丝毫热度，目光呆滞，眼珠半天都不转动一下。

衰老横亘在人生最后一个路口，无人可以绕道而行。

如果把一生比作一天，衰老就是漫漫长夜。"设若只有早晨的蓬勃、白昼的辉煌，没有黄昏的凋落和夜晚的寂寥，怎么算得上过了一天？"

老是自然法则，生理期也是自然法则。生理期的结束预示着老的到来，老的结束预示着死亡的到来。不管哪一种，人都只能接受。积极也好，悲观也罢，态度无关紧要，因为它们不能改变现状与结局。

生理期被称作"客人"由来已久，人也是来世上作客的，作客期间，不完全白吃白喝，也给世界添一点色彩，使它看起来更美一点，更可爱一点，然后，在该离开的时候离开，绝不拖泥带水，这客就不让人讨厌。千万不能来而复返，没人可以返老还童，所谓的"老翻少"其实是疾病的警示，那重新贯通的不是生生不息的河流，而是死亡血淋淋的预演。

医学上，天癸与月经是同一现象；美学上，却似乎有阳春白雪与下里巴人之别，比较而言，还是生理期既顺耳又落落大方。

生理期再也不会成为我的客人。我也终将告别。在时间的旷野上，主客两便，纵使相逢也难识，罢罢罢，各奔东西。

却记得当年卫校读书时，某次生理老师的提问，是关于月经黄体与妊娠黄体的。十七岁的我站立良久，才用耳语一般细小的声音作答。微弱颤动的声波通过时间的传导与放大在我的耳边经久回荡，它是教科书上的标准答案，也是生命在时间中孕育、生长、衰亡的真相。

选自《天涯》（双月刊）2022年第6期，有删节

程鬘眉

每个人的傍晚都住着故乡的晚霞

程鬘眉

作家、出版人。毕业于北京师范大学中文系,曾任《青年文学》杂志编辑,中国青年出版社编审。在《人民文学》等报刊发表作品数十万字;著有长篇小说、散文集多部;策划编辑出版大型文学丛书"中国好小说"等。

人说，有一个时间，故乡会回来找你。

当我人到中年，面对故乡的故人，我知道这是时间保存到期、等候已久的礼物。

那一年我们相聚在加州，我与亚男和显宗，跨越了35年的光阴。

加州的阳光多有名呢？有许多歌子在唱它。其中《加州阳光》里面唱道：谁说幻灭使人成长？谁说长大就不怕忧伤？

那天一到加州，我就抬头仰望这久负盛名的天空了。阳光有若钻石般的棱角叠折，笔直的锐锋四射，一道又一道光芒刺得我睁不开眼睛。往远处看，海水正蓝，天空高远，帆影漂泊在天际，而此时我的家，已经在那大洋彼岸的深夜里了，人们睡得正香，父母已经年迈。

我的脑子里却一直回响着老鹰乐队的歌曲《加州旅馆》。

年轻的时候，我在北京南二环边的一栋高楼上，夜晚打开我的只属于那个年代的"先锋"音响，一遍一遍听音乐光盘。那些被打了孔的光盘银光闪闪，诉说着那个年代的时尚和哀愁。《加州旅馆》是我最喜欢的歌曲之一："在漆黑荒凉的高速公路上，凉风吹散了我的头发。"

所以到了加州，我一定坚持先找一个加州的旅馆，住一夜，然后再去赴约。

第二天从加州旅馆出发，去亚男和显宗的家，是在上午。

汽车打开了敞篷，一路阳光璀璨，一浪一浪洒在我的肩上，像一层层热沙，哗哗流泻。我抱了一盆鲜花，是送给亚男的花，她是小时候我们那个街区上最美的姑娘。

想起二十几年前我在北京的一个地铁站口，远远看见一个袅娜的姑娘走过来，在人群中兀自清高美丽，我轻声叫了一下：亚男。我们拉了拉手，在异乡的街头。

我手里是一盆兰花,就像 20 年前惊鸿一瞥的姑娘。

汽车在加州的高速公路上飞驰,风呼啸在耳边,我把花放在脚下,用胳膊围成一个屏障,怕风吹掉这些花蕊。

当我把鲜花放在门口玄关的刹那,一转身,我闻到了故乡红岸的味道,这个味道从哪里发出的我不知道。我只是突然感到我的故乡,从天而降。

小时候看了太多关于故乡田园的诗,"田舍清江曲,柴门古道旁""一径野花落,孤村春水生"。更有"春风又绿江南岸,明月何时照我还""日出江花红似火,春来江水绿如蓝,能不忆江南"。村庄和江南,似乎才是正宗的"故乡"原典,是地地道道的乡愁来处。

在我年轻的定义中,"故乡"就是"故"和"乡"的结合体,我向往凄凄落寞的枯藤老树、炊烟里的小桥流水。然而我发现我的故乡只有"故",却没有"乡"。

是的,我也有着无数长长短短的少年故事,那些故事发生在 17 岁之前,那些故事浅浅,如轻车之辙,不足以承载半部人生,但好歹也算是"故"事了。

但是我的故乡却真的没有"乡"。

乡是什么?是遥远的小山村,是漫山遍野的麦浪和田菽,村前流淌的小河,甚至还有在村口倚闾而望的爹娘?

而我的故乡,是最不像故乡的故乡,它矗立在遥远的北中国,那个地方叫"红岸"。那里的冬天漫天飞雪,少有的绿色是春天夏天街道两旁的杨树、柳树、榆树,它们掩映着一排排俄罗斯式的红砖楼房,楼房里有一张张少年的脸,常常在窗台趴着,不安,好奇,蠢蠢欲动。

那个地方盛产重型机器,一个个街区围绕着巨大的工厂,厂区里厂房林立,各种大型机器像庞然大物鸟瞰着我幼小的身躯,我觉得自己是一只蚂蚁，随时随地会粉身碎骨。

我在那里长大，在那些熟悉的街区里，一堆堆少年穿街走巷，疯狂生长。每天早上上学，可以沿途邀来一群伙伴，我们都是这个大工厂的第二代，大家不仅仅是同学，还是邻居、发小。每个人和每个人之间，总有千丝万缕的联系。如果你不认识这个人，但是中间最多不会间隔两个人，拐两个弯就是熟人了。那时候没有电话，大家相约的方式就是挨家挨户找人。在楼下大声喊彼此的名字，是那个时代我们最为欢乐的事。

但是仿佛这些，都不是我年轻时代值得存忆的故乡。

我最后一次回故乡时，见到许多阔别多年不曾谋面的人，他们从我的记忆深处——走来，我们像演电影一样邂逅、寒暄，一起辨认红岸大街旁的店铺和楼号，那一排排楼房里都曾经住着谁和谁？回忆起少年时代爱过的人与事，突然发现竟然我们也到了有故事的年纪。然而那些故事就像飘散的花朵，在海角天涯盛开、衰落，再盛开时，已经不再是原来的模样。

故乡早已变了模样，那些厂房依然坚固如昨，但是它们的创业者大多已经长眠于此，而我们这些继承者，却大多没有兑现父辈的誓言扎根在这片土地，当初的父辈远离自己的故乡来到这里，如今我们也告别了这唯一的故乡。一代又一代的人们在迁徙，于是远离故土的人们，有了深深的乡愁。

那些从此走散的人们，有的陆陆续续回来，或者相聚。相聚时有很多人流下了眼泪，有的人还记得我小时候的样子，我曾经穿过的衣服、鞋子，他们描绘得栩栩如生，我心内哗然。他们如此爱着我，其实是爱着我们曾经的时光和岁月。

离开加州的前一天傍晚，天高云淡，晚风暖怀。

亚男做了家乡菜，显宗在院子里烧烤，我们夫妻二人坐在旁边。空气中炊烟的味道，很像我们小时候楼顶的烟囱飘出的味道。

人间烟火气，最抚凡人心。

我似乎看到故乡炉膛的煤火，噼噼啪啪地燃烧。小小的我和姐姐提着篮子，一筐一筐往楼上运煤块。故乡的冬天寒冷，料峭；炉膛的煤火，通红，温暖，却转瞬经年。

《浮生六记》里说："炊烟四起，晚霞灿然。"说尽了人间事。

显宗在院子的地炉里燃起篝火，我们四人静静地喝着中国茶，以中年人的耐心和气度，慢慢聊着过往：共同度过天真懵懂的童年和少年；杳无音信疏离遥远的青年；却在不经意间，中年意外重逢。万水千山走遍，落花时节逢君。好在花未荼蘼，夕阳还未西下，我们还没有老到足够老，还可以在一起谈天说地——"少年离别意非轻，老去相逢亦怆情。草草杯盘共笑语，昏昏灯火话平生。"

故乡终将越来越远，远到我们生命的尽头，但是故乡的晚霞，会时常驻在我们年复一年游走的时辰，偶尔悄悄地来到我们将要老去的傍晚，赴一场故乡之约。

故乡到底是什么？

一个作家说：故乡就是在你年幼时爱过你，对你有所期许的人。

选自《作家文摘》2022 年 7 月 5 日

王跃文

书生戒

王跃文
———————————————

作家,湖南溆浦人。湖南省作家协会主席,中国作家协会主席团委员。出版长篇小说、中短篇小说集、散文随笔集等20多部,有作品被译成日、英文出版。曾获鲁迅文学奖等多种奖项。中宣部文化名家暨"四个一批"人才。

所谓"学成文武艺，货于帝王家"，自古是读书人的本分。倘学问之上，添些媚骨，藏些机巧，混得会更好。然而，人生是本大账，最终是要结算的。且说说康熙皇帝身边两位读书人的故事。

康熙皇帝八岁登基，亲政时也才十三岁。冲龄践祚的皇帝，学问见识尚在稚浅，必定拜服有学问的大臣，此亦人之常情。康熙六年六月，时任内弘文院侍读的熊赐履上奏说："如今百姓负担重，原因在于私派倍于官征，杂项浮于正额，朝廷减免的钱粮都被官员侵占而百姓空负其名，赈济钱粮也被官员吞没而百姓贫困加重。所以，要派清廉官员为督抚，贪污不肖者立予罢斥。"

因为有着道学家的名望，熊赐履奏事皇帝更能听得进去。于是，这位侍读官又指出朝廷急需解决的四大问题，都是基于弘扬道学的："政事纷更而法制未定，职业堕废而士气日靡，学校废弛而文教日衰，风俗僭侈而礼制日废。又请选耆儒硕德、天下英俊于皇帝左右，讲论道理，以备顾问。"康熙皇帝后来坚持几十年的经筵日讲，同熊赐履此番倡言大有关系。这是后话。此时正是鳌拜专权，他自己对号入座，硬说熊赐履这些话，实是参他这位辅政大臣尸位素餐，请皇帝将熊先生以妄言罪论处，并从此禁止言官上书陈奏。康熙皇帝不许，对鳌拜说："彼言国家大事，同你何干？"从此，熊赐履更深得皇帝宠信。

虽熊赐履在皇帝面前偶尔会说几句貌似不恭的直话，但很能讨皇帝信任。康熙十一年四月初九日，熊赐履奏曰："昨年皇上谒陵，大典也。今年同太皇太后幸赤城汤泉，至孝也。但海内未必知之，皆云万乘之尊，不居法宫，常常游幸关外，道路喧传，甚为不便。嗣后请皇上节巡游，慎起居，以塞天下之望。"康熙皇帝听了这番道学之言，颇有些愧疚，说："朕知外面定有此议论。"想必皇帝会暗自欣喜，遇上难得的直谏大臣。其实，这是熊赐履的机巧。

康熙十一年十月十六日，帝召熊赐履问道："近来朝政何如？"但凡官场老手都明白，皇帝这么问话，多是想听好消息。熊赐履却不仰体圣意，奏曰："盖奢侈僭越至今日极矣！官贪吏酷，财尽民穷，种种弊蠹，皆由于此。"康熙皇帝听了，并不言语，又问道："如今外面盗贼稍息否？"听皇帝这般口气，明摆着是想听几句好话了。熊赐履颇有些逆龙鳞之意，回奏道："臣阅报，见盗案颇多，实有其故。朝廷设兵以防盗，而兵即为盗；设官以弭盗，而官即讳盗。官之讳盗，由于处分之太严；兵之为盗，由于月饷之多剋。"熊赐履低头言毕，知道皇帝可能不高兴了，又说："今日弭盗之法，在足民，亦在足兵；在察吏，亦在察将。少宽缉盗之罚，重悬捕盗之赏。"皇帝明显脸面上有些下不来，但到底体谅熊赐履孤忠可悯，勉强说了两个字："诚然。"

同年十二月十七日，康熙皇帝又同熊赐履讨论治国之道，说："从来与民休息，道在不扰，与其多一事，不如省一事。朕观前代君臣，每多好大喜功，劳民伤财，紊乱旧章，虚耗元气，上下讧嚣，民生日蹙，深为可鉴。"康熙皇帝已经把道理讲得很明白了，熊赐履却还要阐发几句，颇有些指点皇帝的意思："但欲省事，必先省心；欲省心，必先正心。自强不息，方能无为而成；明作有功，方能垂拱而治。"这一年，康熙皇帝十八岁，熊赐履三十七岁。听了这位比自己大十九岁的道学家大学士的话，康熙皇帝只好说："居敬行简，方为帝王中正之道。尔言朕知之也。"康熙皇帝倒也从善如流，一副深受教益的样子，换成现代汉语，便是"您讲的道理朕懂了"；或可换作通俗台词："先生所言极是，朕受教了。"但是，第二年吴三桂就反了，"三藩之乱"骤然爆发。于是，康熙皇帝从十九岁开始，宵衣旰食，朝乾夕惕，备尝艰辛，直到半个世纪后驾崩，哪里是熊赐履说的"无为而成""垂拱而治"那么轻巧!

大凡皇帝赏识的道学家,一旦人当差出了毛病,其学问也都不对了。康熙十五年七月,熊赐履票签出了错误,却又诿过于人,被革职。票签出错本已致罪,诿过于人则是品行有亏。诿过是自古帝王常犯之病,康熙皇帝却最恨诿过于人,曾说:"朕观前史,如汉朝有灾异见,即重处一宰相,此大谬矣。夫宰相者,佐君理事之人,倘有失误,君臣共之,竟诿之宰相,可乎?或有为君者凡事俱托付宰相,此乃其君之过,不得独咎宰相也。康熙十八年地震,魏象枢云有密本,因独留面奏,言:'此非常之变,惟重处索额图、明珠,可以弭此灾矣。'朕谓此皆朕身之过,与伊等何预?朕断不以己之过移之他人也。魏象枢惶遽不能对。吴三桂叛时,索额图奏云:'始言迁徙吴三桂之人,可斩也。'朕谓欲迁徙者,朕之意也,与他人何涉?索额图悚惧不能对。朕之一生岂有一事推诿臣下者乎?"由是观之,熊赐履被革职,深层原因可能是他诿过于人,此行为同道学家相悖。康熙皇帝多年后旧事重提,说:"熊赐履著《道统》一书,过当之处甚多。"

君王好谀,自古而然。康熙皇帝却是个例外,不太听得进拍马屁的话,曾说过:"人间誉言,如服补药,无益身心。"

康熙二十年,"三藩之乱"平定,朝廷要祭告天地、社稷、祖宗,并诏告天下。大臣们起草文告,说平乱摧枯拉朽,全赖皇帝一人之功德。康熙皇帝看了,立马指出:此非朕一人能成之功德,亦非容易成功之事,文告重新起草!

康熙皇帝不邀功、不喜谀的事,可见于史料者极多。康熙二十六年六月初七日,皇帝为教育太子之事,晓谕大学士们:"朕观古昔贤君,训储不得其道,以致颠覆,往往有之,能保其身者甚少。""尔等宜体朕意,但毋使皇太子为不孝之子,朕为不慈之父,即朕之大幸矣!"

汤斌也是道学家,时任工部尚书,又在詹事府当差。他听了皇上谕示,立马奏对:"皇上豫教元良,旷古所无,即尧舜莫之及。"詹事府,即培养皇储的机构;元良,指的是皇太子。

康熙皇帝听了汤斌这话,很是生气,斥责道:"大凡奏对贵乎诚实,尔此言皆谗谄面谀之语。今实非尧舜之世,朕亦非尧舜之君,尔遂云远过尧舜,其果中心之诚然耶?"又说:"大凡人之言行,务期表里合一,若内外不符,实非人类。"

康熙皇帝并不认为自己治理出了尧舜盛世。且说一件后来发生的事情。康熙四十三年十一月,皇帝为着修明史的事作文晓谕诸臣,说道:"朕四十余年,孜孜求治,凡一事不妥,即归罪于朕,未曾一时不自责也。清夜自问,移风易俗,未能也;躬行实践,未能也;知人安民,未能也;家给人足,未能也;柔远能迩,未能也;治臻上理,未能也;言行相顾,未能也。"但凭公论之,康熙皇帝治国是很有成就的,唯其虔敬谦恭而已。往日的少年天子,此时亲理朝政已整整四十年,其间平定"三藩之乱"花了八年,收复台湾花了两年,征剿噶尔丹花了九年,而四十年间都在治理黄河。正是这一年,河工告竣,黄患暂息,黎民称颂。

康熙朝,当面谀今,会被治罪。汤斌面谀皇帝没多久,詹事尹泰入奏:"汤斌学问平常,年又衰迈,恐不堪此任。"皇帝说:"俟再过数日裁之。"没多久,康熙皇帝就把汤斌打发回老家了。事隔多年,康熙皇帝说起汤斌,颇为讥诮:"昔江苏巡抚汤斌,好辑书刊刻,其书朕俱见之。当其任巡抚时,未尝能行一事,止奏毁五圣祠,乃彼风采耳。此外,竟不能践其书中之言也。"

历史的真相是唯一的,但历史的演绎则是万花筒。时人眼里,汤斌颇多堂皇之言，俨然狷介之士；又经后人重重描画，汤斌雍正朝入贤良祠，道光朝从祀孔子庙。到了近代，刘师培说汤斌"觍颜仕虏，官至一品，贻儒学之羞"，邹容则责其为"驯静奴隶"。

选自《中国艺术报》2022年7月11日

江子

七棵树

江子

本名曾清生,男,1971年生,江西吉水人。有两百多万字发表于《人民文学》《十月》《北京文学》等刊,出版散文集《青花帝国》《回乡记》《田园将芜》等,获第八届鲁迅文学奖。现在江西省作协工作。

等我们老了,每年春天都相约去看树吧。
——题记

名称:樟树

树龄:不详

地址:江西泰和县沿溪镇赣江码头不远处

它有非常迷人的身段和容貌:它笔直。从脚部开始一直往上伸展着身子。它对称。左右两边的样子儿乎完全相当。它在离地两米的上空画着半圆。离地面最近的脚底就是它的圆心。

它的半圆不是某种机械画出来的,而是类似于手绘,特别有手工感,因为有的地方显得并不那么规整,也就是说,会有枝叶稍稍逾矩,但只一会儿,线条立马又回到了原来的圆形轨道上。

它特别像一把巨大的伞,一把遮风挡雨的伞。当地人就叫它大伞樟。

它应该有三层楼那么高。说明它已经长了很多年。两百年?三百年?谁知道呢。可是,它没有一点儿老态。它年轻着呢。它枝叶浓密,却一片枯叶也没有。它的每一片叶子都是泛着光的。春天来了,它最外层的叶子,就会迫不及待地长出来,嫩黄嫩黄的,整棵树立马有了英雄少年气。

它的体质那么好,如果拉它去做体检,它的所有指标肯定都正常得很。

有理由怀疑它会是林木中的运动员。不然，何以大风吹来，别的林木都瑟瑟发抖，它反而兴奋得摇头晃脑，一副吹着口哨举着哑铃痛快淋漓的样子？它的腿并不粗，可是壮得很，巨大的树冠顶在上面却稳如泰山，真像是玩单手倒立的体操运动员！

当然，它也可能是树木中的自由艺术家。它那么漂亮，像一朵临时停在大地上的绿色的云，完全一副爱打扮的艺术家的派头。它有特立独行的自我。它所在的脚下，是一块还算辽阔的平地。没有任何树木跟它在一起。这使它有一种自弹自唱自得其乐的意味。它享受着这属于一棵树的舞台。它是这个舞台上唯一的主角。

它其实是一个不知底细的野东西。它前不着村，后不着店。不像很多树，总是长在村前屋后，做了牛和狗的朋友，一副被家养驯化的样子。它不稀罕。它根本不耐烦村庄的鸡鸣狗吠。它像是从原始森林里走失在此的。它的全身洋溢着一种自由不羁的气质。它肯定有一颗野魂灵！

它在江西吉安泰和县沿溪镇赣江码头不远处。当然，这是人类的说法。它对自己的位置也许有另外的表述，谁知道呢。

它长久地守在这儿，是等什么呢？不远的赣江，源源不断地输送着时光和流水，倒映着夕阳和残月。这个野东西，心里有什么牵挂不成？

从这棵树看，大地是慈悲的。这棵树透露出来的信息，是自由良善，是不动声色却又惊心动魄的美。

多么难得呀。一块土地，能长出这样的一棵树，足以说明她是积了德载了福的。反过来说，一块土地，再怎样的苦难深重，有这么一棵树，苦难就可能得到消解，日子就会有童话的光感。

老实说，我对包括沿溪镇在内的泰和县一点儿都不熟。我是江西吉水人。我在南昌工作。我的成长与这里毫无交集。除了因工作认识了一些人,我对这里知之甚少。我来的次数也很有限。那样一块不知名的乡野,并没有引起我特别的注意。

可是十几年前的一次出差,我偶然看到了这棵树,这个野东西,就一直忘不了它,这些年来,经常恳请当地朋友把这棵树拍给我看。每一年,我都想知道它全部的信息。

——就这么一棵树,就这么单纯的草木之美,让我对这个几乎完全陌生的地方有了乡愁!

名称:柰树

树龄:600年

地址:江西吉水县阜田镇陈家村

你见过会走动的树吗?

它姓陈,位于江西吉水县阜田镇,距离我所在的乡镇只有二十里。可是我直到中年才见到它。

难道树有姓氏吗?我想是有的。它所在的村庄陈家村全部姓陈,它自然也姓陈了。

——这村庄住的是明朝著名外交家陈诚的子嗣。陈诚曾受明成祖朱棣之命五次出使西域,重开古老的丝绸之路,行程数十万公里,与郑和一海一陆,共开"万国来朝"的盛景。今天的乌兹别克斯坦、哈萨克斯坦等地,依然保留了不少陈诚使团当年出使的遗迹。他积十余年往返西域而形成的诸多外交经验(他晚年写下了《历官事迹》),被后来的李东阳、杨廷和、王崇古等多位明代名臣推崇备至,近代洋务运动的主要倡导者李鸿章，也从中得到了巨大的滋养。苏联历史学家弗拉基米尔佐夫如此评价他的外交成就："这个杰出的中国外交家用诚恳的态度和不放弃的精神，化解了两大世界最强帝国之间的矛盾，为帕米尔高原周边各民族带来了安宁与和平，是15世纪最杰出的和平使者。"

1424年，朱棣病逝，即位的仁宗皇帝昭告天下，停止四夷差使，已经走到甘肃的陈诚听命返回北京，不久就辞去官职回到故乡江西吉水县阜田镇上陈家村，直到94岁时去世。而那棵树，是陈诚从西域带回的不多的财富之一——西域遍地珠玉，他不取分毫，却把这棵树的幼苗、几株竹子和松树的幼苗带回，栽种在陈家村里。

他何以要带柰树而不是其他品种的树苗？有人说柰通"耐"。孤悬于外国，数十万公里的旅程，全靠骆驼、马匹和徒步，没有耐心是做不到的。"耐"是陈诚五使西域的精神法宝，也是陈诚最想留给子孙的精神财富。

持这个观点的是明朝四朝元老、与陈诚同是吉安人的杨士奇。他为陈诚写的《柰园记》曰：盖柰之为言，耐也。

可也有人认为柰树的寓意远非如此。柰乃是儒家的理想之物，也与蒙古帝国国师耶律楚材对蒙古人的教化有关。

相传耶律楚材应邀给成吉思汗诸子讲授儒家经典，详细讲述孔子关于大同社会的描绘，认为百鸟之王凤凰集于柰树之上，就是和谐大同社会的美好象征。

1225年，成吉思汗次子察合台汗得到了广袤富饶的一大片封地并创建了一个封国（察合台汗国）。他遵照耶律楚材的教诲，在位于伊犁河北岸的封国首府遍种柰树，并将该城命名为柰城（蒙古语叫阿力马里城），以此表达对儒家理想社会的向往。

明朝时，陈诚前后五次出使中亚各国，多次途经和造访此城。了解到二百多年前耶律楚材关于柰树的讲义，就对城中柰树格外珍视，故而决定将伊犁的柰树苗背到北京，继而移栽到他的家乡吉水县阜田镇上陈家的陈氏祠堂院子里。

这一棵柰树苗，已远不是"耐"这么简单，还有更深层的含义：

它是西域与明朝友好的见证，是陈诚五次出使西域的象征；它也是陈诚作为儒者心中的图腾之物。以毕生所学，服务朝廷辅佐明君，致君尧舜上，再使风俗淳，创造如同瑞鸟栖于柰树的理想社会，是儒者心中的至高追求，也是陈诚行程数十万里五使西域的精神支柱。

可柰树这一北方的树种，要在南方生长谈何容易！据说陈诚从西域返回时，一路不断给柰树树苗按比例置换土壤，小心翼翼地侍候它如同完成一件十分重要的外交任务。正如他的名字所暗示的那样，他的精心侍弄终于精诚所至，金石为开，这棵承载了巨大信息量的树在南方活了下来，活成了这整个南方国土的唯一。

——我去看这棵树的时候已是寒冬，可它依然满头绿叶，看得出的确有几分耐心。它在离地面几十厘米的地方就分成两枝，然后各自向上生长，整棵树形规规矩矩的，远看是南方乡野寻常可见的草木的样子。只是它的叶子有着南方的树叶少有的阔大和硬厚。当地的村民说，它春天时会长出白花，夏天的时候会结芒果一样形状的果子，果子的味道是苦涩的。

我从村民口中得知这棵树有着特别的个性：五百多年来，村里人想着广播陈诚五使西域的伟业，尝试着让它在当地繁殖开来，可经多次剪枝嫁接、栽种都不能成活——它要以唯一的方式存在，而拒绝复制与粘贴。

它看起来并没有五百多岁，只有一两百年的树龄。村民还告诉我一个天大的秘密：它原本并不是长在这里，而是在离这里几百米的地方。一两百年前，原址上的柰树莫名枯死，却又在现址爆出了新芽，然后慢慢地，长成了如今的模样。——也就是说，它以死去活来的方式，让自己走了几百米！

真是草木有灵啊！这样一棵有着不凡身世的树，有着强大的不死的生命力，同时又有着某种魔性，携带着某种特别的信息，保持着五百多年前的主人远行的惯性。我几乎要相信，只要有一声特殊的号令，它就很有可能拔腿而去，向着西方出发，把脚印踩在那条古老的无与伦比的丝绸之路上。

节选自《草原》2022年第8期

凌仕江

杂志铺

凌仕江

中国作家协会会员,国家一级作家。曾获第四届冰心散文奖、第六届老舍散文奖、《创作与评论》2013年度散文奖、《人民文学》游记奖、首届浩然文学奖、首届丝路散文奖、第十届四川文学奖。现居成都。

生生灯火，明暗无辄
　　　　——题记

有人说，没有无名的纳博科夫就不会有出名的洛丽塔。纳博科夫用《名利场》杂志所称的 20 世纪"唯一可信的爱情故事"——《洛丽塔》，曾挑起许多与文学相关或无关的激烈争论。我想说，当我们选择看一本杂志的时候，一定程度上是为了满足自己。而遇上一本书则不同，它并不带有明确的目的，如此阅读意味着上了一趟终点无法预料的绿皮火车。

除了读书，你是否还有看杂志的习惯？没有了，早没有了。尽管自己也是办杂志的人，甚至手上常有天南地北的杂志样刊飞来，却顶多扫几眼自己的作品便搁置一边。如果时光倒回十年或二十年前，可不是这境遇。那时，常把一本杂志当粮食捧在手心里细嚼慢咽。即便去了别的城市，也要想方设法寻觅报纸杂志最多的地方去晃一晃，这趟旅程才算有了饱满的精神意义。

人在拉萨的时候，常常把城关区北京中路 33 号布达拉宫右侧的邮政书局，当作日常的文艺打卡地。在我看来，拉萨文化的活水是从这儿流淌蔓延开去的。此地背后，就是唐柳掩映、古树盘根的龙王潭公园。绿汪汪的湖水中，常有几只长相怪异的生灵，在枯枝败叶中兜兜转转，引颈仰望布达拉宫的背影。有时，它们忽然扇动翅膀，仿佛接收到高高在上的某位情僧秘密传递的旨意，那婉转低迷的歌声与粼粼波光共鸣起舞，着实动情缠绵。

好几次早上九点，我徘徊等候在布达拉东南街口，邮政书局还没开门迎客，灿若金丝的阳光游过对面农业银行的屋顶，打在街边卖酸奶的老阿妈额头上。她竹筒里秘制的酸奶，五元钱一筒，皮亮脆软的面子上，覆盖着一层细软的白砂糖。一只枯藤般的手，递过来一把锃亮的银勺，深邃的眼睛里藏满了比雪更白的心事。她一手比画五个指头，另一手又加了一个指头。我起先不明白她不断朝我点头的藏语蕴意，接着才明白，跟随我流浪此地的自行车，她要再收取一元看管费。

比起位于城关区宇拓路2号阴冷、高深、陈旧、寂静的新华书店，邮政书局的敞亮、热闹、新鲜、时尚，与花花绿绿的杂志更新不无关系。论文化地标的选择，我不愿多去新华书店，那儿的图书种类偏少，多是本土作家存放多年的旧作，或一些自费代销的产品，除了岁月经年的腐朽味道，很难在此遇见内陆作家的新面孔，只有一本布满尘埃的《萨迦格言》由此廉价获得，我欢喜并保存至今。那是20世纪90年代的一个苍茫冬日，我将它请回小木屋，这本封面上绘有青云图案的古老小书，定价不足一元。

杂志铺里摆放的杂志价格多在三元以上。

仿若文学路上难兄难弟的面孔，尽管由于地理原因，很多杂志抵达世界屋脊时，早已衣衫褴褛，凉了黄花，散了骨架，但我依然有一种热切之心去亲近它们。久之，一个人移动在邮政书局的时光，总抹不去青春饥渴的记忆。杂志里闪透着一些裂缝中的微光，像麦芒一样刺痛我缺氧的心脏。它们既有纯文学类的《十月》《诗刊》《当代》等，也有通俗类的《人之初》《做人与处世》《辽宁青年》……有时，能在如此山高僻远的地方，遇上过期多日的一叠《南方周末》，于我也是一种幸运，好像远方大海上漂着的一根救命的稻草，若即若离地关照着雪域的一个文青思想的长成,让我没有偏离某种如天启和神谕般的指引,跌入平庸的泥潭。

我从不吝惜口袋里少得可怜的津贴,果断从柜台结账,洒脱地抱走一堆杂志回到小木屋。一路摇响自行车的铃声,过于兴奋、过于满足,至少它们可以抵达我的爱,抵消红尘的哀愁。不曾料到,一次次买杂志的场景,居然被一位书写拉萨文学史的前辈洋滔先生写进了西藏的文学观察报告。洋滔先生当时是《拉萨河》杂志的主编,称得上是拉萨文学建设的重要参与者或见证者。有一回,我刚结过账,回头发现洋滔先生也抱着一摞杂志,笑吟吟地排在结账队伍的后面。

不久后,他邀我和战友去位于江苏东路5号的拉萨市文联下棋,八一建军节我请他到军营喝文学茶,指导我们文学创作。

有一天午休时刻,突然接到洋滔先生的电话:"我在杂志铺买《美文》杂志,刚好发现这期有你的《一个人的哨所》!什么时候也给《拉萨河》杂志来一篇新作吧!"现在想来,无论从何种角度考察一个人的文学成长史,那些背离故乡的痴迷与孤独,以及追梦路上恰好遇见的人,皆是人生可遇不可求的美事。

我喜欢到邮政书局的原因,可能还有一个其他人不太具备的条件,那便是口袋里常揣着一沓来自全国多地的稿费单子,几千元或几百元是常有的储备。这样的底气,加大了我去杂志铺看杂志的频率,说得更高尚一点,是我对文学的坚守与信任(后来面对媒体,我总结这也是文字对我的信任)。在我聚精会神埋头翻动杂志的瞬间,人群中偶尔会遇上一个不速之客找我搭讪——他当然不是杂志铺的常客杨先生。在别处,他一有机会赶赴拉萨必到杂志铺,与我的兴趣一样,他喜欢用文字的排列与重组,写就异乡情感与心绪在雪山下荡起的涟漪。他甚至期待能够在邮政书局提供的这间杂志铺，遇见一个互换灵魂的人。

不知他后来是否换到别人的灵魂。

多年以后，面对宽大的电脑显示屏，我静坐于书房"藏朵舍"，重新审视拉萨杂志铺里相遇的人：目光与灵魂早已面目全非，太多过客已成记忆空白格。其中不乏身披绿色军衣的人，他们偶尔出现在杂志铺，只想让人觉得他仍是捏着文化信条的人；一些人曾希望用手中的文字，改变周遭的空气。可直到卸去军衣，也未能完成诗人的使命，反而经常提起还在写诗的军人，会露出嗤之以鼻的表情。命运多舛，人的环境即文学，不少军中诗人的理想半路夭折，甚至丢失了原路返回的机会。更让人唏嘘的是，他们从军中隐退，天天过着只有输赢、没有诗意的麻将生活。当年那个在杂志铺找寻文化粉面的人，即使当了职位不低的领导，可解甲归田也不敢多打麻将，躲在家里体会比在军中更为忐忑的心情。

他当领导时，受恩于他的人说他善起来比菩萨心肠还好，可被他整过的人，说他狠起来比谁都贼，人性的两面无可厚非，尤其是他暗中掐断了诗人们异想天开的文化天线，他满以为自己干得十分高明，可受伤的人都心知肚明，现在他想使唤诗人却无人接收他放射的信号，这不过是他自欺欺人种下的因果。

唯有曾经那个找我搭讪的人，信仰之光在时间背后闪烁着力量。他当时身着蓝色制服，腋下夹着一个皮革公文包，头戴橘红色安全帽。他微胖的身体，从建设中的青藏铁路格尔木赶赴拉萨。他对星光下的拉萨没有更多欲望和诉求，只想赶在杂志铺关门前多选择几本文学杂志，填充高原之夜的荒凉与内心的孤寂。他从杂志里"哗啦"撕下一张扉页，留下他的联系方式递给我，只是我没有正视它，一次也没有正视它，这是二十来岁的小伙子对一个五十开外的大叔的漠视。我不知在这个地方，同他适合谈些什么。面对无限寂静的西藏，真要开口说一句话，还是太难。比天空之蓝更富有的时间，不知把话说给谁听，反正白天的太阳和晚上的月亮，都不再逼我多说一句话，雪域万物早习惯了我的孤独和木讷，为了保护脆弱的灵感，我自私的灵魂注定无法与他人重叠。

拉萨河上的冰两星期前才彻底融化。在石头与雪筑起屏障的天边，霞光穿过经幡星辰的指缝，孤单而遥远，无法言说的旷寂与几只雪候鸟，维系着我自己的迷宫。沉默是个怪兽，埋伏在世界屋脊每个人的迷宫里，而我却必须和它相处，我制服不了这个怪兽，更不愿主动越雷池半步，直到拉萨面貌开始在我生命的痕迹里模糊，我在八百公里直线另一端的平原之上，想起一个不知姓名的抱走一叠杂志的中年男子。

每一件作品变成铅字，都是一个人灵魂对远方的投射，熨帖着所有不眠的寒夜，潜伏在那些未曾到过的第一次被文字之手敲开编辑的城门里。而到杂志铺里寻找那些来自异地的并且印有自己文字的杂志，往往比写作时的心情更为激越。

截至2021年仲夏夜，已整整六年没有回到拉萨，我不知那里的杂志铺是否还存在。仿佛一场秋风一树凋零，物流业和新媒体的火速崛起，将传统的邮政功能无情地推向边缘。成都的大街小巷，曾犹如满树花开的杂志铺，已恍然淡出人们的视野。

无可救药的孤独，如同突然袭来的寒流，真不知失去了根的树，在风中还能站多久。

294收报箱是从建设路邮局租来的，旁边有一家杂志铺。尽管我很早便在这城市购置了房子，但从不肯让天下那么多邮件，寄至社区单元门牌的报箱里。很多时候，我怀疑邮局人员对住宅的投递很不靠谱。

每周三番五次去建设路，打开邮政报箱收取邮件，如同去避难所或急救站,心情有点儿像是去投奔亲戚(这城市没有我土著的亲戚),更像是去拜访陌生的友人。彼此的等待,充满了未知的惊喜。收报箱里的世界,从没让我失望。有时出差几天没来,报箱便会给我塞满疯狂的收获。除了发表作品的样刊,还有一些主编定期赠送的刊物,密集的稿费单子如厨房里的柴米油盐,偶有读者来信,问我何时去他们所在的城市做一场签售会。

每次取走信物锁上报箱,我会顺便拐到杂志铺逗留一会儿。说不清什么原因,面对那么多新鲜出炉的杂志,我只顾乱翻却不愿意买一本。曾经我也厌恶这类人,不觉之间自己已成了这样的人,我怎么能够原谅自己的浮躁?老板是个戴眼镜的油腻大叔,每次热情地招呼像是熟知的故人。其实,我没有在乎老板的感受,他正在呵斥一个刘海快要遮住眼睛的女学生:"买不买嘛,那本杂志已快被你翻烂了!"我站在原地认真地回他一句:"这些文学杂志还有人买吗?"

"有是有,但少之又少,买的人偏中年女性多一点。"老板盯着电脑上的账目,头也懒得抬,压低嗓门答道。我对他说:"不错呀,看来你对文学杂志,还蛮知情的。"

"当然呀,毕竟是做了十多年的老本行嘛。像你手上拿的那本杂志,至今一本也没卖掉。"我怔了一下,心想这本杂志可是中国文学界的最高殿堂,缘何命运落得如此不堪?但我没能对他说出口,因为旁边一个手上捧着《读者》看的男子,一直在偷偷观察我。我瞄他几眼,似乎每次到杂志铺,都能遇见这个脸上长了白癜风的男子。他看我几眼,我也不吃亏地看他几眼,彼此无言。我悄然将杂志放回原处,然后问老板:"卖不掉怎么办?"

"还能怎么办?退货呀,反正是代销。"老板一脸无所谓的态度,忽然站起身，换了一个角度对我说："也不是这回事，读书大概也得分地域，比如，我们这里的文学杂志不好卖，并不代表所有的地方都这样，如果放在天津或上海，抑或北方，相信又是另一种情况。文化需求与地域差异密切相关，只读杂志却不买杂志的人，你不好判断他的真实身份，比如那个每次偷看你的人，他是厂北路的哑巴。但有一点毋庸置疑，读书多的人，谈吐自然不一样！"

我的脑海里条件反射地弹出拉萨杂志铺永远的人来人往。"你这里最好卖的，是哪类杂志？"

"当然是哑巴喜欢看的《读者》了，每期我至少卖掉八十本，还不够，有时还得想法到其他摊子上周转一些来救急，可以说，这么多年的市场销量，还没有发现哪一本杂志卖得过《读者》。其次是《知音》，不过这杂志内容不敢太恭维，很多读者反映它有欺骗情感的行为。"老板说到此，脸上挤出了不好意思的笑容。

话音刚落，店里突然进来一个顾客："老板，我订的《读书》杂志呢，给我留好了吧？"

老板笑着从案下递给他连续几期的《读书》，并向我小声介绍道："这是一个老板、合伙人、投资商，每期《读书》杂志他必买。"我直言不讳地对那位个子不高的顾客："能读这本杂志的人，头脑很不简单呀。"那位顾客满面笑容地打量我："不不不，我只是在坚持读书而已。"话还未讲完，老板便急着把我介绍给了这位顾客。他递给对方一本目录上印有我名字的杂志："看看吧，这里有他写的文章。"

"真是难得，如此浮躁的生活，还能坚持纯文学写作的人，太少太不容易了，我认识一些网络作家，他们几乎不读书，只喜欢胡编乱造！"顾客从书页间抬头看我，目光有惊诧，又隐着一丝无奈。

"确实有同感。这时代坚持纯文学写作的人少，读纯文学的人更少，买文学杂志看的人就少之又少了。"说完，我顺手取下一本《书屋》递给他，告诉他上面有不少好书介绍。他信了我的推荐，当即买下。他讲他大学时最喜欢看《收获》《人民文学》《北京文学》。如今，一个搞软件开发的人，长期只买《读书》杂志看，他的读书心得的确让我有些意外：科技发展离不开人文支撑。

这句话让我兴奋了好久，仿若眼里突然闪过夜明珠之光，即刻点亮了太多疲倦的风景与蒙尘太久的岁月。他所选择的读物看似与其从事的专业格格不入，但却补益、丰富、提升了工作与生活的色彩与厚度。正是这个陌生人格外的读书经验，校正了我长期以来所谓对路写作却单调的阅读习惯。

离别时，我们没有握手，心里的声音却不约而同：希望下次还能遇见你！

之后，我常自作多情地想，杂志铺相遇的那位顾客算得上我朋友吗？我还想，或许他也乐意将我当成朋友吧！卖书的老板，因为总是可以在他的杂志铺见面，我们彼此连一个电话和微信都不曾留下，每次见面却有老朋友般的亲切感，只要说到书，只要翻开那些散发着墨香的杂志，书里书外，我们瞬间就能沉浸于心灵最畅达的沟通。

有一回，他的表情不无遗憾地告诉我："哎呀，昨天我一直以为你会来。"我满脸纳闷。他说："有个写书的人，很想认识你，我让人家在这里等了很久。"他递给我一本厚厚的长篇小说，"你看吧，这是她让我替她代销的书。"我随意翻了几页，那字迹模糊的纸张和版权页的空缺，顿时让我预感到了什么不祥。为了感激杂志铺老板的热情，我顺手将刚从收报箱里取出的几本崭新杂志赠给他。我想，这是我对赠我杂志的主编朋友放大的尊重，其实我更希望读者感受到杂志编辑部同仁为读者付出的良苦用心。

可这样的光景，已然过去多年。掐指算来，至少有五年时间，我再没有去建设路邮局，294收报箱已在六年前一个沸腾的夏日宣告撤除。从此，记忆之城便多了一个老地方，它一直在等一个老朋友，只是挥不去的思念里，似乎我永远在别处，没有根，也没有乡愁。文学的出口在历史的进程中悄然进化，这六年几乎是新媒体迅速扩张的六年，也是杂志铺消失最为快速的六年，更是稿费单变成打卡记录的六年。

从此，风雨街头残存的294收报箱，如同一位扯掉了招牌的朋友，好比我常以异乡人的身份回到故乡，其过程充满了抵达的怀念和怀念的抵达。拥有光荣"毛体"书法定格的建设路，已载入我从别处下榻这座城市不可遗失的历史遗址。

有时，打车经过，很想看看杂志铺还在否，但始终停不下脚步。除了历史中的建设路邮政局，同城另一处更具历史面孔的署袜街邮政局，也残存着一抹经年难忘的记忆，那青砖汉瓦白灰的邮亭建筑，至今想来也是一处文物级别的风景，那次我不仅在此买到发表我两首短诗的1998年第8期《青年文学》，还在这里看到了种类繁多的文学杂志，那是我初到成都见到杂志最多的地方，这同样也印证了当时热烈的文学气氛。

有一点突然。

杂志铺的新闻是2020年冬天出现在作家朋友圈的。我没有点赞，也没有急着去打卡。

一年之后的春天，终于，一个人两手空空从杂志铺出来，内心有一种说不出的孤独和苍茫，仿佛我就是一本无人赏读的杂志。在这座城市的文化风景里，最先消失于杂志之前的不是记忆地标的署袜街，也不是建设路，而恰恰是那些走几步或拐个弯就能看见的花花绿绿的杂志铺。如今它的死灰复燃，并没有唤起我的兴奋记忆，反倒像一滴隐没于身体里的泪水，流不出太多的悲伤与喜悦。尽管依然喜欢翻阅杂志，总试图找回些什么，可心不在焉的思绪，却不再落于一本或一篇印象深的杂志作品之上，愧对文学之心如灌铅般沉重，那一刻有失文化尊严的感觉越思想越毁灭。

这家杂志铺是一处不足二十平方米的小铺子，是一座城市的唯一，也可能是文学在全国的孤独范本。当它以不可复制的文艺地标，悄然摆设在诞生过多位茅盾文学奖作家之地的红星路，新老媒体为此燃烧了一地热风，毕竟曾经满大街密集的杂志报刊亭已淡出公众视线，忽闻一夜清风徐来的杂志铺，被文艺风尚之人争先恐后刷爆各自沉寂的朋友圈。

只是我的情绪不再为此存在与说明。2021年6月中旬的一天，香港友人让我去报刊亭买几份登载我消息的《参考消息》，我跑过几条街不见报刊亭便已心灰意冷。与东野圭吾神秘的《解忧杂货店》不同，杂志铺是办刊人智慧凝聚的重要精神领地。三两张白色的小圆桌，一个有电脑结账的吧台，剩下的空间尽是琳琅满目层层叠叠的杂志。它们来自不同的城市和不同的街道，出自不同的编辑与设计师之手，历经不同的编辑部和性格迥异的主编，还有不同掌纹抚摸过不同纸张的印刷车间师傅。

要不是遇上高温天气去那儿办事，我绝不会到此吹冷风。

这里浓缩着辽阔的中国文学，富饶着几代人的共同追求，这些杂志有著名的"四大名刊"，也有张扬的"四小花旦"，有的来自穷乡僻壤，有的出自繁华都市，看上去几乎各省市有名的文学期刊都在此集合了，包括不少散落在民间的民刊也在此赶场，尽管时风让尴尬的文学之旗摇晃不定，但它们始终以文学的名义存续至今，不知有多少文人向往作品能够抵达那片天空,甚至有人将其立誓在上面发表作品,并当作一生的创作目标而努力。除了各类选刊、民刊,这其中以诗歌、散文、小说等纯文学刊物居多。

好比去菜市场,萝卜青菜各有所爱,可摆在我面前的这些杂志,随意拿起一本毫无目的地翻翻,又无所谓地放回原地;才拿起一册诗歌刊物放眼目录,却无耐心继续欣赏。有那么一刻,我眼里只剩下一个被杂志围困的自己,没发现一个多余的看杂志的人。曾经热爱翻阅杂志的人都到哪里去了?就我个人而言,不是这些杂志穿的衣服不好看,而是觉得它们的长相与功能,给人太多太难的无力选择,这和当下许多痴刷抖音的年轻人,三秒刷过别人的喜悦和悲伤一样,看杂志的热情与耐心,已被快节奏的生活慢慢淹没。

作为写作者,报纸杂志无疑是文学作品亮相最直接的舞台。究竟是什么原因导致自己失去读一本文学期刊的兴趣?我想是随着个人的成长与写作的需求,阅读选择发生了有侧重的分身蜕变,翻阅报纸杂志的兴趣少了许多,研读中外经典作家书系的兴趣却与日俱增。

一个电话,让我从杂志铺撤了出来。街边的阳光强烈地投射到杂志铺的玻璃墙上,隐约可见反光的人面。通话完毕,我想我该往哪里去呢?约好来此接我的司机,此时还在堵车路上,于是,再次返回杂志铺:一对身上弥漫着百合香水味的闺蜜,是不是约好来此享受文学盛宴的?坐在吧台的女服务生,偶尔从电脑前探出头来瞅她们一眼。她们的对话有争论,也有叹息,然后是沉默。一时之间,所有杂志里的怪兽,都在窥视她们的沉默,同时也在窥视她们红色的高跟鞋,以及她们手上拈着的玫瑰色口红。她俩只顾打扮手中小镜子里的自己,也不看一眼杂志,似乎所有杂志里构建的文学世界都与她们无关——但她们的举止行为却可以成为文学表达的一种。我渴望看见她们能够伸手去摸一本杂志，然后读给彼此听，说不定她们还真能读到和自己命运相似的人呢，说不定凭借她们涂脂抹粉的力气，也能修改书中人的命运？可这不过是我，一个袖手旁观者的一厢情愿。

我的魂儿，似乎全然不在杂志上。

她俩的对话如枯萎的花瓣，无香无味，只是一种苍白的复调：你要是觉得和他搞不好关系，就趁早了断……

那我得回去给男人说说，要听他的意见……

三个星期前的一个午后，银杏树上白果落地的声音，充满了自然与城市对话的诗意。第一次同一位写小说的年轻人相约杂志铺的情景，感觉如同出席一场宴席。她俩此时的座位，正是当时我们坐过的位置。其实，那次我依然无心看杂志，只问女服务生要了两杯咖啡。那写小说的年轻人则不一样，他来一趟杂志铺，须从地铁二号线的尽头辗转四号或三号线，如此周折一个多小时才能拜读到他心爱的文学杂志。他在郊区上班，工资如这座城市底层的大多数人一样，交完各种费用只够填饱肚子，但他却时刻想着文学的事，想着到杂志铺享受文学的盛宴。有时，他下班后赶到杂志铺，这里已经关门了。于是，他按照门贴上的电话打过去，对方说今天有事提前下班了，明天再来吧。他满脸遗憾地望着杂志铺神思好久。此时，他拿起一册海派文学杂志不愿放下，接着又从高格上取下一本先锋向度的文学期刊，他准备将自己的作品投向这些喜欢的杂志。他腼腆地介绍了那些发表过他的作品的杂志，看到某位作家的新作他两眼放光，他忆起他熟悉或陌生的编辑，像极了曾经那个讲真话、抒真情又有点儿"自闭"的我。

忽然，一个"小鲜肉"的出现打断了我的察看与想象。我把注意力投放到他身上，他手里拿着一本结了账的年度诗歌选本，纯白色的封皮，血红色的书名，还有一本雅致的诗歌杂志。他蹲下身继续投入地在书页中翻找喜爱的某首诗，他清澈的眼神，让人看到不一样的心灵世界。我不知哪里来的勇气，克服了怪兽们沉默的指责，看着他手中的诗歌选本，像老朋友一样拍着他的肩问："上面有你的作品吧？"

他抹了一把微笑的嘴角，羞怯地回复道："没有。"

那张面孔和那个写小说的年轻人真有几分相似。他们都烫有微卷的小懒发，脚穿小白鞋，穿素净的外套，只不过眼前这个"小鲜肉"比那个写小说的年轻人瘦削一些，深陷的眼珠与书页中的诗行靠得很近。他夹着书的手臂看上去十分纤弱，上面布满了黑黝黝的毛子。他们都很年轻，至少比我年轻。我想，他们有一天到了我这个年纪，是否还能够保持阅读杂志的习惯？忽然想起了拉萨的洋滔先生，他退休回到重庆后，不仅每天坚持去图书馆阅读以补充新鲜血液，同时他积极创作并投稿，与杂志的来往不减当年。

于是，我迫不及待地将眼前看到的人和事告诉了那个写小说的年轻人，微信很快"叮咚"一声跳出一条信息，他惊喜地回复道：哇，快拍点儿现场的照片给我看。

可惜，我已在离开杂志铺的路上。

选自《四川文学》2022 年第 8 期

寻找缝补地球的"金钉子"

梁衡

1946年生。散文家、学者、新闻理论家和科普作家。中国人民大学新闻学院博士生导师、中国作家协会全委会委员、人教版中小学语文教材总顾问。著有《梁衡文集》九卷、《梁衡文存》三卷。曾获赵树理文学奖等多种奖项。

参观一个地质博物馆，我才知道原来地球是由112颗"金钉子"缝补连缀而成的。中国有11颗，最后一颗在贵州。我不觉起了好奇心，专程从北京到贵州去找这颗神奇的"金钉子"。

"金钉子"是一个形象的比喻。源于1869年首条横穿美洲大陆的铁路胜利完工，这在当时是一件大事。疲劳的建设者们不忘浪漫一把，就把一颗由18K金制成的道钉，钉在最后一根枕木上，以作纪念。1965年，国际地质科学联合会（简称"国际地科联"）借用"金钉子"一词来命名地球不同年代的岩层。

1. 让石头说话，讲述地球史的秘密

人类从哪里来？从低等生物一步一步地走来。低等生物何时出现？要到地壳中的化石里去找。生物出现、灭绝、再出现、再灭绝，顽强地生存发展，直到有了人类。这么说来，生物发展史就是地球发展史，但又不完全是。因为在没有生物之前先有了地球，是地球无意间孕育了生命。地球的年龄大约是46亿年，生物的出现是在38亿年前，16亿年前出现肉眼可见的生命，人类的出现则只有300万到400万年。有一个生动的比喻：如果把地球的年龄比作一天24小时，人类的生命则只有3分钟。但这只有3分钟生命的人类，却有超强的大脑、足够的想象力和无穷的智慧，居然想要弄清自己出生之前的地球。

研究历史是用考古法，挖掘地表土壤中的人类文化遗存，分出历史朝代。研究地球史也是用考古法，不过是寻找地壳岩石中的生物遗存，即化石，以区分出地质年代。科学家在上一个年代与下一个年代的交接处做了一个记号，为它"钉"上了一颗"金钉子"。

对地球历史的探源是一项大海捞针的工程，更是一场没有尽头的跋涉。我们可以这样想象，在46亿年前的浩渺太空中，地球就像一团飞速转动的泥丸，在转动中不断崩裂、黏合、被挤出，涂上新的岩浆，融进了新的物质，孕育出新的生命，时而隆起成山，裂地为谷，陷落为海，怒喷巨火。然后再崩裂、黏合、岩浆奔流，又来一遍沧海巨变，凤凰涅槃，如此反复无穷。又像是制陶艺人工作转盘上的一团泥，在飞速转动中不停地被拍、打、挤、捏，再上釉涂彩，进炉过火，然后成壶成罐，成碗成碟。这时，我们随便拿起一只碗，你还能分得清它已经从当初的一团泥嬗变了多少层吗？但是，地球再大也没有人的脑海大，历史再久远也没有人的目光看得远。地层学就专门来解决这个难题。全球还专门有一个科学组织：国际地质科学联合会，下面有一个分会就是"国际地层委员会"。科学家把46亿年以来的地层单位，分为"宇、界、系、统、阶"五级，相应的时间单位就是"宙、代、纪、世、期"五个时期。原来时间就隐藏在这五个地层里，或者说这五个地层就是凝固的时间。这样我们就可以看"层"辨"时"了。迄今为止，地层的基本单位是"阶"，像楼梯的台阶一样，上下层阶阶相连。就是说我们要给地球走过的每一个台阶都做个记号，手里共需要准备112颗"金钉子"。

但是46亿年啊，顽石层层，史海茫茫，怎样才能找到某一个台阶，然后再去"凿"上一颗"金钉子"呢？不要怕，有一条哲学原理管着：世上没有绝对静止的事物。小至一个人，大至一颗星球，只要你一动就会留下脚印。地球转动了46亿年，总会留下一些蛛丝马迹，让科学家抓住"小辫子"。它留下的痕迹主要有两个：一是每个时期总会有一个代表性的物种出现和消失，它的信息就会保存在岩层的化石里；二是哪怕一块石头也会变老。岩石里有些物质在不停地放射，自然就留下了脚印。

不论是人还是物，这个世界上最藏不住的就是年龄，一个孩子总会变成老人，再会打扮的人也挡不住悄悄爬上眼角的皱纹。只要在地球的某一层岩石中找到相应的物种化石，再辅测它的化学成分，就可以断定年代了。科学家就是用这个办法，让时间倒流，让石头说话，为我们讲述地球过去的故事。

为了严谨，国际地科联公布了非常苛刻的"金钉子"标准。必须有自然的、完整的、足够长度的地层剖面。内含有标志那个时期最早出现的生物化石。另外还特别加上一条人性化的规定：要求剖面所在地环境开阔，交通方便，便于人们公开研究参观和交流。现在全球假设的112"颗金钉"子已经找到了78颗，在中国有11颗，贵州这颗就是中国的第11颗，为"寒武纪3统及5阶标准剖面点"。它的意义很特别，身兼两职。即在"宇、界、系、统、阶"的五层系列中，它既是一个"统"的标志，又是一个"阶"的标志。我们打个比方，在中国历史中，习惯把每朝的开国皇帝称为"高祖"，比如汉高祖刘邦、唐高祖李渊。现在贵州的这颗"金钉子"就好比唐高祖李渊。对上，他是隋、唐两朝的分界点；对下，他又是唐高祖李渊与唐太宗李世民两代的分界点。它是一颗"高祖级"的"金钉子"。而以三叶虫化石为代表，这个点位距现在大约已有5.08亿年。

2. 科学家与农民，合力找到"金钉子"

与贵州这颗"金钉子"有关的关键人物有两个人：一个是研究并确定"金钉子"点位的科研团队带头人，贵州大学的赵元龙教授；一个是在现场挖掘并守护化石剖面30年的苗族农民刘锋。这两个身份迥异，年龄和文化知识差别极大的人却红花绿叶，演绎出了一个地球故事。

到贵阳的当天下午，我即去拜访赵元龙教授，他已经86岁，住在一座没有电梯的老楼的七层。我上下楼都气喘吁吁，而他还在上班，有时还要出野外。地质学研究最大的特点就是野外考察，一卷行李、一个铁锤，走遍天涯。赵教授的大半生几乎都是在苗岭的深山密林中找化石，"只在此山中，云深不知处"。他的女儿也五十多岁了，她说小时候的记忆就是父亲不停地出野外。而且由于费时长，科研经费不足，他经常是先自己垫钱出差，再向单位报销，白贴上去的钱不知有多少。他一生的精力全在研究地层学，特别是寒武纪这一段的分层。为了寻找这颗"金钉子"，国际学术界争论了一百年，到后期逐渐集中在中、美、意三国的三个候选地上，又反复论证了30年。直到2018年，国际地科联经过多次现场考察，反复比较，层层投票，终于一锤定音，把这颗"金钉子"砸在了中国贵州省剑河县的深山中。正式命名为"苗岭统乌溜阶全球界线层形剖面和点位"，联合国教科文组织发来了证书。就是说，中国贵州的苗岭山上有个叫乌溜的地方，是地球46亿年历史的一个定位点。赵教授说这是一门冷学问，寒武纪的这一段定位研究，全球不超过100个人，中国也不过几十个人，他们是地球尖兵。但这背后是举国之力，象征着一个国家的国力和学术高度。赵教授几乎耗尽了一生心血。老人近来身体已大不如前，女儿心疼地说准备卖掉现在的房子换一个有电梯的新楼住，起码上下楼方便一点儿。好在他已经带出一个强大的团队。我的采访主要是由团队成员兰天副教授——一个很有学者风度的小伙子，帮助完成的。

隔天，我又驱车前往剑河县八郎苗寨，去拜访"金钉子"的守护人刘锋。这是一个很壮实的苗族农民，皮肤黝黑、身材粗短、虎背熊腰，猛一看像个举重运动员。他家就在剖面现场的一个小山头上，自己就山势修了一个化石陈列馆，上挂一块横匾，刻着一行斗大的字："等你五亿年"，字是赵教授亲笔书写的。我往门前一站，一股磅礴之气一下就罩住了全身。馆内全是他30年来亲手挖的5亿年前的化石，馆外是个平台，可俯瞰苗岭群山，茫茫苍苍直到天际。这位苗族汉子滔滔不绝地向来人讲述着每一块化石的年份，所含物种的科学价值。在我们这些外行看来，他完全是一位令人仰视的地层科学家了，只不过他的谈话中时常夹杂着一些草根故事，让人捧腹大笑。

天气闷热，看完室内的化石，我们拉过几个小凳子坐在平台上，切了一个大西瓜，慢慢细聊。他说，1982年，赵教授带着几个学生来到八郎苗寨的山上采化石、选剖面，顺便就在本村雇了6个农民帮助敲化石，每天工资3元钱。刘峰第一天就敲出一块从没有见过的化石。后经对比研究得知是一个新发现的物种"始海百合"。赵教授大喜，说："你真好手气。"立即奖励他3元，他高兴地说，等于我头一天上班就挣了双份工资。为此赵教授还请他喝了酒，以后就形成了一个不成文的规矩，凡有新的发现，赵教授就请大家吃一顿。但是干了没多久，别人嫌钱少，都陆续不干了。他也想打退堂鼓，最终在赵教授的劝说下坚持了下来，如今他已成了八郎苗寨的地质土专家，化石收藏第一人。

地层学是一门精细深奥的学科，但具体操作起来，却比建筑工地上的农民工还要辛苦。朱自清在他的散文《谈抽烟》中说："当你点燃一支烟时，不管是蹲在石阶上的瓦匠，还是靠在沙发上的绅士，这种享受是一样的平等。"地层学的研究，当具体到在剖面作业时，不管你是教授专家还是临时雇来的农民工，在石头和锤子面前也是一样的平等。而一块能让人眼前一亮的完美化石，却经常会最先出现在农民工的粗大的黑手里。就像足球比赛，有时临门一脚全靠运气。赵教授经常会扔过来一块石头说："小刘，你的手气好，你来敲！"200多米长的剖面，每隔20厘米都要采样敲石。这可不是平常说的那种考古，用一把"洛阳铲"探挖脚下松软的黄土，这是在敲5亿年前坚硬的石头啊。刘峰刚开始只是为了一天3元钱的收入，后来对化石渐渐有了兴趣，再后来在赵教授的言传身教下，已经成了专家们离不开的助手，就连外地的古生物研究单位都请他去出现场呢。他第一次走出大山，受邀到外地帮助带几个学生敲化石，对方说你先一天到，选最好的旅馆住下。他一咬牙，选了个一晚30元的旅馆。第二天主人来了说，你这个身份该住300元一天的呀，他才第一次意识到自己的价值。

一个叫罗伯特的美国专家和他交上了朋友，特别喜欢喝他家的米酒，像喝啤酒一样大碗大碗地喝。不想，那天开会前喝多了，影响了研讨。为此赵教授把他狠批一顿。2006年，国际古生物协会在北京开会，会后要选一个外地考察路线，罗伯特立即站起来说："去贵州八郎吧，那里有苗寨米酒，有戴满银饰的姑娘，有苗歌，有踩鼓舞，有最好的地质剖面。"想不到一个深山里的苗族农民，却成了中国地质界的品牌，为"金钉子"落户中国悄悄发挥着作用。

我问他，长期在野外作业有没有遇到过什么危险？他说最危险的一次就是精选了一大口袋化石背着下山，一到公路边上碰到两个送粮的农民。三个人正说着话，后面来了一辆大卡车，把他们一起撞飞了，其中一个人当场死亡。电报打到贵阳，赵教授腿都软了。我开玩笑说，赵教授是不是心疼他的那一袋化石？他却很认真地说："不是。当时我要是死了，赵教授那一点可怜的科研费还不够我的丧葬费呢。他的研究立马断档，那就彻底完了。"他虽然舍不得离开赵教授，但生活实在太清贫。眼看村里人外出打工都盖起了新房，他又几次动了走的心。那年姑娘考上大学，没有学费，他想退出工作。赵教授赶忙发动地质界的朋友，一次捐了 8000 元，先送孩子入学。他家姑娘大学期间穿的衣服一直是赵家送的，而赵教授时常背一卷行李，带着学生爬到山上来，就住在他家的阁楼上。一次为向国际地科联准备申报资料，赵教授请了国内最著名的几个顶尖级地层专家来到八郎，就住在他的小木屋里。是夜风雨大作，山洪暴发，小屋几欲被掀翻。专家们浑身湿透，围着火盆听雷声。刘峰和他的老父亲，连声安慰，添火送水，陪着专家一直枯坐到天明。一个汉族知识分子和一个深山苗寨里的农民，为了那颗理想中的"金钉子"，在这里一盯就是 30 年。这恐怕是国际地学研究界少见的一道中国风景。陈毅说，淮海战役是中国农民用支前的小车推出来的。"苗岭统"这颗"金钉子"是朴实的苗族兄弟用铁锤一点一点从 5 亿年前的岩石中敲出来的。

3. 具宇宙之视野，怀人类之担当

科学发现有时是先有偶然的邂逅，然后再去顺藤摸瓜找规律，如牛顿看到苹果落地。有时是先有了一个科学假设，然后再去寻找实证，如门捷列夫的元素周期表。"金钉子"的寻找就属于后一种类型。英国人莱伊尔在 1833 年出版了《地质学原理》，提出的地层理论距今已近 200 年。而寒武纪第三统第五阶的"金钉子"假设，也已经被论证了 100 年。直到中国科学家终于在贵州找到藏有"印度掘头虫"三叶虫化石、厚达 200 米的地层剖面时，这个 5 亿多年前的地层标准才算是被确立。这个地层剖面相当于 70 多层楼的高度啊，像切豆腐一样，5 亿年前的岩石一刀切下去，剖面纹理清晰，化石要素俱全。到哪里去找这样天衣无缝的剖面呢？一颗闪亮的"金钉子"终于"钉"在了中国的西南角，苗岭山中的白云深处。

人类这样执着地研究地球史，到底是为了什么？古语曰：以史为鉴，

可知兴替。"金钉子"所标志的正是一部地球生命的兴替史。而一切历史研究的意义，都在于回看过去预知未来。当你转动地球仪找到这 112 颗"金钉子"时，就会知道人类从哪里来，将到哪里去。往小里说，比如怎样保护地球，关注气候变化应对灾难，珍惜生物的多样性；往大里说，比如人类的进化与消亡，甚至考虑往外星球的迁移。因为每一个物种的出现和消亡大概是几百万年，人这个物种也逃不出这个劫数。我们现在还处于人类的童年期，它和以前的所有物种一样，将来是进化还是消亡，尚未可知。"天凉好个秋"，地球这条小船迟早会"载不动，许多愁"。在多少亿年后，它也会像一颗流星那样毁灭。"金钉子"虽小，却是一个星球过去的记忆和未来的路标，也是我们人类摸着过河的石头。

地球兴亡，匹夫有责。科学的作用在于发现，更在于普及。文章写到这里，我突然觉得现在一般地理课堂上的地图或地球仪已经不够用了，应该制作一种新教具或者玩具。用 112 块地层组合成一个可以拆分的立体地球仪。上课前给每人发一把亮晶晶的"金钉子"。其中有 78 颗是深色的，刻上发现序号、国别、地名，用来缝缀已知的地层，而剩下的那些浅色的无名的钉子则任你去发挥想象，寻找落点。也许这个地层里有一只恐龙，那个地层里有一个三叶虫，而某个角落层里还会有一个智人。科学要求，总得有一部分人具宇宙之视野，怀人类之担当。让孩子们亲手来缝缀一颗有 46 亿年历史的地球，那是多么有趣的事情，它将养成一代新人宽广的胸怀和无限丰富的想象力。而且，这其中定会有几个人，就是将来的赵教授。不要着急，那些颜色稍浅一点的钉子，都会慢慢地、一颗一颗地镀上真金而变成颜色沉稳的金光闪闪的"金钉子"。

我们要善待手里捧着的这颗地球。

选自《北京日报》2022 年 9 月 3 日

韩少功

中国人的
浪漫

韩少功

1953年生,湖南长沙人。曾任海南省作协主席等职。曾获全国优秀短篇小说奖、第四届鲁迅文学奖,法兰西文艺骑士奖章等奖项。作品分别以十多种外国文字共三十多种在境外出版。另有译作《生命中不能承受之轻》等。

洁白纱裙，柔美手足，炫目旋转，优雅谢幕……当年，芭蕾舞剧《天鹅湖》曾是很多中国人的梦中仙境，几乎成了美丽、高贵、纯洁的象征。然而，作为浪漫主义艺术时代的一颗明珠，这个关于天鹅的故事，在欧洲并不新鲜，无非是王子配公主终成佳缘美眷。这一类故事对标宫廷和贵族的心情，也引领普天下文艺青年的美学向往。

　　我差不多也有过这种向往，用小提琴学习演奏《小天鹅舞曲》时，后来在彼得堡观演现场热烈鼓掌时，都不无某种精神身份的临时代入感。我们都风雅兮兮的，都为天鹅牵肠挂肚，但并不了解，甚至没打算去了解那种生命体。艺术嘛，与现实毕竟是两码事，怎么梦与怎么活没必要一一对应——那种雁形目鸭科的大鸟真的很重要吗？在那一刻，在那种令人屏息的艺术仙境里，我们就把舞台当作生活的全部好了。

　　生活终究比舞台要大很多，要芜杂也要艰难很多。直到遇见徐亚平，我才知道更大的"天鹅湖"其实一直在自己身边，在庸常的日子里。他是省报的一个外派驻站记者，这种跑腿的活儿一干几十年，有时头发乱糟糟的，似乎是缺乏上进心的那种油腻男——倒是折腾了一个民间组织，岳阳市江豚保护协会。这一次，鱼友们也成了鸟友，因一只小天鹅的跟踪器信号异常，他们前往现场救助，一路上翻山越岭、雨中迷路、车辆陷坑、队友病倒、涉水沼泽，最终只在 GPS 信号静止的位置，找到一只跟踪器，显然是被哪个猎手丢弃的。满地的血迹和散落的羽毛，还有一圈儿又一圈儿肢体挣扎的痕迹……说到这里，他哽咽了。

　　他可能并不懂柴可夫斯基，不懂巴甫洛娃，也从未见过《天鹅湖》中的仙境。但谁能说他不是一位真正的"王子"，一位为保护人间美好而一再受伤的隐名义侠？

　　从他嘴里，我才知道，尽管天鹅已成为西方诗歌、音乐、舞蹈的一个经典符号，但天鹅的故乡并不限于欧洲，不限于将其奉为国鸟的丹麦与芬兰。每当冬寒逼近，它们悉数南迁，远离北极圈，飞越西伯利亚和蒙古草原，换名为中文里的"鸿鹄"（或更精简的"鹄"），也兼名人们泛指的"雁"，直抵它们熟悉的大河上下大江南北，直抵洞庭湖、鄱阳湖这两个最南的越冬区——它们的另一片家园。数十次南来北往，它们在这种长旅中要应对的，岂止一个恶魔"罗斯巴特"，还有千百年来沿途防不胜防的罗网、猛兽、恶禽、暴风雨……

正是这漫长的苦难旅程，激动了另一位"王子"。同亚平一样，周自然也是湖乡子弟，有点家传的内向和诗癖，中年时在外地商圈创业有成，之后重返洞庭故土，再续多年前的旧梦，不惜倾其家产也要当一个"鸟人"。因其创意，他仅用几条微博，就使"跟着大雁去迁徙"的网上活动一鸣惊人，应者纷起，千万张博友的涉雁照片顷刻间哗啦啦贴上来，差点挤爆网站。散兵游击的状态，借助互联网这种新工具，一举转型为八方联手、广域监护、高效协同的大事件，成为热浪迭起的社会运动。不少理工男女受其邀请或激励，也自带干粮加入进来，投入他们自嘲为"神经病"式的狂热中。这里还得说说周立波和周明辉。这两位博士差不多是从零开始，啃下芯片、传感、电源、天线、封装等难题，一步步把跟踪器的性能做上去，把重量、能耗、价格做下来。到最后，研发团队硬是把法国那种40克重的背负式跟踪器，做到了20克以下，最轻的一款仅重2.3克，如一片鸿毛。

于是，再一次借助高科技，广域监护升级为"广域+全程"的监护。如有必要，眼下每一只天鹅，几乎都可以有编号，有昵称，有档案，都能在电脑上显示航迹、落点、身体状态。人们这才惊讶地发现，天鹅竟是这样飞的啊：屏幕上一个光点可一口气跨越一两千公里，若喘口气，在某地盘桓和磨蹭数日（想必是在狂吃蓄膘），该光点还可再次一口气抛出四五千公里，划过整个辽阔的西伯利亚——它们最后累得可能只剩下皮包骨，其意志，其体能，是何等惊人！人们还发现，屏幕上两个光点可一辈子形影相随，即便有过一段分离（也许是其中一方贪玩、赌气、别恋、崇尚自由），但最可能的下文，是它们再聚如昨，隔山隔海也能准确地找回来，不能不让人类感慨万端。当然，爱鸟者们最不愿意看到的，是屏幕上两个光点久久静止，直至熄灭（是一同遭遇不测？还是有过拼死相救或以命殉情？）——想想吧，比比吧，这些爱侣生同衾，死同穴，相遇随缘，归去有约，其一颗颗鸟心令人类动容。

如此等等，一个神秘的鸟世界在这里渐次揭开，一部鸟类史有待重写。一个民间护鸟运动不仅助推了各地野保机构，不仅汇聚了政府、媒体、警方、青少年、社团、企业家、摄影发烧友、农民渔民牧民的力量，还释放出新异的学术价值，迅速吸引了高等院校和科研单位的人力资源。

一种全新的组织方式也应运而生，让人不容易看懂。这些"王子"们和"鸟人"们，来自看似十三不搭的各地各业各层级，无领导，无财政，无薪资，连业余社团都算不上，却无处不在，如太空尘时有时无，却总能一呼百应，召之即来，各尽所能，协同有序，低摩擦运转。他们设立一个个候鸟迁移标志，推动国家和地方的有关立法，连俄罗斯、蒙古、日本、澳大利亚等国也同道蜂起，形成规模越来越大的跨国情怀圈。他们在地图上标绘出一条条"鸟道"，导向穿越山脉所需的峡谷和隘口；发现和维护一个个"鸟港"，即候鸟采食和栖息所需的大湿地，相当于旅途中的休息区。依据卫星信号的异常，他们还能及时发现一个个可能发生惨剧的风险点，一次次紧急出动。这样做的时候，他们并无执法权，哪怕心头滴血也不可越权动粗，但他们至少能实现网上定向动员，迅速征召风险区附近数以十计或百计的鸟友,投入现场的宣传、劝阻、取证举报,形成强大的民意浪潮和行政反应,最大限度地遏阻灾难。

有一次,他们从吉林一个厂区成功解救了一只触电致伤的白尾海雕——其时监护范围已从天鹅扩展至所有珍稀野生鸟类。他们给这只"巍鹏8号"做了全国首例猛禽接爪手术,并在随后的四年多里,捕捉到它九次越境迁徙的卫星信号,包括在白城某地一个农家院一再出入,颇有些形迹可疑。这家伙,想必是吃鸡上瘾啊!妥妥的贪嘴吃货一个,是不是与人争食太过分了?小分队事后忍不住去提醒粗心的事主。不料,那位农妇得知院里那些剩骨残羽的谜底后,哈哈一笑:"算个啥,俺今年多留几只给它吃呗。"作为种粮大户,她是富得不在乎几十只鸡了,还是一时找不到别的方式,来感激这些远道而来的好心人?

> 鸿雁,在天上,
> 对对排成行。
> 江水长,秋草黄,
> 草原上琴声忧伤……

这首歌徐亚平在车上总是唱不完,鸟友们也常在线上此起彼伏地云合唱。这次,受全国爱鸟人所托,一支由这些中国草根"王子"拼凑的车队,带着镜头、电脑、望远镜、宣传品,真的"跟着大雁去迁徙"了。他们从洞庭湖的01号迁徙碑出发,越千山,过万水,历时十天,辗转长驱两千多公里,最终抵达内蒙古甘其毛都边境口岸,难舍难分地目送一批又一批鸿鹄北迁。

长亭接短亭,落霞继星斗。车轮追赶雁翅,鸟鸣呼应歌潮。天上的

"一"字和"人"字在泪眼中模糊了又清晰，清晰了又模糊，一会儿被高山隔断，一会儿又落下云端。这是动物界乃至生物界多么欢欣而忧伤的再别离，是人间一个多么奇特的最新节日。也许，回雁峰、黄鹤楼、白鹤寺、雁鸣湖、雁门关、雁栖湖、大雁塔、雁荡山，这一长串古老地名，将因此而纷纷苏醒，一个个开始萌动、舒展、绽放，重现容颜与光泽，再续它们各自无声的故事，无声的千年沧桑与浪漫。

这一年的3月27日深夜11点，月亮从乌拉山口升起。亚平告诉我，这个时候，他们几个追风送鸟的汉子仍久久守候在乌梁素海岸边，遥望深远无际的北方夜空，一个个忍不住泪流满面。他们多想在这里待下去，一直待到天上的"一"字和"人"字在秋后南归的那一刻。

选自《光明日报》2022年9月9日

羌人六

秘密生涯

羌人六

1987年5月生，四川平武人。2004年开始文学创作，著有诗集《太阳神鸟》《羊图腾》，散文集《食鼠之家》《绿皮火车》，中短篇小说集《伊拉克的石头》《1997，南瓜消失在风里》。现供职于《四川文学》杂志社。

我再也不想割菜籽了

已经好多年没割菜籽了。那些年，菜籽都是我妈让我帮她割的，我抱着助人为乐的态度，帮我妈割了多少菜籽啊。

如果不帮我妈割菜籽，她就会骂我："砍脑袋的。"

我爸在街上打牌输了钱，我妈也是这样骂。

我和院子里的伙伴在别人家的菜籽地里"洗澡""挖隧道""藏猫猫"；我们把别人家刚刚种在地里的花生挖出来一粒粒吃掉。别人，也是这样骂我们。就好像，我妈长到他们身上去了一样。

今年五月份，我才意识到，我已经好多年没割菜籽了，我突然就想割菜籽了，我需要一块菜籽地，需要一把镰刀，需要一点好心情，甚至需要关掉手机。好多年没能割上菜籽不是我的错误，而是镰刀的错误，割菜籽的镰刀在我的生活里睡着了似的，我已经很多年没有见过镰刀了。真是叫我大吃一惊，沉睡的镰刀在冥冥之中，似乎显示了，我已经在错误的道路上坚持了多久，走了多远。

遗憾都是可以弥补的，媳妇就高高兴兴开车带我回她娘家了。每次都是一样，这次到她娘家，天已经黑了。总是晚上才拢屋。她妈的比喻很形象："每次回家，都跟做贼一样！"

媳妇八十多岁的婆婆不知道我是专门回来割菜籽的，她指着镇上的灯火神神秘秘地跟我们说："你们看到了没有？镇上那些灯半夜三更都亮到起的！"

我们一头雾水。

隔了半分钟，婆婆终于难过地说道："好费电呀！"

第二天睡到中午，又吃了午饭，又磨磨蹭蹭到下午两三点，我才想起,我是来割菜籽的,不是来度假的。我找了一把镰刀,就去地里割菜籽了。

割菜籽的时候,我想起我妈的话,我已经好多年没帮她割菜籽了,我很难过。于是,我一边割菜籽,一边自责:"砍脑袋的,家懒外头勤!"

盐亭的菜籽和平武的菜籽不一样。我老家的菜籽长得"精致",像是浓缩过的一般,又细又矮,这儿的菜籽都是大个子,长得跟树差不多;我们那儿割菜籽是一把一把地割,这儿是一棵一棵地割。尽管这样,我还是割得很快,毕竟手艺还在。割到地中间,意外发生,我碰到一个鸟窝,鸟窝里有四只刚刚出壳的小鸟,看到它们,感觉这个世界仿佛也没有诞生多久。但似乎有点晚了,因为我已经把那棵菜籽割倒了。鸟窝像一只惊呆了的嘴巴,看着我。我只是来割菜籽的,没想到会这样,我连续退了几步,想让时间退后一点。

我把鸟窝高高搁在已经躺下的菜籽身上,但一切都晚了,她们说,它们的家长不会来了。

过了几天,帮媳妇爷爷家割菜籽的时候,类似的错误,我又犯了一次,那鸟窝里,也是四只幼鸟。这些鸟,被她爷爷家的鸡吃掉了。

我吃肉,但活到现在,我连一只鸡都不曾杀过。割了巴掌大块地的菜籽,就破坏了两个家庭,让八只鸟儿失去性命。那八只鸟儿还没有长大,没有在这个世界飞过,就死了。那八只鸟儿今后会变成多少鸟儿啊,如果天空死了,我想我也是要负责任的。

真的,我很抱歉,我很自责,我再也不想割菜籽了。

红嘴巴鱼

一切,似乎必须从头说起,从我长势惊人的头发说起。

在绵阳,我每月都要从园艺山徒步或开车到山下的三里村理发,少则两次,多则三次。葡萄牙小说家萨拉马戈在一部小说里提到:"基于神创万物皆有联系这一整体感,甚至有人说人类是用大象的尾料做成的,同时也由于这动物的象征、内在和世俗意义。"即便如此,我对我的头发仍然怀有敌意,直白点儿说,我不喜欢我的头发。原因是,我的头发长得实在太快了,感觉它们总在不停地长,如此随意、放纵,有失矜持,完全没点儿底线。

说到我的头发,不能不说到我的身高。小时候起,我就饱受个儿高的困扰。读书上学那些年,在教室上课,或在坑坑洼洼的水泥操场上做广播操、参加升旗仪式,为了照顾班上那些"矮鸡蛋",不挡住他们向生命四周探索、猎奇的视线,我自然成了排挤对象,总是永远站在那些社会主义接班人的尾巴上,感觉看起来就像一面世界上最不挡风的围墙。我爸妈身高差不多,两个都是一米七多点儿,加起来三米四。在那些已经十分遥远的日子里,我不担心我长到三米四,我担心的是,以后我哪里去找那么合适的衣裳,那么长的裤子;后来,我在南坝镇当老师,一群小学一年级学生,在我面前小青蛙那样蹦蹦跳跳地问:"刘老师,刘老师,你有一百岁了吗?"他们以为,身高和年龄挂钩,个子越高,年纪越大。好在如今,我的身高不再是个问题,终于踩死刹车,定格在一米八三这个高度,不再增长,不再喧声辚辚地朝上任性疯长。此去经年,麻烦没有丝毫减免,我发现,虽然我生命里那些用来长个子的力气和速度都用完了，但是，我长头发的力气和速度，又在一条没有前途的道路上，显示出了与众不同的天分。这种天分，还很惊人，有一天，媳妇说她一年多没有去过理发店了，我才意识到，我的头发长得实在太快了。

我的头发长得实在太快了，我怀疑它们一遍遍抵达我身体上的这个高原地带，要么是抄小路，要么是走高速。

我的头发长得实在太快了，我甚至怀疑耳朵里那些蚊子似的嗡嗡声，是它们集体生长时带出的轰鸣。那密密匝匝的声音，就像我们眼皮底下的日子，就像我们悄悄来临又悄悄流走的生命，片刻不停。

我的头发长得实在太快了，稍不留神，我就会变成野人。为了头上这片微不足道的庄稼地，我必须放下手里的所有事情，听从理发店的召唤，去三里村理发，花钱给脑袋"锄草"。

园艺山，我家小区外，有好几家理发店，我到其中一家理过一次，三十六块钱，抵得上我一包半烟钱。我觉得贵了，不是贵得吓人的那种贵，是贵得咬人的那种贵。三十六块钱要是买成三十六袋盐，要吃多少年？！所以，我还是愿意到三里村理发，当然，三里村现在也不便宜，从原来的十五块涨到了现在的二十一块。毕竟是形象工程，头发还是要剪的，不是钱不钱的问题。话说回来，正是因为有了"比较"，每次，去三里村理发，我都有种占便宜的感觉，感觉自己是走在节约了十五块钱的路上。去理发的路上，我总是想着哪天才能把这十五块钱取出来，给自己赚点零花钱。

媳妇几次跟我商量，物价这么高，我帮你剪，可好？

我想了想，觉得还是算了。儿时，我亲爱的外婆曾拿着剪子给我剪过一次"锅盖子头"，这种发型虽然不要钱，但是要命，不好看就算了，关键是还很难看。从那以后，我死死记住那句老话——天下没有免费的午餐——绝不让人免费在我脑袋上胡作非为。事实证明，天下没有免费的午餐。理发这样的事情，我宁愿相信别人，也不相信自己人。尽管，我对发型要求不高，短发就行，我只是担心媳妇剪不出别人给我剪的那种味道，所以，我要到三里村理发。

到三里村理发，其实，还有一个重要背景，那就是，最开始来绵阳那几年，我一直在三里村租房子住。这里的标志性建筑，就是那座鹤立鸡群的天主教堂，也叫露德圣母堂，我原来租住的房子，就在教堂后面。置身三里村，我最大的印象就是这些密密麻麻、挨挨挤挤、参差不齐的水泥楼房，感觉起来，就像一群迷路的人，彼此都不约而同地走错了地方。

就是这么个像是彼此都不约而同地走错了地方的地方，那几年，我不但住出了感情，也住出了惯性。搬到园艺山定居，现在已三年有余，但我还是会选择去三里村理发。一个人，总是会在不经意间重复着他过去的某些部分。

那天上午出门理发，实际上是那天晚上的饭局决定的。以前的经验告诉我，一个人的过去往往也在某种程度上决定着一个人的未来，然而，那天，我才隐隐发现，其实一个人的未来也在影响着一个人的当下。我去三里村理发，就是最好的证明。

那天，我轻轻松松走完为我节约了十五块理发钱的那段路，从园艺山走到三里村那家我每月都去剪头发的理发店。奇怪的是，我已经在这里剪掉无数次头发，但我居然不知道这家理发店的名字。不光三里村的理发店没有名字，这里的菜摊、卤肉摊、水果摊、包子店，大多都没有名字。理发店的两个年轻人是我老家平武的，作为他们的老顾客，我们已经很熟。事实也证明，我们早就很熟，每次到店里，无论星期几，他们都会问我一个同样的问题:"兄弟,学校又放假啦?!"

其实我已两三年没在学校教书了,他们每次总是喜欢这么问,每次都像从前一样。因此,每次我都要这样那样地解释一番。交流如此寡淡,或许是因为,我们之间除了头发,没有别的共同语言。

每次来理发,我都会跟理发师交代一件事,洗头不用洗发水,直接用水冲一下,然后开始剪头发,即可。或许在他们看来,创造那样烦琐的一套理发程序势在必行,毕竟要收二十一块钱,刨去这二十一块钱里面所有必需、合理的成分,对我而言,实在是有点浪费时间。剪头发就剪头发,我讨厌麻烦,宁愿删繁就简。

那天上午,刚走到理发店,店里除了两个理发师,还有一位顾客正在理发。

看见我,理发师A立刻像往常那样问了一句:"兄弟,学校又放假啦?!"

那个"又"字我听得不舒服,好像老师很闲似的。

我这样那样地解释了几句,然后,告诉理发师A:"和上次一样。"

理发师B正在和那位穿着只能看见脑袋正在接受"锄草"仪式的顾客兴致勃勃地聊天。以前,或者现在,或者今后,我也这样,都是这样,一边理发,一边跟理发师说点什么。或许,人和人之间的缝隙,或者距离,通过说话才能填满,才能缩短。

看得出来,理发师两人都对这位顾客很熟悉,和我一样,他也是他们的老顾客。

理发师B跟顾客说:"哥老倌,你现在潇洒哦!忙时做生意,闲时钓钓鱼,安逸!"

顾客说:"嗨,就那样!"

理发师 B 问顾客："你恐怕红嘴巴鱼钓的多哦？！"

顾客笑呵呵地回答："不怕你笑话，我就爱钓红嘴巴鱼。红嘴巴鱼，呵呵，只要想钓，多的是哦！男人嘛，趁着年轻，多钓几条是几条，反正不亏！"

我从他们嘻嘻哈哈的谈话里捕捉到了"钓鱼""红嘴巴鱼"这样的字眼。说起钓鱼，我是急性子，对这种慢节奏生活很不欣赏，早年在老家门前那条河里我倒是经常去钓鱼，我已经很多年没有钓过鱼了。在三里村，在这家熟悉的理发店，我这辈子头一次听说"红嘴巴鱼"。我想，红嘴巴鱼是什么鱼？是野生鱼，还是那种鱼塘里的鱼？

我有心请教一番，问顾客："兄弟，你说的红嘴巴鱼，是不是黄辣丁？现在好多钱一斤？"

在我老家，有野生黄辣丁，好像要一两百块钱一斤，我想，他们说的"红嘴巴鱼"，或许就是黄辣丁。毕竟，红和黄，有时候，不那么分明。

空气沉默足足十秒钟。两个理发师和顾客似乎想笑，又没有笑。

理发师 B 撕破沉默，说："我们说的红嘴巴鱼，跟黄辣丁没有关系。"

理发师 A 说："呵呵，这红嘴巴鱼啊，可比那黄辣丁贵得多！"

顾客在他们说完，补充道："我们说的红嘴巴鱼，它的另一个名字叫美人鱼。"

红嘴巴鱼就叫美人鱼，我恍然大悟，心里连连"哦"了好几声！原来哦，他们聊的是风花雪月，跟我以为的黄辣丁，没有半毛钱关系。

在我自责见识短的沉默不语的空隙，顾客开始得意扬扬地分享他的风流韵事。他说自己经常以钓鱼的名义，去钓红嘴巴鱼……十多分钟的理发时间，基本是顾客一个人在说话，一直在说话。间或穿插着理发师的只言片语和心猿意马。

"今天这个时代，没哪个男人不坏，没哪个男的不喜欢红嘴巴鱼！兄弟们，你们敢不敢承认，我们男人没得一个好东西，只是坏的程度不同而已！"

顾客赤裸裸的"总结"振聋发聩。

花二十一块钱，在水泥楼房就像彼此都不约而同走错了地方似的三里村理发的顾客，和两个年轻的理发师，在剪头发的咔嚓声中间，免费为我奉送了一个叫人面红耳赤的秘密：在成年人的世界里，有一种鱼，叫红嘴巴鱼。红嘴巴鱼不是黄辣丁，虽然，红和黄，有时候，不那么分明。

老家有句口头禅："头发长、见识短。"

我在三里村理发，镜子里，我的头发变短了，但我一点儿也不觉得轻松，甚至还有些沉重。

石头上的树

我原本只是一粒小小的种子，和我的兄弟姐妹无忧无虑地生活在一棵枝繁叶茂的大树上。我们有一个美丽善良的母亲，她很爱我们。

我和我的兄弟姐妹住在一间小小的房子里面，房子里黑咕隆咚的，什么也看不见，但我们并不感到寂寞，母亲大人总是跟我们讲许多外面的东西，有时候，我们觉得，母亲大人就是我们的眼睛呢。说起来，我们也都想用自己的眼睛看看自己的母亲。

那时候，寂静是我们的夜晚，声音是我们的白天。

每天，除了跟母亲絮絮叨叨，我们总能听到许许多多别的声音。开始觉得挺奇怪的,后来我们就不以为然了,风的声音,雨点落下的声音,开花的声音,叶子生长的声音,鸟儿唱歌的声音……

就这样,我们度过了许多宁静而欢乐的日子。然而,有一天,这些日子却被打上死结,永远一去不返了。

记得那是个凛冽的冬夜,外面忽然狂风大作,传来许多"嘎吱、嘎吱"的奇怪声响,我们害怕极了。母亲大人也顾不上安慰我们,"哎哎哟哟"痛苦地呻唤着,我们都感觉到了母亲大人的恐惧,她浑身颤抖得十分厉害。但风丝毫没有减弱,平日里她可是温柔极了,我们不约而同地扯着嗓子喊:"姐姐,不要再吹啦,我们害怕!"

却一点儿效果也没有,风听不见我们的叫喊,她似乎成了怪物。这个怪物在我们的耳朵里膨胀着,越来越大。突然,我们的房子爆炸了!一股巨大的力量把我们卷向空中,我们如同生出了翅膀一样,鸟儿般飞着。

"我的孩子们啊!"母亲大人哀号着。

"妈呀!"我们尖叫着。

不知飞了多长时间,我重重摔落在一块硬邦邦的东西上面,昏迷过去,什么也不知道了。

当我睁开眼睛醒来的时候,身边没有了兄弟姐妹,感觉不到母亲大人的存在,我仿佛置身于一个完全陌生的世界。我真是吓得要死。"救命呀!"我喊了一句,然后,又一次昏迷过去。等我再次醒来,我不得不接受这个令我倍感难过和沮丧的事实,我永远地失去了避风港,从今往后,我必须独自活下去。

可能是因为摔得重,我屁股很痛,本想挪挪身子,可是,我发现自己压根儿就不能动弹。没有腿的话,至少可以爬;没有手的话,至少可以走。而我既没有手,也没有脚,我只是一粒种子。

"这可真是要一粒种子的命啊!"

我绝望极了,不知该怎么办?

终于,我冷静下来,开始打量目前的处境,我发现我坠落在了一块前不着村后不着店的巨大山岩上,山岩上连一株草都没有!记得母亲大人说,只要有泥巴的地方,我们就能活下去。可是,这地儿如此贫瘠,没有食物也没有水,草都不愿住在这里,更不要说一粒小小的、可怜的种子。就是说,在这里,我只能等死,可是……

冬天,真是残酷!我又冷又饿,脑袋昏昏沉沉,只好趴在石头上睡觉。

不知熬了多少日子。有一天,我睡得迷迷糊糊,耳畔忽然传来一些似曾相识的声音,我醒了过来,也听出来了,那是草发芽的声音,叶子重新冒出枝头的声音,开花的声音,鸟儿唱歌的声音……是大地开始返青的声音,是春天的声音。温暖的阳光穿过林间的缝隙,一束束落在我身上,舔着我的脸蛋蛋,我知道,春天回来了。

春天回来了,我既高兴又失落,不知为什么,我的身体开始有了些变化,下半身沉甸甸的,低头一看,我吓了一跳,天啊,我居然长出来一只脚啦!不过,我很快意识到,这并不是一只脚,而是我的根。要活下去,只能在这块巨石上生根;只有扎根于此,我才能活下去呀。

已经无处可去,听天由命吧。我做了最坏的打算,大不了就是个死。做最坏的打算,也是因为,我几乎不抱幻想,毕竟,这是在荒凉而又贫瘠的巨石上,不是在肥沃的土壤之中扎根。在我的印象里,我们家族里,包括我的那些兄弟姐妹,都没有这样的遭遇吧?这几乎就是一件前无古人后无来者的事。我觉得自己的命,真是苦到了骨头里。

下了几场雨，我有了些精神，我的根长得更快了，已经触到了岩石的皮肤，还是那种感觉，硬邦邦的，冷冰冰的。巨石，是个古怪沉默的老头，我主动跟他搭讪了好几回，他却一个字也舍不得跟我说，爱搭不理，似乎在为我在他的地盘上撒野和冒犯生气。

说实话，我还不想在这里待呢，要不是命……巨石不理我，我也挺生气，我一粒种子也不是好惹的，我想，我偏偏要跟你较劲儿，看你也奈何不了我！

我为自己编了一首歌，唱了起来：

"我是一粒种子，巨石是我的故乡，我要在这里生长，我要长成一棵大树，看别样的远方……"

唯一的一次，我身子下面的巨石的肚子里传来一阵狂笑，然后我听见一个声音说："这真是我听过的最搞笑的白日梦……"

我懒得理它，这个讨厌的老头。

我的根把巨石撕开了一条微不足道的裂缝，已经能吸收到一些营养，吃不饱也饿不死，不算好也不算坏。

就这样煎熬了好几年，我已经是一棵小小的树了，有了自己小小的衣服，它们由几片弱不禁风只有指甲盖大小的叶子组成。为此，周围花枝招展的草姑娘们经常笑话我，叫我"小可怜"，有时候，也叫我"丑八怪"。我知道我形单影只的样貌极丑，不如她们好看，心头很自卑。

自卑久了，又没有个朋友，我就格外寂寞，也多愁善感起来。

树林在半山腰上，山脚下有一排青瓦房，青瓦房下面，是一条哗啦啦流淌的河。它们的存在让我激动不已。寂寞的时候，我就常常望着巨石下面的那条蜿蜒的小路发呆。在这样寂寞的树林里，这条小路大多时候，也是寂寞的。偶尔，会有一些山里人在这儿过路，背着沉甸甸的柴火或者猪草。是些生活在这大山里的人们，不知为什么，望着他们脸上的皱纹或者汗水，我总能清晰地感到一种苦涩的东西。与我在巨石里吃到的那些东西类似。他们从巨石下面经过，虽然从未注意过我，却总能让我感到一丝丝欢喜，莫名的欢喜。但仅限于此。直到我看见那个年纪小小的、身形瘦瘦的、个子高高的男孩，我产生了一种异样的感觉，我觉得这个住在山下的男孩就是另一个我。男孩穿得很寒酸，一看，就知道出身贫苦。这更让我心疼不已。

后来，我渐渐知道，男孩的外婆家，在巨石后面的高山上。他去山上外婆家，从山上外婆家回自己的家，都要在我面前路过。我秘密关注着这个跟我一样看似营养不良的男孩，尽管他未曾注意过我。是的，我好像已经爱上了这个男孩，我觉得他就是世界上的另一个我……

小男孩一年年长大，变成了少年，又变成了青年，有了自己的事业，在城里有了家，又成了一个孩子的父亲，日子幸福美满。

这些年，我也没有忘记自己是一棵树，我怎能像小草一样弱不禁风呢？我也一年年长高了，越来越强壮，骨子里，也越来越坚韧，为了生长，我的根把巨石钻出了一条长长的拇指宽的裂缝。

脾气古怪的巨石虽然看似顽固，牢不可破，寸步不让，其实并不完全是那样，在我的意志下，它终于屈服了，让步了。穿过那条道路，我就可以抵达肥沃的土壤，得到真正的滋润，像我美丽的母亲大人那样，长成一棵真正的大树。

当然，潜意识里，我也盼望自己长成一道风景，能够引起那个我看着长大的男孩的注意。我相信，这一天迟早会到来。

这一天终于来了。

那个原本走路一阵风似的男孩，居然慢吞吞地出现在了我的视线中！不过，他已经成熟了，是个大人了，个子高高的，有些胖，下巴上还留着一堆可爱的胡子。他走得很慢，像在散步，又像在思考着什么问题，却不时左顾右盼，像在寻找着什么？！

山里的路多了，这条林间的小路已经荒芜，杂草丛生。他有些失落的样子，估计是在想，这条路再怎么走，也走不回童年的感觉了吧！这么一想，我忍不住偷偷地笑了起来。我这样自作聪明，我都想给自己打个一百分呢。

奇迹真的出现了。

他在我身边停了下来，久久地望着我，望着我身下的那块被我劈成两半的巨石，望着我荒凉的扎根之所，像是，在望着他的另一个自己，望着望着，他躲藏在一副框架眼镜后面的眼睛湿润了。他喘着气，似乎有些激动。我听见他在自言自语，他用赞美的语气说："你这棵树啊，为何选择在这里扎根……"过了一会儿，他又突然感叹："我们怎么那么像，那么像……"

说实在的，这句话我像是等了好多年。他自己说出来，我反而有点不好意思，也不知道如何跟他说话。不如保持沉默吧，我想。

过了好长时间，他终于掏出一个不知名的玩意儿，对着我"咔嚓、咔嚓"了几下。我开始以为是斧子之类的东西，吓了一跳，身体差点像面条似的瘫软在地。结果不是，他是在为我拍照呢。

他一边拍照，一边说："等回去了，我一定要把你写下来，为你立传，不，是为我们立传。"

这时候，我才知道，他是个作家。

作为一棵树，我这条命不容易，毕竟是在岩石里扎根啊。

而他，一个作家，作家就是在纸上扎根啊，更不容易。大概是所谓的同病相怜吧，说真的，这一刻，我突然有点心疼他。

笨女人的诗篇

去年，因为准备写我的"丘陵系列"小说，为储备创作素材，我随手写了篇千把字的草稿备忘，篇名叫《封口胶》，写的是我在媳妇老家偶然遇见的一个传奇妇女的故事，信马由缰，即兴为之，写得一般，散文不像散文，小说不似小说。

人物原型是位中年妇女，叫"索蓉子"，媳妇娘家的父老乡亲们都这样称呼她。

从未打听过索蓉子的本名，但我肯定，"索蓉子"不是她的本名。人如草芥，一个人的名字又有什么关系？不过是个符号而已。

媳妇老家和索蓉子家一个村，又在一个丘陵上，距离说近不近，说远不远。每次，只要我们回去，我们就是脚不沾地地回去，索蓉子总比凡人多了几双眼睛似的，都会知道，并且总是一阵风似的跑来串门。

"欢娃子回……回……回来啦？！"索蓉子欢欢喜喜地招呼，仿佛回来的是自家亲戚。

媳妇答应："我回来啦！"

招呼完，又继续喜气洋洋地招呼："刘勇回……回……回来啦？！"

我客客气气地回答："就是！"

说完，索蓉子又继续招呼："小石头回……回……回来啦？！"

小石头听了，望着笑得合不拢嘴的索蓉子，啥都没说，一个劲儿往我们怀里躲。

"小石头都这么大了哦！娃儿个子好……好……好高哦，跟他爸爸一样哦！"

岳母说："喊你女子也赶快嘛！"

索蓉子笑眯眯地说："要得！"

从人们口中，我开始断断续续了解索蓉子。这个索蓉子，其实是个普通得不能再普通的乡下女人。普通乡下女人的命运索蓉子一样不缺，男人，庄稼，女儿，连绵不断的家务活，甚至还有寂寞。看得出来，索蓉子是个寂寞的女人，至少，我没有见过像她那么爱串门的女人。据了解，索蓉子出生前打过引产针，准备流产的，结果命大活了下来，只不过身体上却留下了永远的"后患"——小儿麻痹症。索蓉子的残疾不是妈妈生的，也相当于妈妈生的。这导致索蓉子说话不利索，脑子不太灵活，大多时候性格像小孩，贪玩。

索蓉子的家事像风一样钻进耳朵。

索蓉子有个女儿，人很漂亮，大学毕业了在城里当护士，因为嫌弃，平时都不爱回老家。就是因为了解到这个，我才心情复杂地写了篇《封口胶》。

索蓉子的男人爱打牌。索蓉子二话不说冲到镇上掀了桌子，把男人赶回家！

索蓉子的男人夜里不跟索蓉子睡觉。索蓉子力气大，就把男人抱到自己床上，坚决不同意分床。

人们喜欢拿索蓉子开玩笑，索蓉子却从不生气，她几乎不知道生气是什么样子吧。那些不正经事好像变得正经了，那些正经的事反而又有些不正经。按照世俗的标准，索蓉子是个笨女人。可是，有时，我也忍不住怀疑，比如那篇《封口胶》发表之后，又天上掉馅饼似的得了一个小奖，领了几千块稿费，我暗自许诺给索蓉子买点水果，毕竟，这里面也有她的功劳。于是，我真的买了水果拿给索蓉子，从她收下礼物的那份庄严和利索，就能看出来，这个女人，其实一点儿不笨。

在白鹤村，人们说起索蓉子，总是一致地交口称赞，说这个不幸的女人"旺家"，是个"带福气""带财"的女人。人人几乎都能作证的例子，就是索蓉子家里养的牛羊总比别人家的肥壮，一般人家在牛羊地里认认真真放养一年，还不如索蓉子懒懒散散放养半年的效果明显。

人们似乎对此并不感到神奇，而是觉得不可思议。原因是乡下土地辽阔，畜生吃草地方多，很多人家都把牛羊整天整天搁在外面，也不拴绳子，任其自由发挥，天亮时出门，天黑时回家。索蓉子也要放牛羊，索蓉子却不一样，索蓉子喜欢偷懒，索蓉子喜欢玩，索蓉子每天最爱做的就是把牛羊赶到地里，找块地，只要有草的地方就行——然后把牛羊一头头分散地拴在某棵树上，然后满村子游荡、串门，玩够了天黑了这才把拴在树上的牛羊赶回家。

从人们说得咬牙切齿那个样子上看，我相信他们真的没有说谎。

一度，我也为老天有眼、上苍是公平的、索蓉子与生俱来的某种魔力这一类想法而暗暗热泪盈眶。因为这个事实，索蓉子似乎不普通了，成了神话般的人物；因为这个事实，我甚至理解了村里人因此愤愤不平地说索蓉子是个笨女人这样完全不符合事实的评价——对呀，那么多吃草的好地方，聪明人哪会那样把牛羊用绳子拴在一棵树上整天整天地"折磨"！通过那些可恨的绳子，索蓉子家的牛羊，整天整天地关在了地球上！关键是，还比别人家的牛羊肥壮！

偶尔，索蓉子家里那些牛羊，被拴在一棵棵树上吃草的身影，会在我脑袋里闪烁。

直到最近，我终于想透了一个道理，也破解了索蓉子身上的"玄机"。同样的土地，同样的吃草，牛羊旗鼓相当，为何别人家自由自在的牛羊不如索蓉子——一个看似懒散愚笨的乡村妇女喂养的肥壮？答案很简单，就是因为那一根绳子，那一棵树，那无论是站着、躺着、睡着哪儿都去不了的整天整天的时间里边，那些牛羊始终心系一处，老老实实地待在它们的生命附近：

安静地吃草。

选自《美文》2022 年第 9 期

李约热

朗月在天

李约热

壮族,《广西文学》副主编,广西作协副主席。曾获第十二届全国少数民族文学创作骏马奖,2003—2006年《小说选刊》全国优秀小说奖,《民族文学》2015年度小说奖等。主要作品有长篇小说《我是恶人》,小说集《涂满油漆的村庄》等。

二十年前，我在北京一家电视台打工。那个时候，电视台还是香饽饽，进出这里的人们，衣着光鲜，步履匆忙。怎么说呢，那个时候，在电视台工作，非常风光，每个人的脸上或多或少都挂着优越感，我自然也不例外。这是我一生中最高调的时期，虽然当时我在一个不起眼的栏目组打工，也足以使我走起路来目中无人、脚底生风，是二十年后我讨厌的模样——我经常拿着一部诺基亚5110手机，四处跟人联络，"好好好，不错不错不错，你知道吗，你知道吗"。工作上的事情弄得我晕头转向，很多工作之外的事也都七绕八绕绕到我这里来了，熟人朋友，熟人朋友的熟人朋友，都想方设法找到我，让我帮忙"解决问题"。我一般能躲就躲，躲不掉就敷衍。我就是一个小人物，攀上电视台这个高枝，在别人眼里母鸡变凤凰。我能解决什么问题？根本不能。

二十年前，离中秋还有十几天，在北京，我先后接待了两拨人马。

第一拨是表哥陈。

接到他的电话时，我还以为他这是和朋友来北京旅游，如果那样的话，我最多请他们吃顿饭，然后他们去观光，我去干活儿。一直以来，这是我接待老家来人的"规定动作"。

我在电视台东门见到表哥陈。他来北京，并不是"一拨"，而是只身一人。

他下身的牛仔裤泛着油光，上身灰色的对襟中式粗布衣裳空空荡荡，很抗脏的那种灰；胡子拉碴，头发灰白，跟东门电视台接待室里那些忧伤的上访者没有什么差别。我上次见他是两年前，在广西老家，他回来扫墓，西装笔挺，头发光亮，俨然家族里的成功人士。短短两年，他变了模样。我心想，他是来告状的？

没错，他就是来告状的。

一见到我，就握着我的手，问电视台信访接待室里有没有熟人，让我想办法赶紧帮他递材料解决问题。我翻开厚厚的上访材料，密密麻麻，盖有很多人鲜红的手印（手印密密麻麻地盖在告状信上，表哥陈的身后，站着一支队伍，所以表哥陈和告状信上密密麻麻盖着手印的邻居，算是中秋节前我接待的两拨人马中的第一拨）。那段时间，因为电视台有一个曝光性栏目风靡全国，各地上访者蜂拥而至，自己遭遇的不公都想让电视台干预，使自己的问题很快得到解决。表哥陈来北京的目的跟他们一样：因为旧城改造，整条街都被拆掉了，街坊们对赔偿条件不满意，知道表哥陈有一个表弟在电视台，所以就推举他来京告状。后来我请他吃饭，表哥陈跟我说他已经跟街坊们说了，他们的问题，中秋节的时候，肯定能解决。他身上，有他们凑的份子钱，大概一万块。在东门，表哥陈对我说，如果需要请客吃饭，就尽管请，不要心疼钱。

他们的问题我可解决不了，因为我知道，海量的上访材料，最后成为栏目组选题的，寥寥无几。表哥陈来错地方了。但是看到他饥渴的、放手一搏、志在必得的样子，我就心慌，是因为电视台有他的一位表弟吗？他想得太天真了，在电视台有表弟的人成百上千，如果每个人都能"解决问题"，那电视台就乱套了。我跟他说我们还是按规矩去排队递材料，有没有熟人都一样要排队。我带他到东门旁边的接待室，跟他一起排队，排了很久，才把厚厚的材料交给接待人员。表哥陈多嘴，递材料的那一刻，他指着我对接待人员说，他是我表弟，也在电视台上班。接待人员瞟了我一眼，朝我点点头，这让我无地自容。

晚上我请他吃饭，我们喝燕京啤酒，每人喝了三瓶，他就失控了，在小酒馆，抱着我哭，他太委屈了，白天的饥渴、放手一搏、志在必得完全被希望死马能变成活马的哭号所代替，其实他很清楚他此次来京告状成功的概率，从失控前的言谈中，我知道确实是因为有我这个表弟，稻草一样的存在，才让他动了进京的念头。

我这才明白自己责任重大。

但是我又有什么办法，三瓶啤酒下肚，面对情绪失控的表哥陈，我也变得情绪化起来，我恨自己混得不好，我为什么不是一个手握重权的强人？！如果是那样，谁敢欺负我表哥，我就收拾他。我被自己的想法吓了一跳，如果有机会我也可以变成一个狠人呀。再想想无力的自己，唉，变成一个狠人，这辈子恐怕是没有机会了。我突然有片刻的幻觉，似乎某种魔法上身，面对三瓶啤酒下肚就失控哭号醉态尽显的表哥陈，我拍胸脯说，我帮你找人，我帮你找人，争取在中秋节，解决你的问题！

表哥陈停住号啕，整个夜晚，他等的就是我这句话。你要说话算话啊，他说。

我一下子就清醒了。我觉得我闯祸了，接了一个烫手的山芋。我脑子虚空，身子虚脱，大话说过之后，一般就是这样的一种状况。这事怎么办，我也不认识什么人啊。也就清醒片刻，酒劲又涌上来了，先别管这些吧，我想尽快结束这个夜晚。结束这个夜晚最有效的办法，就是往死里喝，喝醉了，夜晚就溜过去了。

从第二天开始，我的手机每天都接到表哥陈的电话，上午一个，下午一个，有时上午两个，下午两个，他在催"办事"的进度。

既然说了大话，那些天，我只好厚着脸皮在台里四处找人，结果可想而知。后来，表哥陈干脆不打电话，而是每天都来电视台东门等我，我一下班，他就撵上来，怎么样，有消息了没有？离中秋节没有几天了啊。天天如此，我心烦意乱，就有了怎么样才能躲开他的想法。这个时候，朋友介绍一个"私活儿"，去西部某地拍一个"风光片"，刚好我也想躲我表哥，就答应了，于是，中秋节前的一个星期，我又见了第二拨人。

还是在东门，这一拨人有六七个，领头的中年人是个瘦高个儿，西服的垫肩用得太狠，肩膀几乎要起飞——也不是每个人都适合穿西服，比如说我，比如说他，穿了难免就会产生喜剧效果。中年人跟我握手，介绍他身后的几个人，谁谁谁，谁谁谁，介绍完之后，带我到电视台西门对面科技情报所的咖啡厅，边喝咖啡，边商量怎么样去拍"风光片"。

他的老家，西部一个小镇，搞旅游开发，要拍一个十分钟左右的片子。这样的"私活儿"以前我做了好几个，轻车熟路，来回也就四五天时间，不影响台里的工作。没什么废话可说，我一上来就问什么时候出发，有什么样的要求，什么时候交片子。他们也没有讲很多的废话，一一回应之后，把定金给了，一杯咖啡都没喝完我们就散了。

刚出科技情报所的咖啡厅，表哥陈就在门口堵住我，迫不及待地问，他们答应帮我解决问题啦？我一怔，原来他把我跟这些人商量拍"风光片"的情形当成商量怎么帮他解决问题了。我哪有这么神。他也没问我，他们是些什么人。我说，表哥，我们这是在商量工作上的事。他很失望地"哦"了一声。我又跟他说，表哥，我要出差几天。我没有在他那件棘手的事情上停留，我是个软弱分子，我只想逃离。我的表哥毫不气馁，他问，你去多少天，是不是中秋节都不回来。我说是。表哥表情落寞了，说，我的事，中秋节解决不了，中秋节以后也可以，我等你。

中秋节前三天，我和摄像"刘欢"跟那个中年人一起坐火车前往目的地。"刘欢"是电视台技术部的工作人员，有一回老家来朋友吃饭，我邀他参加，朋友们一见他，就觉得他像刘欢，纷纷跟他合影。"刘欢"长头发、扎马尾，在台里，我们并不觉得他长得像歌唱家刘欢，因为歌唱家刘欢经常在台里出现，已经深深刻在脑子里了。我那些远方的朋友，隔山隔水，难得来一回北京，一看到长头发、扎马尾的技术员"刘欢"，就扑上去跟他合影，真是距离产生幻觉啊。写这篇文章的时候，"刘欢"的真名我已经想不起来了。只记得当年他跟我一起到西部小镇干这个"私活儿"的情形。

我和"刘欢"坐软卧，中年男人和他的"那一拨"做硬座。由此可见这个摄制组经费有多紧张。从北京到那个西部小镇，坐火车要两天一夜，中年男人只是在该吃饭的时候到软卧车厢来，招呼我们去餐车吃饭。跟那天在科技情报所的咖啡厅不一样，在科技情报所的咖啡厅，他畏畏缩缩，不敢多说话，大概是怕我不接这个活儿；在餐车里，他大放光芒，神气活现。他给我们介绍即将见到的山乡景色，如何如何漂亮，如何如何美丽。他还是穿那件肩膀要起飞的西装，时而左肩高耸，时而右肩高耸——他的话如此之多，他的肢体语言如此丰富，真是让我大开眼界，他的表现，可以用上蹿下跳来形容。开始我们是相信他的，因为北京那两年沙尘暴频频出现，全国人民开始编关于北京污染的段子，从山清水秀的地方来的人，经常在北京人面前展现优越感。可是我们渐渐就有了疑虑，我们到过的地方不可谓不多，见到的美景也数不胜数，都已经麻木了，哪里还有什么景色能把我们镇住？像他这种"自杀性"的推介，我们还是第一次遇到。什么叫"自杀性"推介，就是他拍着胸脯打包票，如果他们那里的景色打动不了全国人民，他就从山上跳下来。这就让我产生疑虑，觉得他有点像卖狗皮膏药的江湖术士。看着他兴高采烈的样子，我没有阻止他胡说八道，装着饶有兴味地听着，也没有让他觉察对他的不信任。就这样我们从北京一路颠簸来到那个西部村镇。

我们在夜晚到达。月色清凉，一排排房子横着、竖着，灯光从窗口和门缝透出来，打在街道上，把街道衬托得格外蒙眬。电视机、收音机、大人小孩儿说话的声音若隐若现。这些光影和声音，汇成这个西部小镇最基本的底色——这几乎是被世界遗忘的地方。

先是吃饭。在一户农家，大概是中年男人的什么亲戚，七八碗菜摆在桌子上，我和"刘欢"没有太多的客套，埋头扒饭，匆匆打发了晚餐。然后睡觉。我们被安排到另一户农家，分睡不同的房间。一座瓦房，有阁楼，有天井，透过房间的窗口能看到天上的月亮。还有两天就是中秋节，月亮还没圆透，但也不算残缺，我突然想起，自己已经许久没有留意头上的月亮了。这些年我匆匆忙忙，搭车赶路，都在忙些什么呀。关了灯，打开窗，让月色铺在房间里，闭上眼，还能感觉到那片清凉。我突然对第二天的拍摄充满期待。

但是第二天我们就失望了。这里根本就没有什么美景。我们坐在一辆吉普车上，被中年男人带到水边，带到山间，带到树林里，带到破旧的庙宇前。所有的景致都不会让人想到"旅游"两个字，倒是"贫困"两个字常常跃上脑际。那个中年男人，如果像他说的，这里的美景镇不住全国人民，那他就从山上跳下来的话，他至少要在我们面前死上五回。在水边，中年男人指着那片水域，对我们说，这里要把两座山之间的豁口用水泥堵住，这样一来，这里就变成可以在上面泛舟的平湖。你说，是不是很美？在树林里，他说，这里以前是个古战场，以后要变成野战游乐场，人们将在这里玩打仗的游戏。在那座古庙前，他说，投资一个亿，建成西部最大的庙宇，最少养五十个和尚……一种被骗的感觉涌上心头。"刘欢"的摄像机在中年男人的指点下扫了一遍之后，再也没有兴趣扫上第二遍。我们大老远从北京来到这里，就是为了拍这些破景致？

中年男人到底想干什么？当天晚上，吃过晚饭，回到夜宿的农家，我和"刘欢"聊了起来，"刘欢"很厉害，一下子就猜出中年男人请我们来的用意。其实"刘欢"在火车上就猜出来了，他一直没有说破，拍摄的时候也是很配合。"刘欢"说，他花钱请我们来，就是为了显摆，利用我们电视台人的身份，在这个地方抬高他自己的身价，有可能想利用我们来这里赚地方的钱。我想起来了，在我们"拍摄"的时候，就有当地的官员在陪同，他们对中年男人恭恭敬敬，像对待财神爷一样。

"刘欢"的猜测得到应验。第三天是中秋节，中年男人没有再带我们去看山看水，而是在镇上走，指指画画，街上的人全都围了过来。"刘欢"很配合，从始至终都在拍摄，而我，像吃了一只苍蝇，恶心得想吐。我想早点儿结束这出闹剧，但是又不好发作。街上所有的人都对我们投以羡慕和期盼的眼光，我们这个"摄制组"，在中秋节这一天，被这个小镇寄予多大的希望啊。后来我看到大名鼎鼎的朱塞佩·托纳多雷的一部电影《新天堂星探》，一个假摄制组带着一台摄影机来到西西里，骗钱骗女人，我们无形中是不是也跟他们一样？

当天晚上，朗月在天，我和"刘欢"泡在镇旁边的水渠里，水渠弯弯曲曲，全是月亮的光辉，干净、清亮。四周的野地，野草丰盛，野鸟鸣唱，这样的景致，确实把我们镇住了。"刘欢"说，得了，这一趟，就当中秋野游。我知道他这话的意思。他说得很轻松，但是，这个"片子"我们怎么完成？毕竟是我接的"私活儿"。"片子怎么办？"，我说。"刘欢"说，放心，我们的任务已经完成，那人不会再催你交片子了，你就安心享用这天上的月亮和水里的月亮吧，这样的情形以后不会再有了。"刘欢"比我有经验。我突然想到表哥陈，这些天他都没有跟我联系，是不是已经绝望回家了？

正如"刘欢"所说的那样,中年男人送我们上火车后,再也没跟我们联系,好像这一切,从来没有发生过。回到北京,我又见到表哥陈,他依然对我抱以热望,直到最终的失望。

关于中秋,我不会抒情。月亮清朗,人间辛苦,正是因为有这样的"平衡",才让我们安之若素。那一年的中秋,我和电视台技术员"刘欢"泡在西部小镇的水渠里,看着头顶的朗月,我忧心忡忡,以致把两张毫不相干的脸庞投射到月亮上面。一晃二十年过去,表哥陈和中年男人与我再无交集。现在我突发奇想,我们不是很快就能登月吗?我们英勇的登月勇士,当你们在月亮上面进行科学实验的时候,能否替我问候曾经被我投射到月亮上面的两张脸庞?谢谢!

选自《民族文学》2022 年第 9 期

潘向黎

她们都
不爱贾宝玉

潘向黎

小说家,文学博士。上海作家协会副主席。出版长篇小说《穿心莲》、小说集《白水青菜》等,随笔集《梅边消息:潘向黎读古诗》《古典的春水:潘向黎古诗词十二讲》等,共三十余种。获第四届鲁迅文学奖等奖项。

作为类型的"贾宝玉",包含的意思很多,但一定有"多情地喜欢很多女性、也被很多女性所喜欢"这一层,也有在家族里"三千宠爱在一身"这一层吧。

若说《红楼梦》里,也有女子不喜欢宝玉,你会想起谁呢?

一定有人会想起龄官。第三十回,宝玉遇见龄官在蔷薇花下用簪子在地上划"蔷"字,写了一个又一个,写了几千个,她早已经痴了,宝玉不觉也看痴了,所以这半回叫"龄官划蔷痴及局外"。这时候,宝玉还不知道这个女孩子是谁、在做什么,更不知道"蔷"的含义,但是他很快就"识分定情悟梨香院"。他并没有去打听那个女孩子是谁,而是上天安排这个女孩子给他上了一课。这一天,他"因各处游的烦腻,便想起《牡丹亭》曲来。自己看了两遍,犹不惬怀,因闻得梨香院的十二个女孩子中有小旦龄官最是唱的好,因着意出角门来找时……",谁知龄官不但对他十分冷淡,而且以"嗓子哑了"为由拒绝他赔笑央求的点唱,随后,他认出眼前的龄官就是那天在蔷薇花下痴痴地划"蔷"的女孩子,宝玉"从来未经过这番被人厌弃",偏偏接着贾蔷一来,两个人就把宝玉当成透明的,当着他的面把儿女私情的症候暴露无遗,"宝玉见了这般景况,不觉痴了,这才领会了划'蔷'的深意"。这一课上完,宝玉受到了教育:

> 那宝玉一心裁夺盘算,痴痴地回至怡红院中,正值林黛玉和袭人坐着说话儿呢。宝玉一进来,就和袭人长叹,说道:"我昨晚上的话竟说错了,怪道老爷说我是'管窥蠡测'。昨夜说你们的眼泪单葬我,这就错了。我竟不能全得了。从此后只是各人各得眼泪罢了。"……宝玉……自此深悟人生情缘,各有分定……

"各人各得眼泪"是《红楼梦》里极深刻的一句话，因为这是人生最确凿的真相之一。而给宝玉如此强烈刺激和清明启迪的，是一个身份低微的小人物，他们家买来的小戏子——龄官。为什么龄官能给宝玉上"人生情缘，各有分定"这么珍贵的一课？或者说，为什么是她而不是别人能够成为宝玉的老师？因为她丝毫不爱宝玉，也不喜欢宝玉，所以对宝玉高傲地保持距离，还有点厌烦他。而对贾蔷，她立即袒露内心，包括内心的委屈和痛苦。龄官在贾蔷面前的表现，有点儿类似黛玉在宝玉面前完全不讲道理，甚至是一副不打算讲道理的样子，是有恃无恐、恃爱而骄，但其实也将自己对对方的在意和内心的脆弱暴露无遗，是恋爱中的女子典型的样子。爱情这东西，就是专门和理性、道理作对的。当一个女子在一个男子面前始终讲道理、守礼数、有分寸，她肯定不爱他。

在龄官面前，无论宝玉的身份，还是宝玉的地位（他们其实是松散的主仆关系），抑或是宝玉的个人魅力，一概失去效用。所以，不爱宝玉的女性，龄官肯定算一个。

其他的，可能有人会想到鸳鸯，应该也算一个。有人猜测鸳鸯可能暗暗喜欢贾琏，这个还真不好说，但她应该是不爱宝玉的。

不过，要说不爱宝玉的人，我会第一个想到他的母亲王夫人。

第三十三回，宝玉挨打，贾政父子、贾政和王夫人、贾母和贾政母子的剧烈冲突，情节如疾风暴雨，以至于里面王夫人有几句话，初读往往不那么引人注意。

王夫人看到宝玉被打得很惨，忍不住失声大哭："苦命的儿啊！"一说"苦命儿"，突然想起了另一个苦命儿，就是她早夭的长子贾珠，于是她叫着贾珠的名字，哭道："若有你活着，便死一百个我也不管了。"有人认为此处"慈母如画"，我却大吃一惊，觉得这个母亲怎么冷血到这个地步?她不担心宝玉已经被打得半死,听了这句话,一口气上不来就直接死了吗?

这是急痛攻心一时失言吗?不是。后来贾母来救下了宝玉,抬到自己房中,王夫人怎么样呢?只见她"儿"一声,"肉"一声,"你替珠儿早死了,留着珠儿,免你父亲生气,我也不白操这半世的心了。这会子你倘或有个好歹,丢下我,叫我靠那一个!"

即使是气话,也非常奇怪,与诅咒也就一步之遥了。这种话出自母亲之口,实在够无情的。宝玉当时想必已经半昏迷了,没有听见母亲这样的话,所以后来没有伤心,甚至没有一句埋怨和悲叹。

千真万确,王夫人是爱儿子的。但是她爱的是儿子,而不是宝玉。她的人生不可缺少的,是一个可以让她在大家族里地位稳固、母以子贵、一辈子依靠的儿子,这个儿子是不是宝玉"这一个",她并不在意。甚至,她生命中必不可少的儿子偏偏是宝玉"这一个",她还很不满意,成了她烦恼的主要根源。她在乎、紧张宝玉,主要是因为她只剩这一个儿子了,贾珠已经死了,而她已经快五十岁了,早就不可能再生另一个儿子了。王夫人的母爱,本来自私的占比就非常大,这时候又气又急,一时昏乱就说了出来,这种"呐喊",自我暴露得很彻底。

可以比较一下贾母,她是尽人皆知偏疼宝玉的,但她的疼爱里面,自私的占比就比王夫人小多了。即使贾珠早夭,宝玉仍不是她唯一的孙子,贾母是有得选的,这一点和王夫人的"没得选"不一样。贾母明显偏爱宝玉,其中有他长得像老太太的国公爷丈夫的原因,但不是主要的。在第五十六回中,贾母在江南甄家的客人面前明确说了疼爱宝玉的理由:"生的得人意"(肯定其外貌),"见人礼数竟比大人行出来的不错,使人见了可爱可怜"——在家淘气任性,但在外人面前还是有教养、懂礼数、守规矩的（肯定其素质），另外，贾母也夸过宝玉有孝心（肯定其为人），她也认为宝玉聪慧灵透、知情识趣——这个没明说，但贾母不喜欢木头木脑的人，喜欢宝玉的性格，则是无疑的。这样看似平常的"老祖母的溺爱"里面，其实包含了对"这一个"宝玉其人的认可和欣赏，比例还不小。贾母做人有格局，眼光不俗，常常重视具体的人多过人的身份，比如她不怎么重视孙子贾琏，却很欣赏贾琏的妻子、她的孙媳妇凤姐。

宝玉挨打，王夫人急痛攻心当然是真的，她唯一的儿子不但被打个半死，而且这样的一个儿子眼看不成器，无法让她安心地依靠、体面地老去，这种痛苦和忧虑是强烈的。无情的人只是对别人无情，他们还是爱自己的，因此也会痛苦，尤其当他们的算计落空或者眼看要落空的时候。

王夫人哭喊贾珠，李纨禁不住也放声哭了。李纨是应该哭的，若不是怕最后一个儿子也失去，痛感已经失去了另一个"备份"，婆婆平时并没有那么思念亲生儿子贾珠，在贾府里，李纨的待遇虽然很好，但长子贾珠并没有经常被提起、被追忆，倒似乎被淡忘了。其实，对于逝者，亲人朋友经常的追忆是最好的供奉，被淡忘就是真的死了。

王夫人不懂宝玉，也不想懂。即使真的懂了，她也不会欣赏这样一个人。所以，她不爱宝玉。只不过读者经常会被她"爱儿子"的表象哄骗过去。她是被命运安排和这样一个灵气与邪气集于一身的儿子相遇，对于一个只想在常规的道路上安稳前行的人而言，这并不是一个好的安排。

亲情看似与生俱来、无条件，爱的能量级也似乎最大（很多为人父母者，不顾事实，认为自己的孩子是全天下最好看、最聪明、最可爱的），其实并非如此。在王夫人和宝玉这种模式中，那被宠爱的孩子早晚会明白（至少隐隐约约感觉到）：这份感情，是冲着独子、独女这个身份而来的，和自己这个人关系不一定很大。原本亲情里面就包含了功利性的和非功利性的两部分，前者往往比外人的功利性更伤人，后者又令人无法获得对自己独有价值的肯定（儿女也知道父母之爱的盲目），所以，非理性的亲情之爱是不能真正肯定被爱者的，功利性太强的亲情又往往有明显或潜在的目的，这是否定被爱者价值的，会给被爱者的内心造成一个缺口。这个缺口需要真正的爱情来补足。人之所以会有动力脱离原生家庭，去和一个陌生人建立亲密关系，其中有一个很大的原因就是：爱情给人的肯定，是亲情给不了的。

黛玉对宝玉的爱，和王夫人正相反，黛玉爱的是宝玉这个人，不是荣国府贵公子。她爱宝玉，与宝玉是不是荣国府最受宠爱的官四代、是不是皇妃的弟弟无关，她就是爱"这一个"宝玉。而且，除了要求他专一爱她，她对他别无要求，她不想改变他，她支持他做所有真心想做的事，她爱他本来的样子。

另一个不爱宝玉的女人，就在他身边，而且和他关系非常亲密——袭人。这个名字一出，有些人会不同意，因为觉得她是爱宝玉的。

袭人在《红楼梦》里的重要性常常被低估。仔细想一想，《红楼梦》里明显脱胎于《风月宝鉴》的那部分，都在主要人物搬进大观园之前结束了：癞蛤蟆想吃天鹅肉的贾瑞，被凤姐收拾得卧病在床，然后"正照风月鉴"而死。秦可卿不明不白地病了，又突然死了，死后其公公贾珍的悲痛和其丈夫贾蓉的无所谓都超出常理，这个成了疑案，但总之，年轻貌美的秦可卿很突然就去世了。秦可卿的弟弟秦钟因为和小尼姑智能儿的恋爱，生理和精神双重失调，也一病而亡。贾瑞、秦可卿、秦钟，这三个人，在很短的时间里相继死亡，而且都死于大观园时代之前，他们都没有踏进大观园一步。这三个人都是好年华，而且秦可卿、秦钟姐弟都容貌出众，但他们都是欲望的化身，曹公不许他们进大观园。尤其秦可卿不是普通人，她是金陵十二钗正册上的人物，但也许是她太过沉溺于"孽海情天"了，所以也失去了出入大观园的资格。大观园是美、爱与自由的乐园，它芬芳洁净，是精神性（灵）远远高于物质性（肉）的所在，所以，世俗的身体的欲望被挡在大观园的门外。

但大观园里除了清白洁净的女孩儿们，还有一个男子——宝玉。宝玉身边有许多服侍他的丫鬟，这些人中明确和他有云雨之事的，只有一个人。谁？是袭人。袭人什么时候和宝玉发生肉体关系的呢？第六回。大观园什么时候建成的呢？第十七回。宝玉、黛玉、宝钗等人何时搬进大观园的呢？第二十三回。袭人是宝玉身边"欲望"的化身，这个欲望的化身，早就非常确凿地存在，而且好好地活到了大观园时代，进了大观园，在本来刻意摒弃情欲的大观园里春风得意，还活出了人生巅峰。

许多人对袭人之于宝玉的意义，理解得太简单、太浅显了，认为她就是一个尽心尽责、对主人百依百顺、提供全方位二十四小时服务的大丫头兼身份没有挑明的妾。其实，袭人虽然是奴婢且不貌美，为人并不有趣灵透，也和风雅不沾边，但宝玉对她是有感情的。这对一些女读者可能构成某种伤害——那样的宝玉，居然对这样的袭人有感情。

虽然不是爱情，但宝玉对袭人，确实既依恋又依赖。而袭人呢，无微不至的照顾和低眉顺眼的谦卑都不成问题，内心却并不爱宝玉。这和她梦寐以求要成为宝玉的姨娘，并没有任何矛盾。

袭人第一次亮相，曹公这样写道：

> 原来这袭人亦是贾母之婢，本名珍珠。贾母因溺爱宝玉，生恐

宝玉之婢无竭力尽忠之人，素喜袭人心地纯良，克尽职任，遂与了宝玉。宝玉因知他本姓花，又曾见旧人诗句上有"花气袭人"之句，遂回明贾母，更名袭人。这袭人亦有些痴处：服侍贾母时，心中眼中只有一个贾母；如今服侍宝玉，心中眼中又只有一个宝玉。只因宝玉性情乖僻，每每规谏，宝玉不听，心中着实忧郁。

袭人的"痴处"实在是一个理想的下人的莫大优点，但是这一点往往让人忽略了她不爱宝玉的事实，在她眼里，宝玉"性情乖僻"——三观有问题，性格不好，甚至有心理疾病，需要她"每每规谏"，而且看来效果不佳，因此她"心中着实忧郁"。这里面透露出来好几层信息，既有将自己的终身与宝玉相联系的意识，又有对宝玉进行规劝和约束的选择（晴雯就没有选这条路），还有对宝玉进行坚韧不拔的调教、从而实现自己人生理想的心思。

这几年看到很多人在说袭人是最称职的大丫鬟，甚至认为她是富有职业道德的职业白领、职场楷模，正如认为晴雯是分不清职场和家庭的失败的典型一样。其实，作为一个下人，袭人一上来就是自我定位与自身位置不符的，她的那几层心思，哪一层不是僭越？管教宝玉，难道宝玉在家没有父母、没有其他长辈、没有皇妃姐姐、没有兄弟姐妹，在外没有老师、没有朋友吗？怎么轮得到他身边的大丫鬟来调教呢？这种僭越，表明袭人选中了宝玉来进行人生最大的押宝。这种押宝，与她对宝玉是否欣赏、是否尊敬、是否爱慕，都不相关。

"情切切良宵花解语"，根本是袭人耍心眼，整整半回，完全是一个大丫鬟企图控制主人的心机攻略。明明在自己家说"权当我死了，再不必起赎我的念头"和"哭闹了一阵"，断了母亲和哥哥赎自己的念头，回到怡红院却骗宝玉说自己要回去了,好对他提要求。

> 袭人自幼见宝玉性格异常,其淘气憨顽自是出于众小儿之外,更有几件千奇百怪口不能言的毛病儿。近来仗着祖母溺爱,父母亦不能十分严紧拘管,更觉放荡弛纵,任性恣情,最不喜务正。每欲劝时,料不能听,今日可巧有赎身之论,故先用骗词,以探其情,以压其气,然后好下箴规。

看看对宝玉的这评价,是好评价吗?再看看这心眼,不可谓不冷静不狠辣,不是朝夕相处的人,还想不出来呢。

宝玉如何反应?宝玉忙笑道:"你说,那几件?我都依你。好姐姐,好亲姐姐,别说两三件,就是两三百件,我也依。"宝玉不能想象失去这位又依赖又依恋的人。对于袭人是不是爱自己,宝玉大概率认定是爱的,也可能没有想清楚过。于是袭人大大规劝了一番,宝玉满口答应"都改,都改"。大概这样的心理战实在太劳神了,第二天袭人就病了,医生说是偶感风寒,其实应该是劳神太过,再加上同自己家人和宝玉两头作战之后,放松下来的疲倦吧。

"情切切良宵花解语"这一节,初读便觉恶心,后来觉得可厌,再读渐渐觉得可怕,温柔细致其表,步步算计其里,一本正经的功架端得很好,满口大道理,"嘴上全是主义,心里全是生意",其实全是控制人的企图,这样的人全天候贴身照顾,难道不是全天候贴身控制吗?真可怕。

对终身事业,袭人真是执着。才过了几天,便又"贤袭人娇嗔箴宝玉",因为宝玉一早就到黛玉和湘云那里去,并且在那里梳洗好了才回来,袭人很不高兴,还对来到怡红院的宝钗说:"姊妹们和气,也有个分寸礼节，也没个黑家白日闹的！凭人怎么劝，都是耳旁风。"对外人抱怨主人，而且上纲上线，还隐隐牵扯到两个姑娘，这就是贾母所信任的"竭力尽忠"吗？这真的是模范下人应有的态度吗？这里面真的没有占有欲和控制欲吗？

有时候，袭人颇像一个为应试教育而"鸡娃"的小妈妈，以"为你好"为理由，一直操心，一直引导，一直管束，一直鞭策，一直期待。

但袭人当然不是母亲。母亲对孩子再失望也不会舍弃或无法舍弃，母子之间是命运的永恒联结，而袭人，在宝玉身上做的，是一场类似于赌博的人生选择。她非常清楚自己要什么，以及如何获取。既然是选择，那她就可以选择留在宝玉身边，也可以选择断然离开。

宝玉挨打之后，袭人孤注一掷地决定投靠王夫人（请注意，她本来是贾母的人，就连她和宝玉偷试云雨情的理由都是贾母曾将她给了宝玉），她去王夫人那里，可谓找准角度一击而中，得到了王夫人"我就把他交给你了""我自然不辜负你"的口头承诺，随后还得到从王夫人分例上匀出的每月二两银子一吊钱和与赵姨娘、周姨娘平齐的姨娘待遇。袭人的这番升职，女眷中人人皆知，凤姐、薛姨妈当场就表示赞同，宝钗特地到怡红院向袭人报喜，黛玉和湘云也一起来向袭人道喜，宝玉反倒是到了这天夜深人静，才由袭人悄悄告诉他的。

宝玉喜不自禁，又向她笑道："我可看你回家去不去了！那一回往家里走了一趟，回来就说你哥哥要赎你，又说在这里没着落，终久算什么，说了那么些无情无义的生分话唬我。从今以后，我可看谁来敢叫你去。"袭人听了，便冷笑道："你倒别这么说。从此以后我是太太的人了，我要走连你也不必告诉，只回了太太就走。"宝玉笑道："就便算我不好，你回了太太竟去了，叫别人听见说我不好，你去了你也没意思。"袭人笑道:"有什么没意思,难道作了强盗贼,我也跟着罢。再不然,还有一个死呢。人活百岁,横竖要死,这一口气不在,听不见看不见就罢了。"

难道你做了强盗、贼,我还要跟着吗?袭人这样反问。袭人的答案是:当然不,而且应该不。男人做了强盗、做了贼,这假设仍然占据着价值观高地,如果这样问袭人:假如府里败落,宝玉又不能科举成功,成了穷人、成了乞丐,你还跟着吗?不知道她会如何作答。无论她嘴上如何作答,心里的答案肯定与众人眼中她"服侍谁心里就只有谁"的"痴",以及平时顾全大局、默默付出的"贤"颇有距离。

第一百二十回写袭人离开贾府,嫁了蒋玉菡,"从此又是一番天地"。这个应该是符合曹公原意的。外面的情势在变,而袭人内在的人生逻辑没有变过:抓住一切机会去获取更高、更稳定的地位,出人头地,争荣夸耀。她是这样的人,现实之中现实的人,这样的人不值得赞美,但不难理解,也很难去苛责。非日常的、自由的、诗性的、审美的世界在遥远的对岸,袭人属于此岸,这样一点儿不优美,但这不是她的错。曹公对袭人是真的体谅,所以在"千红一哭""万艳同悲"之际,依然给了她一个不错的归宿。

在《红楼梦》中,袭人始终是一个欲望的化身,起初是情欲,后来更多的是世俗欲望——阶层突破、荣华富贵。目标明确,动力强劲,头脑清楚,善于审时度势,豁得出去,耐得住等待,这样"现实主义"的人在现实世界中最可能成功,所以袭人在大观园中如鱼得水,在贾家败落之后,还能笑到最后。

只是,如果说袭人爱宝玉,肯定有误解。不是对袭人有误解,就是对爱情有误解。

那些喜欢袭人、认为袭人是完美妻子的男士,我起初非常不理解,甚至有些成见，后来似乎理解了——对他们来说，女性的爱就是柔顺恭谨、体贴入微加仰望自己，长得不美、没文化、无趣，等于安全、不复杂、不烦人、不费力。如果有人对他们力证这不是爱，我猜他们会说：我感觉好就行，爱不爱的，不重要。对这样的男士而言，自己放手之后，对方立即转向他人，不但没问题，也许还更好。所以钗黛之争还没争明白，袭人已经暗暗夺走了不少赞成票。

这就说到了宝钗，宝钗爱宝玉吗？这也是一个公案。宝钗这个人不容易说清楚，她爱不爱宝玉，是一个闺秀的内心隐秘，更不容易说清楚。

若说她不喜欢宝玉，那她为什么对暗示金玉良缘的"沉甸甸的"金锁那么重视，"天天戴着"？为什么将元春赏的、和宝玉一样的红麝串子马上戴在腕上？她为什么总往怡红院去？为什么宝玉挨打她会失态？为什么端方矜持的宝姑娘会在宝玉睡着的时候一不留心就坐在他身旁为他绣起了兜肚？……

她对宝玉，大概有丝丝缕缕的喜欢吧。一方面是豆蔻年华青春情愫的自然萌动——即使吃冷香丸也不能完全压制，宝姑娘毕竟也是人；另一方面是她遇到了一个珍稀的机缘：和一个年貌相当的异性长时间地相处和相对自由地来往。这样的男子，对她来说，应该并没有第二个。而且，她和他还共处于一个养尊处优、远离尘嚣、诗情画意的环境里，这样的环境，实在是适合少男少女想点儿心事的。

但，喜欢不是爱。看看两人的三观差异、性格差异就知道了。宝玉接受不了宝钗的主流和正经，宝钗更接受不了宝玉的非主流和不正经。爱情发生必不可少的欣赏、敬意，爱的过程中的相投、默契，对他们来说都是很难发生的事情。

宝钗理性，经历的事情也多，在很多方面都比宝玉成熟。如果说袭人有点像宝玉的小保姆，无所不知、进退有度的宝钗则更像他的家庭教师——虽然高贵冷艳，常常激发起他对异性的兴趣，但却是他的家庭教师。记得在哪里读过一句话：宝钗根本看不上宝玉。想一想，应该是。宝钗有如此资质，多半会觉得宝玉太不争气。看她对宝玉的苦口婆心，这位家庭教师要不是自己没有机会，早就冲出去自己参加科考，蟾宫折桂，光宗耀祖，世事洞明，人情练达，一切做得行云流水功德圆满。她也隐隐明白宝玉劝不醒，所以她劝宝玉，说不定只有几分是不忍其荒废，另有几分是闲着也是闲着，随便聊聊天而已。但宝姑娘聊天也必须在规矩方圆之内，偏宝玉对这些特别过敏，所以就显得宝钗也经常在劝宝玉、约束宝玉。其实可能就是聊天罢了。若把这些当成未来二奶奶的算计，则未免把宝钗想得太锋利、太局促也太实用了。宝钗不至于那么土。

宝姑娘的痛苦，应该并不在于宝玉不爱她，而在于她没得选——她的终身大事，不由她自己决定，她有头脑、有眼光，却没有机会去鉴别和选择；如果要找一个人寄托一下隐秘的青春情愫，除了宝玉根本没有第二个人选。

不说容貌与家庭出身，宝钗是这样一种人，她是一整套规范的优等生：她平和娴雅、随和周全的做派，滴水不漏，毫不费力，可以打满分；她的文化修养、世俗经营和生存头脑，也是所有人里的冠军；她对人性的洞察、她处理事情的张弛有度和对人的绵里藏针，一旦作为当家少奶奶，也会身手不凡，把一切打理得井井有条，而且她肯定不会像凤姐那样因为待下人苛刻而落人话柄、遭人诟病。这样的一个宝姑娘，在一定层次之上，可嫁的范围之内，她无论嫁给谁都会是一个好妻子。倒是黛玉，除了嫁给宝玉，嫁给谁都是一场灾难。黛玉成为好妻子的可能，只有一个，就是嫁给宝玉。她不可能嫁给宝玉以外的任何一个人而不给自己和对方带来灾难。而宝钗，有很多其他可能性，对她来说，有的可能性应该比嫁给宝玉好。同样是不爱，但她说不定能找到一个让她心悦诚服或至少尊敬得起来的丈夫，这一点对其实也心高气傲的宝姑娘来说应该是重要的吧。

但无论如何，宝钗最后应该是成了宝玉的妻子。在他们成婚之后，袭人的姨娘身份也应该会"过了明路"。所以在曹公原来的后四十回或者他的构想中，宝玉应该是有过一段世俗的"幸福时光"的：宝钗为妻，袭人为妾。多么圆满的幸福，多么可笑的圆满。

宝玉不是世俗中人，这样的时光留他不住，所以他还是悬崖撒手了。

这时候，大观园已经荒废，满眼的繁花已经谢了，连叶子也飘零净尽，大雪已经在路上。这位见证了繁华、温柔、痴情和幻灭的人，终于向空无走去。他一举步，大雪就飘下来了。世界渐渐成了一片空无，而他走着，走着，和空无混为一体。爱过，没爱过，在一片白茫茫中，了无痕迹。

选自《雨花》2022年第9期

穆涛

旧文献里的种子,
以及优质土壤

穆涛

《美文》杂志常务副主编。西北大学教授、博士研究生导师。中国散文学会副会长,中国作家协会散文专委会委员。享受国务院特殊津贴专家。著有《先前的风气》等多部作品。获第六届鲁迅文学奖、第十九届百花文学奖。

言者无罪：中国早期的民意调查

周代的采诗官，是中国最早的职业民调人员。春天到了，农耕在望，百事待兴，又一个轮回的忙忙碌碌即将启动。在这个节骨眼儿上，各诸侯国的采诗官们开始了他们的工作，这些人"衣官衣"，手持木铎，铎是古代政府发布号令的响器，分为两种，"以木为舌则曰木铎，以金为舌则曰金铎"。宣布政令以木铎，发布军令以金铎，"文事奋木铎，武事奋金铎"，"天下之无道也久矣，天将以夫子（孔子）为木铎"。深入民间，沿途征集抒写民情民愿的诗，之后由专门的音律官员整理，配上音乐，由诗而歌，晋京唱给周天子，中国人称诗为"诗歌"由此开始。唱给周天子的诗有一个标准，"采诗，采取怨刺之诗也"，怨刺诗，即以民怨、民伤、刺政为主要内容。这样的诗中，可能有过头的话，却是真实的心底声音，周代的政治高层据此洞察民心动向。国家如没有重大的政德和军功事件发生，泛泛的歌功颂德作品被视为"下作"，不在征集采撷之列。古代的中国人，判断一件事情的是非曲直，首先考察"初心"，即做事情的动机。无端或没来由的恭维奉承他人，被认为是动机不纯。孔子编选《诗经》的时候，在艺术标准之外，还有一个道德人心标准，"诗三百，一言以蔽之，思无邪"，《诗经》三百零五首诗，用一句话概括，写作的初心都在人间正道上，不旁逸邪出，不走小道，也不抄近路。这也是周代初年实行的"采诗制度"的基本原则。周代的老政府，重视倾听民间的真实声音，不禁言，这是特别了不起的。采诗，后人衍为采风，取义《诗经》中的"国风"，指意更加具体明确，是关注民情，采集人间疾苦。《汉书·食货志》对采风制度的记载是，"孟春三月，群居者将散"，（周代的历法，以冬至所在月份为一年的岁首正月，即今天的农历十一月。孟春三月，是今天历法的农历正月）。冬天的闲聚生活即将结束，人们要各自忙碌去了。"行人（采诗官）振木铎徇于路以采诗，献之大师（音律官员），比其音律，以闻于天子，故曰王者不窥牖户而知天下"，这个制度的核心是最后一句话，"故曰王者不窥牖户而知天下"，周天子不用出宫廷而悉知天下事态。采诗官由年长者担任，中央及地方均有此职位，"男年六十，女年五十无子者官衣食之"，官衣，指着政府官员制服。食之，是享受官员待遇，但不是正式官员，用今天的话讲，是比照公务员待遇。"使之民间求诗，乡移于邑，邑移于国（诸侯国），国以闻于天子"。采诗官由无子者担任，是防范民调人员的挟私之心。古人重男轻女，有女儿也视为无子。大时代是由大人物开创的，并由一系列不平凡的制度构成的。在国家制度上有突破、有建立，是大时代的标识。孔子终生念念不忘的"克己复礼"，"礼"就是指规矩和制度，旨在重返西周的制度时代。孟子在《离娄》中对采诗制度的兴衰做了总结，并透彻地指出了孔子超凡超常的智慧所在。"王者之迹熄而诗亡，诗亡然后《春秋》作"。诸侯国（地方势力）做大做强之后，周天子对国家局面失去控制（指东周之后），支流漫过主流，采诗制度就终结了，之后《春秋》问世。孔子在写作《春秋》的同时，从三千多首采诗作品中，十中取一，精选出一部《诗经》，初名为《诗》，汉代之后称《诗经》。思想家的孔子，做了一回编辑家，应该理解为是圣人对采诗制度的致敬和缅怀。司马迁在《史记》中对此也做了记载，"古者诗三千余篇，及至孔子，去其重，取可施于礼义……三百五篇孔子皆弦歌之，以求合韶、武、雅、颂之音，礼乐自此可得而述"。《诗经》在秦始皇时期，经历过"焚书"浩劫，《焚书令》规定："天下敢有藏诗书（《诗经》《尚书》），百家语者（诸子百家著作），悉诣守尉杂烧之。敢有偶语（私下谈论）诗书者，弃市（斩首示众）。"到了汉代，《诗经》成为治世之书，位列"五经"之首，并且开创了一个官员选拔制度（察举制），饱读"五经"的人才可以做官，这个制度到后来完善为科举制。秦始皇焚书，《诗经》和《尚书》列为首禁之书，是禁思想。而汉代奉立"五经"，使之作为治国之书，也在于其中的思想之重，这是汉代之所以成为大时代的一个重要根基所在。白居易在唐代对采诗制度曾发出遥远的感慨，"采诗官，采诗听歌导人言。言者无罪闻者诫，下流上通上下泰。周灭秦兴至隋氏，十代采诗官不置。……君不见厉王（周厉王）胡亥（秦二世）之末年，群臣有利君无利。君兮君兮愿听此，欲开壅蔽达人情，先向歌诗求讽刺。"天下有道中的道，与克己复礼的礼，在内涵上是一致的。

《诗经》里的风声

《诗经》位在"五经"之首，这是司马迁的排序，《诗经》《尚书》《礼记》《易经》《春秋》。一本诗集能够承受如此之重，在于孔子编选《诗经》的眼光和出发点，既存文心，但更多的是史家态度。《诗经》的要义在世道人心，在醒时醒世。"以言时政之得失""以知其国之兴衰"。采诗制度是自周成王开始的文化政策，是当时的一项重要国策。采集民间创作的诗歌，旨在民意调查，"命大师陈诗，以观民风"。因为《诗经》中有"国风"，后世改"采诗"为"采风"。今天也讲采风，着力点不再是民意和民情的采撷。

南宋时的学人杨甲绘有一幅《十五国风之地理图》，这张地图融地理、文学及文化于一炉，开启了"文化地理学"的先河。十五国风的区域，在地图中是一目了然的，基本覆盖了当时的国家文化大体，沿黄河流域，自甘肃、陕西、山西、河南、河北，至山东。长江流域在孔子时代是文化僻壤，"楚吴诸国无诗"。十五国风存诗一百六十篇，《周南》《召南》《豳风》，是西周时期的诗作，止于周幽王，其余的十二国风，均为周平王东迁洛阳之后，属东周，具体说是春秋时期。

《周南》诗十一篇，《召南》诗十四篇，排序在《国风》之首，不称国名，而以周公旦召公奭冠之，是对周召二公执政力的敬仰，"得二公之德教，风化尤最纯絜，故独取其诗"。南，意为教化之地。"不直称周召，而连言南者，欲见行教化之地。""文王之化，被于南国，而北鄙杀伐之声，文王不能化也。"

《豳风》七篇，排在《国风》最后，唱着压场的大戏。豳国在陕西的旬邑、彬县一带，是周人的发祥地，是周代立国的本源。这样的编辑次序，是孔子的特别用心。《豳风》中的七首诗，有六首与周公直接相关，《鸱鸮》是周公所作，《东山》《破斧》《伐柯》《九罭》《狼跋》写周公当年平复东部叛乱的功绩，以及东部人民对周公的敬仰。周公姬旦先被封周地，后再封鲁国，史称鲁国公。周武王去世之后，殷商旧贵族发动叛乱，东部一些诸侯国群起响应。周公坐镇鲁国，力克叛乱。周公是孔子心目中最高大上的人物，《豳风》中的《七月》，虽与周公无具体联系，但是写周氏部族祖脉生活方式的。这样的排序，且以《豳风》为题，既是表达对周公的敬爱，也是强调鲁国是周人发源地的直接传承者。孔子是鲁国人，他用这样的方式，把周与鲁密切地联系在一起。

《邶风》《鄘风》《卫风》共三十九篇，邶国、鄘国、卫国，是殷商旧地，在河南安阳、新乡一线。在周公摄政时，由于发生"三监之乱"，迁邶鄘的国民至洛邑（洛阳），其封地合于卫。孔子编选《诗经》时，这两个诸侯国早已经不存在了。清代学问家顾炎武先生认为，此为汉儒重新整理《诗经》时有意为之。"分而为三者,汉儒之误。"秦朝"焚书",在全国范围内搞"书禁",重点禁毁《诗经》和《尚书》,这两本书在民间几乎是绝迹了的。汉代立国后,不是口头上讲继承传统文化,而是具体去做,依靠文化老人的记忆才得以复原。仍以邶鄘旧国之名冠之,意图是拓延历史的沧桑空间。

《王风》十篇,采于东都洛阳一带。"惟周王抚万邦,巡侯甸","其采于东都者,则系之王"。

《郑风》二十一篇,《齐风》十篇。郑国最初封于陕西的凤翔,后东迁华县,周平王东迁洛邑之后再迁至河南的新郑一带。《齐风》在山东北部与河北西南,东连海,北界燕,西接赵。《郑风》《齐风》多录男女之情事,后人诟病"不当录于圣人之经""郑音好滥淫志,齐音敖辟乔(矫)志",被顾炎武讥为"不得诗人之趣"。

《魏风》八篇,魏国都邑原在山西夏县,后迁至河南开封。《唐风》十二篇,录自唐尧旧都临汾一带。《秦风》十篇,源自甘肃天水,沿诸渭河流域。《陈风》十篇,陈国辖域在河南周口左右,旧都淮阳。《曹风》四篇,曹国在山东西南,菏泽,曹县范围。

《周南》《召南》《豳风》,是《诗经》里的"正经",是西周之诗。东周之后,"王者之迹熄而诗亡",王室弱,诸侯兴,诗亡而史著,"诗亡然后《春秋》作",进入这个节骨眼儿,不再以诗"言时政""知兴衰",史书写作开始兴起,这一时期,诸侯国开始通行著国史,多以"春秋"做史书名称,"吾见百国春秋"(墨子)。其中晋国的史书叫《乘》,楚国的史书叫《梼杌》。孔子在鲁史《春秋》的基础上,又兼容一百二十个诸侯国的史料,修撰而成大《春秋》。修撰《春秋》的同时,编辑出《诗经》,诗与史就是这么衔接而成的。后世通称史为"春秋",而不称"乘"或

"梼杌",在于《春秋》笔法的大器,以及孔子卓越的历史判断眼光。

古代的中国,没有一部小说或散文能够呈现如此广大区域里人们的精神风貌,只有《诗经》做到了,而且是沿黄河流域,循当时国家精神的主线。《诗经》是文学作品集成,但内核是史心,孔子以史家的出发点编辑而成这部诗集。冷静醒世是《诗经》的核心内存,一个人冷静清醒地活着,不会做糊涂事。一个时代以清醒为基调,则是夯实了大时代的基础。

史和诗,被一双巨人之手掌握之后

从源头上讲,中国人文化观念中的"诗意",是接地气的,既有社会观照,也包含着对社会趋势与民心民向的清醒认识力。孔子删定《诗经》的落脚点和出发点,在于西周初年的那个"民意调查"制度。"诗意"不是空穴来风,不是虚无缥缈的所谓"艺术境界",更不是一轮闲月、两壶烧酒。孔子对诗的基本判断,是"不读诗,无以言",不读《诗经》,不知道如何深入地表达自己。

我们中国人还有一句老话,"文史不分家",指的也不是笔法,而是用心和立意。这样的认知由来已久,但经由孔子之后,才成为一脉相续的传统。

《尚书》和《诗经》,是《春秋》的副产品。孔子在修著《春秋》的同时,编辑了这两部书。

"昔孔子受端门之命,制《春秋》大义,使子夏等十四人求诸史记,得百二十国宝书,九月经立。"《春秋公羊传注疏》中的这个记载,讲了孔子著《春秋》的基本经过。这一段话,有三个要点:一、孔子以周王室之名修著《春秋》,不是私撰。二、以鲁国国史为线索,覆盖当时一百二十个诸侯国，不是诸侯国地方史，而是"天下史"。三、孔子用九个月时间著成《春秋》。

孔子以周王室之名，在鲁国国史的基础上修撰《春秋》，以鲁国十二位君主为线索，起于鲁隐公元年（公元前722年），止于鲁哀公十四年（公元前481年），计二百四十二年间历史。《春秋》涵及一百二十个诸侯国的历史，基本涵盖了当时的国家大体，因此孟子有言，"《春秋》，天下事也"。

《春秋》以鲁国十二位君主为全书的结构大线索，也是有特别用心的。鲁国是周公的封邑之地，史书称周公为"鲁周公"。鲁国国君均为周公之后，姬姓，是周王室的嫡正血脉。以鲁隐公元年为《春秋》纪事的起点，史家有两种看法：一是孔子掌握的鲁国国史资料即是如此；还有一种是推测，鲁隐公是鲁国第十四任君主，但不是严格意义上的一国之君，是摄政王。《史记·鲁周公世家》对此事是这样记载的："四十六年（公元前723年），惠公卒，长庶子息摄当国，行君事，是为隐公"，"及惠公卒，为允少故，鲁人共令息摄政，不言即位"。鲁惠公在位四十六年，去世时，太子允（鲁恒公）年少，鲁国大臣公议，由长子息摄政。息虽是长子，却是庶出，谥号为"隐公"，即含着无国君名分的意思。鲁隐公在位十一年，被大臣弑杀而亡。史家据此推测，孔子以鲁隐公元年为《春秋》编年起点，寓意春秋时代之乱的开始。

司马迁是这样解读《春秋》的：

拨乱世反之正，莫近于《春秋》。

夫《春秋》，上明三王之道，下辨人事之纪，别嫌疑，明是非，定犹豫，善善恶恶，贤贤贱不肖，存亡国，继绝世，补弊起废，王道之大者也。

>   《春秋》之中，弑君三十六，亡国五十二，诸侯奔走不得保其社稷者，不可胜数。
>
>   至于为《春秋》，笔则笔，削则削。
>
>   《春秋》采善贬恶，推三代之德，褒周室，非独讽刺而已也。

《春秋》是一部拨乱反正之书。

春秋时代，头小身子大。中央权力衰弱，地方势力做大做强，纲纪失调，国将不国。孔子于礼崩乐坏之中，思考重建西周的秩序时代。拨乱反正，是《春秋》的宏旨。

《春秋》着力构建大国之道的规范和标准。"别嫌疑，明是非，定犹豫，善善恶恶，贤贤贱不肖，存亡国，继绝世，补弊起废，王道之大者也。"

一部《春秋》之中，三十六位君主被弑杀，五十二个诸侯国灭亡，其中君不君与臣不臣的症结在哪里？一个好端端的国家，是怎样走下坡路，直至灭亡的？记写"衰人衰世"，是《春秋》的特别用力之处。孔子以史家的透彻眼光，警醒后世与后人，并以此成就了"不知来，视诸往"的中国史书写作原则。

"笔则笔，削则削"，是《春秋》笔法的闪光之处。孔子写历史，不粉饰太平，不把历史当化妆品，不做社会美容师。书写国家历史，于颂扬处颂扬，于抨击处抨击。

孔子著《春秋》，乱臣贼子惧。但孔子不做"意见领袖"，不自我标榜"高人姿态"，"非独刺讥而已也"，而是微言彰显大义，"推三代之德，褒周室"。孔子心心念念的是中国文化传统，与西周政治的大国之道，并以之为根本原则。

"五经"的排序，司马迁和班固有区别。

《史记》是《诗经》《尚书》《礼记》《易经》《春秋》，《汉书》是《易经》《尚书》《诗经》《礼记》《春秋》，两位史学大家，一位在西汉，一位在东汉，既代表个人的学术观，也昭示着不同朝代的文化认知。"五经"是汉代认定的五部经典著作，汉代设立的"五经博士"代表着当时的国家学术水平。这五部著作，既文法卓越，同时均以史学为根基。《尚书》《春秋》是史学范畴；《诗经》是文学，但内核是史存与史思；《礼记》是社会原则与行为规矩的研究著作，基础也是史学，是对历史细节进行梳理，并做出规范和鉴别；《易经》集哲学、天文学、社会学、文学之大成，同样是在历史记忆的土壤中长成的苍劲之树。中国人讲的"文史不分家"，即是源此而出。

经由孔子这双巨手编辑而成的《尚书》和《诗经》，把史和诗密切联系在了一起。我们中国人讲的"史诗"，与西方的认知不同，不是文体的概念，也不在"宏大叙事"那个层面，中国人的"史诗"，也不是"神话"，而是"人话"，是直指世道与人心的冷静意识与文化情怀。"五经"中所包含的东西，尤其是《尚书》和《诗经》，在秦始皇时代是砍头之书，而在汉代是治国之书。我们今天的文学和历史学，在这些领域的思考欠缺得太多。承续中国文化传统、汲取典籍中的智慧重要，认知典籍之所以成为典籍的方法，包括典籍所植根的历史土壤以及人文生态同样重要。

节选自《作家》2022 年第 9 期

李青松

秦岭
抱南北

李青松

生态文学作家。长期从事生态文学研究与创作,主要代表作品有《开国林垦部长》《北京的山》《相信自然》等。曾获徐迟报告文学奖、北京文学奖、百花文学奖、呀诺达生态文学奖。

一张地图

秦岭是南方的北方,秦岭是北方的南方。

在这里,北方转身抱住了南方,南方回头抱住了北方。

梁爽赠送我一张地图。——不是示意图,而是一张带有比例尺的精确到毛孔的秦岭此行路线图。我手捧地图阅览之,有一种别样的感觉。纸张也奇异,不怕撕不怕拽不怕折不怕水,野外用时不用小心翼翼,不用顾及会不会损坏地图。在一般人眼里,地图是平面的,可是在制图人眼里却是立体的。

地图,原来也是活着的东西呀!

当车窗外的山岭和森林呼呼地闪过的时候,我分明看到来了闪过的一切,又长了翅膀呼呼地落到了地图上。倏忽间,时间和空间并置了——这是一张充满生命律动的地图啊!在地图上,汉江流出秦岭闪着白光;在地图上,大熊猫抱着翠竹吃相贪婪;在地图上,朱鹮迎着黄昏前的落日振翅飞翔;在地图上,金毛扭角羚怒目圆睁野性生猛;在地图上,金丝猴呕呕呕地乱叫搅动着山林。

"哇,果然是搞制图的,太专业了!"我对梁爽说。

梁爽是我的朋友,现任自然资源部第一地理信息制图院副院长。梁爽毕业于武汉大学地理专业,是测绘与制图方面的专家。梁爽告诉我,秦岭的每一座山岭,每一道沟壑,每一条河流,每一棵草木都有地理信息记录在案。测绘制图工作者,就是用脚步丈量大地的人,就是用科技手段描绘山河的人。

秦岭北缘太白山庞大高耸的山体,如同一道坚固的屏障,阻挡了北方南侵的寒流。而南坡的气候却温暖宜人,林木繁盛,生物多样性丰富,是大熊猫、金丝猴、朱鹮和金毛扭角羚最理想的栖息地。

梁爽指指地图说，秦岭以太白山体为分界线，以南为长江流域，属于南方；以北为黄河流域，属于北方。

唉，在地图上，北方与南方是如此的直观。如今，秦岭的广大地域都划入了国家公园保护范围。我们所生活的世界，并非只是我们的世界。一切活着的生命，都在为求食而生存，为传种而繁衍。人是例外的，在危机和灾难面前，人类除了拯救自己之外，还承担着拯救世界的使命。

秦岭，山连着山，水接着水，森林叠着森林。

对于中国来说，秦岭意味着什么呢？

牛背梁

柞者，木也。

秦岭以柞树为主的森林分布在牛背梁。

当地人把"柞"字读作"炸"。起初，我疑为读错了。可是，错了的是我。事实上，柞树即为橡树。在东北林区，此树唤作蒙古栎，也称之柞树、橡子树。秋天，柞树林里常有野猪出没。野猪最喜食柞树上掉下来的果实（橡实）。

柞果粒粒饱满。

嘎嘣嘎嘣！嘎嘣嘎嘣！——野猪嘴巴嚼着柞果，嘴里发出脆裂的响声。或许，野猪嚼柞果，不单单是充饥，有时可能也是为了嚼出柞果在口腔里碎裂的那种感觉。

然而，野猪总是粗心得很，取食潦草，大大咧咧，而且随意排粪，现场被它糟蹋得混乱不堪。当它用嘴巴拱食腐殖质层或者土壤中的柞果的时候，也就给另一些柞果培了土，施了肥。

次年春天，柞苗就眨巴着眼睛呼呼地长出来了。

我在牛背梁没有看到野猪，却看到了野猪拱食的痕迹。也许，它听到了响动，远远地躲起来了。

野猪在森林生态系统中具有不可替代的作用。它能用嘴巴拱出土坑，雨天蓄水，供各种小动物饮之。它能掀翻石头，拱开坚硬的地面，拱出土壤为柞树播种。当然了，它也能给柞树松土透气，让地下的根舒展起来，尽情呼吸。

当地一位野生动物专家告诉我，野猪有三大特性：一则，虽然是食草类动物，但也杂食，草根、树根、鲜果、浆果、坚果、花茎，基本上不挑食，啥都吃，食物种类丰富；二则，适应能力极强，无论是高山，还是草地、灌丛、荒漠，随遇而安，随处可栖；三则，繁殖能力惊人，一胎数崽，年年产崽，崽又产崽，种群数量成倍增长。

生态系统的平衡是一个动态变化的过程。

在某段时间，即便野猪数量出现了爆发式增长现象，也不必大惊小怪。某些物种的局部丧失或减少，增多或爆发，都会导致生态系统失衡，或者病虫害发生，或者某种疾病发生。然而，动物与动物之间自有相处的法则。如果人类过多干预，往往会破坏了自然之道。所有的物种皆为生态系统的组成部分，相互制约，在动态中取得平衡。

森林里，植物、动物、菌类及其微生物各处于自己的位置，新与旧，小与老，更迭不歇，周而复始，生生不息。

即便倒木和朽木，也并不意味着生命的完结。

在森林里，从来就没有多余的东西。直立的干枯柞木上长出一串一串的木耳，倒木和朽木及其腐殖质层上生出一朵一朵的蘑菇。偶尔，啄木鸟光顾枯木枝干，快速地搜寻一番，"当当当，当当当"，一顿猛烈的敲击，震晕了树皮里的虫子，然后用带钩子的长嘴把虫子取出来吃掉。

呃，牛背梁的早晨，在啄木鸟的敲击声中醒来了。

朱鹮与白鹭

秦岭腹地的宁陕县渔湾村，恰好处在南北分界线上。人称离南方最近的北方，离北方最近的南方。

汉江支流之一——长安河流经这里，并在此处回头转弯，虚晃一下，然后埋头开掘出多个漩涡。也许是一块一块的巨石有意要制造一些麻烦吧，搞得河水飞浪喷雪。

长安河充溢着野性，生猛滔天，它日日倾诉着遇到的委屈与愤懑、快乐与欢喜。岁岁年年，渔湾村从来都是能包容有耐心的倾听者的，它把有关长安河的故事和传奇，转化成一片一片的稻田，转化成起起伏伏的蛙鸣。

渔湾村周边的山林、沼泽和稻田是朱鹮的重要栖息地及活动区域。这里播种的水稻是供朱鹮觅食之用的，村民从不指望收获多少稻谷。稻田里的泥鳅、黄鳝、青蛙、螃蟹、青虾、河蚌及一些昆虫是朱鹮的主要食物。在渔湾村，村民做任何事情都要考虑朱鹮的因素。山林不得樵采、不得放牧，农作物不能打农药、不能施化肥，河流禁止开渠、挖沙、采石。

早年，有人提出这样的问题——为了几只鸟，如此如此，这般这般，值得吗？如今，这已经不是问题了。村民已经习惯了与朱鹮共生共存，共存共荣。固守传统的农事法则，向对朱鹮觅食和繁衍生存构成威胁和带来隐患的一切生产方式和生活方式说不。

然而,作为珍稀物种,朱鹮并非随处可见的。

驻村干部小张说:"我从三月份进驻村里,到今天总共看到朱鹮三次。"

"都什么情况呢?"

"头一次看到的,是两只。一前一后从村庄的上空飞过。"

"怎么知道那就是朱鹮呢?"

"朱鹮的头上有彩色翎羽。"

"第二次呢?"

"第二次看到的只有一只。"

"在哪里看到的?"

"喏!"她用手指指前面那片稻田,"就是那里,当时那只朱鹮很孤独,在水田里呆立着,心事重重的样子。"

"第三次呢?"

"第三次是两只。"她停顿了一下,"呃,确切地说,是一只朱鹮一只白鹭。"

"嗯,白鹭是朱鹮的好友。"

"朱鹮是抓泥鳅的高手,但它做事太过专注,眼睛只看猎物,常常忽略周围危险的存在。白鹭跟着它,白鹭给它放哨。朱鹮抓到泥鳅后往往先送给白鹭吃。"

因之朱鹮,河湾村闻名遐迩了。

近年来,来河湾村旅游的游客渐渐多起来了。许多农家搞起了农家乐和民宿。一些有眼光的企业家也瞄准了这里。长安河的河湾上有一座废弃的水电站,蜘蛛网纵横,荒草连天。一位有文化情怀的企业家斥资,把它改造成书店和咖啡馆,使山色河景与书香咖啡香融为一体。让那些来河湾村寻找诗和远方的人,获得温暖和慰藉。

书店曰之"天空下的自然书店"。

咖啡馆曰之"鹿柴咖啡馆"。

书店和咖啡馆有着浓浓的文学气息——名字有什么寓意吗?不得而知。自然书店书架上有上千册书,均为自然、人文、美学和历史方面的书。

在咖啡馆里,我没有喝咖啡,倒是喝了一杯当地产的绿茶。呷之,清香满口,舒坦极了。

金丝猴

"呕呕呕——!呕呕呕——!"

秦岭深处,数只金丝猴在高大的乔木上嗖嗖嗖地"飞腾"和"悠荡",森林里充满喧嚣。

若干年前,潘文石跟我谈到秦岭时,就涉及那里的金丝猴。他说,秦岭金丝猴长相特征为朝天鼻,也就是两个外露的鼻孔是朝天仰起的。毛色金灿灿的,长发披肩,很有富贵之气。他说,同其他地方的金丝猴相比,秦岭金丝猴更干净,更漂亮。

秦岭金丝猴是一个大的种群,种群里又分数个家庭。家庭和个体数量有多少呢?我没有具体问过潘文石。这次来秦岭,宁陕秦岭办副主任张力文告诉我,在秦岭,仅皇冠镇的山林中就有三百余只金丝猴。

一处旅游景区为了吸引游客,一度投掷香蕉和苹果等食物将一群金丝猴引下山。然而,此举却遭到野生动物学家的反对。专家认为,金丝猴是属于森林、属于高山、属于自然的。它们不该在地面上爬行,而应该在森林中"飞腾"和"悠荡"。一旦靠人提供食物，金丝猴会产生依赖心理，生存能力降低，失去风餐露宿和与天敌抗争的本能。人类过度照顾和过度关爱，可能"好心办了坏事。"

况且，金丝猴同游客近距离接触也会带来安全隐患——猴子不怕人了，不免干出抢夺食物及一些惹是生非的勾当。

在一定意义上说，人类对金丝猴生活的强行干预是错误的。通过投食行为，让金丝猴变得绵羊一般，对周围失去警惕性，没有了生存的压力，也就丧失了生命的魅力和竞争的能力。野生动物需要时刻保持对外部的警觉。

繁衍是每一个物种的本能和生存目的，它们要繁殖更多的后代，就需要选择更强大的基因，才会有最大限度的可能保证后代存活，继而确保种群兴旺。

错误很快得到纠正——有关方面审慎做出决定，再进行反向投食，把金丝猴重新引入山里，引回了森林。

就母爱而言，没有什么野生动物能超过金丝猴。母猴从来不抛弃自己的孩子。一只母猴一胎只生一只婴猴，一生只生三四只。婴猴的出生都是在夜晚。——为什么不是在白天呢？这个问题没人能回答。我想，自然问题未解之前只能敬畏了。

每只小猴，母猴都无比珍爱。当婴猴因某种原因在母猴的怀里死亡了，母猴还会紧紧抱住而不扔掉它，母猴还经常下意识地抚摸婴猴的头部，或者为它梳理体毛。直到有一天，婴猴的尸体腐烂了，四肢已经脱落，肚皮溃烂奇臭无比，甚至体内爬出了蛆虫，母猴才把它安置在山洞里，留下悲痛的眼泪。甚至，多日不吃不喝，守着婴猴已经溃烂不成样子的尸体不肯离去。

失去婴猴的母猴，会用脚掌拍击树干、拍击石头，甚至会抄起树棍，表达自己的哀痛。也有的母猴，仰天发出粗鄙而凌厉的吼声。"呕呕呕——！呕呕呕！——"那吼声震撼着森林，令其他野生动物恐慌。

在森林中取食或活动时，金丝猴的"飞腾"和"悠荡"，传播了种子，对维护秦岭生态平衡发挥了重要作用。然而，它的生物进化过程、它的生活习性、它的免疫能力等方面的情况，我们几乎毫不了解。比如，通过观察发现，金丝猴不畏寒冷，但却惧怕邪风。邪风吹之，必生病。邪风者，害虫也。害虫者，毒也。——而毒邪之物是通过风作恶的吗？

"呕呕呕——！呕呕呕——！"金丝猴，你内心装的是痛苦，还是困惑，还是焦虑？我知道你有话要说，你要告诉我什么？

逻辑总是悖谬——我们越是渴望破解自然中更多的秘密，越是感到我们对自然的所知是如此之少。

秦岭雨声

喔，秦岭的雨说来就来了。

森林在雨中发出独特的声音，那声音难以形容，是那么清亮又那么有弹性。雨滴在叶片上滚动，滚落之后，叶片突突抖动，余音不绝。在森林里，雨声令一切生命睁开了眼睛，即使是一排一排的蘑菇，也放声歌唱了，即使是蛰伏在树干的苔藓，也焕发出以往从未有过的激情，让我们看到了卑微之物所具有的坚韧和能量。

置身秦岭，凝望细雨中的森林，我感受到了一种奇异的气息。我的潜意识中充盈着这种气息，它让我想起最本质的一些东西，忘记了城市，忘记了困惑，忘记了那些失意、挫折和种种烦恼。

我们是这个星球的一部分，因此我们不能孤立地看待我们自己的事情。而如何看待秦岭呢？

雨停了，空气湿漉漉的。我驻足一棵巨松之下，观流云匆匆从树隙穿过，闻鸟鸣一滴一滴从云间飘落。如果说云是山的使者，那么鸟该是森林中的什么角色呢？我想叫住云，云却头也不回，隐了。而鸟鸣真是奇怪的声音，鸟愈叫，山愈幽，林愈静。

告别秦岭的那个早晨，我拿出梁爽赠送给我的秦岭地图，把那些已经置于我心底的山岭、河流和森林一一在图上做了标注。我知道，无论何时，只要看到那些标注，我就会想起秦岭的人和事，想起秦岭的大熊猫、金丝猴、朱鹮和金毛扭角羚。

是的，就生态系统而言，秦岭是独立的个体，又是完整的整体——我从我的观察中感受到了一种不可言喻而又美妙的快乐。

选自《中国校园文学》2022年第9期，有删节

王晓莉

细毛
与茶

王晓莉

武汉大学中文系毕业。江西省作家协会副主席。出版有散文集《不语似无愁》、绘本《大旅社》等。曾获《散文选刊》年度华文最佳散文奖等。作品入选《新中国70年文学丛书·散文卷》等数百个国家级选本。

家旁边新开了一家小茶楼。来了朋友，自然是个方便的去处。这样喝了几次后，发现店里的茶好喝，价格也公道，环境也很清幽，我就常常去。就算有时一个人，也会慢慢走去，要杯茶慢慢喝着，找个理由看看"人"的风景。

茶楼老板三十几岁，看上去倔头倔脑的，眼神倒是有点沧桑。没事的时候，手里总拿着一杯茶咕噜咕噜地喝，喝完还总要很满足地吸一口气，好像他不是老板，就只是一个茶客。

只有一个女招待，估计是他的妻子。和他相反，是个灵光得很的人。哪个客人来，她三言两语就可以把人安顿得好好的，八面玲珑。

起初我去店里并没想认识他们，因为没必要嘛。

有一天，我正一个人喝茶。因为坐得离收银台很近，就听见有顾客跟老板讨价还价。

"你这普洱，98块一壶。真不真哦？"

"当然真。"

"太贵了。给我和我朋友来一壶，算80块吧？"

"贵？你再说贵就加收9块钱。"老板眉毛一挑说。

"为什么？"客人不解。连坐在一边的我也疑惑，不加8块不加10块，为什么单单加9块钱？

"你去数数，贵字是多少笔画？"

我在自己掌心里默写了一遍"贵"字：原来"贵"字，一共是9画。

接着又听他说："我这还是按简体字算。要按繁体，加收你12块。"

我差点儿笑得喷出来，带出嘴里的那口茶。在这里看了这么久的茶客，原来最有趣的是这个茶老板。

我决定多这一句嘴。就跟客人说："你别还价了。他们家茶很好喝的，我是常客呢。"

客人倒也没啰唆，点了单就回座位了。

"还是你这样喝茶的好，一点都不麻烦，到了这里，就只是安安静静喝茶、聊天或者看书。不会像有的客人，要么要找扑克牌打通宵，要么要唱歌唱得四邻不安。还不敢得罪他们。"那个灵光的女人说。这也算是一种委婉表达的谢意吧。

"有什么怕得罪的！本来就应该像她这样嘛。茶楼又不是酒吧和KTV。"老板又来了这么倔头倔脑的一句。

就这样，认识了老板细毛和他老婆。从细毛老婆的嘴里知道了细毛特别爱喝茶，来喝茶的人，和他比全是小巫见大巫。每天早上，他一定要泡一杯很浓很酽的茶喝，就算早晨五点要出门，也会忍耐着浓厚的睡意，提前起床，留出可以喝茶的时间。别人是以天光表示一天开始，细毛却是以喝一大杯茶为标志。如果是去外地，他更要精心筹划。收拾行李时，第一件事就是要用信封包好足够的茶叶——旅馆或接待方提供的茶叶再好，他也是喝得非常无味的——这才底气十足地出门。

细毛有一肚子茶经，而我恰好对此有点儿兴趣，这样我们就慢慢熟悉了起来。有一天，和细毛聊龙井、普洱这些名贵茶叶和江西茶叶的区别。细毛就说，江西好山好水，出品的茶叶比如婺源"大鄣山"、遂川"狗牯脑"，都不会比杭州或者云南茶叶差。

那你自己喝的是不是江西茶呢？我看看细毛的茶杯说。他杯子里黑乎乎的，酱油一样——我早就对一个茶楼老板喝什么样的茶感兴趣了。绿茶清澈见底，红茶色泽明艳诱人，我却看不出细毛杯子里是什么茶。

"他呀，喝的是这里最便宜的那种。"细毛老婆指着招牌单上最末一行给我看。上面写着："茉莉香片，8元一壶。"

我的确没想到,就笑着说:"肯定里头是有故事的。"

没想到这一问,使我与细毛的友谊加深了起来。我知道细毛的故事,也是这样开始的。

细毛的成长,与一般的孩子稍有不同。在细毛的印象里,母亲是从农村改嫁过来的,因此父亲内心总有一点看不起这个二婚的妻子。虽然这种隐秘而长久的歧视并未波及细毛——他是他俩亲生的孩子,但儿子捍卫母亲却如母亲保护儿子一样,都是天性。细毛因此总在父母争执时自动站在母亲一边,也因此总与父亲隔了一层。

细毛15岁那年,开始叛逆。母亲贤淑,却无多少文化,因此总是父亲出头来指责与教训细毛。17岁快要高中毕业时,有一天,为了学业上的一点小事,细毛竟与父亲大吵一架,离家出走了。

他跑到另一个城市,跑到一直疼他的外祖母那里,从此就在那里住了下来,找工作、娶妻、生子。母亲时常来电话要他回家,试图劝说父子和解,却从没有一次成功过。

细毛想念家里的时候,就打电话回去,但是一听到电话那头是父亲的声音,就"啪"地扔下听筒。要不了半天,母亲准要偷偷打电话来,说父亲如何吃不下饭,只坐在那里喝茶,一言不发。

"我一看见你爸爸闷头喝茶,饭也不吃,人也不理,就知道你又气你爸爸了。"母亲说。

但是谁也不肯先妥协。而且人与人之间的疙瘩,结得越久,越是解不开。

有一天,母亲来探望细毛和外祖母,住了些天。临到要走,又提到父子间这场持续多年的"战争",希望细毛跟她一起回去。

细毛只捧着茶杯,咕噜咕噜地喝,始终不吭声。

母亲实在逼急了,突然恨不成声地说:"你看看你喝茶的样子,和你爸爸一模一样啊。"

细毛愣住了。他走了那么远,就是要逃开与父亲有关的一切,怎么可能会像他?他随即分辩道:"谁会像他!"

"还不像?"母亲说,"我在这里住了这么多天,我不知道谁知道!你们两爷崽,连喜欢用大茶缸子喝茶都一样!"

夜里,细毛想着母亲的话,怎么也睡不着。他爱喝茶,但从没往遗传学上想。现在母亲一挑明,他知道,事实就是如此。

父亲是个嗜茶如命的人,也可以称得上方圆几里的"喝茶冠军"。这是细毛从小就明白的。从他记事起,父亲的茶汤就一直浓得匪夷所思,不知道的人会以为他是在喝酱油。但他根本不以为苦,反而觉得喝这样的茶才过瘾。一大早起来,第一件事总是去烧开水。而且从母亲嘴里得知,即使父亲现在已经70岁了,还是要在临睡前喝一碗浓茶——完全不影响他酣畅淋漓地一觉睡到天亮。

而且,确如母亲所言,连装茶的杯子也像。

细毛的杯子大得要用双手才能捧住杯身。好在有茶杯柄手,否则单手是握不住的——他在杂货店里淘了几年,才碰到一次这么大的,当时立即买了一对回来——防备着摔坏一只,还有一只。老婆看他喝茶的样子总觉得滑稽:什么茶杯子没有,偏爱用这么大、这么粗糙的,真不知怎么回事。

现在细毛自己也明白,这也得自父亲遗传。父亲最喜欢用巨大的杯子喝茶。有一阵子他甚至端着搪瓷缸子喝。那是家里从前用来熬汤的缸,后来父亲嫌茶杯小不过瘾,就把它清洗干净用来煮茶,煮开之后晾一晾,他就直接拿着这"升级版"的茶杯喝了。

细毛逐渐开始沉默。喝茶的时候仿佛茶水会照见自己的影子似的，不看杯底。有一天，母亲来电话，说："你爸爸病重，回来吧。"

母亲以前也这样说过几次，每次细毛都执拗着不理。这一次，他却仿佛感应到什么，拔腿就去了车站。

到了家，才知道父亲已不怎么行了。他到了床前，叫一声"爸"，父亲嘴角努力做出一个微笑的动作，却很难看。父子俩都没有流泪，却完全体会到了"相逢一笑泯恩仇"的感动。

他服侍了父亲几个月。医生说不要喝茶，父亲仍坚持要喝。他于是泡一杯浓酽的茉莉香片。他在床尾喝大杯，父亲则在床头，一小口一小口啜饮。

——他以为自己走得离父亲越来越远，其实走了一大圈，又回到了原点；他以为自己是一条无名的河流，其实逆流而上，远远看见的，正是父亲。

——他一下子明白了父亲很多。

后来细毛就开了这家茶楼，觉得每卖出一杯茶给人喝，心里都很舒坦；又觉得如果父亲在世，也会来这里喝茶。

"我虽然给父亲送了终，却没有尽到孝。"细毛慢慢地说。他喝一口茶之后，总要习惯性地、满足地吸一口气。

细毛又掏出钱包，透明卡位嵌着张三代全家福。在他家老式祖屋前，一家子挤挤挨挨在一起。前排有个人，脚边放了只巨大的搪瓷茶缸子。

"这是你父亲……"

我没有见过细毛父亲，但我一眼就认了出来。老实说，他们的长相并不怎么相似，但是那只盛着茉莉香片的大茶缸子，是怎么也回避不过去的。

节选自王晓莉《恍惚三章》，《福建文学》2022 年第 9 期

菡萏

少年游

菡萏

原名崔迎春,中国作家协会会员。文字散见《文艺报》《作品》《清明》《散文海外版》《四川文学》《广西文学》《草原》等几十家省刊。著有《空翅》《红楼漫谈》《菡萏说红楼》《养一朵雪花》。

绿房子静悄悄的，窗外阳光一动不动。

低头翻微信时，看见儿时同学，晒出春日图景。其中一张，一眼认出是处机关食堂。三十多年了，它还活着，杂草丛生的院落，有棵硕大的泡桐。每到四月，一朵朵开放，再一朵朵凋零。校园里如是，繁茂的花阴遮过走廊，伸手便可以摘到，朴素的花，朴素的香。

那时住校，十一二岁，在食堂打饭吃。机关食堂，一份排骨两毛钱，一名条件好的女生一买买三份，吃不完用炉子炼，在《片片梨花白》里，我写过。那年读初一，觉得食堂特别大，现今看来门脸竟如此之小。两级水泥台阶，红瓦红砖，木头门窗，晒得颜色不能再淡的淡蓝油漆，什么都没改变。

清整的房舍，依旧很有看相。

每次打饭排好长的队，后面的同学在我背上写字，几乎都能猜到。惊讶，不信，再写再猜。伙食真的不错，馅饼、粽子、麻花、油条、米饭。菜，翻着花样，流水牌写着菜名菜价。黑木牌，彩色粉笔字，开饭时往窗口一挂，有熘肉段、蚂蚁上树、什锦菜、酥白肉、豆腐脑。豆腐脑是咸的，不像沙市的豆腐脑以甜为主。师傅白衣白帽，油迹斑斑的工装泛着厨师特有的油腻味。舀一瓢，放饭盒里，浇上剁碎的榨菜码子。旁边摆着酱油醋，各色调料随意添加。长方形铝制饭盒，有些男生进来时，拿着勺子，迈着八字步，边走边敲，喇叭裤扫在地面；打好饭，边走边吃，一副倜傥风流、玩世不恭的样子。也有穿吊腿裤，揪揪着短上衣，小平头的老实男生。

有次打完饭，出食堂，碰见大弟拿着饭盒上台阶，穿了一件大翻领、束腰带的黑皮大衣，不由得眼前一亮，有点像瓦尔特保卫萨拉热窝的场景。大弟绰号英俊少年，大衣不知穿的谁的，是援助伊拉克的工作人员从国外免税店带回来的，折合人民币40元钱，校园里不少学生穿。援助伊拉克人员很苦，50多度的高温，灰扑扑的路，短裤搓烂，没得穿。

家里每月给我们10至15元生活费，大多家庭如此。不乱花，足够吃。铁路食堂，不赚钱，有补贴。

饭票有红色、绿色、黄色，薄薄的长条纸，印着一两二两、一角贰角的面值。用一张撕一张，一般塞在塑料小钱包里，有时夹进词典，然后忘掉。发现时，会惊喜。

那时，爸每月工资70多元，妈拿得多，计件，200多元。妈矮小、秀气，能吃苦，不分昼夜地做，所以我们能过得较宽裕。现在回想，妈都是最好的，因她的勤劳，又总是轻描淡写自己的付出。

妈干的活，一般男人做不了，倒预制板、卸火车皮、拉架子车。我曾说，如果长大了，做她那样的工作，不如去死。说这话时，是20世纪80年代初，不知当时以何种语调，轻而易举就说出了口。那日的余晖，把家属院染得通红，仓房的油毛毡顶，晒着妈用牛皮纸包好的大酱坯，还有给我们纳鞋底打的袼褙。妈迎着光无言地站着，像尊雕像。刚洗完的头发，干净地沥着水。

朋友把照片裁剪放大，说："远处是学校，还记得吗？那栋矮一点的红房子是咱们上课的位置，两排树还是原来的。"在她说之前，我已看到，学校已更名。

H形楼房，两排树当年很细，还是树苗。不知是什么树，有别于乌黑遒曲的泡桐。笔直的小树围了圈红砖，呈锯齿状。

阴凉的过道有黑板，我出过很多期，字并不好，总是斜斜地往上飘。一位语文老师站那儿看半天，说我喜欢画倒笔。自己并不知晓，包括自信，都是一件迷茫空洞之事。

星期一，学校也会升国旗，旗手掌握不好节奏，没有一次顺顺当当到顶的，不是快，就是慢。有时音乐停了，还差一大截，不得不"嗖嗖嗖"地往上拉。众目睽睽，难免尴尬，幸好有人做伴，四人升旗，两人配合，两人拉。

星期天起风，黄沙漫漫，地动天摇，吹得对面的人都看不清。是龙卷风，每年春天来那么一两次。寝室的床上蒙了一层塑料布，塑料布上落了层黄沙。心里记挂着国旗，和几个同学跑去，连拉带扯，迎着风拖回宿舍，塞在床下。国旗很大，像行李。

初三时，流行"神秘链"，不知哪个学校发起的，总之在校园里风行。下课后，大家急急地写。一封信，抄六份，寄给六个朋友。每个朋友给寄信人的上线两元钱，再写六份发出去，等下面的下下线给自己两元钱。如此循环，正常的话，每人能得益76元，只需2元成本。与现在的传销类似，一种空手套白狼的金字塔融资方式。2元钱对一个小孩来说不算小数目，同学们纷纷往学校收发室跑，有信便迫不及待地拆开。收到过钱，也寄出去过。天南海北挖空心思寻觅能写信的人，最远的寄到了松花江。也可以寄给本地朋友，班上同学你给我，我给你，最后不了了之。信里说，若不传下去，家里会遭殃，被汽车撞死云云。总之，钱在作祟，那是1983年。

也有不少学生集邮，集邮的钱，多半是从口里省下来的。放学后，几个人蜂拥至校外的小邮局。我有一本很大的集邮册，里面的邮票，有往来信件上的，也有同学给的，还有妈从出国工作的邻居家要来的。故有许多外国邮票，可能面值不值钱，一长串一长串的。大部分是自己买的，有领袖头像、山水花鸟、开国大典等。翻检时，戴上白手套，用镊子一张张拈。从信封上取邮票，要先剪下来，放在水里荡一荡，慢慢把邮票和纸分开。再晾干，插进集邮册。也和同学交换，一张换一张，一张换两张等。弟弟比我集得多，饿得小腰精细。

两本集邮册一直由我保管。后来不集邮了，遇到夫家一名聋哑孩子喜欢，便给了他。20世纪90年代，偶然得知被丈夫的哥哥拿出去随便换了两千元钱。那些邮票若保留至今，一张都不止这个数目。听到时，很沉默，怅惘是有的，我们曾满怀着爱，极认真去做一件事，并非为了利益，那是青春年少的日子。且对弟弟有着深深的歉意。谁都有拮据的时候。

寝室里有个女生叫小宁，短发，齐刷刷的刘海搭到眉毛。眉心有颗痣，头发柔顺，贴着精致的小脸。她不算好看，眼睛细长，皮色白净，平日里轻手轻脚。放学后，喜欢抱着纸盒看她养的蚕宝宝。几条白蚕在绿叶间沙沙蠕动，叶子是在学校院墙外沟边的桑树上采的。

我们两家住一起，关系不错。她妈很胖，生了四个姑娘，她是老二。可能是想有个弟弟，始终没生出来。邻里间有龃龉，常骂他们家"绝户"。儿女双全的，是像我妈这样的人，哪家有喜事，会被请去缝被子。

最后一次见小宁，我已结婚，回娘家，碰见小宁也在。她从另一个城市来机关办事，好像要开一个证明。那几年，爸妈家像转运站，接待天南地北一拨又一拨旧时熟人。妈人好，亲切，身上散发着本质上的热情与温和。晚上我和小宁睡大屋的床，她脱衣服时，露出雪白的肌肤，饱满的胸，有种让人不敢直视的美。好像她还没有正式工作，才结婚，准备去丈夫单位。我们聊到很晚，说了些啥，已忘记。第二天一早，我送她去火车站，在早春蒙蒙的细雨中分的手。

后来听说她生了一个男孩，再后来听说她跳了水库，是自杀。那水库清亮亮的，她的尸体漂浮在水面上。

影集里，至今有她一张斜身黑白照，两个小拳头支撑在腮帮子底下，模样清秀。很多年，我想着她头发散开，漂浮在水面的情景，以及她孤独苦闷、视死如归的决心和温柔可怜不张扬的个性。她比我低一届，死在20世纪90年代，一个充满欲望、浮躁的年代。我甚至不知道她因何而死，对人世背负着怎样的绝望。

她姐与我同届，也住同寝室。长得有点丰腴，穿喇叭裤，绷在大腿上。晚上睡前，喜欢用夹子把刘海卷起，第二天打开，成波浪形。也有女生用烧热的铁钳子烫发的。不知道谁回去说她变坏了，传进她妈的耳朵。星期天她回来，在寝室里骂。

寝室里，冬天烧蜂窝煤炉子，有的同学偷偷用电炉子取暖，烤馒头片。不用时，藏在铺下，用鞋子挡起。一千瓦的电量，常常造成电线短路，舍监常来查。宿舍的门平时不锁，只晚间插起。星期天，谁第一个回来，去舍监那拿钥匙，黝黑锃亮的圆形木牌，转圈的孔洞里挂满叮叮当当的钥匙，上面贴着医用胶布，用蓝圆珠笔标着几栋几门。

晚上排队到锅炉房灌热水袋，开最小的水流，水"咕嘟咕嘟"地往下流。水淋淋的地面雾腾腾。夏天，寝室外的黑白电视，滋啦啦地闪着雪花，看得最多的是山口百惠演的《血疑》。教室里有暖气，一到冬天"呲呲"地冒着白气。玻璃黑板，写字发出落叶般好听的沙沙声。

铁路子弟学校，免学费。

20世纪80年代，港风吹拂，为了共产主义好，还是资本主义好，在寝室里与同学有过争论。我认为资本主义每个毛孔都沾满鲜血，说："你们去资本主义国家好了，不做包身工，便当妓女。"听说邓丽君演唱的《何日君再来》有关某国，便不再喜欢。这首歌最早源于周璇，后被李香君演绎成中日两版，再后来成为邓丽君的专利。

想一想，真是一段铿锵的岁月，幸好漫长的时间河流让自己柔软下来，重新审视一些事物。

高一时办报,每个人都要办,写上自己的作文,然后上交。

我的题目是《文明古国的美德》,写了洋洋洒洒一大篇,画上报头刊花。里面拉扯上谭嗣同、文天祥等人,用了许多排比句。我与另一名低年级男生到市里演讲,一位河南口音的语文老师带我们坐公交车去的。挺大的礼堂,乌压压坐满了人,我的腿打没打抖已忘记。

紫红帷幕徐徐拉开,人站在刺眼的、晃晃悠悠的灯光下,时不时打着手势,实在渺小孤单。侧面和后台有穿白衬衣,来回踱步温稿的学生。

去之前,班主任让把稿拿到语文教研室给教研组长看。一直记得他的名讳,姓奔,大脑门,有点像马克思,曾与父亲是同事。他在稿纸上划掉一句我引用的话:"宁做社会主义的草,不做资本主义的花"。沙哑着声音不知说了句什么,让我很惭愧。似一个高声讲话之人,一下子遇见了一位极有教养的低语者,我站那窘半天,一句话都没得。后来听过他的朗诵,声音绕过几道溪水,枯竭时又缓缓流出。似幽谷,一排排荡漾的林木;秋风,闭目的海,抑或淋湿的往事,总之带入遥远的无人之境,又在语言艺术的掌控之中。不激情澎湃,也不抑扬顿挫,骨髓里的好。方知道文学或者说文艺可以如此温柔,磁石般演绎着。

前年,听说他去世了,是癌症。

我得了二等奖,是一个书包。后来局领导来视察,又叫我去演讲,和一些文工团的演员一起汇报演出。在处机关俱乐部,本单位的礼堂,能容纳许多人,平时放电影、开会两用。那些女演员很时髦,烫发,裤线笔挺,身上喷着香水。他们在后台化妆,上油彩;也给我化妆,上油彩。演的是新疆歌曲《达坂城的姑娘》,"嫁人不要嫁给别人,一定要嫁给我"。再是《天仙配》,一个人唱双声,一会儿男一会儿女。

现在对演讲、表演、朗诵,已没多大兴趣。暗,其实是一种很华贵的东西，宝石样闪烁于黑夜，是对思想最好的尊重与礼赞。后来在学校大会上演讲，竟然卡了壳，脑袋一片空白。良久，学生会主席过来移话筒，算遮了过去。丢了一大段，因尴尬，便记得。

还参加过全市的作文比赛，得过奖，题目是《我的老师》。写的初三的班主任，开头便用了"风度翩翩"四个字。老师姓柴，外号叫柴大官，抑或柴大官人，真的不清楚，也不知道为何男生给起了一个这样的绰号。或许觉得他不太符合劳动人民的审美，有点鹤立鸡群、气宇不凡的清高味道。柴老师是很板的一位老师，骨子里有硬的部分，用"风度翩翩"这个词实在不准确。这样的人不随和，像个概念，身段放不下来。吝啬笑，笑起来似假的，却发自内心。

有一回，从教室的窗口望见老师踮着脚，扯着腰带上的钥匙，开教研室的门。咋都够不到，一次次失败，便有点扎心，这样的动作实在亵渎了老师。

老师待我不错。晚自习布置作文，来来回回巡视，走到我身后停下，说："好！"抬手想拍我的肩，可能意识到我是个女生，便戛然停在半空。本子上，第一句便是"教室的白炽灯下……"正是当时之景。

高一时，柴老师继续教我们语文，课讲得生动。讲《孔乙己》时，画出曲尺形柜台。阔时，拍出大钱；落魄时，用手爬进来，垫个蒲包，盘着腿。

很多年后，我在菜市场看见他蹲在一个摊位前选土豆。依旧是大背头，一尘不染的衣裤。后来分了楼房，曾住我家楼下，鲜有来往。父母的家，也是一搬再搬。

高中时，教历史的老师姓蒋，个高，魁梧，南方口音，常穿一件洗旧了的灰色中山装。两个指头夹着粉笔不用回身，便在黑板上弯弯曲曲地画出全世界任何一个国家，任何一座城市的版图。莱茵河、尼罗河、阿尔卑斯山脉，同样弯曲的河流与三角形小山呈现在粉笔之下。他的南方口音并不好懂，但课好懂，简洁明了，人名地名，起因、发生、发展、结果，几个重点一串便完事。

清晨的校园，许多人陷在薄雾里嘟嘟囔囔地背书。我不大背，每次考试，大多用自己的语言，"衣不蔽体""食不果腹"两个词用得最多。历史在一个框架里循环，打破，进步；再打破，再进步。淘汰不合理，从矛盾产生到爆发的一个过程，思想亦是。

100分的卷子常考98分或95分。记忆里，没和蒋老师说过话，也没去过他的教研室。他在二楼办公，斜对着我们教室。考完试，许多同学跑去，围着他的办公桌看分数。回来后发感慨，说蒋老师拿着我的试卷，掸着说，看看人家的卷子。

蒋老师16岁上的大学，中年后调入我们学校，年年参加高考阅卷。我离开学校后，再也不曾见他。他的女儿是我的微信好友，很优秀，有自己的一方天地，身材颀长，每天迎着朝霞跑步。我去深圳时，她在微信里说，能否出来喝杯咖啡。很遗憾，我正忙乱，未能赴约。

后来得知蒋老师已不在人世，一个立在讲台上像塔一样的人。从他嘴里，我知道了什么是历史。历史是活的，在时间里构筑着人性，尽量往良善的道路上靠，它的前方是文明的曙光，而非一本薄薄的书。

一部历史便是一部战争史、反抗史、发展史、思想史。他教的是历史，更多让我们感悟到的是认知和眼光，人类一直处在艰辛蠕动中。

教物理的老师姓张，很幽默的一个人。吹口哨，拉手风琴，弹钢琴，粉笔头能准确地弹出去，落在开小差同学的额头上，在大家没被那道美丽弧线吸引前，继续轻松授课。每次正式上课前，出一道题，再进行新的知识点。每个同学把答案写在一张小纸条上，组长收上去，第二次上课再发下来。不是什么难题，只是概念，例如什么叫抛物线运动之类。每次我信心满满答好，往往只得七八十分。概念，便是概念，严谨，不能有一字之误，这是在这位老师手里知道的。我的物理不错。他夫人教我们英语，很白，尖尖的脸，不爱笑，是个美人。也许自己英语不好的缘故，觉其不够亲切。因频繁转学，英语发不好音，窘迫而不自信，后来整个放弃。在我的记忆里，她总是杵着教鞭，皱着眉，站在那儿。

教化学的女老师有点老，温和白净，走路慢，烫着短发，标准的知识分子形象。浙江人，住在校园里。她的先生很瘦，棱角分明的长方脸，凸颧骨，黄黑皮色，戴副黑边眼镜。每至九月，他们家的水泥外墙，爬满漂亮的紫粉色牵牛花。他们家很凌乱，不大收拾；吃食堂，一筐筐买馒头。太阳好时，晾出的被子满是地图，大圈套小圈。

高一的班主任是那种矮小，爆发力却很强的人。走路带劲，课讲得有力，子集、并集、交集，奇函数、偶函数，且会作诗。名牌大学毕业。学校组织诗歌比赛，他写，让我们朗诵。女生问，什么是幸福？男生答，不是餐桌上的杯盘狼藉，残羹冷炙；男生说，什么是幸福？女生答，不是身上的绫罗绸缎，华服美饰。

我自己散漫，并没有活成老师想要的模样。但想一想，我很多年是爱他们的。一个老师，便是学生心中的丰碑，才华智慧幽默的代表和体现。他们曾参与我的生命，给予我父母身上欠缺的东西，算是社会意义上更广博的家长。

小时候，看书随意，抓一本是一本，不求甚解，读字读半边。带字的都喜欢，一张报纸看半天。弟弟有个小木箱，里面攒了许多小人书。每次坐火车返校，车站外也有小人书摊。一个寂寞的小站，很高的木头架子，一排排，封面朝外竖放着。用小绳一拦。两分钱一阅，摊前有个小杌子。

《红楼梦》属早期读物,十二三岁开始看。白皮黑字,有注释。20世纪80年代初,较为平静单纯的岁月。书是爸的,记忆里较深的一部书。

看到黛玉的《唐多令》"粉堕百花洲,香残燕子楼"便觉得好,少时喜欢明艳悱恻之句。那个暑假,在淅沥沥的雨声中,辗转于这本书。室内幽暗,家属院的房子一家挨一家淹没在苍茫的烟雨里,像一艘艘湿漉漉的小船。那样的船载着我的年少时光。

那时刚硬,小小的心灵露出齐刷刷的锋芒。看到"好风凭借力,送我上青云",便觉得宝钗做作,有野心。言为心声,想到哪儿,写哪儿,也是一种思想反馈。"韶华休笑本无根"这句,现在看来,也符合薛家,无根的飞絮,从头至尾寄居贾府。

同一时期,还看《东方列车上的谋杀案》,人名冗长,恐怖,害怕,坐在屋子中间,面对着门。边看边警觉地环顾四周,好像四面八方都会出现坏人。

夜晚,吓得不敢睡觉,搬个小凳子坐在爸妈房中。妈半夜醒来,惊觉地问:"谁?"黑暗中,我答:"我。"妈欠身说道:"坐那干啥,咋不睡觉?"

看《一双绣花鞋》时,直接把书扔了。不甘心,捡起来再读。窗帘后总有一双隐隐的脚,脚上穿着绣花鞋,那是女特务,阴森恐怖的象征。更夫一梆子一梆子敲着寂静凄惨的夜,似在自己的窗外,吓到惊魂。

高一时,读《三言二拍》和晚清文学家李伯元的长篇小说《官场现形记》。

有次清晨五点多去食堂打饭,天还没亮,端着粥往回走。操场上,影影绰绰有晨跑的学生。快至寝室时,脚边有一长条粉色饭票,捡起来,数了数,大概两块钱。想起"莫把金枷套颈,休将玉锁缠身",便弃之不取,端着粥直直地走了。真有"富贵五更春梦,功名一片浮云"的潇洒想法。多年后，一直记得那个微薄的早晨。放到现在，是要捡的。

读《官场现形记》，有云水看遍、世道人心不过如此的感觉。一个人的一生，除原生态家庭给予的，余者多半来自书籍。书是个好东西，教坏的可能性并不大。后来，看《张爱玲文集》，太太们千篇一律的生活方式，秀旗袍、打小牌、嗑瓜子、涂红指甲、嚼耳根，消磨无尽的时光，在爬满褶皱的光阴里苍然老去，都是自己暗暗要远离的。那些水面的花，太令人惆怅和浪费。跳出来，方属于自己。

一本书给读者一种想法。这种想法是拒绝，而非接受，这是我一直认为的。人生是个拒绝的过程，所有的接受都在为拒绝做铺垫。对不属于己之物的拒绝，对一种生活方式的拒绝，对来自别人伤害的拒绝和自己不去伤害别人的拒绝。

而写者，一定是觉醒的，只有这样写出来的作品才有社会价值。《猎人笔记》《红楼梦》《官场现形记》均如此，站在自身领域反思，醒在黎明之前。而非处于压迫方的自觉反抗，这是它全部的意义和高明之处。像屠格涅夫，本就是农奴主家庭出身，却反对这种制度。当其动笔时，一只脚已迈出那个不合理的畸形怪圈，朝人类文明蠕动了一小步。

一个不读书思考之人，拥有再多的财富，都是当初父母思想的翻版。只有穿上认知的外衣，才会生出更广博的爱和自律。这些也是我多年后想到的。

儿时朋友见我感慨，又拍来处机关大楼的图片。夕阳把整个楼宇涂上忧伤的红，我从来不知道它如此之美。咖啡色墙体，粗大的圆柱，伟岸、坚固、肃穆，比现在的豪华场所所差无几。

那时抓腐败，哪个贪污，判了刑，在机关门口张贴告示。路过之人七嘴八舌，边看边议论。犯罪之人挂个牌子，站在敞篷车上游街。同学的父亲，被关进某监狱喂蚊子，睡草袋子。家被抄，一床毛毯到处藏。

爸因修桥梁去了另外的项目，上亿的资金从他手里过。办公室的黑板上每天有流水。放假时，我常去爸的办公室，在黑板上写古诗词。回寝室，给爸写信，若贪污，便断绝父女关系。写好后，贴上八分钱邮票，跑到球场边的小邮局，找个绿色邮筒寄出去。

有年寒假回家，有人找爸办事，推来一辆飞鸽牌女式自行车。在那个年代，算值钱之物。我推到马路上扔了。妈赶出去，推回来，向别人道歉，让赶紧推走。

现在，妈还对弟说，你姐多革命，别人送的烟酒，当着客人的面，就让提回去。妈说这话时，并无责怪之意。反而说，一家人好过赖过，有饭吃，平平安安就好。

家里的钱，几乎都是妈挣的。爸只拿那点死工资，都知道他认真，一颗钉子都不往家里带。我们三姊妹结婚，家里没花什么钱，婚后也是靠自己的勤劳，没用过爸妈的钱，倒常给他们。

少年意气，迷茫、刚硬也脆弱。

机关大楼临着马路，围着一圈儿黑色铁艺雕花栅栏，对面是灯光球场。球场一侧是一级一级的石头看台，每到球赛，围得水泄不通。

多年后，一个比我低一届，长得非常漂亮、一说话就脸红的女生，讲起她的初恋。读初中时，夏日常一个人坐在灯光球场的石凳上，挂着下巴，呆呆地看一个男青年打球。她暗恋别人好多年，但连对方姓名都不知道。她说时，已结婚，美得依旧像巴伦博伊姆演奏的《月光奏鸣曲》。

岁月是个好东西，粗粝地扎着人心，又绵软如绸。

谢冕

一曲康桥
便成永远

谢冕

1932年生，福建福州人。曾用笔名谢鱼梁。北京作家协会副主席，中国当代文学研究会副会长，《诗探索》杂志主编。长期从事中国现当代文学研究以及诗歌理论批评。著有《湖岸诗评》《文学的绿色革命》等学术专著。

我参加过许许多多的诗歌朗诵会，每一次朗诵会必有李白的《将进酒》。与气势磅礴的"君不见，黄河之水天上来，奔流到海不复回"同台出现的，往往会是徐志摩《再别康桥》婉约温柔的"轻轻的我走了，正如我轻轻的来；我轻轻的招手，作别西天的云彩"。一首千年名篇与一首现代名篇互为掩映，构成一道令人难忘的美丽风景，诉说着古国伟大的诗歌传统。感谢徐志摩，感谢他为中国新诗赢得了殊荣。举世闻名的英国的剑桥，被他译为"康桥"。一别康桥，再别康桥，便这样地叫起来了。从此，剑桥是剑桥，到了他这里，便是习惯的、不再改动的"康桥"！这位诗人是命名大家，除了康桥，还有著名的"翡冷翠"，也是他美丽的创造。就这样，作为经典的《再别康桥》，便成了一般不会缺席的、朗诵会上的"传统节目"。

能与中国的诗仙李白千载呼应，这足以令写作新诗的人羡慕一生。大家都知道，新诗因为它先天的缺陷一般不宜于朗诵。能成为朗诵会上的传统节目，往往有它的特殊之处。徐志摩是新诗诞生之后锐意改革的先锋。他在白话自由诗中竭力维护并重建诗的音乐性，他的诗中保留了浓郁的韵律之美。重叠，复沓，回旋……如："我是在梦中，她的温存，我的迷醉；我是在梦中，甜美是梦里的光辉"，"但我不能放歌，悄悄是别离的笙箫；夏虫也为我沉默，沉默是今晚的康桥"。这足可说明，徐志摩的诗能在千年之后与诗仙"同台演出"，并非无因！

经典的形成绝非偶然。经典是在众多的平庸中因维护诗歌的品质脱颖而出者。许多新诗人不明白这一点，他们往往忘了这一点，他们成了白话甚至滥用口语的痴迷者。他们忘却的是诗歌最本质的音乐美、韵律美、节奏美，他们的诗很难进入大众欣赏的会场。当然，他们也无缘与李白等古典诗人在诗歌的天空相聚。

我认识并理解徐志摩有一个复杂的过程。在盛行文学和诗歌阶级性的年代，徐志摩被判定为资产阶级的甚至是反动的，他的诗是"反面教材"。记得那时，文艺理论老师讲文学的阶级性，举的就是徐志摩的《残诗》《我不知道风——》等例子。那时时兴的是断章摘句，无须也不引导读文本。风向早已定了，他怎么"不知"？他鼓吹并向往的不是"东风"，而是"西风"，他是可疑的！无辜的他，就这样和许多天才的、杰出的诗人消失于当年的诗歌史。时代在进步。人们开始用公平客观的艺术眼光审视作家和作品。人们为所有真诚的艺术创造者恢复了名誉，徐志摩是其中一位。

在我的诗歌研究中，我终于能够判定，他是一位富于创造性的、为中国新诗的创立和变革做出杰出贡献的先驱者。中国新诗一百年，能列名于前十名甚至前五名的有他，他成了新诗历史的一道丰碑，无论怎么书写，他总是诗歌史绕不过去的名字！我对徐志摩充满了敬意，我为当年曾经对他的鲁莽深深内疚。

那年北京一家出版社约我写《徐志摩传》，我准备不足，不敢答应。但是心有余憾，我总觉得应当为徐志摩做些什么。后来另一家出版社要出一套名家名作欣赏，徐志摩列名其中，邀稿于我，我接受了。我熟悉他的作品，我约了许多朋友共襄盛举。我不仅喜欢他的诗，喜欢他的"浓得化不开"的散文，我喜欢他的所有作品，包括他的情书——《爱眉小札》全选！选读《爱眉小札》的人，我选定了与徐志摩性情相近的同窗好友孙绍振。

我总找机会去看看他生前走过、生活过的场所。有一年到他的家乡海宁观潮，我特地拜访了海宁城里他家的小洋楼。小楼寂静安详，诗人此刻远游未归，也许是在霞飞路边的某家咖啡馆，也许是流连于康桥的那一树垂柳。在当年贫穷的中国，徐家客厅的地砖是从德国进口的，可见他的家道殷实，出身富贵。又有一年，朋友们取道鲁中去为他的遇难处立碑留念，牛汉先生去了，我因事未去。但我的内心总是念着、想着，想着他自由的灵魂、惊人的才华、浪漫的一生，以及美丽的恋爱。

我多次拜访康桥，康桥小镇的面包房和咖啡店也是我的最爱。第一次是虹影陪我去的，后来几次，都是自己前往。桥边纪念他的诗碑是后来立的，我在边上留影了。悄悄的他是去了，他不曾带走一片云彩！悄悄的他是去了，他带走的是我们无边的思念！志摩生前有许多朋友，志摩身后人们怀念他。他为我们留下了美丽的诗篇，还有美丽的人生和动人的爱情故事。志摩不朽，志摩永存。这永存，这永念，如今都化成了永远的"康桥"，也许还有永远的"翡冷翠"！

选自《文汇报》2022 年 10 月 24 日

黄风

野水的季节

黄风

山西代县人。山西作家协会副主席，《黄河》杂志主编。出版中篇小说集、散文集、长篇纪实多部。曾获《中国作家》鄂尔多斯文学奖、中国作家出版集团奖、山西出版奖、山西"五个一工程"奖、赵树理文学奖等奖项。

1

风窜着屋脊,扒在烟囱口上,又猫号了一夜。

屋顶下的人,早见怪不怪,听不到风号还叫春天吗?窗纸呼啦啦急了,风要破窗而入,也仅是翻个身将背掉给窗户,把钻进被窝的冷踢出去,把滚开的被角掖紧了,继续搂着头扎在怀里的梦入睡。

临明的时候,院里杨树上的一根胳膊粗的枝断了,嘎巴巴骨折似的,把夜幕扯个口子,带着一绺牵连的皮肉坠地。屋檐头的一片老瓦站起来,纵身跳到台阶下,溅落满地,有的滑溜得很远。碎碴儿新崭崭的,还是当年出窑时的蓝,日月仅锈黑了瓦皮。

眼睛被黑暗的四壁围堵着,蜘蛛似的在墙上爬来爬去,耳朵却看得屋外清清楚楚,每一声响都是形象的。耳朵反馈给主人,也就一根树枝一片瓦,算不上啥损失,只是虚惊一场。梦却又一次被搅了,是收拾好接着睡呢,还是天就要亮了,挨上一会儿起炕?

2

风卷起夜幕,像村庄在夜幕下曾经传说的马匪一样走了。

天按部就班,从东方亮起来,向西方亮去,爬出山的阳光,越过空旷的田野直入村中。鸡噤了一夜,狗噤了一夜,这时都叫起来了。鸡扇着翅膀,有的还跳上墙头,但叫声稀零寡落,响应者不多。狗叫声却很凶,你追我赶的,从地下蹿到天上,邻村的狗叫声也加入进来,一起咬着早已不见踪影的风。

鸡犬之声落定后,院门一声不吭地开了,一颗容貌不整的头从门缝探出来，石子似的抛几眼，然后将两扇春联还鲜艳的门响亮地开大了。背着手站在院门口，边朝街两头张望，边从喉咙深处清理一口唾沫，用舌头抟揉了，啪地丢到对面的墙根下，便转身回去收拾被风折腾得乱七八糟的院子。

趁院门打开之际，狗逮个空子溜出来，迎着大半条街的阳光跑出村，跑到村东的嘶云河上。整个春天是不会拴它的，如果拴住它，它会魂不守舍，终日呜呜地叫，把院中空闲啃得满是牙痕。它没有咬着大风，就到河边去找小风。春天常有开小差的风，像逃学的坏小子在河上贪玩。狗找到小风后并不咬，而是满河作耍起来，汪汪声撵着呜儿声，呜儿声撵着汪汪声。

早起的，路过嘶云河的村人，在水泥大桥上驻足观看，狗河上河下，不知在跟什么东西玩闹着。那东西他看不见，只有狗看得见。但肯定不是不干净的东西，不干净的东西天一亮就跟着夜走了。河中蹿起一缕烟尘，狗就追着烟尘叫，河堤上的柳树摇晃了，狗就扑向柳树叫。或者掉转头，边跑边冲自己身后叫，好像那东西追上来了，就趴在它尾巴上。

早起的村人，眼睛天上地下溜了一圈儿，又与狗一同追逐半天，他很想看到狗眼里的东西，但就是看不到。能看到的话，也是狗眼里的他。他不能再消磨时间了，要去地里走走，看看啥时候能开墒。

可就在离开大桥的一刻，他脑中像钥匙插进锁孔转了一下：

春天来了，狗还能追逐什么？

3

冬天的风号冷，一寸一寸号到地下三尺深，春天的风号暖，将地下三尺深的冻一寸一寸号浅了。三尺之下的地气，便伸胳膊蹬腿，舒展憋屈已久的身子，将一冬天冻僵的土地暖过来。

干喇喇的嘶云河苏醒了，有冰的地方冰开始消融，没冰的地方渗出湿来。从冻在一起的沙石之间，湿围绕着石头渗出来，起初一根线似的不经意，慢慢地变粗变深了，承接着绵延的地气，像石头生出阴影一样扩展。湿气越来越重，把沙土黏糊糊地松软了，渐渐变成泥沼。某天风卷走夜幕，河上出现东一汪西一汪的水，像嘶云河渴望的梦，那渴望穿越了漫长的冬天。

在此之前，已经历了一场一场的风，包括那晚折断树枝、摔碎瓦片的风。但就整个春天来说，风还刮得远远不够，还得刮下去。在一场场的风中，河中梦一般的水，梦一般地变化着，有的扩大了，有的缩小了，有的甚至消失了。因为变化无定，还没有生出根来，所以叫野水。

狗依旧往河上跑，天一亮就蹲在窝边，一会儿盯着屋门，一会儿瞅着院门。在紧闭的两门之间，眼睛就像它的狗爪，把院中薄霜似的清静，来来回回地蹽下几道爪印。容它跑出去的机会就待在门后面，从拔缝挤扁了脑袋瞭它。但它跑出去追的不再是风，而是那野汪汪的水，水比风更骚。

4

野水沉浸的雁门关上残雪皑皑，那闪耀的光朵仿佛雁叫声。狗听到了那明亮的叫声，担在雁翅膀的两头，一扇一扇的。它在长空中寻找着雁的身影，可雁早就北上，到达更遥远的北方。

倒映的天空愈瞭愈深远，把阳光能穿透的水无限延伸了。狗没有瞭到雁的身影,却瞭到了还未落定的雁叫声。每年雁渡关山,一朵一朵的雁叫声,从丢下的那一刻起,就跟雪花似的,跟它掉下的羽毛似的,开始飘啊飘的。雁门关活了千年,雁叫声飘了千年。瞭到雁叫声的时候,狗还瞭到飘着的,一样没有落定的儿歌:

二月二,剜小蒜,狼一半,狗一半。

儿歌早此前就飘起来了。儿歌飘起的那天,在嘶云河畔的田野上,三五个乍小子手执小铁铲,一步一盯地寻觅着。他们剃过的"龙头",有的半毛不剩,有的仅留一撮后拽拽。小蒜是此时地里最早生出的绿色,孱弱得近乎于无,只有走到跟前才能看到。样子瑟瑟的,似乎想从你眼前逃走,却又力不从心;或一动不动,怯生生地注视着你,企图躲过你的视线,不被你发现。

那小蒜苗仅有两三根细叶,像《三毛流浪记》中三毛头上的毛,直到盛夏才会茁壮。可它能拱破初春硬邦邦的土地,经得起料峭春寒,经得起一场接一场的风,是想象不到的柔韧。风可以折断树枝,摔碎屋上的老瓦,却折不断毛一样的小蒜叶子。

乍小子们剜下小蒜后,便聚集到野水边,受旱一冬天了,他们很想像夏天那样跳进去,光不溜秋地玩个痛快。可大人们早警告过,这时的水还凶,下去会浸得腿抽筋,浸坏传宗接代的小祖宗,长大娶不下老婆。他们只好作罢,心又回到小蒜上。掐掉小蒜泥哄哄的根须,剥去蒜头的蒜衣,一棵一棵地清洗干净。两手通红了,做活的样子蛮大人的。

收拾好的小蒜,从头到尾的鲜嫩,那扑鼻的小蒜味儿,勾起他们无限食欲,喉咙里像长出第三只手来。母亲曾经用小蒜做过的饭菜,凡能记起的便涌现脑中。最奢侈的是小蒜炒鸡蛋，绿茵茵的蒜叶子，白珍珠似的蒜头，嫩黄嫩黄的鸡蛋，再俏上几片西红柿。最提味的是腌小蒜，切小葱一样切好了，炝上胡麻油，浇上老陈醋，吃什么都下饭。特别是吃面条，吃高粱面"鱼鱼"，撩上那么两三小勺，呼呼噜噜的能把舌头吞掉。或把卤猪头肉切得薄薄的，一片儿一片儿蘸上腌小蒜吃，一入口便粉皮似的滑溜到了肚里。

收拾小蒜的时候，他们对水仍念念不忘：

一个说，你说，这水像啥？

一个笑道，像你妈的奶子。

一个说，你骂人。奶子是鼓的，这水是鼓的吗？

一个笑道，不是鼓的，那你说像啥？

一个说，像你姐的桃花眼。

5

狗被生小子们吸引着，目光一抟一抟的，把阳光弹成了雾。它很想蹭个热闹，却又不敢靠近他们，便隔着一片干涸的河床，在另一处野水边玩起来。

水中的一条狗也跑来，与它一同玩耍，一个水里一个水外，玩得情投意合。它举起尾巴摇一摇，对方也举起尾巴摇一摇，它直起身子人立了，对方也直起身子人立了。可玩着玩着翻脸了，隔着如镜的水面，两颗头凶相毕露地抵到一起。先前的欢洽变成恶咬，它龇牙咧嘴地咬一口，对方也龇牙咧嘴地咬一口，相互咬得面目全非。咬了半天才发现，它在跟自己的影子打架。

打得水世界天崩地裂，一块块飞溅起来。阳光乱纷纷的，像遭老鹰追逐的雁叫声。沉没水中的石头，有的乌龟一样露出水面，惊恐地张望着撕咬的狗。年小子们也停下手张望着，他们不知道狗在跟什么打架，或者怎么会跟水打架呢？他们想到了鱼，狗不是在打架，大概是在咬鱼。可这水中哪会有鱼呢？

狗与水的气氛感染了他们，像盛夏一片被风吹过的葵花地，感染了另一片葵花地，他们也手舞足蹈起来，把左腿朝后编到一起，一边用右腿弹跳着转圈，一边拍手歌唱：

编，编，编花篮，花篮里面有小孩，小孩的名字叫花篮……

在野水边转了一圈儿又一圈儿，花篮编了一个又一个，他们陶醉在游戏之中。眼前海阔天空，一个个花篮像彩气球升起，像孔明灯升起，歌声成了系在花篮上的飘带。花篮里的"小孩"，扒在花篮边上俯瞰到，离河畔的村庄越来越远，离环绕村庄的田野越来越远，他要想回到地下，就得生出一双翅膀。

6

风变得隔三岔五，被风刮走的夜幕，一幕撵着一幕，在白天那头翻卷。年小子们与狗的玩闹，在野水边仅留下杂乱无章的踪迹，还有石头上狗骗起后腿做的标记。

狗闻寻着自己黄渍渍的溲味，溲味一头黏在石上，一头发丝一样飘着。狗去撵一丝飘断了飘向水中的溲味时，发现雁门关上的残雪不见了。好像大前天还在,阳光照得刺目,今天却不见了,空余下一片湛蓝,一片能敲出铁响的山寂。那消失了的残雪,也是盘踞雁门关的最后一片残冬。

除了消失不见的残雪,狗还发现水面上蹽着三五只水蚊子,像多年后它蹲在电视机前,或在城市广场上的后代,看到的滑(旱)冰的人一样,滑来溜去。还有几片悄然而至的花瓣,晃悠悠地漂着。便有燕子扑下来,在水面上一闪而过,鸹走一只水蚊子,叼走一片花瓣,丢下一个不断扩大的水花。

水花将日子变成圈儿,一个日子一个圈儿,后一圈儿赶着前一圈儿,带来耕地的扬鞭声,带来播种的耧铃声,田野上一天比一天人欢马叫。田野上热闹的时候,水中也热闹起来。蛙鸣是从一个无风之夜开始的,走进云幕的月亮先听到一两声,过了一会儿又听到三四声,叫得小心翼翼。直到月亮重新走出云幕,与水中的月亮交相辉映,蛙才连续不断地叫起来。夜越深叫得越响,呱呱哇哇个不停,把野水变成了沸水。

蛙声像一串串水泡,带着一团团蛙卵,从水中间向四周扩散。在聚集了蛙声的水边,芦芽敛声静气地观望着,它看到浮现的蛙脑袋,一边叫一边保持警惕,随时准备躲到水下面。亮晃晃的水面,为芦芽展现出日后的光景,一如往年枝繁叶茂,长成绿汪汪的芦苇丛。小苇莺来了,大苇莺来了,别的鸟也来了,黑夜是蛙的世界,白天是它们的天堂,一样把野水变成沸水。

早在蛙现身之前,在踪迹杂乱无章的野水边,狗就发现多了新踪迹。从那些踪迹残余的气味中,它嗅出有虫有鸟有兽,它们来到水边的时候,有的小心翼翼,有的漫不经心,有的直奔了过来。这天狗嗅到的,最高大的是一头驴,这家伙它前几天就见过,在河堤上走来晃去,只因惧怕它和生小子们不敢靠近。

驴是一天中午收工后,在从地里回村的路上,瞭见野水边只有午闲睐了眼守着,得到主人的允许跑来的。主人卸下它背上的犁,给它摘掉笼头,朝它屁股上拍一巴掌,说去吧。它选择水边一个干净处,先四蹄朝天地打几个滚,把浑身的疲劳从毛孔赶走,然后埋头饱饮一通,把一上午积聚得满肚干渴,顺着肠道一股脑儿地浇灌掉,便照着水顾影自怜起来。

主人扛着犁回到村口,担心驴玩儿过了头,就遥望着驴吆喝,要上一会儿就回来,吃了饭歇一歇,还得下地去。主人吆喝的时候,其实连个驴影子也没瞭到,只是朝着驴大致的方向,把喊声放出去。驴压根儿就没听到,或者听到了,逛城门洞似的,东耳朵进,西耳朵出。

驴甩打着尾巴,没有像狗一样连自己都不认,打架打得天昏地暗,而是偏了头认真地欣赏自己。如此相貌堂堂,它还是第一次发现。驴一下子无法自已,周身的血液山呼海啸,渴望得到一头母驴的青睐。于是从胯下掏出枪,吼叫起来:

啊唶尔——!

啊唶尔——!

7

那天的驴叫声,是驴的魂在奔跑,奔过嘶云河,奔向炊烟已在烟囱上像松散的辫子盘起的村庄。在一片片屋顶之上,驴蹄铁闪耀着飞机的银亮,围绕村庄尥起一圈儿一圈儿烟尘。

除了耳浅的驴崽子,村里的驴都听到了,也听出是哪个家伙在撒野。这样的撒野,尤其是春天,时常会发生。公驴们不以为然,它们都声嘶力竭地干过。母驴们更是习以为常,早被这种叫声喊惯了,也追赶惯了。在这吃饱喝足,上午架过的车或犁卸在太阳下的午间,最美的事就是和屋里的主人一样歇上一会儿,站在驴棚里的驴槽前,或卧在墙根的阴凉处,边甩尾巴边打盹。因此回应声寥寥,抛到天上又掉下来。

野水边的驴,顺着叫声蹚下的路,直趔趔地瞭到,它遭受冷落的叫声变得纷纷扬扬,无精打采地落下。有的落在笼罩房屋的树上,像雪落到水中一样。嫩绿的树亮闪闪的,一副春雨洗过的样子,叶尖上挂着水珠。等到盛夏的时候,会在村子上空绿成潭,投奔的鸟们扎进去,激起嘭咚嘭咚的声响。

一如雁门关上残雪的消失,树绿得不知不觉,村中长嘴的都好好说不清它是何时绿的。似乎太不当回事了,感觉也就一夜之间,可回头一程一程地去瞭,又好像已经历了一个春天。

环绕村庄的树木,环绕田野的树木,早告别了冬天的枯瘦。与天相衔的山脉,圈起远远近近的绿色,还有一片一片已开始烟消云散的桃杏花。更广阔的,是此时的绿色还无法遮盖的黄土地,像怀孕的女人一样温存而安详。布谷鸟断断续续地叫着,叫得苦口婆心,无人听了,它还在叫。它从哪天起叫的,要叫到什么时候才作罢,只有埋下种子的黄土地知道。

"春风不刮地不开",把地刮开了的风不再呼号,刮成了嘶云河畔的垂柳,那万千绿丝绦便是拂煦的风。倒映垂柳的野水,已在河中扎下根,与地下水串通了,不会再梦一般地变化,不会被夏天到来后的洪水冲走。水中除了伢小子的身影,又多了女人或肥或瘦的身影,她们八叉开腿坐在水边,双脚浸泡在水里。白胖胖的脚趾,被顽皮的蝌蚪当成虫,围绕着摇头摆尾。每人面前摆块洗衣石,一边说笑一边洗衣。

芏小子们有时一丝不挂，做了母亲的便替做姑娘的驱赶，挥舞着手中的棒槌叫骂。被骂的芏小子，害怕她隔着水把棒槌像弼马温的金箍棒呜呜地扔来，便水淋淋地抱上衣服就走。走远了却不甘心，于是在阳光下亮晃晃地朝女人耍小祖宗，笑嘻嘻地喊：

"我就不穿衣裳，我就不穿衣裳。"

姑娘脸赤了，赶紧并拢两腿，把头别向一侧，一只手轻掩在唇边，吐出几片柳叶似的笑，在水里浅浅地打转。女人的嗓门又大开了，能开出坦克来，忽颠着两个奶子，把话当棒槌扔出去：

"死娃子！回家叫你娘看去，跟你爹的比一比，尺寸不够揪一揪。"

每个人的衣物都不少，好像积攒下来，就等着这一天洗。衣物有新有旧，新的花花绿绿，旧的灰灰暗暗，"嘭嘭"地捣洗净了，晾晒在野花星星点点的河滩上。晾晒的时候，一个人双手拎着，或两个人夯开胳膊揪住四角，先要将衣物抖展划了，抖出能挂到眼睫毛上的七彩晕。

阳光也树一样丰茂起来，在白云苍狗的天空下，在日昼漫长了的村庄内外，长成参天大树，但不是浓荫匝地的树，而是轰轰烈烈的树，一树一树的金叶哗啦啦的。

村人像往年说，哎呀，夏天来了。

村人又像往年说，今年的春天，咋这么短促？

选自《山西文学》2022 年第 10 期

月亮咬住了狗尾巴

阿微木依萝

彝族，1982年生于四川省凉山州。初中肄业。自由撰稿人。巴金文学院签约作家。出版小说集和散文集多部。曾获第十二届全国少数民族文学创作骏马奖等奖项。

喏，那"庞然大物"就是我爹的老年代步三轮车，它有个响亮的称呼：宝马。是我爹考虑了一个月定下来的名号。

我爹是个固执的老头，也是个幽默的老头。

是个脾气暴躁的老头，也是个冠心病患者。

是个上网积极分子，也是个有追求的吃货。他的追求是：每顿有肉，多少不限，一小片也行。他也是个有审美情致的人，喜欢房子周围种满花草和果木，六十多岁了还很天真，很自恋，很自信，很骄傲，很冲动，也很冷静，是个相当复杂的矛盾体，退役后，他的兴趣是改造任何可以改造的东西，改造不好的就扔出门去，比如我。

宝马刚买回来那会儿是原装货，按照设计师喜好打造的外观，算不上特别好看，但也不丑，现在嘛，您一定想亲眼瞧一瞧，用我爹的话说：整个镇找不出比它漂亮的。它经过一番改造，已经不是原来的它了。

我爹最先看中的就是这辆老年代步车的小巧，按照心理上"居高临下"的看法，这么小的车子就算想飞起来，他也能一把摁住，车子的体积正是他这种反应逐渐迟钝的老头能驾驭的。但毕竟现代化的东西不可小瞧，年轻时上过战场，学会了怎样保命，他便十分清醒地下了决定，不轻举妄动，改造的事暂放一边；因此，第一天，他并没有着手改造它，而是上车熟悉环境，就好比古时候买了马儿，要跑一跑才知道马儿的耐心和脚力；他上车试了几圈儿，都是开在最慢的挡位，摇摇晃晃速度恰好；到了第三天下午，他有儿点底气了，玩起了"飙车"，把它开在最快那个挡位，当然啦，只在直路上放开"缰绳"，拐弯处还是比较遵守交通规则，减速慢行。

我妈觉得这种小心翼翼的举动纯粹就是怕死，她会骑摩托车，我爹不会，这种技能是她在我爹面前永远的骄傲。有时为了炫技吵嘴，她会昂起脑袋:"老子骑摩托车,'呼'一下就过去了,你连灰尘都吃不到一粒,你信不信?"我爹也会昂起脑袋并摇着他的二郎腿:"如果翻车,你也'呼'一下就过去了,你信不信?"

吵架已经是他们两个一辈子的事业。像月亮咬住了狗尾巴,我爹我妈,他们的生活里大部分光阴都用在了吵架上。

我爹改造宝马车是在半个月以后,陆陆续续,网购的各种工具和材料也收到了。他首先给车子安装框架,四根空心不锈钢架子,就像四根开天辟地的顶天柱子,把一块遮风避雨的灰色顶盖罩在了车子上,等于给它弄了个吊顶。之后网购一些围帘,都是不透雨的材质,帘子的颜色很讲究,迷彩色——他一辈子的审美终结色,把帘子往四根柱子上一挂,厢式老年代步车的样子就出来了,也终于有了过去轿子的味道,如果把轮子取掉,"走嘞"一声,四个人就可以抬着"轿子"出门。车轮胎三个,每一个轮子都有自己的备胎,打气筒从手动到电动各一把,车子喇叭揪下来换了新的,因为战场上打聋了一只耳朵,他觉得自己听不到的声音别人都听不到。车头上的灯也都有备用的,就连车屁股上的两颗刹车灯都有备用。他在机械方面极有天赋,年轻时候会组装机械手表,修理电视机,各种家电类维修无师自通,对于老年代步车的简要维修,不在话下。这么一番下来,国家发给他的优抚补助,几乎都用在了宝马身上。我们有时候怂恿他发个红包在家人群里,让儿孙们试一试抢红包的手气,让大家都高兴高兴,他不肯,他说他不高兴,他要勤俭持家。

每日骑车到镇上是他一天中最快乐的时候,不管有事没事,没事创造一件事,也要去一趟。

他在镇上交了许多新朋友,当然也结下许多"仇家"。他过于维护宝马,就仿佛那是一匹汗血宝马,如果您从马儿跟前走过,马儿当场放个屁,那恐怕您要多花一点儿时间才能离开,他不会允许您马上离开,当然您也不会感到心里不舒服,您甚至一点儿也不感觉自己被人故意留下来了,他会随便找个话题跟您聊天,等到估摸着马屁已经消散,才礼貌地请人离开,因为您马上离开的话,他会觉得很失落,您把他宝马屁带走了似的。我只是打个比方表示他这种维护心爱之物的心情有多焦虑,同时也斗智斗勇,在不伤害别人的情况下满足愿望,他对很多喜欢的东西,爱护得就像身上的羽毛,我亲自试过,稍微伸手碰一下车灯,他都要立马制止。

您如果非要从他口中亲耳听到如何维护宝马与人产生矛盾,是不可能的,他不会承认,他只会告诉您,他是个多么慈祥多么彬彬有礼的老头儿,"与人为善"是他的生活准则。您只可以从别人那儿听到,他确实跟人吵架了,恐怕还不止一次。我对他跟人吵架从不抱什么信心,这件事他不擅长,基本以输告终,这一点我妈可以证明,不过,也许他真没觉得那是吵架,他只会坚信那是交通堵塞时的小摩擦。

他其实稍微有点儿路怒症,这个毛病是在他买了宝马不到半年就形成了,造成这个后果的原因,是我们居住的那片山路上,所有的骑手们都不太遵守交通规则,因为它不是主路,只是乡村公路罢了,拐弯不打喇叭、行驶抢道等等屡见不鲜,这些都让他生气,别人的车子过去很久他还在向着人家的屁股后面喊话:"你哪怕张嘴吼一声不行吗?你差点儿把老头子的宝马吓死了晓得吗?"不过,不用想,他不会亲口承认他在路上唠唠叨叨,您只会在某个社交网络上看到他拍的自己的大头贴以及路上的美景。他是个有正义感但情绪管理能力基本为零的人,这一点我是可以肯定的,因为这个毛病我很好地继承了,也是因为这个毛病,他最终放弃改造我,一个人要改造和自己一模一样的人永不可能,他深知这个道理，他一开始发觉我就是他整个性格的翻版的时候，就决定把我扔出门去，从我离开家门以后，他背地里有时候称我"跑烂摊的"，有时候称我"小杂种"，即便我是他的女儿，他却从不客气，从不把我当女儿看，优秀的人没有性别，因为灵魂没有性别，他大概是要表达这个意思。从小到大，在他的眉眼和话语之中，我就能捕捉到，他期待我做的职业一直是偏雄性的，比如去当一名拳击手，也许这样他就可以名正言顺跟我打一架了？我说他最擅长的是忍不住脾气去亲自帮助警察叔叔指挥交通，确实，我没有说谎，车子们拥堵在一起的时候，他的车子也寸步难移，体积小，总受"欺负"，困在哪个角落根本挪不动。有一次他被彻底困住了，并且车子的"眼睛"还被前面的车屁股抵了一下，这可就坏了，脾气控制不了，他在那儿吼车子的主人，不是针对哪一个，而是，他要"大开杀戒"的样子，对着前面所有的车子一大片言语喊了出去，那都是一些和他一样上了年纪的老年代步车主人，女人居多，但是他不怕她们，他拉直了声音说——"你们家的路吗？都是木头做的人吗？堵成一麻袋一麻袋的啦，不会拐个弯绕到边上吗？"就是这样，他沉不住气，永远像个战场上的吹号兵，他说他其实最喜欢当一个吹号兵，要不是吹不准调子他就去申请了，可惜他试了一回，吹偏了，现在也一样，也吹偏了，她们都知道被这个狗日的（她们心里一定这么骂了，在我们这个地方，这是口头禅，骂架之前必须先来一句"狗日的"）老头吼了，就都把嘴巴对准了他，他呢，也不松口，挺直了腰杆站在宝马车旁边，听说那天下午，他跟她们吵了一架好的，最后大家都累了才散伙，交通也就终于不堵了。那应该是他这辈子吵架成就最高的一回，以一敌几十。

宝马车现在什么活都干，每日驮着我爹去赶集，还负责家里添补柴火的工作，它的主人虽然爱惜它，但主人是个怕冷的动物，冬天来临之前，它的车厢里可就塞满了柴疙瘩；长久的工作使它逐渐露出疲相，爬坡开始费劲了，每到快要死火（脱气）的时候，主人就给它打气：冲啊兄弟，快上去了，你可以的。

我爹是个遵从自然法则的人，周边如果有人去世，别人都在说可惜了，怎么怎么，他不一样，他搞不好抬起下巴就是一通大笑，他经常把谁的死亡称为"翘辫子"或"翘脚了"。总之，死亡从他的语气里流出来是一件平常事。

其实，我爹根本没有从战场上回来，当然他只会跟您说，他回来了，他多么幸运，在前线没有阵亡，退伍的那天走在月光下，走向了回家的路。我们的确跟他鲜活的生命生活在一起，可他的灵魂没有回来，至少没有全部回来。他年轻时候喜欢东奔西走，结婚了也很少在家，几乎是个有家的流浪汉，我觉得他就是在寻找一些自身散落的东西，当然您问他，他也说不出他丢了什么。这是我妈极不满意的，他们两个如今最大的遗憾就是，年轻时没有离婚。我爹的世界里有月亮，但月亮咬住了狗尾巴，我爹就是那只忧伤的狗。

世界上如果有一个鬼的话，那就是你妈。这是我爹说的。

世界上如果有一个恶鬼的话，那就是你爹。这是我妈说的。

世界上如果有两个鬼的话，那就是我爹妈。这是我说的。

忘记是在什么时间说的了。只记得我说完那句话，他们同心协力地跟我说了一个字：滚。

选自《散文》2022年第10期

刘亮程

大白鹅的冬天

刘亮程

1962年生,新疆沙湾县人。中国作家协会散文委员会副主任、新疆作协主席。著有诗集、散文集、长篇小说、随笔访谈等多部。有作品收入中学、大学语文教材,获鲁迅文学奖等奖项。2013年创建新疆菜籽沟艺术家村落及木垒书院。

冬天

雪地上没有鹅的脚印,以为它在窝里没出来。我提着一壶开水,烫开水盆里的冰,又烫食盆里的苞谷榛子,这是给鹅和猫狗的早餐。

这时听见鹅在前面"鹅鹅"地叫,声音翻过积着厚雪的屋顶落下来。我放下水壶过去,见鹅在松树下没雪的地方站着。雪被茂密的树冠兜住,松枝都压弯了,树冠下落了厚厚一层松针,看上去比别处暖和。

它看着我又叫了两声,嗓门宽阔有力,像在空中打开一扇门。我赶着它去吃食。地上的雪没扫,它好像眼盲了,认不得路,跑到两排松树间的大道上,头顶到院门才知道走错了,又掉转回来。我紧追几步,它扇动翅膀跑起来,一副要飞的样子。我真希望它飞起来,飞得找不见,我们也不用每天操心喂它,它也不会每天受冻。但这冰天雪地的,它能飞到哪里?南飞的天鹅和大雁,早在三个月前就飞走了。那时一行行的雁群飞过书院上空,大白鹅时常仰头朝天上叫,翅膀张开助跑一段想要飞起来。我妈说,白鹅的翅膀该剪了,不然会飞走。

但一直没剪。那时它吃得肥胖,走路都费劲,怎么可能飞走。顶多有飞的愿望吧。如今它已经瘦得剩下一堆羽毛了。它跑起来,翅膀展开,真像要飞起来的样子,却一头撞到雪堆上,整个身体陷在深雪中,张开的翅膀被雪托住。

我把它抱出来,放地上撵它走,看它的红爪子踩在雪里,整个肚子蹚在雪里。我都能感觉到它的脚冷。

到了食盆旁,看见一小堆绿韭菜叶,它使劲啄食起来。那是金子昨天拿过来给鹅的。它卧在雪里吃菜叶,把冻红的脚丫捂在肚子下面。它能暖热自己的脚丫子吗,下面全是冰雪?我给它在地上铺了纸箱板,又铺了松针和树叶，希望它站在上面脚不会太冰。它不领情，固执地卧在纸壳边的冰雪中。

我真担心它过不了冬天。每天一早推开窗户，我最想听见的就是大白鹅的叫声。只要它叫一声，我便放心了。它似乎知道我在这时醒来，它在松树下叫，叫声翻过两栋房子的屋顶和积了厚雪的菜地，传到我耳朵。

寄养

这是它跟我们生活的第一个冬天。

去年冬天我们把它寄养在老郭家。4月，金子带着我妈从养殖场买了两只小鹅和两只麻鸭，养到8月开始下蛋，大白鹅的蛋又大又白，麻鸭蛋和它的名字一样灰皮麻点。那时它们跟鸡圈在一起。鹅整天扬起脖子，"鹅鹅"地撵鸡，哪只不听话就拿嘴啄鸡毛。它们成了鸡群里的老大。两只麻鸭个头比公鸡小，只能灰溜溜地待着，不和鸡合群，也不跟鹅混。

金子每天去鸡圈好几趟，喂食，添水，收蛋，每次收了鹅蛋鸭蛋，都高兴得跟小孩似的。鸡蛋给厨房，鹅蛋鸭蛋她存起来，排成排摆在篮子里，说要等女儿回来吃。女儿孩子小，刚几个月，说明年回来。结果几个鸭蛋放坏了，鹅蛋放到了下雪前。

天气冷了，我妈回沙湾过冬，我们也回乌鲁木齐住一阵，留下方如泉守院子。养了大半年的鸡鸭鹅就得处理掉。公鸡全宰了（真对不住公鸡），三只母鸡给厨师王嫂家代养。两只鹅和两只鸭子送到村民老郭家代养，说好下的蛋归老郭家，再给两袋子苞谷。到雪消天暖和，给王嫂代养的三只鸡死了两只。喂在老郭家的两只鸭子都死了，鹅死了一只，老郭不好意思，把收的四个鹅蛋和活下的一只鹅一起送了过来。

我们送去时雪白丰满的大白鹅，一个冬天瘦成了鸡，毛黑不溜秋，眼神也呆滞，不知道它在老郭家是咋活过来的。老郭家的鸡有暖圈。所谓暖圈，也就是个小房子，夜晚能挡风而已。不过，老郭家的几十只鸡和我们的鸭鹅挤在一起，每只鸡鸭鹅都是一个小暖袋呢。鹅在它们中间，是一个大暖袋吧，它们依靠着互相取暖。但是那两只麻鸭和一只鹅，还是没有熬过冬天。

春天

转眼又到冬天，圈里养肥的鸡又要宰掉（又对不住鸡了）。鹅再不敢往老郭家送。本来要和鸡一起宰了，后来还是留下来了。大冬天鸡窝空空的，看着都冷。鸡到另一个世界避寒去了。鹅留下来，它独自承受着满圈满院子的寒冷。靠院墙斜立的两块工程板下面，是金子给鸡和鹅做的下蛋窝。现在一个成了鹅过冬的窝，里面铺了厚厚的麦草，另一个被黄狗星星占了。那个两头通风的窝，其实只比露天稍好一些，能挡住西边来的寒风。

年前几天降温，我们又要回城里过年，大白鹅和猫狗托给王嫂家喂养，她老公每天过来烫一盆粗面，大伙一起吃。猫不用担心，能捉到老鼠。狗也不用操心，它们总能弄到吃的，前年冬天我们回到书院，见牧羊犬月亮在松树下守着大半只羊，肯定是从村民家偷来的。去年书院后面住的老张说，他宰了猪，猪头挂在仓房，想着过年吃，结果没有了，顺着雪地上的印子一直追到我们院墙上的水洞，肯定让我们家大狗叼来吃了。金子说，确实看见月亮吃剩下的半个猪头。我们也不养猪，没法赔一个猪头给老张，只能说句对不住了。这些年几条狗给我们惹了多少事情，月亮大前年把村委会烧锅炉的老王咬了一口，老王几年前打过月亮一棒子，记仇了。金子开车拉老王去县医院打了狂犬病疫苗。今年7月小黑和星星在山后的麦茬地咬死了村民的四只羊，让我们赔了6000块钱。现在我们把院墙上狗能钻出去的洞口都堵住，它们再不能出去惹祸，也不能在夜晚爬到坡顶的草垛上对天吠叫了。

回城前我把秋天菜园里掰的苞谷棒子在鹅常去的松树下放了一堆，又在它的窝边放了一些，鹅会自己啄食苞米粒。只要有足够的吃食，它便能抗住寒冷。在城里我还常打开监控视频，看见猫和狗围在食盆旁，看见大白鹅在雪地上踱步。

年后回来，车开到大门口，月亮、星星和小黑都在门里面守着，它们能听出我的汽车声音，当车开到公路拐弯处，离书院大门还有上百米的地方，它们就闻声往大门口跑。我下车开门，三条狗亲热地往身上扑，金子把带来的狗食分给每条狗。

大白鹅站在松树下叫，它瘦了一大圈儿，见了我们，它张开膀子像要飞过来。两只黄猫不见了，方如泉说猫到别人家混吃的去了，过几天来院子转一趟，可能见我们没回来，就又走了。

我去鹅的窝里看，给它留下的苞谷棒子才吃了一半，地上扔着四个鹅蛋壳，我们离开的二十多天里，它下了四个蛋，可能都自己吃了。金子说，鹅不会吃自己的蛋，肯定是星星和小黑偷吃了。我拿着鹅蛋壳，大声审问小黑，鹅蛋是不是你吃了？又审问星星。两条狗都一脸懵懂，装糊涂。我猜想肯定是星星偷吃的。它住在鹅旁边，可能就是盯上了鹅蛋。鹅下一个它吃掉一个，把空蛋壳留给我们。不过也都没亲眼看见。吃就吃了吧。

早晨我烧一壶开水提过去，鹅已经在食盆旁守着。我用开水烫开水盆里的冰，再把冻硬的饲料烫开。鹅的嘴伸进水里，边喝边拿喙戏水。

它吃好了站在墙根，一只脚抬起，过一会儿又换另一只脚。水泥地太冰冷。我给它铺的纸箱板扔在一边，它还是不知道站上去，可能它的蹼已经冻木了。

回书院的第二天一早，大白鹅踱着步从前面过来看我们。我给它撒了些芹菜叶子，它一个月没见绿叶菜了，低头啄一口，高兴得仰起头来。

中午金子见鹅卧在窝里，她关好圈门，过一阵听见鹅叫，金子说鹅下蛋了，让我赶紧去收。我出门看见星星也朝鹅叫的地方望，小黑也朝那里望。看来都在等鹅下蛋。这让我有点儿不确定是小黑还是星星在偷吃鹅蛋。我指着星星又指着小黑，狠狠地骂道：再偷吃鹅蛋把你们送人，不要你们了。星星知道我在骂它，夹尾巴躲一边。小黑一脸憨相，我又觉得冤了小黑。

到窝边时，鹅的样子把我逗笑了，它伏在窝里，整个头和脖子贴在草上，一看就知道它在本能地躲藏，不让我看见。我拿专门收蛋的长把木勺拨开它的屁股，它扭转屁股护住蛋。我还是把一只大白蛋舀在木勺里拿了出来。鹅见自己的一个蛋被我收走，眼睛圆圆地瞪着，鹅没有表情，但它肯定有心情。它的心情会跟农人失去一年的收成一样吗？或许它已经习惯自己的蛋被人收走。它回到书院就开始下蛋，已经下了十几个，我们没有留下一个让它孵育出孩子。这样想时竟生出些人的伤心来。鹅会不会伤心呢。

晚上听见鹅在窗外叫，天黑好一阵了，它不去窝里睡觉，在转啥呢？或是它想要给我们说啥？我出去查看，外面很黑，院子里没安灯。白鹅站在雪地朝我望，它的眼睛反着星光。也许是自己的光。我过去摸摸它的脖子，它转过身，沿着菜地边我们踩出的雪路一直走到小柴门旁，回头叫了一声，像是给我打招呼，然后回它的圈里去了。

我冻得浑身发抖，回到暖和的屋子里时，想到鹅也回到它两头透风的工程板下的窝里了。它只能把自己的羽毛当暖屋，把裸露的蹼捂在肚子下面，把喙伸进羽毛里。

我又听到鹅叫。它的叫声在半空中打开一扇门。我从二楼窗口看见它在屋后果园觅食，个别处雪已经化开，露出干黄草地，它不时低头啄食，不知吃到嘴里的是什么。中午我扛铁锨到前面的玻璃房墙根疏通积水，屋顶融化的雪水，积在墙根的水槽里，一半是冰，我拿铁锨敲开一个小水槽，让水往下流。每年都要干这个活，其实不去干，过几日水槽的冰全化开也就疏通了。但还是去干，人等不及季节。

转回到餐厅前见鹅在草莓地觅食，以为它在吃露出的绿色草莓叶子，却不是。它在化了一半的雪下面，找见先露出的细草芽，它啄食草芽时把冰粒也一起吃进嘴里，嘎嘣嘎嘣的响声，像一个孩子在咀嚼糖块。

夏天

被厚雪覆盖了一冬的院落，在一个早晨突然暴露出来，几件我们以为丢了的农具自己跑出来，它们倒在地上，在雪中睡了一个长冬。天暖得很快。金子在集市上买了五只小鹅，丢给大白鹅带。大白鹅显然喜欢小鹅，但小鹅怕大鹅。毕竟不是自己的亲妈。这些小鹅有亲妈吗？可能没有，它们在孵化场破壳而出，从没被大鹅带过，见了只有害怕。

我妈在院子里用纸箱围了一个小圈，喂草喂水。晚上把小鹅装纸箱拿进屋里。除了怕被猫和狗吃了，天上飞的鹞子也会叼走小鹅。书院这一片至少有七八只鹞子，每日在树梢盘旋，捉鸽子和鸟，经常有鸽子被鹞子吃了，在地上留一摊羽毛。那天我还救下一只鸽子，它被鹞子一翅膀拍打下来，鹞子紧随其后，眼看叼住了，我大喊着跑过去，牧羊犬月亮，还有星星、小黑也叫着跑过去。鹞子一侧身飞走了，受伤的鸽子也扑腾着飞到树上。

新买来的小鹅，要先拿去让月亮、星星和小黑看，给每条狗说这是我们要养的鹅，不是野生的。狗都懂事，见人和鹅亲近，就知道不能咬它，咬了挨打。

第一只小猫带来时给月亮和星星做了介绍，如今猫和狗成了院子里最亲近的朋友。冬天两只小猫和两只大猫，和小黑一起抱团取暖，小黑每晚卧在门口的地毯上，两只小猫钻进小黑怀里，两只大猫卧在小黑背上，小黑一动不动，搂着它们度过寒冷冬夜。一天早晨，金子拉开窗帘，说大白鹅也和小黑挤在一起了。

今年夏天小外孙女知知来到书院，也是先带到几条狗跟前，让它们认识。狗看我们对小知知好，就知道不能对她不好，见小知知过去就远远躲开，生怕不小心碰着小朋友。知知不怕狗和猫，追过去抓。但害怕大鹅，它会追着叼知知。

我们买的五只小鹅活下来三只，如今已经是大鹅了。我妈依旧每天坐着她的电动车牧鹅。它们认下我妈的电动车了，跟着到前面草坪上去吃草，到后面果园去吃草。鹅胆小，只去我妈带它们去过的地方，不敢往远处跑。

那只大白鹅呢，在坡上果园的狗洞里坐窝了。

去年夏天大白鹅坐过一次窝，它占着鸡下蛋的窝，用嘴把自己的羽毛撕下来，垫在窝里。它下了一个蛋，一直捂着。隔天又下了一个。它要把两个蛋孵出小鹅。可是，我们这里的气候凉，小鹅长不大天就冷了，怕过不了冬天。金子把它的蛋收了，它还是坐窝不走。中午金子看见鸭子凑到鹅身边，嘴啄鹅的脖子，在说话。过一会儿，鹅起身走开，鸭子急忙跳到鹅窝里，下了一个小麻蛋。然后鹅便捂着麻鸭的蛋不放。我妈说，鹅和鸡一样的，到了坐窝时节，给个石头蛋都会捂住不放。

金子说，大白鹅去年没抱上小鹅，今年就让它抱一窝吧。我以为她只是说说，我出了趟差回来，没见到大白鹅，问金子，说已经坐窝12天了，再有18天小鹅就出来了。金子把果园水塘边的狗窝收拾出来，用我们家的七个鹅蛋，换了村民家的七个蛋。他们家的母鹅有公鹅交配，下的蛋才能孵出小鹅。

我带着小知知趴在门洞看，鹅卧在自己用嘴拢起的一小堆麦草上，眼睛朝外看我们，可能已经忘了我是谁。金子在门口放了一桶水，还满满的。我让知知在鹅窝旁等着，我去菜地薅了一把鹅喜欢吃的野莴笋，扔到它嘴边。它只是啄了两口，又专心孵它的蛋了。我妈说，鹅和鸡一样，孵蛋的时候不吃不喝。

到了小鹅该出壳的那天，金子和厨师去看，只孵出来三只小鹅，其他四只蛋都坏了。小鹅只是啄开了蛋壳，身子还在里面挣扎，金子把其余的蛋壳剥了，这个事本来是大鹅做的，它会拿嘴啄蛋壳，让小鹅快点出来。

出壳的小鹅放在纸壳里，下面垫了棉布，金子还在棉布下放了一只暖宝宝，上面又盖了一层布。小知知第一次看见小鹅从蛋壳里出来，我把毛茸茸的小鹅放在她手上，她捧着不敢动，不知道该怎么面对这个小生命。三只小鹅在我书房过了一夜，第二天还给了大鹅。

我妈像放牧那三只鹅一样，照顾大鹅和三只小鹅，白天放出来吃草，晚上吆到鸡房。它们一天一个样子地在长，可能小鹅也感到自己出生得有些晚，秋天已经来了，得抓紧时间吃草长身体，尽快长出能御寒的羽毛来。到了冬天，它们要跟大鹅一起，光着脚丫子在冰雪中走，靠自己的羽毛度过寒冷长夜。

大雪

大雪下了一天一夜。好多树枝被雪压断。昨天还遍地的青草，一夜间被雪埋没。除了大白鹅，其他的鹅都没经历过冬天，不知道它们看见这么大的雪，会不会惊慌。雪下得太突然，树都没落叶子，落了一地的苹果没顾上捡拾，几棵桃树和葡萄藤也没顾上埋住。人和草木都没准备好，冬天就来了。

好在三只小鹅已经长到半大，长出了厚厚的绒毛，和先长大的三只鹅一起放在果园。刚放进去时，那三只大鹅追着小鹅跑，可能是想亲热小鹅，大白鹅跟在后面护。没几天它们便亲热如一家了。

我在三楼的书房时常听见鹅的叫声，它们在果园边的绿草地上练习飞翔。我下楼在木栏杆门外探头看，它们展开翅膀，"鹅鹅"地高叫着，朝南跑到篱笆墙边，又折头跑回来。跑前面的是三只新长大的鹅，大白鹅和它的三个孩子跟在后面。大白鹅已经三岁了，早已知道自己飞不起来，但还是展开翅膀跟着做飞的动作。两只小鹅似乎相信自己能飞起来，翅膀举得高高，爪子一下一下离开地。见我在木栏门外看，都收住膀子，像是怕我看见它们练习飞翔似的。

我推开栏杆门进去时，鹅全围过来，见我两手空空又停下来。

给鹅喂食是金子的事。她每天早上端半盆麦子喂鹅吃。鹅和鸡的食都是金子在村民家买的。下大雪的前一天，金子听说玉米要涨价，叫上厨师柳荣贵去六队买了七麻袋苞米，又开车到乡上工厂粉碎了，码在库房。到冬天没有骨头可啃的狗和猫，都得吃开水烫的苞米糁子。鹅也吃。但鹅似乎更喜欢吃麦子。或许更喜欢吃草。但草突然被雪埋了。给鹅的麦子每天都剩下一些。或是鹅的嘴没办法将盆里的麦粒吃干净。金子天黑前把鹅吃剩的麦子端回来，她说留下全让老鼠偷吃了。果园北边是苜蓿地，西边山梁后面是麦地，我散步时看见好多老鼠新打的洞。地里没吃的了，老鼠开始往人家里跑。我们院子的两只猫都生了小猫，母猫每天出去捉老鼠来喂小猫。即使这样，也阻不住老鼠往院子跑。去年冬天喂鹅的苞谷棒子，喂肥了两只大老鼠，它们钻在柴垛下面，猫捉不住，晚上出来偷我们喂鹅的食。好久再没看见那两只老鼠，可能被猫捉吃了。也可能过了一个冬天和春天、夏天，它们静悄悄地老死了。

说到老，又想起已经三岁的大白鹅，它算是年老了吧。这个冬天尽管有六只鹅陪它一起过，每只鹅都要担受自己的寒冷，肚子下的绒毛只够捂住自己的爪子，怕冻的嘴只能塞进自己的羽毛里。但它们会挤在一起。会有七个嗓门的大叫声，响在阳光明亮的书院上空。至少，它们不会太寂寞。

选自《散文海外版》2022年第10期

蒋子龙

昙花绽放

蒋子龙

1962年开始发表作品,曾任中国作家协会副主席。曾以《乔厂长上任记》《赤橙黄绿青蓝紫》等作品多次获全国优秀短篇和中篇小说奖。著有长篇小说《农民帝国》以及中短篇小说集和散文集多部。

心不在焉地摸出钥匙打开房门。在门边稍微停顿一会儿，让自己的眼睛适应室内的黑暗，然后再进屋。一抬头，赫然吓了一跳，借着窗外的微光，看见屋子中央站着一个人，轮廓一团乌黑。

"谁？"我高声问道，却没有得到回答。

打开屋顶的大灯，原来，是我那盆昙花。

知道它今天夜里要开花，早晨，给它喷了水，洗净叶片上的尘土，就如同给即将出嫁的姑娘梳洗打扮一样。因它太高大了，最高的几片叶子，高过了我的头顶一截，其枝叶繁茂，头重腰细，像舞台上打扮好了的美女。一靠近它，它就款摆腰肢，姿态迷人。

早晨，我从阳台上往屋里搬的时候，抱不动整只花盆，被迫半抬半拉、小心翼翼、一点一点地挪进书房的中央，像侍候一台端坐着新娘的大花轿。

昙花绽放，是它自己的大事，也是我生活中的妙事。每到这一夜，我都像守岁一样凝望着昙花从开到落的全过程。刚才，竟把这样一个重要的节日，忘到九霄云外去了。

从早晨离家，到晚上回来，十几个小时在外面奔波，却冷落了极为敏感的昙花——罪过，罪过！

花为人开，花蕾吸收了人的精气才开得水灵。人宠花，花宠人。每年此时，花蕾的笑口已经大开，临近子夜，火爆爆地怒放，昙花的生命达到巅峰状态。

今晚，由于我粗心，它可能以为自己被遗弃了，半尺多长的花蕾，如同白天鹅，怒冲冲地弯脖子拧头，尖嘴紧闭。

忙打开写字台上的灯和书柜前贼亮的聚光灯，把灯口都转向昙花，让屋内一片通明，准备迎接昙花辉煌的"一现"。随后，我搬着凳子坐到它跟前，眼对眼，嘴对嘴，真诚地表达自己的歉意。从现在起，寸步不离地守护它、赞美它。

昙花也激动起来,花蕾微微颤动,如天鹅抖动颈上的羽毛。包在外面的根根红针,像伞骨一样挺直、撑开……好大的排场,若红日未出,先见光芒。

光芒既现,轰轰烈烈的日出就呈现在眼前。绿的,像窗外的夜色,厚重、坚实;白的,尖锐、轻巧,一心要突破绿的笼罩。弯弯噘起的尖嘴儿,眼瞅着就咧开了,一股宜人的香气立刻喷射出来。

我把脸贴上去,猛吸几口。一团浓香,一股清凉,从喉头直坠肺腑。立刻觉得,五脏六腑,清洁透亮,如醉如痴。刹那间,忘记了尘世间的一切荣辱喜忧,身内身外一片圣洁宁馨。

花瓣颤动,千娇百媚,愈张愈大,愈大愈白,奇迹般有节律地伸展开来。昙花简直是在讨好我,绽放出自己活泼泼的生命,眼对眼地、让人目不暇接地开放了。一团绒毛般的白线,簇拥着洁白娇嫩的花蕊,白得高贵,白得纯净。

如刀如剑的绿叶上绽开一朵朵巨大的白花,它们是按照一个口令,踏着同一个节拍绽放的。满屋弥漫着醉人的香气,我胃里发出一阵贪婪的鸣叫,真恨不得立刻就把所有花蕊及蕊上的花粉吃掉。

昙花那楚楚动人的神态,又让人下不去嘴,它是专为我开的,躲开所有的人,躲开君临万物的太阳,不凑热闹,不争喝彩,藏进黑夜,躲在刀丛剑树的叶片之下,自甘寂寞,只为悦己者"容"。它又是多么傲慢,多么自得。

这是好兆头,今年昙花开得最多,也开得最为壮观,今年的运气或许不错。

"昙花一现"从来都是贬义。这是文人们编排出来的。一般人喜欢好吃多给，喜欢坚固耐用，喜欢"死不了"或不死不活，甚至是"好死不如赖活着"……他们轻易看不见昙花开放，便嘲笑它的"一现"。

正因为它"一现"即逝，才更说明它清逸、珍贵、不同凡响。人活一世，能像昙花这样轰轰烈烈地"一现"，足矣！

天下英雄多是"一现"，瞬间永恒。世上还有多少终身未能开花的人生，谈何"一现"？

昙花香气刺激了我的感觉，心里涌动着一种奇妙的兴奋和欲望，世界上的各色人等，该如何让自己的生命开花呢？

世间万事万物都有自己的规律，心念的律动合乎外部客观规律，生命不愁不开花。譬如：昙花子夜盛开，夜来香傍晚吐蕊飘香，蛇麻花在寅时才露笑脸，牵牛花在清晨打开喇叭，冬梅、秋菊、夏荷、春牡丹……还有动物，蝙蝠只在天黑时才飞出来捉虫，公鸡叫三遍后天就放亮，鸭子繁殖有周期，鹿角的生长和脱换同样有规律……

至于人，体内更存在着有规则的生理节奏：体温、血糖含量、基础代谢率、激素的分泌等等，都随着昼夜的交替而变化。凡是生命就具备进化的适应性，自有其特定的活动变化规律。

如此看来，人又何尝不像昙花呢？与天地相参，与日月相应，由于地球自转，太阳光对地球的照射强度，在一昼夜内呈周期性变化，人体内气血的运行也随之改变，以相适应。

昙花摇曳，花影婆娑，花蕊弹拨出一种乐声，意境悠远。我被震撼了，生出一种莫名的虚幻的激动，和着昙花生命的韵律，仿佛能进入一片祥和的精神高地。

选自《河北日报》2022年11月4日

田鑫

河流的
几种形式

田鑫

80后,中国作家协会会员,鲁迅文学院第40届高研班学员。出版散文集《大地知道谁来过》《大地词条》两部,作品获丁玲文学奖、宁夏文学艺术奖、《朔方》文学奖等奖项。

水,这大地的气血,它们有来处,也有去处,比人的脉络清晰。你想了解一条河的来龙去脉,只需要逆流而上,或者顺流而下就行。

水比人更了解团结的好处,一条河,从源头开始,水滴们就聚集在一起,一路结伴而行。它们走到哪儿,哪里就有路,无路可走的时候,就停下来一起想办法。

面对一条河的时候,我经常陷入沉思,想那些弥散的水,从毛细血管一样的河床上流下来,原本是一小股,后来成很多股,汇集为一条河。它们流到我面前的时候,不知道更换过多少回名称,经历过多少次分流,在被截流、阻隔之后,始终有一部分水朝着一个方向流淌。

水一定是大地之上谱系最清晰、脉纹最明显的物体。那些细小的水,和大地的关系最密切,它们来自大地深处,洞悉大地的心思,喷涌而出以后,顺着大地的褶皱流淌,形成河流,滋润大地。

人受了河流的启发,逐水而居,聚集在某一处,受水的恩泽,在水的帮助下,休养生息。于是,大地之上,一条河孕育出一座又一座的村庄。它们有自己的名字、形状以及曲折的一生,就像孕育它们的河流,有错综复杂的命运。

河流的命运,借由生活在它附近的人们的总结而成。人类灿烂的文明遗产,离不开河流的哺育。河流不光提供水,还让人便于流通,繁衍与交流就在河流之上、两岸之间延展开来。

河流在流淌,生活在继续,我们熟悉而又陌生的河流中,有人类历史发展和社会更迭的痕迹,也藏着河流作为自然力量与人文社会间错综复杂的关联;我们的生活最终也形成一条条河流,在大地上留下痕迹。

乡下的河流,大多瘦弱,没有远大宽阔的出路。它从山里或者沟底渗出来的时候,你都无法将其与"河流"两个字联系到一起,可等它们汇集到一起，才发现积少成多的魅力。在山涧，这来自大地深处的精灵们，如此迷人。

曾经，我们是被缺水缺怕了的一群人，村庄四面环山，像个敞口的大锅，这锅聚人，却不聚水。山上下来的涓涓细流，白白地向远处流淌，沟里渗出来的水，还没来得及形成泉，就被心急的人一马勺舀进桶里了。为了这一口水，人们得半夜三更起来，趁着月色去排队，等它缓慢地从大地深处冒出来。极旱的时候，人们就没有那么礼貌了，为抢一勺水大打出手的事情常有，经常是水没等到，等到了打架者的泪水。

看过一张新华社记者拍摄于20世纪80年代的照片：母亲噙一口水，给两个孩子洗脸。这用嘴喷出来的水珠，在阳光的照射下，显得短暂而绚烂。在这张照片面前，我做过很长时间的停留，也想象过照片拍摄的场景。这个母亲，噙这口水的时候，在心疼水和心疼孩子之间是否做过权衡，不得而知。但是，当水珠从她嘴里喷出来的时候，每一滴水都带着细小的光芒。那一刻，两个孩子脸上便有了水色。

为了这点水色，黄土地上曾经上演过很多的故事。好在苦日子能把人变聪明，我们村的人，把天上的水、地下的水拦截在一起，形成一个涝坝。这条被堵死的河，解决了整个村庄的吃水问题，也让村庄温润起来。原本开阔的一条沟，被一道土坝截成两半，上游的水惦记着下游的远方，下游的河床，像痴情的女人等着心爱的汉子。雨季的时候，人们才打开水闸，涝坝被河流串联，显得生动而丰富。

这些细节，早已经储存在童年的记忆里。如今，六盘山区早已经不受水的牵制，不过，在水龙头被拧开之后，每个曾经吃过苦水的人，都显得小心翼翼。

大地之上的河流，有很多种形式。

站在塬上往村庄里看，我觉得村庄本身就是河流，四面环山，每一条路就是一条支流，不管风从哪里吹来，或者人从哪里来，路都能带其到合适的渡口。而那从烟囱里升起来的炊烟，不管色泽还是形状，像极了朝上的河流，它们从厨房里"流"出来，最开始还是一团，然后就四散了。我会觉得，它们短暂的流淌之后，归于天空这片无边的海洋。

植物是更为具体的河流。一棵树站在大地上，根须是向下的河流，深入大地内部，它知道人间的苦乐，也知道大地的深远；树杈是向上的河流，天空辽远，它们可以肆意生长，翻飞的叶子波浪，婆婆娑娑，无意间就把大地的空间拔高。十万棵玉米笔直，既是一泻千里的流水，又是翻飞的巨浪，在大地上以静态的方式奔腾。豌豆是藏在河床的暗流，弯曲的茎蔓，向深处延伸，蛇一样缠在玉米上，豆荚里藏着圆润的、珍珠般的小果子。小麦是梯田上的溪流，舒缓、迂回，恨不得漫过整个山头，它的野心比玉米还大。我常常站在麦浪中间，张开双臂，等风吹过来，起伏的麦田中间，我也成了有野心的浪花。

耕种过农田的牲畜们，用蹄子在大地上冲出属于自己的河床。牛走过的地方，泥浆厚实，有积水卧在蹄窝里，这小小的河流留着牛的味道；马跑过之后，尘土飞扬的样子和水花四溅的样子一模一样；毛驴性子缓，它留下的应该是曲折婉转的小溪，需要仔细寻找。

连那些贴在地面上的花花草草，也都是河流，它们细小的花朵、低矮的茎蔓，都是河流的组成部分。打碗碗花用小漩涡让我迷路；马兰用二十二个花瓣把河流分解成二十二条更小的溪流；蒲公英像瀑布，四处飞散……我躺在一地花草之间，觉得自己开始涌动，开始流淌。

人本身就是一条河流，不过是站立的、行走的河流，每一条毛细血管都像山泉一样，汩汩地流出最初的水，血管再将它们运送到身体的每一个方向，这河床，百转千回。人吃水的时间长了，就有了水的性情，终有一天，也像水一样流向未知的大地。

每到婚丧嫁娶的日子，祖父总会从箱子里拿出那副已经旧得掉渣的家谱，颤颤巍巍地挂在墙上，在他的意识里，家谱被挂起来，我们就在祖先的目视下生活，不管是迎接新人，还是送别亡人，生命的延续就有了仪式感。

家谱是一个卷轴，里面写满密密麻麻或变形或掉色的汉字，我那时候总搞不清楚，为何家谱挂上去之后，就要摆供品，就要焚香，说话时不可大声，吃饭时还要先给家谱上的人夹几筷子。

祖父说，家谱上住着祖先。再望着家谱时，觉得从第一个人生发出来的先辈图谱，像一条河一样流淌在陈旧的纸上，于是就生发出一些奇怪的想法：我的家族，一部分人以辈分和名字的形式活在家谱上，由时间和敬畏供养；而另一部分人，活在大地上，由土地、空气、粮食、水养活。先辈们虽然离开了大地，但是他们在家族的河流里永存，而我们在先辈的护佑之下，生生不息。

认识了字，知道了名字背后的意义后，再回头来看家谱，就仿佛通过这简易的谱系，看到了我姓氏的源流，找到了数典认祖的证据，也从而探知到村庄的历史、地理和民俗。

而以记载父系家族世系、人物为中心的家谱，流到了祖父这一脉，就停住了，名字的部分是一个又一个等着被填满的方框。我曾经问过祖父，家谱上为何没有他和祖母的名字，他笑着回我："等我们的名字写到家谱上，你就看不到我们了。"那时候，我觉得这一天好遥远，希望它永远也不要到来。

从家谱的走向看，祖父是我们整个家族的一个关键点。作为家里的独生子，他的存在，代表着某种转折；假如没有他，我们的家谱可能就此断了，祖父使得家谱这条河流一直持续流淌着。

祖父是个保守的人，这一点从他的三个女儿出嫁的距离就能琢磨个一二。大姑嫁得最远，我们村翻一座山，再经过两个村庄才能到达；二姑嫁到了大姑的隔壁，两姊妹想见面了出门走几里地就到了一起；祖父最疼的三姑，祖父让她嫁到了离我们村最近的镇上。

三个姑姑像一条河的三个支流，按照祖父的意愿排列在大地上。祖父祖母有个头疼脑热，三个姑姑就像能感应到一样，齐齐来探视。多年以后再回头看，我才发现，三个姑姑更像倒流河，她们被安排得如此之近，除了走动的方便，还有情感上交流的便利，有很长一段时间，三个姑姑轮流照顾着祖父祖母，村里人对爷爷的安排可是羡慕呢。

和对三个姑姑的苦心安排相比，三个叔父的未来明显让人省心得多，到了合适的年龄，他们接过祖父手里的鞭子，继续在祖父耕耘过的土地上忙碌了。而到了我们孙子辈，情况就明显不一样了，我们先后离开了村庄这个小小的河床，分别在上海、兰州、银川、石嘴山等地落地生根。

只有儿孙走远，祖父的河流才有真正意义上的漫延，不过他再也没有办法安排每一个人的生活，只能通过电话小心翼翼地打探我们的生活。就像河流，源头老惦记着支流的去向，支流又未必只顾着往前走，它们心里也一定惦记着源头。

堂妹是祖父这条河流流淌得最远的一支，她远嫁新疆之前，三叔和三婶经历过很长一段时间的思想斗争，他们觉得，虽说女儿迟早要离爹娘，但近水能抚慰人，嫁到千里之外，双方有个头疼脑热只能两头干着急。

这个时候，还是祖父的话让他们下了决心。祖父抛开他安排三个姑姑的初衷不提，只说自己年轻的时候去新疆讨生活，曾被那里看不到头的肥沃土地所吸引，也立志扎根于斯可惜最后未能如愿。

堂妹出嫁那天，临出门前，祖父喊住她，递给她两个小陶罐，一个装水，一个装土。多少年以后，再想起堂妹出嫁时带水土这个细节，突然就佩服起祖父来，他让堂妹带着的，不光是乡下的水土，还有斩不断的根脉。

河流是原乡的标记，是一个人生命的根系，人是背着原乡远行的河流，人这条河流到哪里，根就扎在哪里，休养生息。这是爷爷做了但是并没有告诉我的道理，我把它记在了心里。

我不会游泳，却喜欢"泅渡"这个词，这或许和从童年就开始的自我改变有关，也或者，人的一生本身就是一次一次泅渡的过程。

我生活的这条河流，在十岁的时候，出现一个巨大得让人悲痛的旋涡，母亲的去世，让我和我的家庭沉入水底，周遭是深水一般的压力，喘不过气。

当时，我就感受到了什么叫孤独，还学着抵挡它、忍受它，尽量不去人群中。于是，涝坝便成了我躲避孤独的去处。坐在寂静的死水边，看着河水在风的作用下一波推着一波前行，像时光之手推着生活一样；但到了岸边，这波浪就折回来了，风的力量再大，也没办法给它们出路。如此反复，水跟已经接受了现实的人一样，麻木，呆滞，这应该是在千百次努力之后的结果，要不然河岸两边的土，为何被冲刷得如此光滑呢？

其实，这些死水并不如我看到的那么颓废，是我错怪了它们，它们有自己的苦衷，它们没办法告诉任何人，只能隐忍地借着风，冲撞河岸。

那时候，就觉得那一波一波没有出路的水中，隐藏着太多的疑惑，闹懂它们，就闹懂了人生。可是当时我年龄太小，岸边生发出来的少年惆怅，最后都变成了遗憾。我不能一一破解水的密码，在水的启发下开始改变自己。

我开始在书本里寻找出路，走很远的夜路，挨冻去镇上的中学，然后再辗转去县城的高中，经历四年的煎熬，在经历了两次高考之后，终于给自己找到了一个出口。当我拿着录取通知书准备向村庄告别时，我悄悄地去了涝坝，蹲在岸边，掬一捧水，洗一把脸，像壮士一样离去，再也没有回头。

多少年后，再看走过的路时，我才发现人生这条河流，少年时以为困囿于山涧，一生最远也就去个镇上；青年时去了县城才发现柏油路上的水，随时可以成为河流，也随时可以消失得了无踪影；而内心的汹涌，推着年轻的身体气势如虹地湍急奔流，不畏惧狂风暴雨。

现在，好不容易冲破壁垒，把泉眼扎根在坚硬的城市，而我的两个孩子，像两股从我身体里流出来的清泉，开始撕扯和牵绊。我这条河，已经和乡下的那一潭死水没有两样了，两岸的风景越来越固定，越来越熟悉，内心开始有所牵绊，不再如从前般一往无前，慢慢地放缓了脚步，甚至瞻前顾后、停滞不前了。

父亲的河流也被我改道。行至暮年，生命的长河已经趋于平静，不再容易起波澜时，父亲被硬生生地引流到了陌生之地。虽然父亲这条河已经深沉得让人不易捕捉到任何情绪，可我还是能看出来他的局促和不安。他尝试着在新的河床流淌，但明显缓慢，没有了在乡下的恣意，像个学步的孩童一样。

有几次，我站在楼上，看见父亲站在街道的人流中，神情紧张，紧盯着路河对岸的红绿灯，人群向前，他努力地让人群裹挟自己。每每看到这个情景，我的眼眶里就有了小小的温热的河流，我并没有想着阻止它们，任由它们在脸的河床上纵横。

在乡下，我走过的路，是父亲走过无数次的路；我流淌的河床，是父亲流淌过的河床，我在父亲的护佑下横冲直撞。而进了城，我和父亲互换了身份，父亲走过的路，我走过很多次；父亲流淌的河流，不远处就能看见我的身影，父亲在我的影子里，学着适应。我明白他在人群里的无助和迷茫，因为这是我曾经经历过的。

一个乡下的父亲被改变了航道，就有更多的乡下的父亲经历同样的过程。其实，不知道从什么时候开始，一条条叫作乡下的河流，日夜不息地朝城市这片海洋奔波，我们这些终于抵达了城市的水滴们，瞬间就被淹没了。

帕慕克在《我的名字叫红》中这么描述河流和城市：像伊斯坦布尔边的博斯普鲁斯海峡的海水一样，白天，它多么湛蓝和美妙；而到了夜晚，城市的灯光让它成为一个驿动的黑域，浪尖上跳舞的灯光让黑暗越发地神秘莫测。水浪追逐着水浪，诗句追逐着诗句，玻璃窗外，呼啸的风带来了夜汛的潮湿气息，斑驳的灯光底下，世界重归于无序和复杂。而此时，一个外乡人很容易被城市的暗流吞噬了，包括她的灵魂与肉体。

父亲离开村庄进入城市，他的灵魂与肉体不断被城市改变着。我和父亲，两滴在乡下无法相融的水，在城市的波浪中却紧紧拥抱在一起，彼此引领。

一直希望有时光倒转的机会，这样，就可以穿越到童年去，回到六盘山腹地宁夏和甘肃交会处那个叫山河镇的地方，那里有寄托我少年情怀的山，有给我灵感的水。

山河镇，两面高山，"山"字有了；一条河流从两山的连接处流过，

"河"字便跳到了地图上，"山河"两个字组合到一起，就成了立在路边的路标，也成了我乡愁的归处。

山河镇有山河的气势，也兼具了镇的内秀，和身边的六盘山相比，它小巧玲珑，却交通便利，三座山聚拢在六盘山腹地，形成小片平坦之地，这不起眼的交会处，自有它的迷人之处。这里聚山，也聚人，十里八村的人们，住在山上的人们，过路的人们，做生意的人们，就把这里当成了集市，宁夏甘肃的货物和人，在这里集散。我们的童年，也在这里写了个感叹号。

乡下的集市，大都分布在一条叫甘渭河的河流的两边，从东到西，共有四个集市，一个一三五逢集，一个二四六开市，一个逢九，另一个逢十五，山河镇上赶集的具体日子我已经忘了，但是依然记得一条街上挤满了人，我跟在祖父身后，在人群里寻找想买的东西时的激动至今铭记。

集市也是一条河流，需求是重力，把四面八方的人吸引到同一个河床上来。几乎是一瞬间的事，街道上人声鼎沸，面孔各异的人们，接踵而至，扮演各自的角色。赶集的人，脸上写着要买的东西。凑热闹的人，像河流里的泡沫，轻轻一弹，就消失了。摆摊的人或站或蹲，面前的簸箕、脸盆、牛缰绳、剪刀、白布、菜叶子默不作声，和摊主生着闷气。这些都不是我关心的，祖父自有安排，我只操心牛市的交易和羊肉包子摊的板凳什么时候空下来。

牛市在路边的一处低洼的坑里，牛被聚集在这里，形成暗涌的河流，贩子们到处物色买主，然后是卖主、买主，和贩子衣襟下交换手指头，一来二去，没有一句话语，但是买主和卖主的脸色却有着很大的变化，一头牛就有了准确的交易价格。我被这诡异的讨价还价方式吸引，总想知道衣襟之下，是如何暗流涌动的，可一直没有答案。

牛市在十点准时散去，能卖的牛早卖了，没有卖掉的还要回去赶着干活，没有人有闲工夫在这里耗着。这个时候，羊肉包子摊上的人开始少起来，吃早饭的时间过了，吃午饭的时间尚早。我便趁人少去缠了祖父，要了一笼羊肉包子，狼吞虎咽起来，第一个包子吃完，才意识到吃得太快了，我应该细嚼慢咽，这样就可以延长吃包子的时间，这样就有机会让同学或者同村的玩伴看见。在集市上吃包子，是那时候乡下比较有面子的事。我吃过好几回包子，却没有一回碰见熟悉的人。

集市的河流一般在临近中午的时候就到了尽头；人如河水一般倒流，回到自己的来处。镇上的街道空旷，像从来就没有"河流"来过一样。而到了固定的赶集的日子，这里将再次热闹起来。如此反复，这条季节性的"河流"，流淌过我的童年，将我的人生从少年带到青年。

很多次，我在所居住的城市逛超市，恍惚回到童年的集市河流里，可是所见的每一个面孔都是陌生的，摆在柜台里的每一件商品都板着脸。如果超市也可算作河流，那一定是一条被冰封的死水河。

我总盼望着再一次汇入乡下的集市中去，感受人流的拥挤，寻找童年的痕迹。于是，最近一次回乡，我在山河镇停了车，想带孩子找找童年的集市，可是这里已经变成了干涸的河床：长长的街道两边，山还在，河流还在，医院还在，戏台子还在，就是集市不在了。三三两两的人，无精打采，两侧的门面房的老旧手写招牌还在，大铁锁上锈迹斑斑。

我童年的集市河流，在这里算是彻底断流了。

往低处流是重力给河流的命运，但人可以改变河流的命运。当然，河流也改变过很多东西，包括人的一生。

乡下的人，一生简单得一出生就能看透一辈子，一个人这一生要干的事情，土地早已安排妥当，人只需要按照时间节点，去完成它们。不出意外，人在土地上出生，也在土地上死去。有些人的一生是一条完整的河流，起点和终点之间，隔着好几十年；有些人的一生，像季节性的河流，流不了多久，流着流着突然就断流了。

一个人最开始的时候，是住在河里的，子宫把人浸泡其中，为其输送养分，好安稳地等待人的出生。按理说从水里来的人，应该是不怕水的，可偏偏没有鱼的习性，于是除了给身体里灌进足够让自己活着的水之外，人对水、对河流敬而远之。

大夏天的，我的玩伴本来是跟我们一起捉迷藏的，大家都汗津津地，没觉得热，偏偏只有他说要去河里冲凉，一个猛子扎下去，他就像鱼一样消失了。人们说这是受了水的蛊惑，河流里住着鬼，它们不上岸，却有把人勾引到水里的办法。

村里有个叫水生的，长得俊俏不说，还出落得白白净净，当乡下人带着两团"高原红"的时候，他就显得与众不同，每个人都被他的白所吸引，而他却被水吸引。一个午后，他走进涝坝，等出水的时候，他的被水浸泡过的皮肤，更加白皙。

人们不知道他为何会选择这样的方式了结自己，但是隐隐约约听说，他的精神出了问题，并且很严重，以至于从自己的名字下手，最后结束自己。后来人们才发现，水生这个名字确实不一般，那时候大家大多叫地生、路生，而他却叫水生，水生的人，最终永生于水。

逝者如斯夫。被水带走的，最后也埋进了土地，而土地上更多的人，像河流一样继续奔腾着，不管是在波澜壮阔的河床，还是在曲折蜿蜒的山涧，一滴水拥挤着另一滴水，一滴水追着另一滴水，勇往直前，生生不息。

选自《朔方》2022 年第 12 期

彭程

有所思

彭程

光明日报文艺部原主任，高级编辑，中国作家协会散文委员会委员，全国文化名家暨"四个一批"人才。出版散文集《心的方向》等多种。曾获中国新闻奖、冰心散文奖、丰子恺散文奖等奖项，并获第八届鲁迅文学奖提名。

有所思,乃在大海南。
　　——汉乐府

　　左边是山,右边是海。

　　从住处楼房十二层上的阳台向外望去,前后左右,一百八十度视野范围内,海南岛东海岸中部偏南的位置上,一处小海湾的景色尽收眼底,毫无遮挡。

　　分界洲岛就在正前方几公里外,狭长的形状像一副马鞍,浮在蔚蓝色的海面上。冰川期的海水侵入,让它与原本连为一体的陆地分离开,从此相守相望。岛上树木葱茏,碧海银沙,有海钓、深潜、水上摩托等海洋旅游运动项目,吸引了不少游客,每天有多班渡轮来往于岛与岸之间,单程只需要一刻钟,船尾拖出一道长长的波纹,很远就能够望见。

　　视野左边是一道绵亘厚重的山岭,绿沉沉的,一直延伸到海边。隔上一段时间,就会看到一列银白色的环岛高铁列车,从山麓处无声地驰过,倏忽即逝,小巧得像一个儿童玩具。目光沿着林木蓊郁的山坡爬向上面,重峦叠嶂接续不断,高处飘着大朵的白色云朵。在一座山峰最高处,稍为宽展的地方,建有一座气象站,正方形建筑的屋顶上矗立着一个巨大的白色圆球,在阳光下闪亮耀眼。

　　这一道高峻的山脉叫牛岭,是五指山脉的延续,海南地理和气候的南北分界线。分界洲岛是它跌落海中的一部分。一岭之隔,却有着十分明显的差异,特别是在冬天,岭北经常阴郁多云,潮湿寒冷,而岭南却是阳光明媚，温暖干爽。

从站立的位置望去，山和海并非等量齐观。海的体量更大，占了视野中三分之二的区域。目光自正前方移向右后方向，看到被一幢楼房弧形的转角遮挡住的一个海岬，需要转动脖颈才行。我将更多的心思花在看海上，让积攒了一年的向往，最大程度地获得餍足。

观赏大海色彩的变化，就占去了我不少的时间。

一天中，海水的颜色变幻多端。我最喜欢晴天时中午前后的那两三个小时，堪称最为华彩。海水碧绿，浓郁、纯净而明亮，仿佛一整块上好的翡翠，以一种流质的形态，摊在阳光下面，微微漾荡。其他的时段，则呈现为浅灰、淡绿、深蓝以及我叫不出名的多种色彩，对应的是色谱表上不小的区域。

即使是同一时辰，如果仔细分辨，远近之间，颜色也不尽相同，分为深浅浓浓的不同层次。那最为深浓的中间部分，是正在向岸边涌来的海浪，仿佛一排排抖动着的皱褶，越来越近，越来越高。在视野右前方位置，隐约看到一簇突出海面的礁石，海浪接近它们时，已经高出不少，然后猛烈地撞过来，破碎成一大片浪花，伴随着白茫茫的水雾，可以想见冲击的力度。

从阳台下瞰，小区围墙外面是一个村庄。村子不算小，大概有上百户人家，房屋连绵错落，从各种树木搭接交织的枝柯缝隙间，可以看出被遮掩的村道的纵横走向。家家的屋顶上，太阳能热水器的储水罐闪闪发光。与上一次来时相比，正前方被房屋和道路围合着的一片草地的边缘处，新建了两幢三层高的房子。记忆回返到八年前，第一次来这里时，村子里的房屋破旧简陋，屋顶是一片黯淡的灰黑色，如今大多数都新建或翻新了。变化是明显的，只是时光的缓慢流逝稀释了这种感觉。

也有不曾变化的地方。那一大片草地上，每次来时都能看到一群牛，最多的时候有二三十头。它们从邻近大路的几栋房屋间的豁口走进来，悠然地埋头吃草，一副神闲气定的模样。云朵的大片阴影投在草地上，明暗交织，很像照片里的国外牧场。牛的身旁总有一些体形颇大的白鸟走动，不时伸出长喙，在牛的脑袋上啄食着什么，有时还跳到牛背上。这也属于生物界的一种寄生现象吧。有意思的是，这些牛自己会排成等距离的队列，慢腾腾地甩动尾巴，秩序井然地穿过草地，走进村子里的窄巷，走过人家的门口，又从巷口走到楼下的道路上，一直走到大路转角处，消失在视野里。

我下楼走出小区的大门，沿着大路向右走一百多米，便拐进了从楼上俯瞰的那条路，朝着牛队行走的相反方向，不久就走到了海边。

自阳台上远远地眺望的景色，此时清晰地呈现在面前。这是一片清静的海滩，与旁边游人较多的海滩之间，被一丛伸入海中的嶙峋乱石隔开。一块巨大而平坦的岩石上，有几个姑娘正在拍摄婚纱照片，白色的拖地裙裾不时被海风扬起。我背过身走向远处，弯下腰捡拾纽扣大小的贝壳。它们在沙滩上看毫不起眼，但拿回家，冲去泥沙放进玻璃瓶里，便立刻不一样了，有一种特别的玲珑精致。

海水涨潮了。我向后退去，回到海滩的最外端，好几排高大的木麻黄树矗立着，几处沙滩坍陷的地方，裸露出虬结杂乱的树根，旁边散落着几颗大小不同的椰子，看外壳的颜色样貌像是有些时间了，该是被海水浸泡过，又被涨潮冲回岸上。

周边十分静谧，只有浩荡浑厚的海浪声，依照固定的节奏传到耳畔。这样的环境，适宜漫无际涯地想一些事情。我坐在一截躺卧着的枯树树干上，数点自己过去十来年间在这个海岛上的履痕。

我想到了古老的昌江黎寨，火焰般怒放的木棉花瓣映照着船型屋的茅草屋顶，身着传统服装的老妇眼眶深陷，古铜色的脸上刺着黑色的纹饰；想到了白沙鹦哥岭自然保护区的青年团队，一群来自天南海北的大学生诉说着自己的梦想，年轻的脸庞上跳荡着青春的光彩；想到了万宁兴隆的热带植物园，蓬勃繁茂的树木生机旺盛，在阳光映照下，仿佛看到阔大叶片中有汁液在流动；想到了琼海潭门小镇的渔港码头，数百艘渔船即将驶往南沙海域捕捞作业，拜祭龙王、舞鲤鱼灯等祭海仪式正在广场上热闹地进行；想到了五指山通什的海南省民族博物馆，那些耕作和狩猎的简陋器具，见证着原始荒蛮时代先民生存的艰难；想到了文昌的航天发射场，我曾经近距离地观看飞船发射，火箭升空时巨大的呼啸声，至今仿佛还在耳旁回荡。

闲居无事的日子，古典诗词是很好的陪伴。我随身带了几册古诗，时常坐在阳台上的藤椅上，随意地翻阅几页。

此时，目光停留在一本汉魏南北朝诗选上。收入书中的那首汉代乐府《有所思》，已经不知读过多少次了，但仍然让我愿意再一次沉浸于它的字句中：

> 有所思，乃在大海南。何用问遗君，双珠玳瑁簪。用玉绍缭之。闻君有他心，拉杂摧烧之。摧烧之，当风扬其灰！从今以往，勿复相思，相思与君绝！……

这是汉代乐府《铙歌十八曲》之一，各种选本几乎都会选入。一位痴情的女子，思念远方的情人，精心挑选用花纹美丽的玳瑁甲片制作的发簪，又用美玉装饰起来，作为信物赠送给他，表达自己炽热的情意。

但当她得知心上人背叛了自己，满腔柔情瞬间化作强烈的怨恨，愤然地把心爱的定情物打碎，烧掉，再将灰烬投进风里吹走，不留一点痕迹，并发誓从此与负心人一刀两断，一丁点儿不再想他！口气激烈，行动决绝，全无一点犹疑踟蹰的气息。最强烈的爱，总是潜伏了更多的危险和毁灭。

该是与我此刻置身的地理位置有关，这一次阅读时，我忽然产生了一个陌生的想法，一种猜谜式的念头：诗中提到的"大海南"，大海之南，会是什么地方？女子思念的对象就在那里。

我也知道，在古诗的语境中，大海之南，指代的是一个寥廓无垠的广阔区域，不一定是今天行政区域意义上的海南，更大的可能不是这一个海南。在漫长的古代，这座远在天边的岛屿是真正的边疆僻壤，很少被人们想起和提及。诗中的有些消息，倒是可以与这里沾上边，如海岛出产的玳瑁，自秦汉时代起就是进献给朝廷的贡品，但这种关联也只是相对的。在闽粤漫长的海岸线上，不少地方也出产这种物品。

不过在此时，身处海岛的一隅，我倒是愿意将此处代入诗中，使它成为诗中那个字眼的所指。海岛孤悬海外，又恰好位于大陆版图的中线之南，也说得过去。当然，这只是我自己的一个偶发的意愿，一种类似游戏的想法。这该是一种爱屋及乌的移情吧，起源于对这个地方的喜欢。它对什么都没有妨害，因此也不涉及应该不应该，合适不合适。

一首海南黎族民歌《久久不见久久见》，被我下载保存在电脑里，反复地播放。

到一个地方听当地民歌，别有感触。几年前第一次听到这首歌，我就为曲调中流淌着的深情所打动。它用海南方言演唱，舒缓绵长，宛转悠扬，听着歌声，眼前浮现出皮肤黝黑的男子，娇小纤细的女子，在椰林里，在棕榈树下，含情脉脉地对唱，眼睛中闪动着光亮：

> 久久不见久久见，
> 久久相见才有味，阿妹哎，
> 好久不见真想见，阿妹哎，
> 见到阿妹心欢喜，阿妹哎！
> 久久不见久久见，
> 久久相见才有味，阿哥哎，
> 好久不见真想见，阿哥哎，
> 见到阿哥心欢喜，阿哥哎！

接下来的两段，语句大致相同，只是由男女对唱变成了迭唱，呼唤的对象在两人口中有"阿哥"和"阿妹"的区别。这种反复的回环咏叹，正是许多民歌的特点，也是最早的民歌《诗经》中《国风》里十分常见的方式。仔细品味一番，这首民歌不是有类似《月出》《桑中》等诗中的情调和韵味吗？——"月出皎兮，佼人僚兮，舒窈纠兮，劳心悄兮"，"期我乎桑中，要我乎上宫，送我乎淇之上矣"……它们原本也都是来自原野的歌吟，曲调中有田垄阡陌里的身影，有桑间陌上的阳光，轻风传来斑鸠和鹧鸪的叫声。

比较起汉乐府《有所思》中的激愤决绝，这首民歌中流淌出的情感，倒是更接近于爱情，尤其是初恋的爱情的普遍状态。羞怯中有大胆，柔和里有坚韧。音调沉静，感情纯净，方言腔调赋予了它与这片土地相匹配的质朴和诚挚。

最美的情感都应该是这样的。仿佛月光照耀着几丛芭蕉，仿佛海风轻抚着一片椰林。它是人生苦难的抚慰和补偿，是暗夜中的一丝亮光，又仿佛是一处避风港，允诺着惊涛骇浪中彼此的撑持与呵护。

这个世界的丰盛和慷慨令人感念，尽管这一点经常被忽略和漠视。在三面敞开着的阳台的一角，在一本边角已经磨破的旧书中，在笔记本电脑所发出的谈不上什么优质音色的乐声中，我可以沉溺于精神制作带来的享受，感受情感的各种形态和色调，从中获得感动、抚慰与启发，却不必惦记着要感谢谁。

然而，它们尽管十分美妙，但还都无法与一个人创造的心灵世界相比。这个世界最初也是建构于这个海岛之上。它是那样坚实而空灵，寥廓而细腻。它传布遐迩，泽被万世。

住了一周后，我们开车驶入环岛高速，穿过牛岭隧道后不久，便拐上横贯东西的万宁—洋浦高速公路，在海岛西北处再折向儋州方向。驶出高速转入县道，看到路标上中和镇的标识后不久，东坡书院便出现在视野里。

对我来说，这是一个期待多年的夙愿，是一次延迟过久的拜谒。脚步一迈进书院门口，我就提醒自己要将心情平复下来，尽量充分地把映入眼帘的一切收藏铭记，刻录于心底，就像熟诵苏东坡的许多诗词名篇一样。

我慢慢地走动，仔细地观看，想象当年他在此地的日常行止。在"东坡居士"雕像前，我端详他竹笠木屐、手持书卷的飘逸身影。他迎面走来，一直走进了青史，携带着无数迷人的传说。在他收徒授课的载酒堂，我眼前仿佛幻化出当年的诵读场景，"书声琅琅，弦歌四起"，穿越千年传递到耳畔。这一片荷花池塘，他该多次与随侍身边的三子苏过一同走过？这一排槟榔树下，或许正是他初遇那个七十多岁农妇的地方？"内翰昔日富贵，一场春梦"，老婆婆对他说出这样富含哲理的话，令他刮目相看，既诧异又欢喜，从此径呼其为"春梦婆"。

虽然是初次来此，但周边环境风景，庭院建筑，却恍若相识已久。经由熟读这一时期的苏东坡作品和有关他的传记，我对东坡在此地的三年生涯，早已经了然于心。

"问汝平生功业，黄州惠州儋州"，在《自题金山画像》一词中，苏东坡用一种自嘲的口气，总结了自己坎坷蹭蹬的一生。他的非凡生涯的最后一段时光，是在这座偏远的海岛上度过的。

在漫长的时间内，海南岛都是放逐之地。流放的罪臣，贬谪的高官，自中原渡海而来时，大都怀着一颗赴死之心。苏东坡也不例外。当他以六十多岁高龄被贬赴此地时，在致友人的信中他这样写道："某垂老投荒，无复生还之望。昨与长子迈诀，已处置后事矣。今到海南，首当作棺，次便作墓。"可谓沉痛黯然。甫一落脚，他又写道："此间食无肉，病无药，居无室，出无友，冬无炭，夏无寒泉，然亦未易悉数，大率皆无尔。"死神扇动巨大的翅膀，阴影仿佛随时都会降临。

但天性的达观豪迈，让苏东坡很快就坦然接受了命运的安排。尽管环境恶劣，"岭南天气卑湿，地气蒸溽，而海南为甚。夏秋之交，物无不腐坏者。人非金石，其何能久？"但他仍能找出自我宽解的理由："然儋耳颇有老人，年百余岁者，往往而是，八九十者不论也。乃知寿夭无定，习而安之，则冰蚕火鼠，皆可以生。"对隔绝内陆、孤悬海外的岛上生活，他也有自己的解释："天地在积水中，九州在大瀛海中，中国在少海中，有生孰不在岛者？"

境由心生，别人望而生畏的荒蛮禁地，对于他也不是多么可怕了。时间流淌，他越来越喜欢上了这里，诸般物事都变得可亲。他写诗发抒心志："他年谁作舆地志，海南万里真吾乡"，"我本儋耳氏，寄身西蜀州"……此地就是家乡，而富庶繁华的川地故里反而成为他乡，发生在文字中的置换，对应的是心境的转换。新皇即位，他接到大赦令，渡海北归，在船上，他写下这样的句子，"九死南荒吾不恨，兹游奇绝冠平生"，一以贯之地宣示了他那无可比拟的乐观主义。在这个海岛上，他将苦中作乐的情怀，随遇而安的禀赋，发挥得酣畅淋漓。

海南是他苦难的深渊，但又何尝不是他荣誉的峰巅？三年谪居中，他写下了大量作品，这段时间成为其创作生涯的一个高产期。而著述之外，他的另一桩足以彪炳史册的巨大事功，是给这片土地播撒了文明教化的种子。他居岛三年间，大力倡导诗书，劝课农耕，开启民智，促进了多方面的明显进步。在他登岛之前，海南从来无人进士及第。他设坛讲学后数年，就有学生成为海南历史上第一个举人。此后一直到明清时代，海南人考取科举者众多，以至于有"海滨邹鲁"的称誉。清代《琼台纪事录》一书记载："宋苏文忠公之谪儋耳，讲学明道，教化日兴，琼州人文之盛，实自公启之。"苏东坡在海南的地位，相当于孔子在中原。他个人的厄运，却成就了整个海岛的幸运。

这座热带岛屿，大自然的力量恣肆奔放。炽热的阳光下，树木花草的阔大枝叶和浓烈色彩，是生命力放纵呐喊的表情。台风肆虐处，浊浪排空，樯倾楫摧；暴雨降临时，天昏地暗，撼山拔树。但对我来说，每一次想到这个地方时，眼前浮现更多的都是苏东坡的形象。这个贬客身上发出的力量，有着相似的气魄和强度。

联想到苏东坡早年的诗篇，其中有这样的句子："人生到处知何似？应似飞鸿踏雪泥。"他是将人生看作一次游历的，既然如此，路途中就可能遭逢种种境遇，有明月映平湖，也有罡风卷黄沙，只能全盘照收，祸福由之，无法讨价还价，挑三拣四。海岛三年，是他的生之行旅中的一段凶险途程,但他履险如夷,将劫难化作了生命的养料。

这样推想下来,思绪就越来越清晰,越来越接近一个让我感到鼓舞的念头,接近一种救赎的可能性:如果他能够这样想这样做,我们为什么就不能?

这时候,我才明确地意识到,这次来瞻仰东坡故居,固然是为了满足夙愿,但潜意识里实际上另有一重动机,是试图汲取几分他面对侘傺命途的乐观,"一蓑烟雨任平生"的旷达,给自己增添一些面对困厄的勇气。最低的祈求,也是让自己在深沉的悲哀中,能够稍稍透一口气。这种哀痛仿佛最为浓稠的夜色,几乎将我吞没,令我窒息。

女儿,你在那边还好吗?

你离开我们已经一年半了。四百多个日子里,无法摆脱对你的思念,哀伤如影随形,每时每刻都缠绕裹挟着我们。曾经努力想忘掉你,仿佛一个行长路的旅人,试图卸下背负的沉重行李,稍稍歇息一下,喘一口气。白天的匆忙喧嚣中,有时似乎做到了,但在深夜的梦境里,你的身影总是执拗地浮现,在一个个曾经经历但又变形了的背景场面中,似真似幻,半实半虚。

这一次来到此地,初衷仍然是为了摆脱。

亲友们都说,出去走走吧,走得越远越好,离开熟悉的环境,才更容易把过去抛开。那么,还有什么地方比海岛更符合这个条件呢?天涯海角,正是它的别名。于是有了三个半小时的飞行,然后又是将近一百公里的车程,才到了现在这个地方。

但抵达之后,却意识到忽略了一个最简单的事实:我们怎么不想一想,这里同样布满了你的印迹呵。

全家三人最后一次的集体行动,就是来这里休假,住了整整一周。

翻看手机里当时拍摄的众多照片，你的每一幅里都是笑容洋溢。一幅幅缀接起来，那些日子的记忆鲜活如在眼前。

小区庭院里满目葱茏，品种繁多的植物茁壮茂密，枝叶纷披。你陪着我们散步，有时走到前面，有时又落在身后，痴迷地拍摄那些色彩艳丽的热带花卉，然后对照手机上的植物识别软件，大声念出它们的名字。你跳跃的姿势，单手举起手机拍照的专注神情，似乎是昨天的事情。

走出小区通往海滩的小门，一条铁锈红颜色的木栈道，架设在崔嵬错落的礁石上，随着山势和海岸线起伏逶迤。走在栈道上，我们不时停下来彼此拍照，你白色的衬衫下摆挽了一个结，盖在天蓝色的牛仔裤上。其中一张照片，你身边是一棵高大的三角梅，满树怒放的红色花朵，像一大朵悬浮的云彩。

我坐在阳台上的藤椅旁，看着手机，往事联翩涌现，仿佛无声的潮水。目光稍稍抬起，便望见了前方漂浮在蔚蓝色海面上的分界洲岛。它储存了更为清晰的记忆。

那次离开海岛前的头一天，我们来到了开往分界洲岛的海岸码头。长长的沙滩围出一道柔和的弧形，沙子洁白细软，踩上去有说不出的惬意。我们慢慢走向游客稀少的区域，偶尔停下脚步，望一眼远处正在驶往岛上的渡轮。巨浪翻滚着涌来，越来越高，发出低沉的轰鸣声，快到岸边时，仿佛一堵浅绿色的墙壁，然后散落开来，摊成一沓沓白色的浪花。那天你身着一袭黑色连衣裙，头发被海风吹得飞扬起来，笑得那样畅快开心。

怎么能想象得到，你快乐欢笑的年轻的生命，会在仅仅两年后，被邪恶的病魔吞噬，从此天地间再也没有你的一点痕迹、一丝气息？

眼前几公里外的分界洲岛，这条海南气候分割线上的最东端点，从此也将我们的生命，切割成不同的季节。这一重意义，只有我们自己才能领会。猝然的一击，是揳入脏腑深处的一把冰锥，我们从此步入了寒冬，感受着沦肌浃髓的冰冷。时间流淌，季节递嬗，外在的景观物候不停地转换，但内心的荒芜板结依然，迟迟不肯萌发新的芽苗。我们最终能够从寒冽中走出来吗？需要何种程度的热力，才会让灵魂重新舒展？

北纬十八度线上的热带阳光，此刻正照在阳台上。头上和肩背上，感受到了一缕冬日特有的舒适。这样的照晒已经有好几天了。我终于感觉出，落在肌肤上的温暖，也在向深处浸润，一点点地沁入。

"死亡不是生命的终点，遗忘才是。"

想到了几年前热映的好莱坞动画片《寻梦环游记》，这是其中被传诵最多的一句台词。那么，既然对你的想念如此地噬心蚀骨，你如此深切地烙印在我们的记忆中，岂不是说，你并没有化为彻底的虚无？在我们也告别这个世界之前，你一直都会住在我们心中，你的生命也将经由我们而得到延续。直到将来的某一天，我们重逢。

我这样来安慰自己，我也只能这样安慰自己。有时候，如果我们执着于一个念头，并不是出于其真实性，而只是因为愿意如此。它能够让我们稍稍心安。在这个意义上，这个想法仿佛是一盆炭火，在内心深处幽幽地燃烧，多少驱散了一些寒气。一些湿冷发霉的地方，正在被慢慢烘烤。

依照这样的理念，我来到这里，触景生情、睹物思人的过程，是重拾记忆，也是复活你的生命。眼前每一次浮现出你的身影，耳旁每一次幻听到你的声音，都是一条看不见的手臂伸向你，将你拉近和拽紧，从虚无的深渊里拉回到身边。

那部影片中，不同的语句反复表达着同样的意思，仿佛音乐中围绕同一个主题的各种变奏。"真正的死亡，是世界上再没有一个人记得你。"死亡起源于被遗忘，因此，既然你如此地被我们想念，我们便有能力将你留在身边。

这个念头终归带给人一些慰藉。

我们将你留在记忆中，封藏在内心里，其实也是将一种热力注入自己的魂魄。尽管伴随回忆的是哀伤，但同时也产生了一种坚牢的东西，可以抵抗黑暗和寒冷的侵蚀。支撑是相互的。你的生命，通过我们的记忆得到伸延，而在对你的记忆中，我们也获得了继续生存的理由。

那么，为什么还要将你的音容从眼前驱散呢？不是忘却，而是铭记，才更有可能与命运达成和解。活过，爱过，陪伴过，本身就是自足的，是一份不会泯灭的价值，如刻如镂。

"凡存在过的，会永恒地存在。"

我进而想到了奥地利精神医学家、意义疗法的开创者维克多·弗兰克的这一句话。经历过纳粹集中营的极端苦难，他写下一本书《活出意义来》，表达了置身生与死边缘的思考。从同样幽暗的深渊里浮出后，我如今更能够理解这句话的蕴涵。

此刻是下午三四点钟，前方的海面明亮炫目，千百万个光点在沸腾跳荡，难以直视。将目光挪移开，沿着海岸线向左前方慢慢地滑动，又爬到牛岭山脉上。山脊线漫长而柔和的线条，减弱了山脉险峻陡峭的感觉。阳光投射上去，一大半山体明亮碧绿，仿佛被水洗过一般，但也有大片的暗黑色区域，那是在空中几乎悬停不动的云朵的投影。

我久久地眺望着。眼前视野里的景观，是思念的出发点，也是思念的落脚处。时间重叠了，仿佛此刻山和海的相连，阳光和阴影的交错。

有所思，乃在大海南。

选自《光明日报》2022 年 12 月 9 日

图书在版编目（CIP）数据

年度散文 50 篇 . 2022 / 王鼎钧等著；陈建功主编 . — 北京： 北京时代华文书局, 2023.1

ISBN 978-7-5699-4936-0

Ⅰ . ①年… Ⅱ . ①王… ②陈… Ⅲ . ①散文集－中国－当代 Ⅳ . ① I267

中国国家版本馆 CIP 数据核字 (2023) 第 047359 号

拼音书名 | NIANDU SANWEN 50 PIAN 2022

出 版 人 | 陈　涛
选题策划 | 余　玲
特约策划 | 胡　家
责任编辑 | 樊艳清　薛　芊
执行编辑 | 耿媛媛
责任校对 | 薛　治
装帧设计 | 好天气工作室
内文设计 | 程　慧
营销编辑 | 梁　希
责任印制 | 訾　敬

出版发行 | 北京时代华文书局 http://www.bjsdsj.com.cn
　　　　　北京市东城区安定门外大街 138 号皇城国际大厦 A 座 8 层
　　　　　邮编：100011　电话：010-64263661　64261528
印　　刷 | 北京盛通印刷股份有限公司　010-52249888
　　　　　（如发现印装质量问题，请与印刷厂联系调换）

开　　本 | 710 mm×1000 mm 1/16　　　印　张 | 33.25　字　数 | 416 千字
版　　次 | 2023 年 4 月第 1 版　　　　　印　次 | 2023 年 4 月第 1 次印刷
成品尺寸 | 153 mm×230 mm
定　　价 | 128.00 元

版权所有，侵权必究